HEYNE BÜCHER

SCIENCE FICTION

Herausgegeben
von Wolfgang Jeschke

Aus der Serie »Die Abenteuer des Raumschiffs ›Enterprise‹«
in der Reihe HEYNE SCIENCE FICTION & FANTASY
sind bereits erschienen:

Vonda N. McIntyre, *Star Trek II: Der Zorn des Khan* · 06/3971
Vonda N. McIntyre, *Der Entropie-Effekt* · 06/3988
Robert E. Vardeman, *Das Klingonen-Gambit* · 06/4035
Lee Correy, *Hort des Lebens* · 06/4083
Vonda N. McIntyre, *Star Trek III: Auf der Suche nach Mr. Spock* · 06/4181
S. M. Murdock, *Das Netz der Romulaner* · 06/4209
Sonni Cooper, *Schwarzes Feuer* · 06/4270
Robert E. Vardeman, *Meuterei auf der Enterprise* · 06/4285
Howard Weinstein, *Die Macht der Krone* · 06/4342
Sondra Marshak & Myrna Culbreath, *Das Prometheus-Muster* · 06/4379
Sondra Marshak & Myrna Culbreath, *Triangel* · 06/4411
A. C. Crispin, *Sohn der Vergangenheit* · 06/4431
Diane Duane, *Der verwundete Himmel* · 06/4458
David Dvorkin, *Die Trellisane-Konfrontation* · 06/4474
Vonda N. McIntyre, *Star Trek IV: Zurück in die Gegenwart* · 06/4486
Greg Bear, *Corona* · 06/4499
John M. Ford, *Der letzte Schachzug* · 06/4528
Melinda Snodgrass, *Die Tränen der Sänger* · 06/4551
Jean Lorrah, *Mord an der Vulkan Akademie* · 06/4568
Janet Kagan, *Uhuras Lied* · 06/4605
Laurence Yep, *Herr der Schatten* · 06/4627
Barbara Hambly, *Ishmael* · 06/4662
J. M. Dillard, *Star Trek V: Am Rande des Universums* · 06/4682
Della van Hise, *Zeit zu töten* · 06/4698
Margaret Wander Bonanno, *Geiseln für den Frieden* · 06/4724

STAR TREK: DIE NÄCHSTE GENERATION:
David Gerrold, *Mission Farpoint* · 06/4589
Gene Deweese, *Die Friedenswächter* · 06/4646
Carmen Carter, *Die Kinder von Hamlin* · 06/4685
Jean Lorrah, *Überlebende* · 06/4705
Peter David, *Planet der Waffen* · 06/4733 (in Vorb.)

STAR TREK: DIE ANFÄNGE:
Vonda N. McIntyre, *Die erste Mission* · 06/4619
Margaret Wander Bonanno, *Der Fremde vom Himmel* · 06/4669
Diane Carey, *Die letzte Grenze* · 06/4714

DAS STAR TREK-HANDBUCH:
von Ralph Sander · 06/4670

Diese Liste ist eine Bibliographie erschienener Titel
KEIN VERZEICHNIS LIEFERBARER BÜCHER!

MARGARET WANDER BONANNO

GEISELN FÜR DEN FRIEDEN

Ein STAR TREK-Roman

Deutsche Erstausgabe

Science Fiction

WILHELM HEYNE VERLAG
MÜNCHEN

HEYNE SCIENCE FICTION & FANTASY
Band 06/4724

Titel der amerikanischen Originalausgabe
DWELLERS IN THE CRUCIBLE
Deutsche Übersetzung von Andreas Brandhorst
Das Umschlagbild schuf Boris Vallejo

Redaktion: Rainer Michael Rahn

Printed in Germany 1990
Umschlaggestaltung: Atelier Ingrid Schütz, München
Satz: Kort Satz GmbH, München
Druck und Bindung: Ebner Ulm

ISBN 3-453-04309-X

Für Diane, *t'hy'la:*
»Der Schmerz des Grübelns gehörte allein mir,
doch dir gebührt das Lob.«

ANMERKUNG DER AUTORIN

Alle in diesem Buch verwendeten Informationen über die Klingonen und Rihannsu (Romulaner) verdanken ihre Genauigkeit den xenosoziologischen Forschungen zweier Experten auf diesem Gebiet. Die Autorin dankt John M. Ford *(Der letzte Schachzug)* und Diane Duane *(Der Feind – mein Verbündeter)*, die unser Wissen über die beiden Kulturen wesentlich erweiterten.

PROLOG

Die Entscheidung wurde im Inneren Sanktuarium des präsidialen Sommerpalastes getroffen.

Bis auf den Thron des Prätors und sechs Diwane waren alle Plätze leer. Im matten Licht bildeten die anderen Sessel und Liegen vage Konturen – stumme Zeugen einer Unterredung, die unter allen Umständen geheim bleiben mußte. Der Kammerherr hatte erst die Sänfte des Prätors hereingebracht, schaltete dann die Akustikdämpfer ein und ging wieder. Ganz gleich, welche Abhörgeräte und Lauschvorrichtungen zum Einsatz kamen: Allein die Sieben hörten, worüber man im Saal sprach.

Von den Sieben war nur der Prätor unsichtbar. Er saß hinter einem kunstvoll verzierten Spiegelschirm und beobachtete, ohne beobachtet zu werden. Die Xenoforscher berichteten, bei der Sieben handele es sich um eine mystische Zahl, nicht nur bei Vulkaniern und Terranern, sondern auch bei den Rihannsu. Nur die Klingonen erachteten die Sechs als magischer; es hatte irgend etwas mit ihrer Besessenheit in bezug auf die Spiele zu tun. Nun, Klingonen mochten Verbündete sein, aber an ihrer abergläubischen Natur konnte kein Zweifel bestehen.

Seit einiger Zeit nutzte der Prätor das Privileg der Unsichtbarkeit recht häufig, und manche Leute vermuteten, er sei krank, vielleicht als Konsequenz des letzten Attentats auf ihn. Manche Rihannsu argwöhnten sogar, er sei dem Mordanschlag zum Opfer gefallen, und sein Neffe Dr'ell nehme als rechtmäßiger Erbe seinen Platz ein. Entsprechende Behauptungen erwiesen sich als völlig aus der Luft gegriffen, denn auch Dr'ell trat ein und gesellte sich den fünf als Sicherheitschef hinzu. Der Prätor mochte unsichtbar sein, aber er war nach wie vor der Prätor. Und wie immer ermöglichte die Stimme des Herrschers einen deutlichen Eindruck von seiner Persönlichkeit.

»Wenn der Plan fehlschlägt, darf niemand in der Lage sein, irgendeinen Vorwurf gegen uns zu erheben«, sagte der Prätor in einem rauhen Tonfall, der sowohl auf seinen Heimatplaneten hinwies als auch den Clanstatus verdeutlichte.

»Er wird funktionieren!« entfuhr es Hochadmiral Meru'th ungeduldig. Nur sie konnte es sich erlauben, so mit dem Reichsoberhaupt zu sprechen und dabei auch noch auf den Titel zu verzichten. Meru'th besaß eine gewisse Immunität: Sie war alt genug, um die Großmutter des Prätors zu sein, hatte sogar seinen Vater gestillt, als dessen Mutter während des Terranischen Krieges vor hundert Jahren an der Strahlenkrankheit litt. »Als Meisterwerk der Spionage und militärischen Kühnheit halte ich den Plan für völlig makellos. Meine Frage lautet: Ist es unbedingt notwendig, ihn in die Tat umzusetzen?«

»Es kann nur von Vorteil sein, die Schwächen der Föderation auszunutzen, Kleine Mutter«, erwiderte der Prätor, und diesmal vibrierte Zuneigung in seiner Stimme. »Die letztendliche Entscheidung liegt bei mir.«

»t'Lr m'th!« zischte Meru'th. Sie entstammte der Marine-Tradition, und ihre Ausdrucksweise ließ keinen Zweifel daran. Verteidigungsminister Lefv kicherte hinter vorgehaltener Hand und versuchte, mit einem leisen Hüsteln darüber hinwegzutäuschen.

Der kalte Krieg zwischen dem Reich und der Föderation dauerte an, und schließlich mußte auch Meru'th zugeben, daß der Plan einen Wandel zugunsten der Rihannsu versprach — vorausgesetzt natürlich, damit ließ sich tatsächlich das angestrebte Ziel erreichen. Ihr eigener Bericht und der des Sicherheitschefs Dr'ell betonten noch einmal, daß jede einzelne Phase der Mission von der nächsten unabhängig sein mußte. Auf diese Weise konnte das Unternehmen jederzeit abgebrochen werden. Die Sieben stimmten ab, und es überraschte niemanden, als sich ein einstimmiges Resultat ergab.

»Wer soll mit dieser glorreichen Aufgabe betraut werden?«

Die Stimme des Prätors vermittelte Genugtuung, und die Verwendung einer solchen Redensart zeigte das Ausmaß seiner Zufriedenheit. Wenn er Gefallen an einem bestimmten Plan fand, sprach er immer von ›glorreichen Aufgaben und Missionen‹, obwohl sie oft viele Opfer verlangten und alles andere als ehrenhaft waren. Der Herrscher des Reiches beschränkte sich nur darauf, Befehle zu erteilen. Das Töten überließ er seinen Untergebenen – auch wenn er es manchmal genoß, bei Hinrichtungen zugegen zu sein.

Die Frage galt Meru'th und dem Neffen des Prätors. Eine Zeitlang beobachteten die alte, erfahrene Kriegerin und der junge Soldat ihre Spiegelbilder, und schließlich erwiderte Dr'ell:

»Delar, ehemaliger Zenturio der *Fehde*, Exzellenz. Seine Referenzen sind über jeden Zweifel erhaben. Er beherrscht die fremde Sprache völlig akzentfrei, und außerdem ist er dunkelhäutig genug, um in die Rolle eines Vulkaniers zu schlüpfen.«

»Gut«, sagte der Prätor und entließ die sechs.

Irgendwo im Bereich des Spiralarms, den die Klingonen Haktuth nannten, schloß ein Schlachtkreuzer-Kommandant namens Krazz seine Hände fest um die Armlehnen des Kommandosessels. Er verzog das Gesicht und hoffte, daß die Grimasse wie ein unterwürfiges Lächeln wirkte. Krazz wünschte sich Tolz Kenrans Hoden in einer Zwinge – alle drei. Er hätte nicht gezögert, den Schraubstock langsam zuzudrehen. Irgendwann einmal...

Tolz beendete seinen Vortrag, und daraufhin versteifte sich Krazz unwillkürlich. Man erwartete eine Antwort von ihm.

»Mit allem Respekt, Lord Tolz: Ich bin kein Babysitter.« Tolz nahm nur einen geringfügig höheren Rang ein, aber Krazz mußte trotzdem sehr vorsichtig sein. »Ich habe meine Einwände zu Protokoll gegeben, doch ich werde gehorchen.«

»Bestätigung«, knurrte Tolz. »Sie werden gehorchen.« Während ihrer Zeit als Kadetten hatte er Krazz häufig als Narren oder Idioten bezeichnet, doch diesmal verzichtete er darauf. »Kennen Sie die Koordinaten für das Rendezvous mit den Rihannsu?«

Ri-hann-su, dachte Krazz. *Hochmütige, glattstirnige Angeber. Wir sollten sie Roms nennen, wie die Menschen. Und sie alle zum Teufel schicken,* fügte er in Gedanken hinzu, verwendete dabei einen terranischen Begriff, der Unheil bedeutete. Er dachte an das grüne Blut in den Adern der Romulaner, und plötzlich regte sich Unbehagen in ihm.

»Bestätigung, Lord. Sonst noch etwas?«

»Sie sollten lernen, wie man Winden wechselt.«

Tolz unterbrach die Verbindung und lachte über seinen eigenen Witz. Krazz' Finger bohrten sich so tief in die Polster der Armlehnen, daß es leise knirschte.

Ein Mehrzweckfrachter schwebte jenseits der orbitalen Anflugvektoren eines orangefarbenen Wüstenplaneten und wartete auf die Andockerlaubnis.

»Genehmigung erteilt«, meldete sich eine monotone Stimme von der Raumkontrolle. »Vulkan heißt Sie willkommen.«

Im Transporterraum standen drei Besatzungsmitglieder, die von den Menschen an Bord für Vulkanier gehalten wurden. Sie wechselten kurze Blicke.

Phase Eins erfolgreich abgeschlossen, dachte Delar, ehemaliger Zenturio der *Fehde.* Im Widerspruch zu seiner Rolle als Vulkanier begann er zu schwitzen.

KAPITEL 1

Sie waren gerade mit dem Ritual des Kräutersammelns beschäftigt, als es geschah.

Cleante rieb sich die Schläfe, und T'Shael glaubte, in ihren Zügen so etwas wie Verdruß zu erkennen.

»Ist Ihnen ein Fehler unterlaufen?« fragte T'Shael und achtete sorgfältig darauf, nicht ›schon wieder‹ zu sagen. In dieser Hinsicht reagierten Menschen sehr empfindlich.

»Es tut mir leid!« Cleante seufzte, ließ sich in der Mitte des Kräutergartens auf die Fersen zurücksinken und faltete die Hände im Schoß. »Ich vergesse immer wieder die Reihenfolge.«

Mit der Geduld einer Vulkanierin gab T'Shael ihren Platz an den Trockenschalen auf und kniete neben der menschlichen Frau

»K'rhtha, mah'ta, sh'rr, kh'aa«, sagte sie und griff nach jeweils drei Blättern, als sie die Namen nannte. *»Lhm'ta, hla'meth, tri'hla.«*

Cleante nickte und hörte stumm zu, während T'Shael den Segen sprach.

Das Ritual des Kräutersammelns für den Tee der Meister fand schon seit vielen Jahrtausenden statt, ging vielleicht sogar bis zum Ursprung der Meister zurück. Eigentlich mangelte es dieser Tradition an einer gewissen Logik: Die Blätter brauchten nicht unbedingt von Hand gepflückt zu werden, und eine bestimmte Ordnung war keineswegs erforderlich, denn später bildete man unterschiedliche Mischungen für die verschiedenen Teesorten. Die Zeremonie diente vielmehr als eine prämeditative Übung. Wenn man sie so oft wiederholte, daß sie einem in Fleisch und Blut überging, ermöglichte sie sogar Menschen eine kontemplative Trance.

Genau dieses Ziel strebte Cleante mit T'Shaels Hilfe an, doch der erhoffte Erfolg blieb aus.

»Ihre Aufgabe wäre vermutlich einfacher, wenn es um irdische Kräuter ginge«, sagte die Vulkanierin, und Cleante wußte, daß ihr T'Shael Trost anbot. »Für Sie handelt es sich um drei Bedeutungsebenen: das Ritual an sich, unbekannte Namen und eine ebenso unvertraute Flora. Vielleicht sollten Sie terranische Namen verwenden. Solche Bezeichnungen können natürlich nicht korrekt sein, aber...«

»›Petersilie, Salbei, Rosmarin und Thymian‹«, murmelte Cleante leise. Es klang ein wenig traurig.

»Ich verstehe nicht«, sagte T'Shael.

»Ein altes Lied von der Erde«, entgegnete Cleante, die sehr gern sang. Sie setzte ihre Arbeit fort, flüsterte dabei die Namen der einzelnen Pflanzen und spürte, daß sie sich weitaus ungeschickter anstellte als T'Shael, die mit solchen Ritualen aufgewachsen war. Dennoch gab sie nicht auf.

T'Shael wartete, bis ihre Begleiterin eine Siebener-Folge vervollständigt hatte, legte die einzelnen Blätter dann in die entsprechenden Fächer der Trockenschalen. Schließlich nickte sie.

»Und nun der Segen, um den Pflanzen zu danken«, sagte sie sanft.

Cleante seufzte erneut.

»Auch das habe ich vergessen«, sagte sie und vollführte die Dankbarkeitsgeste.

Dieser Aspekt der vulkanischen Kultur faszinierte sie besonders. Alles schien einen ganz bestimmten Zweck zu erfüllen, und selbst Pflanzen verdienten Respekt.

»Wenn Sie Gelegenheit fänden, jenes Lied für mich zu singen...«, sagte T'Shael, als sie Seite an Seite arbeiteten. »Es wäre mir eine Ehre, Ihnen dabei zuzuhören.«

»Vielleicht morgen.« Cleante wischte sich einige kleine Schweißtropfen von der Oberlippe. Sie stammte aus dem Vorderen Orient der Erde, und daher ertrug sie das vulkanische Klima besser als andere Menschen. Aber diesmal setzte ihr die Hitze sehr zu. »Derzeit bin ich nicht in der richtigen Stimmung, um zu singen.«

T'Shael überlegte. Sie hatte Xenopsychologie studiert und sich dabei eingehend mit Menschen befaßt, um für ihre Pflichten als Instruktorin in der Siedlung von T'ling-Shar gewappnet zu sein. Offenbar litt Cleante an sogenannten ›Depressionen‹.

»Ich habe den Eindruck, irgend etwas belastet Sie«, sagte die Vulkanierin vorsichtig. »Wenn Sie darüber sprechen möchten...«

Cleante schüttelte den Kopf.

»Es ist alles in Ordnung. Vielen Dank für Ihre Anteilnahme, Freundin.«

T'Shael zögerte, als sie das letzte Wort vernahm.

»Zweifellos halten Sie das Kräuterritual für närrisch«, fuhr sie nach einigen Sekunden fort, stand mit vulkanischer Geschmeidigkeit auf und wartete, bis Cleante eine weitere Siebener-Folge beendet hatte. Nach der Dankgeste fügte sie hinzu: »Ein derartiges Gebaren erscheint Außenweltlern häufig bizarr...«

»Nein«, erwiderte die andere Frau und erhob sich ebenfalls. Eine gewisse Aufregung verdrängte die Trägheit aus ihr. »›Vulkanier wissen, daß es für alles Zeit gibt‹«, zitierte sie aus dem Kahr-y-Tan, einem Basiswerk der vulkanischen Philosophie. »Und ich bin bereit zu lernen.«

Die beiden Frauen standen nebeneinander und nahmen den aromatischen Duft der Kräuter wahr. Lauer Wind trug ihre melodischen Stimmen davon, zupfte an Haaren und Gewändern. Sie stammten aus verschiedenen Welten, aus völlig unterschiedlichen Kulturen. Ganz persönliche Gründe führten sie in die Enklave, doch sie nahmen dort die gleiche Aufgabe wahr, gehörten zu einer Gemeinschaft, die aus Bürgen des Friedens bestand.

Auf den ersten Blick betrachtet mochte es recht schwer fallen, die menschliche Frau als solche zu erkennen, aber das häufige Lächeln Cleantes lieferte einen deutlichen Hinweis auf ihre Herkunft. Attraktivität und zarte Statur entsprachen der einer Vulkanierin, und das dunkle Haar reichte als langer Zopf den Rücken herab. Der erste Liebhaber hatte ihre Augen als ›byzantinisch‹ bezeichnet, und als ausgebildete Linguistin wußte T'Shael natürlich, was ein solcher Ausdruck bedeutete. Doch er traf nicht ganz den Kern der Sache, und das vulkanische Wesen verlangte Genauigkeit. Orientalisch? Ja, vielleicht. Cleante war am Ufer des Nils geboren, in Ägypten — der Orient weckte Vorstellungen von Schönheit und geheimnisvoller Exotik, und eine derartige Beschreibung hielt T'Shael durchaus für angemessen. Sie wurde nicht nur logischer Exaktheit gerecht, sondern entsprach auch ihrem Sinn für Ästhetik.

Als Vulkanierin blieb T'Shael immer ernst und lächelte nie. Sie war ein wenig älter als Cleante und nicht unbedingt das Musterbeispiel einer vulkanischen Frau. Ihre Züge wirkten zu streng, und im schwarzen, schulterlangen Haar fehlte jeder Schmuck. Hinzu kam ihre Zurückhaltung: Selbst bei ihrem eigenen, introvertierten Volk galt sie als verschlossen und schweigsam.

Cleante wäre sicher erstaunt gewesen zu hören, daß Sexualität in T'Shaels Leben bisher nicht die geringste Rolle spielte. Schon als kleines Kind war sie von ihrer Familie mit jemandem verlobt worden, der ihr fortan ein Fremder blieb, der sie irgendwann zum *Koon-ut-kal-if-fee* und dem Wahn des *Pon farr* rufen würde. Die vulkanische Kultur tabuisierte Gespräche über solche Angelegenheiten, doch T'Shael dachte nicht einmal daran, verdrängte betreffende Überlegungen aus ihrem bewußten Ich. Der kleine traditionelle Rubin an ihrem linken Ohrläppchen wies sie als unverheiratete Frau aus, und das genügte.

T'Shael fragte sich manchmal, warum sie ausgerechnet die Gesellschaft der menschlichen Frau bevorzugte und den übrigen Bürgen in der Enklave weniger Zeit schenkte. Wie alle Vulkanier hatte man sie von Geburt an die Gleichberechtigung aller intelligenten Lebensformen gelehrt — ein philosophisches Prinzip, das auch bei den Individuen eines jeden Volkes Anwendung fand. Warum erlaubte sie sich trotzdem eine derartige Exklusivität? Die Logik gestattete Neugier in Hinsicht auf die Bewohner der Erde, eines Planeten, den T'Shael nicht aus eigener Erfahrung kannte. Vielleicht suchte sie Cleantes Nähe, um einen Kulturaustausch zu ermöglichen und dadurch neue Erkenntnisse zu gewinnen. Aber warum verspürte T'Shael eine seltsame Mischung aus Freude und Scham, als die terranische Frau sie Freundin nannte?

Nun, T'Shael würde den Rest ihres Lebens in der Enklave von T'lingShar verbringen, und Cleante gehörte zur Bürgen-Gemeinschaft, solange ihre Mutter Hochkommissar des Rates der Geeinten Erde blieb — vielleicht viele Jahre lang. Zeit genug, um die widerstreitenden Empfindungen in bezug auf ein menschliches Konzept zu ergründen. Derzeit galt T'Shaels Aufmerksamkeit in erster Linie der Niedergeschlagenheit, die Cleante schon seit Wochen belastete. Gab es irgendeine Möglichkeit, sie von dieser emotionalen Bürde zu befreien? Bestand die Pflicht eines Freundes nicht darin, solche Hilfe zu gewähren?

Die Vulkanierin war so sehr in Gedanken versunken, daß sie den Gleiter erst hörte, als er sich in unmittelbarer Nähe befand.

Im urbanen Komplex von T'lingShar herrschte praktisch ständig reger Verkehr. Immer wieder flogen Schweber aller Art über die Gebäude, doch sie mußten dabei eine gewisse Mindesthöhe wahren. Dieser besondere Gleiter jedoch glitt dicht über die Mauern hinweg, und eigentlich hätte T'Shael sofort Verdacht schöpfen müssen.

Aber wer nie physische Gewalt erlebt hatte, rechnete wohl kaum mit einem Angriff.

T'Shael stellte überrascht fest, daß der Gleiter keine Markierungen aufwies. Für eine private Maschine schien er zu klein zu sein, und alle anderen Schweber trugen deutlich sichtbare Identifikationszeichen. Verwundert wölbte die Vulkanierin eine Braue und beobachtete die unsicher wirkenden Flugmanöver. Ein technischer Defekt? Oder hatte sich der Pilot verirrt? Als der Gleiter zur Landung ansetzte, näherte sich T'Shael langsam der freien Fläche am Ende des Platzes.

»Es ist doch nur ein Schweber«, sagte Cleante und runzelte die Stirn. Die starre Miene der Instruktorin weckte Unbehagen in ihr. »Stimmt was nicht?«

T'Shael schüttelte andeutungsweise den Kopf. Menschen zeichneten sich durch eine instinktive, atavistische Furcht vor dem Unbekannten aus, und sie hörte die plötzliche Besorgnis in Cleantes Stimme, spürte auch ihre unruhigen Emanationen. Sollte sie darauf achten oder an der durch tausendjährigen Frieden geschaffenen Erkenntnis festhalten, daß Unbekanntes keine Gefahr darstellte, sondern Gelegenheit gab, neues Wissen zu erlangen? »Vielleicht können wir helfen.«

Das Summen der Triebwerke verklang, und wenige Sekunden später öffnete sich die Luke des Gleiters. Drei Männer stiegen mit katzenhafter Eleganz aus. Sie trugen schlichte Wüstenkleidung ohne Berufs- oder Statusabzeichen, waren muskulöser als durchschnittliche Vulkanier. Professionelle Athleten? Die traditionelle *Klarshameth*-Truppe gab Vorstellungen in T'lingShar, erinnerte sich T'Shael. Möglicherweise hatten sie sich die Stadt angesehen und dabei die Orientierung verloren. Die Instruktorin trat ohne zu zögern vor — kein Vulkanier würde einen anderen verletzen. Cleante verharrte in ihrer Unsicherheit und blieb dicht neben der Kolonnade stehen, die zu den Unterkünften führte.

»Glück und langes Leben«, wandte sich T'Shael an den vermeintlichen Anführer der Gruppe und hob die Hand in der *Ta'al*-Geste — der Gruß des Einheimischen an die Fremden. »Falls Sie Hilfe benötigen... Wir bieten Ihnen unsere Dienste an. Ich bin T'Shael.«

Die drei Männer wechselten einen kurzen Blick. Einer von ihnen hielt ein kleines Bildschirmgerät in der Hand, sah auf den Monitor und nickte. Daraufhin offenbarte der Anführer ein Verhalten, das allen vulkanischen Geboten widersprach. Er lächelte.

Besser gesagt: Er grinste anzüglich, bleckte die Zähne.

T'Shael erstarrte innerlich.

»Unsere Aufgabe ist wesentlich leichter, als wir dachten«, sagte der Anführer zu den beiden anderen Männern. »Zwei von ihnen haben wir bereits gefunden!«

Er sprach Vulkanisch, doch sein Akzent... Die Linguistin T'Shael erkannte die Fremden als Romulaner und begriff plötzlich, welche Gefahr drohte. Sie gab ihre Unerschütterlichkeit auf, wirbelte jäh um die eigene Achse und rief: »Fliehen Sie, Cleante!«

Die menschliche Frau zögerte den Bruchteil einer Sekunde, bevor sie davonstürmte. T'Shael dachte an die vielen kleinen Straßen und Gassen in der Alten Stadt, und sie beschloß, Zeit zu gewinnen. Wenn sie die Romulaner lange genug aufhielt, gelang es Cleante vielleicht, sich irgendwo im urbanen Labyrinth zu verbergen.

Die Instruktorin wandte sich wieder den drei Männern zu.

»Ich füge mich Ihrem Willen«, sagte sie ruhig.

»Das ist wirklich nett von Ihnen!« höhnte der Anführer und gab sich nicht mehr die geringste Mühe, wie ein Vulkanier zu sprechen. Er betonte alle Zischlaute und verkürzte die Endsilben der einzelnen Worte. Zusammen mit einem seiner Begleiter trat er auf die Frau zu, und der dritte Mann machte Anstalten, Cleante zu verfolgen. T'Shael warf sich ihm in den Weg.

Natürlich hatte sie nicht die geringste Chance. Alle vulkanischen Kinder wurden in der Selbstverteidigung unterwiesen, und T'Shaels Fähigkeiten entsprachen der Norm. Aber sie sah sich mit drei Gegnern konfrontiert, und es ging ihr gar nicht um die eigene Sicherheit, sondern um Cleante.

Sie duckte sich, wich mehrmals aus und steckte einige wuchtige Rihannsu-Hiebe ein, doch schließlich hielt sie jemand am Haar fest und riß ihren Kopf mit einem erbarmungslosen Ruck zurück. Finger berührten sie am Hals und drückten fester zu als unbedingt nötig: ein Nervengriff aus der gemeinsamen Vergangenheit von Vulkaniern und Romulanern.

Zumindest blieb T'Shael das Entsetzen in den Zügen der menschlichen Frau erspart, als Cleante in eine Sackgasse geriet und beobachtete, wie sich ihr die drei Männer näherten.

»Ich langweile mich«, verkündete Jim Kirk. Er stand neben dem Null-G-Schwimmbecken und schnitt eine Grimasse. »Himmel, ich komme fast um vor Langeweile.«

Uhura lag unter dem Ultraviolett-Projektor, hob den Kopf, rückte die Schutzbrille zurecht und sah McCoy an. Der Bordarzt erwiderte ihren Blick, und seine stumme Botschaft lautete: Wenn sich der Captain langweilt, ist es bald mit der Ruhe vorbei.

»Du bist nur sauer, weil dir Fähnrich Chen beim Poker fast die Hosen ausgezogen hat«, behauptete McCoy.

Er meinte es wortwörtlich. Als Kirk die Kreditchips ausgingen, setzte er seine Kleidung – bis er sich schließlich an die Würde seines Amtes erinnerte. Oder bis er begriff, daß er zuviel verlor. Es kam ganz darauf an, aus welcher Perspektive man die Sache betrachtete.

»Sie hat mich nicht geschlagen – ich habe sie gewinnen lassen«, erwiderte Kirk unschuldig und schlang sich ein Handtuch um den Hals. »Immerhin ist sie neu an Bord, und ich wollte sie nicht gleich entmutigen. Ganz abgesehen davon: Chen mogelt. Es gibt keinen Ho-Chi-Minh-Straight.«

Uhura ließ sich zurücksinken und verzichtete auf eine Antwort. McCoy brummte nur.

»Ich weiß nicht recht... Liegt es an mir selbst oder daran, daß uns Starfleet Command seit einiger Zeit nur noch Routineaufträge gibt?« Kirk starrte ins Leere und erwartete keine Antwort. »Kartographierungsmissionen, Ausbildungsflüge, Milchmann-Touren. Soll uns dadurch irgend etwas mitgeteilt werden?«

Uhura rollte sich auf den Bauch und summte leise vor

sich hin. McCoy gab die Untersuchung der Sommersprossen am Arm auf — er hatte nach Melanomen Ausschau gehalten — und nahm den Köder an.

»Weißt du, was mir bei einigen Leuten auf die Nerven geht?« fragte er und sah dabei an die hohe Decke des Freizeitdecks. »Ich will's dir sagen. Wenn man sie von einem Alarm zum anderen jagt, stöhnen sie irgendwann über zuviel Arbeit und zu wenig Anerkennung. Sie betonen dann, sie brauchten dringend eine Abwechselung, müßten unbedingt ausspannen und so weiter. Du kennst das übliche Gerede. Aber was passiert, wenn man auf ihre Wünsche eingeht, wenn man ihnen tatsächlich die Möglichkeit gibt, einige Tage lang die Hände in den Schoß zu legen und alle Pflichten zu vergessen? Schon nach kurzer Zeit jammern sie wieder über zu wenig Anerkennung und *schreien* nach Arbeit!«

Kirk nahm auf dem Rand einer Liege Platz und massierte sich den Nacken.

»Ich verlange keinen Grund, Alarmstufe Rot zu geben. Mir geht es nur gegen den Strich, dauernd junge Kadetten durchs All zu kutschieren.«

Wehmütig blickte der Captain aus dem breiten Panorama-Fenster. Ganz gleich, wo sich sein Körper befand — mit den Gedanken war er immer dort draußen. Eine Zeitlang beobachtete er die Überreste einer vierzehn Parsec entfernten Supernova, die seit einer Woche ihr energetisches Leben aushauchte. Spektralfilter reduzierten ihr Licht auf ein blasses, bläuliches Glühen. Ab und zu strahlten Supernovae mit der Leuchtkraft einer ganzen Galaxis, aber schon nach kurzer Zeit zogen sie sich in die kosmische Anonymität zurück.

Kirk seufzte schwer.

»Bestimmt geht es irgendwo rund«, klagte er und deutete in Richtung Fenster. »Im Weltraum passiert ständig etwas. Vielleicht bricht auf irgendeinem Planeten gerade eine Katastrophe aus. Vielleicht braucht jemand die Hilfe der galaktischen Feuerwehr.« Womit er natürlich die *Enterprise* meinte.

»Du kannst ja schon mal den Schlauch ausrollen«, murmelte McCoy ironisch, und Uhura lächelte dünn. *Man sollte sich genau überlegen, was man sich wünscht*, dachte sie.

Die UV-Strahlen machten sie schläfrig, doch kurz darauf öffnete sie die Augen, als erneut McCoys sarkastische Stimme erklang.

»He, da kommt jemand, der sich nie langweilt. Obgleich er oft langweilig *ist*...«

Uhura schob ihre Schutzbrille ein wenig zur Seite und sah Spock, der sich ihnen näherte.

»Ach, Leonard, seien Sie doch nicht so gemein«, sagte sie, wie immer dazu bereit, ihren Lieblingsvulkanier in Schutz zu nehmen.

Spock kam nicht allein, sondern wurde von seinem Protegé Lieutenant Saavik begleitet, dem begabtesten Kadetten an Bord. Die beiden Vulkanier unterhielten sich mit gedämpften Stimmen, führten ein Gespräch, das alle anderen Personen ausklammerte, sie völlig vom Rest der Realität trennte. (In diesem Zusammenhang erzählte M'Benga eine sonderbare Geschichte: Bei einer kryokardiologischen Operation diskutierte der vulkanische Patient in aller Seelenruhe mit dem Assistenzarzt – angeblich ging es dabei um die genetische Struktur wildwachsender Blumen –, während der Chirurg das gefrorene Herz in der Hand hielt und einen Bypass vernähte. M'Benga nannte dieses Gebaren ›selektive Aufmerksamkeit‹.)

Uhura beobachtete Spock und Saavik – und begriff plötzlich, womit sie sich beschäftigten.

»Sie spielen *Cha'!*« entfuhr es ihr aufgeregt. Sie schaltete den Ultraviolett-Projektor ab und streckte sich wie eine Katze.

»Was?« fragte McCoy verwirrt. Er konnte nur feststellen, daß Spock und seine Begleiterin einen entschlossenen verbalen Zweikampf führten. Sie sprachen nicht nur auf Vulkanisch, sondern benutzten auch ein anderes, *noch* fremdartiger klingendes Idiom.

»*Cha'*«, wiederholte Uhura und rollte mit den Augen. »Das Spiel des Wortes. *Sie* sollten es eigentlich kennen.«

»Oh«, machte McCoy.

Natürlich hatte er schon davon gehört. Menschen bezeichneten das Spiel als nationalen Zeitvertreib der Vulkanier, und einige besonders spitze Zungen fügten hinzu, sie lenkten sich damit während der siebenjährigen Phasen ›dazwischen‹ ab. Andererseits: Selbst die Regeln des Basisspiels hätten nicht einmal in einer zwanzigbändigen Enzyklopädie Platz gefunden, und den Vulkaniern schien es ganz und gar nicht schwerzufallen, sie ständig im Kopf zu behalten. McCoy mußte schon dann passen, wenn das Wortgefecht auf dem geistigen Niveau von Kleinkindern stattfand, und die Hingabe, mit der Spock und Saavik ihre intellektuelle Leistungsfähigkeit maßen...

Kirk lauschte ebenfalls und trug dabei seinen humorvollen Ich-gebe-nicht-zu-daß-mir-diese-Sache-zu-hoch-ist-Gesichtsausdruck zur Schau. Nur Uhura schien in der Lage zu sein, dem schnellen Wortwechsel zu folgen, und sie klatschte laut, als Spock das Spiel mit einem anerkennenden Nicken beendete. Einige andere Besatzungsmitglieder drehten sich um, neugierig darauf, was der Applaus zu bedeuten hatte.

Spock wölbte eine Braue und schien erst jetzt zu merken, daß er nicht mit Saavik allein war. Der weibliche Lieutenant an seiner Seite wirkte fast verlegen.

»Hervorragend!« rief Uhura. »Darf ich an der nächsten Partie teilnehmen?«

Spock sah Saavik an und vollführte eine Geste, die soviel bedeutet wie: »Sie gehört Ihnen.« Uhura streifte sich einen dünnen Umhang über und machte sich zusammen mit Saavik auf die Suche nach einem Computer. Es ging darum, sich für eine Variante des Basisspiels zu entscheiden und die Regeln festzulegen. Nach menschlichen Maßstäben spielte Uhura sehr gut, aber ihr Erinnerungsvermögen konnte es nicht mit dem eidetischen Gedächtnis eines Vulkaniers aufnehmen.

»Sie haben einen klingonischen Dialekt als Alternative benutzt, nicht wahr?« fragte Kirk, als Spock ans Becken herantrat. Die übrigen Anwesenden zeigten viel Haut, und in seiner wie üblich tadellosen Uniform wirkte der hochgewachsene Mann völlig fehl am Platz. Es zuckte in Jims Mundwinkeln, als sich Spock auf eine der freien Liegen sinken ließ: Er saß kerzengerade, lehnte sich nicht zurück.

»In der Tat. Lieutenant Saavik wies mich auf die Nuancen hin.«

»Ich habe also richtig getippt«, sagte Kirk, zufrieden mit sich selbst. »Aber die von Ihnen verwendete Variante kenne ich nicht.«

»Cha' Damyath«, erwiderte Spock. »Das *Sim're'At cha'* beziehungsweise das Meisterspiel. Man muß Punkte verlieren, anstatt sie zu sammeln. Diese Version ist auch unter dem Namen ›Verliererspiel‹ bekannt. Sie fänden wohl kaum Gefallen daran, Admiral.«

Kirk überhörte die letzte Bemerkung.

»Wo haben Sie den ganzen Morgen über gesteckt?«

»Die Monatswahl stand an«, antwortete Spock. »Wir sind ziemlich weit von Vulkan entfernt, und ich kann nur hoffen, daß meine Stimme rechtzeitig eintrifft.«

Wer im All von seinem Wahlrecht Gebrauch machen wollte, bekam es mit diversen Schwierigkeiten zu tun: Raum-Zeit-Verzerrungen, verschiedene Einwohnergesetze auf den einzelnen Planeten – und natürlich das Problem offener Kommunikationskanäle, die sich nicht unbedingt für geheime Abstimmungen eigneten. Uhura hatte alle Hände voll zu tun, als die allgemeinen Wahlen der Föderation stattfanden. Es herrschte ein ziemliches Durcheinander auf den Frequenzen, wenn alle Leute gleichzeitig versuchten, sich mit der Heimatwelt in Verbindung zu setzen. Das vulkanische System war gleichzeitig einfacher und komplexer.

»Wird auf Vulkan ein neues Parlament gebildet?« fragte McCoy. »Himmel, ich kann mir nicht vorstellen, daß bei Ihnen Wahlkämpfe üblich sind.«

»Das ist auch nicht der Fall, Doktor. Verzichten Sie also darauf, Ihre Phantasie zu strapazieren.«

Spock begann mit einer ausführlichen Erklärung der vulkanischen Legislative und betonte, Abstimmungen beträfen nur bestimmte Angelegenheiten und keine Kandidaten. Er führte aus, jeder Vulkanier sei berechtigt, an der gesellschaftlichen Entscheidungsfindung mitzuwirken. »Politische Intrigen und die Wahl von offiziellen Repräsentanten aufgrund ihrer Popularität sind in meiner Heimat völlig ausgeschlossen«, sagte Spock und fügte weitere Details hinzu.

McCoys Blick trübte sich allmählich.

»Was gibt es sonst noch über die friedlichste Welt diesseits von Halka zu berichten?« fragte Kirk, als McCoy einzuschlafen drohte.

»Nicht viel«, erwiderte Spock. »Botschafter Sarek übermittelt seine Grüße. Und meine Mutter läßt Ihnen ein ›Hallo‹ ausrichten.«

Kirk lächelte über den charakteristischen Unterschied in der Ausdrucksweise. Er wandte sich erneut dem Panoramafenster zu, sah ins All und hielt nach dem Eridani-System Ausschau. Natürlich war die Entfernung viel zu groß, um es mit bloßem Auge zu erkennen, aber er wußte ungefähr, wo es sich befand.

»Vulkan«, murmelte er und spürte, wie seine innere Unruhe ein wenig nachließ. »Wahrscheinlich die einzige Welt in der ganzen Galaxis, auf der man mich nicht braucht.«

»Halleluja«, sagte McCoy.

Kurze Zeit später kleidete sich der Bordarzt an, behandelte einen leichten Sonnenbrand, dessen Prickeln er bereits auf dem Rücken spürte, und kehrte zur Krankenstation zurück. Er ahnte nichts von der vulkanischen Prioritätsbotschaft, deren Signale durch den interstellaren Raum rasten und dem Föderationsrat sowie Starfleet Command galten. Während der nächsten Stunden und Tage wurde sie von Starbase zu Starbase weitergeleitet, und anschließend setzte man auch die einzelnen Schiffe der Flotte in Kenntnis. Die *Enterprise* kreuzte in einem abgelegenen Sektor, und hinzu kamen einige Ionenstürme, die direkte Kom-Verbindungen verhinderten. Deshalb erfuhren Admiral Kirk und seine Gefährten erst spät, daß insgesamt sechs Bürgen des Friedens von Unbekannten entführt worden waren.

Dunkelheit, die selbst für vulkanische Augen schwarz blieb. Finsternis, das dumpfe Brummen eines Triebwerks und ein seltsamer, unterschwelliger Geruch.

T'Shael begann mit einer Analyse. Nein, kein Duft in dem Sinne, eher die Stimulierung eines Wahrnehmungsbereichs, der sich zwischen dem Geruchs- und Tastsinn erstreckte. Plötzlich verstand die Vulkanierin.

Deltanische Pheromone. Und zwar negative. Sie vermittelten Angst, Furcht und Schrecken. Haltet Abstand! Bleibt fern von mir! T'Shael richtete sich auf und spürte kalten Metallboden.

Ein unangenehmer Geschmack haftete an ihrem Gaumen, und die Kehle war trocken. *Ich bin mit irgendeiner chemischen Substanz betäubt worden.* Sie horchte, vernahm das schwere Atmen mehrerer Personen. *Wie viele Bürgen sind entführt worden? Und zu welchem Zweck?* T'Shael kroch übers Deck, und kurz darauf berührte sie jemanden. Der Betreffende wimmerte leise, und die Pheromone verkündeten eine noch deutlichere Botschaft.

»Wer ist da?« fragte jemand auf Deltanisch.

»T'Shael«, erwiderte die Vulkanierin in der gleichen Sprache.

»Sind Sie das, Resh?«

»Ja.« Der Mann seufzte erleichtert und sonderte weniger negative Pheromone ab. »Wo befinden wir uns?«

»In einem Raumschiff, das ein unbekanntes Ziel anfliegt. Wer ist sonst noch hier?«

»Krn und Jali liegen neben mir«, entgegnete der Deltaner. »Außerdem fühle ich die Präsenz von ... zwei anderen

Personen. Über ihre Identität kann ich jedoch keine Auskunft geben.«

»Ja«, bestätigte T'Shael knapp, lauschte ihrem eigenen Atem und dem Summen des Triebwerks. »An was erinnern Sie sich, Resh?«

T'Shael wußte, wie sehr Deltaner den körperlichen Kontakt benötigten – die physische Kommunikation hatte in ihrer Kultur eine große Bedeutung. Sie scheute Reshs Berührungen, hörte jedoch aufmerksam zu, als er erzählte.

Seine Erlebnisse unterschieden sich kaum von den ihren: ein Überraschungsangriff von Romulanern, die sich als Vulkanier ausgaben und offenbar gut über ihre Opfer Bescheid wußten. Zusammen mit zwei Begleitern hatte Resh die Sehenswürdigkeiten in der Alten Stadt besucht und anschließend in einem der vielen Parks Rast gemacht. Dort zogen sich die Deltaner hinter einige Büsche zurück und begannen mit einem entspannenden Liebesspiel. Resh fügte kummervoll hinzu, auf Vulkan sei ein derartiges Verhalten eigentlich unangemessen, aber er hielt es für unmöglich, Jali zu widerstehen, wenn sie in einer neckischen Stimmung war...

Resh'da Maprida'hn, Jali'lar Kandowali, Krnsandor L'am. T'Shael genoß den mentalen Klang dieser Worte und fand Gefallen an ihren ästhetischen Qualitäten. *Man könnte eine Meditationsmelodie aus ihnen schaffen,* dachte ein Teil ihres Selbst, der sich nicht mit den aktuellen Problemen befaßte. Deltaner hatten wunderschöne Namen und erhabene Seelen. Was ihre sexuellen Angewohnheiten betraf...

Unendliche Mannigfaltigkeit in unendlicher Kombination, erinnerte sich T'Shael pflichtbewußt und setzte die Situationsbewertung fort.

Sie bestätigte ihre Annahme, daß sie sich in einem Raumschiff befanden, doch die Frage, wohin es flog, mußte zunächst unbeantwortet bleiben. Insgesamt sechs Personen: T'Shael, drei Deltaner und zwei andere.

Die Vulkanierin vermied es, ihre Mitgefangenen zu berühren, als sie behutsam weiterkroch. Einmal mehr horchte sie dem schweren Atem, fand schließlich eine verkrampfte Gestalt, die sich dicht vor einem Schott zusammengerollt hatte. T'Shael spürte Fühler und gelangte sofort zu den richtigen Schlußfolgerungen: ein Andorianer. Wenn man ihn zu rasch weckte, schlug er blind um sich. Die Aggressivität von Andorianern war noch unberechenbarer als die der Menschen, und ihre Kraft reichte an die von Vulkaniern heran.

Bleibt noch ein Unbekannter, dachte T'Shael und schob sich übers vibrierende Deck. Kurz darauf tasteten ihre Fingerkuppen über einen Körper. *O nein, beim Ganzen!* fuhr es ihr durch den Sinn, und sie empfand fast so etwas wie menschliche Verzweiflung. *Warum ist sie ebenfalls hier?*

Cleante.

Das Betäubungsmittel wirkte sich unterschiedlich auf die einzelnen Metabolismen aus. Der Andorianer zitterte und zischte leise, kam langsam zu sich. T'Shael fühlte Cleantes Puls. Ein langsames, regelmäßiges Pochen. Alles in Ordnung.

Warum ist sie ebenfalls hier? wiederholte T'Shael in Gedanken. Und: *Es ist meine Schuld. Wenn ich schneller reagiert hätte...*

»Was soll jetzt aus uns werden?« klagte Resh. Die beiden anderen Deltaner erwachten ebenfalls. Er mußte tapfer sein, ihnen ein Beispiel geben, seine Furcht verbergen — keine leichte Aufgabe für jemanden, der ständige psionische Kontakte unterhielt.

»Kommt ganz darauf an, was unsere Entführer planen.«

T'Shael traf damit nur eine sachliche Feststellung, doch Resh schluchzte erneut.

»Sie wissen, wer und was wir sind!« jammerte er, gestikulierte nervös und widerstand der Versuchung, sich an T'Shael festzuklammern. Er wußte, daß die Vulkanierin nicht berührt werden wollte. Resh bemühte sich, seine Pheromone unter Kontrolle zu halten — ohne großen Erfolg.

»Bestimmt wollen sie uns töten und dadurch die Föderation vernichten!«

»Ich bezweifle, ob das Schicksal der Föderation von uns abhängt«, erwiderte T'Shael ruhig.

Bestand ihre Aufgabe nun darin, die starken Gefühle ihrer Mitgefangenen auszugleichen, eine stabile emotionale Balance zu schaffen? Sie gingen neben Cleante und dem Andorianer in die Hocke, wartete geduldig. Jali und Krn schmiegten sich an Resh, und die deltanischen Pheromone bildeten eine seltsame Mischung, erbaten Erklärungen, suchten Trost. Resh streichelte seine beiden Gefährten geistesabwesend, auf eine Art und Weise, die Menschen als lüstern bezeichnet hätten. T'Shael konnte sein Gebaren in der Dunkelheit nicht beobachten, aber sie hörte, wie Jali und Krn wohlig brummten. Manchmal zeigten Deltaner solche Verhaltensweisen selbst in aller Öffentlichkeit, und bei solchen Gelegenheiten wandte T'Shael immer den Blick ab.

»Die Entführer kennen unsere Identität!« stöhnte Resh. »Sie führten elektronische Bilder von uns mit sich. Ich habe sie deutlich gesehen. Die Fremden wissen, daß wir Bürgen sind!«

»Falls sie bisher noch daran zweifelten, haben Sie ihnen gerade eine wichtige Information gegeben«, erwiderte T'Shael mit einem Hauch Ärger.

Als T'Shael geboren wurde, begann für den Planeten Vulkan das zweite Jahrtausend des Friedens. Nach einer langen Ära der Barbarei ermöglichte Surak, der Vater der modernen vulkanischen Philosophie, die Einigung eines bis dahin außerordentlich aggressiven Volkes. Die Kodifikation der Meister-Lehren rettete die Vulkanier vor dem sicheren Untergang, obgleich sie dies mit ihren Emotionen bezahlten — und Surak mit seinem Leben. In den umfassenden Neuerungen gibt es jedoch einen Punkt, der nur wenigen Personen bekannt ist: Zwar kam es damals zu tiefgreifenden gesellschaftlichen Veränderungen und Innovationen, doch gleichzeitig bewahrte Surak alle Dinge, die ihren kulturellen Wert bewiesen hatten. Dazu gehörte auch das Konzept der Bürgen des Friedens.

In der vulkanischen Vorgeschichte existierte folgender Brauch: Der Erstgeborene eines Stammesführers lebte nach einem Waffenstillstandsabkommen beim rivalisierenden Clan. Wenn es zu neuen Feindseligkeiten kam, denen auch nur ein Mitglied des anderen Stammes zum Opfer fiel, so starb die Geisel. Auf diese Weise wurde – manchmal – der Frieden erhalten.

Als sich Stadtstaaten bildeten – damit begann die Mittlere Phase der vulkanischen Historie –, verfeinerte man diese Tradition. Die Rolle des Bürgen beschränkte sich nicht mehr nur auf Sohn, Tochter oder Ehepartner: Man tauschte *T'hy'la* aus, den Seelengefährten des Anführers, der dem anderen Fürstentum als Faustpfand diente. Wenn ein Krieg ausbrach, brachte man die Geisel um. Man folterte sie zu Tode, wenn möglich in Anwesenheit derjenigen, die sie schätzten und liebten.

Surak stellte der Gewalt dieser Praxis ihren Nutzen gegenüber und entschied, an dem Brauch festzuhalten. Er entwickelte das Konzept über die ursprüngliche Bedeutung hinaus, und auf sein Geheiß trugen alle Bürgen die Weltkriegsformel in ihren Herzen.

Der Begriff ›Erstschlagpotential‹ gehört zum Vokabular eines jeden Volkes im Atomzeitalter, und begleitet wird er von rhetorischen Versicherungen, keiner zivilisierten Nation könne daran gelegen sein, eine globale Katastrophe auszulösen. Das galt auch für die Vulkanier.

Zu Suraks Lebzeiten erzielte die Wissenschaft weitaus größere Fortschritte als der kulturelle Reifeprozeß. Eine enorme Intelligenz versetzte Vulkan in die Lage, tausend Jahre vor der Erde die Atomkraft zu erschließen und interplanetare Raumschiffe zu bauen.

Doch wer kontrollierte diese Technik? Verantwortungslose Feudalherren und machtgierige Diktatoren. Wenn es den Vulkaniern als Spezies noch nicht gelungen war, sich selbst zu vernichten, so bot jene Epoche ausreichend Gelegenheit dazu.

Surak nutzte die Fähigkeiten der Hohenmeister, die spezielle Kenntnisse in den Wissenschaften und Heilkünsten gewonnen hatten. Mit ihrer Hilfe codierte er die Formel des nuklearen Erstschlags und brachte sie in einer unzerstörbaren Kapsel unter, die ins Herz eines jeden Bürgen implantiert wurde. Wer einen Krieg beginnen wollte, mußte seinem Kind, der Ehepartnerin oder dem besten Freund zunächst eigenhändig die Brust aufreißen. Dieser Abschluß der Reformen gewährleistete das erste Jahrtausend des Friedens.

Ähnliche Konzepte ersann man auch auf anderen Welten, unter ihnen die Erde. Dort unterbreiteten Pazifisten im späten zwanzigsten Jahrhundert (alte Zeitrechnung) einen entsprechenden Vorschlag, doch man lehnte ihn als ›barbarisch‹ ab. Nach dem Ersten Föderationskongreß im Jahre 2124 regte Vulkan bei jeder Ratssitzung ein Referendum an, das die Tradition der Bürgen auf den ganzen Völkerbund ausdehnen sollte, doch erst seit fünf Jahren tauschten die einzelnen Planeten ›Geiseln für den Frieden‹ aus. Suraks ursprüngliche Siedlung in T'lingShar — längst ein kosmopolitischer Treffpunkt für Künstler und Reisende — wurde um Unterkünfte für Außenweltler erweitert.

Der große Gebäudekomplex im alten Zentrum von T'lingShar stellte praktisch eine Stadt innerhalb einer Stadt dar: eine Mischung aus Gemeinschaftssälen, Universitätscampus, Kultur- und Kunstzentrum. Überall herrschte die ästhetische Ruhe, der man überall auf Vulkan begegnete. T'lingShar bot alles. Außenweltler und Vulkanier verkehrten unbefangen miteinander, in einer Atmosphäre der Freundschaft und des soziokulturellen Interesses. Neue Bürgen konnten sich entweder die vulkanische Lebensweise zu eigen machen oder an ihrer eigenen Philosophie festhalten. Einige von ihnen, zum Beispiel die Elaasianer, zogen es vor, die Kontakte mit ihrer Umwelt auf ein notwendiges Minimum zu beschränken, während andere die Gelegenheit nutzten, um zu lernen und neue Erkenntnisse zu gewinnen. Man verzichtete auf besondere Sicherheitsmaßnahmen, vertrat gemeinhin die Ansicht, die orbitalen Verteidigungsschilde reichten völlig aus. Immerhin war der Frieden seit über tausend Jahren stabil, und niemand rechnete mit einer Bedrohung aus dem All. Die Bürgen konnten ganz nach Belieben kommen und gehen, brauchten sich nur einmal im solaren Jahr in der Siedlung zu melden. Sie blieben auf Vulkan, bis die Amtszeit derjenigen endete, die sie geschickt hatten.

Cleante alFaisal kam nach T'lingShar, als ihre Mutter vor zwei Jahren zum Hochkommissar des Rats der Geeinten Erde gewählt wurde. Wenn sie nach Ablauf von zwei weiteren Jahren aus dem Amt schied, stand die Desaktivierung der Kapsel in Cleantes Herzen an, und dann konnte sie zur Erde zurückkehren. Für die berühmte Jasmine alFaisal kam nur die eigene Tochter als Bürge in Frage, denn sie hatte keine anderen anerkannten Verwandten und erlaubte sich nicht den Luxus von Freunden.

Cleante verbrachte ihre Zeit auf Vulkan, indem sie verschiedenen akademischen Studien nachging und sich ausgiebig mit ihrem Hobby beschäftigte: der Archäologie.

Als Kind war sie ehrfurchtsvoll durch die Stadt der Toten in Alt-Kairo gewandert, hatte begeistert an die lange und geheimnisvolle Geschichte ihrer Kultur gedacht. Auf Vulkan konnte sie die Relikte eines noch weitaus älteren und mysteriöseren Volkes bestaunen. Der Wüstenplanet erinnerte Cleante in vielerlei Hinsicht an Ägypten, und die fremden Aspekte bildeten ein einziges Abenteuer. Sie fand großen Gefallen an ihrem Aufenthalten in T'lingShar.

Ihre neue Rolle als Friedensbürge versetzte sie in die Lage, eine komplizierte Liebesaffäre in der Terranischen Kolonie Sieben zu beenden. Cleantes Beziehungen zum anderen Geschlecht führten häufig zu Verwicklungen. Sie mochte es, mit Männern zusammenzusein, aber sie vernarrten sich zu rasch in sie, und dann fiel es ihr oft sehr schwer, wieder eine sichere Distanz zu schaffen. In diesem besonderen Fall genügte ein Hinweis darauf, daß sie die nächsten vier Jahre auf Vulkan verbringen würde — so etwas entmutigte jeden Liebhaber. Cleante war zufrieden darüber, wie sich die Dinge entwickelt hatten.

Eine Frau, die bei Männern als außerordentlich attraktiv gilt, hat häufig Probleme, mit anderen Frauen Freundschaft zu schließen. Unter solchen Umständen kommt es zu Eifersucht und subtiler Rivalität. Doch in bezug auf Vulkanierinnen blieben solche Schwierigkeiten aus. Cleante fühlte sich von Anfang an zu T'Shael hingezogen und versuchte sich einzureden, es sei nur die vulkanische Reserviertheit und T'Shaels charakteristische Scheu, die sie an einer unmittelbaren emotionalen Beziehung hinderten. Diesen Eindruck hatte sie gewonnen — bis vor kurzer Zeit.

Zwar wußte sie nicht, wie T'Shael empfand, aber sie bedauerte es zutiefst, daß sie T'lingShar in zwei Jahren verlassen mußte, während die Instruktorin dort den Rest ihres Lebens verbringen würde.

T'Shael gehörte zu den wenigen Personen, die aus eigenem Antrieb zu Bürgen geworden waren. Sie wuchs ohne Eltern auf, in einer Kultur, in der Familienbanden eine große Bedeutung zukam. Jedes vulkanische Individuum genoß die gleiche Wertschätzung, und deshalb brauchte bei der Bestimmung einer ›Friedensgeisel‹ keine Rücksicht auf Verwandtschaftsbeziehungen genommen werden: Freiwillige nahmen die Plätze derjenigen ein, die sich um andere Pflichten kümmern mußten — oder wählten das Leben als Bürgen, weil sie einen persönlichen Beitrag zum interstellaren Frieden leisten wollten. Das traf auf T'Shael zu.

Als politisch stabilste Welt in der Föderation bot Vulkan genau die richtigen Voraussetzungen, um die Sicherheit der Bürgen zu gewährleisten.

Niemand rechnete mit dem Angriff, dem im Verlaufe

nur eines Morgens ein Mensch, ein Vulkanier, drei Deltaner und Theras von Andor zum Opfer fielen. Niemand rechnete damit, daß sechs Bürgen von Unbekannten verschleppt würden.

»Sollen wir uns fügen oder kämpfen?« zischte Theras, und in seiner weichen Stimme vibrierte Zorn.

T'Shaels Erwartungen erfüllten sich. Als der Andorianer das Bewußtsein wiedererlangte, sprang er sofort auf und versuchte, den scharfen *Flabjellah*-Dolch zu ziehen. Glücklicherweise hatten ihn die Entführer entwaffnet, bevor sie Theras zusammen mit den anderen in der dunklen Kammer unterbrachten. Er fand sich nicht mit der Situation ab und stapfte verzweifelt umher, hoffte vielleicht, einen Ausgang zu finden. In der Finsternis stolperte er über die anderen Gefangenen, und T'Shael hörte, wie sein mit Fühlern ausgestatteter Kopf mehrmals an die Wand stieß.

»Wir müssen etwas *unternehmen!*« fauchte Theras, und diesmal klang er nicht nur wütend, sondern auch ein wenig furchtsam.

»Sie sollten sich beherrschen«, sagte die Vulkanierin kühl. »Andernfalls müssen wir dafür sorgen, daß Sie uns nicht in Gefahr bringen.«

Der Andorianer schnappte nach Luft, und T'Shael glaubte, zu spüren, wie seine Anspannung zunahm. Sie bereitete sich vor.

»Drohen Sie mir Gewalt an, Vulkanierin?«

»Ich drohe niemandem, schon gar nicht mit Gewalt. Aber da ich vermute, daß Sie zum Kampf bereit sind, schlage ich folgendes vor: Kämpfen Sie gegen die Angst an, anstatt einen Mitgefangenen in den Fokus Ihrer Aggressivität zu rücken.«

Theras schnaufte leise. Er war den meisten von ihnen fremd — nur Jali hatte während eines sozioökonomischen Kurses Gelegenheit gefunden, ihn ein wenig besser kennenzulernen. Wie alle Andorianer fürchtete er sich vor geschlossenen Räumen. Die Bewohner von Andor zogen das

Leben im Freien vor, und obwohl sie schon seit Jahrhunderten zur Föderation gehörten, bestimmten primitive Instinkte noch immer einen Teil ihres Verhaltens. Wenn Theras' Klaustrophobie ansteckend wirkte...

Bei Deltanern bestand in diesem Zusammenhang kein Anlaß zur Sorge: Sie liebten Gesellschaft und Enge.

T'Shael lauschte Cleantes Atmen: ruhig und gleichmäßig. Die menschliche Frau war inzwischen wach und sich der Lage bewußt. Dennoch schwieg sie.

»T'Shael«, hauchte die Terranerin einige Sekunden später. Es klang gepreßt.

»Ich bin hier.« Und dann: »Sind Sie verletzt?«

Cleante bewegte sich und betastete ihren Körper.

»Ich glaube nicht. Und Sie?«

»Nein.« T'Shael reagierte mit einer gewissen Erleichterung auf Cleantes Auskunft.

Eine Zeitlang saßen sie stumm in der Finsternis und hörten das Brummen der Triebwerke. Ein Raumschiff, ja. Und es steuerte ein Ziel an, das nur die Entführer kannten. Jali schmiegte sich an Theras, um seine Furcht zu lindern. Der deltanische Kontakt beruhigte selbst Andorianer.

»Wenn wir doch nur etwas sehen könnten!« ertönte eine dünne Stimme. Krn hatte erstaunlich lange geschwiegen. Der kleine Krn, ein elf Jahre alter deltanischer Knabe, bereits in den Liebeskünsten bewandert, doch in allem anderen unerfahren. Er weckte Mitgefühl in seinen Zuhörern. »Wenn es hell wäre, hätte ich nicht solche Angst. Licht!« fügte er hoffnungsvoll hinzu.

An Bord von Föderationsschiffen schaltete man die Beleuchtung häufig mit einem verbalen Befehl ein — offenbar im Gegensatz zu Rihannsu-Raumern. T'Shael hatte unmittelbar nach ihrem Erwachen einen solchen Versuch unternommen, und nun begriff sie, warum der Erfolg ausblieb.

Sie sprach einige andere Worte, in einer Sprache, die ihre Begleiter noch nie zuvor gehört hatten. Die Silben des knappen Kampfcodes jenes Volkes klangen scharf und kehlig, bildeten einen seltsamen Kontrast zur sanften Stimme der Vulkanierin.

Jähes Licht verdrängte die Schwärze. Jali und die anderen blinzelten überrascht, musterten sich gegenseitig und seufzten. Nur T'Shael gab keinen Ton von sich und dachte nach.

»Wie...«, begann Cleante verwundert, obgleich ihre Vorstellungskraft der phänomenalen vulkanischen Leistungsfähigkeit kaum Grenzen setzte. »Was haben Sie gesagt?«

»Die Bezeichnung für Licht«, erklärte T'Shael ruhig. »Im Kampfcode der Klin.«

Bedrückendes Schweigen folgte, und die Bürgen des Friedens sahen sich in ihrem Kerker um. Es handelte sich um eine leere, versiegelte Frachtkammer mit minimalem Lebenserhaltungssystem — einen Pferch für die exotische Fauna verschiedener Welten.

Warum? fuhr es T'Shael durch den Sinn. *Warum?*

Nun, es gab mehrere Gründe, die ihre Entführung erklärten, und jeder einzelne unterstrich den Ernst der Situation. Die wichtigere Frage lautete vielleicht: Wer waren die Unbekannten? Romulaner. Aber agierten sie aus eigenem Antrieb, oder führten sie einen Auftrag ihrer gefährlichen klingonischen Verbündeten durch? Die Rihannsu-Ehre galt als legendär, doch was die Klin betraf...

»Seit die Allianz besteht, benutzen Rihannsu recht häufig klingonische Raumschiffe«, sagte T'Shael, deren Mutter in Starfleet Erfahrungen gesammelt hatte. »Doch da die Verbalkontrollen nach wie vor auf die klingonische Sprache justiert sind, müssen wir davon ausgehen, daß die Besatzung dieses Raumers nicht aus Romulanern besteht.«

Ihre Mitgefangenen bekamen keine Gelegenheit, einen Kommentar abzugeben. Von einem Augenblick zum anderen öffnete sich das Schott.

T'Shael erkannte die drei Männer wieder, denen sie in T'lingShar begegnet war. Sie trugen nun Uniformen des romulanischen Militärs und blieben hochmütig im breiten

Zugang stehen. Der Anführer trat einen Schritt vor und warf einen kurzen, verblüfften Blick auf die Leuchtplatten.

»Nicht übel«, sagte er auf Standard, doch die Vulkanierin hörte seinen deutlichen Akzent. Nacheinander starrte er die Gefangenen an – Theras verharrte wachsam und zornig in einer Ecke der Kammer, und seine Fingernägel kratzten über glatten Stahl; der kleine Krn hockte zwischen Jali und Resh; Cleante schien T'Shaels Gelassenheit zu teilen und rührte sich nicht von der Stelle. Schließlich richtete der Romulaner seine Aufmerksamkeit auf die Instruktorin. »Wer von euch hat das fertiggebracht?«

Eine rhetorische Frage, auf die der Mann gar keine Antwort erwartete. Er grinste höhnisch, wie auf Vulkan.

»Nun, spielt keine Rolle. Wir bringen euch die Dunkelheit zurück.«

Seine beiden Begleiter zogen ihre Intervaller, als er wie beiläufig einen Injektor hervorholte. Er traf eine rasche Entscheidung, wählte zuerst den Andorianer, der die größte Gefahr darstellte.

Als im Resh und Jali in den Betäubungsschlaf folgten, wimmerte Krn und lief zu T'Shael. Aus diesem Reflex heraus schloß sie die Arme um ihn – er war federleicht, und seine Pheromone entfalteten eine intensive Aktivität –, senkte die physisch-psychischen Barrieren ihrer Scheu vor körperlichen Kontakten. Krns psionische Impulse drangen tief in das Bewußtsein der Vulkanierin vor – bis Cleante eingriff, T'Shael vom detanischen Knaben befreite und ihn an sich drückte.

»Wie rührend!« sagte der Romulaner spöttisch und preßte den Injektor an T'Shaels Arm. Sie setzte sich nicht zur Wehr.

Stumme Dankbarkeit für Cleantes Beistand begleitete sie in neuerliche Schwärze.

KAPITEL 2

»Es ist von äußerster Wichtigkeit, sich an einen Punkt zu erinnern«, wandte sich Meister Shimm zu Beginn der Ausbildung an seine Schülerin T'Shael. »Stell das Prinzip nicht aufgrund seiner Schlichtheit in Frage, sondern denke immer daran: Hüte dich davor, von der irrigen Annahme auszugehen, den Vulkaniern fehlten Empfindungen. Unser Wesen zeichnet sich durch starke Emotionen aus, aber wir halten sie unter Kontrolle. Gefühle müssen beherrscht werden, denn sonst herrschen sie. Wer dies nicht versteht, dem sei geraten, sich an einen einsamen Ort zurückzuziehen, um zu meditieren.«

T'Shael verbrachte einen großen Teil ihres Lebens in der Einsamkeit.

Außenwelter kamen als Bürgen nach T'lingShar, nutzten die vielen Vorteile der Siedlung und erweiterten den kulturellen Kosmos der Enklave durch ihre eigenen Charakteristiken. Sie blieben ein, zwei, vier oder noch mehr Jahre, kehrten in die Heimat zurück, wenn sie ihre Pflicht erfüllt hatten.

T'Shael blieb.

»Es muß ziemlich schwer für Sie sein«, sagte Jali, als sie sich zum erstenmal begegneten. Ihre Wimpern zuckten mehrmals — zusammen mit den fedrigen Brauen bildeten sie das einzige Haar an ihrem Körper —, und Jali trat so nahe an T'Shael heran, daß die Vulkanierin nur mit Mühe der Versuchung widerstand, einen Schritt zurückzuweichen. »Sie lernen viele Personen kennen, doch schon nach kurzer Zeit erfolgt die Trennung. Oh, ohne Freunde zu sein...«

Freunde? Eigentlich hatte Jali ›Liebhaber‹ sagen wollen

— im Deltanischen ist der Bedeutungsinhalt beider Worte identisch; nur subtile Betonungen verdeutlichen den Unterschied —, doch in bezug auf die Vulkanierin hielt sie einen solchen Ausdruck für unangebracht. Erneut klimperte Jali mit den Wimpern und kam noch etwas näher, emanierte eine emotionale Wärme, die auf kaum jemanden ohne Wirkung blieb.

»Ich bin zu Diensten«, erwiderte T'Shael angespannt und kapselte ihr Denken ein. Sie besann sich auf ihre Disziplin und blieb stehen, so schwer es ihr auch fiel. »Manche Leute benutzen das Wort ›Freund‹ zu leichtfertig.«

»Seit wann sind Sie hier?« erkundigte sich Jali, obwohl sie wußte, daß sie mit einer derart direkten Frage die vulkanische Etikette verletzte.

»Seit meinem sechzehnten Lebensjahr«, antwortete T'Shael monoton. »Ist diese Information sachdienlich?«

Daraufhin gab Jali auf, nahm die Disketten für den Mathematikkurs und machte sich auf die Suche nach angenehmerer Gesellschaft. Die Menschen in der Siedlung — die meisten Außenweltler stammten von Terra oder den irdischen Kolonien — wußten ihre Eigenschaften weitaus mehr zu schätzen.

Sie ahnte nicht, was sich hinter den steinernen vulkanischen Gesichtszügen verbarg. Deltaner sind so sehr an ein völlig offenes Gebaren gewöhnt, daß sie oft die Nuancen in den Verhaltensweisen von anderen Personen übersehen. Jali empfand nur Mitleid für die Seele, die sie in dem knochigen, scheinbar geschlechtslosen Leib gefangen glaubte. Sie bedauerte T'Shael, verglich sie mit einem Mauerblümchen, das neben Rosen und anderen prächtigen Blumen wuchs.

Jali dachte nicht einmal daran, daß T'Shael ihre Fragen in Hinsicht auf Freundschaft als beunruhigend empfinden konnte. Die Instruktorin hatte praktisch ständig mit Außenweltlern zu tun, und die multikulturellen Kontakte beeinflußten sie. Vielleicht konnte man von einer Erweiterung ihres geistigen Horizonts sprechen — es kam ganz auf die jeweilige Perspektive an.

»Wenn ich sprechen darf, Meister...«, sagte T'Shael leise. Sie hatte wochenlang zugehört, um den Mut zu finden, eine solche Bitte zu formulieren.

»Es ist gestattet«, erwiderte Shimm und verbarg seine Genugtuung. Er war alt, und manchmal wurde selbst ein Meister schwatzhaft. Außerdem erachtete er es als ein Zeichen von Reife, daß seine Schülerin aus ihrer Zurückhaltung fand. T'Shaels Schwäche bestand in einem Übermaß an Reserviertheit.

»Wenn man von der Annahme ausgeht, daß Wissen an sich positiv ist...«, begann die junge Frau.

»Vertrittst du einen solchen Standpunkt?« fragte der Meister.

Immer wieder stellte er das Selbstverständliche in Frage, doch bisher offenbarte T'Shael keine Anzeichen von Ungeduld. Ihre Sanftmut beunruhigte Shimm ein wenig.

»Ich bin tatsächlich der Ansicht, daß Kenntnisse sehr wichtig sind«, entgegnete T'Shael ruhig.

Meister Shimm ließ diesen Worten eine sorgfältig bemessene Stille folgen, gab seiner Schülerin die Möglichkeit, über ihre Antwort nachzudenken. Er beobachtete die zarte Gestalt, die vor ihm auf dem Boden kniete: der schmale Rücken gerade, die anmutigen Hände im Schoß gefaltet, der Kopf gesenkt, das nicht sehr hübsche Gesicht nach wie vor eine ausdruckslose Maske. Im Gegensatz zu vielen anderen Frauen in ihrem Alter verzichtete T'Shael darauf, ihr dunkles Haar zu schmücken; sie hielt an der für sie typischen Anspruchslosigkeit fest. Selbstverleugnung bildete einen bedeutenden Bestandteil ihres Wesens. *Mit dieser Einstellung könnte sie problemlos zu einem Meister werden,* dachte Shimm. Vorausgesetzt natürlich, sie strebte ein solches Ziel an. Doch ihre derzeitigen Überlegungen deuteten darauf hin, daß sie einen anderen Wunsch verspürte.

T'Shael sehnte sich etwas herbei, das sie nicht in Worte fassen konnte.

Shimms Lippen bildeten weiterhin eine dünne, unbewegte Linie, aber seine Seele seufzte. Salet, der bekannte Musiker und Vater der jungen Frau, hatte vor vielen Jahren mit ihm studiert und seine Tochter dem Meister anvertraut. Er lehnte es ab, sich ebenfalls mit Philosophie zu befassen: Salet fand allein in der Musik Erfüllung, und sein Schicksal bestand aus chronischer Krankheit und einem frühen Tod.

Doch T'Shael wies weniger klar ausgeprägte Fähigkeiten auf. Wenn man den richtigen Einfluß auf die Entwicklung ihres Bewußtseins nehmen konnte...

Shimm überlegte. Er wußte um T'Shaels Beziehungen zu den Außenweltlern, die zwangsläufig ihr Interesse wecken mußten. Ihre Fügsamkeit besorgte ihn, und er fragte sich, ob dieses Empfinden allein auf einer objektiven Einschätzung beruhte. *Oder liegt es vielleicht daran, daß ich keine eigene Tochter habe?*

»In der Tat«, kommentierte er die letzten Worte seiner Schülerin. »Unklar bleibt jedoch, ob du Kenntnisse meinst oder nur Informationen.«

T'Shael begriff, was ihr der Meister mitzuteilen versuchte. Das Sammeln von Daten über andere Völker, das Erlernen fremder Sprachen und die Beschäftigung mit exotischen Kulturen waren für sich genommen völlig unbedeutend. *Darum geht es mir nicht!* riefen ihre Gedanken, doch zunächst wahrte sie ein respektvolles Schweigen.

»Wenn Sie mir erlauben, ein Beispiel zu nennen...«, sagte sie behutsam. »Die Aufgabe des Meisters besteht darin, immer höhere und komplexere Erkenntnisebenen zu erreichen, die Seele von einem Gipfel zum nächsten zu tragen. Meine linguistische Begabung verpflichtet mich dazu, andere Bedeutungsstufen anzustreben. Sie erstrecken sich nicht nach oben, sondern reichen zu einem geistigen Horizont, den es hinauszuschieben gilt.«

»Jetzt wirst du poetisch«, sagte Shimm — eine Feststellung, kein Vorwurf. »Nun, wenn du den Horizont deines Denkens ausdehnst, verstehst du vielleicht auch die andere Aufgabe des Meisters. Er muß nicht nur nach oben wachsen, sondern auch nach innen. Er strebt nicht nur das Komplexe an, sondern auch den Kern des Einfachen.«

Darauf fiel T'Shael keine Antwort ein. Was Shimms Hinweis auf Poesie betraf...

»Ich bitte um Verzeihung«, murmelte sie zurückhaltend.

Erneut seufzte der Meister innerlich, und seine Züge wurden ein wenig sanfter.

»Beherzige diese Weisheit«, sagte er. »Was gut ist, führt zu Seelenfrieden. Ich befürchte, in deiner Seele herrscht keine Ruhe.«

T'Shael senkte den Blick und schwieg.

Vielleicht muß man erst das Chaos erfahren, um Frieden zu finden, dachte sie.

T'Shael begann als Studentin in der Siedlung, und inzwischen bekleidete sie den Rang einer Instruktorin. Die Kinder und Jugendlichen in T'lingShar lehrte sie fortgeschrittene Linguistik und Altvulkan und den übrigen Bewohnern der Siedlung bot sie Kurse in elementarem Modernvulkan an. Fast alle Mitglieder der Föderation beherrschten Standard, doch Vulkan war die Sprache der Wissenschaftler und Mathematiker, mit gewissen Einschränkungen auch der Musiker und Philosophen. Während T'Shael ihre Schüler geduldig durch die weiten Labyrinthe ihrer Muttersprache geleitete, analysierte sie gleichzeitig ihre linguistischen Besonderheiten, zeigte dabei ein für Vulkanier gerade noch statthaftes Maß an Begeisterung.

Wer mit einer fremden Sprache vertraut ist, versteht auch die Denkweise der Personen, die sie sprechen. Diese Erkenntnis stammte von Salet. Er meinte damit in erster Linie die Universalkommunikation der Musik, doch das Konzept galt auch für Worte. T'Shael befaßte sich mit Silben und Sätzen, und je mehr sie über ihre Signifikanz erfuhr, desto mehr wollte sie lernen. Es wurde fast zu einer Besessenheit.

Die Vulkanier wissen, daß es Zeit für alles gibt. T'Shael studierte, lehrte, meditierte unter der Anleitung von

Meister Shimm — und fand trotzdem Gelegenheit, sich mit zwei anderen Dingen zu beschäftigen: Musik und Paläoarchäologie.

Ihr Vater mochte der größte Musiker seiner Zeit gewesen sein, doch beim Spiel auf der *Ka'athyra* bewies sie nur mäßiges Talent. Trotzdem fand sie Gefallen daran, an den Saiten zu zupfen und zarten Klängen zu lauschen — ein Ersatz für Freude und Glück.

T'Shaels Interesse an den alten Artefakten ihres Volkes wurde von den Ruinen jenseits der Alten Stadt von T'lingShar geweckt. Salets Tochter kannte sie gut. Sie hatte keine Freunde und fand Gesellschaft bei verwitterten Säulen, eingestürzten Mauern, düsteren Mosaiken und den Heldenstatuen einer längst vergangenen Epoche.

Dort kam es zur ersten Begegnung mit Cleante.

Außer mir ist niemand verrückt genug, in der Hitze des vulkanischen Mittags durch die Ruinen zu klettern, dachte Cleante und beschloß von Anfang an, sich allein auf den Weg zu machen. Eine Forschungsexpedition, an der nur sie selbst teilnahm.

Schon seit mehreren Wochen wohnte sie in der Siedlung, hatte jedoch noch keine Gelegenheit gefunden, sich die Ruinen anzusehen. Nach dem Morgenunterricht nahm sie den kürzesten Weg, um die Stadt zu verlassen. Sie wählte leichte Kleidung und feste Stiefel, nahm auch einen Rucksack mit, der nicht nur Wasser und getrocknete Früchte enthielt, sondern auch einen Detailbetrachter, einen Minitricorder und mehrere Pinsel und Bürsten, um Sand von Inschriften und interessanten Gegenständen zu streichen.

Der lange Marsch erschöpfte Cleante, und sie ruhte sich im Schatten der ersten großen Säule aus. Die gewaltigen Monumente bildeten eine lange, erhabene Reihe — stumme Zeugen, die von einer fernen Vergangenheit berichteten. Die Terranerin genoß eine kühle Brise, die den Schweiß auf ihrer Haut trocknete. Erst nach einigen Sekunden bemerkte sie, daß Vögel fehlten, und vergeblich hielt sie nach irgendwelchen Geschöpfen der Wüste Ausschau. Sie vernahm nur das sanfte Seufzen des Windes, und die Stille erfüllte sie mit Ehrfurcht.

Die vulkanischen Ruinen erstaunten sie immer wieder. In ihrer Heimat auf der Erde gab man sich große Mühe, die historischen Relikte zu erhalten. Cleante gehörte zu den Amateurforschern, die das Grab Akhenatons entdeckten, jenes verrückten Pharaos, dessen Leichnam vor viertausend Jahren von seinen Feinden gestohlen wurde. Auf der Erde mahlten noch immer die Mühlen des Fortschritts — vielleicht mehr als jemals zuvor —, aber inzwischen begriff man auch, wie wichtig es war, das Erbe der Vergangenheit zu bewahren.

Die Vulkanier erinnerten immer wieder an die ›Zeit des Anfangs‹, aber sie kümmerten sich nicht um diese archäologischen Schätze, überließen sie Wind, Sand und dem erbarmungslosen Glühen der Sonne. Im Herzen der Alten Stadt hatte man viele uralte Gebäude restauriert, doch hier, in der Wüste, blieben nur Ruinen.

Cleante wußte genug von der vulkanischen Geschichte, um die Architektur zu datieren: mehrere Jahrtausende vor dem sogenannten Kataklysmus. Einige Erweiterungen deuteten darauf hin, daß die Gebäude bis zur Katastrophe benutzt worden waren. Auf Vulkan gab es keine ›verlorenen Zivilisationen‹. Neue Städte wurden einfach in die alten integriert. Aber an den Ruinen änderte sich nichts; sie wirkten wie eine historische Wunde, die niemand heilen konnte oder wollte.

Das vulkanische Volk legte großen Wert auf Ästhetik, Ordnung und Harmonie. Warum ignorierte es die Säulen und Friese und geborstenen Statuen?

Cleante gehörte erst seit kurzer Zeit zu den Bürgen in T'lingShar, doch sie wußte bereits, daß Vulkanier zu viele direkte Fragen als Verletzung ihrer Privatsphäre empfanden. Dennoch wandte sie sich an ihre Professoren und zog möglichst taktvolle Erkundigungen ein. Die Antworten lösten das Rätsel nicht, fügten weitere Geheimnisse hinzu.

»Die Ruinen erfüllen ihren Zweck«, hieß es. Und Cleante bezähmte ihre Neugier.

Nach einer kurzen Rast wanderte sie zwischen den Säulen umher, betrachtete das verwitterte Gestein. Nachdenklich tastete sie mit den Fingerkuppen über vulkanische Hieroglyphen und trachtete vergeblich danach, ihre Botschaft zu verstehen.

»Warum?« murmelte sie. »*Welchem* Zweck dient ihr? Weshalb seid ihr euch selbst überlassen?«

Die Ruinen gaben keine Antwort.

»Mach doch nicht dauernd so ein verdrießliches Gesicht«, sagte Jasmine alFaisal. Es war Abend; am nächsten Morgen flog ihre Tochter nach Vulkan. »Es steht dir nicht. Und da du dich wie ein Weihnachtsbaum geschmückt hast . . .«

»Ich bin nicht verdrießlich, Mutter«, erwiderte Cleante. Sie hatte ihren letzten Tag in der Stadt der Toten verbracht, um noch einmal den Ort zu sehen, an dem sie aufgewachsen war. *Vier Jahre,* dachte sie. *Vier lange Jahre.* »Ich grüble. Das ist ein Unterschied. Und ich bin nicht mehr herausgeputzt als du.«

Jasmine alFaisal, gerade zum Hochkommissar des Rats der Geeinten Erde gewählt, trat an den Fenstern des Apartments in Sadat City vorbei und betrachtete sich in einem Spiegel, der vom Boden bis zur Decke reichte. Nach einigen Sekunden mußte sie sich eingestehen, daß Cleante recht hatte. Sie löste eine Beryllkette vom Hals, legte sie achtlos auf die Frisierkommode und zupfte an ihrem festlichen Gewand. Offenbar genügten die Medikamente des Hausarztes nicht mehr, um ihr Gewicht zu kontrollieren . . .

Es ist das Alter, dachte Jasmine resigniert. Sie war jetzt fünfundsechzig, hatte damit genau die Hälfte ihrer statistischen Lebensspanne hinter sich. Noch fehlten graue Strähnen im pechschwarzen Haar, aber in den Augen- und

Mundwinkeln zeigten sich erste dünne Falten, und die Haut am Kinn schien nicht mehr ganz so glatt zu sein. Reagierte sie deshalb häufig verärgert, wenn sie Eleganz und Anmut ihrer Tochter sah?

Natürlich nicht! fuhr es Jasmine erschrocken durch den Sinn. *Cleante hat ein Recht auf ihre Jahre der Schönheit, auch wenn sie nicht nur Freude bringen, sondern auch Leid. Aber sie geht entschieden zu weit, wenn sie meinen Status in der Föderation gefährdet — mit ihren Launen, mit ihrer Weigerung, eine Karriere zu beginnen, mit ihrer unbekümmerten Dreistigkeit in bezug auf Männer.*

Punkt drei geht dir besonders gegen den Strich, nicht wahr? fragte sich Jasmine. *Bist du eifersüchtig, weil es Cleante überhaupt nicht schwerfällt, die Aufmerksamkeit des männlichen Geschlechts zu gewinnen, während du immer mehr von deinem Alter und der Ehrfurcht vor dem Hochkommissar behindert wirst? Hinzu kommt dein Übergewicht. Fünf Kilo zuviel auf den Rippen. Und an den Schenkeln.*

Ist es nicht die Sache mit Rico Heyerdal in der Terranischen Kolonie Sieben, die dich so sehr verärgert? fügte sie in Gedanken hinzu. *Nun, vier Jahre auf Vulkan werden meine stolze Schönheit bestimmt von ihrem Hochmut befreien.* Jasmine lächelte dünn. *Mit ein wenig Glück und dem nötigen Maß Beharrlichkeit wählt man mich vielleicht für eine zweite Amtsperiode, und dann bleibt Cleante acht Jahre lang in der Bürgenkolonie. Vorausgesetzt natürlich, wir kratzen uns beim diplomatischen Empfang heute abend nicht gegenseitig die Augen aus.*

»Ich verstehe dich nicht«, seufzte Jasmin. »Entweder wirfst du dich in Schale oder bist völlig schmutzig von den Ausgrabungen. In jedem Fall verhältst du dich wie ein Kind. Du spielst, Cle: mit dem Studium, mit der Archäologie und auch mit dem Sex. Wann wirst du endlich erwachsen?«

»Wenn ich dreißig bin, Mutter.« Cleante lachte, und es klang falsch, fast gezwungen. »Ich schwöre hiermit, daß ich bis zu meinem dreißigsten Geburtstag lernen werde, was Verantwortung bedeutet. Bis dahin schließe ich mein Studium ab und entscheide mich für eine berufliche Laufbahn. Vielleicht heirate ich sogar.«

Die letzten Worte betonte sie mit einer vorsichtigen Dosis Ironie. Ihre Mutter hatte viermal geheiratet, bevor sie die Förmlichkeiten aufgab und ihre Liebhaber frei wählte. Cleante hatte ihren Vater nie kennengelernt.

»Mutter...«

Cleante beobachtete die jetzt kühl und unnahbar wirkende Frau, die den Respekt der ganzen Erde genoß, und plötzlich verspürte sie den Wunsch, Jasmine zu umarmen. *Vier Jahre lang werde ich sie nicht wiedersehen,* dachte Cleante mit einer Betroffenheit, die sie selbst erstaunte. *Vielleicht bleiben wir sogar für acht Jahre voneinander getrennt.* Sie beschloß, sich auf Vulkan zu ändern, dort zu reifen. Die interplanetare Fähre startete am nächsten Morgen, lange bevor Jasmine ihren Schönheitsschlaf beendete. Es gab nur noch wenig Zeit, der Mutter zu versichern, daß ihre eigensinnige Tochter kein Problem mehr für sie sein wollte.

Das mit Rico tut mir leid! hallte es hinter Cleantes Stirn. *Zugegeben, ich habe ihn nur verführt, weil du ein Auge auf ihn geworfen hattest, aber kurz darauf kam es zu Verwicklungen, und dadurch verlor ich die Kontrolle. Bitte verzeih mir, Mutter.*

»Als du in meinem Alter warst, wußtest du genau, was du wolltest«, sagte sie statt dessen. »Du hast vierzig Jahre gebraucht, um dein Ziel zu erreichen. Du mußtest große Opfer bringen, und oft blieb dir kaum Zeit für dich selbst; aber jetzt gehen deine Wünsche in Erfüllung. Mach mir keine Vorwürfe, weil ich noch nichts gefunden habe, das mich mit einem ähnlichen Ehrgeiz erfüllen könnte.«

Was ist mit Liebe? überlegte Cleante niedergeschlagen. *Hast du jemals daran gedacht, daß ich nur deshalb Trost in den Armen von Fremden suche, weil du mir deine Liebe verweigerst? Ich habe keinen Vater, aber das schmerzt weitaus weniger als eine Mutter, die mich ablehnt. Nein, leugne es nicht. Ich weiß, daß du in mir immer nur eine Gefahr für deine Karriere gesehen hast, ein Hindernis, das dich mehrere Jahre lang aufhielt. Ich bin der einzige Fehler, der dir unterlief. Durch meine Reise nach Vulkan wird vieles leichter, für dich ebenso wie für mich. Endlich brauchen wir nicht mehr den Schein wahren.*

»Ich verspreche, nicht an dir herumzunörgeln«, sagte Jasmine alFaisal, legte ihrer Tochter die Hände auf die Schultern und beobachtete die beiden Spiegelbilder. Mit einem gewissen Unbehagen nahm sie den deutlich sichtbaren Altersunterschied zur Kenntnis. »Immerhin ist dies unser letzter Abend, und bei meinem ersten offiziellen Empfang möchte ich keine traurigen Gesichter sehen. Nur die vulkanische Delegation darf ernst bleiben. Lächle, Cle. Sei froh. Denk nur daran, wie viele Würdenträger wir erwarten: Shras von Andor, Sarek von Vulkan...«

»Wunderbar«, erwiderte Cleante ohne große Begeisterung. Sie freute sich darauf, den berühmten Sarek und seine Gemahlin Amanda kennenzulernen, aber die übrigen Diplomaten interessierten sie nicht im geringsten.

Unser letzter gemeinsamer Abend, dachte sie bitter. *Und die halbe Föderation ist dabei zugegen.*

»Welchem Zweck dient ihr?« fragte Cleante die stummen Säulen von T'lingShar, die so weit von ihrem geliebten Ägypten entfernt waren und doch vertraute Empfindungen in ihr weckten.

»Sie erinnern uns daran, was wir einst gewesen sind«, antwortete eine sanfte, ruhige Stimme.

Cleante drehte sich ruckartig um. Sie hatte geglaubt, allein zu sein, sah erst jetzt einen Schemen, der sich inmitten der Schatten bewegte. Die Vulkanierin kam langsam näher, verursachte kaum ein Geräusch und achtete die majestätische Stille. Widerstrebend trat sie ins Sonnenlicht, um sich der Terranerin zu zeigen. Cleante lächelte spontan.

»Wie meinen Sie das?« fragte sie.

»Die Ruinen stellen einen krassen Gegensatz zu unserem Bestreben dar, Ordnung zu schaffen«, erklärte T'Shael und vollführte eine Geste, die ihrer Umgebung galt. Der Kokon ihrer Reserviertheit splitterte, und sie sprach mehr als sonst, mehr als beim Unterricht, mehr als an einem ganzen gewöhnlichen Tag. »Wir haben überlegt, umfassende Restaurierungen vorzunehmen, um diesen Ort mit der Ästhetik zu gestalten, die ihn einst auszeichnete. Aber wir gelangten zu dem Schluß, daß die Ruinen bleiben müssen — als Buße für die Gewalt in unserer Vergangenheit. Der Tod einer Stadt ist dem Tod eines Lebewesens vorzuziehen. Wir Vulkanier dürfen nie zu dem zurückkehren, was wir waren, und dieses Monument erinnert uns daran.«

»Memento mori«, murmelte Cleante und wußte nicht so recht, was sie von T'Shaels Ausführungen halten sollte. Einige Sekunden lang blickte sie in die dunklen Augen der Vulkanierin. »Ein Wink mit dem Zaunpfahl.«

»Bitte?« T'Shael verstand die lateinischen Worte, aber der andere Ausdruck verwirrte sie.

Cleante schüttelte den Kopf.

»Schon gut. Ich habe nur laut gedacht. Nun, ich wollte Sie nicht stören. Haben Sie meditiert?«

Unmittelbar im Anschluß an diese Frage begriff sie, daß sie damit die vulkanische Etikette verletzte. Aus einem Reflex heraus hob Cleante die Hand zum Mund — eine nervöse Angewohnheit, die auf ihre Verlegenheit hinwies.

Vielleicht war es jene Geste, die T'Shael veranlaßte, sich trotz der Präsenz eines fremden Individuums zu öffnen, zu sprechen, obwohl sie unter normalen Umständen geschwiegen hätte. T'Shael, die Instruktorin, die Schülerin Meister Shimms — eine Tochter Vulkans, die versuchte, ihren geistigen Horizont auszudehnen, ihn für neue Erkenntnisse zu erweitern. Sprach sie, weil sie nichts von den Konsequenzen ahnte, die sich aus der Begegnung mit Cleante ergeben mochten?

»Es tut mir leid«, sagte die menschliche Frau und senkte

den Kopf. Demut gehörte nicht gerade zu ihren ausgeprägtesten Eigenschaften, aber sie spürte etwas, das Respekt gebot. Der Ort an sich? Die hoch aufragenden Säulen verliehen ihr etwas Zwergenhaftes, und das Alter der Ruinen betonte ihre Jugend. War es die Aura der Geschichte, das ätherische Flüstern von Stimmen, die sie auch in der Stadt der Toten vernommen hatte? Hier raunten sie in einer Sprache, die Cleante nicht verstand, aber sie hörte das Wispern trotzdem, und es berichtete von Jahrtausenden. Lag es an der Mißbilligung, die sie in den schwarzen Augen der Vulkanierin sah? Und welchen Aspekten ihres Selbst galt der stumme Tadel? Der Kleidung, die sie trug — besser gesagt: nicht trug? Ein langes Gewand umhüllte T'Shaels Leib, aber in einer solchen Aufmachung hätten Menschen schon nach kurzer Zeit einen Hitzschlag erlitten. Den aufdringlichen Fragen, die Cleante ungeachtet ihres Wissens über die vulkanische Kultur stellte? »Ich wollte nicht unhöflich sein...«

»Schon gut«, sagte T'Shael und winkte kurz. »Ihre Anwesenheit an diesem Ort deutet auf Interesse an unserer Geschichte hin, und in Ihrer Entschuldigung sehe ich ein Anzeichen dafür, daß Sie unserer Zivilisation mit Achtung begegnen. Nein, Sie haben mich nicht gestört. Ich bin keineswegs hierher gekommen, um zu meditieren.«

»Oh«, machte Cleante und wußte nicht, was sie sonst sagen sollte. Erneut strich sie mit den Fingerspitzen übers Gestein: kühl auf der Schattenseite, heiß auf der anderen. Sie sah an der Säule vor ihr empor und beobachtete die vielen Inschriften, die jeden Quadratzentimeter bedeckten und sich im Dunst verloren. Vermutlich reichten sie bis ganz nach oben, bis zur Spitze. Nachdenklich betrachtete sie die Zeichen. Hieroglyphen, Runen, komplizierte, formelartige Zeichen und reine Dekorationen — verbunden, zu einem dicken Bedeutungsgespinst miteinander verwoben. *Ich könnte sie selbst dann nicht verstehen, wenn ich mich für den Rest meines Lebens mit den vulkanischen Schriftsprachen befaßte,* dachte sie kummervoll. »In meiner Heimat auf der Erde gibt es ähnliche Ruinen. Sie sind ebenso alt, aber nicht annähernd so komplex.«

»Die Stadt der Toten«, sagte T'Shael. »Kairo. Altägypten. Pansemitische Union. Terra. Sie haben in Sadat City gewohnt, in der gleichen Region. Sie heißen Cleante alFaisal.«

Die vulkanische Leidenschaft — Leidenschaft? — für detaillierte Genauigkeit erheiterte Cleante, aber sie gab sich alle Mühe, nicht zu lachen. Trotzdem zuckte es in ihren Mundwinkeln, und wahrscheinlich hätte sie zumindest gekichert. Doch sie erinnerte sich rechtzeitig an ihren Wunsch, in der Bürgen-Gemeinschaft von T'lingShar anonym zu bleiben und nicht als Tochter einer berühmten Mutter zu gelten. *Nun, die Vulkanierin hat den derzeitigen Hochkommissar der Geeinten Erde mit keinem Wort erwähnt.*

»Woher wissen Sie, wer ich bin?«

»Ich unterrichte in der Siedlung, und daher kenne ich alle Studenten. Mein Name lautet T'Shael.«

»T'Shael«, wiederholte Cleante vorsichtig. »Es klingt sanft und gleichzeitig stark, und ich nehme an, das beschreibt Ihre Eigenschaften... Oh, nein!« rief sie, obwohl sich das Gebaren der Vulkanierin nicht veränderte. Cleantes Demutsphasen dauerten nie sehr lange. Sie war die Tochter einer Diplomatin und konnte sowohl freundlich als auch herrisch sein. »Ziehen Sie sich jetzt nicht in die vulkanische Kühle zurück. In diesem Zusammenhang weiß ich bereits Bescheid — Sie brauchen also keine persönlichen Fragen zu befürchten. Nun, ich bin neu hier. Vier lange Jahre soll ich auf Vulkan verbringen, und es liegt mir nichts daran, diese Zeit in einer menschlichen Enklave abzusitzen. Ich möchte mehr über diese Welt erfahren. Sie Sie bereit, mich Ihre Philosophie zu lehren?«

Ich bin Instruktorin, dachte T'Shael. *Meine Aufgabe besteht darin, Wissen zu vermitteln.* Dennoch reagierte sie mit einer vagen Befangenheit auf die direkte Frage.

»Wenn Sie möchten«, entgegnete sie.

»Möchten *Sie* es?« erwiderte Cleante. »Ich berufe mich nicht nur auf Ihr Pflichtbewußtsein.«

»Ich bin hier, um zu dienen«, sagte T'Shael.

Cleante dachte darüber nach. Sie hatte sich eine andere Antwort erhofft.

»Ich schätze, mehr Enthusiasmus darf man von einer Vulkanierin nicht erwarten«, murmelte sie. T'Shaels Gesicht blieb steinern. »Und ich verspreche, mich angemessener zu kleiden und besser zu benehmen.«

T'Shael schwieg, gab durch nichts zu erkennen, was sie von den letzten Worten der Terranerin hielt. Auf diesem unsicheren Fundament entwickelte sich eine zarte Freundschaft.

»Kommen Sie«, sagte T'Shael nach einer Weile und begann mit der ersten Lektion. »Um eine fremde Welt kennenzulernen, sollte man sich zunächst mit dem Anfang beschäftigen.«

Cleante schluckte und straffte die Schultern unter den Riemen des Rucksacks, so als bereite sie sich auf eine lange Reise vor. Neugierig folgte sie der Vulkanierin durch die Ruinen.

Am Abend eines einzigartigen Tages kehrte T'Shael in ihre schlichte Kammer zurück und schaltete das kleine Instruktionsterminal ein.

»Computer«, sagte sie, und daraufhin erhellte sich der Bildschirm.

»Terranische Sprachen, Kommunikationscode: Redewendungen. Definition und Etymologie des Begriffs ›Wink mit dem Zaunpfahl‹.«

T'Shael dachte lange Zeit über die Antwort des Computers nach.

»Es geht darum, Verantwortung zu akzeptieren«, begann T'Shael. »Was ein Volk, das den Ausdruck ›Wink mit dem Zaunpfahl‹ verwendet, bestimmt versteht.«

»Wenn man die Geschichte der Erde analysiert, könnte

man zu einem anderen Schluß gelangen«, erwiderte Cleante trocken.

»Vielleicht. Aber wir Vulkanier halten an unseren Prinzipien fest und vergessen nicht.«

Sie wanderten durch ein öffentliches Gebäude, und T'Shael übersetzte piktographische Inschriften. Manchmal forderten verblassende Symbolfarben ihren Anspruch auf Genauigkeit heraus.

Cleante zeichnete alles mit dem Tricorder auf, und ihr Blick klebte an den Friesen der achteckigen Wände fest. Ab und zu musterte sie ihre Begleiterin, deren Stimme allmählich einen heiseren Klang gewann. Eine Art mystisches Licht glänzte in T'Shaels Augen, als sie in Gedanken weit in die Vergangenheit ihres Volkes zurückkehrte. *Pupillen wie glühende Kohlen,* dachte Cleante. *Und trotzdem verströmen sie keine Wärme. Welche Tiefen sich in dir verbergen, T'Shael! Ist es wirklich nur Pflicht, die dich dazu bewegt, deine Zeit an jemanden wie mich zu vergeuden?*

»Bitte fahren Sie fort«, drängte sie ihre vulkanische Begleiterin und erwachte ebenfalls wie aus einer Trance. T'Shael neigte den Kopf zur Seite und sah sie an. »Sie sprachen von Verantwortung.«

»In der Tat.« Die Instruktorin nickte und überlegte kurz. »Jede einzelne Handlung hat inhärente Bedeutungen, die das Gefüge des Universums verändern. Selbst die banalste Geste führt zu vielfältigen Aktionen und Reaktionen, bewirkt eine unüberschaubare Kettenreaktion von Ursache und Wirkung, und deshalb ...«

»Wenn man von einem solchen Standpunkt ausgeht, lähmt man sich selbst«, warf Cleante ein. »Wer versucht, das Gewicht des ganzen Kosmos zu tragen, wird darunter zermalmt.«

Damit hast du vollkommen recht, dachte T'Shael.

»Sie haben sich informiert«, fügte die menschliche Frau nach einigen Sekunden der Stille hin. »Über den ›Wink mit dem Zaunpfahl‹.«

»Natürlich«, bestätigte T'Shael.

»Das Ruinengebiet von Gol ist größer«, sagte T'Shael bei einer anderen Gelegenheit. An diesem Tag befaßten sie sich mit Bildhauerei, betrachteten groteske Gebilde – teilweise ohne Köpfe, ohne Glieder –, die seit Urzeiten im Sand lagen. Cleante zitierte aus einigen klassischen Werken der irdischen Literatur, um ihre Eindrücke zu beschreiben, und T'Shael nahm sich vor, mit dem Computer weitere Signifikanzanalysen durchzuführen. »Dort gibt es die besten Statuen und Skulpturen. Dort lebten die besten Bildhauer. Gol stellte das Nonplusultra unserer Kultur dar, und deshalb errichtete man in jener Region den Palast der *Sim're*, der Hohenmeister.«

»Sind es Darstellungen von Göttern?« fragte Cleante geistesabwesend und kniete neben einem körperlosen Gesicht, das wie eine riesige Maske anmutete. Sie ahnte bereits, daß eine solche Erklärung nicht in Frage kam. Die dargestellten Züge ähnelten viel zu sehr denen von wahrhaftigen Vulkaniern, und sie wirkten überaus lebendig.

»Nein«, antwortete T'Shael. »Es gibt einen wichtigen Unterschied zwischen uns und anderen Kulturen. Vielleicht lag es an unseren telepathischen Fähigkeiten: Wir haben natürliche Phänomene nie als das Wirken irgendwelcher heiligen Entitäten interpretiert. Wir kennen das Ganze. Selbst in der vulkanischen Vorgeschichte – zu einer Zeit, als die Schriftsprache erst noch erfunden werden mußte – wurden keine Götter verehrt. Wir wußten natürlich von den anderen, doch wir verwechselten ihre Überlegenheit nicht mit Allmacht.

Unser Fehler lag darin, Sterbliche zu vergöttlichen. Ein Übermaß an Ehre pervertiert sich selbst. Daher der Kataklysmus. Daher diese Statuen, geschaffen für Vulkanier, die zu Göttern werden wollten. Und daher ihr Untergang.«

»Man bezeichnet so etwas als Blutstein«, sagte T'Shael an einem anderen Tag. Sie hatte die menschliche Frau zu einem großen Platz am Rande der Ruinen geführt, und diesen Bereich kannte Cleante bisher nicht. »Hier gibt es noch viele davon. Dieses Exemplar ist kleiner als die meisten, aber es mangelt ihm nicht an Bedeutung. Hier starb Surak, der Vater der modernen vulkanischen Kultur.«

Die Instruktorin deutete auf einen schmucklosen, rechteckigen und porös wirkenden Stein, der etwa zwei Meter breit und drei Meter lang sein mochte. An einigen Stellen zeigten sich sonderbare Kratzer. Das Gebilde glänzte in einem jadegrünen Ton und unterschied sich damit von allen anderen Steinen, die Cleante gesehen hatte. Sie streckte die Hand aus und berührte das Objekt, stellte überrascht fest, daß es sich feucht anfühlte. Plötzlich verstand die Terranerin, und jähes Entsetzen erfaßte sie.

»Hinrichtungen!« keuchte sie. Cleante starrte auf ihre Fingerkuppen und rechnete fast damit, vulkanisches Blut zu sehen. »Wie bei den Azteken auf der Erde. Wie viele, T'Shael?«

»Allein hier Hunderttausende«, erwiderte die Vulkanierin dumpf. »Rituelle Opferungen, die nicht einmal mit religiösen Motiven erklärt werden können: Wir glaubten an keine Götter, die so etwas verlangten. Dichter und Krieger, Neugeborene, die man von der Mutterbrust riß – sie alle fielen unserer Grausamkeit zum Opfer!«

Die Instruktorin schwankte leicht, gefangen in einer Trance, die Cleante als erschreckend empfand. Sie trat dicht an T'Shael heran und wußte, daß sie das Risiko einging, scharf zurechtgewiesen zu werden.

»Sie trifft nicht die geringste Schuld«, sagte sie eindringlich. »Es geschah vor vielen Jahrtausenden.«

»Gewalt und Aggressivität sind in uns allen«, stöhnte T'Shael. »Wir beherrschen sie, haben sie jedoch nicht völlig aus unserem Wesen verdrängt. Dieser Stein, getränkt mit dem Blut Suraks und vieler anderer, soll uns mahnen.«

Sie streifte den Kummer von sich ab und musterte Cleante.

»Der Stein fühlt sich feucht an, nicht wahr? Nun, hier wurde soviel Blut vergossen, daß es nie verdunsten kann. Im warmen Sonnenschein dringt es an die Oberfläche, damit wir es berühren und uns erinnern. Manchmal kommen Pilger hierher und fügen einen Teil ihres eigenen Blutes dem der Vorfahren hinzu. Um zu büßen. Und das Versprechen zu erneuern.«

»Gehören Sie zu den Pilgern?« erkundigte sich Cleante.

»Das geht Sie nichts an«, sagte T'Shael scharf.

Die Terranerin lachte nervös und respektlos.

»Vulkanier können nicht lügen, und dadurch laufen sie Gefahr, mit einigen zielgerichteten Fragen in die Enge getrieben zu werden.«

Cleante wurde wieder ernst und überlegte, ob sie T'Shaels Hand ergreifen und nach der Narbe des eigenen Blutopfers Ausschau halten sollte — vorausgesetzt, die Vulkanierin ließ eine solche Berührung zu. *Nein, so dreist bin nicht einmal ich.* Es war auch gar nicht nötig, nach den physischen Hinweisen einer moralischen Einstellung zu suchen, die sich ihrem Verständnis entzog.

»Warum?« fügte sie hinzu.

»Wenn Sie eine solche Frage stellen müssen, bliebe Ihnen meine Antwort rätselhaft. Ich gebe Ihnen den guten Rat, sich auf Ihr menschliches Wesen zu besinnen. Vielleicht habe ich zu viele Worte an eine Person gerichtet, die zuwenig versteht. Das ist mein Fehler. Bleiben Sie bei den Dingen, die Ihnen vertraut sind.«

Cleante schwieg. Ganz offensichtlich waren die Lektionen dieses Tages beendet, und vielleicht fanden sie nie eine Fortsetzung. T'Shael drehte sich stumm um und ging in Richtung Siedlung davon, wandte nicht den Kopf, um festzustellen, ob ihr die Terranerin folgte. Die menschliche Frau setzte sich ebenfalls in Bewegung, konnte jedoch nicht mit der Vulkanierin Schritt halten. Schon nach kurzer Zeit fiel sie zurück. Selbst am späten Nachmittag brannte die Sonne heiß vom Himmel, und der Rucksack schien immer schwerer zu werden.

Ich sollte dich hassen! dachte Cleante, starrte durch Dunst und flirrende Hitze, beobachtete den gleichgültigen Rücken der Instruktorin. *Du bist kalt und hochmütig und arrogant. Du machst mich mit deiner Welt vertraut, weil du eine Pflicht darin siehst. Es geht dir gar nicht darum, mir einen Gefallen zu erweisen. Gefühl spielt überhaupt keine Rolle. Ich sollte dich hassen!*

Aber warum kehre ich immer wieder mit dir hierher zurück? Warum gebe ich mir solche Mühe, sowohl deine Philosophie als auch dich selbst zu verstehen? Was fasziniert mich so sehr an dir?

In ihrem Zorn spürte Cleante nichts von der Veränderung des Wetters — bis plötzlich ein heißer Wind aufkam und ihr fast das Gleichgewicht raubte. Sie blickte zum noch immer unvertrauten Himmel auf, der nun nicht mehr in einem matten Rot glühte. Bleigraue Wolken ballten sich zusammen, und die Temperatur sank. Kalte Böen fauchten, und Cleante konnte sich kaum mehr auf den Beinen halten.

Mein erstes Gewitter auf Vulkan, dachte sie und zitterte aufgeregt — wie immer vor einer neuen Erfahrung. *Gehören auch Blitze zum klimatischen Szenarium dieses Planeten?*

Ein ohrenbetäubendes Krachen beantwortete ihre Frage, und Besorgnis vibrierte in der jungen Frau. *Wenn ich hier von einem Tornado überrascht werde...* Vergeblich sah sie sich nach einem Unterschlupf um. Inzwischen befand sie sich auf halbem Wege zwischen der Siedlung und den Ruinen, und weit und breit gab es nicht einmal einen Felsen. Der Wind drückte halb verdorrte Büsche und Sträucher fest an den Wüstenboden, blies Cleante Sand in die Augen.

Sie geriet in Panik.

Allah akbar! betete sie. Instinktiv rief sie sich die Religion der Kindheit ins Gedächtnis zurück, obwohl sie natürlich nicht glaubte, von einem Gott gerettet zu werden. Sie begann zu laufen, wußte jedoch, daß sie sich nicht rechtzeitig in Sicherheit bringen konnte. Cleante taumelte hilflos, kniff die Augen zusammen und schirmte sie mit den Händen ab.

Irgend jemand packte die Terranerin an den Schultern und preßte sie zu Boden, gewährte Schutz vor den entfesselten Elementen.

T'Shael war zurückgekehrt.

Einige Sekunden später begann es zu regnen: dicke Tropfen, die wie Geschosse herabfielen, begleitet von pflaumengroßen Hagelkörnern. Cleante beobachtete, wie sie vor ihr in den Sand fielen, ihn in eine zähflüssige Masse verwandelten, die sie zu verschlucken drohte. Die menschliche Frau spürte nichts von dem Hagel. T'Shael lag auf ihr, einem lebenden Schild gleich.

»Runter von mir!« rief Cleante in den heulenden Wind und versuchte, die Vulkanierin von sich abzuschütteln. Sand drang ihr in Mund und Nase. Sie schnappte nach Luft, drehte sich zur Seite und starrte in T'Shaels Gesicht, hörte das Pochen der Hagelkörner auf dem gewölbten Rücken der Instruktorin. »Es ist alles in Ordnung mit mir. Ich...«

»Seien Sie still«, erwiderte T'Shael, schloß die Augen und senkte den Kopf. Der Wind zerrte an ihrem feuchten Haar; einzelne Strähnen schlugen wie kleine Peitschen an Cleantes Wangen. Schmale, zarte und doch verblüffend starke Hände hielten die Terranerin fest. Um sie herum zuckten Blitze vom dunklen Himmel herab, und Cleante begriff, daß sie auf keinen Fall aufstehen durfte. *Wenn ich weitergelaufen wäre...*

Sie leistete keinen Widerstand mehr, und schließlich fand das Chaos ein Ende. Das Unwetter zog rasch weiter, und T'Shael rollte sich von Cleante herunter.

»Zum Teufel auch, was fällt Ihnen eigentlich ein?« Die menschliche Frau sprang auf und strich feuchten Sand von den Wangen und ihrer durchnäßten Kleidung.

»Die Launen des hiesigen Wetters sind Ihnen unbekannt, und ich muß zugeben, daß ich ebenfalls überrascht wurde«, erwiderte T'Shael. »In dieser Jahreszeit sind derartige Gewitter recht selten.« Ihr Haar war zerzaust, und einige fransige Strähnen klebten an den Schläfen; trotzdem gelang es ihr nach wie vor, würdevoll zu wirken. Die Sonne strahlte wieder und schien die beiden Frauen zu verhöhnen. »Nach sorgfältigem Überlegen hielt ich es für erforderlich, einen solchen physischen Kontakt herbeizuführen, um Ihre Sicherheit zu gewährleisten. Unter anderen Umständen hätte ich es natürlich vermieden, Sie zu berühren...«

»Natürlich!« zischte Cleante. Sie konnte sich nicht mehr beherrschen und zitterte vor Wut. »Sie und Ihr verdammter vulkanischer Anstand! Niemand darf Sie anrühren. Aber Sie schützen mich vor dem Unwetter und setzen Ihr Leben für einen Menschen aufs Spiel, den Sie nicht einmal besonders mögen!«

»Was spielt das für eine Rolle?«

Cleantes Zorn wich Niedergeschlagenheit, als T'Shael in ihrem unerschütterlichen Gleichmut verharrte.

»Es... es tut mir leid«, sagte sie. »Ach, warum muß ich mich dauernd bei Ihnen entschuldigen? Sind Sie verletzt?«

»Nein«, erwiderte T'Shael. Diese Antwort entsprach nicht ganz der Wahrheit: Schmerz brannte in ihrem Rükken, doch sicher genügte eine kurze Heiltrance, um ihn zu besiegen. »Ist eine solche Information wichtig für Sie?«

Cleante musterte sie verblüfft.

»Selbstverständlich ist sie das! Wie können Sie mich so etwas fragen? Manchmal sind Sie unausstehlich, aber mir liegt trotzdem etwas an Ihrem Wohlergehen.« Sie zögerte kurz und fügte hinzu: »Warum schützten Sie mich vor dem Gewitter?«

»Es gab keinen logischen Grund, auf eine solche Verhaltensweise zu verzichten.«

»Und das genügt Ihnen?« Cleante starrte in die dunklen Augen der Vulkanierin und hoffte, daß sie endlich die Maske fallen ließ, ihr Sorge und Mitgefühl zeigte.

»Was erwarten Sie von mir?«

»Ich geb's auf!« Cleante hob die Arme und ließ sie wieder sinken, verbarg ihre Seelenpein. T'Shael wollte sie nie verletzen, aber oft verursachten ihre Worte innere Wunden, die nur schlecht heilten. »Wenn ich Ihnen zu danken versuche, weisen Sie mich darauf hin, wie unlogisch es für uns beide sei, durch das Unwetter in Gefahr zu geraten. Nun, ich weiß noch immer nicht, warum Sie meiner Sicherheit den Vorrang geben.«

»Normalerweise wäre das nicht der Fall«, entgegnete T'Shael ruhig. »Aber Sie sind Gast in meiner Heimat, und auf Gäste muß man besondere Rücksicht nehmen.«

»›Muß‹«, wiederholte Cleante. »Wie sehr ich Sie um die Schlichtheit Ihres Lebens beneide!«

Sie ließ sich in den Schlamm sinken, öffnete den Rucksack und begann mit einer Inventur. Zunächst einmal fand sie Sand, was sie nicht weiter überraschte. Die getrockneten Früchte — Cleante kam nur selten dazu, sie zu essen; wenn T'Shael über die vulkanische Vergangenheit sprach, vergaß sie den Proviant — befanden sich ganz unten, und mit den Verpackungssiegeln schien soweit alles in Ordnung zu sein. Der Tricorder jedoch... Er lag ganz oben, und Sand war ins Gehäuse gedrungen, hatte die Kassette ruiniert. *Die Arbeit eines ganzen Nachmittags — umsonst*, dachte Cleante und verbesserte sich in Gedanken: *Nein, T'Shaels Arbeit. Ich höre immer nur zu.* Sie begann zu fluchen und spürte, wie sich neuerliche Wut in ihr regte. Zorn auf sich selbst, auf die Vulkanierin, auf das Gewitter.

T'Shael lauschte aufmerksam und verstand nur einige wenige Worte. Cleantes Beschimpfungen bezogen sich auf sexuelle Funktionen und blieben für die Instruktorin ebenso bedeutungslos wie die Hinweise auf unbekannte Personen zweifelhafter Herkunft; mit den bei Menschen als blasphemisch geltenden Redewendungen konnte die Vulkanierin überhaupt nichts anfangen, denn das Konzept des Ganzen unterschied sich zu sehr von den irdischen Religionen. Sie begriff nur, welche Stimmung auf diese Weise zum Ausdruck gebracht wurde.

»Sie erwähnten eben die angebliche Schlichtheit meines Lebens«, sagte T'Shael, um Cleante zu beruhigen und ihre Aufmerksamkeit zu gewinnen. Sie griff nach dem Tricorder, zog die Kassette daraus hervor, spulte das Band Zentimeter um Zentimeter zurück und blies den Sand fort. »Was meinen Sie damit?«

»Wie leicht einem die Wahl fällt, wenn alles schwarz und weiß ist!« erwiderte Cleante bitter und bebte noch immer am ganzen Leib. Mit dem Handrücken wischte sie sich Tränen aus den Augen.

Plötzliche Furcht regte sich in ihr. *Als T'Shael auf mir lag und mich vor dem Hagel schützte... Hat sie telepathische Impulse von mir empfangen? Bekam sie Gelegenheit, meine Gedanken zu lesen?* Diese Vorstellung erschreckte sie. Es gab einige dunkle Winkel ihres Ichs, die sie niemandem zeigen wollte. T'Shaels moralisch gefestigter Geist, der in ihr Bewußtsein vordrang und dort Fäule fand...

»Sie verstehen noch weniger, als ich bisher annahm«, antwortete die Vulkanierin schließlich, und Cleante wußte nicht, was sie von einer solchen Bemerkung halten sollte. T'Shael gab ihr den nun wieder voll funktionstüchtigen Tricorder zurück, stand auf und beobachtete die Landschaft.

»Wir müssen warten, bis das Regen- und Schmelzwasser abgelaufen ist. Sonst laufen wir Gefahr, in Morastlöcher zu geraten.«

Cleante lachte fast hysterisch. »Morastlöcher!« stieß sie hervor und spürte den Blick der Instruktorin auf sich ruhen. »Derartige Überraschungen gibt es auch in unserer Beziehung.« Ihre Züge verhärteten sich. »Ich erhoffte mir eine Freundin, und statt dessen bekam ich Standardvorträge über die vulkanische Archäologie. Ach, vermutlich kann ich mich glücklich schätzen, daß Sie mich an Ihrer unschätzbaren Weisheit teilhaben lassen!«

T'Shael ließ sich nicht provozieren. »Sie baten mich darum, Ihnen die Philosophie dieser Welt zu lehren«, sagte sie völlig rational. »Wenn Sie mich um Freundschaft gebeten hätten, wäre ich nicht in der Lage gewesen, auf Ihr Anliegen einzugehen.«

»Warum?« fragte Cleante. »Glauben Sie, ich sei völlig

außerstande, Ihren moralischen Ansprüchen zu genügen? Sehen Sie *nur* einen Menschen in mir?«

T'Shael dachte darüber nach. Sie hatte die für sie typische Zurückhaltung schon vor einer ganzen Weile aufgegeben, und es wäre sehr unfreundlich gewesen, das Gespräch jetzt einfach zu beenden. Außerdem spürte sie so etwas wie Verzweiflung in der Terranerin, und ein solches Empfinden durfte sie nicht einfach ignorieren. Der Gast kam immer an erster Stelle.

»In diesem Zusammenhang würde ich nicht die Einschränkung ›nur‹ verwenden«, entgegnete sie nach einigen Sekunden. »Sie *sind* ein Mensch. Das ist eine unleugbare Tatsache. Als Vulkanierin maße ich es mir nicht an, das menschliche Wesen zu verstehen, und Sie sollten sich davor hüten, Angehörigen meines Volkes mit gewissen Erwartungshaltungen zu begegnen.«

Cleante vergaß ihren Ärger und nickte demütig.

»Ich möchte nur lernen, T'Shael.«

Es klang wie der Kummer eines Kindes. Die Instruktorin blickte in die byzantinischen Augen und sah dort einen seltsamen Glanz. Sehnsucht. Eine Sehnsucht, die ihr eigenes Empfinden widerspiegelte und dem Wissen galt. Es blieb ihr gar nichts anderes übrig, als darauf zu reagieren.

T'Shael setzte zu einer Antwort an, überlegte es sich dann anders und schwieg. Wenn Meister Shimm recht hatte... *Was gut ist, führt zu Seelenfrieden.*

Sie wandte sich ab und senkte den Kopf, verbarg ihre plötzliche Unsicherheit.

Die beiden Frauen kehrten zur Alten Stadt zurück, und dort trafen sie Vulkanier und Außenweltler, die gemeinsam arbeiteten, um die Folgen des Unwetters zu beseitigen. Vulkanische Städte verfügten über Klimaschilde, doch bei besonders starken Gewittern entstanden Strukturlücken. Das war auch diesmal geschehen. Die Aufräumungsarbeiten brauchten nicht extra organisiert zu werden: Wer keine dringenderen Pflichten wahrzunehmen hatte, nahm aus eigenem Antrieb daran teil.

Einige Personen schwangen lange Besen und fegten Sand von den breiten Bürgersteigen. Andere folgten ihnen, reinigten das Pflaster, kümmerten sich um entwurzelte Pflanzen in den Parkanlagen und reparierten beschädigte Installationen.

T'Shael löste eine alte Frau ab.

»Ich nehme Ihren Platz ein, auf daß Sie ruhen, Ehrwürdige Dame«, sagte sie. Die Alte nickte und schlurfte davon. T'Shael hob den Kopf und bedachte Cleante mit einem durchdringenden Blick: Die Tochter des Hochkommissars hatte sich noch nie die Hände schmutzig gemacht — sah man einmal von den Ausgrabungsarbeiten in der Stadt der Toten ab.

»Wenn Sie lernen möchten ...« Zum erstenmal vernahm Cleante einen herausfordernden Tonfall in T'Shaels Stimme.

Sie preßte die Lippen zusammen — Demut war nicht ihre starke Seite — und näherte sich einem betagten Mann, der einige Meter entfernt hockte und das Pflaster schrubbte.

»Ich nehme Ihren Platz ein, auf daß Sie ruhen, Ehrwürdiger Herr«, sagte sie langsam auf Vulkanisch, kniete und wartete auf die Bestätigung.

Sie sah nicht auf, und deshalb entging ihr das zufriedene Funkeln in den dunklen Augen der Instruktorin.

KAPITEL 3

»Wenn Jim Kirk davon hört, will er bestimmt sofort etwas unternehmen«, sagte Commodore Mendez.

»Dann ist es Ihre Aufgabe, ihn zurückzupfeifen, José«, erwiderte Admiral Nogura. »Derzeit können wir es uns nicht leisten, daß irgend jemand den Helden spielen will. Richten Sie ihm das von mir aus.«

José Iglesias de Mendez hatte sich recht gut gehalten. In seinem breiten, ernsten Gesicht zeigten sich einige zusätzliche Falten, und der Haaransatz war ein wenig zurückgewichen, aber seine eisblauen Augen blieben völlig klar, und der Verstand funktionierte noch immer wie ein gut geöltes Getriebe.

Schon seit vielen Jahren arbeitete er als Kommandant von Starbase XI und des entsprechenden Raumsektors, und er bewahrte seine Reputation als strenger Offizier. Gleichzeitig galt er als geradezu unerbittlich gerecht — eine weitere Eigenschaft, die ihn zur lebenden Legende machte. Er lehnte Beförderungen oder ein eigenes Raumschiffkommando ab, war sich viel zu sehr der eigenen Fähigkeiten und ihrer Grenzen bewußt. Ihm *gefiel* die Tätigkeit in der Verwaltung. Nun, manchmal beneidete er Jim Kirk um sein tollkühnes Charisma, aber bei solchen Gelegenheiten erinnerte er sich an einige Phasernarben, und daraufhin fiel es ihm nicht schwer, sich von seiner Melancholie zu befreien. Wer haarsträubende Abenteuer im All erleben wollte, sollte jung und ein wenig verrückt sein — Voraussetzungen, die José Mendez nicht mehr erfüllte.

Das galt auch für den Mann, der im Hauptquartier von Starfleet Command in San Francisco saß und einen Prioritätscode benutzte, um sich mit Mendez in Verbindung zu setzen. Niemand konnte über Noguras Alter Auskunft geben: Seine erste Amtshandlung als Starfleet Commander bestand darin, sein Geburtsdatum aus allen Computerspeichern zu löschen. Sein öffentliches und privates Gebaren war völlig makellos — und blieb es selbst dann, wenn er zwei Flaschen Reiswein getrunken hatte.

»Bestimmt möchte er zumindest an der Sache beteiligt werden, Heihachiro«, brummte Mendez. »Was soll ich ihm sagen?«

»Eine Beteiligung *woran?*« fragte Nogura. Sein Blick reichte über viele Lichtjahre hinweg. »Die Sonderabteilung ist bereits seit drei Tagen auf Vulkan im Einsatz und ermittelt. Und was hat sie bisher gefunden? Nur einen zum Shuttle umgebauten Gleiter, der keine ID-Kennungen aufwies und leer im Asteroidengürtel trieb. Die vulkanischen Behörden meinten, der Schweber stamme aus einem Hangar der Orbitalstation. Auf jenem Planeten befindet sich nichts unter Verschluß. Ein Paradies für Diebe. Tja, das wär's auch schon. Jemand klaute eine Raumfähre, machte einen kleinen Ausflug und verschwand spurlos.«

Nogura klang ein wenig atemlos — reagierte selbst er mit Empörung auf die dreiste Entführung von sechs Friedensbürgen? Mendez beobachtete und lauschte fasziniert. Er erinnerte sich an den Captain namens Nogura, an den Kommandanten der alten *Horizon,* eines Raumschiffes der J-Klasse. *Damals bin ich ein unerfahrener Fähnrich gewesen und habe den Mann im Befehlsstand bewundert,* dachte Mendez. *Er blieb immer kühl und beherrscht, fast so unerschütterlich wie ein Vulkanier.*

Vor einigen Jahren, als V'ger zurückkehrte und die Erde in große Gefahr brachte, als wie üblich Jim Kirks Kavallerie eingriff... Sogar bei jener Gelegenheit ließ sich Nogura nichts anmerken, nahm die allgemeine Entwicklung gelassen hin.

Diesmal aber vibrierte Aufregung in seiner Stimme. *Die Sache bestürzt ihn weitaus mehr, als er zugibt,* überlegte Mendez. *Und vielleicht wird auch Nogura langsam alt.*

»Etwas anderes kommt hinzu«, fuhr der Admiral fort.

»Das Shuttle bot nicht die geringsten Hinweise. Keine Fingerabdrücke, keine Kratzer, nichts. Das Ding erweckte den Eindruck, als sei es komplett gereinigt worden, bis hin zur letzten Schraube im Triebwerk. Mit anderen Worten: Das Wie und Warum ist uns ebenso ein Rätsel wie das Wer. Ich frage mich also, *woran* Jim Kirk beteiligt werden möchte.«

»Vielleicht an einer Spionagemission«, entgegnete Mendez. »Um die Antworten auf das Wie, Warum und Wer zu finden.«

»Wie soll Kirk irgend etwas in Erfahrung bringen können, wenn selbst die Sonderabteilung passen muß?« Nogura runzelte die Stirn. »Einen Augenblick. *Einen Augenblick.*« Das Gesicht des Admirals wurde zu einer ausdruckslosen Maske. »Vielleicht sollten wir den Ermittlern ein bißchen auf die Sprünge helfen. Gesunde Konkurrenz kann sicher nicht schaden. Wir möchten doch nicht, daß unsere Agenten einschlafen, oder? Nun, ich weiß, daß Kirk kaum etwas von seinen gegenwärtigen Aufträgen hält. Er meckert schon seit einer ganzen Weile. Soll er noch einmal betonen, wie sehr er sich langweilt.« Ein dünnes Lächeln umspielte Noguras Lippen. »Nun gut. Wenn sich die *Enterprise* meldet, teilen Sie ihr folgendes mit...«

Ein öder Ort.

Die Klingonen führten ihre Gefangenen aus der Frachtkammer des Schiffes. Die lange Betäubungsphase und der Hunger hatten die Bürgen geschwächt, und sie konnten sich kaum auf den Beinen halten, als sie in ein Rihannsu-Shuttle kletterten. Wohin auch immer sie gebracht werden sollten — offenbar war das Ziel erreicht.

»Wenn ich doch nur mein Chronometer hätte«, seufzte Resh, als die Fähre den Hangar verließ und in die Schwärze des Alls glitt. Er wirkte inzwischen wesentlich ruhiger. *Hat er sich mit unserem Schicksal abgefunden?* fragte sich Cleante. *Oder will er seinen Gefährten nur ein gutes Beispiel geben?* Er war älter als die beiden anderen Deltaner, und daher kam ihm eine gewisse Verantwortung zu. Obwohl das Alter bei ihnen nur eine geringe Rolle spielte. Die Pubertät stellte den wichtigsten Wendepunkt in ihrem von Sex bestimmten Leben dar. »Wahrscheinlich hat man uns kurz nach der Entführung alle Wertgegenstände abgenommen. Es ist mir erst jetzt aufgefallen.«

»Gewisse Dinge kann man dir nicht nehmen«, erklang die helle Stimme Krns. Er gab Resh einen sanften Stoß und kicherte leise. Vielleicht hatte der Knabe entschieden, in ihrer Verschleppung ein Abenteuer zu sehen, das er voll auskosten wollte.

»Kommt ganz darauf an«, erwiderte Resh geistesabwesend. Seine Aufmerksamkeit galt Jali, die am Aussichtsfenster der Kabine hockte.

»Dummes Gerede bringt uns nicht weiter!« zischte Theras und schnitt eine Grimasse.

Es funkelte in seinen aquamarinblauen Augen, als er die beiden Wächter anstarrte. Spielte er mit dem Gedanken, sie anzugreifen? Dann und wann glitt sein Blick zu T'Shael, und er schien zu hoffen, daß sie bereit war, an einer Aktion gegen die Romulaner teilzunehmen. Die Kabine bot nicht viel Platz, und der Andorianer wurde immer unruhiger. Wenn er unter den gegenwärtigen Umständen einen klaustrophobischen Anfall erlitt und sich zu einer Dummheit hinreißen ließ, brachte er nicht nur sich selbst in große Gefahr, sondern auch seine Mitgefangenen. Cleante beobachtete ihn, und ihre Besorgnis nahm immer mehr zu. T'Shael starrte ins Leere und mied ihren Blick.

Schließlich stand die Terranerin auf und gesellte sich Jali hinzu.

»Haben Sie irgend etwas feststellen können?« Die Wächter ließen sie nicht aus den Augen, aber offenbar hatten sie nichts dagegen, daß die Bürgen in dem kleinen Raum umherwanderten und sich unterhielten. Deltaner standen in dem Ruf, nach Medusanern die besten Navigatoren zu sein – möglicherweise erkannte Jali vertraute Sternkonstellationen. Cleante mochte die deltanische

Frau, hatte mit ihr häufig über die Männer beider Völker gesprochen – ein Thema, das ihnen beiden gefiel. Jali wußte um die strikt heterosexuelle Natur der Terranerin, und daher machte sie keine Annäherungsversuche.

Die Deltanerin zuckte mit den Schultern, wandte sich vom Fenster ab und schwang die Beine über den Rand ihres Sitzes.

»Nein, leider nicht«, beantwortete sie Cleantes Frage. »Die Sterne bilden völlig fremdartige Strukturen.«

Den Gefangenen blieb keine Zeit, diese Information zu verarbeiten und mit neuerlicher Hoffnungslosigkeit zu reagieren. Die Triebwerke des Shuttles feuerten, und der Hauptschirm zeigte plötzlich einen Planetoiden.

Eine lehmbraune Kugel im All, umhüllt von faserigen Wolkenschlieren. Die Entfernung schrumpfte, und nach einigen Minuten ließen sich Landmassen und kleine Meere voneinander unterscheiden. Die unbekannte Welt bot einen trostlosen Anblick.

Die Deltaner schmiegten sich aneinander, und Cleante kehrte zu ihrem Platz zurück. Gefangene und Wächter hielten sich an den Wandstangen fest, als der Landeanflug begann. Theras nutzte die Gelegenheit, sich T'Shael zu nähern. Cleante beobachtete, wie sich seine klauenartige Hand um den Arm der Vulkanierin schloß.

»Es gelingt uns bestimmt, sie zu überwältigen!« zischte er leise und verließ sich auf das gute Gehör der Instruktorin. »Die anderen lenken sie ab. Wir setzen erst die beiden Wächter außer Gefecht, bewaffnen uns mit ihren Intervallern und zwingen den Commander, unseren Befehlen zu gehorchen...«

»Und dann?« fragte T'Shael ruhig. Sie blickte noch immer starr geradeaus, empfand Theras' Berührung als außerordentlich unangenehm und empfing seine Emanationen: Gewalt und Aggression, der brennende Wunsch, zu kämpfen und zu töten. *Schirm dein Bewußtsein ab!* fuhr es ihr durch den Sinn. »Wir sind unerfahren. Niemand von uns ist imstande, in einem bekannten Sonnensystem zu navigieren, und Sie haben ja gehört, was Jali sagte. Wir befinden uns in einem fremden Raumsektor.«

»Wir steuern das Shuttle in einen Orbit!« fauchte Theras zornig, und Speichel tropfte von seinen Lippen. »Ich bin Historiker und weiß über militärische Taktik Bescheid. Wir entfliehen unseren Feinden und schleusen Bojen aus.«

»Und wer soll ihre Notsignale empfangen? Rihannsu? Klin? Oder schlimmer noch: niemand? In der Umlaufbahn einer unbekannten Welt, mit begrenzten Treibstoffvorräten, ohne Proviant und von Betäubungsmitteln geschwächt ... Das ist doch Wahnsinn! Außerdem: Was soll mit den Wächtern an Bord geschehen?«

»Überlassen Sie sie mir!« knurrte der Andorianer und bestätigte alle mentalen Eindrücke, die T'Shael von ihm gewonnen hatte. Die schmale Hand übte einen noch stärkeren Druck aus.

»Nein, es ist schlimmer als Wahnsinn!«

T'Shael befreite sich so ruckartig aus dem Griff, daß die Wächter mißtrauisch wurden. Eine Zeitlang beobachteten sie die Vulkanierin, entspannten sich jedoch wieder, als T'Shael still sitzenblieb. Einmal mehr wirkte sie wie in Trance, und Cleante musterte sie nachdenklich, fragte sich, was ihr jetzt durch den Kopf ging.

Das Shuttle landete auf der Nachtseite des Planetoiden, und dadurch bekamen die Gefangenen keine Möglichkeit, Einzelheiten der Umgebung zu erkennen. Nur eins stand fest: Die Dunkelheit erstreckte sich bis zum Horizont; nirgends glühte ein Licht. Wenn es hier irgendwelche Siedlungen gab, so waren sie weit entfernt.

Wie still es ist! stellte Cleante fest, als sie durch die Luke trat. Nicht das geringste Geräusch ertönte. Vergeblich lauschte sie nach dem leisen Zwitschern eines Vogels, nach einem fernen Brummen, das auf den Verkehr einer Stadt hindeutete. Nur der Wind seufzte und raunte.

Die menschliche Frau fröstelte in der kalten Luft.

Die Raumfähre stand auf einem kleinen Platz, und Cleante betrachtete einige niedrige, barackenähnliche Gebäude. *Ein Lager,* dachte sie. *Vermutlich extra für uns errichtet. Und vollständig umzäunt.*

Aus den Augenwinkeln nahm sie eine plötzliche Bewegung wahr.

Theras verlor endgültig die Beherrschung und gab seinen Instinkten nach. Er wirbelte um die eigene Achse, fauchte zornig und sprang auf den nächsten Wächter zu.

T'Shael hätte ihn darauf hinweisen können, wie gering die Erfolgsaussichten eines solchen Angriffs waren, aber der Andorianer hielt es nicht für nötig, eine entsprechende Frage an sie zu richten. Er ließ sein Handeln allein von Emotion bestimmen — und fiel den eigenen Gefühlen zum Opfer.

»Es lag nicht in meiner Absicht, ihn zu erschießen, Commander!« wandte sich der Wächter kummervoll an seinen Vorgesetzten. Die Vulkanierin verstand ihn, doch die anderen Gefangenen hörten nur ein gutturales Knurren. »Er berührte den Auslöser, als wir miteinander rangen. Ich schwöre es, beim Leben meines Vater!« Der Soldat hob seine Waffe, richtete den Lauf des Intervallers auf sich selbst und wartete auf den Selbstmordbefehl des Offiziers. Dicht vor ihm lag der halb verbrannte Leichnam des Andorianers.

Cleante ächzte, und irgend etwas schnürte ihr die Kehle zu. Die Deltaner zitterten und drängten sich aneinander. T'Shael blieb ruhig stehen, wirkte völlig unbeeindruckt und sang in Gedanken ein Trauerlied. Auf diese Weise zu sterben, das eigene Leben einfach wegzuwerfen ... Schlimmer als Wahnsinn.

»... hätten wir uns erst gar nicht auf diese Sache einlassen sollen!« grollte der Commander und holte mit seinem Strahler aus. Der Soldat duckte sich unwillkürlich. Doch der Offizier sah die Sinnlosigkeit einer solchen Strafe ein, und daraufhin ließ er den Arm wieder sinken. T'Shael hörte noch immer zu, aber inzwischen fiel es selbst ihr schwer, dem Rihannsu-Stakkato zu folgen.

»O mein Gott!« platzte es aus Cleante heraus. Sie schlug

die Hände vors Gesicht. »Allah, erwartet uns alle ein solches Ende? Hat man uns hierher gebracht, damit wir auf diesem Planetoiden sterben?«

Wenn sie sich Zuspruch von der Vulkanierin erhoffte, so wurde sie enttäuscht.

»Schweigen Sie!« sagte T'Shael scharf und lauschte konzentriert, während Resh Cleante umarmte und sie in die deltanische Gemeinschaft aufnahm.

Der Rihannsu-Commander drehte sich um und starrte die überlebenden Bürgen an.

»Los bewegt euch!« befahl er scharf und deutete mit dem Intervaller auf eins der niedrigen Gebäude. Die Gefangenen leisteten keinen Widerstand und gehorchten.

Das Innere der Baracke bestand aus einem großen Raum, und Cleante bemerkte drei Bettgestelle an den Wänden: jeweils zwei schmale Liegen übereinander. Sie schienen nicht aus romulanischer oder klingonischer Produktion zu stammen, und die Laken trugen Starfleet-Etiketten, stammten vermutlich aus dem Lager einer Starbase oder eines Föderationsschiffes. Ganz offensichtlich wollten die Entführer keine Spuren hinterlassen, die Aufschluß über ihre Identität gaben.

Schlafgelegenheiten für sechs Personen, dachte die Terranerin. *Es ist alles gut geplant worden.*

Sie sah sich um. Einige versiegelte Fenster dicht unter der Decke. Mehrere Belüftungsschlitze, viel zu klein, um nach draußen zu kriechen. Toilette und Dusche in einer offenen Nische, die keine Rücksicht auf Schamgefühl und ähnliche Empfindungen nahm. Die einzige Tür bestand aus Klarstahl und konnte nicht von innen geöffnet werden. *Ein Gefängnis, das es erlaubt, die Insassen ständig zu kontrollieren,* dachte Cleante. *Aber wer soll uns bewachen? Und zu welchem Zweck?*

Der zweite Wächter brachte einen Sack und ließ ihn einfach zu Boden fallen.

»Proviant«, sagte der Commander und sprach erneut auf Standard. Er schien sich inzwischen wieder gefaßt zu haben. »Sie werden hier untergebracht und mit Nahrungsmitteln versorgt. Damit ist meine Aufgabe erledigt.«

In seinen Augen blitzte es plötzlich, und fast beschwörend fügte er hinzu:

»Ich wende mich an Sie!« knurrte er auf Rihan und musterte T'Shael. »Ich appelliere an Sie als Vulkanierin. Sie können nicht lügen, sind ständig zur Wahrheit verpflichtet. Geben Sie Auskunft darüber, wie es geschehen ist. Bestätigen Sie, daß mich keine Schuld trifft. Ich bin nur ein einfacher Befehlsempfänger, der gehorchen muß. Weisen Sie darauf hin!«

»Ich bin zu Diensten«, erwiderte T'Shael, und der Commander gab sich mit dieser Antwort zufrieden.

Zusammen mit den Wächtern verließ er das Gebäude und verschloß den Zugang.

Cleante beobachtete, wie die Romulaner Theras' Leiche ins Shuttle trugen und starteten.

Uhura war so sehr auf die Nachricht von Starbase XI konzentriert, daß sie Spock übersah, der dicht neben dem Kommunikationspult stand. Der Vulkanier verstand es, mit seiner Umgebung zu verschmelzen, und deshalb bemerkte sie ihn zunächst nicht, hörte weiterhin der Stimme zu, die aus dem Kom-Modul an ihr Ohr drang. Die Bedeutung der Worte beunruhigte Uhura, aber sie lächelte trotzdem.

Wie konnten feste Freundschaftsbande zwischen Personen entstehen, die sich nur selten begegneten, deren Beziehungen auf den Austausch von Hypersignalen beschränkt blieben? Die gewaltigen Entfernungen im All, der Mangel an physischen Kontakten ... Vielleicht lag es gerade daran, daß man auch sehr persönliche Dinge erörterte und sich dem Gesprächspartner anvertraute. Zu Uhuras Freunden gehörten Individuen, die sie noch nie gesehen hatte, die auf fernen Welten arbeiteten, aber sie kannte ihre Stimmen, wußte alle Nuancen der Ausdrucksweise zu deuten.

Spock beobachtete, wie Uhuras Lächeln ein wenig verblaßte und sich dünne Falten in ihrer Stirn bildeten. Er nickte nachdenklich: Die zahllosen Variationen der menschlichen Mimik faszinierten ihn noch immer.

»Bestätigung, Mai-Ling«, sagte Uhura melodisch. »Die vollständige Nachricht ist gespeichert und für die um vierzehn Uhr Bordzeit anstehende Einsatzbesprechung decodiert. Haben die Ermittlungen nach der Entführung irgend etwas ergeben?«

Entführung? Spocks Blick blieb auf Uhuras Züge gerichtet, aber die Ästhetik des dunklen Gesichts geriet nun aus dem Fokus seiner Aufmerksamkeit. Er spitzte die spitzen Ohren.

Commander Hong von Starbase XI schien eine negative Antwort zu geben, dem Uhura runzelte erneut die Stirn.

»Ist das nicht schrecklich?« erwiderte sie. »Von Fremden verschleppt zu werden! O ja, ich kenne die Probleme, die sich daraus für die interstellare Politik ergeben könnten, aber trotzdem denke ich in erster Linie an das Schicksal der Entführten. Bestätigung, Mai-Ling. Richten Sie Tam meine Grüße aus. *Enterprise* Ende.«

Sie ließ das Kom-Modul sinken, drehte sich halb um und zuckte zusammen, als sie Spock sah.

»Lieber Himmel, Sie haben mich ganz schön erschreckt!« entfuhr es ihr. Uhura preßte kurz die Hand aufs Herz. »Sie schleichen noch leiser umher als eine Katze!«

»Ich wollte keineswegs heimlich lauschen«, erwiderte Spock, und Uhura hörte die subtile Ironie in seinem Tonfall. *Jetzt präsentiert er mir gleich einen seiner hintergründigen vulkanischen Scherze,* dachte sie. »So etwas wäre auch gar nicht nötig, denn immerhin behaupten die Kadetten, ich sei in der Lage, selbst durch massive Stahlwände zu hören. Wie geht es Commander Hong?«

»Oh, gut.« Uhura schmunzelte. »Die Blumen in ihrem hydroponischen Garten blühen, und sie meint, diesen Erfolg habe sie in erster Linie Ihrem Rat zu verdanken.«

»In ihrer Heimat hat gerade der Frühling begonnen«, erwiderte Spock. »Und wenn der Garten Ling Hongs Wesen widerspiegelt, so kann man logischerweise blühende Blumen erwarten.«

»Da fällt mir ein...«, fügte Uhura wie beiläufig hinzu. »Sie übermittelt Ihnen liebevolle Grüße.«

»Tatsächlich?« kommentierte Spock förmlich.

»Ja, ›tatsächlich‹«, ahmte ihn Uhura nach. »Glauben Sie etwa, Sie seien nur uns sympathisch?«

Darauf gab Spock keine Antwort. Nur jemand, der ihn so gut kannte wie Uhura, konnte die Zufriedenheit in seinem Gesicht erkennen. Die nächsten Worte des Vulkaniers klangen neutral.

»Die Nachricht scheint Sie beunruhigt zu haben. Darf ich fragen, ob sie mit einem Sicherheitscode übermittelt wurde?«

»Sonst wäre wohl kaum eine Entschlüsselung notwendig gewesen, oder?« entgegnete Uhura spitz, rief sich dann aber zur Ordnung.

Wenn sie ihn weiterhin aufzog, ließ sich Spock vielleicht auf ein verbales Gefecht mit ihr ein, und dabei zog sie zweifellos den kürzeren. »Sie werden bei der Einsatzbesprechung informiert, wie alle anderen. Der Admiral erwartet Sie in sieben Minuten.«

»In sieben Komma drei fünf Minuten. Sie erwähnten eine ›Entführung‹.«

»Mr. Spock!« Uhura gab sich entsetzt. »Wenn ich es nicht besser wüßte... Man könnte fast glauben, Sie litten an einem akuten Anfall von Neugier.«

»Wer sein Interesse an Dingen zum Ausdruck bringt, die Starfleet betreffen...«

»...ist in diesem besonderen Fall entschieden zu neugierig. Mr. Spock. Gedulden Sie sich bis zur Besprechung. Es werden keine Privilegien gewährt.« Uhura lächelte verführerisch. »Es sei denn, Sie wollen versuchen, meine Gedanken zu lesen.«

Ihre Blicke trafen sich, und in den Mundwinkeln des Vulkaniers zuckte es kurz, bevor sie wieder einen dünnen Strich bildeten.

»Vielleicht nehme ich diese Möglichkeit irgendwann wahr«, sagte er ernst.

Uhura hatte mit einer solchen Antwort gerechnet, lächelte strahlend und klopfte Spock auf die Hand.

Als der Morgen graute, kamen die Klingonen.

Die Welt, auf der die Rihannsu ihre Gefangenen abgesetzt hatten, umkreiste einen Doppelstern: zwei rote Zwergsterne in einem trojanischen Orbit. Sie gaben fast ebensoviel Wärme und Licht wie eine gelbe Sonne des Sol-Typus, doch ihr Schein verlieh dem Himmel eine braune Tönung und warf gleich zwei Schatten, was recht verwirrend wirkte. Jali erklärte ihren Gefährten, das duale Gestirn sei dafür verantwortlich, daß die Schwerkraft auf dem Planetoiden fast der Erdnorm entsprach.

»Die nahe Wölbung des Horizonts ist ein deutliches Zeichen dafür, daß dieser Himmelskörper weitaus kleiner ist als unsere Heimatplaneten«, fügte die Deltanerin hinzu, und ihre Wimpern zitterten.

»Er scheint unbewohnt zu sein«, kommentierte T'Shael. »Und das bedeutet, wir sind auf uns allein gestellt.«

»Wirklich nett von Ihnen, daß Sie uns daran erinnern«, sagte Cleante gereizt.

Während der vergangenen Nacht hatte niemand von ihnen geschlafen, doch auf die menschliche Frau wirkten sich Ungewißheit und Anspannung besonders stark aus. Sie wandte den Blick von der Vulkanierin ab, als sie ein dumpfes Brummen vernahm — ein Geräusch, das neuerlichen Schrecken in ihr weckte.

T'Shael hörte das Raumschiff schon seit einigen Sekunden, blieb jedoch stumm und wies ihre Mitgefangenen nicht extra darauf hin. Ganz gleich, was sich nun anbahnte: Es blieb ihnen ohnehin nichts anderes übrig, als abzuwarten.

»Klingonen!«

Dieser Ausruf stammte von Krn. Als Sohn eines wichtigen deltanischen Diplomaten hatte er einen großen Teil seines kurzen Lebens mit interstellaren Reisen von einer Botschaft zur anderen verbracht. Sein Vater ermutigte ihn dazu, Modelle aller Raumschiffe zu sammeln, die er sah, und Krns Zimmer in T'lingShar stellte in dieser Hinsicht ein regelrechtes Museum dar. Hunderte von Andenken hingen entweder von der Decke herab oder lagen in langen Regalen. Als sich im farblosen Zwielicht des Morgens die Konturen des fremden Schiffes abzuzeichnen begannen, wußte der Knabe sofort, worum es sich handelte.

»Ein Langstreckenschiff der Kzantor-Klasse«, sagte Krn stolz und sah aus einem Fenster. »Modell 75ZX4, verstärkte Triebwerksmodule, maximal vier Passagiere.« Er sprang von der oberen Koje herunter. »Zu klein, um uns alle fortzubringen. Wir sollen also hierbleiben.«

»Vielleicht hat man die Absicht, nur einige von uns abzuholen«, erwiderte Cleante gedankenlos. Klingonen! *Allah, was hat das zu bedeuten?* Sie griff nach den Schläfensträhnen ihres Haars, eine Geste, die auf Nervosität — und auch Angst — hindeutete. »Möglicherweise wollen uns die Unbekannten einzeln abtransportieren. Irgendwohin.«

Sie begriff nicht, welche Wirkung solche Bemerkungen auf Resh, Jali und Krn erzielten. Die Deltaner fürchteten nichts mehr als den Verlust ihres unmittelbaren Kontakts. Sie verbrachten die lange Nacht auf einer Koje, schliefen nicht etwa, sondern spendeten sich gegenseitig erotischen Trost.

Krn wimmerte, und Jali schluchzte leise. Resh gestikulierte nervös und warf Cleante einen finsteren Blick zu. Zum erstenmal sah sie nun einen zornigen Deltaner. Das Brummen wurde lauter, als das klingonische Raumschiff landete und gelben Staub aufwirbelte. Es konnte nicht mehr lange dauern, bis sich die Luke öffnete, bis die Insassen ausstiegen und sich dem Gebäude näherten. Cleante schnappte nach Luft, verstand plötzlich die Klaustrophobie des Andorianers. Sie fühlte sich versucht, die Deltaner anzuschreien, sie aufzufordern, endlich Ruhe zu geben und sich zusammenzureißen.

T'Shael berührte sie sanft an der Schulter, und die Terranerin spürte die gewaltige Kraft ihrer Ruhe.

»Beherrschen Sie sich«, vernahm sie die Stimme der Vulkanierin. »Wir dürfen jetzt nicht die Kontrolle über uns verlieren.« Sie wandte sich an das deltanische Trio und sah Resh an. »Beruhigen Sie Ihre Gefährten. Klin genießen die Schwäche anderer Personen. Bereiten Sie sich vor.«

Resh nickte, straffte seine Gestalt und streckte die Hände aus. Jali und Krn traten sofort auf ihn zu, und die Fingerkuppen des Mannes tasteten über ihre Wangen. Er summte eine meditative Melodie, und nach einigen Sekunden stimmten auch seine beiden Artgenossen mit ein. Gemeinsam umhüllten sie sich mit psionischer Harmonie. Cleante beobachtete sie mit einer Mischung aus Bewunderung und Neid. Die mentale Verbindung der Deltaner dauerte nur wenige Sekunden, doch sie führte zu einer bemerkenswerten Veränderung. Resh, Jali und Krn wirkten jetzt wesentlich ruhiger und gefaßter, fast so gelassen wie T'Shael. *Was gäbe ich dafür, ihrem Beispiel folgen zu können,* dachte Cleante.

»Ich fürchte mich«, flüsterte sie und wandte sich flehentlich an die Vulkanierin, rechnete schlimmstenfalls mit einem Tadel. Draußen knirschten Stiefel über den Kies. *Gleich wird sich die Tür öffnen.*

T'Shael setzte sich in Bewegung und kam näher als jemals zuvor, strich mit kühlen Händen über die Wangen der menschlichen Frau. Ein nicht besonders hübsches Gesicht, die dunklen Augen wie glühende Kohlen, der Blick ein substanzloses Sondierungsinstrument, das Cleantes Seele berührte.

»Beherrschen Sie sich«, wiederholte sie. »Ganz gleich, was die Klin von uns wollen — bestimmt halten sie nach Schwäche Ausschau. Denken Sie an die vulkanische Philosophie. Denken Sie an das, was ich Sie lehrte ...«

»Ich gebe mir alle Mühe«, murmelte Cleante und schloß die Finger um T'Shaels Hände. »Bitte seien Sie stark für mich.«

»Ich bin hier«, sagte die Vulkanierin schlicht.
Die Tür schwang auf.

»Warum schickt uns Starfleet Command solche Nachrichten?« fragte Admiral Kirk rhetorisch und wanderte unruhig im Konferenzzimmer umher. Während Uhura Bericht erstattete, wurde sein Kaffee kalt, und er stellte den Becher ab, achtete nicht darauf, daß die schwarze Flüssigkeit über den Rand schwappte. »Himmel, ich habe derartige Bulletins satt. Man informiert uns zwar, aber gleichzeitig wird uns verboten, irgend etwas zu unternehmen. Wenn José glaubt, daß ich einfach die Hände in den Schoß lege...«

Er spürte Spocks Blick und brach ab. Die anderen Anwesenden — Uhura, McCoy, Sulu und auch Lieutenant Saavik, die als Gast an der Besprechung teilnahm — saßen stumm am Tisch und warteten darauf, daß sich Kirk beruhigte.

»Na schön«, brummte er. »Ich habe Sie nicht hierher gebeten, damit Sie sich mein ›Gemeckere‹ anhören. Nun, ich brauche Fakten und Ratschläge.«

»Allerdings ist es fraglich, ob unsere Empfehlungen irgend etwas nützen, Admiral«, warf Spock ein und geriet dadurch in den Mittelpunkt der allgemeinen Aufmerksamkeit. »Es sei denn natürlich, dadurch wird eine Entscheidung bestätigt, die Sie bereits getroffen haben.«

»Lieber Himmel, was soll das denn heißen?« brachte Kirk hervor.

»Nun, wenn Sie mir ein offenes Wort gestatten, Admiral: Sie haben bereits in den Ritter-auf-dem-weißen-Pferd-Modus umgeschaltet, als Sie diesen Raum betraten.«

Uhura schmunzelte. Sulu versuchte vergeblich, ein Lächeln zu unterdrücken. McCoy erlitt plötzlich einen Hustenanfall. Saavik wußte nicht, was Spocks Anspielung bedeutete, und sie beschloß, nach der Besprechung eine genaue linguistische Analyse vorzunehmen.

Spock musterte Kirk gelassen.

»Ich bin sauer, das ist alles«, brummte der Admiral und

hielt an seinem Ärger fest. »Unschuldige Personen, aus dem Herzen der Föderation verschleppt. Ausgerechnet auf Vulkan entführt, wo sie eigentlich in Sicherheit sein sollten. Studenten, einige von ihnen Kinder, wenn die uns übermittelten Angaben stimmen.«

»Es gehört nur ein Kind zur Gruppe«, warf Spock ein. Während Uhura die Meldung erläuterte, hatte er eine Verbindung zum Bordarchiv hergestellt und Informationen über die Bürgen des Friedens angefordert. Der Bildschirm des Computerterminals zeigte gerade T'Shaels Gesicht. Nachdenklich wölbte er die Brauen und fragte sich, warum ihm die Züge so vertraut erschienen. Er verschob die memoriale Korrelation auf einen späteren Zeitpunkt. »Krnsandor L'am ist elf deltanische Jahre alt. Die anderen sind erwachsen.«

Verdammt, sei doch nicht dauernd so pedantisch! dachte McCoy, doch diesmal widerstand er der Versuchung, einen entsprechenden Kommentar abzugeben. *Darum geht es doch überhaupt nicht. Jim hat recht. Wenn die Bürgen auf Vulkan nicht sicher sind, wo dann?*

»Unschuldige Opfer!« knurrte Kirk. »Ob Kinder oder nicht. Verantwortungsbewußte Bürger, die einen sehr persönlichen Beitrag für den Frieden in der Föderation leisten. Und wir wissen noch immer nicht, wer und was dahintersteckt. Bisher blieben die Ermittlungen ohne ein konkretes Ergebnis. Meine Güte, selbst wenn wir die ganze Galaxis durchkämmen — wir haben keine Ahnung, wonach wir suchen sollen.«

»Vielleicht wies man uns aus diesem Grund an, nichts zu unternehmen«, sagte Spock. Er zögerte kurz, bevor er hinzufügte: »Ich habe eine Theorie.«

»Na, das ist doch wenigstens etwas.« Kirk nahm wieder Platz, lehnte sich vor und faltete die Hände hinterm Kopf. »Schießen Sie los!«

Als Mensch hätte Spock vermutlich eine Grimasse geschnitten: Dieser spezielle Ausdruck gefiel ihm ganz und gar nicht.

»Zwar stehen uns bisher nur wenige Daten zur Verfügung, aber meiner Ansicht nach deutet alles darauf hin, daß die Entführung auf das Konto romulanischer Agenten geht.«

Kirk beugte sich ruckartig vor.

»Das würde erklären, warum sie in T'lingShar nicht auffielen. Aber wie sind sie nach Vulkan gelangt?«

»Ich schätze, sie nutzten den Vorteil unserer gemeinsamen Vorfahren.«

Uhura runzelte die Stirn. »Ich verstehe nicht...«

Spock stützte die Ellenbogen auf den Tisch und preßte die Fingerspitzen aneinander. Die übrigen Anwesenden ahnten, daß ein längerer Vortrag des Vulkaniers drohte.

»Es sind nur drei oder vier gutausgerüstete Romulaner nötig, um sechs unbewaffnete Geiseln zu nehmen. Eine so kleine Gruppe ist nicht unbedingt auf ein klingonisches oder romulanisches Raumschiff angewiesen, das ohnehin keine Chance hätte, den orbitalen Verteidigungsschild unbemerkt zu durchdringen. Ich nehme an, die Entführer haben eine vulkanische Tarnidentität angenommen und sich unter die Besatzung eines Frachters gemischt. Bei der Sondierung mit Fernsensoren lassen sich praktisch keine Unterschiede zwischen den Biostrukturen von Rihannsu und Vulkaniern feststellen.«

Uhura nickte.

»Klingt plausibel«, sagte Kirk langsam. »Aber wäre es nicht logisch, mit einer solchen Möglichkeit zu rechnen? Ist es noch nie zu derartigen Zwischenfällen gekommen?«

»Vulkanier und Rihannsu teilen einen alten Ehrenkodex, Admiral...«, begann Spock.

»Es waren Menschen, die den Lügendetektor erfanden«, brummte McCoy. Er hatte viel zu lange geschwiegen. »Anders ausgedrückt: Wer immer die Wahrheit sagt, erwartet nicht, beschwindelt zu werden. Stimmt's, Spock?«

»Sie stellen ein komplexes Konzept sehr vereinfacht dar, aber im Prinzip haben Sie recht, Doktor«, erwiderte der Vulkanier trocken. Er wußte, daß McCoy versuchte, ihn in eine verbale Falle zu locken, und er wollte nicht abwarten, bis sie zuschnappte. »Vielleicht führte diese Einstellung zu einem Fehler in unserer Logik.«

»Wie bedauerlich, daß sechs Bürgen des Friedens die Entdeckung des ersten zugegebenen Fehlers in der vulkanischen Logik mit ihrer Freiheit bezahlen mußten«, höhnte McCoy.

»Immer mit der Ruhe«, sagte Kirk beschwichtigend, und sein Blick trübte sich. »Romulanische Agenten«, murmelte er. »Romulanische Agenten... Ja, durchaus möglich. Aber warum, Spock? Die Bürgen-Kolonie in T'lingShar gibt es schon seit fünf Jahren. Warum schlagen die Roms ausgerechnet jetzt zu?«

Spock überlegte.

»Ich weiß es nicht genau, Admiral. Das Rihannsu-Bündnis mit den Klingonen zwingt vermutlich zu gewissen Kompromissen, die sich nur schwer mit dem Ehrenkodex der Romulaner vereinbaren lassen. Hinzu kommt: Vielleicht glauben sie, durch die Zusammenarbeit mit den Menschen verriete Vulkan das Erbe der gemeinsamen Abstammung. Möglicherweise sehen sie darin eine Rechtfertigung ihrer eigenen Aktionen.«

»Die Allianz zwischen Menschen und Vulkaniern besteht schon seit Jahrhunderten«, sagte Uhura. »Warum sollten die Rihannsu so lange mit Vergeltungsmaßnahmen warten?«

»Es ist bereits zu anderen Repressalien gekommen, Miss Uhura.«

Spock sah Saavik an, die bisher keinen Ton von sich gegeben hatte. Kirk, McCoy und Uhura nahmen vermutlich an, sie schwiege deshalb, weil sie nur den Rang eines einfachen Kadetten einnahm. Oder weil sie als Vulkanierin daran gewöhnt war, den Älteren mit Respekt zu begegnen und nur dann zu sprechen, wenn man eine direkte Frage an sie richtete.

Doch Spock deutete die vagen Hinweise in ihren Zügen.

»Und die Rihannsu vergessen nicht so schnell«, fügte er hinzu.

Bedrückende Stille folgte seinen Worten, und Kirk musterte die beiden Vulkanier nachdenklich. Schließlich räusperte er sich.

»Romulaner«, sagte er noch einmal. »Und wahrscheinlich sind Klingonen mit von der Partie. Aber wer arbeitet für wen? Und was erhoffen sich Reich und Imperium von einigen Bürgen des Friedens?«

»Reiner Terrorismus«, vermutete McCoy. »Allerdings sind bisher noch keine Forderungen bekannt geworden. Nun, vielleicht wollen die Entführer unsere planetare Vernichtungsformel in Erfahrung bringen. Wenn das stimmt, übersehen sie einen wichtigen Punkt: Jede noch so geringe Manipulation der entsprechenden Kapsel löst sofort die Selbstzerstörungssequenz aus.«

Uhura schnappte unwillkürlich nach Luft. Die meisten Angehörigen von Starfleet wußten in groben Zügen, wie die Friedenskapseln funktionierten, aber kaum jemand machte sich Gedanken über die möglichen Konsequenzen.

»Sie meinen, wenn jemand versucht, eine der Kapseln zu entfernen, so stirbt der betreffende Bürge?« fragte sie ungläubig. »Wie schrecklich!«

Spocks dünne Finger huschten über die Tasten und gaben den Zugriffscode einer bestimmten Datei ein. Ein komplexes Diagramm leuchtete auf dem Bildschirm, den er zu Uhura herumdrehte. Saavik befreite sich aus ihrer nachdenklichen Starre und beugte sich vor; nur Sulu starrte weiterhin ins Leere.

»Jede Kapsel enthält die Initialisierungssequenz für globale Annihilation«, begann Spock im Tonfall eines Dozenten. Kirk und McCoy kannten die Einzelheiten bereits, aber sie hörten ebenfalls aufmerksam zu. »Sie befindet sich in der linken Herzkammer des Bürgen — soweit es Menschen betrifft. Bei Sulamiden wird sie in den unteren fünften Ventrikel implantiert. Nach dem chirurgischen Eingriff kann nur dann ein Krieg begonnen werden, wenn das politische Oberhaupt der entsprechenden Welt seine ›Geisel des Friedens‹ umbringt, um an den Code zu gelangen.

Nun, die Kapsel desaktiviert sich selbst, wenn die Amtszeit des Bürgen zu Ende geht. Jeder Versuch, sie vorher zu entfernen, hat eine unverzügliche Selbstzerstörung zur Folge. Mit anderen Worten: In einem solchen Fall explodiert sie und zerreißt das Herz der betreffenden Person. Die Technik ist ausgereift, das System absolut sicher.«

»Also sind die sechs entführten Bürgen lebende Zeitbomben«, sagte McCoy nach einigen Sekunden des Schweigens.

Erneut schloß sich Stille an. Der Bildschirm zeigte nun wieder Holografien der Verschleppten, und die Gesichter wirkten kummervoll.

»Vielleicht gibt es noch ein anderes Motiv für die Aktion der Romulaner«, sagte Spock und musterte die Darstellung T'Shaels.

Kirk sah ihn neugierig an. Sein Ärger hatte sich verflüchtigt, wich betroffenem Ernst.

»Fahrten Sie fort«, sagte er.

»Vier Föderationswelten sind nun ohne Bürgen«, sagte der Vulkanier ruhig. »Vielleicht glauben die gegnerischen Agenten, dadurch fehle uns eine Art ›Sicherheitsventil‹. Möglicherweise hoffen sie, daß es im Völkerbund zu Auseinandersetzungen kommt. Die Rihannsu und Klingonen wissen um die Kontroversen zwischen unseren Welten. Es wäre naiv, von einer anderen Annahme auszugehen. Wenn die Bürgen längere Zeit festgehalten werden... Es wäre denkbar, daß ihre Heimatplaneten Vorwürfe gegen andere Mitglieder der Föderation erheben — auf den ersten Blick betrachtet, erscheint es absurd, ein romulanisches Einsatzkommando verantwortlich zu machen. Vielleicht erwarten die Entführer, daß unsere kulturellen Unterschiede unter den gegenwärtigen Umständen zu einer ernsten internen Krise führen.«

»Sie haben auch allen Grund, mit einer solchen Entwicklung zu rechnen«, brummte McCoy. »Im Namen der kulturellen Toleranz duldet die Föderation viele Dinge, die diktatorischen Regimen wie dem Reich und dem Imperium geradezu lächerlich vorkommen. Der Unsinn zwischen Elaas und Troyius dauert schon seit Jahrzehnten. Oder man denke nur an Vendikar und Eminiar VII, die am liebsten sofort übereinander herfielen. Tellariten begegnen ihren Nachbarn mit ausgeprägtem Mißtrauen, und Orioner legen sich mit praktisch allen an. Man kann die derzeitige Lage nicht gerade als rosig bezeichnen.«

Selbst Vulkanier und Menschen gehen sich gegenseitig auf die Nerven, fügte Leonard in Gedanken hinzu. *Mit ihrer Sturheit.*

Aber zumindest dieses eine Mal konnte er Spocks Ausführungen voll und ganz zustimmen.

Kirk räusperte sich.

»Soweit die Fakten und Theorien«, sagte er. »Nun zu den Ratschlägen und Empfehlungen. Hikaru? Heute sind Sie stumm wie ein Fisch.«

Sulu blinzelte und kehrte ins Hier und Jetzt zurück.

»Ich habe nachgedacht. Starfleet Command informiert uns zwar, weist aber gleichzeitig darauf hin, wir sollten nichts unternehmen. Das erscheint mir seltsam. Die Leute im Hauptquartier kennen uns viel zu gut und wissen daher, daß wir nicht einfach abwarten wollen. Wahrscheinlich möchten sie, daß wir die Augen offenhalten und die Ohren aufsperren. Vielleicht legt uns das HQ nahe, unsere besonderen Beziehungen spielen zu lassen, um Informationen zu gewinnen — und dann zu handeln.«

Kirk nippte an seinem kalten Kaffee.

»Soweit ich weiß, setzt die Sonderabteilung ihre Ermittlungen fort«, erwiderte er, und es klang spöttisch. Der Admiral hielt nicht viel vom zivilen Geheimdienst.

»Mit allem Respekt, Sir«, entgegnete Sulu. »Ich habe schon mehrmals für die Sonderabteilung gearbeitet.«

Die anderen schienen nicht überrascht zu sein. Sulus Energie reichte für drei gewöhnliche Menschen. Manchmal verschwand er bei Trainingsflügen, falls er nicht auf der Brücke gebraucht wurde, und wenn er einige Wochen später wieder auftauchte — erschöpft, aufgeregt und begeistert –, meinte er nur: »Lieber Himmel, diesmal ging's wirklich drunter und drüber!« Jetzt wußten Kirk und seine Begleiter, auf welche Weise er sich die Zeit vertrieb.

»Ich kenne die Jungs«, fügte Sulu hinzu. »Und daher weiß ich, daß sie Hilfe brauchen.«

»Was schlagen Sie vor?« fragte der Admiral und schöpfte neue Hoffnung.

»Wir könnten darum bitten, eine etwas aktivere Rolle spielen zu dürfen«, antwortete Sulu und unterstrich seine Worte mit knappen Gesten. »Wie wär's mit einem Patrouillenflug in unmittelbarer Nähe der Neutralen Zone? Möglicherweise fassen wir jemanden, der illegal die Grenze überquert, und dann bekommen wir Gelegenheit, die eine oder andere Frage zu stellen. Wenn wir uns ein Bild von der aktuellen politischen Lage bei den Romulanern und Klingonen machen und herausfinden können, welche Ereignisse der Entführung vorausgingen ...«

Kirk nickte langsam. Sulu und er arbeiteten schon so lange zusammen, daß sie gegenseitig ihre Gedanken errieten.

»Und Sie glauben, Starfleet Comand wird eine solche Bitte nicht zurückweisen?«

»Oh, bestimmt verweigert man uns die Erlaubnis. Ich bezweifle, ob die Typen im HQ irgendwelche Verwicklungen riskieren wollen, und wenn sie ausgerechnet die *Enterprise* mit einer derartigen Mission beauftragten ... Es wäre viel zu auffällig.« Sulu lächelte, als der Samurai in ihm erwachte. »Aber wenigstens können wir später sagen, daß wir es versucht haben. Tja, und wenn man nicht auf unsere Wünsche eingeht, beginne ich sofort damit, meine Rihan-Kenntnisse aufzupolieren, klopfe Ihnen allen zum Abschied auf die Schulter und verwandle mich in James Sulu Bond.«

»He, nicht so hastig, mein Junge«, warf McCoy ein. »Ihr Tatendrang in allen Ehren, aber wenn Sie glauben, Sie könnten die Galaxis im Alleingang retten, während wir uns darauf beschränken, Ihren Heldentaten zu applaudieren ... Entweder mischen wir alle mit, oder ...«

»Alle für einen und einer für alle?«

»Nun, warum nicht?« ließ sich Uhura vernehmen.

Jim Kirk schwieg und sah, wie sich seine Begleiter von Sulus Enthusiasmus anstecken ließen. Manchmal bewies ein Kommandant besondere Klugheit, wenn er sich zunächst darauf beschränkte, stumm zu beobachten und zuzuhören. Als er glaubte, daß McCoy seine Meinung deutlich genug zum Ausdruck gebracht hatte, sagte er:

»Trautes Heim, Glück allein, Pille. Das ist doch deine übliche Einstellung, oder? Wieso die plötzliche Abenteuerlust?«

»Wenn ich an die entführten Bürgen denke... Himmel, die Sache geht mir gegen den Strich. Nun, überlassen wir diese Angelegenheit den Diplomaten und Blindgängern der Sonderabteilung, oder nehmen wir sie selbst in die Hand?«

Uhura pflichtete ihm bei. Saavik wandte sich mit einem fragenden Blick an Spock, der daraufhin ein Nicken andeutete. Als erste Gerüchte im Schiff kursierten, meldeten sich mehrere Sektionsleiter und schlossen sich dem Standpunkt des Bordarztes an. Scotty meinte, er und seine Leute seien zu allem bereit.

Eine einstimmige Entscheidung: Die *Enterprise* wollte einen konkreten Auftrag.

Kirk setzte sich mit Starbase XI in Verbindung.

»Ich ordne Bereitschaftsalarm für die *Enterprise* an, Jim«, sagte José Mendez, und diese Antwort enttäuschte Kirk. »Sie bekommen sofort Bescheid, wenn irgend etwas unternommen werden soll. Mehr ist im Augenblick nicht drin.«

Kirk beugte sich zum Bildschirm vor.

»Erwarten Sie etwa von mir, daß ich mich damit zufriedengebe, José? Die Besatzung meines Schiffes brennt darauf, endlich aktiv zu werden.«

»Versetzen Sie sich in meine Lage, Jim...«

» Spock meint, vielleicht stecken Romulaner dahinter.«

»Und wahrscheinlich hat er recht!« knurrte Mendez. Auch er beugte sich nun vor, und in seinen blauen Augen blitzte es »Aber *derzeit* können wir mit dieser Erkenntnis herzlich wenig anfangen. Haben Sie mich verstanden, Jim?«

»Verdammt, José! Bieten Sie mir und meinen Leuten irgend etwas an. Wir brauchen eine Aufgabe. Und Sie brauchen uns. Sie sind der Kommandant dieses Raumsektors, aber ich nehme einen höheren Rang ein, und darauf werde ich mich berufen, wenn Sie mir keine andere Wahl lassen.«

»Nur zu!«

Kirk setzte zu einer scharfen Antwort an, überlegte es sich aber anders und schwieg, so schwer es ihm auch fiel. Er schluckte mehrmals, und seine Gedanken rasten. Welche Botschaft übermittelte ihm Mendez? *Will er etwa, daß ich mich an Nogura wende? Vorschrift 46A...*

Der Admiral holte tief Luft.

»Ich glaube, ich verstehe jetzt, José. Besten Dank. Wenn Sie nicht so ein verfluchter Hurens...«

»Meine Mutter nannte mich ebenso. Warpgeschwindigkeit, Jim. Mendez Ende.«

José Iglesias de Mendez starrte auf einen grauen Bildschirm, zählte in allen Sprachen, die er beherrschte, bis zehn und gab seinen persönlichen Prioritätscode ein. Dann aktivierte er das Verschlüsselungsmodul und wartete auf die Netzhautabtastung.

Wie spät ist es jetzt in San Francisco, Sol III? überlegte er. *Vier Uhr morgens, Nun, was soll's? Es heißt, Nogura schliefe nie. Tut mir leid, dich zu stören, Heihachiro. Aber du wolltest ja auf dem laufenden gehalten werden, nicht wahr?*

Er betätigte einige Tasten, die eine weitere, streng geheime Codesequenz bildeten, und kurz darauf leuchtete ein Bestätigungssignal.

»Mendez«, sagte er knapp. »Kirk hat angebissen.«

KAPITEL 4

Die Tür schwang auf.

Diesmal waren es vier: zwei Wächter, die rechts und links neben dem Zugang Aufstellung bezogen, ein hochrangiger Offizier und sein Stellvertreter.

Vier kalt blickende Augenpaare beobachteten die heruntergekommen wirkenden Gefangenen. Brauenhöcker, eine rudimentäre Erweiterung der Wirbelsäule, die sich über den Schädel erstreckte, vorstehende Unterkiefer, zischendes Atmen durch den Mund... Die Mienen der Klingonen kamen einer ständigen Drohung gleich, erweckten den Eindruck, als seien sie überhaupt nicht in der Lage, freundlich zu lächeln.

»Oh, wen haben wir denn hier?« knurrte der Offizier höhnisch. Er sprach gutes, fast akzentfreies Standard, aber vermutlich war sein Wortschatz beschränkt. Die Stimme klang hochmütig, und das allgemeine Gebaren des Mannes brachte ebenfalls Arroganz zum Ausdruck. Für einen Klingonen schien er recht klein zu sein, und wahrscheinlich kompensierte er diesen Umstand mit besonderer Schläue.

»Ich bin Krazz«, stellte er sich vor und musterte die Bürgen nacheinander. »*Lord* Krazz, soweit es Sie betrifft. Meine Aufgabe besteht darin, über Sie zu wachen. Solange es notwendig ist.

Ich nehme an, Sie fragen sich, warum man Sie hierhergebracht hat«, fuhr er fort, als die Gefangenen still blieben. Er hakte die Daumen hinter den Waffengürtel, stand wie ein lebendes Bollwerk im Zugang. Leichter Wind wehte gelben Staub herein. »Die hinterhältigen Roms haben Ihnen bestimmt nichts gesagt. Als Klingone fühle ich mich zu einigen Auskünften verpflichtet, obgleich sie Ihnen wohl kaum gefallen werden. Nun, wenn ich die allgemeinen Verhaltensmuster der Föderation richtig einschätze, müssen Sie mit einem längeren Aufenthalt an diesem Ort rechnen. Seien Sie fügsam; dann ist Ihr Wohlergehen gewährleistet.

Ihre Unterkunft bietet keinen Luxus. Meine Leute und ich müssen ohne Bedienstete auskommen, und das gilt auch für Sie. Wir stellen Ihnen alle Dinge zur Verfügung, die Sie für Ihr Überleben brauchen. Sie werden der Föderation berichten, daß Sie vom klingonischen Imperium gut behandelt worden sind – vorausgesetzt natürlich, Sie kehren irgendwann in Ihre Heimat zurück. Darüber habe ich nicht zu befinden. Ich bin nur angewiesen, für Ihre Sicherheit zu sorgen...« – bei diesen Worten lächelte der Mann spöttisch –, »...und ich halte mich an meine Befehle.«

Keiner der Gefangenen gab einen Laut von sich, und Krazz musterte sie erneut. Sie trugen ihre Kleidung schon seit vielen Tagen und Nächten, und die Waschecke bot nur ein dünnes Rinnsal aus kaltem Wasser, das nicht genügte, um allen Schmutz zu entfernen. Es fehlten Seife und Handtücher. Finger ersetzten keine Kämme: Mensch und Vulkanierin offenbarten zerzaustes Haar, und dadurch ähnelten sie sich mehr als jemals zuvor.

Trotzdem strahlten sie alle eine gewisse Würde aus. Sie standen völlig ruhig, und selbst die Deltaner, von ihrer psionischen Verbindung gestärkt, zeigten keine Furcht. Das enttäuschte den klingonischen Offizier. Er trat ein wenig näher und richtete einen durchdringenden Blick auf die Bürgen.

»Ziemlich redselige Leute, nicht wahr?« brummte er, drehte kurz den Kopf und sah seinen Stellvertreter an. Der zweite Offizier gab keine Antwort. Er war größer als Krazz, und seine Mimik wirkte nicht ganz so drohend. Er schien daran gewöhnt zu sein, aufmerksam zuzuhören.

»Und drei Frauen!« fügte der Commander genüßlich hinzu. »Was für eine nette Überraschung!«

Krazz kam noch etwas näher, und der kleine Krn zitterte

nervös. Der Klingone beachtete ihn überhaupt nicht, starrte die weiblichen Gefangenen an.

»Nach draußen«, sagte er leise. Cleante vernahm ein kehliges unheilverkündendes Grollen, und sie schauderte unwillkürlich, begann zu ahnen, was ihnen nun bevorstand. »Nur die Frauen. Die Männer bleiben hier.«

»Mein Lord...«, begann der andere Offizier vorsichtig. Seine Stimme klang dumpf. »Darf ich Sie respektvoll daran erinnern, daß es sich um politische Gefangene handelt und keine...«

Krazz wandte sich ruckartig um.

»Wollen Sie irgendwelche Einwände erheben? Wenn ich fertig bin, bleibt genug für Sie und die anderen übrig.«

Die beiden Wächter bewegten sich zum erstenmal und wechselten einen anerkennenden Blick, bewunderten den geschickten verbalen Schachzug ihres Vorgesetzten.

»Ich wollte nur darauf hinweisen, daß unser Befehl lautet, die Gefangenen am Leben zu erhalten«, erklärte Krazz' Stellvertreter hastig und sprach auf Klingonaase. T'Shael kannte die klingonische Sprache nicht sehr gut und verstand nur den Ausdruck ›am Leben erhalten‹. Doch der Tonfall machte deutlich, worum es ging. »Der bedauerliche Zwischenfall mit dem Andorianer genügt bereits, um unsere Vorgesetzten...«

»Es geht unsere Vorgesetzten nichts an, wie wir mit der Langeweile auf diesem verdammten Planetoiden fertig werden!« fauchte Krazz. Er drehte sich wieder zu den Gefangenen um und fuhr auf Standard fort: »Wir gehen so vor, daß man uns später nichts zur Last legen kann. Wir hinterlassen keine Spuren – zumindest keine dauerhaften. Und nun... die Frauen nach draußen!«

Cleante fühlte sich plötzlich von ihrem Körper getrennt und beobachtete das Geschehen wie eine unbeteiligte Zuschauerin. Meinten die Vulkanier so etwas, wenn sie von der Beherrschung des Unvermeidlichen sprachen? *Oder betäubt mich die Angst?*

Es betrifft nur die physische Existenz, dachte sie. *Meine*

Seele können die Klingonen nicht berühren. Bei Allah, manchmal glaube ich fast, ich habe gar keine. Nun, ich hatte den einen oder anderen gefühllosen Liebhaber. Wenn Krazz und die anderen nicht allzu brutal sind, überstehe ich es irgendwie. Sieh dir nur Jali an...

Sie warf der kahlköpfigen Frau einen verstohlenen Blick zu. Jali ging mit schwingenden Hüften, schien ihr zu antworten: He, sie wollen doch nur Sex. *Freute* sie sich etwa darauf, vergewaltigt zu werden?

Vergewaltigung. Cleante lauschte dem mentalen Klang dieses Wortes, und Entsetzen erfaßte sie.

T'Shael! dachte sie. In ihrem Innern verkrampfte sich etwas. *Sie ist Jungfrau! Sie darf nicht das Opfer klingonischer Lüsternheit werden!*

Das Gesicht der Vulkanierin blieb steinern, und sie wirkte völlig entspannt. Doch der Glanz in ihren dunklen Augen verstärkte sich ein wenig, als sie Cleante ansah.

Ja, ich werde versuchen, mich zu beherrschen, dachte die Terranerin und spürte gleichzeitig, wie ihre Knie weich wurden. *So schwer es mir auch fällt. Ich bin bereit, alles hinzunehmen. Aber wenn sie dich berühren...*

»Ich kann es nicht aussprechen«, sagte Cleante zerknirscht.

»Ein schwieriges Wort für ein schwieriges Konzept«, erwiderte T'Shael. »Das Äquivalent auf Standard heißt ›Beherrschung des Unvermeidlichen‹.«

»Beherrschung des Unvermeidlichen«, wiederholte Cleante und dachte darüber nach. Nach einigen Sekunden erhellten sich ihre Züge. »Ich glaube, ich verstehe die Bedeutung.«

»Seit einer Weile verstehen Sie mehr, als Ihnen zunächst klar wird«, stellte T'Shael fest, und es klang fast zufrieden.

Trotzdem wußte Cleante nicht so recht, ob die Vulkanierin damit ein Kompliment zum Ausdruck brachte. Sie hütete sich davor, eine entsprechende Frage zu stellen, überlegte statt dessen, warum T'Shael an diesem Tag ausgerechnet auf dieses philosophische Prinzip zu sprechen kam.

Zusammen mit einigen Studenten und Instruktoren aus der Siedlung suchten sie das Zentrum der Stadt auf, um dort einen Ladenbummel zu machen und einzukaufen. Später stand die Vorlesung eines Dichters auf dem Programm. Cleante sah sich neugierig um, erneut von der stillen Beschaulichkeit des vulkanischen Lebens fasziniert.

Niemand beeilte sich. Niemand bahnte sich nervös einen Weg durch die Menge. Kinder schritten mit der gleichen Würde umher wie ihre Eltern. Sie tollten nicht auf dem großen Marktplatz herum, unterhielten sich mit respektvoll gedämpften Stimmen. Schweber glitten mit leisem Summen über die markierten Verkehrsbereiche, und die Transporteinheiten der Hängebahn bewegten sich mit elektronisch-mechanischer Zurückhaltung. Selbst in besonders dicht besiedelten Regionen konnte man das Zwitschern von Vögeln hören. Leise Gespräche, untermalt vom Plätschern der Springbrunnen und dem melodischen Klimpern kleiner Windglocken, die in vielen Fenstern hingen. Ansonsten blieb alles still.

Cleante kämpfte gegen die Versuchung an, aus vollem Halse zu schreien, das Gespinst der allgemeinen Geruhsamkeit zu zerreißen und die dadurch geschaffene Unruhe zu genießen. Tellariten ließen sich manchmal zu einem solchen Gebaren hinreißen. Natürlich lag der Terranerin nichts daran, ihre vulkanischen Begleiter in Verlegenheit zu bringen, aber die viel zu perfekte Ordnung forderte ihre menschliche Spontaneität heraus.

Cleante wußte, daß T'Shael irgend etwas plante, eine neue Lektion für ihre unerfahrene Schülerin. Und vermutlich stand sie mit dem Konzept ›Beherrschung des Unvermeidlichen‹ in Zusammenhang.

»Um es einfach auszudrücken ...«, fuhr die Vulkanierin fort. »Es geht darum, übertriebene Reaktionen in bezug auf Dinge zu unterdrücken, die man nicht ändern kann. Wenn man die Übung oft genug wiederholt, integriert man die entsprechende Verhaltensweise in das individuelle Selbst. Dann kontrolliert man nicht nur die eigenen Reaktionen, sondern auch alle Gedanken, die ihnen zugrunde liegen. Ein Beispiel: Wenn man von einem Berggipfel aus beobachtet, wie ein großer Schweber über einer Stadt abstürzt, wodurch viele Personen ums Leben kommen, so weiß man, daß es keine Möglichkeit gibt, das Unglück zu verhindern. Es hat also keinen Sinn, den Blick abzuwenden oder Wut und Entsetzen zu empfinden. Wenn der Beobachter allein ist, gibt er dadurch nur seiner eigenen Schwäche nach. Befindet er sich in Gesellschaft, so weckt er durch seinen emotionalen Ausbruch Unbehagen in den Begleitern, und das wäre verwerflich.«

»Er ließe nur ein wenig Dampf ab«, sagte Cleante. »Damit er keine Magengeschwüre bekommt.« Sie schüttelte den Kopf. »Ich kann Ihren Standpunkt nicht teilen.«

»Sie haben ein Recht auf eine eigene Meinung.«

»Was ist, wenn man nicht auf einem Berggipfel steht, das Unglück aus unmittelbarer Nähe erlebt?«

»Dann muß man helfen, sofern man die notwendigen Qualifikationen hat. Andernfalls sollte man darauf achten, dem qualifizierten Personal nicht im Wege zu sein. Ganz gleich, was zutreffen mag: Niemand darf deutlich sein Empfinden zeigen. Dadurch besteht die Gefahr, den inneren Frieden anderer Personen zu stören und die Rettungsarbeiten zu behindern.«

»Und wenn man seine Gefühle nicht so einfach unterdrücken kann, wenn das Unglück viel zu schrecklich ist, um ruhig zu bleiben?«

Cleante sprach unwillkürlich lauter. Die Vulkanier in der Nähe sahen sie nicht etwa an, sondern *mieden* ihren Blick, vertraten offenbar die Ansicht, daß man Menschen besondere Toleranz entgegenbringen mußte. Verärgerung regte sich in der Terranerin.

»Was ist, wenn der beste Freund im abstürzenden Schweber sitzt oder zu den Leuten gehört, die unter ihm zermalmt werden?«

»So etwas stellte noch höhere Anforderungen an die Selbstdisziplin«, antwortete T'Shael und verbarg ihr Unbehagen. »Vielleicht sollten Sie darauf verzichten, mich zu begleiten.«

In Cleantes Augen gleißte es; sie fühlte sich herausgefordert.

»Ich komme mit. Ob es Ihnen paßt oder nicht!«

»Seien Sie vorsichtig«, warnte T'Shael. »Sie dürfen auf keinen Fall Privatsphären oder Gefühle verletzen.«

Zum erstenmal sprach die Instruktorin von Gefühlen, und das verblüffte Cleante. Dennoch hielt sie an ihrer Entscheidung fest.

»Ich kehre jetzt nicht zurück«, beharrte sie. »Ihr Volk hat Jahrtausende gebraucht, um die Beherrschung des Unvermeidlichen zu erlernen. Mal sehen, was ein Mensch wie ich an einem Nachmittag zu leisten vermag.«

»Wenn Sie darauf bestehen...«, sagte T'Shael, überließ die Verantwortung Cleante und wandte sich an einen Mann der Siedlungsgruppe.

»Sie möchten die Terranerin zu den Gesichtslosen führen?« fragte er auf Vulkanisch, machte dabei kein Hehl aus seiner Verwunderung und bedachte T'Shael mit einem durchdringenden Blick. Es war bekannt, wieviel Zeit sie der menschlichen Frau widmete. »Sie sind bei einem Meister in die Lehre gegangen, was jedoch nicht bedeutet, daß Sie seine Weisheit teilen.«

»Das ist mir völlig klar, Sekal«, erwiderte die Instruktorin ruhig. »Wir kehren rechtzeitig zurück, um den Dichter zu ehren. Alles andere geht nur mich etwas an.«

Die eigene Kühnheit überraschte T'Shael, aber sie ließ sich nichts anmerken, griff nach dem Einkaufskorb und schritt davon. Cleante eilte ihr nach.

Sie verließen den Marktplatz und erreichten einen Wohnkomplex, in dem sich völlig leere Bürgersteige erstreckten. Cleante überlegte verwirrt, warum in diesem Stadtviertel niemand unterwegs war. Immer wieder drehte sie den Kopf, doch weit und breit sah sie keine Passanten.

Nach einigen Blocks betrat T'Shael einen kleinen Vorhof und blieb an einem schmiedeeisernen, verzierten Tor stehen. Cleante hielt vergeblich nach einem kleinen Kom-Modul Ausschau, mit dem sich Besucher ankündigten, fand statt dessen eine Sensorplatte. Die Instruktorin berührte sie, spreizte ihre Finger in der *Ta'al*-Geste. Wenige Sekunden später öffnete sich das Tor.

»Es gibt ein schlichtes Wort, das ebenfalls die Bedeutung des Konzepts ›Beherrschung des Unvermeidlichen‹ beschreibt«, sagte T'Shael sanft, als sie über einen schmalen Pfad gingen, der zum Gebäude führte. *»Kaiidth* – ›Was ist, ist‹. Wer akzeptiert, was sich nicht ändern läßt, beginnt wie ein Vulkanier zu denken.«

Cleante nickte stumm. Vermutlich wollte ihr T'Shael in aller Deutlichkeit zeigen, daß Terraner – oder *diese* Terranerin – unmöglich die Denkweise eines Vulkaniers nachvollziehen konnten. Welcher Schrecken verbarg sich in dem Haus vor ihnen? Was für eine schwere Prüfung erwartete Cleantes menschliche Natur? Sie versuchte, sich ein Beispiel an T'Shael zu nehmen, ihr Gesicht ebenso ausdrucklos zu gestalten, spürte jedoch, wie ihre Hände feucht wurden. Plötzlich bedauerte sie es, nicht bei den anderen auf dem Marktplatz geblieben zu sein. *Ich mache nie wieder eine Szene,* versprachen ihre Gedanken. *Ich...*

Die Tür des Gebäudes glitt auf, und Cleantes Blick fiel auf einen Gesichtslosen. Sie schnappte nach Luft.

»Vor einigen Jahren flog ein Komet zu dicht an ihrem Heimatplaneten vorbei«, erklärte T'Shael gelassen und unbeeindruckt. Sie näherten sich dem Portikus, in dem das seltsame Wesen auf sie wartete, und nach Cleantes Ansicht ging die Vulkanierin viel zu schnell. »Die meisten Bewohner starben. Und wer überlebte, wurde auf diese Weise entstellt, verlor Augen, Mund, Nase und Ohren. Das Gesicht verbrannte zu einer deformen Masse.«

»Kann man ihnen nicht irgendwie helfen?« brachte Cleante erschüttert hervor.

»Mit chirurgischen Maßnahmen wäre es bestimmt möglich, den Gesichtslosen einen fast vollständigen Wahrnehmungskosmos zu erschließen; nur an ihrer Blindheit läßt sich nichts ändern. Doch ein religiöses Tabu verhindert, daß sie sich entsprechenden Operationen unterziehen.« T'Shael sah Cleante nicht an, wußte aber, welche Wirkung ihre Worte auf sie erzielten. »Sie haben auf Vulkan Zuflucht gesucht, weil hier niemand an ihrem Erscheinungsbild Anstoß nimmt. Meine Mutter gehörte zu einer der Rettungsgruppen, und mehrere Mitglieder dieser Familie waren ihr persönlich bekannt.«

Fast ehrfürchtig näherte sie sich dem gesichtslosen Mann im Portikus, und seine Fingerkuppen berührten sie an den Wangen. Cleante stellte sich vor, als kleines Mädchen ihre Mutter an einen solchen Ort zu begleiten und mit den Erinnerungen an gräßlich verunstaltete Mienen aufzuwachsen. Sie schauderte und beobachtete, wie T'Shael behutsam nach der Hand des Mannes griff und sie hob, damit das Geschöpf auch Cleantes Züge erforschen konnte.

Die Terranerin fragte sich, wieviel Abscheu sich in ihrer Mimik zeigte, und aus einem Reflex heraus wich sie zurück. T'Shael drehte den Kopf, und der Blick ihrer dunklen Augen bohrte sich in Cleante – die nun begriff, worin die Herausforderung bestand. Sie besann sich auf die Beherrschung des Unvermeidlichen, nahm ihre ganze Kraft zusammen und blieb stehen.

Ganz sanft strichen die Finger des Wesens über Cleantes Gesicht, und schließlich vollführte es eine Geste der Zufriedenheit, führte die beiden Besucherinnen durch den Säulengang.

Später konnte sich die menschliche Frau nicht mehr genau daran erinnern, wie sie den Nachmittag überstanden hatte. Steif und angespannt hockte sie neben T'Shael, gefangen in einem privaten Universum des Entsetzens. Immer wieder kamen und gingen entstellte Geschöpfe, und die Vulkanierin kommunizierte mit ihnen, indem sie ihre Hände berührte. Die Gesichtslosen schienen sich sowohl über den Besuch als auch die bescheidenen Gaben zu freuen, die T'Shael in ihrem Einkaufskorb mitgebracht hatte. Cleante rührte sich nicht von der Stelle, vermied es, an den stummen Gesprächen teilzunehmen. Sie verspürte den immer stärker werdenden Wunsch, einfach aufzuspringen, nach draußen zu laufen und sich irgendwo zu übergeben.

Sie hatte die Herausforderung angenommen, jedoch nichts von der Existenz solcher Wesen geahnt. Augenlose Höhlen, von Brandwunden zernarbte Haut, der Mund für immer geschlossen, nur kleine Atemlöcher dort, wo man eine Nase erwartete. *Auf welche Weise ernähren sie sich?* dachte Cleante, und das Grauen wurde zu einer Schlinge, die sich langsam um ihren Hals schloß. Es zerriß ihr das Herz, als sie die Kinder sah, die auf Vulkan geboren waren, völlig normal wirkten und sich durch bemerkenswerte Schönheit auszeichneten. Ihre graugrünen, glänzenden Augen und das dichte, seidig schimmernde Haar erinnerten deutlich daran, was die Eltern verloren hatten.

Cleante schluckte mehrmals und spürte, wie sich ihr Denken zu verändern begann. Wenn es ihr ähnlich ergangen wäre... *Ich habe meine Attraktivität immer als selbstverständlich erachtet. Angenommen, das Feuer des Kometen hätte am Himmel über Ägypten gebrannt...*

Sie dachte an die Vergangenheit der Erde, an die Geschichte ihrer Heimatregion. Jahrhundertelang zogen blinde, an Lepra leidende Bettler mit eitrigen Gesichtern durch die Straßen von Tunis und Kairo. Aussätzige. Lebende Tote. Menschen kannten keine Beherrschung des Unvermeidlichen. Nur Hartherzigkeit.

Ins Schwarze getroffen, T'Shael, dachte Cleante und musterte die Vulkanierin, die sich noch immer mit den Gesichtslosen unterhielt. *Genüge ich deinen Erwartungen? Habe ich für die Sünden — für die Verantwortungslosigkeit — meiner Vorfahren gebüßt? Habe ich den Test bestanden?*

Es gelang ihr, die Übelkeit lange genug zu unterdrücken, bis sie die Bürgen-Siedlung erreichten. In ihrem Zimmer suchte Cleante sofort die Hygienezelle auf und erbrach sich. Sie war völlig mit den Nerven fertig und rang mit sich selbst, als sie T'Shael mitteilte, sie sei nicht in der richtigen Stimmung, um einem Dichter zuzuhören. Sie verbrachte den Abend im Bett, in der Gesellschaft eines Freundes von der delevanischen Kolonie. Und während sie sich liebten, gewann sie allmählich Abstand von den Erlebnissen des Tages.

Lord Krazz gab den Wächtern ein ungeduldiges Zeichen, und die beiden Soldaten wiesen Cleante, T'Shael und Jali an, nebeneinander stehenzubleiben. Die Aufmerksamkeit des Commanders und seines Stellvertreters galt in erster Linie der Deltanerin, die einmal mehr mit den Wimpern klimperte, ihre Pheromone jedoch unter Kontrolle hielt.

»Kalor!« fauchte Krazz, starrte Jali an und sprach weiterhin auf Standard. »Woher stammt diese Frau?«

»Von Delta, mein Lord«, erwiderte der Lieutenant und gab durch nichts zu erkennen, wie sehr er die Ignoranz seines Vorgesetzten verachtete.

Im Gegensatz zu den meisten Offizieren hatte Krazz nur wenig Erfahrung mit anderen Völkern. Er gehörte nicht zu einer der alten Familien, war ohne den Luxus von Klin Zhai und der übrigen kosmopolitischen Innenwelten aufgewachsen. Der Commander stammte aus einem unbedeutenden Agroclan, hatte die Spiele erlernt und sich seine Beförderungen mit harter Arbeit verdient. Doch es gelang ihm nie, sich ganz von seinem Provinzialismus zu befreien. Spitze Zungen behaupteten, er habe noch immer Tritical-Samen im Haar und rieche nach Dung.

Während es den weitaus gebildeteren Sprößlingen der vornehmen Familien überhaupt nicht schwerfiel, Withiki und Cherwtl als solche zu erkennen, ohne unter die Flügel zu sehen, bereitete es Krazz nach wie vor erhebliche Probleme, Humanoide voneinander zu unterscheiden.

»Eine Deltanerin«, brummte er. »Sind sie wirklich so gut, wie man behauptet?«

»Sie gehören zu den besten, mein Lord«, antwortete Kalor. »Vielleicht sind sie sogar noch besser als Orionerinnen, obwohl ich bisher noch keine Gelegenheit bekommen habe, es mit einer Reptilienfrau zu versuchen.«

Jali lächelte und gab einige ihrer Pheromone frei.

»Ha!« triumphierte Krazz. »Also gibt es selbst in Ihrem Wissen Lücken! Erinnern Sie mich daran, Ihnen zu erzählen, wie...«

Der Commander brach ab, blinzelte und musterte Jali, als sähe er sie jetzt zum erstenmal. Er trat einen Schritt näher, überlegte es sich dann anders.

»Nein!« knurrte er. »Zu einfach. Mir ist eine Frau lieber, die sich zur Wehr setzt.« Er beobachtete Cleante und T'Shael, hielt nach einer Reaktion Ausschau. »Und das dort...«

»Terranerin und Vulkanierin, mein Lord«, sagte Kalor und begegnete Cleantes Blick.

Sie ist hübsch, dachte er.

»Sie sehen sich sehr ähnlich, nicht wahr? Obwohl mir diese hier eher häßlich erscheint.«

Kalor wollte respektvoll auf die Differenzen hinweisen, aber Krazz kam ihm zuvor.

»Wie ich hörte, treiben es Vulkanier nur einmal in sieben Jahren. Stimmt das?«

»So heißt es jedenfalls, mein Lord.«

»Verrückt!« zischte Krazz und lachte höhnisch. Er wartete einige Sekunden lang, genoß die Vorfreude. »Hatten Sie jemals eine Vulkanierin, Kalor?« wandte er sich an den Lieutenant.

Die Vulkanierin stand völlig unbewegt, und Cleante bedachte sie mit einem kurzen Blick. *Ich gebe mir alle Mühe!* riefen ihre Gedanken. *Ich versuche, mich an deine Philosophie zu halten. Aber ich werde nicht zulassen, daß dich die Klingonen anrühren!*

Soll ich mich an T'Shaels Stelle anbieten? fragte sich Cleante. *Oder richte ich dadurch nur Krazz' perverses Interesse auf sie?* Ihre Kehle war wie zugeschnürt, und sie brachte keinen Laut hervor. Die Klingonen setzten ihr Gespräch auf Standard fort – eine akustische Folter.

»Hatten Sie jemals eine Vulkanierin, Kalor?«

»Einmal, mein Lord. Während ich als Fähnrich an Bord der *Fliegerstolz* diente, fanden wir ein havariertes Föderationsschiff, und dadurch bekamen wir einige recht interessante Gefangene.«

Vor Krazz' innerem Auge bildeten sich Vorstellungskonturen, und sein Lächeln wurde zu einem Grinsen. Kalor gehörte zu einer der angesehensten Familien. Als er an Bord von Targas Flaggschiff im Grenzbereich patrouillierte, bekam Krazz den Befehl, auf Ailig IV Kolonisten hinzurichten – angeblich sollte damit ein Exempel statuiert werden. Nun, bei jener Gelegenheit begegnete er ebenfalls einigen ›interessanten Gefangenen‹. Er empfand es als erstaunlich, wie sehr sich Frauen vor einem qualvollen Tod fürchteten.

Er musterte T'Shael. Nur einmal in sieben Jahren? Schuf so etwas besondere Leidenschaft? Oder war genau das Gegenteil der Fall?

»Ihre Vulkanierin...«, sagte Krazz, ohne den Blick von T'Shael abzuwenden. »Haben Sie sie anschließend getötet, Kalor?«

»Die *Fliegerstolz* bot nicht viel Platz, mein Lord. Wir konnten keine Gefangenen unterbringen. Nun, die vulkanische Frau bereitete mir so wenig Vergnügen, daß es besser gewesen wäre, sie gleich zu erschießen.«

»Sie reagierte nicht, wie? Blieb sie die ganze Zeit über völlig kalt?«

»Man hätte sie für tot halten können, mein Lord. Unter dem Schmerzstimulator zog sie sich nur weiter in ihre gleichgültige Trance zurück. Ausgesprochen langweilig, wenn Sie mich fragen.«

»Sie würden also keine Vulkanierin empfehlen.« Krazz starrte Cleante an. »Menschliche Frauen sollen gar nicht so übel sein, oder?«

»Sie sind recht zart und ermüden zu rasch«, erwiderte

Kalor. Inzwischen verstand er die Farce des Commanders und ging auf das Spiel ein. Er spürte Cleantes zunehmende Anspannung, bemerkte auch die nervösen Blicke, die sie T'Shael zuwarf. Die wachsende Unruhe der Terranerin bot einen guten Ansatzpunkt. »Aber man kann sich durchaus mit ihnen zufriedengeben.«

Krazz stand zwischen den beiden Frauen und grinste erneut.

»Wer von ihnen ist die Terranerin?« fragte er plötzlich, obwohl inzwischen selbst er Bescheid wußte.

T'Shaels Augen warnten Cleante. *Sprich nicht. Bleib ruhig. Biete dem Klingonen nicht die geringsten Hinweise. Beherrsch dich!*

Cleantes innerer Kosmos bebte, aber sie blieb still.

Ich werde nicht zulassen, daß er dich anrührt! antworteten ihre Pupillen.

Krazz wiederholte seine Frage nicht. Auf dem umzäunten Platz lagen einige scharfkantige Steine, und der Commander wählte einen aus, hielt ihn in der Hand und trat so dicht an T'Shael heran, daß sein stinkender Atem über ihre Wangen strich. Blitzschnell holte er aus und schlug zu.

Zufrieden betrachtete er grünes Blut, das aus der Wunde quoll. Tränen des Schmerzes glänzten in den Augen der Instruktorin, aber sie hatte nicht einmal zusammengezuckt. »So läßt sich der Unterschied feststellen!«

Cleante schrie und stürzte sich auf den Klingonen. Einen Sekundenbruchteil später drehten ihr die beiden Wächter ruckartig die Arme auf den Rücken, und sie stöhnte leise. Heiße Pein erfaßte ihre Schultern, und seelische Qual gesellte sich hinzu, als sie zu T'Shael aufsah.

Beherrsch dich! teilte ihr der eisige Blick mit. *Dein Verhalten beschämt uns beide!*

Krazz drehte sich zu Cleante um und ließ den Stein fallen. Sein Experiment endete mit dem gewünschten Ergebnis.

Er griff betont grob zu, um Schmerz zu verursachen, um sich daran zu weiden. Cleante versteifte sich und leistete keinen Widerstand, verweigerte dem Klingonen genau das, was er sich ersehnte. Sie neigte den Kopf zu Seite und versuchte, T'Shaels Blick einzufangen, doch seltsamerweise wandte sich die Vulkanierin von ihr ab, überließ sie ihrem Schicksal.

Vielleicht hätte Krazz seinem Zorn freien Lauf gelassen und Cleante umgebracht, aber glücklicherweise griff Jali ein.

Die klingonischen Soldaten und Offiziere schenkten der Deltanerin überhaupt keine Beachtung mehr, und das nutzte sie aus. Besonders stimulierende Pheromone entfalteten ihre Wirkung, und ein ebenso subtiler wie betörender Duft wehte über den Hof, wob ein dichtes, erotisches Netz, in dem sich zuerst Kalor, dann die beiden Wächter und schließlich auch Krazz verfingen.

Wie in Zeitlupe näherten sie sich, ignorierten Cleante, die ihre zerrissene Kleidung zusammenraffte, an die Wand des niedrigen Gebäudes zurückwich und sich die Faust auf den Mund preßte, um nicht laut zu schluchzen. T'Shael entging ebenfalls der klingonischen Aufmerksamkeit und trat an die Seite der menschlichen Frau. Das Bedürfnis nach Geborgenheit war stärker als Cleantes Wut, und sie schmiegte sich an die Vulkanierin. T'Shael umarmte sie behutsam, und tief in ihr regte sich neuerliches Unbehagen.

Wie empfindsam die Menschen sind, dachte sie und versuchte, sich vor den intensiven Emotionen zu schützen, die in ihr Bewußtsein strömten. *Gefühle müssen beherrscht werden, denn sonst herrschen sie.*

Die vier Klingonen bildeten einen Kreis um Jali und keuchten. Die Deltanerin schien die Situation völlig unter Kontrolle zu haben. Gelassen zeigte sie ihre Bereitschaft, die Männer zu empfangen, in welcher Reihenfolge auch immer, sie nacheinander zu erschöpfen. Bevor sie ihre Absicht verwirklichen konnte, zwinkerte Krazz und kam wieder zu Sinnen.

»Weg von ihr!« donnerte er und brach damit den deltanischen Bann. Er taumelte fort, schnaufte wie ein Asthmatiker, schnappte mehrmals nach Luft, richtete seinen Blaster auf Kalor und die beiden Wächter. »Habt ihr nicht gehört?« brüllte er. Als sie ebenfalls in die Realität zurückfanden, zielte er auf Jali.

»Machen Sie das nie wieder!« knurrte er. »Wenn sich so etwas noch einmal wiederholt, vergesse ich meine Befehle und bringe den Knaben um. Ich meine es ernst. Unterschätzen Sie mich nicht!«

Jali neutralisierte ihre Pheromone so beiläufig, als wolle sie dem Commander mitteilen: *Sie sollten* mich *nicht unterschätzen.*

»Physisch ist mit Ihnen alles in Ordnung«, sagte T'Shael monoton. »Ich nehme an, Ihre Reaktion hält deshalb an, weil Sie ein psychisches Trauma erlitten haben.«

Cleante strich schmutziges Haar beiseite und rieb sich die von Tränen geröteten Augen.

»Lassen Sie mich in Ruhe, T'Shael. Ich bitte Sie: Lassen Sie mich in Ruhe.«

Schon vor einigen Stunden waren sie ins Gebäude zurückgekehrt, doch Cleante lag noch immer zusammengerollt auf ihrer Koje und wollte mit niemandem sprechen. Dunkelheit verdrängte das letzte Licht des Tages, und wieder begann eine qualvoll lange Nacht. Die Deltaner schienen niemanden stören zu wollen und hatten sich in eine Ecke des Zimmers zurückgezogen. Resh und Krn forderten Jali immer wieder auf, von ihren Erlebnissen mit den Klingonen zu erzählen, den erotischen Angriff in allen Einzelheiten zu schildern. Ab und zu blieb ein Wächter an der transparenten Tür stehen, sah herein und ging weiter.

»Beschreib es uns noch einmal!« verlangte Krn begeistert. »Wie sahen ihre Gesichter aus?«

Resh brachte ihn zum Schweigen, doch kurz darauf erklangen erneut gedämpfte Stimmen. T'Shael überlegte, ob sie das Trio auffordern sollte, endlich still zu sein, entschied sich dann dagegen. Es konnte nicht schaden, wenn sie ihre eigene Moral stärkten, wenn sie kicherten anstatt zu schluchzen, während sich die Vulkanierin allein um Cleante kümmerte.

Ich versuche, einer Freundin zu helfen, dachte T'Shael auf Standard. Sie wagte es nicht, den vulkanischen Ausdruck *T'hy'la* zu verwenden, denn er bedeutete zuviel, ging weit über die Beziehung zwischen ihnen hinaus. ›Freundin‹ hingegen... *Ja, warum nicht? Wir haben die Schwelle überschritten, bevor diese Krise begann, und Cleante bestand darauf, eine solche Bezeichnung zu benutzen.*

Bis heute. T'Shael fragte sich, ob sie wirklich behaupten konnte, Cleantes Freundin zu sein. *Als der Klingone sie vergewaltigen wollte, habe ich mich auf die Beherrschung des Unvermeidlichen besonnen. War das richtig?*

Sie hatte ihr eigenes Verhalten mehrmals analysiert: Einerseits erschien es ihr völlig logisch, doch es blieb der vage Eindruck, eine falsche Entscheidung getroffen zu haben. Zum erstenmal in ihrem Leben bekam sie es mit einer solchen Diskrepanz zu tun, und die Folge bestand aus profunder Verwirrung.

Was wäre geschehen, wenn Jali nicht eingegriffen hätte? Kam es verantwortlichem Handeln gleich, *nicht* zu handeln?

T'Shael ließ sich neben Cleante auf den Rand der Koje sinken, verspürte den Wunsch, die Frau zu berühren, wagte es jedoch nicht, die Hand auszustrecken. Scheinbar unbewegt sah sie auf die menschliche Frau herab.

Wenn du mich nur verstehen könntest, dachte sie. *Als Krazz damit begann, dir die Kleider vom Leib zu reißen, wandte ich den Blick ab, um dir Schande zu ersparen. Ich hielt das für meine Pflicht als Vulkanierin. Ich wußte nicht, daß Menschen selbst unter derartigen Umständen einen Blickkontakt anstreben. Ich habe dich enttäuscht. Bitte verzeih mir... Freundin.*

Aber T'Shael konnte diese Worte nicht laut aussprechen, und da Cleante keine telepathischen Fähigkeiten besaß, blieben auch die Gedanken sinnlos. Der Abstand zwischen den beiden Frauen betrug nur wenige Zentimeter, doch eine breite und tiefe kulturelle Kluft trennte sie voneinander. Nach einer Weile drehte die Instruktorin den Kopf und sah Jali, die dicht vor der Koje stand.

»Kälte!« sagte die Deltanerin, setzte sich unaufgefordert und schob T'Shael beiseite. »Kälte ist noch schlimmer als Nutzlosigkeit! Wenn Sie ihr nicht helfen können, so machen Sie mir Platz.«

Die Vulkanierin wich stumm zurück, blieb mit ihrer Trostlosigkeit allein.

Sie sah nicht zu, als Jali einige asexuelle, tröstende Pheromone aktivierte und Cleante dort streichelte, wo Krazz sie berührt hatte — als wolle sie ein physisches Gedächtnis löschen. Wenn T'Shael überhaupt spürte, was zwischen Deltanerin und Terranerin geschah, so verstärkte sich dadurch nur die Last ihrer Einsamkeit.

Kälte...

»Erzählen Sie mir von Liebe.«

Die Bitte kam nicht unbedingt aus dem Nichts, aber sie verblüffte Cleante trotzdem. Nach dem Unwetter in der Wüste schienen die beiden Frauen ihre Rolle vorübergehend zu vertauschen: T'Shael lehrte nicht mehr, sondern lernte, erweiterte ihr Wissen über die irdische Kultur.

Sie hielten sich jetzt von den Ruinen fern. An ihren freien Tagen stattete T'Shael der Terranerin keine Besuche mehr ab — die Bürgin von der Erde verstand so etwas häufig als Einladung zu einem Ausflug in die vulkanische Vergangenheit —, und ohne Begleitung wollte Cleante nicht in die Wüste zurückkehren. Sie verzichtete auf die Frage, ob sich T'Shael allein auf den Weg machte, ob sie als Pilgerin zum Blutstein ging.

Sie setzten eine nun umgekehrte Schüler-Lehrer-Beziehung fort. Manchmal suchten sie einen der vielen Parks auf oder wanderten durch die Studiensäle und Kunstgalerien der Siedlung. Häufig trafen sie sich im spartanischen Quartier der Vulkanierin.

»Erzählen Sie mir von Liebe«, sagte T'Shael, lauschte ihren kühnen Worten und dachte darüber nach. Lag es am menschlichen Einfluß? Was hielte Meister Shimm davon? »Erzählen Sie mir von der Erde. Von Museen und Städten. Von den Orten, die Sie besonders schätzen. Von Ozeanen, dem Blau des Himmels und jenem Phänomen, das Sie Schnee nennen. Erzählen Sie mir von Kunst und Sprache und Tradition. Von Theatern und Opern, von der dramaturgischen Darstellung fiktiver Personen und ihrer Gefühle — was mir sehr seltsam erscheint. Erzählen Sie mir von den Besonderheiten, die Ihre Welt von der meinen unterscheiden.«

T'Shael sprach zögernd und richtete diese Bemerkungen im Verlauf von mehreren Monaten an Cleante. Sie kamen keinen Forderungen gleich, waren jedoch mehr als eine schlichte Bitte und klangen nicht neutral. Sie brachten ein Bedürfnis zum Ausdruck, den Wunsch der Vulkanierin, mehr zu erfahren, Aufschluß und neue Erkenntnisse zu gewinnen. T'Shael erinnerte sich an die Kettenreaktion, die sie damit auslöste, an eine unüberschaubare Folge von Sequenzen, die aus Ursache und Wirkung bestanden und maßgeblichen Einfluß auf das Gefüge des Seins nahmen. Dennoch wagte sie es, ihre Neugier zu zeigen.

Mit überkreuzten Beinen und in ein schlichtes, dunkles Gewand gehüllt, saß sie am Fenster ihres einfach eingerichteten Zimmers. Dann und wann sah sie in die mondlose Nacht hinaus, während sie ihre *Ka'athyra* stimmte. T'Shael empfand nicht die geringste Befangenheit in der Präsenz der menschlichen Frau, die inzwischen eine wichtige vulkanische Kunst erlernt hatte und schwieg.

»Erzählen Sie mir von Liebe«, sagte die Instruktorin irgendwann, erstaunt von ihrem Wagemut.

Cleante musterte sie überrascht.

»Daß Sie sich ausgerechnet dafür interessieren...«

»Warum nicht?« Die Vulkanierin griff nach einer verzierten Schachtel, wählte eine H-Saite für ihr Instrument und prüfte sie mit erfahrenem Geschick. Anschließend befestigte sie den Strang im komplexen Innern des Resonators und spannte ihn über der Schallfläche. Sie wandte den Blick nicht davon ab, und ihre ernste, ruhige Stimme klang sanfter als sonst — vielleicht ein Hinweis darauf, was sie bewegte. »Ich habe Sie schon oft nach menschlichen Emotionen gefragt.«

»Aber Liebe?« entgegnete Cleante. Sie dachte an den Denevaner und fühlte sich ein wenig schuldig. Die Vulkanierin ahnte doch nichts davon, oder? Und wenn sie doch Bescheid wußte? Machte es irgendeinen Unterschied?

»Wenn Sie auf eine Antwort verzichten möchten...«, begann die Instruktorin, doch Cleante unterbrach sie sofort.

»Das genügt mir nicht.«

Seit einiger Zeit verwendete die Terranerin T'Shaels Introvertiertheit und ihre Hemmungen als Ansatzpunkt, um mehr über sie herauszufinden. Sie fragte sich oft, warum sie eine solche Taktik wählte — häufig erschien sie ihr grausam —, aber manchmal stellte sich der erhoffte Erfolg ein. Manchmal entdeckte sie dadurch verborgene und außerordentlich faszinierende Aspekte im geheimnisvollen Charakter der Vulkanierin.

»Warum verbringst du soviel Zeit mit ihr?« fragten Cleantes menschliche Freunde. »Sie ist doch langweilig, oder?«

»Ganz und gar nicht«, erwiderte die Tochter des terranischen Hochkommissars, strich sich eine lange Strähne aus der Stirn und versuchte, über ihre Verlegenheit hinwegzutäuschen. »Sie ist sogar sehr interessant.«

Die Gruppe saß am Springbrunnen im Atrium des Kunstsaals, und Cleante vernahm einige skeptische Stimmen. Die meisten ihrer Begleiter stammten von den marsianischen Kolonien, und ihnen war jene Engstirnigkeit zu eigen, die man von solchen Leuten erwartete. Sie hatten noch nie einen Vulkanier gesehen, bevor sie nach T'ling-Shar kamen.

»Die Spitzohren sprechen dauernd so monoton«, sagte einer der Jungen.

Jungen? dachte Cleante und sah ihn mit vulkanischen Augen. Noch vor wenigen Wochen hatte sie ihn für einen Mann gehalten, aber jetzt schien er plötzlich in ihrer Wertschätzung gesunken zu sein. *Wie unreif und kindisch er ist,* fuhr es ihr durch den Sinn. Sie fragte sich, ob ihre neue Perspektive eine genauere — eine richtigere — Wahrnehmung ermöglichte.

»Man könnte einschlafen, wenn man ihnen längere Zeit zuhört«, fuhr der Junge fort, und die anderen nickten. »Ihre Gesichter bleiben immer völlig ausdruckslos. Und die Instruktorin... Sie ist noch schlimmer als die anderen.«

Cleante bekam keine Gelegenheit, einen Kommentar abzugeben. Eine junge Frau meldete sich zu Wort.

»Ich habe versucht, freundlich zu sein«, sagte sie und tauchte ihre Hand in das kühle Wasser des Springbrunnens. Die Trägheit des späten Nachmittags erfaßte sie alle. Ihre Habseligkeiten lagen im Atrium verstreut, während sie es sich inmitten einiger exotischer Pflanzen bequem machten. Einige der Jungen trugen kleine Ohrempfänger und hörten Musik. »Na schön«, fuhr die junge Frau fort. »Mit der vulkanischen Kultur kenne ich mich nicht sehr gut aus, und ich bin mehrmals ins Fettnäpfchen getreten, zugegeben. Aber von Anfang an hatte ich den Eindruck, daß T'Shael auf mich herabsieht. Himmel, ich hasse die verdammte Arroganz der Vulkanier!«

»Du hast keine Ahnung!« erwiderte Cleante scharf und spürte, wie der dumpfe Ärger in ihr zu jähem Zorn wurde. Sie fühlte sich auf seltsame Weise von den anderen Menschen in ihrer Gesellschaft getrennt. *Sie sind dumm und oberflächlich.* »T'Shael ging bei einem Meister in die Lehre, und dadurch ist sie noch zurückhaltender und reservierter als die übrigen Vulkanier. Für Hochmut und Arroganz gibt es keinen Platz in der Kultur dieser Welt. Die UMUK-Philosophie postuliert...«

Der Freund von Deneva griff nach Cleantes Handgelenk und zog die Bürgin zu sich heran. Oh, sicher, sie hatten eine Nacht zusammen verbracht, aber inzwischen ging er ihr langsam auf die Nerven. *Er nimmt sich zuviel heraus. Glaubt er etwa, er habe irgendein Recht auf mich?* Sie schwieg. Bis der Mann – der Junge – an ihrem Haar zu zupfen begann.

»Was soll das?« fragte sie und rückte zur Seite.

»Ich wollte nur sehen, ob deine Ohren spitz sind«, sagte er spöttisch.

Cleante stieß ihm den Ellenbogen so fest in die Rippen, daß er stöhnte.

»Hör auf damit!« platzte es aus ihr heraus. »Damit beleidigst du sowohl mich als auch die Instruktorin. Ich kann nie sein, was T'Shael ist. Und es wäre vermessen zu glauben, sie wolle sich ein Beispiel an mir nehmen.«

Der Denevaner rutschte zu Cleante, schlang die Arme um sie und flüsterte ihr ins runde Ohr.

»Zum Glück weiß ich, daß du Männer magst«, hauchte er, und es klang nicht mehr ganz so ironisch. »Andernfalls müßte ich mich fragen, was sich zwischen dir und Madame Unnahbar abspielt.«

Cleante widerstand der Versuchung, ihm die Augen auszukratzen. Eine derartige Reaktion hätte ihn nur in seiner Gehässigkeit bestärkt. Sie ertrug die Umarmung und spürte, wie die Distanz zu der Gruppe aus . . . Kindern wuchs.

Was geschieht mit mir? überlegte sie, und eine sonderbare Kühle breitete sich in ihr aus. Der Denevaner fühlte es ebenfalls und ließ sie los. *Sind dies die unmittelbaren Folgen der vulkanischen Denkweise? Strebe ich so etwas an?* Sie beobachtete, wie einer der Jungen Blätter von einer nahen Pflanze pflückte, und dadurch verlor sie endgültig die Beherrschung.

»Was fällt dir ein!« rief sie und sprang auf. »Du verletzt das Gewächs, und dazu hast du kein Recht!«

Der junge Mann ließ verblüfft die Hand sinken.

»Oh, *entschuldige* bitte«, sagte er. Einige Sekunden lang

gab er sich betroffen, und dann ahmte er das vulkanische Gebaren nach. »Ich bitte um Verzeihung, ehrenwerte Dame!«

Cleante ging fort. Schallendes Gelächter ertönte hinter ihr.

»Was seid ihr doch für Idioten«, preßte sie hervor.

Jetzt wußte sie wenigstens Bescheid. Es hatte keinen Sinn mehr, Kontakt mit solchen Leuten zu pflegen.

»Das genügt mir nicht, T'Shael«, sagte Cleante herausfordernd. »Wenn Sie möchten, daß ich Ihnen von Liebe erzähle, müssen Sie mir den Grund dafür nennen.«

Sie verglich das Erlebnis am Springbrunnen mit der gegenwärtigen Szene: zwei stille Frauen, angeblich so verschieden, daß selbst intensive soziale Interaktionen keine Brücke zwischen ihnen schaffen konnten. Sie sprachen über Kultur und Philosophie, auf eine Art und Weise, die zumindest einer von ihnen mentalen Frieden bescherte — wenigstens für eine gewisse Zeit. Es gab viele Unterschiede zwischen ihnen, und in ihrer Beziehung kam es immer wieder zu Mißverständnissen und fehlerhaften Interpretationen. Trotzdem fühlte sich Cleante bei T'Shael weitaus wohler als in der Gegenwart irgendeines Menschen.

»Das genügt mir nicht«, wiederholte sie und riskierte damit, die zarte Harmonie zu zerstören. Sie hatte bereits die denevanischen Freundschaftsbande zerrissen, ohne es zu bedauern, doch an dieser besonderen Beziehung lag ihr wesentlich mehr.

T'Shael befestigte die H-Saite am Bund der *Ka'athyra* und nahm eine K-Saite zur Hand, um den Vorgang zu wiederholen. Doch nach einigen Sekunden zögerte sie und sah ihre Begleiterin an.

»Was auf der Erde als Liebe gilt ...«, begann sie und suchte nach den richtigen Worten. Ihre Hände bewegten sich nun nicht mehr, aber T'Shael wirkte keineswegs angespannt. Ahnte die Terranerin, wie lange sie über dieses Thema nachgedacht hatte? Wohl kaum. Nur Meister

Shimm wußte, wieviel Zeit sich seine Schülerin nahm, um ein bestimmtes Konzept zu ergründen. »Ich habe mich ausführlich mit der entsprechenden Literatur vieler Kulturen befaßt, auch mit den Werken meines eigenen Volkes, aber ich bin mir noch immer nicht sicher, ob ich einem Verständnis nähergekommen bin ...«

»Gibt es tatsächlich vulkanische Literatur, in der es um Liebe geht?« fragte Cleante überrascht. Sie saß auf T'Shaels Schlafliege und beugte sich vor. »Ich dachte immer, Sie sähen darin das gefährlichste aller Gefühle.«

»Es existieren viele klassische Werke, die sich mit dem Konzept der Liebe befassen, aber dabei geht es um Bedeutungsstufen, die zu komplex sind, um ...«

T'Shael unterbrach sich. Wie sollte sie der menschlichen Frau erklären, was es mit *T'hy'la* auf sich hatte, wenn sie es selbst nicht ganz begriff? Es war ihr verboten, über die vulkanische Sexualität und ihre Bedeutung Auskunft zu geben, und außerdem bezweifelte sie, ob solche Dinge in bezug auf ›Liebe‹ eine wichtige Rolle spielten.

Die Instruktorin legte ihre *Ka'athyra* beiseite und überlegte einige Sekunden lang.

»Die Liebe steht im Mittelpunkt der irdischen Dichtkunst. Als Mensch haben Sie mit diesem Gefühl viele Erfahrungen gesammelt, und daher könnte ich gewiß von Ihnen lernen.«

Cleante ließ sich wieder auf die Kissen zurücksinken. Sie schüttelte den Kopf und zwang sich dazu, nicht zu lachen.

»Ich weiß nichts von Liebe«, sagte sie. »Oh, sicher, Sex kenne ich zur Genüge, aber Sie meinen etwas anderes. Nun, ich kann Ihnen beschreiben, wie es ist, ohne Liebe zu leben ...« Sie dachte an ihre Mutter, und Bitterkeit entstand in ihr. Cleante holte tief Luft. »Es tut mir leid, T'Shael. Ich bin nicht imstande, Ihnen zu erklären, was Liebe bedeutet.«

Die Flasche war bereits halb leer, als Kalor das Quartier des Commanders betrat, und Krazz machte kein Hehl daraus. In der Flotte begnügte man sich mit Fruchtsaft, aber wenn sich Klingonen auf einem Planeten — oder einem Planetoiden — befanden und keinen Alkohol tranken, verloren sie ihre Kriegerehre. Ein Gelage stand bevor. Und vermutlich endete es erst, wenn die beiden roten Sonnen aufgingen.

»Wenn ich Spaß daran fände, Schafe zu hüten, wäre ich im Agroclan meines Vaters geblieben!« knurrte Krazz. Die Begegnung mit Jali hatte ihn weitaus mehr bestürzt, als er zugab. »Ich verabscheue unsere gegenwärtige Mission! Sie kommt einem Affront gleich!«

»Die Stärke des Klingonen ist die Stärke des Ganzen«, erwiderte Kalor vorsichtig. Er fühlte sich nicht ganz wohl in der Haut, wenn sein Vorgesetzter in einer derartigen Stimmung war. Vielleicht ließ er sich irgendwann dazu hinreißen, zur Waffe zu greifen und Krazz allein aus Zorn zu erschießen.

Irgendwann, dachte er. *Aber nicht jetzt.* »Und der Starke gehorcht.«

»Ersparen Sie mir solche Weisheiten!« donnerte der Commander, und seine Worte klangen schon ein wenig undeutlich. »Wenn Sie stark genug sind, um zu gehorchen, so erwarte ich von Ihnen, daß Sie sich an meine Befehle halten. Trinken Sie!«

Kalor nahm Platz, und in rascher Folge leerten die beiden Männer jeweils drei Gläser.

»Ah!« grollte Krazz zufrieden und rieb sich die brennende Kehle. »Genau das richtige Mittel, um einen unangenehmen Tag zu vergessen.« Er dachte einige Sekunden lang nach, und in seinen Augen blitzte es. »Die Sache mit der Haarlosen... Verdammt knapp. Ich habe gehört, wozu Deltanerinnen in der Lage sind, aber ich konnte es einfach nicht glauben...« Krazz unterbrach sich gerade noch rechtzeitig. Er wußte, daß er manchmal dazu neigte, zu offen zu sein, und Kalor schien zu den besonders aufmerksamen Leuten zu gehören. »Deshalb hielt ich ein Experiment für angebracht.«

»Ich verstehe«, sagte Kalor langsam und trank einen Schluck, bevor er hinzufügte: »Mein Lord.«

Krazz bedachte ihn mit einem hintergründigen Blick.

»Wenn ich mich recht entsinne, erlagen Sie der deltanischen Frau als erster, Kalor. Vielleicht sollten Sie diesen Umstand berücksichtigen, wenn Sie mit dem Gedanken spielen, einen Bericht über mein Verhalten zu verfassen. Selbstverständlich nehme ich einen Logbucheintrag vor.«

»Nun, wenn man entsprechende Fragen an mich richtete... Ich würde einfach darauf verweisen, daß mein Lord mit einer anderen Gefangenen ›beschäftigt‹ war, als uns die Deltanerin ablenkte.« Kalor sah dem Commander direkt in die Augen.

Krazz schenkte sich nach und ignorierte das Glas seines Stellvertreters.

»Sie warten ständig darauf, daß mir ein Fehler unterläuft, nicht wahr? Es beleidigt Ihren aristokratischen Stolz, von einem Bauern wie mir Anweisungen entgegenzunehmen. Vermutlich hoffen Sie darauf, mich ablösen zu können. Aber bevor Sie versuchen, mich von meinem Posten zu verdrängen, sollten Sie sich klarmachen, mit was für einem Gegner Sie es zu tun haben.«

Kalor war nicht imstande, dem stechenden Blick des Commanders längere Zeit standzuhalten. Sorge regte sich in ihm, als er an Geheimnisse dachte, die vielleicht nicht geheim genug blieben. Nach einer Weile senkte er den Kopf, griff nach der Flasche und füllte sein Glas.

»Ich mag ein Bauerntölpel sein, aber ich halte mich ständig über alle Entwicklungen im Imperium auf dem laufenden«, sagte Krazz süffisant und untermalte seine Bemerkungen mit einem leisen, drohenden Zischen. »Außerdem habe ich ein gutes Gedächtnis. Ich kenne Ihr Dossier und erinnere mich ebensogut daran wie an das Ihres Vaters.«

Kalor knirschte unwillkürlich mit den Zähnen. Die Schande von Mertak *epetai* Haarals Verrat hatte einen Schatten auf seine Jugend geworfen. Er mußte die Akademie verlassen, und die normale Offizierslaufbahn war ihm verwehrt, obgleich er maßgeblich bei der Hinrichtung des alten Mannes mitwirkte. Sein Hals wies noch immer die Kratzmale auf, und deshalb trug er für gewöhnlich einen hohen Kragen. Nach wie vor hörte er die wütenden Schreie seines Vaters, die mentale Narben hinterließen. Kalor sah sich selbst, beobachtete, wie er nach einem Stunner griff, um Mertak zu betäuben, um ihm die Schmerzen des Todes zu ersparen, doch der alte Mann setzte sich zur Wehr und versuchte, den eigenen Sohn zu erwürgen. Sein langjähriger Freund Zoren hob einen Blaster und erschoß ihn von hinten, worauf Kalor gezwungen war, auch Zoren zu töten, um sich von der Schmach zu befreien.

Nur durch die guten Beziehungen seiner Mutter – sie war eine Gelfa, und der Umstand, daß sie schon seit einer ganzen Weile von ihrem verräterischen Gemahl getrennt lebte, bewahrte sie vor der Exekution – wurde er als Unteroffizier in die Besatzung eines Frachters aufgenommen. Was für eine Demütigung für jemanden, der aus der bis dahin so ehrenhaften Haaral-Familie stammte!

Nur mit großen Mühen gelang es Kalor schließlich, Aufnahme in der Flotte zu finden, und diesen Erfolg durfte er durch nichts gefährden.

»Mein Vater büßte für seinen Fehler«, erwiderte er vorsichtig. »Und ich verbrachte viele Jahre damit, die Ehre meines Hauses wiederherzustellen.«

»Gerade deshalb möchte ich Ihnen einen guten Rat geben«, sagte Krazz in einem freundlichen, fast väterlichen Tonfall. Er lehnte sich zurück, leerte sein Glas und schenkte dem Lieutenant nach. Kalor befand sich jetzt genau dort, wo er ihn haben wollte. »Sie müssen damit rechnen, auch weiterhin von der Schande Ihres Vaters begleitet zu werden. Manchmal dauert es Generationen, bis solche Dinge in Vergessenheit geraten. Ganz gleich, wie Sie sich verhalten – ständig begegnen Sie Mißtrauen und Argwohn. Sie müssen lernen, Ihr Schicksal fest in die Hand zu nehmen, es unter Ihre Kontrolle zu bringen. Und um das zu bewerkstelligen, sollten Sie endlich aufhören, bei Ihren Vorgesetzten nach Blößen zu suchen. So etwas bringt Ihnen nur den Ärger von Leuten ein, die imstande sind, Ihnen erhebliche Hindernisse in den Weg zu legen. Ihr analytischer Blick... Wollen Sie unbedingt als Intellektueller gelten? Für einen Klingonen wäre so etwas sehr gefährlich.«

Krazz stand auf und wankte nach draußen, um sich zu erleichtern. Als er kurze Zeit später zurückkehrte, behauchte er seine Hände.

»Es ist unglaublich, wie kalt es wird, nachdem die beiden verdammten Sonnen untergegangen sind«, brummte er. »Ein Doppelstern – wirklich nett. Und abgesehen von uns und den Föderationsschafen gibt es auf diesem blöden Felsbrocken kein anderes lebendes Wesen.«

»Lord Tolz und die Rihannsu haben einen guten Ort gewählt, um die Gefangenen zu verstecken«, kommentierte Kalor pflichtbewußt.

Unbehagen zitterte in ihm, als er daran dachte, daß ihm noch einige Stunden des Trinkens bevorstanden. Sicher erwarteten ihn weitere verbale Gefechte, und er mußte außerordentlich vorsichtig sein, um nicht die Wut des Commanders auf sich zu lenken.

Krazz schnaufte höhnisch.

»*Ri-hann-su!*« stieß er abfällig hervor. »Hoffentlich weiß Tolz, auf was er sich einläßt.« Er starrte Kalor an und warnte ihn stumm davor, erneut aus der klingonischen Doktrin zu zitieren. »Ich halte nichts von den Roms. Sie sind zu raffiniert. Zu ernst. Sie leugnen das Spiel, aber sie nehmen daran teil, um zu gewinnen. Sie ziehen Intrigen dem Kampf vor. Das ist doch nicht normal.«

Kalor schwieg.

»Ihre Theorie, die Föderation von innen heraus zu erschüttern – was für ein Unsinn!« Krazz wanderte unruhig umher und zitterte vor Wut. »Wahrscheinlich ist es ein Test. Von wegen ›privilegierter Auftrag‹! Einige Leute munkeln von ›künftigem Ruhm‹, der nur in Tolz Kenrans ausschweifender Phantasie existiert. Vielleicht hat man uns hierher beordert, damit wir uns gegenseitig umbringen.« Kalor hörte die ganze Zeit über ruhig zu, gab keinen Ton von sich. »Um sowohl den Emporkömmling als auch den Sohn des Verräters zu beseitigen. Möglicherweise will man auch feststellen, ob wir uns damit zufriedengeben, die Föderationsschafe zu hüten — oder die Initiative ergreifen, um den Romulanern gegenüber einen Vorteil zu erringen. Diese Theorie hatte die meisten Anhänger, als wir starteten.

Nun, wenn's schiefgeht, hat die Admiralität natürlich nie etwas von uns gehört. Eine Variation des Zweifach Blinden Spiels, bei dem wir die Betrogenen sind. Ziemlich schlau eingefädelt. Ja. Ich sitze hier und versuche, über eine Entfernung von Milliarden Kellicam Lord Tolz' Gedanken zu lesen. Was erwartet er von uns? frage ich mich immer wieder. Und machen wir einen Fehler, wenn wir uns so verhalten, wie er es sich erhofft? Vielleicht haben wir es sogar mit der Dreifach Blinden Variante zu tun, die dazu dient, mich langsam um den Verstand zu bringen!«

Irgendwo hinter Kalors Stirn machte es *Klick*, aber er übte sich weiterhin in Geduld.

»Wir können uns nicht einmal mit den Frauen vergnügen!« fauchte Krazz und hämmerte mit den Fäusten an die Wände, während er seine nervöse Wanderung fortsetzte. Schaum bildete sich auf seinem Mund. Schließlich blieb er vor Kalor stehen und starrte so auf ihn herab, als sei er für alles verantwortlich. »Das mit der Haarlosen... Es darf sich nicht wiederholen. Wir lassen die Gefangenen in Ruhe, auch die männlichen. Wer weiß, zu welchen Tricks sie in der Lage sind, was sie im Ärmel haben — oder unter der Hose. Die Kontakte mit ihnen werden auf ein Minimum beschränkt, klar?«

»Ja, mein Lord«, sagte Kalor und beobachtete, wie sich Krazz Speichel von den Lippen wischte. Er gab dem Commander Gelegenheit, ein wenig ruhiger zu werden, bevor er in einem bedeutungsvollen Tonfall hinzufügte: »Vielleicht gibt es andere Möglichkeiten, uns die Zeit zu vertreiben.«

Krazz kniff die Augen zusammen.

»Worauf wollen Sie hinaus, Lieutenant?«

»Ich denke an eine Version des Spiels, mit der nicht einmal Lord Tolz rechnet«, antwortete Kalor und wählte seine Worte mit besonderer Vorsicht. »Aber zunächst möchte ich Ihre Meinung hören. Ihre Meinung als Soldat, der in dieser Hinsicht große Erfahrung hat.«

Geschickte Schmeichelei blieb nie ohne Wirkung auf Krazz. Er lächelte.

»Ich höre.«

»Wenn das romulanische Reich versucht, die Föderation zu erpressen... Welche Reaktionen erwarten Sie?«

»Was für eine Frage!« zischte Krazz. »Das übliche Blabla. Hochtrabende Reden darüber, daß Verhandlungen mit Terroristen von vorneherein auszuschließen sind und so weiter. Wahrscheinlich müssen wir die eine oder andere Geisel töten, um den Forderungen Nachdruck zu verleihen. Nun, vielleicht schickt die Föderation ein Rettungsteam. Dafür besteht zwar nur eine geringe Wahrscheinlichkeit, aber zumindest die Menschen sind sehr abenteuerlustig und häufig bereit, sich auf selbstmörderische Unternehmen einzulassen. Oh, ich würde mich *freuen*, wenn sie eine derartige Entscheidung träfen. Es wäre eine willkommene Abwechselung.«

»Sie sind also der Ansicht, daß die Gefangenen bereits so gut wie tot sind, mein Lord?«

Krazz zuckte mit den Schultern.

»Ich habe den Befehl, sie auf unbegrenzte Zeit am Leben zu erhalten, und bis ich Tolz' Pläne kenne, halte ich mich an meine Anweisungen. Allerdings liegt mir nichts daran, die nächsten Jahre auf diesem Planetoiden zu verbringen. Wenn unsere Schafe nach einer gewissen Zeit irgendeinem Unglück zum Opfer fallen oder sich vor Gram verzehren, wie es für die Angehörigen niederer Rassen typisch ist...«

Der Benommenheitsdunst des Alkohols verflüchtigte sich, und Krazz begriff plötzlich, daß er zuviel sagte. Er maß Kalor mit einem nachdenklichen Blick, und sein Stellvertreter nutzte die Gelegenheit.

»Wenn die ›Schafe‹ tatsächlich ein solches Schicksal erlitten, mein Lord... Wem gäbe man dafür die Schuld? Uns oder den Rihannsu?«

Ein dünnes Lächeln umspielte Krazz' Lippen.

»Die Föderation hat keine Ahnung, daß wir beteiligt sind. Und tote Zeugen können nichts verraten.«

Kalor nickte zufrieden. Er war davon überzeugt, daß sich von jetzt an alles nach Wunsch entwickelte.

Hikaru Sulu nahm von Admiral Nogura eine dampfende Tasse *Matcha* entgegen, verbeugte sich und reichte sie Kirk. Jim griff behutsam nach dem kleinen, zerbrechlichen Objekt aus Porzellan und verbrannte sich fast die Finger daran. Er versuchte, nicht zusammenzuzucken, verneigte sich ebenfalls und rutschte unruhig auf dem *Tatami* hin und her. Manchmal glaubte er, daß Nogura nur deshalb solchen Gefallen an der Teezeremonie fand, weil er damit die Geduld seiner Gäste auf die Probe stellte.

»Sie nicht, Jim«, sagte der alte Admiral schließlich, und Kirk war klug genug, ihm nicht zu widersprechen. »Auch Spock und McCoy kommen nicht in Frage. Die Romulaner wissen bestens über Sie Bescheid. Nun, vielleicht läßt sich daraus ein Vorteil für uns ziehen. Ich greife auf Sulus Hilfe zurück. Und auf die einiger anderer Personen. Selbst die *Enterprise* könnte eine gewisse Rolle spielen — wenn auch nicht in dem Ausmaß, wie Sie es sich erhoffen.«

»Für gewöhnlich kann ich Ihren Überlegungen folgen, Heihachiro, aber diesmal...«

»Während wir hier miteinander sprechen, werden dem Bordcomputer des Schiffes codierte Befehle übermittelt. Setzen Sie Ihre Leute entsprechend ein. Den Rest können Sie getrost mir überlassen.«

Kirk nippte an seinem Tee und zögerte einige Sekunden lang, bevor er fragte: »Und was sollen wir in der Zwischenzeit anstellen?«

»Sie sind doch aus einem bestimmten Grund zur Erde gekommen, nicht wahr?« erwiderte Nogura aalglatt und sah, wie Kirk eine Grimasse schnitt. »Sie nehmen neue Kadetten an Bord und starten zu einem weiteren Trainingsflug.«

KAPITEL 5

»Schlicht und einfach genial!« wandte sich Sulu an Saavik und betrachtete sein Abbild im großen Spiegel der Krankenstation.

Die Vulkanierin wußte nicht, ob er damit die von Nogura und der Sonderabteilung für ihn geplante Mission meinte — oder aber Dr. McCoys chirurgisches Geschick, das ihn in einen Rihannsu verwandelt hatte. Saavik war beauftragt, ihm dabei zu helfen, sich von seinem terranischen Akzent zu befreien, bevor er aufbrach. Derzeit beschränkte sie sich darauf, ihm zuzuhören.

»Sehen Sie die Sache einmal aus der taktischen Perspektive«, fuhr Sulu fort. »Wirklich hervorragend! Man nehme ein Raumschiff, das bei Romulanern und Klingonen bestens bekannt ist, und lasse es an der Neutralen Zone patrouillieren. Alles wirkt völlig harmlos. Die Roms argwöhnen natürlich eine Spionageaktion und nehmen gründliche Sondierungen vor. Da sie jedoch ziemlich sicher sind, daß wir nicht so direkt vorgehen, vermuten sie ein Täuschungsmanöver und setzen ihr ganzes Ortungspotential ein, um nach anderen Schiffen Ausschau zu halten. Können Sie mir soweit folgen?«

Saavik nickte knapp. Es fiel ihr ganz und gar nicht schwer, Sulus Ausführungen zu verstehen. Als Studentin an der Akademie hatte sie wesentlich komplexere taktische Szenarien entwickelt. Sie versuchte, sich in die Lage eines Rihannsu-Commanders zu versetzen...

Derartige Überlegungen beunruhigten sie, und um ihre innere Stabilität nicht in Gefahr zu bringen, konzentrierte sie sich wieder auf Sulu, der gerade eine längere Behandlungsphase hinter sich hatte. Gesichtsstruktur und Hautfarbe entsprachen einem romulanischen Kolonisten, und mit den jetzt spitzen Ohren und gewölbten Brauen konnte er durchaus als Rihannsu gelten. Wenn er nicht den Fehler machte, sich mit einem Schälmesser zu schneiden und sein rotes Blut zu zeigen, ließ er sich nur schwer durchschauen. Sein Verhalten allerdings...

»Nun, damit sind die richtigen Voraussetzungen geschaffen«, fuhr Sulu fort. Er erwärmte sich für das Thema und bewunderte seine Uniform, die ihn als romulanischen Archivbeamten auswies. »Sie kreuzen vor der Zone, öffnen die Subraum-Komkanäle und schalten auf die interstellare Schwatz-Frequenz. Die Roms haben inzwischen Code 3 und 4 geknackt, wovon wir keine Ahnung haben sollen. Während die Typen im Reich aufmerksam zuhören und erfahren, wer bei uns mit wem ins Bett steigt und so, bieten Sie ihnen nach und nach einige interessante Informationshappen an. Auf diese Weise erfahren sie, daß meine Wenigkeit aus Starfleet ausgeschieden ist, einen zivilen Job angenommen hat und in Kolonie Fünf als Berater für eine Aerodynamik-Firma arbeitet. Von dort aus werden einige vorbereitete Nachrichten an meinen Onkel geschickt, der auf Hokkaido lebt – schließlich soll alles hübsch authentisch wirken. Außerdem wird erwähnt, daß Montgomery Scott auf Anweisung des Bordarztes einen mehrtägigen Erholungsurlaub bekommen hat. Angeblich legte er sich nach einem Saufgelage in einer argelianischen Kneipe mit dem Wirt an, woraufhin es zu einer wilden Schlägerei kam. Ich hoffe nun, Scotty verletzt niemanden, wenn die ganze Sache in Szene gesetzt wird. Nun, diese beiden Hinweise geben dem Chefingenieur und mir freie Hand. Oh, und noch etwas: Es folgen einige Anspielungen, aus denen die Roms entnehmen sollen, daß eine politische Gewitterwolke über Kirk schwebt; deshalb muß sich die Crew der *Enterprise* noch für eine ganze Weile mit langweiligen Patrouillenpflichten abfinden.«

»Aber, Sir...«, begann Saavik und zögerte zunächst, weil sie fürchtete, Sulu zu beleidigen. »Das sind Unwahrheiten, regelrechte... *Lügen!*«

Sulu blickte weiterhin in den Spiegel und grinste.

»Sie machen rasche Fortschritte, Kindchen.«

Kindchen, wiederholte er in Gedanken und beobachtete ein desillusioniertes Gesicht. *Himmel, sie ist so schön, daß ich mir fast wünschte,* wirklich *ein Rihannsu zu sein.* In gewisser Weise verabscheute er es, Frauen wie Saavik ihre Naivität zu nehmen, sie mit der harten Realität zu konfrontieren, aber unter den gegenwärtigen Umständen blieb ihm gar nichts anderes übrig.

»Nun gut«, sagte Sulu, schmunzelte erneut und fand sofort zu seinem fröhlichen Selbst zurück. »Während die Roms ihre linguistischen Analysegeräte heißlaufen lassen, sich die Haare raufen und unsere gute alte *Enterprise* im Auge behalten, schleiche ich mich in ihr stellares Territorium und beginne mit der Schnüffelarbeit.« Er drehte sich erst nach rechts, dann nach links, rückte den Kragen zurecht und bestaunte seine Ohren. »Übrigens: Wie sehe ich aus?«

Wie ein Mensch, der sich kosmetischen Operationen unterzog, um wie ein Rihannsu-Kolonist in Diensten der Archivsektion zu wirken, dachte Saavik. *Und wenn Sie nicht Ihren viel zu terranischen Stolz ablegen und sich jene Zurückhaltung zu eigen machen, die jemandem in Ihrem Rang gebührt, bleibt Dr. McCoys Arbeit völlig umsonst. Dann wird man Sie sofort als Agenten der Föderation erkennen und auf der Stelle hinrichten.*

Saavik unterbrach ihren Gedankengang und erinnerte sich an einige Worte, die Spock an sie gerichtet hatte.

»Lassen Sie Ihre Objektivität nicht von Fakten beeinträchtigen.«

Sie hielt diesen Rat zunächst für ironisch und glaubte, in seinem Bedeutungsgehalt einen paradoxen Widerspruch zu erkennen. Doch nun begann sie allmählich zu verstehen.

Erneut musterte sie Sulu und verdrängte ihr Wissen um seine wahre Identität. Sie trennte sich von allen Kenntnissen, die sie mit ihm verband, streifte die Patina des Vertrauten ab und trachtete danach, ihn nicht mehr als Starfleet-Offizier und Menschen zu sehen. Sulu war der erste Mensch, der Saavik berührt hatte. Behutsam führte er ihre Hände, als sie die Steuerungskontrollen der *Enterprise* ohne die Hilfe des Autopiloten bediente, blieb dabei völlig ruhig und sachlich. Doch der physische Kontakt übermittelte seltsame menschliche Gedanken.

Vergiß dieses komplexe und manchmal beunruhigende Individuum, forderte sie sich auf. *Denk nicht mehr an das, was er ist. Besinn dich auf sein neues, verändertes Ich.*

(»Toleranz«, sagte Spock so oft, daß Saavik fast die Beherrschung verlor und ihn angeschrien hätte. »Sie wurden zwischen den Welten geboren, müssen mit allen Kulturen leben und lernen, tolerant zu sein. Toleranz ist ein Gebot der Logik.«).

Sulu wandte sich vom Spiegel ab, bedachte die junge Vulkanierin mit einem erwartungsvollen Blick. Offenbar erhoffte er sich ein Kompliment.

»Ihr äußeres Erscheinungsbild ist... adäquat«, sagte Saavik und sah Enttäuschung in den Zügen des Menschen. »Was für einen Namen haben Sie gewählt?« fügte sie aus Rücksicht auf Sulus emotionale Empfindsamkeit hinzu.

»Lel«, lautete die Antwort. »Lel em'n Tri'ilril.« Er sprach völlig akzentfreies Rihan, stellte Saavik fest. »Wie unsere Nachforschungen ergaben, erstreckt sich das Matronymikum der Tri'ilril auf mehrere Clans, und deshalb lassen sich Verwandtschaftsbeziehungen und Abstammungen nur schwer bestimmen. Bei eventuellen Kontrollen gibt mir das einen Vorteil, *Ie?*«

»Ie«, bestätigte Saavik. *»Yl hrarizhmeliil ssri'ith?«*

»Shsaa'ed vresish thlaymv«, erwiderte Sulu und wurde schlagartig ernst. Als er die fremde Sprache benutzte, schlüpfte er sofort in die Rolle des demütigen, unauffälligen Archivbeamten, die ihn vor einer Entlarvung schützen sollte. Er entblößte seine linke Schulter, um die ›Duellnarbe‹ zu zeigen – eine Zugabe Dr. McCoys.

Die Vulkanierin nickte, zufrieden sowohl mit der Authentizität der Narbe als auch Sulus Ausdrucksweise. Der plötzliche Verhaltenswandel hätte sie eigentlich gar nicht überraschen dürfen – sie wußte bereits um die erstaunliche Anpassungsfähigkeit der Menschen. (»Es sind geborene Schauspieler«, behauptete Spock).

»*Yr mewsatheth kri'iw*«, sagte sie, und die letzten Spuren des Lächelns verschwanden von Sulus Lippen, als er entgegnete: »*Sedith mer'vri.*«

Gemeinsam verließen sie die Krankenstation und wanderten durch die leeren Korridore der *Enterprise*. Die neuen Kadetten kamen erst an Bord, wenn Sulu das Schiff verlassen hatte – in seiner derzeitigen Aufmachung durften ihn nur Eingeweihte sehen. Sie unterhielten sich auf Nieder-Rihan, der romulanischen Alltagssprache; in der Öffentlichkeit durften sich Kolonisten nur in diesem Dialekt verständigen. Sulu mußte sich daran gewöhnen und lernen, sogar in Rihan zu denken. Kein einziger Fehler durfte ihm unterlaufen: Wenn er im Reich Verdacht erregte, wenn man ihn als Menschen erkannte, drohte ihm ein langsamer und qualvoller Tod.

Für die Bürgen folgte ein Tag der Gefangenschaft auf den anderen, und allmählich entwickelte sich eine gewisse Routine.

Nach dem Zwischenfall mit Jali wahrten die Klingonen eine sichere Distanz zu den Geiseln. Krn fand das recht komisch, und oft kicherte er hinter vorgehaltener Hand – bis ihn Resh mit einem mahnenden Blick zum Schweigen brachte. Die beiden Wächter schwiegen, lösten in regelmäßigen Abständen einander ab und starrten immer wieder mißtrauisch durch die transparente Tür – als sei trotz ihrer Waffen und des elektronischen Zauns eine Flucht möglich. Aber wohin? Cleante und die anderen besaßen weder Proviant noch irgendwelche Werkzeuge, die ihnen das Überleben in der öden Steinwüste des Planetoiden ermöglichten.

Was Krazz betraf... Wenn er sich an die Gefangenen wandte, blieb er breitbeinig im Zugang stehen, hakte die Daumen hinter den Gürtel und knurrte Befehle.

»Legen Sie Ihre weichen, dekadenten und präsynthetischen Gewänder ab«, wies er sie an, und die beiden Soldaten warfen ihnen viel zu große graue Uniformen zu. »Ihre Kleidung wird verbrannt. Ziehen Sie auch die Schuhe aus. Wir sind die einzigen lebenden Geschöpfe auf dieser elenden Welt, und deshalb können wir Sie überall mit unseren Sensoren aufspüren. Aber die Vorstellung, sich an scharfkantigen Steinen Ihre zarten Zivilistenfüße aufzureißen, hält Sie sicher davon ab, einen Fluchtversuch zu unternehmen.«

T'Shael wagte es, ihn auf die Lebensmittel und das sanitäre Problem anzusprechen.

»Die Rationen bestehen aus tierischem Protein«, sagte sie, preßte sich das formlose Uniformbündel an die Brust und bewahrte ihre Würde. Die Rihannsu hatten nur stark gesalzenes Dörrfleisch und harte Kekse zurückgelassen. Cleante und die Deltaner würgten diese abscheuliche Nahrung irgendwie herunter, aber für T'Shael blieb nur Wasser. »Als Vulkanierin kann ich so etwas nicht essen.«

»Ach, die Häßliche ist also nicht stumm!« höhnte Krazz. »Und die Feldrationen romulanischer Soldaten gefallen ihr nicht. Nun, von mir aus kannst du ruhig verhungern.« Die persönliche Anrede betonte den Spott des Klingonen.

»Sie haben natürlich das Recht, einen eigenen Standpunkt zu vertreten«, erwiderte T'Shael ruhig. »Aber da Ihr Auftrag darin besteht, uns am *Leben zu erhalten...*«

Die letzten drei Worte formulierte sie auf Klingonaase, und Krazz' Augen bildeten plötzlich zwei schmale Schlitze.

»Es ist gefährlich, zuviel zu wissen«, zischte der Commander. Er erwartete Unterwürfigkeit, und die unerschütterliche Gelassenheit der Vulkanierin verärgerte ihn. »Was wünscht sich die Ehrenwerte Dame für ihren empfindsamen Gaumen?« fragte er ironisch.

»Ich esse weder Fleisch noch andere tierische Produkte«, sagte T'Shael monoton. »Da Ihnen Synthetisierer fehlen...«

»Dies ist kein Kurort!« brüllte Krazz und konnte es kaum fassen. »Vielleicht verlangst du auch noch Diener, die dir deine Speisen servieren, wie? Nun, es dauert noch eine Weile, bis das nächste Versorgungsschiff eintrifft, aber vielleicht kann ich einige Blätter und Kräuter für dich auftreiben.« Er grinste. »Kein Wunder, daß grünes Blut in deinen Adern fließt!«

Er sah die beiden Wächter an und übersetzte für sie. Die Soldaten schmunzelten.

Das nächste Versorgungsschiff, dachte T'Shael und wechselte einen kurzen Blick mit ihren Mitgefangenen. Diese Informationen konnten sich als nützlich erweisen. Die Vulkanierin überlegte kurz.

»Die Hygiene...«, begann sie.

»Noch mehr Klagen!« brummte der Commander und machte einige anzügliche Bemerkungen auf Klingonaase. Die Wächter lachten, bis ihnen die Tränen kamen. *Kahless,* ihr Lord war nicht auf den Mund gefallen! Krazz hörte dem Grölen der Soldaten eine Zeitlang zu, und schließlich wurde er wieder ernst. »Mein erstes heißes Bad habe ich als Erwachsener genommen!« fauchte er. »Wenn kaltes Wasser für mich genügte, wirst du dich ebenfalls damit zufriedengeben!«

»Wir brauchen Seife und Handtücher«, sagte T'Shael und ließ sich nicht aus der Ruhe bringen. »Außerdem auch noch einige Utensilien, um unser Quartier sauberzuhalten. Und zusätzliche Laken für die Betten. Klingonen mögen an Schmutz gewöhnt sein, aber auf uns trifft das nicht zu.«

Krazz lachte, und diesmal hielt er sich nicht damit auf, für die Wächter zu übersetzen.

»Du gefällst mir, Vulkanierin«, sagte er und schnaufte leise. »Obgleich du häßlich bist. Du amüsierst mich. Nun, du möchtest dich also nützlich machen, wie? Legst Wert auf Sauberkeit in deinem Kerker, nicht wahr? Na schön. Ich fordere die notwendigen Gegenstände an. Aber du wirst nicht nur diesen Raum in Ordnung halten, sondern auch mein Quartier.«

»Wie Sie wollen«, erwiderte T'Shael. »Ich bin zu einer solchen Gegenleistung bereit.«

Als sich die durchsichtige Tür hinter Krazz schloß, traten die Deltaner an T'Shael heran.

»Wirklich hervorragend!« gurrte Jali und klatschte verärgert in die Hände. »Wir bekommen keine vernünftige Kleidung, sondern Besen. Die Klingonen versorgen uns nicht mit besserem Essen, sondern geben uns Seife. Wir können zwar nicht nach draußen, um uns die Beine zu vertreten, aber dafür stellt man uns Laken und Handtücher zur Verfügung. Ihre Prioritäten sind sehr seltsam, Vulkanierin!«

»Immer mit der Ruhe, Kusine«, warf Resh ein.

(*Kusine*, dachte Cleante, die mit halbem Ohr zuhörte. Sie saß auf ihrer Koje, strich erst über den rauhen Stoff der klingonischen Kleidung, berührte dann ihre Bluse. Sie war abgetragen und schmutzig, von Krazz zerrissen, aber die Terranerin trennte sich nur ungern davon. *Sind die drei Deltaner etwa miteinander verwandt?* Sie verdrängte diesen Gedanken – solche Dinge spielten überhaupt keine Rolle mehr –, und ihr Geist sank erneut in die Umarmung stummer Apathie.)

»Nun, Sie hätten sich erst mit uns beraten können«, fügte Resh ein wenig vorwurfsvoll hinzu.

»Irgendwo muß man beginnen«, antwortete T'Shael sanft. »Wahrscheinlich hätten die Klingonen auch über Ihre Bitten gelacht.«

»Wie dem auch sei...« Jali hob den Kopf. »*Ich* habe nicht die Absicht, Krazz und den anderen ihre Hausarbeit abzunehmen!«

»Das hat auch niemand von Ihnen verlangt«, sagte die Vulkanierin.

Der kleine Krn sprang heran.

»Ich helfe Ihnen beim Saubermachen, Freundin T'Shael«, verkündete er in seiner Muttersprache. Im Rihannsu-Schiff hatte er sich ängstlich an die Instruktorin geschmiegt, doch diesmal wahrte er einen gewissen Abstand und beschloß, respektvoller zu sein. »Ich fürchte mich nicht vor harter Arbeit«, fügte er mit einem kurzen Blick auf Jali hinzu. »Außerdem können wir uns dadurch die Zeit vertreiben.«

T'Shael musterte ihn ernst.

»Ich danke dir, Krnsandor L'am«, erwiderte sie auf Deltanisch. »Du ehrst deine Vorfahren und alle, die dich lieben.«

Diese förmliche Bemerkung erfüllte den Knaben mit großem Stolz. Er bewies eine verblüffende Agilität, als er sich auf die Liege schwang, streifte seine deltanische Kleidung ab, zog die klingonische Uniform an und kicherte.

Häufig fanden Diskussionen statt, bei der es um die Privatsphäre der einzelnen Bürgen ging, und jetzt bot sich ein neuer Anlaß.

»Der Brauch, den Körper vor den Blicken anderer Personen zu verbergen, ist uns fremd«, sagte Resh, der als Sprecher des deltanischen Trios auftrat. »Dennoch wissen wir, welche Bedeutung diese Tradition in Ihrer Kultur hat.«

Cleante schüttelte langsam den Kopf, erwachte aus ihrer mentalen Starre und setzte sich auf. Mit Jalis Hilfe war es ihr gelungen, alle Erinnerungen an die versuchte Vergewaltigung in einen fernen Winkel ihres Selbst zu verbannen. Sie geriet nicht gleich in Panik, als Krazz das Zimmer betrat, sah ihm ruhig nach, als er wieder ging. Doch die wachsamen, manchmal lüsternen Blicke der beiden Soldaten bereiteten ihr noch immer Unbehagen.

»Inzwischen ist es mir gleich, Resh'da«, sagte sie. »Wir bilden eine Gemeinschaft. Es wäre mir nur lieber, die beiden Klingonen dort draußen sähen nicht zu.«

Der Deltaner half ihr dabei, das Laken von der Koje zu ziehen, die für Theras bestimmt gewesen war. Gemeinsam hängten sie die Decke zwischen den Gestellen auf, damit sich Cleante umziehen konnte, ohne von den Wächtern beobachtet zu werden.

Resh drehte sich um und musterte T'Shael. Er vertrat

wie Jali die Ansicht, daß ein verborgenes Feuer in der Vulkanierin brannte, und einige Sekunden lang überlegte er, ob er ihr ein Angebot machen sollte.

»Ein gut erhaltener Körper erfüllt eine ästhetische Funktion«, sagte T'Shael, als habe sie die Gedanken des Deltaners gelesen. »Er ist eine Hülle für die Seele, weiter nichts. Dennoch möchte ich darauf verzichten, von Ihnen berührt zu werden.«

Resh nickte.

»Wir brauchen die Freuden des Fleisches nicht sofort zu genießen«, sagte er und winkte seinen Gefährten zu.

Jali kam heran, legte ihm in einer stummen Warnung die Hand auf den Arm und klimperte einladend mit den Wimpern.

»Vielleicht später«, wich er aus. »Vermutlich bleiben wir noch lange an diesem Ort.«

Aber schließlich gab er den erotischen Verlockungen seiner Kusine nach, und als sie sich auszogen, begann sofort ein komplexes Liebesspiel. Krn sah einige Sekunden lang zu, ließ die klingonische Uniform liegen und gesellte sich den beiden anderen Deltanern hinzu. Der Wächter vor dem Zugang preßte seine Nase an der transparenten Tür platt und grinste.

T'Shael kehrte ihren Blick nach innen und machte sich nicht die Mühe, hinter die aufgehängte Decke zu treten. Sie legte das schlichte vulkanische Gewand ab – *es ist nur ein Körper, eine Hülle, weiter nichts* –, betätigte den Hahn in der Dusche und ließ eiskaltes Wasser auf sich herabprasseln.

Cleantes Neugier verdrängte ihr ohnehin nicht sehr stark ausgeprägtes Taktgefühl. Immerhin kannten die Deltaner überhaupt keine Scham – warum also sollte sie *nicht* zusehen? Sie beobachtete das Trio, bis ihr Treiben allmählich den Reiz verlor. Gewisse Stellungen schienen minutenlange Immobilität zu erfordern; die Teilnehmer mochten ihren Spaß dabei haben, aber dem Zuschauer erschien es schon nach kurzer Zeit langweilig. Cleante seufzte und sammelte ihre alte Kleidung ein. Sie wollte es vermeiden, den Blick auf T'Shael zu richten, hatte sich vorgenommen, ihre Privatsphäre zu respektieren. Doch die Vulkanierin blieb zu lange in der kleinen Duschkabine stehen, und allmählich regte sich Besorgnis in der menschlichen Frau.

»Ich... ich bringe es nicht über mich«, sagte Cleante an der warmen Quelle, verlegen über ihre eigene Verlegenheit.

T'Shaels Hand verharrte an der Schlaufe ihres Umhangs. »Dann nehme ich ebenfalls kein Bad.«

»Ich bitte Sie!« Cleante suchte nach den richtigen Worten und begriff, daß sie sich in eine moralische Sackgasse manövriert hatte. »Schwimmen Sie ruhig. Ich bleibe hier sitzen und lese. Oder ich mache einen kleinen Spaziergang. Nehmen Sie keine Rücksicht auf mich.«

»Ich bekomme noch häufig Gelegenheit, diesen Ort aufzusuchen und zu baden«, sagte T'Shael, wandte sich von der dampfenden Quelle ab und kletterte über den steilen Hang. Einmal mehr wunderte sie sich über das Verhalten der terranischen Bürgin.

»Wir sind schon komisch, nicht wahr?« murmelte Cleante später, als ihre Transportkapsel in Richtung T'lingShar flog. »Wir Menschen, meine ich. Die meisten von uns sind recht freizügig, wenn es um Sex geht, doch wir zögern, uns aus anderen Gründen auszuziehen.«

»Sie haben eine besondere Art von Schamgefühl«, erwiderte T'Shael und begriff jetzt, warum die Terranerin auf ein Bad verzichtet hatte. Sie scheute die traditionelle vulkanische Nacktheit an den warmen Quellen. »Für uns bleibt der beobachtete Körper nur die Hülle des Ichs. Die Berührung des Leibs und damit der Seele gehört zu unserer Privatsphäre.«

»Ich verstehe es selbst nicht«, sagte Cleante nachdenklich. »Vielleicht liegt es daran, daß wir Menschen häufig so unzufrieden mit unserem Körper sind. Ganz gleich, wie wir aussehen: Wir machen uns Sorgen über das Gewicht, die Form der Beine und so weiter. Vulkanier hingegen finden sich einfach mit solchen Dingen ab. Diese Einstellung ermöglicht Gelassenheit.«

T'Shael überlegte eine Zeitlang.

»Vielleicht haben Sie recht. Lassen Sie mich in diesem Zusammenhang ganz objektiv feststellen, daß Sie attraktiv sind und ich nicht.« Einmal mehr wunderte sie sich über ihre Offenheit. »Doch wenn ich auf so etwas hinweise, widersprechen Sie sofort, und das verstehe ich nicht.«

Cleante setzte zu einer Erwiderung an, klappte den Mund wieder zu und schwieg. Sie wollte die Bemerkung der Instruktorin nicht bestätigen.

Die menschliche Frau im klingonischen Kerker beobachtete T'Shael, und ihr Blick klebte an der Vulkanierin fest. Sie fröstelte und glaubte, das eiskalte Wasser zu spüren, das auf den schlanken, knochigen Leib herabströmte.

Sie ist sehr stark, und doch wirkt sie geradezu verblüffend zart, dacht Cleante. Plötzlich spürte sie, welche Last T'Shael die ganze Zeit über getragen hatte: zuerst Theras' Wahn, die Hysterie der Deltaner, ihre eigenen Wutanfälle...

Und die Terranerin verstand nun auch, warum sich T'Shael angesichts der Lüsternheit des klingonischen Commanders auf die Beherrschung des Unvermeidlichen besonnen hatte. Vielleicht kam ihr gegenwärtiges Verhalten einer rituellen Buße gleich, denn Kälte war allen Vulkaniern ein Greuel. T'Shael stand reglos in der Duschkabine, die Arme hoch erhoben, den Kopf weit zurückgeneigt, die Augen geschlossen. Das Gesicht gab durch nichts zu erkennen, was sie empfand, doch Cleante ahnte, wie sehr sie litt.

Sie sprang von der Koje, griff nach der Decke und drehte den Wasserhahn zu. Ohne zu zögern hüllte sie T'Shael in das Laken, vermied einen Körperkontakt und wich dem Blick der Vulkanierin aus.

Von einer Sekunde zur anderen beendete T'Shael die Trance und schnappte nach Luft. Kaltes Wasser tropfte von ihrem nassen Haar und rann über die Wangen. Mit der einen Hand hielt sie die Decke fest, und die andere streckte sie nach Cleante aus, ohne sie zu berühren. Die menschliche Frau sah zu ihr auf.

»Es tut mir leid...« – »Ich bitte um Verzeihung...«, sagten beide gleichzeitig. »Erst jetzt verstehe ich.«

»Ich nehme Ihren Platz ein, auf daß Sie ruhen, Ehrwürdige Dame«, sagte Cleante auf Vulkanisch und griff nach Eimer und Wischlappen. T'Shael schüttelte den Kopf.

»Im klingonischen Quartier droht Ihnen noch immer Gefahr«, erwiderte sie sanft. »überlassen Sie es Krn und mir. Vielleicht gelingt es Ihnen, Resh zu überreden, Ihnen hier zu helfen. Dann nimmt auch Jali an der Arbeit teil, weil sie fürchtet, ausgeschlossen zu werden.«

Cleante nickte. Sie hatten beide gelernt, mit den Launen der Deltaner umzugehen.

»Einverstanden«, sagte sie. »Aber seien Sie auf der Hut.« Vorsichtig berührte sie die Narbe an T'Shaels Wange. Die Vulkanierin hatte sie seltsamerweise vergessen, spürte nun ein vages Brennen und begann mit einer subtilen Heiltrance.

»Machen Sie sich keine Sorgen um mich«, entgegnete sie mit einem Hauch Ironie. »Lord Krazz hat mir folgendes versichert: Wenn er Gefallen an Schafen fände, wäre er auf dem Bauernhof seines Vaters geblieben.«

»Er hat kein Recht, so mit Ihnen zu reden!« platzte es aus Cleante heraus. Wütend ballte sie die Fäuste.

T'Shaels Gebaren deutete darauf hin, daß solche Dinge keine Rolle für sie spielten.

»Seine Abneigung mir gegenüber gewährleistet Sicherheit und versetzt mich in die Lage, meine Kenntnisse der klingonischen Sprache zu erweitern.« Die Instruktorin beobachtete den deltanischen Knaben, der zwischen den Betten umherturnte. »Ich bin soweit, Krnsandor.«

»Komme sofort!« juchzte er, hielt den Besen gerade und nahm vor T'Shael Haltung an.

Cleante lächelte und widerstand der Versuchung, das Kind zu umarmen. Lange Tage, noch längere Nächte – aber Krn blieb immer fröhlich, und seine prächtige Stimmung ging nicht einmal an der Vulkanierin spurlos vorbei. Sie musterte ihn wohlwollend und gab dem Wächter vor der transparenten Tür ein Zeichen. Kurz darauf wanderten T'Shael und ihr kleiner Assistent über den Platz und näherten sich dem Quartier des Commanders.

Ein Tag folgte auf den nächsten, und im Leben der Gefangenen kam es nur zu wenig Abwechselungen. In Abständen von einigen Wochen trafen Versorgungsgüter ein, aber die Bürgen wußten nicht, ob sie von klingonischen oder romulanischen Raumschiffen stammten. Niemand verließ den Planetoiden, und der herabgebeamte Nachschub reichte nur für einen begrenzten Zeitraum. Vielleicht wollte man auf diese Weise einer Flucht der Geiseln vorbeugen und gleichzeitig verhindern, daß irgendwelche Spuren zurückblieben.

Die Schiffe kamen mit bemerkenswerter Regelmäßigkeit, und daraus schloß Cleante, daß sie sich nicht irgendwo am Rande der Galaxis befanden, sondern in unmittelbarer Nähe einer wichtigen Handelsroute zwischen Reich und Imperium. Vielleicht gehörte das Doppelstern-System sogar zu den zentralen Raumsektoren der Klingonen oder Rihannsu – keineswegs eine angenehme Vorstellung.

Gegen Mittag erlaubte man den beiden Gefangenen, das Zimmer zu verlassen und sich auf dem Platz die Beine zu vertreten. Kalor oder einer der beiden Wächter ließen sie nicht aus den Augen. Cleante und ihre Gefährten versuchten, soviel wie möglich über den Planetoiden herauszufinden. Sie blickten über den elektrischen Zaun hinweg und beobachteten eine öde Ebene, an die sich einige Kilometer entfernt felsige Hügel anschlossen. Die Vegetation bestand nur aus niedrigem Gestrüpp.

Kein einziger Regentropfen fiel, und es schneite auch nicht. Nur selten zeigten sich Wolkenfetzen am rostbraunen Himmel. Jeden Morgen glitt gelber Dunst über den Boden, verhüllte die Konturen der Landschaft und löste sich allmählich auf, wenn die beiden roten Sonnen über den Horizont stiegen. Tagsüber wehte lauer, halbherziger Wind, strich wie zögernd über Staub, Sand und geborstenes Gestein. Des Nachts faßte er Mut, und seine heulenden Böen verspotteten die Bürgen.

Abgesehen von den Reinigungsarbeiten – T'Shael behielt recht: auch Jali nahm nun daran teil – schien es für die Gefangenen keine andere Möglichkeit zu geben, sich von der Trostlosigkeit ihrer Situation abzulenken. Sie schrubbten Wände und Boden, wuschen Laken, Decken und Kleidung, doch diese Routine endete schon vor dem Mittagessen, und anschließend begann erneut das sinnlose Warten. Nur ihr Einfallsreichtum bewahrte die Bürgen davor, Niedergeschlagenheit und Kummer zum Opfer zu fallen.

»Inzwischen dürfte uns allen klar sein, daß eine Flucht unmöglich ist«, sagte Resh eines Abends. Während der letzten Mahlzeit des Tages – T'Shael lehnte weiterhin das Dörrfleisch ab, ernährte sich statt dessen von Hülsenfrüchten und gekochtem Gemüse – veranstalteten sie eine improvisierte Konferenz. »Mit anderen Worten: Wir müssen damit rechnen, auf unabsehbare Zeit hierzubleiben. Daraus ergibt sich die Notwendigkeit, Kompromisse zu schließen.«

Jali rollte mit den Augen, wußte offenbar nicht, worauf ihr Kusin hinauswollte. T'Shael hörte ruhig zu und schwieg.

»Wir sollten versuchen, den Aufenthalt an diesem Ort so angenehm wie möglich zu gestalten.«

»In der Tat«, pflichtete ihm die Vulkanierin bei. Sie verstand Resh – obgleich es ihr seltsam erschien, daß der Deltaner in diesem Zusammenhang den Ausdruck ›angenehm‹ benutzte. »Wir sind noch immer Lehrer und Schüler, so wie in T'lingShar. Die besonderen Umstände können dazu dienen, uns neue Kraft zu geben. Der Mangel an Büchern und anderen Lehrmitteln stellt eine Herausforderung dar.«

»Dankbar für etwas zu sein, das einem fehlt – zu einer solchen Einstellung sind nur Vulkanier imstande.« Jali starrte zur Decke hoch, und die beiden anderen Deltaner ignorierten sie.

»Wir halten uns gegenseitig Vorträge«, schlug Cleante vor und fand allmählich Gefallen an der Idee. »Wir berichten von unseren Kulturen, erzählen Geschichten und singen Lieder. Wir schildern angenehme Erlebnisse, teilen unsere Träume, planen für die Zukunft. Ja, genau! Dadurch besiegen wir die Furcht. Wir dürfen auf keinen Fall der Langeweile erliegen und daran denken, was mit uns geschehen könnte...«

Sie schauderte plötzlich.

»Und wir müssen vermeiden, uns zu streiten!« warf Krn ein. Die Fröhlichkeit des deltanischen Knaben brachte Licht in die emotionale Düsternis. Er lag mit dem Kopf auf Jalis Schoß, schnalzte leise und knabberte an den Fingernägeln. Vermutlich durften sie nicht darauf hoffen, daß ihnen die Klingonen Nagelscheren zur Verfügung stellten. »Wenn sich zwei zanken, muß jemand als Schlichter auftreten.«

Cleante klopfte ihm auf die schmale Schulter.

»Wie wär's mit dir? Du kommst mit allen gut aus.«

»O ja!« Der Knabe strahlte übers ganze Gesicht. »Das gefällt mir!«

Die Bürgen unterstützten sich gegenseitig. Sie sprachen über kulturelle, linguistische und musikalische Traditionen, erzählten sich Witze und Anekdoten, berichteten von ihrer Heimat, lehrten und lernten. Wenn Mensch und Vulkanierin schliefen oder meditierten, entspannten sich die Deltaner beim Liebesspiel. Es gelang ihnen tatsächlich, neue Kraft und Zuversicht zu schöpfen, und manchmal lachten sie sogar – wobei T'Shael die einzige Ausnahme bildete. Und die Klingonen... Sie beobachteten ihre Gefangenen mit wachsendem Ärger.

Nacht an Bord der *Enterprise.* Spock saß in seiner Kabine, nahm eine meditative Haltung ein, griff nach dem von Uhura vorbereiteten Datenmodul und schob es ins Lesegerät. Dann lehnte er sich zurück, faltete die Hände in einer der zahllosen kontemplativen Konfigurationen und sah auf den Bildschirm, der ihm die verschiedenen Tragödien und Katastrophen in der Galaxis zeigte.

Medienzentrum Interstellar, die offizielle Nachrichtenagentur der Föderation der Vereinten Planeten, bot ihre Meldungen in unterschiedlicher Form an. Für die Ungeduldigen und Hastigen gab es eine zusammengefaßte Version, die praktisch nur aus Schlagzeilen bestand. Diplomaten, Studenten und andere Leute, die ständig über alle Einzelheiten Bescheid wissen wollten, konnten sich mit detaillierten Analysen befassen: Das thematische Spektrum reichte vom Dilithiumabbau und moderner Kriegsführung bis hin zu den Relikten ausgestorbener Intelligenzen und der überaus wichtigen Frage, ob Bordelle einen legalen Status verdienten. Umfangreiche Statistiken, Lokalkolorit und Erklärungen von Experten erweiterten diese Berichte. Im Verlauf der Jahre war auch Spock mehrmals gebeten worden, wissenschaftlich fundierte Kommentare abzugeben.

Für die Ängstlichen und Empfindlichen bot MZI einen Code an, der alle blutigen Szenen herausfilterte. Wer sich Nervenkitzel wünschte, machte von einer Version Gebrauch, die alle Sinneswahrnehmungen direkt stimulierte und den Eindruck erweckte, direkt am Geschehen teilzunehmen.

Spock gehörte zu den Leuten, die eine völlig normale, sachlich-neutrale Präsentation bevorzugten. Seit er aus den Labyrinthen des *Kohlinahr* in die Sphären der Menschen zurückgekehrt war, war seine Achillesferse — wenn eine solche Bezeichnung auf ihn zutraf — die Beherrschung des Unvermeidlichen. Es fiel ihm noch immer schwer, gewisse Dinge einfach hinzunehmen, ohne mit menschlicher Anteilnahme darauf zu reagieren. Um seine emotionalen Probleme zu lösen, hatte er eine so persönliche und private Meditationstechnik entwickelt, daß nicht einmal Jim Kirk von ihr wußte. Er begann nun mit einer entsprechenden Übung.

Das Leid des Universums glitt über den Monitor, und der Vulkanier erweiterte sein Bewußtsein, nahm den kosmischen Schmerz in sich auf, wurde damit eins.

»Zwischen den beiden Welten im Congeriis-System kam es zu neuen Feindseligkeiten«, verkündete die synthetisch-kühle Stimme des Sprechers. »Die unmittelbare Folge besteht aus Hunderttausenden von Toten; drei Millionen sind vom Hungertod bedroht, weil alle Versorgungsschiffe angegriffen werden...«

Spock kehrte seine Wahrnehmung nach innen und spürte den Hunger als einen qualvollen Krampf. Er gab sich ihm hin.

»... führte die plötzliche Abkühlung der Sonne Z-Mikron III im Moldavi-Sektor zum Tod von schätzungsweise dreizehn Milliarden Individuen...«, tönte es aus dem Lautsprecher.

Kälte und Dunkelheit wogten Spock entgegen; er ging in der eisigen Schwärze auf, gesellte sich den dreizehn Milliarden hinzu.

»...entdeckte man heute hundertvier verstümmelte Leichen, unter ihnen viele kleine Kinder. Offenbar wurden die betreffenden Personen bei den letzten Unruhen auf Andros IV zu Tode gefoltert...«

Spock öffnete sein Ich jener Art von Schmerz und Furcht, die nur von einem Kind erfahren werden kann. Er verwandelte sich in einen Knaben, litt selbst und mit den anderen, schrie und wimmerte und starb.

Seuchen, Hungersnöte, Kriege, Kataklysmen, erlöschende Sterne, der Tod von Kindern — Öl für das Feuer der menschlichen Sensationslust. Doch Spock, der das Leid anderer Personen häufig viel zu deutlich spürte, empfand die gräßlichen Nachrichten als eine Flut, die am Damm seiner Selbstbeherrschung emporgischtete und winzige Risse in den bis dahin so festen Mauern der vulkanischen Disziplin schuf. Er mußte seine Beherrschung des Unvermeidlichen verbessern – es blieb ihm gar keine Wahl. Sein letztendliches Ziel bestand darin, alle Dinge zu akzeptieren, die er nicht ändern konnte, und wenn er zu dieser Haltung fand, konnte er sich endlich solchen Angelegenheiten widmen, die ihn direkt betrafen, die es ihm ermöglichten, seine Hilfe anzubieten.

Weiterhin wechselten die Bilder im Projektionsfeld, und der Sprecher konzentrierte sich nun auf den alltäglichen Schrecken: Anschläge und Attentate, die Entlarvung eines Massenmörders, die neuesten Statistiken über den orionischen Sklavenhandel – Spock hielt an seiner unmittelbaren mentalen Beteiligung fest, prüfte die Stabilität seines Denkens und Empfindens. Und dann...

»...hielt Botschafter Sarek von Vulkan auf der Erde eine Rede vor dem Föderationsrat. In seiner Ansprache ging es um...«

Spock atmete etwas schneller als sonst, verließ seine Innenwelt und kehrte in die externe Realitität zurück. Er wußte, worüber sein Vater gesprochen hatte: über ein sehr aktuelles Problem.

»Der Repräsentant des Rihannsu-Reiches leugnete nicht, daß er über die sechs entführten Bürgen des Friedens Bescheid weiß«, sagte Sarek, und seine Stimme klang ruhig und mahnend, fast hypnotisch. Er verstand es, mit wenigen Worten weitaus mehr zum Ausdruck zu bringen als andere Redner in stundenlangen Vorträgen. »Inzwischen steht auch fest, daß einer der Entführten den Tod fand. Ich rate jedoch von voreiligen Reaktionen ab. Wir sollten nichts unternehmen, bis wir erfahren haben, aus welchen Gründen die Bürgen verschleppt wurden. Ich wende mich insbesondere an meine Kollegen von Andor, die den Tod des Diplomaten Theras *shoor*Shras beklagen. Unter den gegenwärtigen Umständen ist Besonnenheit wichtiger als jemals zuvor...«

Theras. Sohn des Shras. Und Shras war nicht nur der Erste Botschafter Andors, sondern auch Prälat der Staatsreligion.

Shras von Andor. Er hatte sich an Bord der *Enterprise* befunden, als Delegierter der historischen Babel-Konferenz.

Unruhe erfaßte Spock, und plötzlich verstand er, warum es Jim Kirk so sehr danach drängte, etwas zu unternehmen. Er beneidete ihn fast um das menschliche Privileg, seine Nervosität deutlich zu zeigen. Natürlich führte ein derartiges Gebaren zu keiner Veränderung der objektiven Situation, aber es verschaffte dem Admiral wenigstens emotionale Erleichterung. Ihnen allen waren die Hände gebunden — sie mußten warten und sich in Geduld fassen.

Spock schaltete das Sichtgerät aus, faltete erneut die Hände und dachte an T'Shael.

»Tolz Kenrans letzte Mitteilung«, knurrte Krazz und warf die Folie wütend auf den Tisch. »Irgendwie hat die Föderation erfahren, daß der Blaue tot ist. *Kahless*, im romulanischen Reich wimmelt es von Spionen! Wir können uns noch so sehr um Geheimhaltung bemühen — bei den verdammten Roms sickert immer irgend etwas durch, Kalor! Nun, wie sich herausstellte, handelte es sich um den Sohn des Shras von Andor. Er ist nicht nur Erster Diplomat jenes Planeten, sondern auch ein religiöser Würdenträger. Abergläubischer Unsinn, sicher — aber Shras hat großen Einfluß. Es kam zu den üblichen Vorwürfen und Drohungen, und inzwischen trifft Andor Vorbereitungen für irgendeine Aktion. Fragen Sie mich bloß nicht, was es damit auf sich hat. Die Föderationspolitik erscheint mir völlig undurchschaubar. Wie dem auch sei: Die unmittelbare Folge besteht darin, daß wir noch länger auf diesem verdammten Planetoiden festsitzen!«

»Die Bürgen sind in erstaunlich guter Verfassung, wenn man berücksichtigt, wie lange sie sich schon in Gefangenschaft befinden«, erwiderte Kalor, blickte durch Krazz'

Fenster und beobachtete die Geiseln auf dem Hof. »Siebenundfünfzig Tage – und sie zeigen weder Schwäche noch emotionale Anspannung.«

»Emotionale Anspannung!« schnaufte der Commander. »Wie ich hörte, lachen sie und singen wie kleine Kinder.« Nach wie vor wahrte er sichere Distanz zu den Gefangenen, überließ es seinen Untergebenen, sich um sie zu kümmern. »Wer gibt ihnen das Recht, sich zu vergnügen, während wir vor Langeweile umkommen?«

»Vielleicht sollten wir dafür sorgen, daß die ›Schafe‹ nicht mehr ganz so fröhlich sind«, schlug Kalor vor.

Krazz zögerte und lauschte der inneren Stimme des Zorns. Nachdenklich blickte er auf Tolz' Nachricht herab.

»Erst warten wir ab, wie sich die andorianische Sache entwickelt«, entschied er. »Möglicherweise brauchen wir *lebende* Gefangene, um Druck auszuüben.«

Er wandte sich vom Tisch ab und trat ebenfalls ans Fenster heran. Gemeinsam beobachteten sie die Deltaner: Sie standen im Kreis, faßten sich an den Händen und kommunizierten stumm miteinander. Krazz wußte, daß es nur noch wenige Sekunden dauern konnte, bis sie erneut kicherten.

»Machen sie das die ganze Zeit über?« fragte er.

»Mehrmals am Tag, mein Lord.« Kalor legte eine Kunstpause ein, um seinen nächsten Worten eine besondere Bedeutung zu verleihen. »Es wäre sicher interessant festzustellen, welche Verhaltensweise sie nach einer Trennung offenbaren.«

Krazz musterte ihn nachdenklich. Auch Kalor schien es kaum abwarten zu können, den Planetoiden schnellstens zu verlassen.

»Gedulden Sie sich noch ein wenig. Man darf das Vieh erst zur Schlachtbank führen, wenn ein guter Preis vereinbart ist.«

T'Shael legte die Bürste in den Eimer, sank auf die Fersen zurück und wischte sich die feuchten Hände an ihrem Coverall ab. Manchmal brauchten selbst Vulkanier eine Verschnaufpause.

Die monotone und recht schmutzige Arbeit — in klingonischen Quartieren sammelte sich selbst unter normalen Umständen eine Menge Dreck an, und in diesem besonderen Fall gab sich Krazz große Mühe, T'Shael beschäftigt zu halten — erschöpfte sie nicht annähernd so sehr wie Krns ständiges Gerede. Die Instruktorin wollte die Begeisterung des kleinen Deltaners nicht dämpfen, aber seine Zunge blieb dauernd in Bewegung. Es bereitete T'Shael Probleme, ihm zuhören und gleichzeitig auf die Gespräche der Klingonen zu achten.

Sie hätte Krn natürlich ignorieren können, aber das widersprach der vulkanischen Höflichkeit. Außerdem streute er ab und zu Fragen in seinen Monolog ein, und T'Shael fühlte sich verpflichtet, sie zu beantworten. Sie trachtete danach, ihre Aufmerksamkeit zwischen dem Knaben und den Wächtern zu teilen.

»...und dann bin ich der gebildetste Vertreter meines Volkes«, sagte Krn munter. Die Vulkanierin hatte ihn beauftragt, die Fenster zu säubern. Der deltanische Junge kletterte gern, und der gelbe Staub des Platzes war praktisch allgegenwärtig. »Die vielen Dinge, die Sie mich lehren, Freundin T'Shael... Wenn wir lange genug hierbleiben, kehre ich schließlich als Gelehrter nach Hause zurück!«

»Dann gebührt dir Ehre, Gelehrter L'am«, erwiderte T'Shael geduldig. »Denk jedoch daran, daß Weisheit auch den Wert des Schweigens kennt.«

Krn schürzte die Lippen.

»Rede ich zuviel?«

»Empfändest du einen derartigen Hinweis als Beleidigung?«

Der deltanische Knabe neigte den Kopf wie ein Vogel und überlegte.

»Ja«, sagte er schließlich.

»Dann werde ich keine solche Bemerkung machen.«

T'Shael zog die Bürste aus dem trüben Wasser und schrubbte weiter.

Krn sprang von der Fensterbank herunter, schlug ein Rad und blieb mit überkreuzten Beinen vor der Instruktorin sitzen.

»Ich wünschte, Sie wären keine Vulkanierin!« platzte es plötzlich aus ihm heraus. »Dann könnte ich Sie umarmen.«

T'Shael lehnte sich zurück, und erneut trocknete sie die Hände ab.

»Entspricht das deinem Wunsch, Krnsandor L'am?«

»Es würde mich sehr glücklich stimmen«, erwiderte der Junge aufrichtig.

T'Shael dachte nach und sah auf Krn herab. Ein Kind, das vielleicht einen großen Teil seines Lebens an diesem Ort verbringen mußte, bevor es die Freiheit wiedererlangte. *Wenn ich zu Diensten sein kann...*

Die Gedanken einer Vulkanierin? Oder machte sich menschlicher Einfluß bemerkbar?

»Es ist mir eine Ehre, Freund Krn«, sagte die vulkanische Frau langsam.

Der kleine Deltaner kontrollierte seine Pheromone, als er die Arme um T'Shael schlang, und erstaunlicherweise empfand sie die Berührung nicht unbedingt als unangenehm.

Kurz darauf beendete der Knabe seine Arbeit und lief sofort zu den beiden anderen Deltanern. Er brauchte den physischen Kontakt mit ihnen.

In Krns Abwesenheit konnte sich T'Shael wieder ganz auf ihr linguistisches Studium konzentrieren.

»Sie bespitzeln uns!« knurrte Kalor, nachdem er sich an die Vulkanierin herangeschlichen hatte — völlig lautlos, wie er meinte. T'Shael hörte ihn schon seit einer Weile, sah sich jedoch nicht nach ihm um. »Was fällt Ihnen ein...?«

»Ich befasse mich mit Ihrer Sprache«, erwiderte die Instruktorin auf Klingonaase. Ihr Wortschatz genügte bereits, um einfache Dinge zum Ausdruck zu bringen. »Wer den Feind versteht, sieht keinen Feind mehr in ihm.«

Dieser Ausdruck entsprach nicht genau dem, was sie sagen wollte. ›Feind‹ klang zu hart, doch in den Unterhaltungen der Wächter hörte sie keine Nuancen.

Ihre Antwort weckte Kalors Zorn.

»Ich legte gar keinen Wert darauf, daß Sie mich verstehen!« fauchte er und trat nach dem großen Eimer neben der Vulkanierin.

T'Shael rührte sich nicht von der Stelle, als ihr schmutziges Wasser ins Gesicht spritzte. Ein dumpfes Vibrieren in der Stimme des Klingonen weckte ihre Aufmerksamkeit. Langsam neigte sie den Kopf zurück, sah in blitzende Augen und glaubte, so etwas wie Furcht in ihnen zu erkennen.

Die Instruktorin wußte nur wenig über die klingonische Kultur, doch vermutlich wäre es ihr selbst mit weitaus mehr Kenntnissen schwergefallen, sich ein Bild von Kalors Dilemma zu machen. Vielleicht hätte sie begriffen, wie sehr ihn die Schande des väterlichen Verrats belastete, aber die Gründe dafür, die sich im *Komerex tel khesterx* verbargen, in der orthodoxen Expansionstheorie seines Volkes... Sie mußten ihr unlogisch und absurd erscheinen, vielleicht sogar völlig unverständlich.

Von seinem Vater erbte Kalor genau jene Intellektualität, vor der Krazz warnte. Mertak *epetei* Haaral ließ sich dazu hinreißen, in der Gegenwart guter Freunde das *Komerex* zu leugnen und an den moralischen Geboten von Eroberung und Unterwerfung zu zweifeln. Ein Bediensteter hörte die frevlerischen Worte und zeigte den Verrat an.

Kalor war vorsichtig, aber Mertaks philosophische Krankheit hatte auch ihn angesteckt. Mit großem Eifer studierte er die Völker, die von den Klingonen angegriffen, versklavt oder schlicht und einfach ausgerottet wurden. Er nahm an den Gemetzeln teil, um im System zu überleben, und manchmal bereitete es ihm auch ein gewisses Vergnügen, Leben auszulöschen. Doch ein Teil seines Selbst erinnerte sich immer wieder an Kor *epetai* Zareht, den Kameraden seines Vaters, der Organia besucht hatte. Kor berichtete von einer organianischen Prophezeiung, nach der Klingonen und Menschen irgendwann einen gemeinsamen Weg beschreiten würden. In einer solchen Zukunft kam derjenige am besten zurecht, der viel über andere Kulturen wußte und möglichst wenig Blut vergossen hatte.

Doch dies war die Gegenwart, und jeder Morgen, den Kalor erlebte, stellte einen eindeutigen Beweis dafür dar, daß man ihn noch nicht als Verräter durchschaute. Niemand durfte von seinem Geheimnis erfahren. Die neugierige Vulkanierin bedrohte ihn allein durch ihre Existenz.

Kalor versuchte vergeblich, sie zu provozieren. Er spielte mit dem Gedanken, auf sie einzuschlagen, doch T'Shael blieb auch ruhig sitzen, als er die Fäuste hob. Ihre Gelassenheit schürte das Feuer des Zorns in ihm.

»Ich bin sicher, Lord Krazz hält noch viel weniger als ich davon, daß Sie uns ausspionieren!« grollte Kalor, doch das höhnische Gleißen in seinen Pupillen verdrängte nur einen Teil der Furcht.

Krazz' Reaktion enttäuschte Kalor.

»Die Häßliche belauscht uns also. Na und? Wem kann sie etwas verraten?« Der Commander lachte leise und musterte seinen Stellvertreter. »In gewisser Weise ähnelt sie Ihnen, Kalor. Sie analysiert gern und ist ebenfalls eine Intellektuelle.«

Kalor verstand die Warnung und hielt sich von der Vulkanierin fern, beschloß jedoch, irgendwann mit ihr abzurechnen.

Schon seit einer ganzen Weile wanderte Kirk unruhig auf der Brücke umher. Uhura gab sich alle Mühe, ihm keine Beachtung zu schenken, aber er kam ganz dicht an ihrem Platz vorbei, und jedesmal spürte sie einen Luftzug. Drei Schritte nach links, Kehrtwendung, sechs Schritte nach rechts, Kehrtwendung. Immer wieder. Uhura seufzte, ließ ihre Liste sinken und drehte sich um.

»Kann ich Ihnen irgendwie helfen, Admiral?« fragte sie sanft.

Kirk verharrte überrascht, als er eine Stimme vernahm, die nicht hinter seiner Stirn erklang.

»Was? Oh, nein, danke. Ich bin nur nervös.« Er zögerte kurz, bevor er hinzufügte: »Wieviel Zeit ist inzwischen vergangen?«

»Seit der Entführung der Bürgen, seit die Rihannsu mit Forderungen an die Föderation herantraten, seit die Romulaner sie wieder zurückzogen oder seit Scotty herausfand, daß die Klingonen ebenfalls an der Sache beteiligt sind?« Uhura seufzte erneut. »Es sind jeweils einundsechzig, achtundfünfzig, sechsundvierzig und siebenundzwanzig Tage.«

Kirk lachte humorlos.

»Sie hören sich fast wie Spock an. Ich meinte: Wie lange sind wir jetzt schon hier draußen und jagen Phantomen nach?«

»Seit neunundvierzig Tagen«, erwiderte Uhura. »Die vorherigen Versorgungsflüge und Kartographierungsmissionen nicht mitgerechnet.«

»Allmählich glaube ich selbst an den Unsinn, den Sie für die Romulaner senden«, brummte Kirk. »Man hat uns aufs Abstellgleis geschoben.«

Uhura bot ihm nicht ihr Mitgefühl an. Seit neunundvierzig Tagen saß sie fast ständig am Kommunikationspult und schickte für die Rihannsu falsche Informationen durch den Äther. Gleichzeitig setzte sie sich mit Dutzenden von Kontaktleuten in der Föderation in Verbindung und hoffte, endlich irgendeinen nützlichen Hinweis zu finden. Bisher hatte sich nichts ergeben.

Ob sie sich im Kontrollraum aufhielt oder nicht: Ständig blieb ein spezieller Kom-Kanal geöffnet — für den romulanischen Archivbeamten namens Lel. Schon seit einer ganzen Weile trafen keine Nachrichten mehr von ihm ein.

Sulus geheime Mission begann recht vielversprechend.

Schon nach wenigen Tagen trafen seine ersten Berichte ein, in denen unter anderem der Tod des Andorianers Theras erwähnt wurde. Die Meldung schuf erhebliche Unruhe sowohl in der Föderation als auch im romulanischen Reich. Bevor sich die Wogen glätteten, wies Sulu darauf hin, er wolle die Ermittlungen fortsetzen. Es ging ihm darum, die Flüge von Versorgungsschiffen zu untersuchen, nach ungewöhnlicher Aktivität Ausschau zu halten und Hunderte von Frachtlisten auf verdächtige Lebensmittel- oder Medikamentenlieferungen zu überprüfen. Vielleicht ließen sich dadurch Rückschlüsse auf den Ort ziehen, an dem man die Bürgen festhielt.

Am romulanischen Hof wurde ganz offen über den Tod des Andorianers gesprochen, und deshalb fiel es selbst einem einfachen Archivbeamten leicht, sich darüber zu informieren. Doch für die Handelsrouten – insbesondere diejenigen, die ins klingonische Imperium führten – galt eine mittlere Geheimhaltungsstufe. Wer sich mit solchen Dingen beschäftigte, mußte sehr vorsichtig sein und brauchte Zeit. Sulu hatte der *Enterprise* seine Absicht mitgeteilt und den Kontakt zu Uhura abgebrochen. Seit dreißig Tagen meldete er sich nicht mehr.

Vielleicht war er viel zu sehr mit seinen Nachforschungen beschäftigt, um einen weiteren Bericht zu übermitteln. Immerhin mußte er sich durch einen ganzen Berg von Unterlagen und Dokumenten arbeiten. Möglicherweise suchte er noch immer nach interessanten Anhaltspunkten.

Sein Schweigen konnte aber auch bedeuten, daß man ihn gefaßt, verhört, gefoltert und hingerichtet hatte. Uhura schauderte unwillkürlich, als ihr diese Gedanken durch den Kopf gingen, und einmal mehr sah sie auf den Indikator des speziellen Kom-Kanals. Die Anzeige leuchtete nicht auf.

Bitte, Hikaru! fuhr es Uhura durch den Sinn. *Mach keine Dummheiten. Seit vorsichtig. Und melde dich.*

Kirk sah, daß die Hände der dunkelhäutigen Frau zitterten.

»Ist alles in Ordnung mit Ihnen, Freiheit?« Er nannte sie häufig so, wenn sie allein waren. »Soll ich die Heizung aufdrehen?«

»Mir ist nicht kalt, Jim. Ich mußte nur gerade an Hikaru denken.«

»Ja, ich weiß«, preßte Kirk hervor. »Ich habe ihn nicht gern gehen lassen. Ich verabscheue es, jemanden allein in den Einsatz zu schicken, aber Nogura und Sulu gaben mir gar keine Gelegenheit, irgendwelche Einwände zu erheben. Sie waren sich bereits einig, noch bevor uns Heihachiro Tee anbot. Außerdem... Sie kennen ihn ja. Hikaru ist ein Draufgänger. Ab und zu braucht er ein Abenteuer.«

»Behaupten Sie jetzt nur nicht, für so etwas hätten Sie kein Verständnis!« erwiderte Uhura und lächelte. *Wie oft ist* er *allein aufgebrochen, um eine riskante, gefährliche Aufgabe wahrzunehmen? Wie oft haben wir auf eine Nachricht von* ihm *gewartet?*

Kirk erwiderte das Lächeln.

»Rüge zur Kenntnis genommen«, sagte er, sah an Uhura vorbei und beobachtete den Indikator, der sich noch immer hartnäckig weigerte, endlich aufzuleuchten. »Wo sich Sulu jetzt auch befinden mag... Hoffentlich weiß er, daß er die allgemeine Lage zu unseren Gunsten verändert hat. Vielleicht findet er noch andere Hinweise, die uns weiterbringen. Kopf hoch, Uhura. Vertrauen Sie Hikarus Instinkten. Er hat schon Schlimmeres überstanden, und bestimmt kehrt er auch diesmal mit heiler Haut zurück.«

Montgomery Scotts Ermittlungstaktik unterschied sich von der seines Kollegen Sulu.

»Sie können keinen Alkohol vertragen, Terraner«, brummte Admiral Korax und setzte ein Glas mit saurianischem Brandy an die Lippen. »Erinnern Sie sich an unsere letzte Begegnung? Ich schulde Ihnen noch einen gebrochenen Unterkiefer.«

»Ach, hören Sie auf dem Quatsch«, erwiderte Scotty und grinste. »Ich schlage vor, wir lassen die Luft aus unseren Gläsern. Ich kann Sie langsam unter den Tisch trinken oder Sie mit einigen Fausthieben ins Reich der Träume schicken. Was is' Ihnen lieber?«

Korax verschluckte sich, verschüttete seinen Brandy und lachte grollend.

»Sie sind 'n Aufschneider und 'n verdammter Angeber, Montgommerieh«, knurrte der Klingone und erinnerte sich erneut an den Zwischenfall in Station K 7. Inzwischen waren viele Jahre vergangen. »Glauben Sie eigentlich selbst an den Blödsinn, den Sie erzählen?«

Das Wiedersehen mit seinem alten Gegner schockierte Scotty zunächst. Korax wirkte so verblüffend *alt*. Damals beim Zweikampf trat der Chefingenieur gegen einen jungen Mann an — es kam zu dem Streit, weil Korax die *Enterprise* als Mülltransporter bezeichnete —, doch jetzt saß er einem Greis gegenüber. *Es liegt am schnelleren klingonischen Alterungsprozeß,* dachte er betroffen. *Die durchschnittliche Lebenserwartung eines Klin beträgt nur fünfunddreißig bis vierzig Jahre.* Korax war jetzt dreißig und somit biologisch weitaus älter als Scotty — das faltige, zernarbte Gesicht gehörte einem vielfach ausgezeichneten klingonischen Flottenadmiral, der sich bald in den Ruhestand zurückziehen würde.

Die Sonderabteilung hatte Scott natürlich darauf hingewiesen, bevor er die Neutrale Raumstation aufsuchte. (Sie stellte die richtige Bühne dar, um seine angebliche Unzufriedenheit mit Starfleet zum Ausdruck zu bringen, denn zum Publikum gehörten Klingonen, Romulaner und Angehörige vieler anderer Völker.) Jeder hielt sich für unsterblich, doch wenn einem plötzlich der Tod über die Schulter blickte...

»›Montgommerieh‹«, murmelte Korax und schüttete mehr Brandy auf den Tisch als in die Gläser. »Kahless, warum haben Sie keinen anständigen Namen, Sie alter Saufbruder? Einen Namen, den ich richtig aussprechen kann.«

Der Chefingenieur verzog kurz das Gesicht. »Meine Freunde nennen mich Scotty.«

»›Sckottieh‹«, wiederholte der Klingone versuchsweise. »Schon besser. Obgleich es noch immer nich' richtig zivilisiert klingt.« Er schüttelte die Brandyflasche. »Schon wieder leer.«

»Ich sagte, meine *Freunde* nennen mich Scotty«, verkündete der Terraner salbungsvoll. »Wer is' diesmal dran?«

»Ich. Kahless, nur weil Sie die ersten beiden Pullen bezahlt haben...«

»Na schön, ich verstehe. Sagen Sie ruhig Scotty.«

Korax knurrte nur und winkte dem Kellner zu.

»Dokh«, brummte er nach einer Weile. »Wie ich hörte, hat man Sie rausgeworfen. ›Erholungsurlaub.‹ Soll wohl 'n Witz sein, was?«

»Ist nur vor... vorüber...« Scott holte tief Luft. »Nur für ein paar Tage«, lallte er. »Bin überarbeitet.«

»Woll'n Sie mich auf'n Arm nehmen?« entgegnete Korax. Der Sulamid hinter der Theke hatte seine Tentakel gerade um eine neue Flasche geschlungen, und er ließ sie fast fallen, als er die donnernde Stimme des Klingonen hörte. »Männer wie Sie verdienen...'n eigenes Kommando. Wasch für 'ne Schande! All die vielen Jahre, die Sie in Kirks Rostlaube verbrachten... Kein Wunder, daß Sie schlauer schind. Sie ham 'ne Kneipe in einen Trümmerhaufen verwandelt? Kahless, an Ihrer Stelle hätte ich den ganzen verdammten Planeten in die Luft gejagt...«

»Und dich selbst dazu«, murmelte Scott und versuchte, nicht zu lachen.

»ToH?« Korax war ein wenig schwerhörig, wie die meisten alten Klingonen.

»Schon gut. Sie haben ganz recht. Himmel, ich mußte es oft genug erleben. Kirk schteckte den ganzen Ruhm ein, während ich mich im Maschinenraum abrackerte. Irgendwann fragt man schich, was der ganze Blödsinn soll. Verschstehen Sie?«

»Aye«, sagte Korax voller Mitgefühl und klopfte ihm fest auf den Rücken.

Scotty zuckte zusammen, hustete, spuckte saurianischschen Brandy und vergrößerte dadurch die Lache auf dem Tisch. In ihren Adern floß inzwischen mehr Alkohol als Blut. Die übrigen Gäste hatten sie zunächst neugierig beobachtet — ein Mensch und ein Klingone, die sich zusammen vollaufen ließen —, doch nach und nach verloren sie das Interesse an ihnen.

»Bestimmt nimmt man Sie nich' zurück.« Korax beugte sich ein wenig vor und fügte in einem verschwörerischen Tonfall hinzu: »Starfleet, meine ich. Sie sin' erledigt. Ich weiß, daß Kirk einflußreiche Freunde hat.«

»Ach, tatsächlich?« Scott musterte den klingonischen Admiral. »Un' was wissen Sie noch?«

»Eine ganze Menge«, verkündete Korax stolz. Er versuchte, das Kinn auf die Hand und den Ellenbogen auf den Tisch zu stützen, doch er brachte den Bewegungsablauf durcheinander. »Da wir gerade dabei schind... Spielt's überhaupt 'ne Rolle? Politik! Ein Ingenieur is' 'n Ingenieur, und Sie sin' der beste auf beiden Seiten der Neutralen Zone, Sie alter Trunkenbold.« Das faltige Gesicht des Klingonen brachte eine gewisse Verschlagenheit zum Ausdruck. »*Khest,* ich könnte Sie gut gebrauchen.«

Scott starrte in sein Glas.

»Wirklich 'n tolles Rekrutierungsgefasel.«

Korax ließ den Arm sinken, als der Ellenbogen erneut über die feuchte Tischfläche glitt. »Ich mache Ihnen 'n Angebot. Ein Schiff. Ein eigenes Kommando. Wählen Sie die Besatzung selbst aus. Na, wasch halten Schie davon?«

Ein plötzliches patriotisches Fieber erfaßte ihn. Korax stand ruckartig auf und schob das breite Kinn vor.

»Die Ehre des Kriegers, Sckottieh. Schtellen Sie sich dasch vor. Ein Platz in der Schwarzen Flotte, *Kahlesste kaase!* Dann können wir bis in alle Ewigkeit miteinander trinken.« Korax versuchte zu salutieren, aber auch das klappte nicht ganz. »*Kai,* Klingon! *Kai,* Sckottieh!«

»Immer mit der Ruhe, Korax. Regen Sie sich ab.« Scott half dem Klingonen wieder auf seinen Stuhl und sah sich um. Niemand hörte zu. »Wasch Ihr Angebot betrifft... Ich werde darüber nachdenken.«

Korax achtete gar nicht auf ihn und starrte benommen ins Leere. Wie in Zeitlupe legte er die Arme auf den Tisch, ließ den Kopf sinken und begann zu schnarchen. Scotty wollte bereits alle Hoffnung aufgeben, doch plötzlich zuckte der klingonische Admiral zusammen und richtete sich wieder auf.

»Kle'tih'bach!« knurrte er auf Klingonaase und hatte offenbar vergessen, wo er saß.

»Was?«

»Politik!« brummte Korax verärgert. »Muschte gerade an wasch denken. Sie möchten 'n Schiff? Ich geb' Ihnen eins. Nenne Ihnen sogar den Namen. Der frühere Kommandant is' in Ungnade gefallen. *Khest.* Bewacht Gefangene. Was für 'ne Aufgabe! Zivilisten ausser Föderation. Auf Vulkan entführt. Aus'erechnet auf Vulkan!« Korax kicherte leise vor sich hin, und Scott starrte ihn groß an. Bekam er nun endlich die erhofften Informationen? »Kann sich nich' mit *seinem* Commander«, fuhr der Klingone undeutlich fort. »Würde ihn gern um dasch Schiff bringen. Eine alte Rechnung begleichen. Tolz, ein Feind. Nicht wie Schie, Sckottieh, alter Schluckspecht. Schie schind... Freund.«

Er murmelte und brummte und zischte leise, mal auf Standard, mal auf Klingonaase. Schließlich sank sein Kopf auf die Arme, und kurz darauf schnarchte Korax wieder. Scott beute sich noch etwas näher heran, rüttelte ihn vorsichtig an der Schulter und flüsterte ihm ins Ohr.

»Je, Korax, was ist mit den Zivilisten? Sie wurden von den Roms entführt, nicht wahr? Haben Sie irgendeine Ahnung, wohin man sie gebracht hat?«

Korax sah ganz plötzlich auf.

»ToH?« fragte er, und es klang wie eine Drohung.

»Das... dasch Schiff«, sagte Scotty. »Ich habe Schie gerade nach dem Schiff gefragt. Wie heißt es?«

»Weisch nich' mehr«, brachte Korax hervor und schlief ein.

Scott ließ langsam den angehaltenen Atem entweichen und lauschte dem rasenden Pochen seines Herzens. Nun, weitere Auskünfte durfte er wohl kaum erwarten, aber wenigstens hatte er *etwas* in Erfahrung gebracht. Er trank sein Glas aus und schenkte sich nach, als zwei junge, finster dreinblickende Klingonen an den Tisch herantraten. Der Chefingenieur versteifte sich unwillkürlich. Militärpolizei. Er blieb still sitzen, und die beiden Soldaten gingen an ihm vorbei, wandten sich an den Schnarcher.

»Admiral Lord Korax?« fragte einer von ihnen förmlich und sah auf den Betrunkenen herab. Als er keine Antwort bekam, wechselte er einen kurzen Blick mit seinem Begleiter. Die beiden Männer griffen nach den Armen des komatösen Admirals und zogen ihn vom Stuhl. Scotty hörte eine halblaute, abfällige Bemerkung — offenbar hielten die Militärpolizisten den Admiral für senil.

»Bringt ihn ins Bett, Jungs«, riet er den beiden Klingonen und trank noch ein Glas, während er die Blicke ihrer gelben Augen auf sich ruhen spürte. »Der Kerl is' total voll. Kann nicht mehr soviel ab wie früher.«

Die Soldaten schleppten Korax fort, und einige Sekunden später eilte der sulamidische Kellner vorbei, wischte den Tisch ab und schnalzte verärgert. Scott warf ihm einige Kreditscheiben zu, stand auf, ging zur Toilette und wählte die für Menschen bestimmte Kabine. Dort rollte er den Ärmel hoch, griff nach seinem alten Taschenmesser, entfernte das winzige subkutane Aufzeichnungsgerät aus dem Unterarm und steckte es ein. Anschließend holte er auch den Äthanol-Neutralisator hervor; die kleine Kapsel stammte von McCoy und sorgte dafür, daß der Alkohol ohne Wirkung auf ihn blieb. Scott ließ sie im Abfluß verschwinden und schmunzelte.

Korax, du alter Narr, dachte er zufrieden. *Der Brandy hätte dich eigentlich warnen sollen. Du weißt doch, daß ich nur Scotch trinke, wenn ich mir einen hinter die Binde gießen will.*

Vollkommen nüchtern kehrte Montgomery Scott in die

Kneipe zurück, trat an die Theke heran und verblüffte den sulamidischen Kellner, indem er sich einen Doppelten bestellte.

Der Mann war selbst für einen Vulkanier erstaunlich groß, und er wirkte bemerkenswert attraktiv. Mehr als eine menschliche Frau blieb stehen und sah ihm nach, als er durch die Kolonnade in der Siedlung von T'lingShar ging. Die Deltaner gerieten ganz außer sich. Doch der Mann achtete nicht auf sie, setzte den Weg mit einer Zielstrebigkeit fort, die an Eile grenzte.

Kurz darauf kniete er vor Meister Shimm. Irgend etwas im Gebaren des jungen Mannes machte deutlich, daß Unterwürfigkeit nicht zu seinem Wesen gehörte.

»Glück und langes Leben, *Sim're'At...*«, begann er und glaubte offenbar, aufgrund seiner besonderen Lage die Regeln der Tradition verletzen zu dürfen. Doch Shimm lag es fern, irgendwelche Kompromisse zuzulassen.

»Du heißt Stalek«, sagte er. Hast nützte nichts. Der Meister hatte ohnehin keine Möglichkeit, diesem Mann zu helfen.

»Ja«, bestätigte Stalek und schwieg, wie es sich für den Jüngeren in Gegenwart des Älteren gehörte. Er fragte sich, wie lange er warten mußte, und das Zittern tief in seinem Innern verstärkte sich. Für einen Vulkanier war er sehr ungeduldig.

In seiner Weisheit spürte Meister Shimm die Bedrängnis des jungen Mannes, aber zunächst beobachtete er ihn nur, gab ihm die Möglichkeit, über den Grund seines Besuchs nachzudenken.

»Es geht dir um jene, die man T'Shael nennt«, sagte Shimm schließlich. »Sicher weißt du, was geschehen ist.«

»Vielleicht ist es mir noch weitaus klarer als sonst jemandem, Meister«, erwiderte Stalek. Für einige wenige Sekunden zeigte sich deutliche Sorge in seinem stolzen, fast arroganten Gesicht. »Abgesehen von den Personen, die sie gefangenhalten.«

Als Meister verbarg Shimm seine Überraschung natürlich. Schon seit vielen Jahren befaßte er sich nicht mehr mit den Dingen, die Mann und Frau betrafen. Vielleicht hatte er einfach vergessen, daß durch die besonderen Beziehungen zwischen Verlobten und Versprochenen Informationen gewonnen werden konnten.

»Dein Bewußtsein ist mit dem ihren verbunden«, sagte Shimm mehr zu sich selbst, um Staleks Privatsphäre nicht zu sehr zu verletzen. Der Status des Meisters brachte einige Privilegien mit sich. »Du bist also sicher, daß T'Shael noch lebt?«

»Ja«, bestätigte Stalek, und wenn er weniger mit seinen eigenen Sorgen beschäftigt gewesen wäre, hätte er vielleicht Erleichterung in den Zügen des Alten gesehen. Selbst ein so disziplinierter Vulkanier wie Shimm reagierte mit einer gewissen Zufriedenheit, als er an seine beste Schülerin dachte; es gab also noch Hoffnung für sie.

Der jüngere Mann senkte nicht etwa den Kopf, wie es sich gehörte, sondern bedachte den Meister mit einem durchdringenden Blick. In seinen Augen glänzte eine stumme Bitte.

»Der Meister weiß, was mit mir geschehen wird, wenn T'Shael nicht zurückkehrt.«

Shimm hörte Schmerz in der Stimme des Besuchers und musterte ihn eingehend.

»Und was erwartest du von dem Meister?«

Stalek stand auf und wanderte mit einer für Vulkanier völlig untypischen Unruhe umher.

»Niemand kann helfen«, sagte er. »Wenn T'Shael nicht rechtzeitig zurück ist, erwartet mich ein gräßliches Schicksal, und daran läßt sich nichts ändern. Die Aussicht, bald zu sterben, erfüllt mich mit Verzweiflung, Meister!«

»*Kroykah!*« sagte Shimm scharf. Der junge Mann durfte sich nicht entehren, indem er die Beherrschung über sich verlor. »Das ist unziemlich! Wenn dein Schicksal darin besteht, durch die Trennung von deiner Bindungspartnerin zu sterben, so mußt du es hinnehmen. Setz deine Arbeit fort. Meditiere. Selbst ein Meister ist machtlos gegen das erste *Pon farr.*«

Die letzten Worte schienen Substanz zu gewinnen, hingen wie eine Drohung zwischen den beiden Männern. Nur ein Vulkanier konnte das Ausmaß der Schande verstehen, die in ihnen Niederschlag fand. Schließlich verneigte sich der stolze Stalek.

»Ich bitte um Verzeihung, Meister«, sagte er, und es klang fast kummervoll. »Ich habe viele Pläne, und wenn ich mir vorstelle, daß ich so früh und auf derart schändliche Weise aus dem Leben scheiden muß . . .«

»Noch ist es nicht soweit. Noch gibt es Zeit.« Shimm blieb nicht völlig ohne Verständnis für die Lage des jungen Mannes; die vulkanische Biologie widersprach manchmal den Geboten der Logik. Er dachte an die Introvertierte und fragte sich, wie es ihr erging. »*Kaiidth!* Niemand kennt die Zukunft.«

KAPITEL 6

»Die Liebe steht im Mittelpunkt der irdischen Dichtkunst«, wandte sich T'Shael an Cleante. Sie saßen in ihrem Zimmer, und die Instruktorin nahm den Platz am Fenster ein. Die Schwärze einer mondlosen Nacht umhüllte T'lingShar. T'Shaels Finger glitten sanft über den Rahmen der Ka'athyra, und sie wählte ihre Worte mit aller Sorgfalt. »Als Mensch haben Sie mit diesem Gefühl viele Erfahrungen gesammelt, und daher könnte ich gewiß von Ihnen lernen.«

Cleante lachte und schüttelte den Kopf.

»Ich weiß nichts von Liebe«, sagte sie. »Oh, sicher, Sex kenne ich zur Genüge, aber Sie meinen etwas anderes. Nun, ich kann Ihnen beschreiben, wie es ist, ohne Liebe zu leben... Es tut mir leid, T'Shael. Ich bin nicht imstande, Ihnen zu erklären, was es mit der Liebe auf sich hat.«

T'Shael bewies eine für sie wahrhaft erstaunliche Kühnheit, als sie zu der menschlichen Frau sagte: »Das genügt mir nicht, Cleante alFaisal. Sie wissen weitaus mehr, als Sie zugeben.«

Und Cleante – von T'Shaels Antwort ebenso verblüfft wie die Vulkanierin selbst – begann zu erzählen.

»Austern!« seufzte Jali und nannte das deltanische Äquivalent. Cleante wußte sofort, was sie meinte: In der Siedlung hatte Jali kaum etwas anderes gegessen. »Sie sind einzigartig!«

»Meinst du damit den Geschmack oder die Wirkung, Kusine?« fragte Krn. »Wie sagt man auf Standard? Austern sind ein... Aphrodisiakum, nicht wahr?« Der Knabe nutzte die Zeit der Gefangenschaft auch dazu, seinen Wortschatz zu erweitern. Er wandte sich an T'Shael. »Aphrodisiakum. Klingt gut. Wie heißt es auf Vulkanisch?«

»Es gibt keine vulkanische Entsprechung«, erwiderte die Instruktorin. Als sie Krns Enttäuschung bemerkte, fügte sie hinzu: »Es tut mir leid.«

»Mir auch«, murmelte der Knabe.

Sie sprachen recht oft über kulinarische Delikatessen, insbesondere bei den Mahlzeiten. Die klingonische Diät hatte sich nicht verändert, und nur die Erinnerung an frühere Gaumenfreuden weckte den Appetit der Bürgen.

»Denken Sie nur an die Pilze, T'Shael«, sagte Cleante aufgeregt. Wenn sie ihrer Phantasie freien Lauf ließ, zeigte sie fast kindliche Begeisterung, doch bei anderen Gelegenheiten wirkte sie melancholisch und schwermütig. Die Vulkanierin nahm die immer krasseren Stimmungswechsel mit Besorgnis zur Kenntnis. »Wissen Sie noch, als ich sie zum erstenmal probierte? Pilze so groß wie Teller! Und ich wollte sie gar nicht essen, weil sie mir viel zu prächtig erschienen!«

»In der Tat«, entgegnete T'Shael leise. Sie erweckte den Eindruck, einer inneren Stimme zu lauschen.

Cleante beugte sich auf ihrer Koje vor, griff nach Reshs Hand und berührte dann auch Jalis Finger. Inzwischen brauchte sie den körperlichen Kontakt fast ebenso dringend wie die Deltaner, und auch darüber dachte T'Shael nach.

Diese Überlegungen sind eine Verletzung der Privatsphäre, rief sich die Vulkanierin zur Ordnung. Außerdem: Wenn die menschliche Frau sexuell mit den Deltanern verkehrte, hätte T'Shael sicher davon erfahren. In dem kleinen Zimmer konnten keine heimlichen Aktivitäten entfaltet werden.

Natürlich geschah es immer wieder, daß sich T'Shael und Krn ins klingonische Quartier begaben. Doch wenn sich Cleante während dieser Zeit mit Resh oder Jali — oder beiden — einließ, so bestand die Folge zweifellos aus einem deutlich erkennbaren Wandel in ihrer allgemeinen Gebarensstruktur.

Hör auf damit! fuhr es der Instruktorin durch den Sinn,

überrascht von ihren eigenen Gedanken. Sie hatte sich mit der erotischen Literatur vieler Kulturen befaßt und ihren Inhalt einer objektiven Analyse unterzogen, ohne irgendwelche verdächtigen Regungen in sich zu spüren. *Was bedeutet dieser verabscheuungswürdige Voyeurismus?*

T'Shael besann sich auf ihr Zeitgefühl. Sie wußte nicht, wie viele Stunden oder Tage sie an Bord des Rihannsu-Schiffes verbracht hatten, und deshalb ließ sich kaum feststellen, welches Datum man auf Vulkan schrieb. Sie ahnte jedoch, warum das Sexuelle — jene Dinge, über die Vulkanier nicht sprachen — immer mehr in den Fokus ihres Denkens rückte.

Stalek, von mir getrennt... Und bald ist es soweit.

Sie schwieg und horchte in sich hinein, während ihre Mitgefangenen die Diskussion über Speisen fortsetzten.

»...so groß«, sagte Cleante gerade, ließ die Hände der Deltaner los und deutete die Ausmaße an. »Und die Farben! Rosarot und purpurn, hier und dort auch silberne Streifen. Wir kletterten in den Bergen, und T'Shael führte mich in ein kleines abgelegenes Tal. Dort wuchsen die Pilze in der Nähe einer Quelle...«

Wie sollte sie den Zauber jenes Augenblicks einfangen und den Deltanern beschreiben? fragte sich Cleante. Frische Luft, die kristallene Stelle der vulkanischen Morgendämmerung, das leise, zarte Läuten von Windglocken, als sie T'lingShar verließen, ihr Bemühen, in den Bergen ebenso flink und agil zu sein wie T'Shael. Die Vulkanierin kletterte wie eine Gemse — bis sie schließlich merkte, daß die menschliche Frau zurückblieb.

»Verzeihen Sie mir«, sagte T'Shael und entschuldigte sich für ihre überlegene Kraft, für die Unterschiede zwischen ihnen.

Sie streckte eine schmale, anmutige Hand aus — es widerstrebte ihr jetzt nicht mehr so sehr, die Terranerin zu berühren — und half Cleante über den Steilhang. Schließlich erreichten sie das verborgene Tal: Moose und Flechten schufen weiche Polster auf den Felsen; an einigen Stellen wuchsen bunte, duftende Blumen, und das Plätschern der Quelle klang wie eine sanfte Melodie. Die Pilze...

»Aus diesem Grund habe ich vorgeschlagen, keinen Proviant mitzunehmen«, sagte T'Shael und erlaubte sich einen Hauch von Stolz. »Die Gewächse haben einen hohen Nährwert und zeichnen sich durch eine große Geschmacksvielfalt aus. Sie sind einer der Gründe, warum wir auf tierisches Protein verzichten können.«

Cleante gab keine Antwort. Sie hatte es mit dem vulkanischen Vegetarismus versucht – und sich prompt eine schwere Dysenterie eingehandelt. Woraufhin T'Shael meinte, der menschliche Metabolismus könne sich erst nach einer längeren Akklimatisierungsphase an eine derart strenge Diät gewöhnen.

T'Shael holte ein kleines Messer aus der Tasche. Wie alle vulkanischen Werkzeuge war es kompakt und funktionell, doch gleichzeitig genügte es selbst hohen ästhetischen Ansprüchen. Die Instruktorin öffnete es, und mit einer besonders scharfen Klinge schnitt sie die obere Hälfte eines purpurnen Pilzes ab. Den Stiel rührte sie nicht an. Cleante sah voller Ehrfurcht zu und erwartete ein Ritual. Sie wurde nicht enttäuscht.

T'Shael führte die Hand zum Mund, befeuchtete die Fingerkuppen und berührte den Pilzstumpf dort, wo kapillare Flüssigkeit hervorquoll. Vorsichtig strich sie über die ›Wunde‹ und sang leise – bis sich der Riß schloß. Nach einigen Sekunden hob sie den Kopf und sah ihre Begleiterin an.

»Auf diese Weise kann ein neuer Pilz wachsen«, erklärte sie. »Die Vulkanier nehmen nie, ohne zu geben.«

Erneut hob sie das Messer, zerschnitt den breiten Pilzhut wie einen Laib Brot.

»Wie schmeckte er, Cleante?« fragte Krn, und seine Stimme brachte die Gedanken der menschlichen Frau ins Hier und Jetzt zurück. »Oh, bitte, erzählen Sie es uns!«

Cleante suchte nach den richtigen Worten, um das Aroma zu beschreiben. Welche Vergleiche ließen sich anführen? Der Geschmack erinnerte sie an Hummer, Granatäpfel und die wilden Feigen, die sie als Kind so gern gegessen hatte. Jeder Bissen weckte andere Assoziationen, und hinzu kam etwas rein Vulkanisches, das sich allen Beschreibungsversuchen widersetzte. Andererseits: Vielleicht ging ein großer Teil dieses besonderen Erlebens auf den klaren Morgen und die anstrengende Kletterpartie zurück, auf längeres Fasten und die ruhige Präsenz T'Shaels.

Als Cleante zu einer Antwort ansetzte, sprang die Vulkanierin heran.

»Auf den Boden!« rief sie. »Unter die Kojen. Schützt euch. Erschütterungen!«

Die anderen starrten sie groß an, ahnten vielleicht nichts von der vulkanischen Fähigkeit, ein Erdbeben im voraus zu spüren. Als um sie herum alles zu zittern begann, wußten sie Bescheid und gingen rasch in Deckung.

Das Beben dauerte nur einige Sekunden, aber es erwies sich als sehr heftig. Eines der schweren Bettgestelle kippte um und stürzte dort zu Boden, wo Cleante und die Deltaner eben noch gesessen hatten. Große Brocken lösten sich aus den hastig errichteten Thermobeton-Wänden, und Staub rieselte von der Decke herab. In der Ebene jenseits des elektrischen Zauns entstanden breite Risse.

T'Shael stellte fest, daß Resh dicht neben ihr hockte. Als sich das Gestein unter ihnen erneut hob und senkte, prallte der Deltaner an die Vulkanierin, und T'Shael konnte nicht mehr rechtzeitig ihr Bewußtsein abschirmen. Intensive Gefühle strömten in den Geist der Instruktorin: Mit der Furcht vor dem Beben und der Sorge um Jali und Krn wurde T'Shael problemlos fertig. Jene Empfindungen nahm sie einfach hin; Vulkanier akzeptieren die Möglichkeit des unmittelbaren Todes und bleiben ohne Angst. Doch das Entsetzen änderte nichts an Resh'das sexuellen Instinkten.

T'Shael nahm nicht nur den allgemeinen Wunsch war, sich in heißer Ekstase mit dem ganzen Universum zu vereinen; in den Gedanken des Deltaners begegnete sie auch einem klar ausgeprägten Begehren, das ihr galt! Sofort errichtete sie mentale Barrieren, und es dauerte nur einen Sekundenbruchteil, bis sie stabil wurden und keine Emotionen mehr durchließen. Aber diese Zeit genügte für sie, um mit der erwarteten Aversion zu reagieren – und einem ebenso jähen wie erschreckenden Verlangen.

Was ist mit mir los? dachte sie und zog sich weit in ihr inneres Selbst zurück, hielt nur eine dünne Verbindung zum externen Kosmos.

Als wieder Ruhe einkehrte und Resh mit deltanischer Geschmeidigkeit unter der Koje hervorkroch, glaubte er, in den Augen der Vulkanierin ein kurzes Aufblitzen von Bestürzung zu erkennen – doch das Grauen bezog sich nicht etwa auf ihn. Unmittelbar darauf kehrte die vulkanische Ausdruckslosigkeit zurück. Resh beugte sich vor, um T'Shael aufzuhelfen, um ihre Anspannung zu lindern, aber die Instruktorin vertiefte ihre Trance. *Was für eine seltsame Frau,* dachte der Deltaner verwirrt. *Ist irgend jemand imstande, die Vulkanierin zu verstehen? Ich nicht!* Jali und Krn eilten herbei, schmiegten sich an ihn und fühlten seine Erregung, stellten jedoch keine Frage.

»T'Shael! Ist alles in Ordnung mit Ihnen?«

Cleante trat näher und wischte sich Staub von den Wangen. Das Verhalten der Vulkanierin verwirrte sie.

»Ich bin unverletzt«, erwiderte T'Shael und schlang die Arme um sich, als sei ihr plötzlich sehr kalt. »Und Sie?«

»Mir ist nichts passiert«, sagte Cleante, berührte die Vulkanierin am Arm und beobachtete verblüfft, wie sehr sie zusammenzuckte. »Sind Sie ganz sicher, daß Ihnen nichts fehlt, T'Shael?«

Die Stimme der menschlichen Frau schuf eine gewisse Distanz zu den Erinnerungen an das emotionale Chaos in Resh, an ihre eigenen Reaktionen. Die Instruktorin hob langsam den Kopf, begegnete dem wissenden Blick Jalis.

»Ja«, sagte sie und hoffte, daß es überzeugend genug klang. Sie starrte Jali an, bis die Deltanerin schließlich zur Seite sah.

Zum erstenmal seit der Entführung spürte T'Shael eine ähnliche Verzweiflung wie ihre Mitgefangenen. Schon seit dreiundsiebzig Tagen befanden sie sich auf dem Planetoiden. Bevor noch einmal soviel Zeit verstrichen war, mußte sie nach Vulkan zurückkehren. Andernfalls drohte ihr der Tod.

Im klingonischen Quartier fehlte eine Vulkaniern, die vor dem Erdbeben warnte, und deshalb hatten die Offiziere und Soldaten keine Möglichkeit, sich zu schützen. Ein Wächter brach sich den Arm, und Kalor stieß mit dem Kopf an die Scanner-Konsole. Einrichtungsgegenstände stürzten um; Geschirr zerbrach. Krazz verlor die Hälfte seines Vorrats an Spirituosen und Fruchtsäften. Türen verzogen sich. Es kam zu kurzen Überladungen in der Energieversorgung, und dadurch wurden die Daten vieler Computerkassetten gelöscht. Funken stoben aus dem Transformator des elektrischen Zauns und brachten den zweiten Wächter in Lebensgefahr. Was den Commander betraf... Seine einzige Wunde bestand aus verletztem Stolz.

»Jetzt reicht's mir!« donnerte er, sah über die Schulter seines Stellvertreters und beobachtete, wie Kalor den Scanner justierte und erste seismische Messungen vornahm. »Sogar der Planetoid hat sich gegen uns verschworen. Fiel Lord Tolz kein erbärmlicherer Ort ein, um die Gefangenen unterzubringen? Oder gehört das zu seinem Plan? Will er uns zusammen mit den Geiseln opfern und gleichzeitig den Roms einen Knüppel zwischen die Beine werfen? Verdammt, sollen wir etwa darauf warten, daß uns der Boden verschlingt? Oh, ich werde es Tolz heimzahlen!«

Kalor schwieg. Hinter seiner Stirn pochte dumpfer Schmerz, und Krazz' viel zu laute Stimme verschaffte ihm nicht gerade Erleichterung. Bot sich ihm jetzt eine günstige Gelegenheit, Alternativen vorzuschlagen? Nein. Der klingonische Lieutenant entschied, noch ein wenig zu warten. *Er soll einen Punkt erreichen, an dem er sich meinen Rat herbeisehnt*, dachte Kalor.

»Haben Sie die letzte Meldung gelesen?« fragte der Commander.

»Nicht ohne Ihre Erlaubnis, mein Lord«, log Kalor.

»Nun«, brummte Krazz und bezweifelte die Aufrichtigkeit seines Stellvertreters. »Um es zusammenzufassen: Die Föderation weigert sich, mit ›Verbrechern und Terroristen‹ zu verhandeln — damit sind natürlich die Roms gemeint. Nun, diese Reaktion überrascht mich nicht. Der Völkerbund verlangt die Überführung des toten Bürgen, der inzwischen seziert wurde. Eine nette Überraschung, nicht wahr? Außerdem fordert er Beweise, daß die anderen Schafe wohlauf sind!« Der Commander grollte leise. »Noch etwas anderes kommt hinzu. Wenn man zwischen den Zeilen liest, wozu Sie natürlich nicht in der Lage waren, da Sie die Meldung noch gar nicht kennen ...« — Kalor nahm diese Worte ruhig hin — »... so gelangt man zu folgendem Schluß: Der romulanische Prätor gerät allmählich in Bedrängnis, und das auffällige Schweigen unserer Vorgesetzten deutet auf eine Kontroverse hin. Ich sage es ganz deutlich: Wir hätten uns nie mit den Roms einlassen dürfen, Kalor. Aus der Kooperation mit den Spitzohren erwachsen uns bestimmt keine Vorteile. Nun, es bleibt ein Rätsel, ob die jüngste Entwicklung unseren Aufenthalt auf diesem elenden Planetoiden verkürzt oder gar verlängert. Ich bin fast versucht ...«

Kalor schaltete den Scanner ab, nachdem er festgestellt hatte, daß mit keinen weiteren Erdstößen zu rechnen war. Er drehte den Kopf, musterte Krazz und sah Verschlagenheit in seinen Zügen.

»Das Experiment mit den Deltanern, Kalor. Der Vorschlag, den Sie mir vor einer Weile unterbreiteten. Sind Sie wirklich davon überzeugt, daß wir daraus einen Nutzen ziehen könnten — selbst dann, wenn die Haarlosen sterben?«

Kalor zuckte mit den Achseln.

»Mein Lord hat selber gesagt, daß tote Zeugen nichts verraten können. Wir haben es jetzt auch mit der Gefahr einer destabilen seismischen Situation zu tun. Wenn ein Erdbeben stark genug ist, sowohl die Gefangenen als auch die Wächter zu töten ...«

Krazz lachte leise. *Nicht übel,* dachte er. *Wirklich nicht schlecht.*

»Ausgezeichnet, mein intellektueller Lieutenant.« Es klang nicht mehr so beleidigend wie noch vor einigen Tagen. »Sie sollen Ihr kleines Experiment bekommen. Worum geht es dabei?«

»Um Xenopsychologie, mein Lord.«

»Xeno ... Ja. Was auch immer. Ich bin Soldat, kein Wissenschaftler. Wie dem auch sei: Es könnte recht unterhaltsam werden. Was benötigen Sie?«

»Nur den Lagerschuppen.« Kalor nickte in Richtung des fensterlosen Gebäudes auf der anderen Seite des Platzes. »Und ein gutes Schloß.«

Ein gewisser Lel em'n Tri'ilril, Archivbeamter der vierten Klasse, ging wachsam durch das Labyrinth aus Korridoren im unteren Bereich der Zitadelle. Er glaubte, allein zu sein, aber trotzdem regte sich Unbehagen in ihm. Die ständige Anspannung trieb ihm den Schweiß aus den Poren. Gerade noch rechtzeitig fiel ihm das Überwachungsmodul am Ende der Passage ein, und er schob sich vorsichtig an der Wand entlang, so daß er nicht von der Kamera erfaßt werden konnte. Feuchte Handabdrücke blieben am kalten Stahl zurück, und er verfluchte sich dafür, derart offensichtliche Spuren zu hinterlassen.

Lieber Himmel! fuhr es ihm durch den Sinn. *Wenn ich diese Sache mit heiler Haut überstehe, wage ich mich nie wieder ins Reich. Dann bleibe ich an Bord der* Enterprise, *steuere das Schiff seelenruhig durch die Galaxis und halte mich für den Rest des Lebens von allen Rihannsu fern. Vorausgesetzt natürlich, es gibt noch einen ›Rest des Lebens‹ für mich.*

Er argwöhnte, daß die Romulaner Verdacht geschöpft hatten. Sie warteten nur darauf, daß er sich eine Blöße gab und es ihnen ersparte, eine umfassende Fahndung nach ihm einzuleiten. Als es die Föderation ablehnte, mit den Rihannsu über die Freilassung der Entführten zu verhandeln, kam es im Reich zu erheblichen politischen Unruhen, und die Fraktion, die mit den Klingonen gemeinsame Sache machte, verlor ihren Einfluß. Sulu wußte, daß Dr'ell, der Neffe des Prätors, während des Durcheinanders rituellen Selbstmord begangen hatte, und dieser Umstand ließ sich vielleicht ausnutzen – wenn es ihm gelang, in die Heimat zurückzukehren und Bericht zu erstatten. Es fand eine umfassende Säuberungsaktion im Prätoriat statt, und das Mißtrauen galt vielen Leuten. Doch seit einigen Stunden spürte Sulu häufig durchdringende Blicke auf sich ruhen, und er zweifelte nicht daran, daß er immer mehr in Gefahr geriet. Ja, die Roms hatten Verdacht geschöpft, und sie waren hinter ihm her. Er mußte die Zitadelle verlassen, so schnell wie möglich.

An seinem ursprünglichen Timing gab es nichts auszusetzen. Er hatte die Hauptstadt als einer von vielen Heimkehrern erreicht, die ihren Urlaub der Spätsaison beendeten, und es fiel ihm nicht weiter schwer, einen Arbeitsplatz im Winterpalast zu finden. Er vertrat einen gewissen Trajal m'ra Pael'naarkhoi, der sich mit dem Dienstmädchen eines Kolonialgouverneurs eingelassen hatte und nun mit einer Vaterschaftsklage fertig werden mußte – der Prozeß würde wahrscheinlich mehrere Monate dauern. Kurz bevor das politische Chaos begann, brachte man Sulu in den Quartieren der Archivbeamten unter.

Das kasernenartige Leben führte zu einigen Problemen. Ganz abgesehen davon, daß er seine Unterkunft mit sechs anderen Personen teilte (*soviel zum romulanischen Privatleben,* dachte er, als er sich auf der schmalen Koje hin und her wälzte): Er neigte dazu, im Schlaf zu sprechen, und in der gegenwärtigen Situation konnte sich diese Angewohnheit als fatal erweisen. Eine intensive Hypnotherapie sollte sicherstellen, daß er in Rihan träumte, aber das beruhigte ihn keineswegs. Als ungebundener Mann seines Standes blieben ihm bestimmte Bereiche der Hauptstadt verwehrt, und daraus ergaben sich weitere Schwierigkeiten.

Ihm standen mehrere Identitäten und einige gut vorbereitete Fluchtrouten zur Verfügung, doch die Frage lautete, *wann* er von diesen Möglichkeiten Gebrauch machen sollte. Es mußten noch immer einige wichtige Dinge geklärt werden, wozu er Zeit benötigte – und die wurde nun immer knapper.

Sulu vernahm ein Geräusch, hastete lautlos durch den Gang zurück, wich einem zweiten Überwachungsmodul aus und horchte. Schritte. Die Echos vieler Schritte in den endlosen Korridoren. Bei allen Göttern! McCoy hatte ihn mit einem semiorganischen Akustikverstärker und infraroten Implantaten ausgestattet, die romulanisches Gehör und Sehvermögen simulierten, aber in seinen Adern floß kein grünes Blut, und ihm fehlte auch ein dreifacher Herzschlag...

Was den letzten Punkt betrifft, brauche ich mir keine Sorgen mehr zu machen, überlegte Sulu. *Wenn mein Herz noch heftiger schlägt, zerreißt es mir die Brust.*

Er sah nach rechts und links, schluckte, stieß sich mit schweißfeuchten Händen von der Wand ab und kehrte in die Richtung zurück, aus der er kam. Wenn er den Zusatzhangar des zentralen Arsenals erreichen und dort einen Gleiter stehlen konnte, um aus der Zitadelle zu verschwinden...

»Erzählen Sie mir von Liebe«, sagte T'Shael. »Als Mensch haben Sie mit diesem Gefühl gewiß viele Erfahrungen gesammelt.«

»Wie kommen Sie darauf?« erwiderte Cleante ein wenig zu scharf und fühlte sich plötzlich in die Defensive bedrängt. »Halten Sie mich für eine Expertin, weil ich mit vielen Männern im Bett gelegen habe?«

Sie sah das mißbilligende Blitzen in den Augen der Vulkanierin. *Ach, T'Shael, warum muß ich uns so etwas antun?*

»Derartige Bemerkungen sind Ihrer unwürdig«, sagte T'Shael ruhig. »Ich meine keine flüchtigen Erlebnisse, die mich ohnehin nichts angehen, sondern weitaus wichtigere Dinge.«

Cleante antwortete nicht. Sie verließ ihren Platz auf der Schlafliege und wanderte unruhig durch das kleine Zimmer, das so deutlich den Charakter der Instruktorin widerspiegelte. Sie dachte an ihre eigene Kammer, die ebenfalls Rückschlüsse auf das Wesen der Frau ermöglichte, die darin wohnte — was sie inzwischen fast bedauerte. Ihr Raum war weitaus größer als dieses Quartier, gefüllt mit viel zu luxuriösen Einrichtungsgegenständen und Erinnerungen an eine Kindheit, die ihr noch immer anhaftete. Bunte Kleidung, teurer Schmuck, an der einen Wand eine moderne Audio-Video-Installation, die alle Sinne stimulierte.

In T'Shaels schlichter Kammer gab es keinen Audivid-Schirm — ein eigentlich leeres Zimmer, das jedoch nicht in dem Maße leer wirkte. Abgesehen von den verzierten Türen des Schranks, der eine große Sammlung an linguistischen Kassetten enthielt, existierten nur wenige Ausschmückungen: einige Beispiele der bekannten vulkanischen Glaswaren (»Ein logisches Handwerk auf einer Welt, deren Oberfläche zum großen Teil aus Silizium besteht«, erklärte T'Shael, als Cleante die Kristallarbeiten bewunderte. Sie bot ihrem Gast ein Geschenk an, wie es sich gehörte, doch die menschliche Frau kannte die Etikette bereits gut genug, um abzulehnen) — und das übliche UMUK-Symbol an der Wand (in vulkanischen Häusern ebenso allgegenwärtig wie Kruzifixe in terranischen Klöstern) — sonst nichts. Glaslose Fenster ließen frische Luft herein; unauffällige Sensoren in den Rahmen regulierten die Temperatur, hielten Insekten und Nachtvögel fern. Eine friedliche, harmonische Umgebung für jemanden, der in sich selbst ruhte.

Ist T'Shael wirklich so gelassen? fragte sich Cleante. Oder erkundigte sie sich nach der Bedeutung von Liebe, weil sie irgend etwas bedrückt? Sie blieb stehen und musterte ihre Begleiterin, die neue Saiten in ihre *Ka'athyra* spannte. Sie beachtete die Verlegenheit der menschlichen Frau überhaupt nicht, und das Gesicht war einmal mehr völlig ausdruckslos.

»Wenn Sie auf eine Antwort verzichten möchten...«, begann T'Shael, als Cleante sagte: »Wenn Sie von ›wichtigeren Dingen‹ sprechen...«

Die Vulkanierin zögerte. »Verzeihen Sie«, murmelte sie und wartete.

»Ich weiß nicht genau, was Sie meinen«, erwiderte Cleante. »Aber wenn ich Ihnen tatsächlich Auskunft geben kann, bin ich gern dazu bereit.«

Diese Absichtserklärung genügte. T'Shael befestigte die letzte Saite am Bund des Instruments und neigte es ein wenig zur Seite.

»Sie haben einmal als Lehrerin gearbeitet«, stellte sie fest. »Ich denke an jene Dienste, die Sie Gamma Erigena anboten...«

Cleantes zwölf Monate dauernder Aufenthalt bei den Ureinwohnern des Planeten, der später als Terranische Kolonie Sieben bekannt wurde. Vage Melancholie erfaßte die junge Bürgin, als sie sich daran erinnerte. Ein seltsames Jahr in einem Leben, das aus lauter seltsamen Jahren bestand.

Auf der paradiesischen Welt Gamma Erigena lebte ein friedfertiges, kindliches Volk, das den höher entwickelten Menschen einen herzlichen Empfang bereitete und sich eifrig bemühte, von ihnen zu lernen. Man brauchte Lehrer, und Cleante meldete sich für eine Instruktionsmission.

Sie war damals erst Referendarin, hatte sich gerade wieder für einen neuen Beruf entschieden. In dem Lehrauftrag sah sie eine Möglichkeit, ihrer Mutter zu entfliehen, die erst noch zum Hochkommissar gewählt werden mußte, ihrer Tochter jedoch schon mit Arroganz und Anmaßung begegnete. Außerdem nahm sie damit die Chance wahr, einige Liebesaffären zu beenden, die zu immer neuen Komplikationen führten.

Bereits nach kurzer Zeit schloß sie insbesondere die Kinder der Ureinwohner ins Herz, fühlte sich weitaus mehr zu ihnen hingezogen, als man es von der Tochter der kühlen und hochmütigen Jasmine alFaisal erwartete. Die Wesen wußten überhaupt nicht, was Aggressivität bedeutete, freuten sich selbst über die einfachsten Dinge und teilten bereitwillig ihr Glück. Sie strebten ebenso nach körperlichen Kontakten wie Deltaner: Dauernd umarmten sie ihre Lehrer, dankbar für das Wissen, das ihnen die Menschen anboten. Cleante verließ den Planeten, als sie sich in eine emotionale Ecke gedrängt glaubte — sie wollte sich an niemanden binden. Doch als sie an Bord des Raumschiffes durchs Aussichtsfenster sah und ein letztes Mal Gamma Erigena sah, quollen ihr Tränen in die Augen. Oft fragte sie sich, was aus den so freundlichen und unkomplizierten Geschöpfen geworden wäre, wenn die Klin oder Rihannsu ihre Welt vor den Terranern entdeckt hätten.

Aber habe ich die glücklichen Bewohner wirklich geliebt? überlegte Cleante.

Sie hatte mit T'Shael über jenes Volk diskutiert, in erster Linie über die grammatikalische Struktur der Sprache, die keine unterscheidenden Pronomen kannte, nur ein allgemeines ›Wir‹. Cleante verschwieg ihre emotionalen Reaktionen, und T'Shael gehörte sicher nicht zu den Leuten, die voreilige Schlüsse zogen. Was verbarg sich hinter ihrer Frage?

Bezog sie sich vielleicht gar nicht auf die Erigenianer?

Es verbanden sich auch noch andere Erinnerungen mit Gamma Erigena: Dort hatte sie Rico Heyerdahl kennengelernt. *Habe ich ihn T'Shael gegenüber erwähnt? Wohl kaum. Oder?* Der attraktive Rico, der so gern lachte, sich immer lässig und leger gab, mit seinem Scoutschiff die Orbitalstation ansteuerte, um einige Wartungsarbeiten durchführen zu lassen...

Rico! dachte Cleante, und plötzlicher Schmerz stach in ihr. Sie vernahm T'Shaels Stimme, achtete jedoch gar nicht auf die Worte der Vulkanierin. Rico, Sohn einer alten argentinischen Familie. Der Vater ein skandinavischer Frachterpilot, von dem er die Sehnsucht nach den Sternen erbte. Und das Vermächtnis der Mutter bestand aus großer Leidenschaft im Bett. Rico: grüne Augen, braune Haut, lohfarbenes Haar; ein ausgezeichneter Liebhaber, aber kein besonders guter Gesprächspartner, weder vorher noch nachher. Rico: stolz auf seine geringe Bildung, die gerade genügte, um alle Prüfungen für die Zulassung als Pilot zu bestehen. *Rico, Rico, ich mußte dich verlassen, um zu verhindern, daß* du *unsere Beziehung beendest. Seltsam: Schon seit langer Zeit habe ich nicht mehr an dich gedacht. Erst T'Shaels Frage nach der Bedeutung der Liebe ...*

Sie spürte den neugierigen Blick der Vulkanierin. Allah mochte wissen, welche Gefühle sich in ihrem Gesicht zeigten. Cleante versuchte es mit der Beherrschung des Unvermeidlichen und entschuldigte sich.

»Ich habe nicht zugehört«, fügte sie halblaut hinzu.

T'Shael nickte knapp und geduldig.

»Die vulkanische Kultur basiert auf dem Konzept der Pflicht. Darauf basiert die Bereitschaft, zu Diensten zu sein, und das genügt uns. Aber wenn ich Ihre Zivilisation richtig verstehe, hat der Dienst – ich möchte hier nur Ihre Tätigkeit auf Erigena als Beispiel nennen – manchmal so etwas wie Hingabe zur Folge. Und daraus kann Liebe wachsen.«

Cleante schüttelte den Kopf, befreite sich von den Gedanken an Rico Heyerdahl. Die Überlegungen der Vulkanierin erschienen ihr ausgesprochen seltsam: Ganz offensichtlich fiel es ihr schwer, ein emotionales Phänomen zu ergründen, das Menschen einfach akzeptierten.

»Fragen Sie mich, ob ich meine Schüler geliebt habe?« erkundigte sich Cleante, und bevor T'Shael darauf antworten konnte, fügte sie hinzu: »Vielleicht. Ich denke noch immer an sie. Aber wenn ich mich recht entsinne, erörtern wir dieses Thema heute zum erstenmal. Wieso wissen Sie darüber Bescheid?«

»Auf die gleiche Weise erfuhr ich von der ambivalenten Liebe, die Ihrer Mutter gilt«, sagte T'Shael nach einer kurzen Pause. Ihre Antwort kam einer verbalen Bombe gleich.

Cleante riß die Augen auf, und plötzlich begriff sie gleich mehrere Dinge. Sie verstand nun, warum Vulkanier so reserviert waren, weshalb T'Shael Berührungen vermied. Sie verstand auch, warum sie sich von den Ruinen fernhielten und was T'Shael dazu bewegte, derartige Fragen zu stellen.

»Als das Unwetter begann«, entgegnete die menschliche Frau langsam, und die alten Ängste kehrten schlagartig zurück. »Sie haben meine Gedanken gelesen, nicht wahr? Sie wissen jetzt alles über mich...«

»Nein«, widersprach die Instruktorin. »Niemand kann ›alles‹ über jemanden wissen. Um einen Blick in die tiefsten Gewölbe der Seele zu werfen, ist eine lange geistige Verbindung erforderlich. Ein kurzer mentaler Kontakt genügt nicht.«

»Trotzdem: Durch den ›kurzen Kontakt‹ haben Sie eine Menge über mich erfahren«, sagte Cleante ironisch. Ihre Kenntnisse in Hinsicht auf die vulkanische Telepathie waren beschränkt, und deshalb reagierte sie mit Furcht.

»Ich nahm nur die Überlegungen in den oberen Schichten Ihres Bewußtseins wahr«, erklärte T'Shael ruhig. »Wenn Gefahr droht, besinnt man sich auf die zentralen Bereiche des Empfindens. In Ihrem Fall heißt das: Sie dachten an Erigena und Ihre Mutter. Was den ersten Punkt betrifft, spürte ich Stolz auf die erbrachten Leistungen, emotionale Wärme während ihrer Beziehung zu den Eingeborenen und Trauer, als Sie zur Erde zurückkehrten. In bezug auf Ihre Mutter empfing ich Kummer und ein Gefühl der Leere. Sie sehnen sich nach etwas, das ihrer Kindheit fehlte, und ich glaube, es läßt sich mit ›Liebe‹ umschreiben.«

T'Shael unterbrach sich und atmete mehrmals tief durch. Offenbar fiel es ihr nicht leicht, solche Worte an Cleante zu richten. Die menschliche Frau sah sich nun mit einer völlig neuen Situation konfrontiert, und tief in ihrem Innern versteifte sich etwas.

»Ich bedaure es, Ihre Privatsphäre verletzt zu haben«, fügte die Instruktorin hinzu. »Ich werde versuchen, die entsprechenden Informationen aus meinem Gedächtnis zu löschen.«

Cleante durchquerte das Zimmer, blieb dicht vor der Vulkanierin stehen und schöpfte Mut.

»Die Verbindung zwischen dem Bewußtsein zweier Wesen...«, sagte sie vorsichtig. »Wie funktioniert so etwas? Kann ein Vulkanier seinen Geist mit dem Ich eines Menschen verschmelzen?«

»So etwas ist möglich«, erwiderte T'Shael, und diesmal behagte er ihr ganz und gar nicht, zur Ehrlichkeit verpflichtet zu sein. Sie ahnte, worauf die Terranerin hinauswollte, und es blieb ihr gar nichts anderes übrig, als sie zu enttäuschen. »Aber so etwas bleibt auf sehr enge Freundschaften beschränkt.«

»Ich verstehe.« Cleante nickte. »Anders ausgedrückt: Für uns kommt es nicht in Frage.«

»Leider nein.«

»Warum?« fragte die menschliche Bürgin. Es klang fast trotzig und herausfordernd.

»Mit Ihnen persönlich hat das nichts zu tun«, sagte T'Shael sanft. »Eine derartige Freundschaft steht mir nicht zu. Ich muß allein bleiben.«

»Und ich vermute, der Grund dafür geht mich nichts an, oder?«

»In der Tat.«

Daraufhin senkte T'Shael den Kopf und ignorierte ihre Begleiterin. Wie die meisten Vulkanier hatte sie das absolute Gehör, und sie begann nun damit, ihre *Ka'athyra* zu stimmen. Cleante kannte das Ritual, aber diesmal ließ sie sich nicht davon ablenken. Unaufgefordert nahm sie neben der Instruktorin Platz, zog ihre Hand von den Saiten fort und hielt sie fest.

»Sie können das Wissen um mich nicht einfach vergessen, T'Shael.« Das harfenähnliche Instrument reagierte auf die Resonanzen ihrer Stimme, und leise, seltsam klagende Laute ertönten. »Immerhin haben Sie ein eidetisches Gedächtnis. Sie müssen mir etwas anderes als Gegenleistung anbieten.«

Die Vulkanierin befreite sich behutsam aus dem Griff der Terranerin.

»Ich verstehe nicht, was Sie meinen«, entgegnete sie. Die *Ka'athyra* summte melancholisch, und T'Shael hielt ihre Hand an die Saiten.

Stille folgte.

»Oh, Sie verstehen es ganz genau!« erwiderte Cleante scharf und gab T'Shael keine Gelegenheit, sich in eine gleichgültige Trance zurückzuziehen. »Ich möchte ebensoviel über Sie erfahren. Sie haben mir viel über Ihre Kultur erzählt, aber kaum etwas über die Vulkanierin, die mich so sehr interessiert. Deren Freundin ich sein möchte.«

»Vielleicht sollten Sie Ihr Freundschaftsangebot an jemand anders richten«, schlug T'Shael vor, ohne Cleante anzusehen.

»Nein!« Die Terranerin kämpfte gegen ihr überschäumendes Temperament an. »Ich möchte Ihre Freundin sein, T'Shael. Und es spielt keine Rolle, ob Sie meine Gefühle erwidern oder nicht.«

T'Shael vernahm das Heulen, als sie noch einige Meter von dem niedrigen Gebäude trennten: der verzweifelte Schrei einer Deltanerin.

»Die Klingonen haben Resh fortgebracht«, erklärte Cleante, während Jali in einer Ecke des Zimmers hockte und wimmerte.

T'Shael stellte den Eimer ab und beobachtete die beiden Deltaner, die sich zitternd aneinanderschmiegten. Jalis Schreie wurden von menschlichen Ohren als schrill und unangenehm empfunden, doch für eine Vulkanierin waren sie geradezu schmerzhaft. T'Shael reduzierte ihre akustische Sensibilität und dachte in erster Linie an Krn.

»Kalor und die Wächter entfalteten heute morgen ungewöhnliche Aktivität«, sagte sie. »Der Knabe schien irgend etwas zu spüren und wurde immer unruhiger, woraufhin ich ihn hierher zurückschickte. Wohin hat man Resh gebracht? Und warum wurde er von uns getrennt?«

»Keine Ahnung!« preßte Cleante hervor, ballte die Fäuste und hob sie an die Schläfen. Das Heulen der Deltanerin brachte sie fast um den Verstand. »Sie befanden sich erst seit einigen Minuten in Krazz' Quartier, als die anderen Klingonen hereinmarschierten und Resh forttrugen. Wir mußten uns von den Fenstern fernhalten, damit wir nicht sahen, was mit ihm geschah. Der arme Resh leistete natürlich keinen Widerstand. Er warf Jali nur einen letzten, kummervollen Blick zu — als rechne er nicht damit, sie jemals wiederzusehen. Seitdem schreit sie dauernd. Ich habe versucht, sie zu trösten — vergeblich. Als Krn zurückkehrte, wurde es noch schlimmer.«

»Die beiden Deltaner müssen sich unbedingt beruhigen«, erwiderte T'Shael. »Sonst stirbt Resh'da.«

KAPITEL 7

»Kümmern Sie sich um den Knaben«, sagte T'Shael.

Cleante löste Krn aus der Umarmung seiner Kusine und spürte, wie er die Arme um sie schlang. Aus seinem Heulen wurde ein leises, ersticktes Wimmern. Die Terranerin dachte daran, daß er sich schon einmal auf diese Weise an sie geklammert hatte: an Bord des Rihannsu-Schiffes. Sie erinnerte sich an das Schicksal des Andorianers Theras, schauderte und streichelte den kleinen Deltaner, während T'Shael vor der haarlosen Frau kniete.

Die Vulkanierin packte Jali an den Schultern und schüttelte sie heftig, woraufhin die Deltanerin plötzlich schwieg.

»Sie wissen, wohin man Resh gebracht hat«, sagte T'Shael auf Deltanisch und starrte in Augen, die weitere Tränen vergossen. »Wo befindet er sich jetzt?«

»Ein dunkler Ort, schwarz und finster«, stöhnte Jali. Sie wand sich hin und her, versuchte, sich aus dem festen Griff zu befreien. »Ein Ort der Einsamkeit, an dem er nicht berühren kann... oh!«

Erneut begann sie zu heulen und zu schreien. T'Shael holte tief Luft und versetzte ihr eine schallende Ohrfeige.

Cleante zuckte so sehr zusammen, als habe der Schlag ihr gegolten. Zum erstenmal beobachtete sie, daß T'Shael Gewalt anwandte, und sie fragte sich entsetzt, ob die Instruktorin plötzlich verrückt geworden war.

»Das Raumschiff der Klingonen ist nicht gestartet«, fuhr T'Shael eisig fort und konzentrierte sich allein auf die Deltanerin. »Das bedeutet, Resh'da ist nach wie vor in der Nähe. Es gibt also noch Hoffnung für ihn. Stellen Sie den Aufenthaltsort ihrer Bruderliebe fest und geben Sie mir Auskunft!«

Jalis Blick trübte sich, als sie ihre Gedanken und Empfindungen erweiterte. Einige Sekunden später sprang sie jäh auf, erkletterte ein Bettgestell, kroch ans Fenster heran und deutete zum Schuppen.

»Dort!« platzte es aus ihr heraus. »Er ist dort, wo Dinge gelagert werden. Ein Ort der Finsternis. Ein Ort ohne Fenster.« Sie kehrte auf den Boden zurück, kauerte in der Ecke und neigte den Oberkörper vor und zurück. »Ein Ort ohne Sonnenschein, ohne Gesellschaft – oh!«

Als sie zu einem neuerlichen Schrei ansetzte, hob T'Shael nur die Hand, und daraufhin blieb Jali still.

»Hören Sie mir zu«, sagte die Vulkanierin und sprach nun wieder auf Standrad. »Zwischen uns beiden gibt es keine Bindung, Jali'lar Kandowali. Aber mir liegt etwas an Resh'da, und ich würde nichts unversucht lassen, um ihn zu retten. Sie sind seine Partnerin; Sie lieben ihn. Wenn Sie keine mentale Brücke zu ihm schaffen, um ihm Kraft zu geben, bringt ihn der Mangel an körperlichen Kontakten innerhalb kurzer Zeit um. Die Entscheidung liegt bei Ihnen, Jali'lar.«

Jali wußte natürlich, daß T'Shael recht hatte, und die laut ausgesprochenen Worte bestätigten ihre Erkenntnis. Sie trachtete danach, den Kummer aus sich zu verbannen.

»Aber wenn ich ihn nicht erreiche, wenn er weiterhin allein bleibt... Ich bin verzweifelt – oh!«

»Beherrschen Sie sich!« sagte T'Shael. »Resh'da darf nichts von Ihrer Verzweiflung spüren.«

Der kleine Krn ließ Cleante los, griff nach Jalis Hand und zog sie hoch.

»Wir müssen es versuchen«, sagte er mit dem Ernst eines Erwachsenen.

Er verharrte neben Jali und begann zu singen. Seine Kusine zögerte zunächst, stimmte dann mit ein.

»Glauben Sie, es klappt?« fragte Cleante und trat nahe an T'Shael heran. Sie brauchte ebenfalls Trost, wagte es jedoch nicht, eine entsprechende Bitte an die Vulkanierin zu richten.

»Ich weiß es nicht.«

T'Shael dachte vor allen Dingen an die Gründe, die Kalor bewogen hatten, Resh von seinen beiden Artgenossen zu trennen. Was wollte er damit bezwecken? Kalor war ein Analytiker – das hatte die Instruktorin auf den ersten Blick erkannt –, und er wußte sicher, daß ein Deltaner starb, wenn man ihn längerer Einsamkeit aussetzte. Warum brachte Krazz' Stellvertreter das Leben der von den Rihannsu entführten Bürgen in Gefahr? *Ist in der Galaxis irgend etwas geschehen, das unseren Status verändert hat?*

»Droht Resh der Tod?« erkundigte sich Cleante.

»Wenn die beiden anderen Deltaner nicht imstande sind, ihm emotionale Kraft zu verleihen ...« T'Shael brach ab. Vielleicht hatte sie eine Möglichkeit, Resh'da zu helfen, aber dadurch brachte sie sich selbst in erhebliche Gefahr. Das Drängen, nach Vulkan zurückzukehren, wurde immer intensiver, und sie wußte, was es bedeutete. »Es gibt eine zarte Verbindung zwischen uns. Vielleicht kann ich zu Diensten sein.«

Diese Bemerkung verpflichtete T'Shael, ihre Hilfe anzubieten.

Cleante musterte die Vulkanierin verblüfft. »*Sie* unterhalten eine Beziehung zu Resh, einem Deltaner?« Es klang nicht unbedingt ungläubig, eher beleidigt: T'Shael hatte es abgelehnt, eine Mentalverschmelzung mit ihr herbeizuführen. Dann erinnerte sie sich an das Erdbeben. »Oh, ich verstehe.«

»Es lag mir fern, seine Gedanken zu berühren, und ich verspüre auch nicht den Wunsch, erneut einen Kontakt zu Resh'das Ich herzustellen«, sagte die Vulkanierin und erlaubte sich persönliche Vorzüge. »Doch wenn ich ihn dadurch retten kann ...«

Die beiden Frauen schwiegen eine Zeitlang und lauschten dem dumpfen Gesang der beiden Deltaner.

»T'Shael?« In Cleantes leiser, ruhiger Stimme vibrierte kein Selbstmitleid mehr. »Was steht uns bevor?«

Die Instruktorin drehte sich langsam um, hob die Hand

und strich der menschlichen Frau eine Strähne aus der Stirn.

»Darauf kann ich Ihnen leider keine Antwort geben.«

»Nun, Pille?« wandte sich Kirk an McCoy. »Was hältst du von ihr?«

»Vom Hochkommissar der Geeinten Erde?« entgegnete der Arzt unschuldig und betonte den Titel mit einer gewissen Ironie. Er hatte sich längst eine Meinung über Jasmine alFaisal gebildet, wollte sie jedoch für sich behalten, solange Spock in der Nähe weilte. »Derzeit möchte ich darauf verzichten, sie zu beurteilen, Jim.«

»Das erstaunt mich, Doktor«, warf der Vulkanier trokken ein. »Normalerweise sind Sie nicht annähernd so zurückhaltend und fällen sofort ein Urteil.«

»Ich bin ebenfalls überrascht, Pille«, sagte Kirk. »Streifst du langsam deine harte Schale ab? Spock, ist Ihnen aufgefallen, daß unser Bordarzt umgänglicher wird?«

»In der Tat, Admiral. Seit einer Weile verliert er immer mehr von seiner charakteristischen Bissigkeit. Vielleicht wird er allmählich alt.«

»Wenn ihr jetzt endlich fertig seid...«, brummte McCoy und gab sich verärgert. »Ich wollte gerade sagen, daß Jasmine alFaissal entweder eine verdammt gute Schauspielerin ist oder aber so kalt wie die Gletscher auf Pluto...«

Kirk und Spock wechselten einen kurzen Blick.

»Das erscheint mir ein wenig übertrieben«, kommentierte der Vulkanier.

»Mag sein«, murmelte Kirk nachdenklich. »Aber zufälligerweise stimme ich mit ihm überein. Die Dame ist ein Eisberg.«

Mit einigen Streßarten kam man leichter zurecht als mit anderen. Die Alarmstufe Rot deutete zum Beispiel auf einen echten, unmittelbaren Notfall hin und verlangte sofortiges Handeln. Bei solchen Gelegenheiten blieb einem gar nicht Zeit genug, sich Sorgen zu machen und nervös an den Fingernägeln zu knabbern; furchterfülltes Zittern und weiche Knie mußten auf einen späteren Zeitpunkt verschoben werden, wenn sich die Lage wieder beruhigt hatte. Der gegenwärtige Auftrag der *Enterprise* betraf mehrere VIPs an Bord und eine Mission, deren Sinn Kirk bezweifelte. Inzwischen gehörte Chefingenieur Scott wieder ganz offiziell zur Besatzung, aber Sulu wurde nach wie vor vermißt: Schon seit vielen Tagen fehlte jede Nachricht von ihm. Während der Admiral die eher unangenehmen Pflichten eines Gastgebers für die anwesenden Diplomaten wahrnehmen mußte, kehrten seine Gedanken immer wieder zu Sulu und den Entführten zurück. Die ständige Sorge kratzte und schabte an seiner inneren Stabilität, und es fiel ihm zunehmend schwerer, ruhig und gelassen zu bleiben. Seit sie die letzte Gruppe von Delta IV aufgenommen hatten, wuchs seine Nervosität, und er versuchte vergeblich, sie unter Kontrolle zu halten. McCoy und Spock begannen nur deshalb ein verbales Gefecht, um ihn ein wenig abzulenken.

Die Verwandten der verschleppten Bürgen, angeführt von Jasmine alFaisal, setzten sich auf eigene Faust mit dem romulanischen Prätor in Verbindung. Der Föderationsrat lehnte auch weiterhin Verhandlungen mit den Rihannsu ab. Er konnte die Bemühungen der Delegation zwar nicht offiziell unterstützen, hatte aber auch keine Möglichkeit, so wichtige Regierungsvertreter daran zu hindern, selbst aktiv zu werden. Die *Enterprise* sollte den Hochkommissar der Erde und ihr Gefolge zum vereinbarten Treffpunkt mit dem Repräsentanten des Prätors bringen und durch ihre Präsenz verhindern, daß die Romulaner und/oder ihre Verbündeten auf falsche Gedanken kamen.

Die plötzliche ›Rehabilitierung‹ des Schiffes stellte sicher eine ziemliche Überraschung für die Rihannsu dar, was Uhura in die Lage versetzte, ihnen weiterhin falsche Informationen zu servieren. (Sie sprach in diesem Zusammenhang davon, Stanniolschnipsel für das feindliche Radar auszustreuen, und nur Kirk, der sich mit den historischen

Kriegen auf der Erde beschäftigt hatte, verstand die Anspielung.) Jim sah sich einmal mehr in die Rolle eines ›kosmischen Kutschers‹ gedrängt und hielt entsprechend wenig davon.

»Wenn ich Ihre Metapher richtig verstehe, Admiral, so möchte ich sie darauf hinweisen, daß ein Eisberg dem Beobachter nur ein Sechstel seiner Masse darbietet«, sagte Spock leise, als sie an einigen Diplomaten vorbeigingen.

Schon wieder ein abendlicher Empfang — glücklicherweise der letzte. Es dauerte nicht mehr lange, bis sie den streng geheimen Treffpunkt erreichten, wo der Gesandte des Prätors auf sie wartete.

»Glauben Sie, unter der steinernen Fassade verbirgt sich tatsächlich eine Frau und Mutter?« fragte Kirk.

»Jasmine alFaisal ist nicht etwa aus offiziellem Anlaß hier«, erwiderte Spock, der sich mit steinernen Fassaden bestens auskannte. »Sie kam vielmehr aus eigenem Antrieb. Was den Schluß zuläßt, daß ihr wesentlich mehr an ihrer Tochter liegt, als ihr ›öffentliches‹ Gebaren zeigt.«

»Seit wann sind Sie ein Experte für die menschliche Psyche?« warf McCoy ein und sah die Chance für einen neuerlichen Seitenhieb. »Hoffentlich spielen Sie nicht mit dem Gedanken, sich als Psychiater auf der Erde niederzulassen.«

»Ich habe seit achtundzwanzig Komma sieben drei Jahren mit Ihrer Spezies zu tun, Doktor, und in dieser Zeit konnte ich mir gewisse Kenntnisse aneignen.«

»Meine Herren ...«, sagte Kirk unwirsch, und daraufhin schwiegen seine beiden Begleiter. »Ich glaube, jetzt tragen Sie ein wenig zu dick auf.«

Er musterte Spock und McCoy, wirkte plötzlich sehr ernst.

»Warum ist eigentlich kein Repräsentant von Vulkan zugegen, Mr. Spock?«

»Vulkan unterstützt die offizielle Haltung der Föderation, Admiral. Deshalb wurde niemand geschickt.«

»Aber die vulkanische Bürgin vertritt doch jemanden, oder nicht? Wie heißt ihr Verwandter im Rat?«

»T'Shael hat keine lebenden Verwandten. Sie ist freiwillige Bürgin, nimmt den Platz einer Person ein, die andere Pflichten wahrnehmen muß. Eine keineswegs unübliche Praxis.«

»Und typisch für Vulkan«, bemerkte Kirk. »Wissen Sie, für wen sie als Bürgin agiert?«

»In der Tat«, bestätigte Spock und zögerte kurz. »Für den vulkanischen Sonderbotschafter und seinen einzigen Sohn.«

Es dauerte einige Sekunden, bis Kirk begriff, was sein Erster Offizier meinte. Ruckartig drehte er den Kopf und starrte Spock an.

»T'Shael ist Sareks Bürgin und vertritt Sie?«

»Ja.«

»Zum Teufel auch, warum sagen Sie das erst jetzt?« entfuhr es Kirk. »Warum nehmen Sie oder Ihr Vater nicht an der Delegation teil? Weshalb verzichten Sie darauf, Vulkan zu repräsentieren?«

»Weil es nie in meiner Absicht lag, mit den Rihannsu zu verhandeln, Admiral. Weder der vulkanische Rat noch T'Shael würden so etwas von mir erwarten. Das Treffen mit dem Gesandten des Prätors wird die Lage der Entführten bestimmt nicht verbessern. Vulkan vertritt den offiziellen Standpunkt der Föderation, und das trifft auch auf mich zu.«

»Vor einer Weile haben Sie behauptet, den Romulanern gelänge es nicht, Differenzen zwischen uns zu schaffen!« brachte McCoy empört hervor. »Jetzt widersprechen Sie sich selbst.«

»Doktor...«

»Pille...«

»Admiral Kirk!« sagte Jasmine alFaisal, und sie sprach laut genug, um alle anderen Stimmen zu übertönen. Sie näherte sich mit langen Schritten, und ihr Gewand wehte wie ein Banner.

»Wir setzen unser Gespräch später in meiner Kabine fort, Mr. Spock«, sagte Kirk, bevor der Hochkommissar der Geeinten Erde heran war.

»Wie Sie wünschen, Admiral«, erwiderte Spock, und selbst Jim konnte seinen Gesichtsausdruck nicht deuten.

Steinerne Fassaden...

»*Enterprise* an Starbase XI, bitte kommen. Code Theta Z-36B. Hier spricht Uhura. Sind Sie noch wach, Tamerlane?«

Statisches Rauschen drang aus dem Lautsprecher, und auf dem Bildschirm bildeten sich erste Konturen. Uhura lehnte sich in ihrem Sessel zurück und wartete.

»Tam hier, *Enterprise.* Kümmere mich gerade um unser kleines Kind, das die ersten Zähne bekommt. Wie geht's Ihnen, Nyota?«

Mai-Ling Hongs Ehemann und ihr kleiner Sohn erschienen im Projektionsfeld. Der Säugling bewegte sich unruhig.

»Prächtig«, antwortete Uhura und betrachtete das winzige, unglückliche Gesicht. ›*Qir'lal*-Wurzel.‹

Neuerliche Statik. Oder ein schlecht fokussierter Abhörstrahl der Romulaner.

»...hab' die letzten Worte nicht verstanden, Nyota. Könnten Sie bitte wiederholen?«

»Ich empfehle eine *Qir'lal*-Wurzel. Vulkanische Importläden bieten solche Spezialitäten an. Wenn Sie ein wenig davon auf den Gaumen des Jungen streichen, hat er keine Schmerzen mehr. Armes Kind! Wie steht's mit Mai?«

Sie plauderten eine Zeitlang, während Tam versuchte, seinen Sohn zu beruhigen. Die ganze Zeit über flimmerte Schnee am Rande des Bildschirms, und Uhura zweifelte nicht mehr daran, daß man auf der anderen Seite der Neutralen Zone aufmerksam lauschte. *Zumindest in dieser Hinsicht ist mit der romulanischen Technologie nicht viel los,* dachte Uhura und seufzte lautlos. Schließlich schlief der kleine Junge an der Schulter seines Vaters ein, die winzige Hand um Tams dichten Bart geschlossen.

»Wohin ist euer Haufen unterwegs?« fragte Tam wie beiläufig. »Oder dürfen Sie mir darüber keine Auskunft geben?«

Am Rande des Darstellungsfeldes flimmerte es noch ein wenig stärker.

»Nun, eigentlich sollte ich darüber schweigen«, entgegnete Uhura. »Aber Code 4 ist doch noch immer sicher, oder?« Noch mehr Bildschirmschnee. »Wir sind beauftragt, einige Diplomaten zu einem Treffen mit den Romulanern zu bringen.«

Sie stellte sich vor, wie die Rihannsu zornige Grimassen schnitten, als sie den Ausdruck ›Romulaner‹ hörten.

»Im Ernst? Klingt ganz interessant. Aber ich nehme an, es ist trotzdem langweilig.«

Uhura lachte melodisch.

»Langweilig? Ich mußte mir drei neue Kleider zulegen. Dauernd finden irgendwelche Empfänge statt. Heute abend habe ich mich mit einem Kater herausgeredet — sonst säße ich jetzt nicht auf der Brücke. Hinzu kommt, daß einige sehr attraktive Männer zu der deltanischen Gruppe gehören...«

Sie nannte einige Einzelheiten, und die Roms hörten sicher ebenso interessiert zu wie Tam.

»Tolle Sache!« antwortete Tamerlane neidisch. »Sie nehmen an einer Party nach der anderen teil, während ich den Babysitter spielen muß. Ach, in diesem Universum gibt's keine Gerechtigkeit.«

Er zögerte kurz, und ihre Blicke begegneten sich über viele Lichtjahre hinweg. *Jetzt geht's los,* dachte Uhura.

»Wie dem auch ist: Bestimmt fehlt Ihnen Hikaru«, sagte Tam. »Ob er sich als Zivilist wohler fühlt?«

Uhura glaubte fast zu hören, wie die Rihannsu-Lauscher in ihren Akten blätterten und nach dem Eintrag ›Sulu, Hikaru, aus dem aktiven Dienst ausgeschieden‹ suchten.

»Zweifellos wird er jetzt weitaus besser bezahlt«, erwiderte sie und hoffte, daß auch Starfleet Command mithörte. »Aber wahrscheinlich fehlt ihm die Aufregung.«

Das ist wirklich ein Witz, dachte Uhura. *Wenn man daran denkt, was Sulu jetzt gerade erlebt, welchen Gefahren er ausgesetzt ist... An Aufregung fehlt es ihm bestimmt nicht.* Sie besann sich auf ihre nicht unerheblichen schauspielerischen Fähigkeiten und lächelte strahlend – ein deutliches Zeichen für Tam.

»Da wir gerade bei alten Freunden sind... Ich erinnere mich an jemanden, der's besonders schwer hat. Haben Sie irgend etwas von d'Artagnan gehört? Der Admiral fragt dauernd nach ihm.«

Jetzt geht mal schön eure Dossiers durch. Uhuras Lächeln wuchs in die Breite, als sie sich fragte, ob es irgendeinen Rom gab, der Dumas gelesen hatte. Wahrscheinlich nicht. Der Hinweis bedeutete eine Menge Analysearbeit für sie – und blieb sicher ohne Resultate.

»Seltsam, daß Sie sich nach ihm erkundigen«, antwortete Tam. »Hier warten wir ebenfalls auf eine Nachricht von ihm. Bisher vergeblich.«

Verdammt! fluchte Uhura in Gedanken. *Verdammt, verdammt, verdammt!*

»Aber ich richte mein Ohr in den Wind, wie es so schön heißt«, versprach Tamerlane.

»In Ordnung.« Uhura gab sich alle Mühe, fröhlich zu klingen, Kummer und Sorge aus ihrer Stimme fernzuhalten. *Wo steckst du, Hikaru?* »Ich sollte jetzt besser Schluß machen, denn sonst stellt mir der Admiral persönliche Kom-Zeit in Rechnung. Geben Sie Ihrem kleinen Sohn einen Kuß von mir. Und vergessen Sie die *Qir'lal*-Wurzel nicht.«

»Danke, Nyota. Ich besorge mir eine.«

»*Enterprise* Ende.«

Die romulanische Decodierungs-Spezialistin sah von dem linguistischen Analysegerät auf und bemerkte die Unzufriedenheit in den Zügen ihrer Vorgesetzten.

»Wir sind zu dem Schluß gekommen, daß während des Kontakts keine geheimen Informationen übermittelt wurden, Zenturio«, sagte sie unterwürfig. »Ein Gespräch unter Freunden, das nur sozialen Belang hat.«

»Ich möchte es selbst sehen«, sagte die Zenturio scharf. »Fassen Sie die verdächtigen Elemente zusammen und zeigen Sie mir einen Ausdruck.«

Die Spezialistin wagte keinen Widerspruch. Sie betätigte einige Tasten der Transkriptionseinheit und fertigte eine Kopie der Begriffe an, die eine genauere Analyse erforderten. Die Zenturio las laut.

»›*Qir'lal* – eine dornige, eßbare Pflanze aus dem Eridani-System. Die Wurzeln werden für medizinische Zwecke verwendet...‹ Nun, mag sein. Aber vielleicht handelt es sich um einen subtilen Bezug auf die vulkanische Gefangene, *Ie?* Oder damit ist ihr Repräsentant in der Delegation gemeint.«

»Das glaube ich nicht, Zenturio...«

»Schweigen Sie! Ich habe Sie nicht um Ihre Meinung gebeten.«

Die Spezialistin gab keinen Ton mehr von sich, während ihre Vorgesetzte weiterlas.

»›Euer Haufen‹ – ein umgangssprachlicher Ausdruck, der sich auf Angehörige beider Geschlechter beziehen kann. Typisch für eine so androzentrische Kultur. Was sonst noch?

Der Hinweis auf Code 4 ist vermutlich nicht weiter wichtig«, beantwortete sie ihre eigene Frage. »Wir lassen es dabei.«

Ach, tatsächlich? dachte die Spezialistin. *Ich nähme so etwas zum Anlaß, sofort Verdacht zu schöpfen. Aber da der Computer und meine Zenturio die gleiche Meinung vertreten, muß ich mich ihr anschließen. Immerhin besteht meine Aufgabe* nur *darin, empfangene Sendungen zu decodieren...*

»Der weibliche Kommunikationsoffizier an Bord der *Enterprise* ist bestimmt sicher, daß wir den Code 4 nicht entschlüsseln können«, fuhr die Zenturio fort, als sie den skeptischen Blick der Spezialistin bemerkte. »Sonst wären wohl kaum das frühere Besatzungsmitglied Hikaru Sulu und seine jetzige Tätigkeit erwähnt worden.«

»Da haben Sie sicher recht.«

»Nun, was die drei neuen Kleider und das sexuelle Gebaren der Deltaner angeht... Ein weiterer Beweis für den menschlichen Hedonismus. Aber wir sollten trotzdem eine zusätzliche Kontrolle vornehmen.«

Ja, natürlich sollten wir *das,* dachte die Spezialistin.

»Was ist ein ›Kater‹?«

»Entweder ein männliches Exemplar der Gattung Katze oder...« Die Spezialistin erklärte es ausführlich.

»Wie ich schon sagte: Hedonismus!« stieß die Zenturio abfällig hervor. »Orgien im Weltraum. Nehmen die Menschen ihre Mission überhaupt nicht ernst?«

Die Frau am Computer gab keine Antwort.

»Und was hat es mit ›ich richte mein Ohr in den Wind‹ auf sich?«

Die Spezialistin erwachte aus ihrer Starre und holte tief Luft.

»Gerade damit habe ich mich eingehend beschäftigt, Zenturio. Es ist eine terranische Redewendung, gebräuchlich insbesondere in Tamerlanes Geburtsregion...«

Sie zögerte und erhoffte sich ein Lob. Sie hatte dieses Rätsel erst nach umfangreichen Nachforschungen gelöst und war stolz auf ihre Leistungen. Doch die Zenturio musterte sie nur stumm.

»Manchmal heißt es auch ›die Ohren aufsperren‹ oder gar ›ein Ohr an den Boden pressen‹«, fuhr sie enttäuscht fort. »Die Ausdrücke stammen aus einer Zeit, als die Menschen pflanzenfressende Vierfüßer beim Kampf einsetzten. Das Pochen der Hufe konnte schon von weitem gehört werden, indem man...«

»*Ie, Ie!*« zischte die Zenturio ungeduldig. »Fließt vulkanisches Blut in Ihren Adern? Warum halten Sie mich mit solchen Einzelheiten auf?«

Die Spezialistin war zutiefst beleidigt und lief grün an.

»Die Anspielung auf ›Ohren‹ könnte ein besonderes Schlüsselwort sein«, sagte sie und faßte sich wieder. »Wenn man berücksichtigt, welche Rolle solche Dinge in der menschlichen Wahrnehmungswelt spielen«, fügte sie hastig hinzu. »Und wenn man an ihre kleinen, wie verkümmerten Hörorgane denkt.«

Die Zenturio überlegte. »Na schön«, brummte sie nach einer Weile. »Aber was bedeutet der Ausdruck? ›Das Ohr in den Wind richten.‹ Seltsam. Nun?«

»Ich arbeite noch daran«, erwiderte die Spezialistin und klang zerknirscht.

»Gut. Benachrichtigen Sie mich, sobald das Ergebnis der Analyse vorliegt.« Die Zenturio blickte wieder auf den Ausdruck. »D'Artagnan. D'Artagnan. Ein Name, wie der Computer behauptet. Aber wer ist gemeint? Sind Sie ganz sicher, daß wir keine Unterlagen über eine Person haben, die so heißt?«

»Ja, Zenturio. Ein derartiger Name taucht weder in den Starfleet-Dateien noch in den Archiven der Sonderabteilung auf. Er fehlt auch in unseren Akten über das zivile Personal.«

»Hm. Dieser Sache müssen wir auf den Grund gehen.« Plötzlich lachte die Zenturio schallend, und die Frau am Computer sah besorgt zu ihr auf. »Offenbar halten die Föderationsdiplomaten das Treffen mit den ›Romulanern‹, wie sie uns noch immer bezeichnen, für sehr wichtig. Wenn sie wüßten, *wen* wir schicken...«

Die Spezialistin geduldete sich und rechnete mit einer Erklärung – in diesem Zusammenhang hatte sie bereits einige Gerüchte gehört. Doch ihre Neugier blieb unbefriedigt.

»Codieren Sie die bisher ermittelten Daten und setzen Sie sich mit der kryptographischen Abteilung in Verbindung«, sagte die Zenturio und fand zu ihrem grimmigen, mürrischen Selbst zurück. »Der Text muß noch einmal genau untersucht werden.«

»Sofort«, sagte die andere Frau niedergeschlagen und rechnete mit mindestens zehn Stunden anstrengender Arbeit.

Verteidigungsminister Lefv und der Außenminister standen in einem leeren Korridor abseits des Sanktuariums und unterhielten sich leise. Sie genossen das Vertrauen des Prätors, und nur aus diesem Grund blieben ihnen winzige Kontrollimplantate erspart, die jedes Wort aufzeichneten.

»Er ist ein Eunuch, und allein diese Tatsache sollte deutlich genug darauf hinweisen, daß ihm jegliche Autorität fehlt«, sagte Lefv. »Aber von den Föderationsdiplomaten kann man wohl kaum einen Sinn für solche Feinheiten erwarten.«

»Nein, sicher nicht«, entgegnete der Außenminister. »Der Kammerherr des Prätors, der als Sein Repräsentant zu den Delegierten geschickt wird! Wirklich eine originelle Idee!«

»Wenn ich daran denke, daß die Abgesandten ihre Bitten an ihn richten, der Sein Bad vorbereitet, Seine Bettwäsche wechselt ...« Lefv lachte, wurde dann wieder ernst. »Nur diese Vorstellung erheitert Ihn ein wenig.«

»Nun, der Selbstmord Seines Neffen ...« Der Name des prätorialen Erben, Dr'ell, durfte nie wieder ausgesprochen werden. »Niemand versteht, was ihn dazu bewegte.«

»Das hat nichts mit Seinem Kummer zu tun«, erklärte Lefv und fügte in einem verschwörerischen Tonfall hinzu: »Er ist mit der Geisel-Angelegenheit unzufrieden, weil der Konsul unzufrieden ist. *Sie* ist unzufrieden, weil sich der Kaiser, Ruhm-sei-seinem-Namen, dazu herabgelassen hat, die Entführung zuzugeben und kein Hehl aus *Seiner* Unzufriedenheit zu machen. Deshalb ...«

»Es wird Zeit«, warf der Außenminister ein und deutete aufs Wandchronometer. Derartige Gespräche weckten Unbehagen in ihm, und außerdem verlangte der Prätor Pünktlichkeit.

Als sie kurz darauf das Sanktuarium betraten, wartete

der Prätor bereits auf sie und hatte besonders schlechte Laune. Er nutzte nicht einmal das Privileg der Unsichtbarkeit, lag auf dem Sofa und ließ sich vom Kammerherrn die Schläfen massieren.

»Verlaß uns«, sagte er, seine Stimme kaum mehr als ein müdes Krächzen. »Oh, da fällt mir ein...« Der Prätor winkte kurz, eine erschöpft wirkende Geste. »Gib *ihr* Bescheid. Ich möchte so schnell wie möglich mit ihr reden. Nur sie kann uns jetzt noch helfen. Vielleicht weiß sie einen Ausweg.«

»Sehr wohl, Euer Exzellenz«, lautete die Antwort des Kammerherrn. Aber der Prätor achtete gar nicht mehr auf ihn, hatte seine Aufmerksamkeit bereits auf Lefv und den Außenminister gerichtet.

Kirk wünschte sich fast, Spock nicht gebeten zu haben, spät am Abend in seine Kabine zu kommen. Der Empfang zog sich in die Länge, dauerte eine halbe Ewigkeit. Die deltanische Delegation — sie bestand aus zehn Personen, die alle miteinander verwandt waren; in dieser Hinsicht konnte wahrscheinlich nur ein Genealoge von Delta den Überblick behalten — stellte dem Admiral dauernd Fragen, die er nicht beantworten konnte. Hinzu kam Jasmine alFaisal, die praktisch nie von seiner Seite wich und sich entschlossen an seinem Arm festklammerte. Das Lächeln auf ihren Lippen wirkte immer künstlicher.

»Sie wissen mehr über die Sache, als Sie mir gegenüber zugeben, nicht wahr?« fragte sie in einem freundlichen Tonfall. In der einen Hand hielt sie ein Glas, und an Hals, Ohren und Armen glänzten mehrere Kilo teurer Schmuck. Kirk bemerkte das Gleißen in den Augen des Hochkommissars. Er bewunderte Jasmines Selbstbeherrschung und begann zu ahnen, daß Spock recht hatte: Der größte Teil eines Eisberges verbarg sich im Wasser. »Sie erzählen mir nicht alles, stimmt's? Worum geht es? Militärische Geheimnisse? Spionage? Welche Auskünfte darf ich von Ihnen erwarten?«

»Zweifeln Sie wirklich an meiner Aufrichtigkeit?« erwiderte Kirk höflich, obwohl er die Präsenz dieser Frau immer mehr als Belastung empfand. »In Ihrer Position haben Sie bestimmt die Möglichkeit, alle gewünschten Informationen zu bekommen, Hochkommissar.«

»Die ganze Angelegenheit wurde mit der höchsten Sicherheitseinstufung klassifiziert, bevor man sich die Mühe machte, mich zu wecken und mir von Cleantes Entführung zu berichten«, stellte Jasmine fest.

Ihre Stimme klang nun nicht mehr ganz so ruhig, und in den Pupillen der hochgewachsenen Frau blitzte es ein wenig heller. Sie ließ einen Teil ihrer Maske fallen. *Das Eis beginnt zu schmelzen,* dachte Kirk.

»Ich glaubte einmal, nicht unbeträchtlichen Einfluß zu haben«, sagte sie leise und wie zu sich selbst.

Sie starrte an dem Admiral vorbei, vergaß das Glas, den Empfang und ihre steinerne Fassade, ignorierte sogar ihren Zuhörer und begann mit einem Monolog.

»Ich glaubte, es gäbe Leute, auf die ich mich in einer solchen Situation verlassen kann. Doch jetzt stoße ich überall auf Mauern des Schweigens.«

Jasmine alFaisal blinzelte und richtete ihren Blick wieder auf Kirk. »Ich schlage vor, wir lassen den Unsinn mit dem ›Hochkommissar‹. Oder muß ich Sie für den Rest des Abends ›Admiral‹ nennen?«

»Jim genügt. Wenn Sie unbedingt möchten – Jasmine.«

»Ich *möchte,* daß meine Tochter gesund an Leib und Seele zu mir zurückkehrt, ohne daß ihr irgend etwas zustößt, Jim. Dieser Umstand scheint völlig in Vergessenheit zu geraten, während über die ›Lage der Geiseln‹ gesprochen und betont wird, mit Verbrechern und Terroristen könne man nicht verhandeln. Die Diplomaten in diesem Zimmer denken offenbar überhaupt nicht mehr daran, daß sie auch Eltern sind.«

»Ein kluger Freund von mir sagte einmal, die Diplomatie diene in erster Linie dazu, eine Krise zu verlängern«, sagte Kirk. »Eine derartige Terminologie hat zunächst nur abstrakte Bedeutung, doch wenn sie jemanden betrifft, den man liebt...«

Jasmine erweckte den Eindruck, als habe ihr jemand eine Ohrfeige versetzt, und Kirk fragte sich, warum er so grausam war – bis er beobachtete, wie der Rest des Eisberges sichtbar wurde.

»Ich habe nur Cleante!« platzte es aus Jasmine heraus, und sofort senkte sie die Stimme. »Wenn meine Karriere allein dazu diente, ihr Leben in Gefahr zu bringen...«

Sie sprach den Satz nicht zu Ende und stellte das Glas ab, bevor es ihrer zitternden Hand entfiel. Nach einigen Sekunden faßte sie sich wieder und schlüpfte in die Rolle kühler Unnahbarkeit zurück.

»Seltsam«, murmelte sie und mied Kirks Blick. »Das habe ich ihr nie gesagt. Vielleicht leide ich deshalb so sehr.« Sie musterte den Admiral. »Wenn ich vor dem Repräsentanten des Prätors auf die Knie sinken muß, damit Cleante freigelassen wird...«

Jim konnte sich so etwas kaum vorstellen, doch die Entschlossenheit gab Jasmine neue Kraft. Einmal mehr setzte sie ihre Maske auf, und die Glut in ihren Augen veränderte sich, verkündete Zuversicht.

Den ganzen Abend über leistete sie Kirk Gesellschaft, und er suchte vergeblich nach einem Vorwand, sich von ihr zu trennen. Er unterhielt sich kurz mit den Deltanern, fand jedoch keine Gelegenheit mit Shras von Andor zu sprechen, obwohl ihm Spock mehrmals ein unauffälliges Zeichen gab.

Shras war das tragischste Mitglied der Delegation: Er wollte sich nicht an die Rhiannsu wenden, um sie zu bitten, einen lebenden Bürgen freizulassen; er erwartete nur, daß man ihm die Leiche seines Sohnes übergab. Im Gesicht und an den Armen des alten Mannes zeigten sich die Narben der andorianischen Bluttrauer, und in seinen starr blikkenden Augen schimmerten Tränen.

Die Stimme des Greises klang nicht mehr zornig, brachte nur noch Verwunderung und Kummer zum Ausdruck.

Welche Schuld hatte er auf sich geladen, daß ihn die Götter so hart bestraften? fragte er sich und seine Gesprächspartner. Niemand konnte ihm eine zufriedenstellende Antwort geben. Er verließ den Empfang schon recht früh, zog sich in seine Kabine zurück und griff erneut nach dem rasiermesserscharfen *Flabjellah*, um sich schmerzhafte Wunden zuzufügen.

Gegen Mitternacht wies Kirk darauf hin, er müsse auf der Brücke nach dem Rechten sehen. Er wanderte durch die Korridore und beabsichtigte nicht, zu den Diplomaten zurückzukehren. Die Delegierten mochten viel zu nervös sein, um zu schlafen, aber Jim mußte sich um ein Raumschiff kümmern. Er trat gerade unter der Dusche hervor und überlegte, ob er Spock anrufen und den vereinbarten Termin absagen sollte, als der Türmelder summte.

»Herein«, sagte Kirk, zog den Gürtel seines Umhangs zu und strich das immer noch feuchte Haar zurück.

»Wenn Sie müde sind, können wir die Fortsetzung des Gesprächs auf morgen verschieben«, meinte der Vulkanier. Er trug noch immer seine Uniform und bot darin einen makellosen Anblick.

»So einfach kommen Sie mir nicht davon.« Jim Kirk lächelte. »Setzen Sie sich. Wo sind Sie gewesen?«

»Ich habe unsere Gäste zu ihren Unterkünften begleitet«, erwiderte Spock, nahm Platz, sah auf das Schachbrett herab und machte wie beiläufig einen Zug. Zwischen Kirk und seinem Ersten Offizier fand ständig eine Schachpartie statt, bei der ganz besondere Regeln galten. »Außerdem habe ich unserem gemeinsamen Bekannten Shras mein Beileid ausgesprochen. Der Tod seines Sohnes hat ihn schwer getroffen.«

»Mhm«, brummte Kirk nachdenklich. »Eine scheußliche Angelegenheit, ganz gleich, aus welcher Perspektive man sie betrachtet. Selbst wenn die überlebenden Bürgen morgen vor unserer Haustür erscheinen: Vielleicht dauert es mehrere Jahrzehnte, bis die politischen Folgen der Entführung überwunden sind. Und je länger die Geiseln festgehalten werden ... Glauben die Rihannsu tatsächlich, sie könnten noch immer einen Nutzen daraus ziehen?«

»Schwer zu sagen«, entgegnete Spock. »Es kommt ganz darauf an, wie sie sich jetzt verhalten. Wahrscheinlich bleibt ihnen gar nichts anderes übrig, als die Verschleppten früher oder später freizulassen.«

»Früher oder später ...«, wiederholte Kirk leise und erinnerte sich, aus welchem Grund er den Vulkanier gebeten hatte, zu ihm zu kommen. »Sie wußten von Anfang an über T'Shael Bescheid, oder? Warum haben Sie mich nicht darauf hingewiesen?«

»Bis vor kurzer Zeit fehlten mir einige wichtige Fakten, Jim. Die Privatsphäre freiwilliger Bürgen ist unantastbar. Nur durch meine Berechtigung, geheime Starfleet-Dateien einzusehen, konnte ich feststellen, daß T'Shael meinen Platz einnimmt. Ich habe genug Zeit bei den Menschen verbracht, um zu lernen, die vulkanische Integrität in einen Vorteil zu verwandeln.«

Kirk beobachtete die Konstellation auf dem Schachbrett, machte ebenfalls einen Zug und dachte kurz nach.

»Was hindert Sie daran, morgen zusammen mit der Delegation aufzubrechen?« fragte er schließlich. »Ich kann mir nicht vorstellen, daß Sie überhaupt keine Gewissensbisse haben. Eine unschuldige Frau, die nun leidet, weil sie Sareks einzigen Sohn vertritt. Wollen Sie einfach die Hände in den Schoß legen, Spock?«

Das Gesicht des Vulkaniers blieb völlig ausdruckslos, als er überlegte und zögernd nach einer Spielfigur griff. Er setzte sie jedoch nicht.

»Ich habe gar keine andere Wahl, Jim. Der offizielle Standpunkt meiner Regierung ...«

»... unterscheidet sich nicht von den Verlautbarungen der anderen Welten. Terra, Andor und Delta lehnen Verhandlungen nach wie vor ab. Sie träten dem romulanischen Repräsentanten nicht etwa als Gesandter der Regierung gegenüber, sondern als privater Bürger ...«

»... der ein Starfleet-Offizier ist. Nein, Jim. Ich kann

diese beiden Funktionen nicht voneinander trennen, und die Rihannsu werden ebenfalls keinen Unterschied sehen. Ich gebe zu, daß mich ein derartiges Handeln von einer großen Verantwortungslast befreien würde, aber leider darf ich mir keine solche Freiheit nehmen.«

Kirk beobachtete Spock eine Zeitlang. Er kannte ihn gut genug, um die Anspannung in seiner Haltung zu sehen.

»Sie hätten sich mir anvertrauen können«, sagte er hilflos und bedauerte es, dieses Thema angeschnitten zu haben. »Wie heißt es so schön? ›Geteiltes Leid ist halbes Leid.‹«

»Das mag auf Menschen zutreffen«, antwortete Spock und reagierte auf Kirks Zug. »Vulkanier behalten ihre Sorgen für sich.«

»Wozu sind Freunde da?« fragte Kirk, setzte einen Turm und bereute den Zug sofort. »Es tut mir leid. Ich hätte Sie nicht zur Rede stellen sollen.«

»Ich habe ebenfalls an die Möglichkeit gedacht, mich morgen der Delegation anzuschließen und irgend etwas gegen die Rihannsu zu unternehmen«, sagte Spock plötzlich, während sein Blick auf das Schachbrett gerichtet blieb. »Allerdings steht weitaus mehr auf dem Spiel als das Leben von fünf unschuldigen Personen, und angesichts dieser Erkenntnis halte ich Besonnenheit für angeraten. Ich hoffe, Sie teilen meine Einstellung, Admiral. Schachmatt.«

Jim Kirk lächelte schief und suchte nach den richtigen Worten. Manchmal las Spock seine Gedanken selbst dann, wenn er keinen direkten telepathischen Kontakt herstellte. Es war ihnen schon einmal gelungen, die Rihannsu zu überlisten, ihre Tarnvorrichtung zu stehlen und mit heiler Haut in die Föderation zurückzukehren, aber diesmal mußten sie sich in Geduld fassen. Andere Leute entschieden darüber, was unternommen werden sollte. Scott hatte einen wichtigen Beitrag geleistet und befand sich inzwischen wieder an Bord, während Sulu noch immer vermißt wurde. *Spock hat recht,* dachte Jim. *Es steht zuviel auf dem Spiel*

»Der Sieg gebührt Ihnen«, sagte er und meinte damit nicht nur die Schachpartie. Kirk schwieg eine Zeitlang und stellte die Figuren neu auf. »Erzählen Sie mir von T'Shael. Ich kannte Shras' Sohn, und Jasmine hat mir alles über Cleante berichtet. Was die Deltaner betrifft: Für mich ähneln sie sich wie ein Ei dem anderen. Aber die Vulkanierin ist mir nach wie vor ein Rätsel. Wenn Sie keine Verletzung der Privatsphäre darin sehen...«

»T'Shael hat eine Ausbildung zur Linguistin hinter sich«, begann Spock und machte den Eröffnungszug. »Sie ist sehr zurückhaltend und die Tochter außergewöhnlicher Eltern. Ihr Vater Salet galt als der beste Musiker und Komponist seiner Zeit, und in meiner Jugend habe ich ihn sehr bewundert. T'Shaels Mutter T'Pei war Dekan der Akademie und Erste Wissenschaftlerin an Bord der *Intrepid.*«

»Lieber Himmel!« entfuhr es Kirk, als er begriff. »Wie klein das Universum ist! Wie viele Vulkanier gibt es – etwa vierzehn Milliarden?«

»Nach der letzten Volkszählung sind es derzeit vierzehn Milliarden, siebenhundertfünfzehn Millionen, dreihundertvierundachtzigtausendfünfhundertneun.«

»Und die Wahrscheinlichkeit dafür, daß es zwischen Ihnen und T'Shael oder ihren Eltern auch nur zu mittelbaren Kontakten kommt...«

»...ist astronomisch gering. Nun, letztendlich sind alle Dinge miteinander verbunden, Jim.«

Kirk blieb einige Sekunden lang still.

»Sonderbar«, sagte er nach einer Weile. »Ganz gleich, auf welche persönlichen Leistungen T'Shael zurückblicken kann – in gewisser Weise ermöglichte sie unsere Freundschaft. Wir haben es ihr zu verdanken, daß Sie eine Karriere in Starfleet begannen und an Bord der *Enterprise* kamen. Und Sie wissen ebensogut wie ich, welche Rolle dieses Schiff bei vielen Krisen in der Galaxis spielte...«

»Jim, ich glaube kaum...«

»Nein, lassen Sie mich ausreden. T'Shael hat diese bemerkenswerten Verdienste allein durch das erworben, was sie ist. Und indem sie ihre Dienste anbot. Ich wäre sehr stolz, wenn wir maßgeblich dazu beitragen könnten, sie und die anderen Bürgen unversehrt nach Hause zurückzubringen.«

»Dem schließe ich mich gern an, Jim«, sagte Spock ernst.

Cleante wollte T'Shael aus ihrer Meditationstrance wekken, zögerte jedoch.

Seit einiger Zeit zog sich die Vulkanierin immer tiefer in sich selbst zurück, und die Besorgnis der menschlichen Frau wuchs. Lag es am ständigen Klagen der Deltaner, oder gab es andere Gründe?

Cleante und ihre Mitgefangenen appellierten mehrmals an die Wächter und baten sie darum, Resh wieder bei ihnen unterzubringen. Sie besannen sich auf ihre geringen Klingonaase-Kenntnisse, doch die Soldaten schwiegen, zogen nur ihre Waffen.

Die Bürgen begannen mit einem Hungerstreik, beendeten ihn jedoch, als Kalor drohte, den kleinen Krn zu erschießen. Schließlich begab sich T'Shael ins klingonische Quartier, um mit Krazz zu sprechen. Sein Stellvertreter versperrte ihr den Weg.

»Der Deltaner hat sich nichts zuschulden kommen lassen, verdient also keine Strafe«, stellte die Vulkanierin fest. »Daraus ziehe ich den Schluß, daß Sie ihn aus anderen Gründen isoliert haben.«

»Diese Sache geht dich nichts an!« fauchte Kalor und ging wie sein Vorgesetzter zu einem verächtlichen Du über. »Deiner Spezies gefällt die Einsamkeit, während die Haarlosen sterben, wenn sie längere Zeit allein bleiben. Dieses Rätsel werde ich lösen.«

»Mein Volk hat andere Schwächen, die Ihrem Experiment dienlich sein könnten.«

In Kalors Miene zeigte sich Überraschung. Erneut fühlte er sich daran erinnert, wie gut ihn die Vulkanierin verstand und welche Gefahr sie darstellte. Er trat ganz dicht an sie heran, griff nach ihrem Haar und riß T'Shaels Kopf abrupt zurück.

»Hab es nicht so eilig zu sterben, Vulkanierin!« knurrte er und starrte auf das ausdruckslose Gesicht herab. »Du kommst ebenfalls an die Reihe. Bald.«

Das mentale Band zwischen Resh und seinen beiden Artgenossen zerfranste immer mehr. Es widerstrebte Cleante, T'Shael aufzufordern, eine Verbindung zu dem Deltaner herzustellen, aber es blieb keine andere Wahl. Behutsam berührte sie die Instruktorin an der Schulter.

»T'Shael?«

Es dauerte eine Weile, bis das vulkanische Bewußtsein aus den Tiefen der Meditation in die unmittelbare Realität zurückkehrte. T'Shael brauchte gar nicht zu fragen, worum es Cleante ging. Sie wußte Bescheid, hatte sich vorbereitet. Langsam stand sie auf und trat an die Deltaner heran, die an der einen Wand kauerten. Durch das Fenster über den Kojen konnte man den Lagerschuppen beobachten, in dem Resh litt.

Die Vulkanierin verharrte neben Jali und Krn, drehte den Kopf und sah Cleante an.

»Wenn es mir gelingt, den gedanklichen Kontakt zu erneuern, kommt es vielleicht zu einer... Überlagerung der Persönlichkeiten. Unsere beiden Ichsphären verschmelzen miteinander, und dadurch werden die intimsten Dinge enthüllt. Möglicherweise... hören Sie Worte, die Ihnen seltsam erscheinen. Es ist sehr wichtig, daß Sie verstehen.«

»Wenn Sie möchten, höre ich nicht hin«, sagte Cleante, dazu bereit, sich die Ohren zuzuhalten, um ihrer Freundin Verlegenheit zu ersparen. Ihr kam es nur darauf an, daß Resh überlebte.

»Sie *müssen* zuhören und alles genau beobachten«, erwiderte T'Shael. »Ich brauche Ihre Hilfe, wenn ich die Mentalverschmelzung nicht unterbrechen kann.«

»Einverstanden.« Cleante begriff plötzlich, welche Verantwortung auf ihr lastete, und das Herz klopfte ihr bis zum Hals empor.

Krn und Jali krochen beiseite, als die Vulkaniern näher kam und die Fingerspitzen an den kalten, rissigen Beton preßte. Sie schloß die Augen, schien kaum mehr zu atmen.

»Ich bin T'Shael«, begann sie. »Ich-bin-T'Shael. Resh'da Maprida'hn, ich rufe dich. Erweitere deinen Geist und empfange mich. Deine Schwesterfreundin wartet auf dich.«

Stille folgte. Nur ein leises, kaum wahrnehmbares Zischen erklang, als die Vulkanierin Luft holte. Die Deltaner und Cleante standen dich nebeneinander und beobachteten T'Shael. Aus den Augenwinkeln bemerkte die menschliche Frau eine Bewegung: Ein Wächter schob sich an die transparente Tür heran und starrte neugierig ins Zimmer.

»Ich-bin-T'Shael, ich-bin-T'Shael«, wiederholte die Instruktorin immer wieder, und kurze Zeit später gewann ihre Stimme eine melodische Qualität, wurde zu der des Deltaners. »Ich-bin-Resh'da, ich-bin-Resh'da...

Einsamkeit ist mein Schicksal, und Finsternis, oh! Ich möchte berühren und berührt werden. Das Streicheln der Gedanken genügt nicht. Ohne den Kontakt des Leibes sterbe ich! Meine Körper-Seele sehnt sich nach Nähe und Geborgenheit, oh! Ja, ich bin dankbar, aber die mentale Verbindung genügt leider nicht. Du wirst bald brennen, brennen, oh!

Ohne Berührungen kriecht der Tod an mich heran. Ich fühle bereits seine kalte Umarmung... Alles ist schwarz und dunkel, oh!

Leb wohl, Jali'lar, Schwesterliebe! Leb wohl, Krnsandor, mehr-als-nur-mein-Vetter! Krn, junges Glück... Ich kehre heim zu all jenen, die wir liebten... Leb wohl, Resh'-da, der du die Einsamkeit nicht ertragen kannst, oh!«

Ein leises Stöhnen — und einen Sekundenbruchteil später zuckte T'Shael so heftig von der Wand fort, als würde sie von unsichtbarer Hand zurückgeschleudert. Cleante eilte an sie heran und hörte, wie die Vulkanierin nach Luft schnappte, spürte, wie sehr sie zitterte.

»Er hat die Verbindung unterbrochen!« ächzte T'Shael. Schmerz funkelte in ihren Augen, vibrierte in der Stimme. Noch nie zuvor hatte die Terranerin eine solche Pein erlebt, nicht einmal damals, als sie neben dem Blutstein in den Ruinen von T'lingShar standen. Sie half T'Shael auf die Beine und versuchte, ihre Freundin zumindest von einem Teil der Qual zu befreien. »Er befürchtet, mich in den Strudel seiner Verzweiflung zu reißen, und deshalb drängte er mich zurück. Resh hat den Tod gewählt. Ich kann ihm nicht mehr helfen.«

T'Shael reagierte nicht auf Jalis Heulen, überhörte auch das Wimmern des kleinen Krn. Betroffen und bestürzt begann sie mit einer neuerlichen Trance, überließ es der menschlichen Frau, sich um die überlebenden Deltaner zu kümmern. Ihre Bemühungen, Resh am Leben zu erhalten, waren gescheitert, und diese bittere Erkenntnis erschütterte die Stabilität ihres Ichs.

Unterdessen hatte der Wächter am Zugang Kalor verständigt. Krazz' Stellvertreter stand vor der durchsichtigen Tür, beobachtete die Gefangenen und grinste zufrieden.

Es dauerte über eine Woche, bis Resh'da Maprida'hn, dessen Lebensinhalt Liebe war, den Tod fand. Kurz darauf kamen die klingonischen Soldaten, um Jali zu holen.

»Neeiin!« platzte es schrill aus ihr heraus, als die Wächter sie nach draußen zerrten. Sie wand sich hin und her, trachtete vergeblich danach, sich aus dem festen Griff zu befreien. Krn sprang auf sie zu, doch Kalor packte den Knaben und warf ihn in eine Ecke des Zimmers.

Der kleine Deltaner stand unverletzt auf und sah T'Shael an, als erhoffe er sich Trost von ihr. Dann richtete er seinen Blick auf Jali, die erneut schrie. Ihr Körper produzierte negative Pheromone, aber die Wächter schienen inzwischen eine gewisse Immunität entwickelt zu haben und ließen sie nicht los. Schließlich senkte Jali den Kopf.

»Es ist zuviel für mich!« heulte sie. »Ein Kusin hier, der zweite auf der anderen Seite. Und ich allein, weder hier noch dort. Eine solche Einsamkeit ist zuviel für mich!«

Innerhalb weniger Sekunden war es vorbei. Im einen Augenblick setzte sie sich mit aller Kraft zur Wehr, und im nächsten erschlaffte sie, atmete noch einmal tief durch und nutzte die deltanische Fähigkeit, die eigene Lebenskraft aufzugeben. Sogar T'Shael riß entsetzt die Augen auf.

Die Wächter ließen Jali einfach zu Boden fallen, als fürchteten sie, ihr plötzlicher Tod könne ansteckend wirken. Kalor starrte verblüfft auf den Leichnam herab, wütend darüber, ein Versuchsobjekt verloren zu haben. Doch er faßte sich schnell und trat auf Krn zu, als wolle er das Experiment mit ihm fortsetzen.

Der Knabe beobachtete seine Kusine schockiert, während Cleante und T'Shael zwischen ihm und Kalor Aufstellung bezogen.

Krazz' Stellvertreter lächelte triumphierend. »Der kleine Deltaner bleibt hier«, wies er die Wächter an. »Ich bin gespannt, wie lange es dauert, bis er das Schicksal seiner Artgenossen teilt.«

Die Soldaten brachten Jali'lar Kandowali fort, legten sie im Schuppen zu den sterblichen Resten Resh'das, auf daß sie im Tod mit ihm eins sein konnte.

Der kleine Krn starb in Cleantes Armen. Selbst eine direkte mentale Verbindung mit T'Shael konnte ihn nicht retten.

»Ich habe keine Angst, T'Shael-Freundin«, sagte er leise. »Ich bin nur so traurig!«

»Resh und Jali leiden nicht mehr«, erwiderte Cleante. »Sie sind jetzt wieder zusammen und bestimmt können sie noch eine Weile auf dich warten. Wer bleibt bei mir und T'Shael, wenn du von uns gehst?«

Der Knabe umarmte sie und sah mit einer Weisheit zu ihnen auf, die weit über sein Alter hinausging.

»Ihr habt euch gegenseitig«, sagte er mit einer Ruhe, die beide Frauen erstaunte. »Es gibt ein besonderes Wort in der vulkanischen Sprache, T'Shael-Freundin. Ein Wort, das mehr bedeutet als nur Freundschaft. Ein *wichtiges* Wort. Sagen Sie es für mich.«

»Es lautete *T'hy'la,* Freund Krn«, erwiderte die Instruktorin sofort.

Ist dies Liebe? dachte sie. *Die Leere, die ich empfinde, weil der Junge bald sterben wird? Wie dumm bin ich doch gewesen, nach einer wissenschaftlichen Erklärung für ein solches Phänomen zu suchen!*

»T'hy'la«, wiederholte Cleante, und in ihren byzantinischen Augen funkelten Tränen, die sie Krn nicht zeigen durfte. »Was für ein wundervolles Wort! Warum höre ich es erst jetzt von Ihnen, T'Shael?«

»Weil Sie mich nie danach gefragt haben«, erwiderte die Vulkanierin entgegen aller Logik. Wenn dies Liebe war... Kein Wunder, daß die Menschen im Verlauf ihrer Geschichte so sehr daran gelitten haben!

Schon seit einiger Zeit zögerte sie nicht mehr, Krn zu berühren. Es gab keine Möglichkeit für sie, den Tod des Knaben zu verhindern. Durfte sie ihm den Trost versagen, die letzten Stunden seines Lebens damit zu verbringen, sich an sie oder Cleante zu schmiegen? Nein, sicher nicht.

»T'hy'la!« Krn seufzte friedlich. »Der Ausdruck gefällt mir. Er paßt zu euch beiden. Ich schlafe jetzt, Cleante-Liebe.«

Die Terranerin drückte ihn fest an sich, und es fiel ihr immer schwerer, die Tränen zurückzuhalten. Schon seit mehreren Tagen und Nächten hatte sie keine Ruhe mehr gefunden, doch sie blieb wach, lauschte Krns Atem und fürchtete sich vor dem Augenblick, an dem das leise Zischen ausblieb.

Der Knabe starb im Schlaf, ohne zu leiden.

»Sind Sie ganz sicher, daß keine Spuren an den Leichen zurückgeblieben sind, Kalor?«

»Zumindest keine nennenswerten, mein Lord. Einige Hautabschürfungen an den Händen des deltanischen Mannes. Gebrochene Fingernägel — er hat dauernd an der Tür gekratzt. Die beiden anderen sind völlig unversehrt.«

»Ausgezeichnet!« Krazz lächelte und griff nach der Berichtsfolie. »Zwei Meldungen«, verkündete er. »Die offizielle wird von unseren Vorgesetzten sicher an die Roms weitergeleitet — vorausgesetzt, es gibt nach wie vor Kontakte zwischen ihnen, was keineswegs sicher ist — und lautet folgendermaßen:

›Das Verhalten der Haarlosen:

Subjekt Eins zeigte ein störendes Gebaren und wurde daher aus Sicherheitsgründen von den übrigen Gefangenen getrennt. Trotz intensiver Behandlung und Pflege erlag es einem unbekannten Leiden, bei dem es sich um eine angeborene Schwäche der entsprechenden Spezies zu handeln scheint, da keine physischen Symptome festgestellt werden konnten. Einzelheiten entnehmen Sie bitte der beigefügten Anlage und so weiter.

Kurz darauf beging Subjekt Zwei Selbstmord. Siehe Anlage. Subjekt Drei starb aufgrund jenes unbekannten Leidens, das auch für den Tod von Subjekt Eins verantwortlich zu sein scheint. Und so weiter, und so fort.‹

Mit anderen Worten...«, fügte Krazz hinzu und ließ Kalor nicht aus den Augen. »Sie kamen einfach ums Leben. Ohne unser Verschulden. Vielleicht verzichten die Roms sogar auf eingehende Untersuchungen der Leichen — beim Andorianer hat ihnen die Autopsie nicht viel genützt, oder? Es fehlen Indizien, und deshalb kann selbst die Föderation keine Vorwürfe gegen uns erheben. Soll sie in ihrem eigenen Saft schmoren. Und das gilt auch für die Rihannsu.«

»Ich schätze, diesseits und jenseits der Neutralen Zone wird man sich ganz schön den Kopf zerbrechen, mein Lord.«

Krazz nickte. Er war in prächtiger Stimmung, griff nach der leeren Flasche vom vergangenen Abend, schleuderte sie eine Ecke des Zimmer und lachte leise, als sie zerbrach. *Jetzt hat die Häßliche wenigstens etwas zu tun, wenn sie mit ihrem Eimer kommt.* Er gähnte, streckte sich und rülpste hingebungsvoll, bevor er eine neue Flasche hervorholte und ein Glas für seinen Lieutenant füllte.

»Jetzt zum zweiten Bericht«, grollte er zufrieden und trank einen Schluck. »Ich meine die Zusammenfassung, die wir codieren und den Leuten in unserem Geheimdienst zugänglich machen, die nicht zu Tolz Kenrans Vertrauten gehören. Ich nehme an, Sie haben eine gründliche Analyse vorgenommen, nicht wahr?«

»Ich schlage vor, Sie bilden sich selbst eine Meinung, mein Lord«, sagte Kalor und reichte die Unterlagen seinem Vorgesetzten. Er achtete sorgfältig darauf, sich nichts anmerken zu lassen, und die steinerne Miene des Klingonen hätte selbst einem Vulkanier zur Ehre gereicht.

Er war sehr stolz auf diesen Bericht und die Gründlichkeit, mit der er alle Sterbephasen der Deltaner schilderte sowie das Verhalten der beiden Überlebenden beschrieb. Inbesondere faszinierte ihn T'Shaels mentale Intervention. Den auf klingonischen Planeten versklavten *Tharavul* wurde das PSI-Zentrum aus dem Gehirn operiert, und deshalb hatte Kalor nie Gelegenheit gefunden, ihre telepathischen Aktivitäten zu untersuchen. Die Beschäftigung mit diesem Phänomen versprach interessante Erkenntnisse.

Krazz nahm die Blätter entgegen und starrte auf sie herab. Während er langsam las, blieben seine Lippen in ständiger Bewegung. Manchmal unterbrach er sich, brummte leise, kicherte oder schenkte sein Glas voll. Eine Viertelstunde später sah er auf und strahlte übers ganze Gesicht.

»Wirklich gut, Kalor! Sie haben an alles gedacht, nichts ausgelassen und uns gleichzeitig abgesichert. Für Sie ist dies ein wichtiger Schritt zu einem eigenen Kommando; vielleicht befördert man Sie sogar zum Militärgouverneur. Wer weiß? Möglicherweise gibt man Ihnen den Befehl über Delta, sobald wir den Planeten erobert haben.«

Krazz lachte schallend über den eigenen Witz und lief Gefahr, von seinem Stuhl zu fallen. Kalor grinste kurz und wurde sofort wieder ernst. *Die Experimente haben gerade erst begonnen,* überlegte er.

»Mit der Erlaubnis meines Lords... Es bleiben noch zwei Gefangene. Ich habe ihre Reaktionen auf den Tod der drei Haarlosen beobachtet, aber ich würde gern noch einige andere Tests durchführen...«

»Kann ich mir vorstellen«, knurrte Krazz. In seinen Augen blitzte es, als er an Cleante dachte: Jetzt gab es keine Deltaner mehr, die der Terranerin mit ihrer seltsamen Körperchemie helfen konnten. Die Vorfreude des Commanders dauerte nur wenige Sekunden und endete, als er seinem Stellvertreter eine gerade decodierte Mitteilung vorlegte. »Leider müssen Sie sich noch etwas gedulden. Offenbar wollen uns die Rihannsu einen Besuch abstatten.«

KAPITEL 8

Cleante litt erneut an einem Alptraum. Sie zitterte und stöhnte leise, schreckte plötzlich hoch und saß kerzengerade auf der Koje. Der Blick ihrer weit aufgerissenen Augen ging ins Leere. Die Vulkanierin schlief nur noch selten und eilte an ihre Seite, bevor die menschliche Frau schreien konnte.

»T'Shael!« brachte Cleante hervor und schnappte entsetzt nach Luft.

»Ich bin hier.«

Die Terranerin atmete mehrmals tief durch, bevor sie ihrer Stimme vertraute.

»Ich habe es noch einmal erlebt«, sagte sie leise. »Die Leere, das Fallen. Ich stürzte durch schwarze Endlosigkeit, spürte Kälte und Einsamkeit. Es gab nichts, an dem ich mich festhalten konnte. Nirgends leuchteten Sterne; völlige Dunkelheit umhüllte mich. Und dann... hörte ich Krn. Er rief nach mir, und ich versuchte, ihn zu finden. Die Leere erweiterte sich auf mich selbst — ich fühlte mich wie ausgehöhlt, so allein wie nie zuvor.« Sie brach ab und schlang hilflos die Arme um die Knie. »T'Shael, ich weiß nicht, wie lange ich das noch ertragen kann. Wenn sich der Alptraum noch einige Male wiederholt, verliere ich den Verstand!«

»Für Menschen stellt er eine normale Reaktion auf die jüngsten Ereignisse dar«, sagte die Vulkanierin. Aus einem Reflex heraus hob sie die Hand und strich über das zerzauste Haar der Terranerin, das seit vielen Wochen nicht mehr gekämmt worden war. Mit pragmatischer Entschlossenheit grub sie die Finger behutsam in das Gewirr und glättete die einzelnen Strähnen — ein Verhalten, dem ihr xenopsychologisches Studium einen beträchtlichen therapeutischen Wert zusprach. »Im Laufe der Zeit kommen Sie bestimmt darüber hinweg. Ich muß allerdings zugeben, daß mir die menschliche Furcht vor der Einsamkeit nach wie vor seltsam erscheint. Der fast metaphysische Schrecken, mit dem ...«

»Oh, T'Shael, ich bin so erschöpft! Bitte ersparen Sie mir eine philosophische Diskussion ...«

»Verzeihen Sie«, erwiderte die Vulkaniern und schwieg, während sich ihre Hände weiterhin bewegten.

Die beiden überlebenden Bürgen boten einen traurigen Anblick. Durch die harte Arbeit wurden ihre Hände rauh — sie brauchten wesentlich länger für eine Aufgabe, bei der ihnen zuvor die drei Deltaner geholfen hatten. Trotz der Grausamkeit Kalors suchte T'Shael in regelmäßigen Abständen das klingonische Quartier auf, um dort saubenzumachen — als Vulkanierin hielt sie sich an die getroffene Vereinbarung. Seit Monaten mußten sie auf Schuhe verzichten, und dadurch bildeten sich dicke Schwielen an ihren Füßen. Die Farben der häufig gewaschenen Uniformen verbleichten, und der dünne, rauhe Stoff riß an mehreren Stellen. Es stand ihnen nur grobe Seife zu Verfügung, die Cleantes Haar verklebte und T'Shaels dunklen Strähnen ihren natürlichen Glanz nahm. Die schlichte, einseitige Diät blieb ebenfalls nicht ohne Folgen. Die Lippen der menschlichen Frau waren spröde und wund; ihr Zahnfleisch blutete häufig. Was die Temperatur betraf... Für Cleante mochte sie genügen, aber T'Shael fror dauernd.

»Ach, warum bringen sie uns nicht einfach um?« entfuhr es der Terranerin plötzlich. »Wann erlösen sie uns endlich von der Qual?«

Wütend sprang sie auf, lief zur Tür und hieb mit beiden Fäusten auf die Klarstahlbarriere. Der Wächter blinzelte verwirrt.

»Zum Teufel mit Ihnen, Kalor!« schrie Cleante. »Töten Sie uns! Ziehen Sie einen Schlußstrich! Wir wissen, daß Sie für alles verantwortlich sind. Krazz ist viel zu dumm und nicht annähernd so ... so *gemein* wie Sie! Verdammt,

Sie sind ein Ungeheuer, Kalor! Wir möchten nicht länger im gleichen Universum leben wie Sie! Bringen Sie zu Ende, was Sie begonnen haben!«

Sie schnaufte und keuchte, schlug immer wieder an die transparente Tür. Irgendwann begriff Cleante, daß es keinen Sinn hatte, sich auf diese Weise zu verausgaben. Als sie das spöttische Lächeln des Wächters sah, drehte sie sich um, taumelte zu den Kojen zurück, schluchzte leise und begegnete T'Shaels Blick. Die Vulkanierin blieb ruhig sitzen, bot ihr keinen Trost an, beschränkte sich allein darauf, die menschliche Frau zu beachten.

»Ich... ich halte es nicht mehr aus!« stieß Cleante hervor, sank auf die Koje und ließ den Kopf hängen. »Ich möchte, daß es endlich aufhört. Das Wie kümmert mich nicht. Selbst der Tod ist besser als ständiges Leiden.«

T'Shael gab keine Antwort und strich erneut über das Haar ihrer Mitgefangenen, so als sei überhaupt nichts geschehen. Nach einigen Minuten langweilte sich der Wächter, döste wieder ein und gewährte den beiden Geiseln eine gewisse Privatsphäre.

Die Vulkanierin arbeitete mit sicherem Geschick, löste die letzten Knoten in Cleantes Haar und begann damit, einzelne Zöpfe zu flechten und sie so miteinander zu verbinden, daß auf Nadeln verzichtet werden konnte. Das Ergebnis war ästhetisch durchaus zufriedenstellend, und außerdem beruhigte sich die menschliche Frau allmählich. Zwei Fliegen mit einer Klappe schlagen, nannten die Terraner so etwas.

»Sehnen Sie wirklich den Tod herbei?« fragte sie, als Cleante nicht mehr zitterte. Die menschliche Frau seufzte.

»Nein, eigentlich nicht«, antwortete sie. »Jedenfalls nicht in dem Sinne wie unsere deltanischen Freunde. Ich bin nur so... *zornig.* Werden Sie nie wütend, T'Shael?«

»Jedes intelligente Lebewesen empfindet Ärger, wenn es mit Ungerechtigkeiten konfrontiert wird...«

»...aber für eine Vulkanierin gehört es sich nicht, ihren Ärger zu zeigen«, beendete Cleante den Satz und lächelte dünn. Sie erinnerte sich an die ersten Wochen auf Vulkan, an die Wir-müssen-uns-erst-noch-kennenlernen-Zeit. »Wünsche ich mir den Tod?« fragte sie und wurde wieder ernst. »Nein. Ich habe ein wenig mehr Mut als Jali — das glaube ich zumindest. Vermissen Sie die Deltaner?«

»Ja«, sagte T'Shael. Sie sah keinen Sinn darin, Cleante auf das ganze Ausmaß ihres Kummers, die wahren Absichten Kalors und ihre geringen Überlebenschancen hinzuweisen.

»Wird Kalor versuchen, uns umzubringen?« fragte Cleante.

T'Shael ließ die Hände sinken und rang mit dem vulkanischen Gebot, das Ehrlichkeit verlangte.

»Niemand kennt die Zukunft«, erwiderte sie ausweichend und rückte den letzten Zopf zurecht.

Cleante drehte sich um.

»Das genügt mir nicht, T'Shael.«

Die Instruktorin sah sie ernst an.

»Wer eine Frage stellt, muß für die Antwort gewappnet sein.«

»Ich verstehe«, murmelte die menschliche Frau nach einigen Sekunden. »Hatten Sie jemals Angst, T'Shael?«

Diese Worte überraschten die Vulkanierin, und sie horchte tief in sich hinein, bevor sie entgegnete: »Nicht um mich selbst.«

»Um jemand anders?«

Diese Dinge gehen dich nichts an, dachte T'Shael und erinnerte sich an Salet, ihren Vater. Er lebte nur für die Musik, doch sein Schicksal bestand aus chronischer Krankheit und einem frühen Tod...

Die Vulkanierin verdrängte diese Gedanken und rief sich zur Ordnung.

»Manchmal.«

»Wenn mir Gefahr drohte, wenn Sie glaubten, ich könnte sterben... Hätten Sie dann Angst um mich?«

»Halten Sie es wirklich für notwendig, mir eine solche Frage zu stellen?«

Cleante umfaßte T'Shaels Hand.

»Wie kalt Ihre Finger sind!« stellte sie verblüfft fest. »Sind Sie krank?«

»In diesem Zimmer herrscht eine niedrige Temperatur«, sagte die Instruktorin. Sie ahnte, worauf Cleante hinauswollte. *Und es bleibt mir nichts anderes übrig, als sie erneut zu enttäuschen...*

»Ich hätte vor nichts Angst, T'Shael — wenn ich wüßte, daß Sie stark für mich sind. Wenn wir beide *T'hy'la* wären.«

Cleante spürte, wie sich die Vulkanierin plötzlich versteifte. Sie schloß ihre Hände fester um T'Shaels Finger, so daß sie höflich bleiben mußte und nicht zurückweichen konnte.

»Ich weiß jetzt, was es damit auf sich hat«, fuhr die menschliche Frau fort. »Sie sprachen einmal von dem Konzept der Liebe, das in der klassischen vulkanischen Literatur eine große Rolle spielt, erinnern Sie sich? Ich habe in den Archiven nachgesehen und einige Erzählungen und Romane gelesen. Nun, Sie wissen ja, daß meine Kenntnisse des Altvulkanischen sehr begrenzt sind. Ich nutzte eine elektronische Lesehilfe, und selbst damit fiel es mir schwer, den Text zu entziffern. Aber ich gab nicht auf, und schließlich stieß ich auf das Wort.

T'hy'la. Es klang herrlich, und die Sätze und Kapitel, in denen dieser Ausdruck verwendet wurde, unterstrichen seine Bedeutung. Ich wollte unbedingt mehr erfahren, schlug in allen zur Verfügung stehenden Lexika nach — vergeblich. Ich vermutete, es handele sich vielleicht um eins der Unausgesprochenen Worte, und deshalb wandte ich mich an meine Professoren. Aber sie starrten mich nur eisig an und sagten: ›Vulkanier verstehen.‹ Die Angehörigen Ihres Volkes beleidigen natürlich niemanden, und deshalb verzichtete man auf den Zusatz: ›So etwas geht Außenweltler nichts an.‹

Bisher habe ich es nicht gewagt, Sie zu fragen. Ich fürchtete, keine Auskunft von Ihnen zu bekommen, hielt es für besser, einfach nicht mehr daran zu denken. Durch Krn erinnerte ich mich.

Ich weiß Bescheid, T'Shael! Wenn uns Kalor wirklich umbringen will, so erwartet uns gewiß kein leichter Tod! Er wird dafür sorgen, daß wir leiden. Vielleicht foltert er uns sogar. Aber selbst damit könnte ich mich abfinden — wenn ich wüßte, daß Sie stark für mich sind. Oh, T'Shael, *bitte!*«

Bisher hatte T'Shael den Wächter an der Tür ignoriert, aber jetzt sah sie in seine Richtung. Der Klingone lehnte mit geschlossenen Augen an der durchsichtigen Barriere, schlief tief und fest. Tief im Innern der Vulkanierin regte sich fast so etwas wie Erleichterung, doch dieses Empfinden wich seelischem Schmerz, als sie den Blick wieder auf Cleante richtete. T'Shael spürte, daß ihr nicht mehr viel Zeit blieb. Aber wie sollte sie es der menschlichen Frau erklären?

»Cleante...«, begann sie heiser und rang um ihre Fassung. »Ich bitte Sie... Verlangen Sie das nicht von mir. Ich kann unmöglich...«

»T'Shael!« Die Terranerin entsann sich an den Soldaten und senkte ihre Stimme. »Die Gründe, die Sie mir auf Vulkan nannten, sind jetzt nicht mehr wichtig! Uns beiden droht der Tod, und daneben verliert alles andere seine Bedeutung!«

»Nein«, widersprach die Vulkanierin. »Die Gründe, die ich damals anführte, spielen tatsächlich keine Rolle mehr. Aber dafür gibt es andere, über die ich nicht sprechen darf.«

»Ich kann keine solche Freundschaft anstreben«, sagte T'Shael während der Wir-müssen-uns-erst-noch-kennenlernen-Zeit. »Ich muß allein bleiben, das ist alles.« *Du brauchst nicht zu erfahren, daß ich das Potential einer tödlichen Krankheit in mir trage.*

»Ich werde Ihre Freundin sein, T'Shael«, erwiderte Cleante, obwohl alle ihre Annäherungsversuche erfolglos blieben. »Ob Sie meine Gefühle erwidern oder nicht.«

Die Vulkanierin fuhr damit fort, ihre *Ka'athyra* zu stimmen, während die menschliche Frau auf der Schlafliege saß und stumm zusah. Die zarten Klänge der Harfe verschmolzen mit der Harmonie einer mondlosen Nacht.

»Ihre Hände ruhen nie«, stellte Cleante nach einer Weile fest. »Wären Sie so freundlich, etwas für mich zu spielen?«

Sie hatte diese Bitte schon häufig an T'Shael gerichtet, und für gewöhnlich ging die Vulkanierin sofort darauf ein, erbrachte eine Gegenleistung für die irdischen Lieder und Balladen, die ihr Cleante vortrug. Normalerweise teilten die beiden Frauen ihre besonderen musikalischen Fähigkeiten und Kenntnisse. Doch diesmal lehnte T'Shael ab.

»Nein«, sagte sie erstaunlich abrupt und stellte ihre *Ka'athyra* beiseite. »Ich muß über das nachdenken, was Sie mich vorhin gefragt haben. Vielleicht zeige ich Ihnen morgen etwas, das Sie interessieren dürfte.«

Und daraufhin schwieg T'Shael. Verwirrt verließ Cleante das Quartier der Vulkanierin und wanderte durch die leeren stillen Straßen der Siedlung. Sensoren reagierten auf sie, schalteten vor ihr das Licht ein, desaktivierten die Lampen hinter der Terranerin und hielten die Nacht auf Distanz. In ihrem Zimmer kroch Cleante unter die Decke, konnte jedoch nicht schlafen. Immer wieder fragte sie sich, in welche neuen vulkanischen Geheimnisse sie am nächsten Tag eingeweiht werden sollte.

Sie befanden sich in einem Bereich der Stadt, den Cleante noch nicht kannte. Neue Gebäude paßten sich der alten Architektur an und bildeten eine wie organisch gewachsene Szenerie: gepflegte Parkanlagen, große Meditationssäle, breite Bürgersteige, mit glänzenden Fliesen ausgelegt, Museen und Kunstgalerien, Läden und Bibliotheken. Das typische Viertel einer vulkanischen Metropole. Mit einem bedeutenden Unterschied: In diesem Teil von T'lingShar erklangen überall gedämpfte Melodien.

Zahllose kleine Geschäfte boten eine breite Auswahl an Musikinstrumenten von Vulkan und Außenwelt an; mit seltsamen Zeichen beschriebene Notenblätter ruhten neben handlichen Synthesizern in den Auslagen. Hinweisschilder warben für Konzerte und Liederabende in öffentlichen Theatern, Gärten und Wohnungen. Es roch nach erlesenem Holz und exotischen Harzen. Hier und dort wurden neue Instrumente getestet und gestimmt; sanfte Akkorde erklangen von Bogengängen und Kolonnaden. Überall in der Stadt konnte man den melodischen Klang der Windglocken hören, doch hier gewannen sie eine geradezu lyrische Qualität: Sie läuteten nicht nur, sondern sangen.

Cleante merkte gar nicht, daß sie den Atem anhielt und alle Eindrücke begierig in sich aufnahm. Sie lächelte unwillkürlich, obwohl sie sonst versuchte, in der Nähe von Vulkaniern ernst zu bleiben. Doch die Passanten schienen kaum darauf zu achten, offenbarten nicht das Ich-ignoriere-dich-Verhalten, das die Terranerin häufig verärgerte. Sie waren zu sehr auf ihre Arbeit konzentriert, um an der deutlich zur Schau gestellten Emotionalität einer Außenweltlerin Anstoß zu nehmen.

T'Shael hatte sich auf eine subtile Art und Weise verändert. Strahlte sie Aufregung oder freudige Erwartung aus? Nein, sicher nicht. Sie wirkte so ruhig und gelassen wie immer, und ihr Gesicht blieb ausdruckslos. Trotzdem fiel Cleante ein neuer Aspekt in ihrem Gebaren auf. Die melancholische Pilgerin namens T'Shael erweckte den Eindruck, als sei sie eins mit diesem Ort, als sei er ihre wahre Heimat.

»Sie wissen natürlich, daß sich alle unsere wichtigen Produktionsanlagen im Asteroidengürtel befinden«, sagte die Vulkanierin. »Auf diesem Planeten lassen wir nichts zu, das die Umwelt belasten oder unsere Ruhe stören könnte. Die Herstellung von Musikinstrumenten gehört zu den wenigen Ausnahmen.«

Kurz darauf führte sie Cleante in eine schmale Sackgasse und durch die Tür eines Ladens.

Eigentlich bestand das Geschäft nur aus einem großen

Raum mit hoher Decke, und der größte Teil des nutzbaren Platzes wurde für die *Ka'athyra*-Produktion verwendet. Einmal mehr wunderte sich Cleante darüber, wie wenige Geräusche vulkanische Maschinen erzeugten. In irdischen Werkstätten surrten Roboter, klopften Hämmer, summten Computer und erklangen die lauten Stimmen von Menschen. Hier jedoch herrschte keine solche Kakophonie. Kleine Hobel strichen sanft über grobes Holz, und die Vulkanier unterhielten sich so leise, daß man sie kaum hörte. Natürlich gab es auch sehr leistungsfähige Computer und automatische Anlagen für die schwere Arbeit, aber den letzten, entscheidenden Schliff bekamen die *Ka'athyra* von überaus geschickten vulkanischen Händen.

Mehr als zehn Handwerkskünstler – die meisten von ihnen Frauen; das Altersspektrum reichte von Jugend bis zu ehrenwerter Greisenhaftigkeit – arbeiteten an verschiedenen Harfen. Als T'Shael den Laden betrat, gab sie keinen Ton von sich und erregte nicht die geringste Aufmerksamkeit, aber trotzdem drehten sich alle Anwesenden zu ihr um. Eine weißhaarige Frau stand auf und näherte sich den beiden Neuankömmlingen. Cleante beobachtete sie erstaunt: Die alte Vulkanierin ging vornübergeneigt, und ihre knotigen Hände schienen überhaupt nicht in der Lage zu sein, feine Arbeit zu verrichten.

»Glück und langes Leben, Tochter des Begabten«, wandte sie sich leise an T'Shael, und Cleante mußte genau hinhören, um sie zu verstehen. Die alte Frau vollführte eine komplexe Begrüßungsgeste, und in ihren Augen brannte ein seltsames Feuer.

»Glück und langes Leben, Künstlerin T'Sehn«, erwiderte T'Shael ernst und mit einer Würde, die Cleante überraschte. Von einem Augenblick zum anderen sah sie die reservierte Instruktorin in einem völlig neuen Licht: Sie verglich T'Shael mit einer Prinzessin, die an den Hof der königlichen Eltern zurückkehrte, um ihre Untertanen zu besuchen. Gleich darauf verbannte die Terranerin solche Vorstellungen aus ihrem Denken. Auf Vulkan gab es keine

Klassenunterschiede: Im Ganzen waren alle gleich. Und doch... »Wir sind nur gekommen, um uns umzusehen. Wenn wir stören...«

»Sie sind Salets Tochter«, sagte T'Sehn. »Sie stören uns nie, T'Shael-*kam*. Ihr Vater ehrte uns mit seinen Besuchen: Sie und Ihre Begleiterin sind jederzeit willkommen.«

Wie auf ein geheimes Signal hin setzten die anderen Handwerker ihre Arbeit fort. Die Instruktorin forderte Cleante auf, einen Schritt vorzutreten.

»Das ist Cleante alFaisal. Sie möchte mehr über unsere Kultur erfahren.« T'Shael warf der terranischen Bürgin einen kurzen Blick zu, vertraute offenbar darauf, daß sie die allgemeine Etikette beachtete. »Ich möchte Ihnen T'Sehn vorstellen. T'lingShar ist das Musikzentrum Vulkans, und T'Sehn gilt als fähigste Handwerkskünstlerin dieser Stadt. Mein Vater bezog seine Instrumente allein von ihr, und vor ihm arbeitete sie für den berühmten Senor.«

Die alte Frau nahm das Kompliment gelassen hin. Sie lehnte es nicht ab, zeigte aber auch keinen Stolz. Während ihres langen Lebens hatte sie nur die Fähigkeiten entfaltet, mit denen sie geboren worden war. Sie musterte Cleante neugierig, blieb jedoch stumm.

»Es ist mir eine Ehre, Künstlerin T'Sehn«, sagte die Diplomatentochter förmlich.

»Dieses Haus steht Ihnen offen«, entgegnete T'Sehn, und ihre plötzlich gar nicht mehr so deform und ungelenk wirkenden Hände bewegten sich auf eine Weise, die Cleante schon mehrmals bei der Instruktorin beobachtet hatte. »Sehen Sie sich um und fragen Sie ganz nach Belieben.«

Die alte Vulkanierin führte ihre beiden Besucher zur Werkbank und griff dort nach einer neuen *Ka'athyra.* Der Glanz in ihren Augen verstärkte sich, als sie das Instrument T'Shael reichte.

»Soll die Tochter des Begabten als erste darauf spielen«, sagte sie.

T'Shael nahm schweigend Platz, rückte die *Ka'athyra* zurecht, schaltete den Resonator ein und berührte die Saiten.

Cleante lauschte. Es war eine recht schlichte Melodie – wenn es in der vulkanischen Musik überhaupt etwas Schlichtes gab. T'Shael hatte sie schon mehrmals auf ihrer eigenen Harfe gespielt, und deshalb bemerkte die Terranerin sofort den Unterschied. Dieses Instrument hatte einen weitaus besseren Klang; er wurde nicht nur von den Ohren wahrgenommen, sondern auch von der Seele.

Ganz offensichtlich gelangte T'Shael zu einem ähnlichen Schluß. Sie neigte das gewölbte Ende der Harfe an die Schulter, und ihr Blick reichte in die Ferne, als sie einige Sekunden lang nachdachte.

»Dies ist dein absolutes Meisterwerk, Ehrenwerte«, sagte sie zu T'Sehn und reichte die *Ka'athyra* so behutsam zurück, als handele es sich um ein lebendes Wesen.

»Ich biete sie dir als Geschenk an«, erwiderte die alte Vulkanierin, und diese Worte entsprachen keinem verbalen Ritual.

Erneut funkelte es in den dunklen Augen, und Cleante glaubte, in den Zügen der Greisin fast so etwas wie Zuneigung zu erkennen. Sie spürte eine enge Verbindung zwischen den beiden Frauen, trat ein wenig zur Seite und gab vor, die anderen Handwerker zu beobachten – um T'Shael und T'Sehn nicht mit ihrer menschlichen Präsenz zu stören. Aus den Augenwinkeln sah sie, wie die Instruktorin das Geschenk ablehnte.

»Das Instrument gebührt nur jemandem, der wirklich darauf zu spielen vermag«, sagte sie leise und drehte sich um. »Ich bin nicht mein Vater.«

T'Shaels Kindheitserinnerungen galten vielen Heilern, die im Haus ihrer Eltern ein und aus gingen.

»Die Krankheit deines Vaters kann nicht behandelt werden«, sagte einer von ihnen freundlich und wandte sich an das siebenjährige Mädchen. Nach vulkanischen Maßstäben war T'Shael bereits erwachsen; man konnte von ihr erwarten, solche Informationen gelassen hinzunehmen. Das ernste Kind wußte längst, wie es um seinen Vater stand, und es gelang ihm, den Kummer gut zu verbergen. »Im Verlauf der nächsten Jahre wird sie ihn immer mehr schwächen – bis er schließlich stirbt.«

»Ich danke Ihnen, Heiler« antwortete T'Shael ruhig und verabschiedete ihn anstelle ihrer Mutter. (T'Pei nahm an einer wichtigen wissenschaftlichen Konferenz in ShiKahr teil.) Sie sprach mit ihm im Besucherfoyer, wie es sich gehörte, und der Heiler legte kurz die Hand auf das dunkle Haar des Mädchens – niemand beobachtete diese Geste.

Man bezeichnete Salets Leiden noch immer als *Plak s'ran,* als ›Bluttod‹. Der medizinische Fachausdruck lautete *Leukokupricytosis:* eine fortschreitende Zersetzung der auf Hämocyan basierenden Blutzellen, die ihre Struktur und Farbe verloren. Sie sammelten sich in größeren Adern und Venen, blockierten die Sauerstoffversorgung und führten schließlich zu einem Lungenödem. Da das Knochenmark entartete, hatte es keinen Sinn, dem Patienten mit neuen, gesunden Zellen zu helfen. Sein Zustand verschlechterte sich immer mehr, führte zu Schwäche und starken Gelenkschmerzen. Der Tod war unausweichlich.

Es gab keine Möglichkeit, die genetischen Auslösefaktoren für L-Kc zu erkennen. Man wußte nur, daß für die Kinder der Opfer eine Wahrscheinlichkeit von fünfzig Prozent bestand, ebenfalls zu erkranken. Und wenn die Zellzersetzung begann, ließ sie sich nicht mehr rückgängig machen.

Vor vielen hundert Jahren erachtete man das fatale Leiden als Strafe für mangelnden Anstand und zu starke Emotionalität: das stoßweise Atmen und die allgemeine Erschöpfung schienen darauf hinzudeuten, daß der Patient die Kontrolle über sich verlor. Es gab noch immer einige Vulkanier, die sich nicht ganz von diesem Aberglauben befreien konnten.

Man bot dem Opfer kein Mitgefühl an, denn so etwas

widersprach dem vulkanischen Wesen. Man erkundigte sich auch nicht nach seinem Zustand, da derartige Fragen die Privatsphäre verletzten. Den Neugierigen genügte es, Heiler zu sehen, die den Kranken besuchten und Transfusionen vornahmen, was ihm manchmal Erleichterung verschaffte — für einige Stunden oder Tage.

Doch Salet der Begabte genoß nicht nur auf seinem Heimatplaneten einen ausgezeichneten Ruf, sondern auch auf vielen anderen Welten in der Galaxis. In der ganzen Föderation ehrte man den Komponisten und Musiker für sein unvergleichliches Geschick im Umgang mit der *Ka'athyra* und anderen Instrumenten — obgleich seine Berühmtheit nicht mit menschlichem ›Ruhm‹ verwechselt werden durfte. Vulkanier hielten es für unlogisch, eine einzelne Person aufgrund ihrer inhärenten Fähigkeiten zu ehren; die Anerkennung galt der Art und Weise, in der man solche Eigenschaften *nutzte.* Ein feiner Unterschied, den eigentlich nur die Bewohner des Wüstenplaneten im Eridani-System verstanden. Nun, Salet war kein ›Star‹, doch viele kannten ihn und wußten auch um seine Krankheit.

»Vielleicht gelänge es, sein Leben zu verlängern — wenn er in Zukunft auf öffentliche Vorstellungen verzichtet«, sagte ein Heiler bei einer anderen Gelegenheit. Eine lange, anstrengende Nacht lag hinter T'Pei und ihrer Tochter. »Das Publikum verlangt zuviel von ihm, und er hält es für seine Pflicht, allen Erwartungen zu genügen. Dadurch wird er noch schwächer.«

»Welche Logik hat ein langes Leben ohne Sinn?« warf die kleine T'Shael ein und brach damit zwei wichtige Regeln der Etikette: Sie wandte sich unaufgefordert an einen Älteren, der als Gast im Haus der Eltern weilte — und unterbrach ein privates Gespräch. »Ist es nicht besser, ein kürzeres, dafür aber erfülltes Leben zu führen?«

Ihre Mutter bedachte sie mit einem eisigen Blick. T'Pei gehörte zu den besten Wissenschaftlerinnen ihres Fachgebiets; mit ihrer tüchtigen, logischen Kompetenz stellte sie ein Musterbeispiel für die vulkanische Kultur dar. Eine sehr attraktive Frau, aber auch völlig kalt. Ganz offensichtlich kam T'Shael mehr nach ihrem Vater.

»Deine Unhöflichkeit ist unentschuldbar«, sagte T'Pei scharf, und in ihren schwarzen Augen blitzte es. Das Kind war alt genug und sollte es eigentlich besser wissen! »Du wirst dich jetzt in dein Zimmer zurückziehen und darüber nachdenken, welche Strafe du für die Schande verdienst, die du in Anwesenheit eines Besuchers über unser Heim gebracht hast!«

»Ich bitte um Verzeihung«, murmelte T'Shael und sah dabei nicht etwa ihre Mutter an, sondern den Heiler. Sie entschied sich dagegen, ihr Zimmer aufzusuchen, eilte statt dessen zur Kammer, in der Salet ruhte. Bevor sie den Raum betrat, hörte sie einen kurzen Wortwechsel.

»Ähnliche Worte richtete der Begabte an mich«, sagte der Heiler. »Er weiß, daß ihn die Musik umbringt, aber sie ist sein Lebensinhalt — eine unbestreitbare Logik.«

»Das Mädchen teilt viele Eigenschaften seines Vaters«, erwiderte T'Pei, und daraufhin hielt es T'Shael für besser, nicht länger zuzuhören.

Sie trat an Salet heran, der stumm und schwach auf einer schmalen Liege ruhte. Die zurückgezogenen Lippen offenbarten perfekt geformte weiße Zähne, und das Gesicht kam einer schmerzverzerrten Fratze gleich. Der Mann gab nicht den geringsten Laut von sich, doch T'Shael sah auf den ersten Blick, welche Qual in ihm wütete. Die langen, schmalen Finger — am vergangenen Abend hatten sie vor mehreren tausend Zuhörern die Saiten der *Ka'athyra* berührt — waren nun gekrümmt und zitterten. Auf den Schränken und Kommoden lagen Transfusionsbeutel und Arzneien. In einer nahen Porzellanschale schwelten Kräuter, deren Aromen den Kranken beruhigen sollten. Salet keuchte leise, schauderte unter einer dünnen Decke.

T'Shael schwieg. Sie griff nach einem Lappen, tauchte ihn in Duftwasser und betupfte damit Stirn und Handgelenke ihres Vaters. Anschließend nahm sie einen Krug mit

Mineralwasser, füllte eine Tasse und setzte sie dem Leidenden an die Lippen. Während der besonders schlimmen Phasen seiner Krankheit konnte Salet keine feste Nahrung zu sich nehmen und mußte sich mit Flüssigkeiten begnügen. In ein oder zwei Tagen, wenn die jüngsten Transfusionen wirkten, würde er aufstehen und umherhumpeln, das Stechen in den Knien ignorieren und sich wieder ganz seiner musikalischen Leidenschaft widmen. Derzeit bewegten sich nur die fiebrig glänzenden Augen, und ihr sanfter, zärtlicher Blick richtete sich auf die kleine Tochter.

»Deine Mutter wird bestimmt unzufrieden sein«, brachte er mühsam hervor. »Sie möchte, daß du dich um dein Studium kümmerst.«

»Das habe ich bereits«, entgegnete T'Shael und flüsterte, weil der Kranke keine lauten Geräusche ertragen konnte. Sie verspürte den Wunsch, sich neben ihn auf die Liege zu setzen, fürchtete jedoch, ihm dadurch zusätzliche Schmerzen zu bereiten. Das Mädchen zögerte kurz, kniete dann auf dem dicken Teppich. »Da meine Mutter ständig unzufrieden mit mir ist, spielt es keine Rolle, wie ich mich verhalte.«

Wenn T'Shaels Vater kein Vulkanier gewesen wäre, hätte er vielleicht gelächelt. Einmal mehr stellte er fest, daß er die Schmerzen in der Gesellschaft seiner Tochter besser ertragen konnte. Andererseits: Ihre Besuche erfüllten ihn mit einer anderen Art von Pein. Immer wieder mußte er daran denken, daß sie eines Tages der gleichen Krankheit zum Opfer fallen mochte, die ihn nun langsam auszehrte.

»Mal sehen«, begann er mit gespieltem Ernst und versuchte vergeblich, die Finger zu strecken. »Du bist mit deinen akademischen Studien fertig. Was ist mit den musikalischen Übungen?«

»Ebenfalls erledigt, Vater.« T'Shael streckte ihre schmalen, anmutigen Hände aus und zeigte einige dünne Narben, die von den Saiten der *Ka'athyra* stammten. »Außerdem bin ich im Laden der Handwerker gewesen. Künstlerin

T'Sehn versicherte mir, die von dir in Auftrag gegebenen Instrumente seien in Arbeit und rechtzeitig fertig.«

Der Musiker seufzte zufrieden. Er spürte brodelnde Kraft in seiner Tochter, eine kindliche Vitalität, die sich bald hinter den dichten mentalen Mauern der vulkanischen Selbstdisziplin verstecken würde. Väterlicher Stolz strich über seine Seele und verbannte einen Teil der Schwäche aus ihm.

»Und deine Meditationen, Tochter?« fragte er. »Vermutlich hast du heute keine Zeit gefunden, Meister Shimm aufzusuchen.«

»Ich habe die vorgesehene Zeit bei ihm verbracht und bin gerade zurückgekehrt, Vater«, erwiderte T'Shael pflichtbewußt.

»Hattest du während all dieser Aktivität Gelegenheit, zu essen und zu schlafen?« Salet nutzte das Privileg des Kranken und erlaubte sich gutmütigen Spott.

»Nicht während du leidest, Vater«, sagte T'Shael mit Nachdruck, und ihr Blick brannte sich in ihn hinein.

Das intensive Empfinden des Mädchens erfüllte den Musiker mit Demut.

»Dann müssen wir zumindest in diesem Punkt Abhilfe schaffen«, sagte er. Neuerlicher Schmerz entflammte in ihm, als er den Arm hob und seiner Tochter bedeutete, sich neben ihm auszustrecken, den Kopf an seine Schulter zu lehnen.

»Nein, unmöglich!« entfuhr es T'Shael. »Mutter hat mich angewiesen, in meinem Zimmer zu bleiben. Ich habe mir eine ernste Verletzung der Etikette zuschulden kommen lassen und...«

»Überlaß es mir, Frieden zwischen dir und deiner Mutter zu schaffen«, sagte Salet und atmete schwer. »Deine Anwesenheit lindert meine Pein. Willst du mir einen solchen Trost vorenthalten?«

»Natürlich nicht, Vater!« T'Shael legte sich neben den Kranken und machte sich so klein wie möglich, um ihn nicht anzustoßen.

Sie wußte um das Stechen in Salets Gelenken und wagte er nicht, seine Schulter mit dem ganzen Gewicht ihres Kopfes zu belasten. Schon nach wenigen Sekunden bildete sich ein Krampf in ihrem Nacken, aber sie blieb in der überaus unbequemen Position liegen, dazu entschlossen, Rücksicht auf ihren Vater zu nehmen. Es dauerte jedoch nicht lange, bis ihr die Augen zufielen: Der lange Tag forderte seinen Tribut, und nach einigen Minuten schlief sie ein.

T'Pei war tatsächlich nicht zufrieden. Sie stützte die Hände an den Hüften ab und preßte die Lippen zusammen, als sie in der Tür des Krankenzimmers stehenblieb. Stumm beobachtete sie Vater und Tochter.

»Du verwöhnst das Kind, Gatte«, sagte sie knapp.

T'Shael schlief zwar, aber Salet fand keine Ruhe, solange die Flammen des Schmerzes in ihm loderten. Dennoch empfand er es als angenehm, das Kind in unmittelbarer Nähe zu wissen.

»In diesem Zusammenhang brauchst du dir bestimmt nichts vorzuwerfen, Gattin«, keuchte er.

T'Pei drehte sich abrupt um und kehrte in den Korridor zurück, überließ Vater und Tochter ihrer Zweisamkeit. *In einigen Wochen sind solche Vertrautheiten nicht mehr möglich,* dachte sie.

Drei Wochen später fand T'Shaels offizielle Verlobung mit dem ebenso attraktiven wie arroganten Stalek statt. Die Vereinbarung wurde allein zwischen den Eltern getroffen, und damit endete die Kindheit des vulkanischen Mädchens. Es durfte zwar weiterhin seinen Vater besuchen, aber fortan war es ihm verboten, männliche Verwandte zu berühren.

Einen Tag nach der Verlobung brach T'Pei zu einer langen Reise auf: Als wissenschaftlicher Offizier nahm sie an der Mission eines Föderationsschiffes teil, dessen Besatzung allein aus Vulkaniern bestand. Auf Standard lautete der Name des Kreuzers *Intrepid.* T'Pei galt nach wie vor als beste Expertin auf ihrem Fachgebiet, und Starfleet hatte sie gebeten, sich um das moderne Computersystem an Bord des Raumschiffes zu kümmern. Als hervorragende Wissenschaftlerin eines Volkes aus Wissenschaftlern wußte sie ein solches Angebot zu schätzen und nahm es sofort an.

»Du empfängst nun den Lohn langer, aufopferungsvoller Arbeit«, sagte Salet an jenem Morgen, als T'Pei ihre Sachen packte. Seine Stimme klang nicht völlig unbewegt.

Er saß am Synthesizer und spielte eine Melodie, die er schon vor Wochen im Krankenbett komponiert hatte, ohne sie schriftlich festhalten zu können. Es handelte sich zweifellos um vulkanische Musik, aber trotzdem klang sie fast melancholisch. Insgeheim widmete Salet sein neuestes Werk T'Shael, die am vergangenen Tag verlobt worden war.

»Glaubst du wirklich, der stolze Junge sei ein angemessener Partner für unsere Schweigsame?«

»Wenn sie jemanden bekäme, der ebenso still ist, würden sich beide zu Tode langweilen«, erwiderte T'Pei ein wenig ungeduldig. Ihr Shuttle startete in wenigen Minuten, und sie hatte sich einen raschen Abschied erhofft. »Das wäre unlogisch. Stalek gehört zu einer angesehen Familie und hat bereits mit einem Studium an der Technischen Akademie begonnen. Was erwartest du eigentlich? Hinzu kommt: In seiner Verwandtschaft ist noch nie jemand an L-Kc erkrankt.« T'Pei legte eine Kunstpause ein. Mit den letzten Worten wollte sie Salet keineswegs verletzen, ihn nur daran erinnern, daß auch T'Shael den Bluttod in sich trug. »Wenn unsere Schweigsame Kinder möchte, wird sie mir bestimmt dankbar sein.«

Die letzten Akkorde verklangen. Salet schaltete den Synthesizer ab und schenkte T'Pei seine volle Aufmerksamkeit. Heute ging es ihm bemerkenswert gut, aber das Atmen fiel ihm trotzdem schwer.

»Manchmal bezweifle ich, ob es wirklich logisch ist, alle

alten Traditionen zu achten«, sagte er. »Man braucht nur an eine Ehe wie die unsrige zu denken, um die Verlobung von Kindern in Frage zu stellen. Wenn man uns die Wahl gelassen hätte ... Wir unterscheiden uns so sehr, Gattin.«

»Wäre dir eine verträumte Musikerin lieber gewesen? Mit allem Respekt vor deiner Begabung, Gatte: Du brauchst eine pragmatische Partnerin, die fest in der Realität verwurzelt ist.« T'Pei streifte sich den Mantel über und ging zur Tür. »Du verbringst zuviel Zeit mit Außenweltlern. Dadurch wirst du unorthodox.«

Salet gab keine Antwort. Er erachtete es nicht als einen Nachteil, daß er als weithin bekannter Komponist die Möglichkeit bekommen hatte, fremde Kulturen kennenzulernen. T'Pei hingegen ... Sie hielt mit energischer Entschlossenheit an der vulkanischen Lebensweise fest, und inzwischen fehlte Salet die Kraft, sich auf eine entsprechende Diskussion mit ihr einzulassen. Er musterte sie stumm, und der Glanz in seinen Augen erinnerte an T'Shael.

»Richte der Schweigsamen meinen Gruß aus, wenn sie von der Schule kommt«, sagte T'Pei und hob die Kapuze ihres Mantels. »Zweifellos versteht ihr euch während meiner Abwesenheit besonders gut.«

Sie streckte die ersten beiden Finger der rechten Hand, und Salet erwiderte die Geste. Die Mission der *Intrepid* dauerte fünf Jahre, und vielleicht starb der Begabte, bevor die Wissenschaftlerin zurückkehrte. Vielleicht sahen sie sich nie wieder.

Diese Vorstellung schien weder T'Pei noch Salet zu belasten.

»Wollen Sie keine Freundschaften schließen, weil Sie befürchten, irgendwann der Krankheit Ihres Vaters zu erliegen?« fragte Cleante, als sie zusammen mit T'Shael den Laden verließ.

Überrascht stellte sie fest, daß bereits die Dunklheit der Nacht herankroch. Stunden waren verstrichen, obgleich sie das Gefühl hatte, nur wenige Minuten in der Werkstatt verbracht zu haben. *Was für ein außergewöhnlicher Tag!* dachte Cleante. *Und morgen erwarten mich noch erstaunlichere Erlebnisse. Morgen nehme ich, eine Außenweltlerin, an der heiligsten aller vulkanischen Zeremonien teil.*

Sie verdrängte den Gedanken daran, besann sich auf die Gegenwart und hoffte noch immer auf eine klare, eindeutige Antwort.

»Möchten Sie sich nicht binden, damit niemand um Sie trauert? Ach, T'Shael, das ist ebenso absurd wie unlogisch.«

»Es gibt noch andere, wichtigere Gründe«, erwiderte die Vulkanierin.

Cleante versuchte weiterhin, eine zufriedenstellende Auskunft von ihr zu bekommen, aber T'Shael schwieg, und schließlich gab sie es auf. Statt dessen ließ sie den vergangenen Tag Revue passieren — und freute sich bereits auf den kommenden.

»Die Gründe, die Sie mir auf Vulkan nannten, sind jetzt nicht mehr wichtig!« schluchzte Cleante, hockte auf den Knien und sah zu ihrer Mitgefangenen auf. »Uns beiden droht der Tod, und daneben verliert alles andere seine Bedeutung!«

Die erste der beiden gleichgültigen roten Sonnen spähte über den Horizont und vertrieb den grauen Morgendunst. Ein neuer Tag begann — vielleicht der letzte für die beiden Geiseln. *Ach, warum geht T'Shael nicht auf meine Bitte ein?* dachte Cleante. *Warum lehnt sie meine Freundschaft ab?*

»Die Gründe, die ich damals anführte, spielen tatsächlich keine Rolle mehr«, erwiderte die Vulkanierin. »Aber dafür gibt es andere, über die ich nicht sprechen darf.«

An Bord der *Enterprise* hatte die Nachtphase begonnen. Die Leuchtplatten glühten nicht mehr so hell wie während der Tageschichten, und die meisten Konsolen des Kontrollraums waren auf Automatik geschaltet. Die Technikerin aus dem Maschinenraum — sie vertrat Chefingenieur Scott — justierte die Sensoren der Subsysteme und suchte anschließend ihre Kabine auf. Stille herrschte in den Laboratorien. Hier und dort summten einige elektronische Geräte, und Instrumentenanzeigen veränderten sich. Im Herbarium glänzte simulierter Mondschein auf schlafende Blätter und geschlossene Blüten herab, und aus verborgenen Lautsprechern klang das Zwitschern nachtaktiver Vögel. Schmetterlinge schlummerten an Ästen und Zweigen, die langen, bunten Flügel gefaltet.

Leere Korridore reichten wie Adern durch das große Raumschiff. Die meisten Besatzungsmitglieder — abgesehen von denen, die an chronischer Schlaflosigkeit litten oder deren Namen auf den Dienstlisten der Sekundärwache standen — träumten in ihren Quartieren, trieben Sport auf dem Freizeitdeck oder beschäftigten sich mit anderen, intimeren Dingen. Ein aufmerksamer Zuhörer hätte leise Musik und Gesprächsfetzen vernommen.

Alles in bester Ordnung? Nein, nicht ganz.

Im Gästebereich gewann die Stille eine bedrückende Qualität. Nach den gescheiterten Verhandlungen mit dem Repräsentanten des Prätors kehrten die Diplomaten zur Erde zurück. *Sie* schliefen nicht, verhielten sich jedoch ruhig. Vielleicht grübelten sie. Vielleicht gaben sie sich ihrem Kummer hin. Vielleicht überlegten sie, was es nun zu unternehmen galt. Sie alle litten mit den entführten Bürgen des Friedens, die weiterhin in Gefangenschaft blieben, an irgendeinem unbekannten Ort.

Auf der Brücke waren nur die wissenschaftliche Station und das Kommunikationspult besetzt. Spock arbeitete schweigend und führte komplexe Berechnungen durch. Müde und erschöpft beobachtete Uhura die Anzeigen ihrer Konsole. Sie blieb nur deshalb im Kontrollraum, weil sie nicht wußte, was sie mit ihrer Freizeit anfangen sollte.

Immer wieder kontrollierte sie die Schaltkreise des speziellen Kom-Kanals, in der vagen Hoffnung, einen Defekt zu finden. Doch ihre Suche blieb vergeblich – und der Indikator leuchtete noch immer nicht auf. Uhura starrte so lange darauf herab, bis sie ihn überhaupt nicht mehr bewußt wahrnahm. Aus diesem Grund dauerte es einige Sekunden, bis sie das rote Glühen sah und ein leises Piepen vernahm. Plötzlich zuckte sie heftig zusammen, und ihre Finger tanzten über die Tasten.

Spock drehte sich zu ihr um, als Uhura den Atem anhielt und konzentriert lauschte.

»...bitte melden, *Enterprise.* Kom-Station Gamma 7 ruft die *Enterprise.* Bitte melden Sie sich...«

Ein schwaches Signal, das sich fast in der Statik verlor. Und die Stimme gehörte nicht etwa Sulu. Uhura schaltete den Verstärker hinzu, justierte den elektronischen Filter und bereitete sich auf das Schlimmste vor.

»Hier *Enterprise*«, sagte sie knapp und fragte sich, ob die Rihannsu auch diesmal mithörten. »Ich empfange Sie nur schlecht. Ist es Ihnen möglich, mehr Sendeenergie einzusetzen, Gamma 7?«

»Negativ. Diese Frequenz ist zu riskant, und wir können den Kanal nicht lange offenhalten. Datenübertragung Priorität Eins.«

»Einen Augenblick.«

Uhura berührte mehrere Sensorpunkte, und die automatischen Scanner suchten nach einem romulanischen Abhörfokus. Sie fanden keinen, aber die Frau an den Kontrollen ging trotzdem auf Nummer Sicher und aktivierte Code 5.

»Alles klar, Gamma 7.«

Die Kom-Station übermittelte eine lange Datenfolge, und Uhura spürte, wie sich ihr Puls beschleunigte. Sie blickte auf den Bildschirm, betrachtete aufgeregt die Zahlen- und Buchstabenkolonnen. *Endlich!* fuhr es ihr durch den Sinn. *Die versprochenen Koordinaten der Handelsrouten. Hikaru lebt also noch und wurde nicht von den Rihannsu gefaßt.* Neue Sorge verdrängte Uhuras Erleichterung. *Zumindest hatte er die Möglichkeit, diese Daten zu senden. Was danach mit ihm geschah...*

Kurz darauf knackte es wieder im Lautsprecher.

»Das ist alles, *Enterprise.* Es wurde ein möglicher Zusatz angekündigt. Falls noch eine Nachricht eintrifft, setzen wir uns über Außenstation 3 mit Ihnen in Verbindung.«

»Bestätigung, Gamma 7. Besten Dank. Haben Sie festgestellt, von wem die Mitteilung stammt?«

»Negativ. Wie empfingen die Daten in unregelmäßigen Abständen und ohne Identifikation. Wenn Ihnen ein Richtungshinweis genügt ...«

»Ich höre, Gamma 7«, sagte Uhura und wartete gespannt. Wenn Starfleet und die Sonderabteilung erfuhren, wo sich Sulu aufhielt ...

»Ursprung der Signale in der Nähe von ch'Havran, romulanisches Reich«, sagte der Kommunikationsoffizier von Gamma 7. *Gütiger Himmel!* dachte Uhura. *Das ist Remus, eine der beiden Rihannsu-Zentralwelten. Wenn Sulu dort geschnappt wird, können wir ihm unmöglich helfen.* Jähes statisches Rauschen folgte und drohte, die Verbindung zu unterbrechen. Uhuras Hand schloß sich noch fester um das Kom-Modul. »*Enterprise?* Da wäre noch etwas.«

»Wir sind nach wie vor auf Empfang, Gamma 7.«

»Die Nachricht endete mit folgenden Worten: ›Es ist ein Joker im Spiel.‹«

Du bist immer zu einem Scherz aufgelegt, nicht wahr, Hikaru? Uhura lächelte unwillkürlich. *Worauf willst du uns hinweisen?*

»Bitte wiederholen Sie, Gamma 7.«

»Es wurde keine Erklärung hinzugefügt. Ich zitiere: Es ist ein Joker im Spiel. Zitat Ende. Der Kom-Kanal wird destabil, *Enterprise.* Gamma 7 Ende.«

Ein kurzes Knistern, dann nur noch Stille. Vielleicht hatte Uhuras Gesprächspartner so abrupt abgeschaltet, weil er einen romulanischen Abhörstrahl ortete und befürchtete, die eigene Position zu verraten; mit jeder Sendung gingen die Besatzungen der Kom-Stationen ein erhebliches Risiko ein.

Uhura atmete tief durch und sah Spock an.

»Haben Sie alles gehört?«

»Ja.«

»Ich schätze, wir sollten den Admiral verständigen.«

»Na schön!« sagte Kirk, als er die Brücke betrat. Seine Uniform wirkte ein wenig kraus, und das Haar war zerzaust, aber die Augen glänzten wach und aufmerksam. »Sulu lebt also noch. Er hat uns sechs Handelsrouten zwischen Reich und Imperium genannt, und Gamma 7 erwähnte die Möglichkeit einer weiteren Datenübermittlung. Nun, vielleicht werden die entführten Bürgen irgendwo in den betreffenden Raumsektoren festgehalten. Spock, können Sie mit den Daten etwas anfangen? Läßt sich feststellen, welche Planeten sich in unmittelbarer Nähe der genannten Routen befinden?«

Der Vulkanier reichte ihm wortlos eine Computerkassette. Er hatte die Informationen vom Bildschirm der Kommunikationsstation abgelesen und eine erste Analyse vorgenommen, als Uhura dem Admiral Bescheid gab.

Kirk musterte seinen Ersten Offizier, lächelte und nickte langsam.

»Danke«, sagte er leise, nahm das Speichermodul entgegen und holte tief Luft, bevor er sich an Uhura wandte. »Jetzt ergeben sich wenigstens einige Anhaltspunkte. Der Hinweis auf den Joker... Was ist damit gemeint? Handelt es sich vielleicht um einen Code, den Sulu zuvor mit der Sonderabteilung vereinbart hat?«

»Ich habe bereits eine entsprechende Anfrage an Starfleet gerichtet, Admiral«, sagte Uhura sofort. »Die Antwort müßte innerhalb der nächsten beiden Stunden eintreffen.«

Kirk setzte zu einer Erwiderung an, überlegte es sich jedoch anders und schwieg. Ganz offensichtlich machten sich seine Offiziere nicht mehr die Mühe, auf Befehle zu warten. Insubordination? Er musterte Spock und Uhura — den Ernsten und die Fröhliche —, begriff plötzlich, daß sie sich ebenso hilflos fühlten wie er selbst. Voller Sorge dachten sie an Sulu, der sich großen Gefahren aussetzte. Und das ausdrückliche Verbot Noguras, direkt einzugreifen, ging ihnen gegen den Strich. Sie brannten darauf, endlich aktiv zu werden, nahmen die erste Chance wahr, sich nützlich zu machen. *Kann ich ihnen ihren Eifer vorwerfen?* dachte Kirk und lächelte erneut.

»Manchmal frage ich mich, wozu ich überhaupt noch gebraucht werde«, sagte er im Tonfall eines Märtyrers. Spock und Uhura boten ihm kein Mitgefühl an.

Knapp zwei Stunden später antwortete die Sonderabteilung, und kurz darauf erwartete den Admiral eine Aufgabe, die ihm ganz und gar nicht behagte.

»Sie haben richtig getippt, Jim«, sagte Uhura und deutete auf den Monitor der Kommunikationsstation. Sie hatte ihren Platz nicht verlassen, obwohl die Müdigkeit inzwischen wie ein schweres Gewicht auf ihren Schultern lastete. Die Aufregung verdrängte nur einen geringen Teil der Erschöpfung aus ihr. »Es *ist* ein Code. Den einzelnen Angehörigen der Rihannsu-Hierarchie werden dabei bestimmte Spielkarten zugewiesen. Dem Kaiser der König, dem Konsul die Dame, dem Prätor der Bube und so weiter.«

»Demnach müßte der Repräsentant des Prätors ...«, begann Kirk hoffnungsvoll.

»... das As sein«, bestätigte Uhura.

»Und der Joker?«

Die Frau am Kom-Pult zögerte kurz.

»Nun, der Föderationsrat sprach sich offiziell gegen die Mission der Delegierten aus, und normalerweise hätte sich die Sonderabteilung nicht sehr eingehend mit den Verhandlungen zwischen den Diplomaten und dem Repräsentanten des Prätors befaßt. Aber als ich Sulus Nachricht übermittelte, wurde eine genaue Stimmanalyse durchgeführt.«

»Und?« fragte Kirk neugierig.

»Dabei stellte sich heraus, daß der Gesandte des Prätors ein Eunuch ist...«

Der Admiral grinste.

»Eine... interessante Information. Aber was hat sie mit uns zu tun?«

Uhura und Spock wechselten einen kurzen Blick. Die ganze Sache *war* recht subtil — wenn man nur wenig von der romulanischen Kultur wußte.

»Wenn ein Rihannsu keinen Nachwuchs zeugen kann — also nicht imstande ist, seine Clanlinie fortzusetzen —, so bleibt ihm eine politische Karriere verwehrt«, erklärte der Vulkanier. »Unter gewissen Umständen hat die Kastration die gleiche Bedeutung wie eine Hinrichtung. Sie wird bei besiegten politischen Feinden angewandt. Und auch bei Hofbediensteten — um ihrem Streben nach Macht vorzubeugen.«

»Der Mann, mit dem die Delegierten sprachen, ist also ein Niemand«, brummte Kirk.

Uhura nickte.

»Die Sonderabteilung konnte ihn aufgrund der Stimmanalyse identifizieren. Er heißt Garefv m'kh, hat keinen Clannamen und dient dem Prätor als Kammerherr. Andere Aufgaben nimmt er nicht wahr.«

»Zum Teufel mit den Roms!« fluchte Kirk. »Was für hinterhältige, verschlagene Mistkerle...« Er brach ab und beruhigte sich wieder. »Ich muß Jasmine Bescheid geben. Und sie wird sicher nicht sehr erfreut sein.«

Jasmine alFaisal reagierte mit dem gleichen Zorn wie Kirk, und ihr Wutanfall dauerte wesentlich länger. Sie konnte sich so etwas leisten.

Nachdem der Admiral Spock und Uhura zu Bett geschickt hatte, sprach er eine Nachricht auf Band, die das Interkom in zehn Minuten an den Hochkommissar weiterleiten sollte. Kirk rasierte sich gerade, als Jasmine anrief und ihn bat, ihr einen Besuch abzustatten.

Sie empfing ihn in ihrer Kabine. Sorgfältig aufgetragenes Make-up verbarg die Spuren der Anspannung, die sie seit Monaten ertragen mußte, täuschte auch über ihre Schlaflosigkeit während der vergangenen Nächte hinweg. Das pechschwarze Haar umschmiegte die Schultern, bildete einen guten Kontrast zu dem prächtigen, blaugrünen Morgenmantel, dessen Stoff wie Pfauenfedern glänzte. Kirk erkannte tiburonische Pseudoseide und wußte auch, was sie kostete. Nun, vielleicht spielten solche Dinge für Diplomaten – beziehungsweise für diese besondere Politikerin – keine Rolle. Eins stand jedoch fest: Wenn es Jasmine darum ging, ihren Besucher zu beeindrucken, so konnte sie einen Erfolg verbuchen.

Sie bot Kirk eine Tasse Tee an. Er lehnte ab, blieb ruhig stehen und legte die Hände auf den Rücken, beobachtete stumm, wie die Ägypterin nach kleinen Gefäßen griff, die Sahne und Zucker enthielten. Ihr Service bestand aus kostbarem Porzellan und begleitete sie auf allen Reisen.

»Ich muß ständig in fremden Betten schlafen, und deshalb umgebe ich mich mit persönlichen Dingen – damit ich mich fast wie zu Hause fühle.« Jasmine alFaisal hob ihre Tasse, trank einen Schluck und musterte den Admiral. »Was für Neuigkeiten bringen Sie?«

Kirk berichtete von seinen Erkenntnissen in Hinsicht auf den Repräsentanten des Prätors.

»Das ist *empörend!*« stieß die elegante Frau hervor, und auf ihren Wangen bildeten sich rote Flecken. Sie fluchte in mehreren Sprachen, griff nach verschiedenen Dingen und schleuderte sie an die Wand. Kirk stellte jedoch fest, daß sie nur unzerbrechliche Gegenstände wählte; das Teeservice blieb völlig unversehrt. »Die Rihannsu haben sich also über uns lustig gemacht, uns verhöhnt! Obwohl wir mit einem ehrenwerten Anliegen an sie herantraten. Niemand von uns brachte in Erfahrung, wie es den Entführten geht. Und Shras... Oh, er tut mir besonders leid. Was für eine *abscheuliche* Angelegenheit. Himmel, der Gesandte des Prätors ließ uns zwei Wochen lang warten, und als er sich schließlich dazu herabließ, uns zu empfangen... Der verdammte Mistkerl saß in einem speziellen Sessel und hatte die Beleuchtung so reguliert, daß wir ihn nicht richtig sehen konnten! Tagelang hörte er sich unsere Bitten an, und dann redete er um den heißen Brei herum und meinte schlicht, er könne uns nicht helfen. Wenn ich gewußt hätte, daß er uns die ganze Zeit über verspottet... Oh, geben Sie mir fünf Minuten mit dem Prätor — dann teilt er das Schicksal seines Kammerherrn!«

»Ich kann Sie gut verstehen«, sagte Kirk und lächelte kurz, als er sich eine derartige Szene vorstellte. »Darf ich einen Vorschlag machen?«

Jasmine gestikulierte ausladend.

»Ich höre.«

»Wir erhielten die Informationen von einem unserer Agenten, der im Herzen des romulanischen Reiches tätig ist. Wenn er noch nicht entlarvt wurde...« — *Halt die Ohren steif, Hikaru,* dachte Kirk. *Laß dich bloß nicht erwischen* —, »...haben die Rihannsu keine Ahnung, daß wir über den Kammerherrn Bescheid wissen.«

Jasmine runzelte andeutungsweise die Stirn und erwog alle Möglichkeiten.

»Wenn wir zu erkennen geben, daß die wahre Identität des angeblichen prätorialen Repräsentanten kein Geheimnis für uns ist...«, sagte sie langsam. »Das wäre ein ziemlicher Gesichtsverlust für die Romulaner. Und dadurch bekommen wir einen wichtigen Vorteil. Jetzt *müssen* sie ehrliche Verhandlungen mit uns beginnen, um ihre Ehre wiederherzustellen.«

»*›Ch'Khroi mrerlel'lu fv'chril‹*«, sagte Kirk und zitierte ein altes Sprichwort, mit dem John Gill sein Akademie-Seminar über romulanische Geschichte begonnen hatte. »›Alles ist erlaubt — bis man gefaßt wird.‹«

»Genau!« bestätigte Jasmine triumphierend. »Allerdings müssen wir vermeiden, Ihren Agenten in Gefahr zu bringen.«

»Wir versuchen gerade, ihm die Rückkehr zu erleichtern«, entgegnete Kirk. *Komm schon, Hikaru,* fuhr es ihm durch den Sinn. *Wer zu lange den Helden spielt, riskiert seinen Hals.* »Hoffentlich ist er klug genug, seine Nachforschungen einzustellen und sich abzusetzen. Übrigens hat er uns auch noch etwas anderes mitgeteilt.«

Kirk berichtete von den Koordinaten der Handelsrouten, ohne zu sehr in die Einzelheiten zu gehen. Jasmine hörte aufmerksam zu und nahm Platz; sie wirkte nun wieder ruhig und gefaßt.

»Und wenn es gelingt, den derzeitigen Aufenthaltsort der Entführten zu bestimmen...«, murmelte sie. »Spielen Sie mit dem Gedanken, Gewalt anzuwenden, um die Bürgen zu befreien?«

Kirk zuckte mit den Schultern.

»Warum nicht?«

»Nein!« kam es scharf von Jasmines Lippen. Sie stand wieder auf. »Dieses Problem *muß* auf dem Verhandlungswege gelöst werden. Es darf niemand mehr ums Leben kommen, und eine weitere Belastung unserer Beziehungen zu den Romulanern und Klingonen sollte unbedingt vermieden werden. Ich spreche mit Shras und den anderen. Wie lange dauert es, um eine Verbindung zum Föderationsrat und der Sonderabteilung herzustellen?«

Subcommander Tal stand am Fenster von Krazz' Quartier und blickte über den staubigen, öden Platz. Nach einigen Sekunden schnitt der Rihannsu-Offizier eine Grimasse. Er verachtete Klingonen — ihr Gestank beleidigte seine aristokratische Nase. Leider mußte er sich damit abfinden, daß der Prätor ausgerechnet solche Verbündeten gewählt hatte.

»Sie behaupten also, die Deltaner seien einem unbekannten Leiden zum Opfer gefallen?« fragte er Krazz über die Schulter hinweg und starrte weiterhin nach draußen. Seine Stimme klang argwöhnisch. »Warum sind Sie und die anderen Gefangenen gesund geblieben?«

»Woher soll ich das wissen?« knurrte Krazz. Tal drehte sich abrupt zu ihm um, und daraufhin fügte der Klingone etwas ruhiger hinzu: »Vielleicht bedroht die Krankheit nur Haarlose. Ich bin Krieger, kein Arzt. Es steht alles im Bericht.«

»Tatsächlich?« Tal hatte die Unterlagen gelesen und sofort Verdacht geschöpft. »Steht wirklich *alles* darin?«

»Werfen Sie mir etwa Unaufrichtigkeit vor, *Ri-hannsu?«* zischte Krazz. »Wollen Sie es wagen, mich zu beleidigen? Seien Sie auf der Hut, Tal. Ich könnte vergessen, daß wir Verbündete sind!«

Nur zu, dachte der Romulaner wütend. *Greifen Sie mich an. Geben Sie mir einen Vorwand, Sie auf der Stelle zu erschießen.*

»Mein Commander wird sich ebenfalls mit dem Bericht befassen«, sagte er und ließ sich den Zorn nicht anmerken. »Und anschließend eine Inspektion vornehmen, um festzustellen, unter welchen Bedingungen die überlebenden Bürgen inhaftiert sind. Ich bin gekommen, um mir einen ersten Eindruck zu verschaffen. Führen Sie mich jetzt zu den Gefangenen.«

Krazz brummte etwas Unverständliches und rief nach Kalor.

»Mein *Stellvertreter* begleitet Sie!« grollte der Klingone. Er sah Kalor an und warnte ihn mit einem durchdringenden Blick. »Zeigen Sie *Sub*commander Tal die beiden Frauen.«

»Sofort, mein Lord«, erwiderte Kalor und salutierte zackig.

Krazz' Aufmerksamkeit galt in erster Linie dem Romulaner, und deshalb wunderte er sich nicht darüber, daß Kalor so schnell zur Stelle war. Der klingonische Lieutenant hatte die ganze Zeit über hinter der Tür gestanden und zugehört; seiner Ansicht nach mußten günstige Gelegenheiten unverzüglich genutzt werden.

KAPITEL 9

Trüber, rötlicher Sonnenschein drang durch die transparente Tür und fiel auf die beiden Gefangenen im klingonischen Kerker. Cleante kniete noch immer vor T'Shael und ließ sich durch nichts dazu bewegen, wieder aufzustehen.

»Vielleicht...«, begann die Vulkanierin und suchte nach den richtigen Worten. »Vielleicht ist es mir möglich, Sie mit einem kurzen gedanklichen Kontakt von Ihren Ängsten zu befreien. Mehr kann ich Ihnen derzeit nicht anbieten. Bitte versuchen Sie, mich zu verstehen.«

Cleante hob den Kopf, sah in das ernste Gesicht, in die glühenden, besorgt blickenden Augen. Irgend etwas ging nicht mit rechten Dingen zu. Aber was? Lag es an ihrer Gefangenschaft, an ihrer Hilflosigkeit, an der Gefahr, die Krazz für sie darstellte? Schließlich erhob sich die menschliche Frau, nahm neben neben T'Shael auf der Koje Platz und hielt nach wie vor ihre Hände. Soweit sie wußte, empfanden Vulkanier nur eine ganz bestimmte Sache als so schändlich, daß sie nie darüber sprachen.

»Als Sie eine mentale Brücke zu Resh schufen, sagte er: ›Du wirst bald brennen.‹ Was bedeutet das?«

Selbst die vulkanische Selbstdisziplin hatte ihre Grenzen. T'Shael riß sich los und rückte zur Seite.

»Möchten Sie die telepathische Verbindung oder nicht?« fragte sie scharf.

»Es tut mir leid«, sagte Cleante und mied den Blick der gleißenden Augen. »Ja, ich möchte sie. Bitte.«

T'Shael seufzte leise, preßte die Fingerspitzen aneinander und faßte sich wieder. Nach einigen Sekunden sah sie Cleante an.

»Entspannen Sie sich und streifen Sie allen geistigen Ballast ab«, wies sie die Terranerin an. »Leisten Sie meinem

Bewußtsein keinen Widerstand; verzichten Sie darauf, Ihre Gedanken in eine bestimmte Richtung zu lenken. Haben Sie Vertrauen zu mir?«

Cleante nickte.

»Dann seien Sie ganz offen für mich. Und sprechen Sie erst, wenn der Kontakt hergestellt ist.«

Die menschliche Frau nickte erneut, und T'Shael hob die rechte Hand, berührte die Nervenpunkte im Gesicht ihrer Mitgefangenen. Cleante schloß die Augen und vernahm gedankliche Worte.

Beherrschung, erklang die mentale Stimme der Vulkanierin. *Was ist, ist. Und kann von uns nicht verändert werden. Furcht steht im Widerspruch zur Logik. Furcht verstärkt Leid und Schmerz. Selbstbeherrschung besiegt die Furcht. Selbstbeherrschung ermöglicht inneren Frieden. Furcht bringt Schwäche, aber sie läßt sich überwinden, indem man sich auf das Ganze besinnt. Ruhe ist Stärke, Selbstbeherrschung schafft Transzendenz...*

Ein seltsames Gefühl, das sich nur schwer beschreiben ließ. Cleante dachte an ein Messer, die Klinge so scharf und dünn, daß sie völlig schmerzlos in ihren Leib eindrang. Irgend etwas tastete nach ihrer Seele und schuf Ordnung in einem viel zu emotionalen Chaos. *Wie das Auge eines Sturms,* dachte die Terranerin, ließ ihre Gedanken treiben und spürte eine angenehme Mattigkeit. *Ich hätte vor nichts Angst, wenn T'Shael...*

Ich bin hier, sagte (?) die Vulkanierin, und ihr stabiles, gefestigtes Bewußtsein wich zurück. Cleante neigte den Kopf und seufzte, fern aller Furcht.

T'Shael hatte der menschlichen Frau nur einen Blick auf die Peripherie ihres Geistes gestattet. Tief darunter fragte sich ein verborgener Aspekt ihres Ichs, woher ausgerechnet sie das Recht nahm, von Selbstbeherrschung zu sprechen. *Hast du vergessen, was dir bald bevorsteht?* überlegte sie und erzitterte innerlich.

Plötzlich verdunkelte sich der Zugang, und T'Shael hob den Kopf, sah einen doppelten Schatten, hervorgerufen von den beiden karmesinroten Sonnen am Himmel. Die fremde Gestalt stieß den schnarchenden Wächter achtlos beiseite, und als sie sich der Tür zuwandte, erkannte die Vulkanierin ein deutliches Rihannsu-Profil.

Wütend stand Subcommander Tal vor der durchsichtigen Barriere — Krazz erlaubte ihm nicht, das niedrige Gebäude zu betreten. Er drehte sich fassungslos zu Kalor um, und in seinen wissend blickenden Augen — sie bildeten einen seltsamen Kontrast zu den immer noch jugendlich wirkenden Zügen — blitzte es zornig.

»Ich bin entrüstet!« platzte es aus ihm heraus. »Dies sind keine Verbrecher, sondern angesehene Bürger der Föderation und außerordentlich wichtige politische Häftlinge! Es geht um weitaus mehr, als Sie ahnen. Verdammt, wir sind hier nicht auf einem klingonischen Sklavenplaneten! Sie behandeln die Bürgen wie Tiere!«

»Wir halten nichts davon, das Potential von Gefangenen zu vergeuden«, erwiderte Kalor neutral. »Entweder setzen wir sie für schwere Arbeiten ein — oder wir töten sie, um uns Mühe zu ersparen.« Er ließ unerwähnt, daß er Cleante in einem Harem untergebracht und T'Shael für Laborexperimente verwendet hätte.

Tal nahm einen höheren Rang ein, aber Kalor sprach ihn nicht mit seinem Titel an, achtete darauf, sich völlig kühl und unbeeindruckt zu geben.

Tal kniff die Augen zu schmalen Schlitzen zusammen. Die meisten Klingonen waren dumm und ließen sich einfach durchschauen, doch Krazz' Stellvertreter blieb rätselhaft für ihn.

Der Subcommander setzte sich in Bewegung, marschierte mit langen Schritten über den Platz.

»Ich werde sofort für einige Veränderungen sorgen«, sagte er. »Die viel zu primitiven Lebensbedingungen der Gefangenen müssen unbedingt verbessert werden. Sie brauchen bessere Nahrungsmittel und Medikamente. Die gräßlichen Uniformen, die erbärmlichen sanitären Anlagen! Ganz zu schweigen davon, daß sie sich überhaupt nicht beschäftigen können! Ihnen fehlen Lesematerial und andere Möglichkeiten, sich abzulenken. Unvorstellbar!«

Kalor zuckte mit den Achseln. Wenn der Romulaner die Unterkunft der beiden Frauen für primitiv hielt, hatte er offenbar noch nie eine Sklavenwelt besucht.

»Die Klingonen haben einmal mehr ihre Unfähigkeit bewiesen«, fügte Tal schroff hinzu. »Jemand anders sollte sich um diese Angelegenheit kümmern.«

Kalor zuckte erneut mit den Schultern, als sei ihm alles völlig gleichgültig. Er folgte in diskretem Abstand, als Tal unaufgefordert in Krazz' Zimmer trat.

»Ich verlange eine Möglichkeit, mit den Häftlingen zu sprechen!« stieß er hervor.

»Sie haben nichts zu *verlangen!«* erwiderte Krazz und zog die buschigen Brauen zusammen. *»Ich* führe hier das Kommando!«

Tal ballte unwillkürlich die Fäuste und mußte sich daran erinnern, daß die Klingonen Verbündete des Reiches waren. *Hier habe ich es mit mehreren Gegnern zu tun, und daher ist Vorsicht geboten,* überlegte er. *Aber das Flaggschiff befindet sich im Orbit.*

»Das könnte sich schneller ändern, als Sie glauben«, erwiderte er, gab das vereinbarte Signal und ließ sich an Bord beamen.

Tal verließ den Transporterraum und machte sich sofort auf den Weg zur Kabine des Commanders, um Bericht zu erstatten. Die Kommandantin hörte ruhig zu — bis er auf die überlebenden Bürgen zu sprechen kam.

»Sie scheinen in recht guter Verfassung zu sein. Die menschliche Frau konnte mit den Belastungen natürlich nicht ganz so gut fertig werden wie die Vulkanierin...«

Die Kommandantin schnappte nach Luft und drehte ihren gepolsterten Sessel herum.

»Eine Vulkanierin?« zischte sie. Ihr anmutiges Gesicht verzerrte sich, zeigte kalte Wut und wiedererwachende Leidenschaft.

»Ja, Commander«, bestätigte Tal ruhig und beobachtete, wie sich die Züge der Frau glätteten.

»Nun, es könnte schlimmer sein«, sagte sie und strich langes, glänzendes Haar zurück. Einige Sekunden lang dachte sie stumm nach und lächelte dann. »Du nennst mich ›Commander‹. Warum bist du heute so förmlich, Tal?«

»Dies *ist* doch eine offizielle Besprechung, oder?« entgegnete er, und es zuckte in seinen Mundwinkeln. »Außerdem muß ich dauernd an die Klingonen denken. Sie sind so gemein und hinterhältig – am liebsten würde ich sie eigenhändig umbringen! Schon unter gewöhnlichen Umständen halte ich nichts von ihnen, aber diese Sache ist zu wichtig, und ihre arrogante Gleichgültigkeit...«

Die Kommandantin lachte, und es folgte ein leiser, gurgelnder Laut, der unmittelbar darauf neuerlicher Stille wich.

»Du denkst und fühlst wie ein Aristokrat, und das hat mir immer sehr an dir gefallen.« Die Romulanerin stand auf, ging am Tisch vorbei und schlang die Arme um den Mann. »Möchtest du etwas trinken? Um den fauligen Klingonengeschmack herunterzuspülen?«

»Vielleicht später«, sagte Tal etwas sanfter.

Es gelang ihr noch immer, ihn zu fesseln, nach all den Jahren. Tal hatte mehrere Beförderungen und sogar ein eigenes Kommando abgelehnt, um bei dieser Frau zu bleiben. Besser gesagt: um weiterhin in ihrem Schatten zu stehen – immerhin bekleidete sie einen höheren Rang. Das war einer von vielen und recht komplexen Gründen, warum sie auch nach dem Debakel mit den Föderationsspionen und der Tarnvorrichtung Kommandantin des Flaggschiffes blieb. Wenn es Tal nicht irgendwann gelang, sich von ihrem Einfluß zu befreien, würde er auch den Rest seines Lebens als Subcommander verbringen.

Er nahm keinen Anstoß an den vielen Liebhabern, die seine Vorgesetzte ganz nach Belieben wählte. Es handelte sich nur um vorübergehende Affären, und schließlich kehrte sie immer wieder zu ihm zurück. Doch in ihrer Vergangenheit gab es einen bestimmten Mann, einen Vulkanier, der für die Kommandantin weitaus mehr bedeutete als nur eine kurze Episode, den sie sogar Tal vorgezogen hätte.

Er strich über das weiche, schimmernde Haar und lächelte, als er vergeblich nach einer hellen Strähne suchte. Seine Schläfen waren schon in der Jugend ergraut, wodurch er immer ein wenig älter wirkte. Die Kommandantin schien besonderen Gefallen darin zu finden, und auch diesmal tasteten ihre Fingerkuppen nach dem silbernen Glanz. Kurz darauf seufzte sie und ließ ihn los.

»Du hast natürlich recht«, sagte sie. »Zuerst die Pflicht.«

Sie wich einen Schritt zurück und schlüpfte wieder in die Rolle des Commanders.

»Vielleicht sollten wir den Klingonen unsere Entschlossenheit demonstrieren...« Sie sprach mit der scharfen, energischen Stimme eines romulanischen Flottenkommandeurs. »Richte einen gebündelten Phaserfokus auf das Quartier der Klingonen. Mal sehen, ob es Krazz wagt, auch mir die Stirn zu bieten!«

Die Veränderungen begannen. Krazz knurrte und grollte und knirschte mit den Zähnen, aber die Phaser des Flaggschiffes blieben auf sein Quartier gerichtet, und deshalb mußte er sich fügen.

Die Rihannsu ignorierten ihn.

Tal überwachte die verschiedenen Arbeiten. Das vom Erdbeben beschädigte Gebäude, in dem die beiden Frauen untergebracht waren, mußte stabilisiert werden. Hinzu kam die Installation angemessener Hygieneanlagen, unter ihnen auch eine Ultraschalldusche. Die Romulaner stellten den Gefangenen verschiedene Toilettenartikel zur Verfügung und schlossen einen Lebensmittel-Synthesizer an, der auf die Spezialitäten der terranischen und vulkanischen Küche programmiert wurde. Zu den Lieferungen gehörten außerdem ein dicker Teppich für den kalten Steinboden, weiche zivile Kleidung und sogar ein kleiner Bibliothekscomputer. An Bord des romulanischen Raumschiffes gab es nicht viele Speichermodule, die keinen Sicherheitsklassifikationen unterlagen, aber nach mehr als hundert Tagen der Gefangenschaft begnügten sich die beiden mit wenigen Datenkassetten. Jede Ablenkung war ihnen willkommen.

Während Krazz versuchte, mit seiner Wut fertig zu werden, behielt Kalor Tal im Auge. Der klingonische Lieutenant war angewiesen, den Romulaner ständig zu beobachten, und diesmal begrüßte er die Paranoia seines Vorgesetzten. Kalor folgte Tal auf Schritt und Tritt, wie der Schatten eines Schatten.

T'Shael dankte dem Subcommander, während Cleante kaum einen Ton von sich gab. Sie schien noch immer nicht zu wissen, was sie von den Neuankömmlingen halten sollte.

Die Instruktorin wandte sich mit zwei Bitten an Tal.

»Wenn Sie gestatten...«, sagte sie höflich. »Sie brachten uns nur wenige Kassetten. Vielleicht haben Sie einige zusätzliche Datenmodule, die Sie uns überlassen könnten.«

Abgesehen von politischen Erwägungen, begegnete Tal der Vulkanierin keineswegs mit Verachtung. Von Anfang an fiel ihm T'Shaels besondere Würde auf.

»Es sind die einzigen Aufzeichnungen in Standard«, erwiderte er nicht unfreundlich.

»Ich kenne verschiedene Sprachen«, sagte T'Shael in fehlerfreiem Hoch-Rihan, und der aristokratische Tal war sowohl überrascht als auch beeindruckt. »Ich würde mich gern mit vergleichenden Studien befassen.«

»Ich spreche mit meinem Commander darüber«, erwiderte Tal und ahnte, daß die Vulkanierin noch weitere Worte an ihn richten wollte. Aus den Augenwinkeln sah er, wie Kalor immer nervöser wurde und bereits nach der Waffe tastete — der Klingone schöpfte sofort Verdacht, als er eine ihm fremde Sprache hörte. »Gibt es sonst noch etwas?« fragte Tal auf Standard.

»Ich möchte Ihnen für die zusätzliche Kleidung danken«, sagte T'Shael und warf Cleante einen warnenden Blick zu. Der weiche Rihannsu-Stoff lag sorgfältig zusammengefaltet auf einer der Kojen. Ständig befanden sich Romulaner in der Nähe, und daher hatten beide Frauen noch keine Gelegenheit gefunden, sich umzuziehen. »Aber mit allem gebührenden Respekt... Wir ziehen es vor, weiterhin die Häftlingsuniformen zu tragen.«

Cleante riß verblüfft die Augen auf und setzte zu einem Einwand an, schwieg jedoch, als sie T'Shaels Blick bemerkte. Die Reaktion der Terranerin entging Tal nicht, und er überlegte einige Sekunden lang.

»Darf ich mich nach Ihren Gründen erkundigen?« Er ignorierte Kalor und formulierte seine Frage erneut auf Hoch-Rihan, wollte feststellen, wie gut T'Shael diese sehr komplexe und schwierige Sprache beherrschte. »Das Reich wird Sie weiterhin als Geiseln behalten, bis eine zufriedenstellende Vereinbarung mit der Föderation getroffen wird. Aber Sie sind keine Verbrecher und dürfen auch nicht so behandelt werden. Wenn Sie andere Kleidung möchten...«

T'Shael senkte den Kopf und gab damit zu erkennen, daß diese Dinge keine Rolle für sie spielten.

»Wir sind noch immer Gefangene«, lautete ihre Antwort. »Es wäre unlogisch, diese Tatsache zu leugnen.«

»Ich verstehe«, sagte Tal, obwohl das nicht ganz der Wahrheit entsprach.

Er bemerkte den kurzen Blick, den die beiden Bürgen wechselten, und Kalor nahm ihn ebenfalls zur Kenntnis. Er machte sich eine gedankliche Notiz für die xenopsychologischen Untersuchungen, setzte dann seine Aufgabe fort, Tal zu beschatten.

»Wollen Sie mit derart bunter und hübscher Kleidung Krazz' Aufmerksamkeit erwecken?«

Cleante runzelte verwirrt die Stirn, und plötzlich blitzte es nicht mehr in ihren byzantinischen Augen. Sie hatte es gar nicht abwarten können, die rauhe klingonische Uniform ablegen und gegen ein weiches Rihannsu-Gewand eintauschen zu können, aber sie verstand nun T'Shaels Logik.

»Daran habe ich überhaupt nicht gedacht«, gestand sie ein und lächelte verlegen. »Der für Menschen typische Hedonismus, nehme ich an. Es tut mir leid.«

»Sie brauchen Ihre menschliche Natur nicht zu bedauern«, erwiderte die Vulkanierin geheimnisvoll. »Sie sind damit weitaus besser dran, als Sie glauben.«

Tal beobachte verträumt, wie die Kommandantin aufstand. Er ließ den Kopf auf die Kissen zurücksinken, blieb in der gleichen Position liegen, in der sie den Koitus beendet hatten. Selbst dabei verzichtete die Romulanerin nicht auf eine dominante Stellung. Tal gab sich damit zufrieden. Es freute ihn, daß sie sich ihm ab und zu hingab — wenn auch unter ihren eigenen Bedingungen.

Sie trug einen durchscheinenden Umhang, der ihre reife Schönheit betonte, und Tal musterte sie aus halb geschlossenen Augen. Vergeblich versuchte er, sich auf genug Leidenschaft zu besinnen, um ihr noch einmal zu Gefallen zu sein. Er fühlte sich müde und ausgelaugt, hätte auf der Stelle einschlafen können. Die Frau hingegen schien neue Kraft geschöpft zu haben, als sei es ihr gelungen, seine Energie aufzusaugen und sie der eigenen hinzuzufügen. Eine Zeitlang wanderte sie wie ziellos durchs Zimmer, griff nach einem Kelch, trank einen Schluck und strich ihr langes Haar von den Schultern. Doch es dauerte nicht lange, bis sie schneller und energischer ausschritt.

»Ich habe mir alles gründlich durch den Kopf gehen lassen, Tal«, sagte sie, und ihre Stimme klang ungewöhnlich scharf. Der Subcommander musterte sie, während sie einem Schemen gleich durch das Halbdunkel der Kabine glitt. »Die Klingonen geben mir einen Vorwand, um sie für die ganze Sache verantwortlich zu machen und die Ehre des Prätors zu retten. Hoffen wir, daß er sich diesmal erkenntlich zeigt.« Sie sah auf den dösenden Mann herab — mal Befehlsempfänger, mal Liebhaber. »Hörst du mir zu?«

»Ja, *Commander«*, erwiderte er mit schläfriger Ironie und gähnte hinter vorgehaltener Hand. »Der Prätor hat es übertrieben, und ich bezweifle, ob er an seiner Macht festhalten kann«, fügte er hinzu. In aller Öffentlichkeit ausgesprochen, hätten ihm diese Worte eine Anklage wegen Hochverrat eingebracht, aber an diesem Ort — unter diesen Umständen — durfte er eine eigene Meinung vertreten. »Das Mißfallen des Konsuls ist kein Geheimnis. Und die Reaktionen der Föderation auf den dummen Trick mit dem Kammerherrn... Schon als wir aufbrachen, erwogen die einzelnen Fraktionen erste politische Maßnahmen, und eigentlich wundert es mich, daß man uns nicht längst zurückbeorderte.«

»Es sind eben nur Fraktionen«, sagte die Kommandantin und winkte ab. »Keine von ihnen ist stark genug, um allein zu handeln. Und bestimmt überwinden sie ihre Differenzen nicht lange genug, um eine gemeinsame Strategie zu entwickeln. Vermutlich gelingt es dem Prätor irgendwie, erneut das Wohlwollen von Konsul und Kaiser zu gewinnen, und das ist mir durchaus recht. Zumindest wissen wir, was man von ihm erwarten kann. Laß uns froh sein, daß er immer noch der Prätor ist.«

»Und wir sind Bauern in seinem Schachspiel«, sagte Tal, benutzte dabei eine terranische Metapher. Er machte es sich etwas bequemer. »Ich wünschte, wir hätten mit dieser Angelegenheit nichts zu tun.«

»Mir ergeht es ebenso«, murmelte die Kommandantin, nahm neben ihm auf der Liege Platz und strich mit den Händen über den muskulösen Leib ihres Subcommanders.

Wie bei den meisten Männern seiner Kaste zeigte sich das Ehrenmal einer langen Fechtnarbe an der Schulter, und mit einer Fingerkuppe folgte die Romulanerin ihren Konturen. An der Brust und am Rücken gab es andere, dünnere Narben — sie stammten von ihren Fingernägeln —, und die romulanische Frau fragte sich kurz, ob es ebenfalls

Zeichen der Ehre waren. Vielleicht. Nun, sie würden rasch heilen und dann nicht mehr an die Wunden erinnern, die — vielleicht — in der Seele des Mannes zurückblieben.

Die Kommandantin streichelte Tal weiterhin, als sie fragte: »Glaubst *du* an den Unsinn über die Deltaner?«

»Natürlich nicht!« antwortete er sofort, stemmte sich in die Höhe und streifte einen reich verzierten Morgenmantel über, ein Geschenk der Frau. Manchmal fröstelte er, wenn sie ihn auf diese Weise berührte. »Die Klingonen sind heimtückische Mörder! Ich bin ganz sicher, daß sie die drei deltanischen Bürgen umgebracht haben. Sie litten an Langeweile und vertrieben sich die Zeit damit, die Gefangenen zu quälen. Du weißt ja, welche Experimente sie auf ihren Sklavenplaneten durchführen. Sie fanden irgendeine Möglichkeit, die Deltaner zu töten, ohne daß an ihren Leichen Spuren zurückblieben.« Tal ballte unwillkürlich die Fäuste. »Krazz hat nicht die geringste Ahnung von den politischen Verwicklungen, die sich daraus ergeben könnten. Wieso sind Klingonen so unglaublich dumm?«

»Wie dem auch sei...«, sagte die Kommandantin leise. »Sowohl seine Vorgesetzten als auch unsere haben den Bericht akzeptiert.«

Tal zögerte einige Sekunden lang. »Die Begegnung mit Tolz *epetai* Kenran war wohl nicht besonders erfreulich, oder?« fragte er mit einem Hauch Ironie. »Bisher hast du darüber geschwiegen.«

Normalerweise fluchte die Romulanerin nur selten. Sie verzichtete zwar nicht darauf, ihren Zorn zu zeigen, und deshalb blieb die Besatzung des Flaggschiffes ständig auf der Hut; dieses Verhalten kam einer Taktik gleich, denn eine gewisse Anspannung an Bord gewährleistete die ständige Wachsamkeit der Crew. Aber diesmal machte sie von ihrem ganzen entsprechenden Vokabular Gebrauch. Tal hörte ihr erstaunt zu.

»Wenn dich die Erinnerungen zu sehr belasten...«, stichelte er und riskierte es, die Wut der Kommandantin auf sich selbst zu lenken. Manchmal empfand er so etwas als recht anregend.

»Sie ›belasten‹ mich keineswegs«, hielt ihm die Frau entgegen. Sie holte tief Luft. »Kenran ist nicht nur wesentlich größer als ich, sondern auch ein ganzes Stück lauter, aber er hat die Partie bereits verloren — obgleich er noch immer eine Chance für sich sieht...«

Die Kommandantin las Kalors Bericht über die Deltaner; anschließend brach sie sofort mit ihrem persönlichen Scoutschiff auf, entschossen dazu, Tolz Kenran einen Besuch abzustatten und ihn zur Rede zu stellen. Sie wollte von ihm wissen, warum er derart inkompetente Leute mit einer wichtigen Mission beauftragt hatte und was er nach dem Tod von insgesamt vier Geiseln zu unternehmen gedachte. Sie mußte Lord Tolz zugute halten, daß er sie anhörte, bevor er sein cholerisches Temperament unter Beweis stellte — wovon sich die Romulanerin natürlich nicht beeindrucken ließ.

»So etwas passiert eben!« donnerte der Klingone. Eine sachliche Feststellung, soweit es ihn betraf. Er bot weder eine Entschuldigung noch Erklärungen an. »Schicksal!« fügte er hinzu.

Er brüllte. Zumindest gewann die Kommandantin einen solchen Eindruck. Sie befand sich erst seit wenigen Minuten an Bord des klingonischen Kreuzers und kannte Kenran nicht gut genug, um zu wissen, daß dies seine normale Lautstärke war. Sie musterte ihn und ließ sich ihre Abscheu nicht anmerken. Noch nie zuvor hatte sie einen so häßlichen Zweibeiner gesehen: die Haut rissig und faltig, das ergraute Haar verfilzt, die Augen blutunterlaufen, die Hände völlig verstümmelt. *Und mit solchen Wesen hat sich das Reich verbündet,* dachte sie entsetzt. *Es ist eine Schande.*

Tolz ließ sich nicht dazu herab, den Blick auf die Romulanerin zu richten. Schaumiger Speichel tropfte von seinen spröden Lippen, während er sprach und auf einen Schirm starrte, der Bilder von den letzten Jahresspielen zeigte. Die Frau begriff sofort, daß die aufgezeichneten Szenen in erster Linie ihr galten. Sie beobachtete einige Rihannsu, die an den Wettkämpfen teilnahmen und eine Niederlage hinnehmen mußten. Tolz hatte den Bildschirm so aufgestellt, daß sie ihn nicht ansehen konnte, ohne gleichzeitig die Darstellungen im Projektionsfeld zu betrachten: eine Zeitlupen-Sequenz des Freistilkampfes; grünes, romulanisches Blut floß; Rihannsu wurden von klingonischen Ringern zu Boden geschmettert.

»Mein Lord...«, begann die Kommandantin erneut. Die erste Tirade hinterließ rauhe Trockenheit in ihrer Kehle. Als sie beobachtete, wie Kenran an kaltem Fruchtsaft nippte — er bot ihr kein Getränk an, und das kam einem beabsichtigten Affront gleich — und sie ignorierte, brodelte neuerlicher Zorn in ihr.

Der Klingone ließ seine Besucherin nicht zu Wort kommen. »Wenn ich mich recht entsinne...«, grollte er, blickte auf den Bildschirm und grinste, als ein weiterer Rihannsu zu Boden ging. »Wenn ich mich recht entsinne, waren es *Ihre* Leute, die den ersten Bürgen umbrachten. Warum regen Sie sich so darüber auf, daß einige weitere Geiseln ums Leben kamen?«

»Was den Tod des Andorianers angeht, trifft uns keine Schuld!« entgegnete die Kommandantin scharf und versuchte, nicht die Beherrschung zu verlieren. Tolz verlangte, daß sie sich auf Klingonaase unterhielten — und zwar ohne Übersetzungsgeräte. Er kannte keine andere Sprache, hielt es offenbar nicht für nötig, seine Kenntnisse zu erweitern. *Die typische Einstellung des Eroberers. Unterjochte Völker sollen gefälligst das Idiom ihrer neuen Herren erlernen. Siehst du auch in den Rihannsu eine minderwertige Rasse, die es zu unterwerfen gilt?* Die Romulanerin kämpfte gegen eine Mischung aus Ärger, Empörung und Haß an. »Er fiel einem Unfall zum Opfer. Doch die drei Deltaner wurden mit voller Absicht ermordet!«

»Wir sind Klingonen!« platzte es aus Tolz Kenran heraus, und diesmal brüllte er wirklich. Eine klauenartige Handprothese schloß sich um die Armlehne und stemmte den massigen Leib aus dem Sessel. »Klingonen!« wiederholte er. »Keine Babysitter oder Laufburschen. Begreifen Sie das endlich! Ich habe mich nur auf diese Sache eingelassen, weil ich einen großen Anteil des Lösegeldes erwartete. *Khest!* Die Föderation hat offizielle Verhandlungen abgelehnt — weil Sie eine Geisel töteten. Wozu brauchen Sie mich überhaupt noch?«

»Ich *brauche* Sie keineswegs!« zischte die Romulanerin. »Aber glauben Sie nur nicht, Sie könnten Ihre Verantwortung jetzt einfach so abstreifen.« Sie achtete nicht auf das Dröhnen aus den Lautsprechern der Videoanlage, starrte dem Klingonen direkt in die Augen. »Sie sind an dieser Angelegenheit ebenso beteiligt wie wir. Der Tod des Andorianers führte zu schweren Belastungen unserer Beziehungen zur Föderation, und wir mußten... besondere Maßnahmen ergreifen, um unseren ›guten Willen‹ zu zeigen. Aber die drei Deltaner gehen allein auf Ihr Konto. Es sei denn...« Die Kommandantin wartete, bis Tolz wieder Platz genommen hatte und eine Kontrolleinheit hervorholte, um die Lautstärke zu erhöhen. »Es sei denn, wir finden einen Sündenbock.«

Ungelenk betätigte Tolz einige Tasten, fluchte, ließ das kleine Gerät fallen und starrte wütend darauf herab. Die Romulanerin wartete nicht ab, bis er einen Diener rief. Sie bückte sich geschmeidig, hob das Instrument auf und hielt es so, daß sich Kenran vorbeugen mußte, um danach zu greifen.

»*Khest,* wovon reden Sie eigentlich?« knurrte er böse. Erneut rann ihm Speichel übers Kinn. »Wozu benötigen wir einen Sündenbock?«

»Ich beherrsche Ihre Sprache nicht gut genug, Lord. Vielleicht habe ich eine falsche Bezeichnung gewählt.« Die Kommandantin hielt das Gerät noch immer in der ausgestreckten Hand. Als sich Tolz nicht von der Stelle rührte, schaltete sie den Bildschirm aus. Von einem Augenblick auf den anderen herrschte Stille. »Aber ich nehme an, Sie verstehen mich trotzdem. Wir brauchen jemanden, um uns zu entlasten und die Föderation zufriedenzustellen. Soweit ich die klingonische Philosophie kenne ... Wer für die Ehre des Imperiums stirbt, verdient sich damit einen Platz in der Schwarzen Flotte, nicht wahr?«

»Romulanisches Geschwätz«, brummte Tolz. »Entlastung! Was für ein Unsinn!«

»Jener Mann, der für die Bewachung der Gefangenen verantwortlich ist, Krazz...«, fuhr die Kommandantin fort und überhörte die letzten Worte des Klingonen. »Wir geben ihm die Schuld. Wenn Sie ihn nicht selbst hinrichten wollen ... Ich bin gern bereit, ihn zu exekutieren. Oder wir überlassen ihn der Föderation.«

»Niemals!« donnerte Tolz und riß ihr die Kontrolleinheit aus der Hand.

Wußte die Romulanerin, daß er über sie und die Ironie des Schicksals lachte? Ahnte sie, *was* sie ihm anbot? Nein, sicher nicht. Schon seit einer ganzen Weile bestand sein Ziel darin, Krazz zu beseitigen, eine alte Rechnung mit ihm zu begleichen, ihn endgültig aus dem Weg zu räumen. Mit einem solchen Plan beschäftigte er sich, seit er von seinen Vorgesetzten die Anweisung bekommen hatte, den Roms bei ihrem närrischen Entführungsprojekt zu helfen. Begriff die Frau wirklich nicht, daß er lachte? Wohl kaum. Den Spitzohren fehlte der Sinn für Humor, und das emotionale Spektrum der Klingonen blieb ihnen ein Rätsel. Nein, sie konnte ihn unmöglich durchschauen.

»Niemals!« brüllte er erneut, schaltete die Videoanlage wieder ein und starrte auf den Bildschirm. »Es ist mir völlig gleich, welchen Rang Sie bekleiden — Sie haben nicht zu bestimmen, was mit meinen Offizieren geschehen soll. Fort mit Ihnen!«

Er ließ sich einen weiteren Fruchtsaft bringen und schenkte der Kommandantin nicht mehr die geringste Beachtung. Sein Interesse galt allein dem aufgezeichneten Geschehen im Projektionsfeld. Der Diener — ein namenloses

Wesen, das zu keiner bekannten Spezies gehörte – eilte nervös hin und her, füllte Karaffen und Gläser. Die Romulanerin wartete, bis das Geschöpf den Raum verließ.

»Krazz muß geopfert werden«, beharrte sie und sprach laut genug, um den Lärm zu übertönen. »Andernfalls trifft Sie für alles die Verantwortung.«

»Ha!« machte Tolz *epetai* Kenran, und die Kommandantin fragte sich, ob dieser Ausruf ihr oder dem Bildschirm galt.

»Jetzt weißt du Bescheid«, sagte sie zu Tal, warf das lange, glänzende Haar zurück und genehmigte sich noch einen Drink. Jetzt mußte *sie* fauligen Klingonengeschmack herunterspülen. Eine Zeitlang musterte sie den Mann an ihrer Seite. Was hielt die Crew von ihrer Beziehung? Tal gehörte zu einer anderen Kaste, und deshalb blieb ihnen eine offizielle Partnerschaft verwehrt. Die Kommandantin zuckte andeutungsweise mit den Achseln, rutschte noch etwas näher an den Subcommander heran und berührte ihn zärtlich. »Was ist mit dir? Du bist auf dem Planetoiden gewesen und hast dich dort umgesehen. Wie geht es den Gefangenen? Wie steht es um ihre Verfassung? Sind sie jetzt zufrieden?«

»Von ›Zufriedenheit‹ kann wohl kaum die Rede sein«, antwortete Tal und verzog kurz das Gesicht. »Nun, es geht ihnen jetzt besser als vorher. Und derzeit droht ihnen keine Gefahr von den verdammten Klingonen.«

»Das ist wenigstens etwas.« Die Frau musterte ihren Gefährten. »Du machst dir Sorgen um sie, nicht wahr? Warum?«

»Es gefällt mir nicht, daß unschuldige Personen leiden müssen«, erwiderte Tal aufrichtig. »So etwas verletzt mein Ehrgefühl ...«

»Niemand ist vollkommen unschuldig«, sagte die Kommandantin spitz. *Armer aristokratischer Tal,* dachte sie. *Du bist viel zu sensibel. Wann begreifst du endlich, daß die bittere Realität Härte erfordert?* »Niemand. Wenn du dich damit nicht abfindest, wirst du nie mehr sein als jetzt, Subcommander.«

»Ich kenne meinen Platz, *Commander*«, erwiderte Tal kühl, und die Frau wich so plötzlich zurück, als habe er ihr einen Schlag versetzt.

»Ich verstehe«, sagte sie, ließ die Hände sinken und überlegte, wie Tal auf ihre nächsten Worte reagieren mochte. »Nach dem Tod des Andorianers wurden alle Angehörigen der Entführungsgruppe hingerichtet. Commander Delar und seine Soldaten starben durch die Garrotte.«

Tals Hände schlossen sich fest um ihre Schultern.

»Nein!«

»Du warst mit Delar befreundet, nicht wahr?« fragte die Kommandantin nicht ohne Mitgefühl.

»Wir wuchsen zusammen auf und haben im gleichen Regiment gedient«, sagte Tal leise. Aus einem Reflex heraus tastete er nach seiner Schulternarbe. »Er war immer besser als ich, und darum stieg er in einen höheren Rang auf.« Er lächelte bitter. »Nur um ein derartiges Ende zu finden!«

Er sprang von der Liege, zog den Gürtel des Morgenmantels zu und wanderte unruhig umher.

»Warum?« stieß er hervor, trat an die Kommandantin heran und starrte sie so finster an, als treffe sie die Schuld. »Hingerichtet! Aus welchem Grund? Weil ein wahnsinniger, gefährlicher Gefangener durch Zufall ums Leben kam? Man gab ihm nicht einmal die Möglichkeit, ehrenvoll zu sterben. Nein, er wurde durch die Garrotte hingerichtet, wie ein gewöhnlicher Verbrecher! *Warum?*«

»Weil er die Entführung verpfuschte«, entgegnete die Frau zurückhaltend. »So munkelt man jedenfalls im Präsidium. Die offizielle Verlautbarung, die den Leichnam des Andorianers zur Föderation begleitete, wurde ein wenig anders formuliert.«

Tal setzte sich erneut in Bewegung, doch nach einigen Schritten blieb er stehen. Er fragte die Kommandantin längst nicht mehr, woher sie von solchen Dingen wußte. Sie stand dem Prätor weitaus näher, als sie zugab.

»In *jener* Botschaft wird betont, wie betroffen und bestürzt das Reich sei«, fuhr die Romulanerin fort. »Man weist darauf hin, für die Verschleppung der sechs Bürgen sei eine gewissenlose Splittergruppe verantwortlich, die mit den Klingonen gemeinsame Sache machte. Angeblich wußte das Präsidium von nichts. Nun, die Föderation begnügte sich mit diesen Lügen, und daraufhin begannen intensive Verhandlungen. Die entsprechenden Delegationen sind gerade über den Tod der Deltaner informiert worden. Es ist von größter Bedeutung, daß wir die Klingonen für alles verantwortlich machen. Vielleicht gelingt es uns doch noch, mit einem nur geringen Gesichtsverlust davonzukommen.

Was die Hinrichtung mit der Garrotte betrifft... Wie ich hörte, sind derartige Exekutionen auf Andor durchaus üblich. Beschwichtigungspolitik, mein lieber Tal. Wir geben uns zerknirscht. Nun, meine Aufgabe besteht jetzt darin, die beiden letzten Gefangenen am Leben zu erhalten und vor den Klingonen zu schützen — bis das Präsidium eine Möglichkeit findet, sie freizulassen, ohne dadurch die Klin herauszufordern oder ein eigenes Verschulden einzugestehen. Ach, in solchen Situationen bedaure ich es fast, eine Rihannsu zu sein.«

Tal musterte sie erstaunt, und daraufhin lachte die Kommandantin.

»Wenn nicht einmal wir beide ehrlich zueinander sein können... Außerdem habe ich ähnliche Bemerkungen an den Prätor gerichtet, als wir zum letztenmal... bevor wir unsere Reise begannen. Aus diesem Grund beauftragte er mich, die Sache so weit wie möglich zu bereinigen.«

Sie stand ebenfalls auf, trat an Tal heran, schob ihre schmalen Hände in die Taschen seines Morgenmantels und schmiegte sich an ihn.

»Es ist mein letzter Test, die letzte Buße für den Verlust der Tarnvorrichtung. Unser Prätor hat ein gutes Gedächtnis; er vergißt so leicht nichts. Ich muß ihm beweisen, daß ich sein Vertrauen und den Befehl über das Flaggschiff verdiene. Wenn ich Erfolg habe... Vielleicht werde ich vollständig rehabilitiert. Wirst du auch dann an meiner Seite bleiben?«

Ihr Subcommander starrte ins Leere und grübelte. Dachte er an seinen alten Freund Delar oder die Hinweise, die auf eine sehr enge Beziehung zwischen ihr und dem Prätor hindeuteten? Die Kommandantin wandte sich von ihm ab, suchte die Hygienezelle auf, kehrte kurze Zeit später zurück und zog die Uniform an.

»Wir befinden uns in einer sehr kritischen Situation«, sagte sie schließlich. »Es geht darum, gleichzeitig auf mehreren Ebenen tätig zu werden. Wir müssen uns an die offiziellen Befehle halten, und darüber hinaus habe ich auch noch streng geheime Anweisungen, die allein mir gelten. Hinzu kommen die Klingonen, deren Orders häufig den unsrigen widersprechen. Ihre Perversität stellt einen ständigen Unsicherheitsfaktor dar. Oh, ich bin froh, wenn all dies vorbei ist.«

Sie warf einen kurzen Blick aufs Chronometer.

»Schlaf noch ein wenig, bevor du wieder deine Pflichten wahrnimmst«, sagte sie. »In der Zwischenzeit... Ich muß einen Weg finden, um das Universum zumindest von einem Klingonen zu befreien.«

Tal sah ihr nach und widerstand der Versuchung, die Kommandantin zu fragen, ob er sie begleiten durfte. Es gab einige Dinge, die sie allein erledigen mußte.

Der öde Planetoid im System der roten Doppelsonne schickte sich an, das Problem namens Krazz ganz allein zu lösen. Er verweigerte der Kommandantin des romulanischen Flaggschiffes im Orbit die Genugtuung, den Klingonen persönlich zur Schwarzen Flotte zu schicken, beschloß ein anderes Schicksal für ihn.

»Was ist los?« wandte sich die Rihannsu an einige Besatzungsmitglieder ihres Kreuzers, die hastig Aufstellung bezogen, um sie nach der Landung des Scoutschiffes zu begrüßen. Sie trat die kurze Rampe herunter, und der Boden unter ihren Füßen zitterte so heftig, daß sie fast das Gleichgewicht verlor.

»Ein Erdbeben, Commander«, erwiderte einer der Soldaten, salutierte und bemühte sich, auf den Beinen zu bleiben. »Die Oberfläche des Planetoiden scheint recht destabil zu sein. Den ganzen Morgen über kam es immer wieder zu Erdstößen.«

»Auch das noch!« Die Kommandantin schnitt eine Grimasse und holte tief Luft, als die Erschütterungen allmählich nachließen. »Bringen Sie mich zu Lord Krazz. Ich möchte mit ihm sprechen.«

Sie brauchte sich gar nicht die Mühe zu machen, das klingonische Quartier aufzusuchen: Krazz kam auf sie zu.

»Ich habe Ihre Einmischungen satt!« rief er zornig und stürmte heran, dichtauf gefolgt von den anderen Klingonen. »Ich muß mich an meine Befehle halten, *Kahlesste kass!* Ihre störende Präsenz ... die Gefangenen ... meine Anweisungen ... mir reicht's!«

Die meisten Worte verloren sich in dem dumpfen Grollen der seismischen Aktivität. Krazz stolperte mehrmals, fiel jedoch nicht und näherte sich weiter. Die Kommandantin wartete und trachtete danach, nicht laut zu lachen, als sie die groteske Gestalt sah. Die kurzen Beine des klingonischen Commanders wirbelten dichten gelben Staub auf, und er unterbrach sich immer wieder, um laut zu husten. *Soll er ruhig schreien,* dachte die romulanische Frau. *Bis er mich erreicht, ist er längst außer Atem.*

Aber Krazz bekam gar nicht die Möglichkeit, ihr gegenüberzutreten. Es donnerte, und der Boden unter ihm wölbte sich jäh. Der Klingone wurde emporgeschleudert, fiel und blieb auf dem Bauch liegen. Kalor verharrte neben seinem Vorgesetzten und wollte ihm auf die Beine helfen, doch eine zweite starke Erschütterung brachte ihn ebenfalls zu Fall.

Krazz warf ihm einen finsteren Blick zu, stieß den Lieutenant beiseite und stemmte sich aus eigener Kraft in die Höhe. Bevor er aufstehen konnte, bildete sich plötzlich ein breiter Riß im Boden, und einen Sekundenbruchteil später war der Commander verschwunden.

Kalor riß entsetzt die Augen auf und beobachtete, wie sich die Spalte mit einem mahlenden Knirschen schloß. Der Planetoid hatte Krazz verschlungen.

Und mit ihm einen ausführlichen Bericht, der die Schwächen des deltanischen Volkes schilderte und in allen Einzelheiten beschrieb, wie das Imperium einen Nutzen daraus ziehen konnte.

Kalor knirschte mit den Zähnen, raufte sich das Haar und zischte wütend. Die Rihannsu beobachtete ihn aufmerksam und glaubte, Kummer und Verzweiflung in seinem Verhalten zu erkennen. Das erstaunte sie. Bedauerte er den Tod des Vorgesetzten, obgleich er dadurch seinen Platz einnehmen und einen höheren Rang bekleiden konnte?

Der klingonische Lieutenant beruhigte sich schließlich, als er die Blicke der Romulaner spürte — und gleichzeitig begriff, daß ihm die neue Situation einen wichtigen Vorteil gab. Es dauerte sicher nicht allzu lange, einen neuen Bericht zu verfassen und ihn den wissenschaftlichen Fakultäten des Imperiums zugänglich zu machen — vorausgesetzt natürlich, er konnte den Planetoiden verlassen, bevor er ihm ebenfalls zum Opfer fiel. Die Präsenz der Roms schien darauf hinzudeuten, daß ihr Entführungsprojekt kurz vor dem Abschluß stand. *Und außerdem...*, dachte er zufrieden. *Jetzt kann ich Krazz die Schuld für den Tod der Deltaner geben. Ich behaupte einfach, ich hätte nur seine Befehle ausgeführt.*

»Ich würde Ihnen gern glauben«, sagte die Kommandantin. Sie saß hinter Krazz' Schreibtisch und sah aus dem Fenster. Einige romulanische Techniker überprüften die Gebäude, die aufgrund der vorherigen Instandsetzungsarbeiten kaum beschädigt worden waren. *Wir müssen bald aufbrechen,* erinnerte sich die Frau und sah Kalor an, der seinen üblichen Platz einnahm und ihr aufmerksam zuhörte. »Leider kann ich mich nicht dazu durchringen, Ihre

Version zu akzeptieren. Ich fürchte, sie enthält nur ein Körnchen Wahrheit; der Rest besteht aus infamen Lügen. Unglücklicherweise habe ich nicht genug Zeit, um eine eingehende Untersuchung durchzuführen. Mein Raumschiff ist der Föderation gut bekannt, und wenn ich länger hierbleibe, schöpft Starfleet vielleicht Verdacht. Es ist mir auch nicht möglich, einen Offizier zurückzulassen und ihn damit zu beauftragen, Sie zu überwachen. Noch haben Sie das Kommando. *Noch.* Aber damit es zu keinen Mißverständnissen kommt...«

Sie beugte sich ein wenig vor und stützte die Ellenbogen auf den Tisch, nachdem sie dort vergeblich nach Schmutz Ausschau gehalten hatte.

Erst jetzt fiel ihr auf, wie sauber das klingonische Quartier war. *Krazz hat sich wohl kaum die Mühe gemacht, seine Unterkunft in Ordnung zu halten,* dachte die Kommandantin. *Jemand anders ist dafür verantwortlich.* Sie erinnerte sich an die beiden Gefangenen, die sie bisher noch nicht gesehen hatte. Der Anblick eines vulkanischen Gesichts, selbst nach so langer Zeit...

Sie verdrängte diese Überlegungen.

»Wenn es nach mir ginge...«, wandte sie sich an Kalor. »Ich würde Sie Ihres Kommandos entheben und an Bord meines Flaggschiffes unter Arrest stellen, bis ich die ganze Wahrheit über diese scheußliche Angelegenheit erfahren habe. Oder ich ließe Sie von einigen Soldaten bewachen, bis alles geklärt ist. Leider steht es mir nicht zu, solche Maßnahmen zu ergreifen.«

Die Anweisungen des Prätors sind eindeutig, fuhr es ihr durch den Sinn. *Wenn die Föderation herausfindet, wo die entführten Bürgen festgehalten werden, wenn Starfleet ein Schiff schickt, um sie zu befreien... In dem Fall dürfen sich hier keine Rihannsu aufhalten.*

»Es bleibt mir also nichts anderes übrig, als Sie hier zurückzulassen. Und zwar allein. Ich nehme Ihre Leute mit, gewissermaßen als Pfand — falls uns das Imperium Schwierigkeiten macht. Sie brauchen nicht zu protestieren.

Ich bin sicher, daß Sie auch allein mit zwei unbewaffneten Frauen fertig werden.«

»Es lag mir fern, irgendwelche Einwände zu erheben, Commander«, erwiderte Kalor ruhig und sprach damit zum erstenmal. Sein Gesichtsausdruck blieb unergründlich, und das Glühen in den Augen verriet nicht, was er dachte und empfand. »Die erste Pflicht eines Klingonen besteht darin zu gehorchen.«

Die Kommandantin musterte ihn verächtlich.

»Ich möchte eins klarstellen«, sagte sie und stand auf, ohne den Blick von Kalor abzuwenden. »Wenn ich zurückkehre und nicht zwei gesunde, völlig unversehrte Gefangene finde, sorge ich dafür, daß Sie einen möglichst qualvollen Tod sterben. Haben Sie verstanden?«

»Ja, Commander«, bestätigte der Klingone und preßte kurz die Lippen zusammen.

»Erst erbitten Sie zusätzliche Datenkassetten von dem Rihannsu, und dann beschäftigen Sie sich überhaupt nicht damit«, sagte Cleante und versuchte, T'Shael aus ihrer seltsamen Apathie zu wecken.

Sie hatten das heftige Erdbeben unverletzt überstanden. Seltsamerweise warnte die Vulkanierin diesmal nicht vor den Erschütterungen, und Cleante zog sie rasch unter eine der Kojen. Die beiden Frauen wußten noch nichts von Krazz' Tod – niemand hielt es für nötig, die Gefangenen zu informieren.

T'Shael starrte mehrere Minuten lang auf den Monitor, und schließlich blinzelte sie, schaltete den kleinen Bibliothekscomputer aus. Sie gab keinen Ton von sich, drehte nur langsam den Kopf und starrte weiterhin ins Leere – ein eigenartiges Verhalten für jemanden, der nie müßig blieb. Cleante spürte, wie sich Unbehagen in ihr regte.

»Teilen Sie sich die Speichermodule ein, damit Sie länger etwas davon haben?«

Keine Antwort.

»Oder widerspricht es Ihren Prinzipien zuzugeben, daß sie Ihnen gefallen?«

Die Vulkanierin blieb weiterhin still.

»Bei Allah, T'Shael, was ist los mit Ihnen?«

Die Instruktorin wandte sich wie in Zeitlupe um, und als Cleante ihren Blick sah, verkrampfte sich etwas in ihrem Innern. In den dunklen Augen gleißte ein Feuer, das die menschliche Frau noch nie zuvor in dieser Intensität gesehen hatte. Sie erinnerte sich an die immer länger werdenden Trancephasen, an die letzten Worte des sterbenden Resh, an die Kühle von T'Shaels Händen, an die hartnäckige Ablehnung des Freundschaftsangebots. Plötzlich begann sie zu verstehen.

»Der fiebrige Glanz in Ihren Augen...«, sagte Cleante. »Sie sind *krank.*«

T'Shael wich zurück, als die menschliche Frau auf sie zutrat, hob eine zitternde Hand.

»Ja«, bestätigte sie nach einer Weile, und ihre Stimme klang sonderbar heiser und rauh. Sie schien sich kaum mehr beherrschen zu können. »In gewisser Weise ist es eine... Krankheit. Ich konnte nicht rechtzeitig nach Vulkan zurückkehren, und nun muß ich die Konsequenzen tragen.«

Cleante wählte ihre Worte mit großer Sorgfalt.

»Es handelt sich nicht um das Leiden Ihres Vaters, oder?« fragte sie und wußte die Antwort.

»Nein«, erwiderte T'Shael widerstrebend, neigte den Kopf und versuchte, die Scham aus ihrer Stimme zu verbannen. »Nein.«

Cleante überlegte, trat an die transparente Tür heran und mußte sich erst noch daran gewöhnen, daß die klingonischen Wächter fehlten. Eine Zeitlang blickte sie stumm über den Platz. Die Hinweise während der Mentalverschmelzung mit Resh... T'Shaels gegenwärtiger Zustand hatte irgend etwas mit der Unveränderlichkeit der vulkanischen Biologie zu tun, mit dem erstaunlich unlogischen Verlobungsbrauch. Ein immer stärker werdendes sexuelles

Bedürfnis. Und wenn es unbefriedigt blieb... Es gab viele Fragen, die Cleante an ihre Mitgefangene richten wollte, aber dies war nicht der richtige Zeitpunkt.

»Vielleicht...«, begann sie nach einer halben Ewigkeit. »Die Romulaner sind noch immer hier. Wenn wir Ihnen erklären...«

Sie fühlte deutlich, wie sich ihr T'Shaels Blick in den Rücken brannte.

»Dafür ist es jetzt zu spät«, sagte die Vulkanierin, und es klang resigniert, fast verzweifelt. *»Kaiidth!* Und ich darf nicht einmal darüber sprechen...«

»Es tut mir leid«, murmelte die menschliche Frau.

Eine Sekunde lang herrschte Stille.

»Wenn ich Sie um etwas bitten darf, Cleante...«

»Selbstverständlich!« erwiderte die Terranerin sofort, und T'Shael zögerte, überwältigt von dem Vertrauen der menschlichen Frau.

»Meine... Krankheit führt zum Wahnsinn, zu einem überaus schändlichen Verhalten. Es wird nicht mehr lange dauern, bis ich mich zu entsetzlichen Dingen hinreißen lasse, und dafür bitte ich Sie schon jetzt um Verzeihung.«

»T'Shael...«

»Ich bitte Sie, hören Sie mich an! Noch bleibt mir ein wenig Zeit. Noch habe ich Kontrolle über mich... Ich brauche Ihre Hilfe, Cleante. Selbst wenn ich etwas verlange, das Ihnen seltsam erscheint – kann ich mich auf Sie verlassen?«

»Ja«, antwortete die Terranerin und nickte.

KAPITEL 10

»Jetzt die Handgelenke«, sagte T'Shael, als ihre Füße am unteren Ende der Koje festgebunden waren. Cleante verwendete geflochtene Streifen einer zerrissenen Decke und prüfte die Festigkeit eines Riemens, indem sie mit aller Kraft daran zerrte. Der Stoff gab nicht nach. »Binden Sie sie an die Stützpfosten.«

Die Vulkanierin lag rücklings auf der Matratze, die Arme wie in einer beschwörenden Geste weit über den Kopf gestreckt. Cleante starrte kummervoll auf sie herab, hob die geballten Fäuste zu den Schläfen und schüttelte den Kopf.

»Es ist eine solche Demütigung«, flüsterte sie. »T'Shael, ich kann nicht!«

»Ich zöge es vor, mich irgendwo einzuschließen, wo mich niemand beobachten, wo ich keinen Schaden anrichten kann, aber das ist mir leider nicht möglich«, entgegnete die Vulkanierin. Ihre Stimme klang noch etwas heiserer — und ungeduldig. »Bald verliere ich den Verstand und die Kontrolle über mich. Ich möchte Sie nicht verletzen! Cleante, ich bitte Sie inständig! Die Zeit wird knapp, und Sie haben mir Ihr Wort gegeben...«

»Ja, das habe ich, nicht wahr?« Die menschliche Frau seufzte, beugte sich vor und schlang die improvisierten Riemen um die Handgelenke ihrer Gefährtin.

»Noch fester!« brachte T'Shael zwischen zusammengebissenen Zähnen hervor.

Sie erlitt einen plötzlichen Anfall und erbebte am ganzen Leib. Als es ihr gelang, sich wieder zu entspannen, drehte sie den Kopf zur Seite und bedachte Cleante mit einem vorwurfsvollen Blick.

»Ersparen Sie mir Ihre menschliche Behutsamkeit! Denken Sie an die Beherrschung des Unvermeidlichen! Ziehen Sie die Streifen so stramm, wie Sie können. Ich darf auf keinen Fall imstande sein, mich zu befreien.«

Cleante kam der Aufforderung nach und preßte die Lippen zusammen, als sie sah, wie die Riemen tief in die Haut der Vulkanierin schnitten.

»Gut«, sagte T'Shael, spannte die Muskeln und stellte fest, daß die Fesseln hielten. »Jetzt der letzte Strang. Beeilen Sie sich!«

Es war noch ein Riemen übrig, und die Instruktorin hatte von Cleante verlangt, ihn um ihre Taille und die Koje zu binden. Doch die menschliche Frau zögerte und befingerte den Stoff nervös.

»Wenn Sie sich noch einmal so sehr verkrampfen, könnten Sie dadurch innere Verletzungen erleiden«, sagte sie. »Nein, Sie sind auch so sicher genug.«

»Ich werde noch weitaus stärkere Anfälle bekommen, und der letzte Riemen soll mich auf der Liege festhalten.« T'Shael keuchte. »Cleante, bitte!«

Die Terranerin fügte sich, schlang den Strang um die Taille der Vulkanierin und verknotete ihn am Bettgestell. Tränen rannen ihr über die Wangen.

»Oh, T'Shael, *warum?«*

»Mein Bewußtsein ist mit dem Selbst Staleks verbunden.« Die Stimme der Vulkanierin klang hohl, schien in weiter Ferne zu erklingen. Der Blick ihrer brennenden Augen reichte einmal mehr ins Leere. »Wenn der Mann seinem Drängen nicht nachgeben kann, muß er sterben. Und wenn die Bedürfnisse der Frau, die mit ihm verbunden ist, unerfüllt bleiben, findet sie ebenfalls den Tod. So war es beim Morgengrauen unserer Kultur. Und so wird es auch während der Abenddämmerung meines Volkes sein.«

Sie sah Cleante an, als wolle sie Abschied von ihr nehmen. Leuchtete so etwas wie liebevolle Zärtlichkeit in ihren dunklen Pupillen?

»Da wäre noch etwas...«

»Ja?« Die menschliche Frau wischte sich Tränen aus den

Augen. Sie hielt an der Absicht fest, alle Bitten der Vulkanierin zu erfüllen — so schwer es ihr auch fiel.

»Sprechen Sie weder mit den Klin noch mit den Rihannsu darüber. Ich kann nicht von Ihnen erwarten, meinen Zustand zu verbergen — das wird bald völlig unmöglich sein. Ich bitte Sie nur darum, mir für eine gewisse Zeit die Schande zu ersparen. In einer solchen Situation sollte ein Vulkanier nicht beobachtet werden, aber für mich gibt es leider kein Versteck, keinen Ort, der meine Privatsphäre schützt. Es läßt sich nicht ändern; ich muß mich damit abfinden. Aber bis es soweit ist... Weisen Sie nicht darauf hin, was mit mir geschieht. Schweigen Sie darüber.«

»Ich will es versuchen.« Cleante schluchzte und sehnte sich danach, die Vulkanierin zu umarmen, ihr Trost zu gewähren. Doch sie wußte, daß sie es dadurch nur noch schlimmer gemacht hätte. »Ich will es versuchten, T'Shael.«

Das genügte der Instruktorin. Sie nickte stumm, schloß die Augen und warf den Kopf zurück, als ein neuerlicher Anfall begann.

»Eine Verlobungszeremonie!« entfuhr es Cleante mit kindlicher Freude, als sie zusammen mit T'Shael den Laden der Instrumentenbauer verließ und ins warme Zwielicht des vulkanischen Abends trat — klare, deutliche Erinnerungen, obwohl inzwischen tausend Jahre vergangen zu sein schienen. »Ich dachte, Außenweltler seien dabei nicht zugelassen.«

»Sie nehmen als mein Gast daran teil«, erklärte die Instruktorin und gewährte der menschlichen Frau damit große Ehre. »Ich bin aufgrund meines Vaters eingeladen worden.«

»Er muß ein sehr beeindruckender Mann gewesen sein«, sagte Cleante und dachte an ihren eigenen Vater, den sie nie kennengelernt hatte.

Die Ankündigung des Verlobungsrituals stellte den Höhepunkt eines überaus ereignisreichen Tages dar.

»Das Instrument gebührt nur jemandem, der wirklich darauf zu spielen vermag«, sagte T'Shael, beendete eine schlichte Melodie und gab Künstlerin T'Sehn die *Ka'athyra* zurück. »Ich bin nicht mein Vater.«

Cleante wich von den beiden Frauen fort, überließ sie ihrer besonderen Beziehung. Als sie an der Werkbank entlangging, trat sie auf den Schwanz eines kleinen Tiers und hörte ein zorniges Fauchen. Sie bückte sich und runzelte verwundert die Stirn, als sie sah, was unter dem niedrigen Tisch hockte.

»Eine terranische Katze«, sagte jemand. »Allerdings hat sie einen vulkanischen Namen, denn sie wurde hier geboren.«

Cleante richtete sich wieder auf und musterte den attraktivsten Mann, den sie jemals gesehen hatte. Er schien recht jung zu sein, vielleicht noch jünger als sie — obwohl sich das Alter von Vulkaniern nur schwer abschätzen ließ. Er war schlank und nicht sehr groß. Seine Augen befanden sich auf einer Höhe mit Cleantes Brauen, und sie leuchteten in einem bernsteinfarbenen Ton. Die menschliche Frau lächelte unwillkürlich.

»Ich bin Sethan«, sagte er. »Die Katze heißt I-Letyah und ist typisch terranisch. Mit anderen Worten: Sie zeichnet sich durch starke Emotionalität aus.«

Cleante hielt die letzte Bemerkung für einen Scherz — bis sie sich daran erinnerte, daß sie es mit einem Vulkanier zu tun hatte. Ihre Blicke klebten an ihm fest.

»Ein hübsches Tier«, sagte sie, als Sethan die Katze unter dem Tisch hervorholte und streichelte. »Gehört sie Ihnen?«

»Sie gehört zu diesem Ort«, erwiderte Sethan und setzte die Katze wieder ab. Mit bemerkenswerter Eleganz schob sie sich an Werkzeugen vorbei und wich langen Holzspänen aus. »Vor einigen Jahren kam ein irdischer Musiker zu Besuch und brachte Salet dem Begabten eine Katze mit. I-Letyah stammt von ihr ab. In den Straßen dieses Stadtviertels gibt es viele ihrer Nachkommen. Der Begabte mochte sie und meinte, ihre Würde genüge auch vulkanischen Ansprüchen.«

Du bist sicher noch ein Kind gewesen, als er starb, dachte Cleante. *Wenn du überhaupt schon geboren warst. Und trotzdem sprichst du mit solcher Ehrerbietung von ihm. Salet muß wahrhaft außergewöhnlich gewesen sein.*

»Für einen Vulkanier sind Sie sehr freundlich«, platzte es aus ihr heraus, bevor sie ihre Zunge unter Kontrolle bringen konnte. Bei T'Shael hätte sie sich entschuldigt, aber diesmal schwieg sie.

»Ich kenne die Art der Menschen«, sagte Sethan hintergründig. »Möchten Sie, daß ich Sie herumführe? Meine Großmutter würde das sicher begrüßen.«

Er deutete auf die alte T'Sehn, die noch immer mit T'Shael sprach.

»Wenn Sie nicht zu beschäftigt sind«, entgegnete Cleante und fühlte sich immer wohler. Sie hielt unwillkürlich den Atem an und rechnete mit einer ganz bestimmten Antwort.

»Der Vulkanier weiß, daß es für alles Zeit gibt«, erwiderte Sethan automatisch, und Cleante versuchte, nicht zu lachen.

»Wir verwenden verschiedene Holzsorten«, erklärte Sethan und gehorchte dem Gebot der Logik, indem er mit den Grundlagen der *Ka'athyra*-Herstellung begann. »Vor Tausenden von Jahren verwendete man nur *Shaforr* oder eridanisches Teakholz aus den Polarwäldern. Es ist so selten, daß die *Ka'athyra* einen hohen Wert bekam. Nur wenige Personen konnten sich ihren Erwerb leisten, unter ihnen natürlich auch diejenigen, die Salets Begabung teilten und die hohen Preise mit den Einnahmen ihrer Konzerte bezahlten.

Der Handel mit anderen Welten gab den Handwerkern die Möglichkeit, mit neuen Holzarten zu experimentieren, obgleich sie für die Rückflächen nach wie vor kostbares *Shaforr* benutzen. Salet der Begabte setzte als erster Musiker Birkenholz für den Resonanzboden ein. Wenn ich mich recht entsinne, werden daraus auch die irdischen Violinen angefertigt, nicht wahr?«

»Ich weiß es nicht«, sagte Cleante verträumt. Ihre Fingerkuppen strichen über maseriges, noch unbearbeitetes Teakholz, und sie nahm einen aromatischen Duft wahr. »Ist das der Grund, warum die Instrumente Ihrer Großmutter anders klingen als die übrigen?«

»Nun, es ist *ein* Grund«, antwortete Sethan und wölbte überrascht die Brauen. »Sie sind sehr aufmerksam...«

»...für einen Menschen«, beendete Cleante den angefangenen Satz. *Wie verführt man einen Vulkanier?* dachte sie wehmütig.

»Es lag nicht in meiner Absicht, Sie zu beleidigen«, verkündete Sethan ernst.

»Ich weiß.« Cleante lächelte erneut. »Ich wollte Sie nur ein wenig aufziehen.«

»Aufziehen?« wiederholte Sethan. »Oh, ich verstehe.« Er führte sie zu den Computeranlagen in der einen Ecke des großen Raums.

»Wenn die einzelnen Komponenten zugeschnitten und einander angepaßt sind, wird hier die akustische Qualität des Resonanzbodens getestet«, erläuterte der junge Vulkanier und deutete auf einige kompliziert wirkende Anzeigen, die für Cleante völlig unverständlich blieben. »Jedes Holzstück ist einzigartig und hat eine charakteristische molekulare Struktur, was ein sehr individuelles Vibrationsverhalten zur Folge hat. Manchmal werden die Unterschiede ausgeglichen, indem man die Stärke der Rückfläche verändert oder die vorderen Wirbel anders positioniert. Nun, jeder einzelne Handwerkskünstler verwendet dabei eine eigene Technik, und sie entscheidet letztendlich über die Einstellungen des Resonators. Die Dehnbarkeit der Saiten, Reinheit des Lacks und Anzahl der aufgetragenen Schichten sind zusätzliche Variablen und... Ich langweile Sie.«

Cleante erwachte aus ihrer Träumerei.

»Nein«, widersprach sie. »Ganz und gar nicht. Ich bin nicht etwa gelangweilt, sondern... überwältigt. Wenn ich daran denke, daß jedes von Ihnen hergestellte Instrument ein eigenständiges Werk ist und nicht etwa nur aus vorgefertigten Teilen zusammengesetzt wird... Offenbar sind Sie sehr geschickt, obwohl Sie noch recht jung wirken.«

»Ich bin zwanzig Komma eins sechs Standard-Jahre alt«, erwiderte Sethan, ohne auf die Verletzung seiner Privatsphäre hinzuweisen. »Anders ausgedrückt: Ich habe noch eine Menge zu lernen. Seit meinem siebten Lebensjahr beschäftige ich mich mit dieser Kunst, und noch ist es mir nicht gestattet, eine eigene *Ka'athyra* zu bauen.«

Cleante musterte ihn verwirrt.

»Worin besteht dann Ihre Tätigkeit?« fragte sie Sethan. Sie wollte seiner Stimme lauschen und soviel wie möglich über die vulkanische Musik und ihre Instrumente erfahren. Aber gleichzeitig fragte sie sich, ob sie ebenso interessiert gewesen wäre, wenn ihr T'Sehn oder jemand anders alles erklärt hätte.

Schon seit zwei Jahren befand sie sich auf Vulkan, und einmal mehr wurde sie daran erinnert, wie wenig sie über die rätselhaften Bewohner dieser Welt wußte. Ihre Informationen über das Familienleben beschränkten sich auf die Beobachtung von eleganten, gesetzt wirkenden Paaren, die mit einem oder höchstens zwei Kindern durch die Museen und öffentlichen Parks gingen, leise miteinander sprachen und sich nie berührten. Die Söhne oder Töchter wirkten ebenso ernst wie ihre Eltern. Nur die Ein- und Zweijährigen verhielten sich wie menschliche Kinder, waren dauernd in Bewegung und stellten ständig Fragen. Doch nach dem zweiten Geburtstag schien irgend etwas Seltsames mit ihnen zu geschehen, und dadurch verwandelten sie sich in kleine Erwachsene.

Erst jetzt fiel Cleante auf, daß sie nie ein Liebespaar gesehen hatte. Sie bemerkte die Achtung, die man allen Älteren entgegenbrachte, ganz gleich, ob es sich um Fremde oder Verwandte handelte. Offenbar genügte allein das vorgerückte Alter, um sie einer größeren Familie einzugliedern. Gelegentlich sah Cleante dunkeläugige und anmutige Vulkanierinnen, die in ihrer Schwangerschaft noch graziöser und würdevoller erschienen. Und gab es einen ästhetischeren Anblick als vulkanische Frauen, die ihren Säuglingen in aller Öffentlichkeit die Brust gaben? Sie saßen neben warmen Quellen oder im Schatten eines Baums, wanderten auf den breiten Bürgersteigen, das Kind in einer weichen Schulterschlinge, und ihre Züge waren immer ruhig und gelassen, brachten inneren Frieden zum Ausdruck.

Doch wo begann es? Warum wurde in der vulkanischen Literatur, die Cleante gelesen hatte, nie darauf hingewiesen, wie die Männer dieses Planeten um ihre Frauen warben? Auf welche Weise wählten die Ehepartner einander aus?

Für flüchtige, oberflächliche Beziehungen gab es in der vulkanischen Kultur keinen Platz, und die Vorstellung von Liebesaffären hielt Cleante in diesem Zusammenhang für absurd. Auf welche Weise entstanden die lebenslangen Partnerschaften, die den Fortbestand des Volkes sicherten? Warum sprach man nie darüber? Beherrschte die Logik auch diesen sehr privaten Aspekt Vulkans? Nahm man eine genetische Selektion vor, durch die eugenisch zueinander passende Personen bestimmt wurden? Cleante schauderte unwillkürlich. *Vielleicht ist das der Grund, warum ich mich bisher noch nicht danach erkundigt habe,* dachte sie.

Wie wählten Vulkanier ihre Partner? Und konnten sie sich für einen Menschen entscheiden?

»Worin besteht dann Ihre Tätigkeit?« fragte sie Sethan, um seine Aufmerksamkeit zu binden, um mehr über ihn zu erfahren.

»Ich bin für die Computer verantwortlich«, erwiderte er. »Außerdem besteht die Pflicht des Lehrlings darin, in der Werkstatt aufzuräumen und sie sauberzuhalten.«

»Wer so begabt ist wie Sie, kann es wohl kaum als Herausforderung empfinden, Holzspäne zusammenzufegen«, sagte Cleante. »Ich meine, immerhin sind Sie T'Sehns Enkel und gehören zu einer angesehenen Handwerkerfamilie«, fügte sie hinzu und machte sich damit die vulkanische Perspektive zu eigen. Der menschliche Standpunkt, den ihre ersten Worte verdeutlichten, wurde eher von Egoismus geprägt.

»Während ihrer Lehrzeit erledigten meine Großmutter und die übrigen Künstler ähnliche Arbeiten«, entgegnete Sethan mit einem gewissen Stolz. »Das ist keineswegs unehrenhaft. Außerdem habe ich noch eine weitaus wichtigere Aufgabe.«

Cleante biß sich auf die Lippe und folgte dem jungen Vulkanier in einen anderen Teil des Ladens. Es handelte sich um einen abgetrennten, schallisolierten Raum voller Werkzeuge. Auch hier lagen Späne auf dem Boden, wie im Hauptzimmer, doch in der Mitte der Kammer stand ganz offensichtlich ein terranisches Musikinstrument.

Die menschliche Frau betrachtete es. Ein altes Klavier. Nein, die Form stimmt nicht, und selbst als Amateurin fiel ihr die doppelte Tastatur auf. Cleante kannte sich mit den modernen irdischen Instrumenten aus, die aufgrund speziell programmierter Prozessoren praktisch ganz von allein spielen konnten, und als Archäologin hatte sie auch einige Kenntnisse über die Musikgeschichte ihres Heimatplaneten erworben. Dennoch blieb ihr diese besondere Apparatur fremd. Was stellte sie dar? Und warum befand sie sich ausgerechnet hier?

»Ein Cembalo«, sagte Sethan, als er die Verwunderung im Gesicht seiner Begleiterin sah. »Dieses Modell wurde den Exemplaren nachgebildet, die während des sechzehnten Jahrhunderts alter Zeitrechnung auf der Erde entstanden.«

»Oh, natürlich«, sagte Cleante, als wisse sie bestens Bescheid. Sie wollte vermeiden, daß Sethan sie für ungebildet hielt.

»Außenweltler nehmen häufig an, die *Ka'athyra* ähnele

terranischen Saiteninstrumenten wie zum Beispiel der Violine«, erklärte der junge Vulkanier und berührte das Cembalo ebenso sanft wie zuvor die Katze. »Wer sich nicht genau damit auskennt, spricht vielleicht von einer ›vulkanischen Harfe‹. Da sie häufig für musikalische Improvisationen verwendet wird, vergleicht man sie gar mit der Gitarre, einem nicht annähernd so guten und leistungsfähigen Instrument. Nun, wir unterscheiden nicht zwischen ›klassischen‹ und ›populären‹ Melodien. Für uns ist alles Musik. Wenn die *Ka'athyra* tatsächlich irdische Verwandte hat, so sollte man in erster Linie den iranischen Sitar und das Cembalo nennen. Damit wird man den dynamischen Prinzipien gerecht.«

»Ich verstehe«, log Cleante. Sie blickte in das Instrument, überrascht von den vielen, überaus komplex wirkenden Saiten und Plektren. »Bauen Sie es ganz allein?«

»Es ist mein drittes«, entgegnete Sethan, und es klang völlig sachlich und neutral. Der Vulkanier erwirbt keinen Ruhm, nur weil er seine Fähigkeiten nutzt. »Ein kleines und nicht sehr kompliziertes Cembalo. Der Begabte entwickelte weitaus größere. Ich muß noch lernen.«

»Ich verstehe«, wiederholte Cleante und schüttelte den Kopf. »Sie sind imstande, so etwas zu konstruieren, aber noch verbietet man Ihnen, eine eigene *Ka'athyra* zu schaffen.«

»Selbstverständlich«, erwiderte Sethan. »Die Herstellung einer *Ka'athyra* ist weitaus schwieriger.«

Niemand von ihnen bemerkte die stille Präsenz der Instruktorin – sie erschien plötzlich neben dem fast fertiggestellten Cembalo. Sethan wich respektvoll beiseite und wartete darauf, daß T'Shael ihre Meinung äußerte.

»Wenn Sie gestatten ...«, begann die Introvertierte, und ihre langen, dünnen Finger schwebten dicht über den Tasten.

»Es wäre mir eine Ehre«, sagte Sethan förmlich.

T'Shael spielte einige rasche Akkorde und nickte anerkennend.

»Sie werden immer geschickter. Der Begabte hätte Ihnen gewiß sein Lob ausgesprochen.«

Sie wandte sich an Cleante. »Sethans Mutter erlernte von Salet die Kunst, ein Cembalo zu bauen«, fügte sie hinzu. »Sethan hat die entsprechende Technik auf der Erde studiert, bei jenen Terranern, die sie noch beherrschen.«

»Deshalb kommen Sie so gut mit Menschen zurecht«, stellte Cleante fest und bedachte den jungen Vulkanier mit einem Lächeln. Aus den Augenwinkeln beobachtete sie die Reaktion T'Shaels.

»Derzeit bevorzugen die Bewohner der Erde offenbar computergesteuerte Instrumente«, sagte die Instruktorin zu Sethan und überhörte die letzten Worte der menschlichen Bürgin. »Eigentlich seltsam: Vulkan bewahrt die sterbende Kunst einer anderen Welt.«

»Die Ehre dafür gebührt dem Begabten«, antwortete Sethan würdevoll, und T'Shael bestätigte, indem sie kurz den Kopf neigte.

Cleante verspürte eine sonderbare Unruhe. Sie hatte vergessen, wie sehr Vulkanier dazu neigten, sich ganz auf ein Thema zu konzentrieren, das alles andere ausschloß.

»Es befindet sich noch immer dort, wo er es zurückließ«, sagte Sethan, und die Terranerin fragte sich, was er damit meinte. »Obgleich meine Großmutter es gern im Heim des Begabten aufstellen würde, vielleicht als zentralen Bestandteil eines Schreins.«

»T'Sehn hat meinen Vater sehr verehrt«, erwiderte T'Shael.

Wenn dieses Gespräch noch länger dauert, raufe ich mir die Haare, dachte Cleante verzweifelt.

»Ich würde es gern sehen«, sagte T'Shael.

Sethan nickte und führte seine beiden Begleiterinnen eine steile Wendeltreppe hoch. Sie endete an einem Balkon dicht unter der Decke des hohen Raums. Und dort, abgeschirmt von einem seidenen Gobelin, stand ein zweites, komplettes Cembalo.

Es stammt sicher von Salet, fuhr es Cleante durch den

Sinn, als Sethan den Vorhang beiseite schob. T'Shaels Gesichtsausdruck wies deutlich genug darauf hin.

Die Introvertierte spreizte die Finger im *Ta'al*-Gruß, strich mit der Hand über den Resonanzboden und kommunizierte sowohl mit dem Instrument als auch mit der Seele seines Schöpfers. Weder Cleante noch Sethan gaben einen Ton von sich.

»Mein Vater stirbt«, wandte sich T'Shael an ihre Mutter T'Pei. Sie hatte dem Begabten Blut gespendet und anschließend auf der Liege geruht, doch nun stand sie auf, und in ihrer Stimme vibrierte etwas, das sie selbst überraschte. Zorn?

T'Pei gab keine Antwort, nahm stumm Platz und wartete auf den Heiler, der sich erneut um den Kranken kümmerte. Salets Zustand verschlechterte sich.

»Die Diagnose des Heilers ist eindeutig«, fuhr T'Shael fort. »Wenn der zelluläre Zersetzungsprozeß nicht aufgehalten werden kann, bleiben meinem Vater nur noch elf Komma zwei Monate.«

Nach der ersten Mission der *Intrepid* blieb T'Pei ein Jahr lang an der Seite ihres Mannes – wenn auch nur deswegen, weil ihr das *Pon farr* gar keine andere Wahl ließ. Und weil sich das Raumschiff im Trockendock befand und überholt wurde. Während dieser Zeit nahm die Wissenschaftlerin wieder die Pflichten des Dekans der vulkanischen Akademie wahr – nichts weiter als eine Übergangsphase bis zur nächsten Reise der *Intrepid*. T'Pei hatte das Angebot abgelehnt, unbegrenzten Urlaub zu nehmen, um ihrem sterbenden Lebenspartner Gesellschaft zu leisten. Sie hielt ihre Pflichten an Bord des Schiffes für wichtiger.

Kerzengerade saß sie nun auf der Couch und richtete einen starren, mißbilligenden Blick auf die Tochter. T'Shael hielt den Kopf hoch erhoben.

»Ob ich zugegen bin oder nicht – ich kann Salets Schicksal wohl kaum ändern«, sagte T'Pei ruhig. »Du solltest dir zumindest den Anschein geben, logisch zu denken.

Ich habe meine biologische Pflicht als Ehefrau erfüllt, obgleich es dem Begabten aufgrund seiner Krankheit nur wenig nützte ...«

Sie unterbrach sich. Derart intime Dinge waren nicht für die Ohren ihrer Tochter bestimmt.

»Außerdem hast du kein Recht, über meine Entscheidungen zu urteilen.«

Sie schwiegen, als der Heiler zurückkehrte, um T'Pei Blut für zusätzliche Transfusionen abzuzapfen. Kurze Zeit später brach die Wissenschaftlerin auf, um an der letzten Reise der *Intrepid* teilzunehmen, und T'Shael kümmerte sich hingebungsvoll um ihren Vater.

Sie hätte ihn in einem Pflegeheim unterbringen können, wo er all die Hilfe bekam, die er brauchte, aber T'Shael entschied sich dagegen. Er war Salet der Begabte, und er mußte in der Welt bleiben, die er mit seiner Musik begeisterte. Er brauchte den Kontakt zu anderen Musikern und Komponisten – Vulkaniern und Außenweltlern –, die ihm häufige Besuche abstatteten. Andernfalls bliebe der Rest seines Lebens ohne jede Bedeutung.

T'Shael gab ihrem Vater alle notwendigen Arzneien und Transfusionen, und deshalb kamen die Heiler nur noch selten, um ihn zu untersuchen. In regelmäßigen Abständen begab sie sich in die Werkstatt der Handwerkskünstler, um sicherzustellen, daß man nur die besten Instrumente mit Salets Namen ehrte.

Sie befriedigte die physischen Bedürfnisse ihres Vaters, gab ihm zu essen und zu trinken, badete ihn, als er sich nicht mehr aus eigener Kraft waschen konnte. Sie traf eine sorgfältige Auswahl unter den Personen, die ihn besuchen wollten, ließ sie nur dann zu ihm, wenn er sich stark genug fühlte. Sie transkribierte seine Kompositionen, und wenn er an Schlaflosigkeit litt, leistete sie ihm im dunklen Zimmer Gesellschaft, nahm die Aromen der Duftkräuter wahr und spielte leise auf ihrer *Ka'athyra*, auf daß Salet meditativen Frieden fand. T'Shael war Tochter, Krankenschwester, Gesprächspartnerin, Haushälterin, Sekretärin und sogar Ehefrau — wenn man einen ganz bestimmten Aufgabenbereich ausklammerte.

Außerdem setzte sie ihre Studien fort und errang noch vor dem sechzehnten Lebensjahr zwei akademische Grade in Linguistik. Sie ging auch weiterhin zu Meister Shimm, um ihren Vater zufriedenzustellen. Sie spürte bereits jene seltsame Sehnsucht, die sie schließlich dazu veranlaßte, sich Cleante zuzuwenden — eine Sehnsucht, die anderen Welten, anderen Kulturen galt, um die vulkanische Lebensweise daran zu messen.

Diese Neugier wurde durch einen speziellen Besucher geweckt, einen Musikwissenschaftler, der von der Erde stammte, aus den Vereinigten Staaten von Afrika. Die melodische Stimme und das elegante Gebaren dieses Mannes faszinierten die Tochter des Begabten.

T'Shael lernte ihn schon als kleines Kind kennen. Der Mann erkannte die musikalischen Fähigkeiten des Mädchens, und wenn er sich in T'lingShar aufhielt, nutzte er die Gelegenheit, T'Shael Ibo und andere tonale Sprachen aus seiner Heimat zu lehren. Er war es, der Salet die Katze schenkte, die schließlich zum Urahn von Sethans I-Letyah wurde. Die spätere Instruktorin lernte zum erstenmal einen Menschen kennen, und die Begegnung mit ihm wurde zu einem sehr wichtigen Erlebnis für sie.

Der Afrikaner verließ das Krankenzimmer und wußte, daß er den Begabten nie wiedersehen würde. Tränen strömten über seine dunklen Wangen.

T'Shael hatte noch nie zuvor Tränen gesehen, und zunächst befürchtete sie, der Mensch litte heftige Schmerzen. Ihre Besorgnis war so groß, daß sie den Respekt vor der Privatsphäre des Besuchers vergaß.

»*T'Kahr* Anekwe?« fragte sie und sprach ihn mit der vulkanischen Bezeichnung für Lehrer an. Sie erschien ihr angemessen. »Sind Sie krank? Benötigen Sie eine Arznei?«

»Mein Leiden läßt sich nicht mit irgendwelchen Medikamenten behandeln, Kind«, erwiderte der Musiker. »Es heißt Kummer. Als ich eben deinen Vater sah, den wir alle so verehren, als ich begriff, daß er bald von uns geht... Da entstand tiefe Trauer in meinem Herzen.«

T'Shael dachte darüber nach. Vulkanier erachteten den Tod als Übergang von einer Existenzphase zur anderen. Bestimmt begann Salet bald mit einem neuen Leben ohne Leid. Allmählich ahnte sie, was der Afrikaner meinte. Wenn sie ihren Vater sah, spürte sie eine seltsame Leere in ihrem Innern, und vielleicht meinte Anekwe ein ähnliches Empfinden.

T'Shael fühlte diese Leere auch, als ihre Mutter T'Pei starb: Die *Intrepid* wurde von einer riesigen interstellaren Amöbe verschlungen, und nicht ein einziges der vierhundert Besatzungsmitglieder kam mit dem Leben davon. T'Shael erwachte eines Morgens, als sie den leisen Klang eines Cembalos vernahm, und daraufhin suchte sie das Arbeitszimmer ihres Vaters aus.

Schon seit Wochen war Salet ans Bett gefesselt. Die Heiler nahmen an, seine Krankheit habe nun das letzte Stadium erreicht, und sie wiesen darauf hin, daß sie ihm nicht mehr helfen konnten. Andere Vulkanier fielen dem Bluttod schon nach kurzer Zeit zum Opfer, doch Salet klammerte sich mit beispielloser Entschlossenheit am Leben fest. Eigentlich sollte er gar nicht imstande sein, den Ruheraum zu verlassen und sein Arbeitszimmer aufzusuchen, und T'Shael wölbte verwundert die Brauen, als sie beobachtete, wie er am Cembalo saß und komponierte. Sie blieb in der Tür stehen und beobachtete ihn voller Ehrfurcht.

Salet war völlig ausgezehrt. Die Haut spannte sich über hervorstehenden Knochen, in denen heißer Schmerz wütete, und grüne Flecken deuteten auf kleine, geplatzte Adern hin. In seinem Körper gab es kaum noch Muskelgewebe. Deutlich zeichneten sich die Rippen ab, und der schmale, eingefallene Brustkorb hob und senkte sich, wenn der Begabte mühsam Luft holte. Das hohlwangige Gesicht — so schlicht und streng wie das seiner Tochter — wirkte jetzt seltsam entspannt, als entstellte Hände über die Tasten glitten. Die Gedanken des Mannes schienen sich in einer völlig anderen Welt zu verlieren, in einem Kosmos der Musik, aber trotzdem bemerkte er die Präsenz seiner Tochter.

»Deine Mutter ist tot«, sagte Salet, und T'Shael fragte nicht, wieso er davon wußte. Sie wartete, und ihr Vater schöpfte Atem, bevor er hinzufügte: »Sie starb zusammen mit dreihundertneunundneunzig anderen. Ein mentaler Schrei der Fassungslosigkeit und des ungläubigen Erstaunens. Es war ein schneller, aber irgendwie ungerechter Tod. Nun, T'Pei hat ihr Leben mit Bedeutung erfüllt. Ehre sei ihr.«

T'Shael erforschte ihre Seele und fand nicht einmal rituelles Klagen. *T'Pei, Mutter,* dachte sie. *Ihr Tod spielt nur eine Rolle für mich, weil er direkt meinen Vater betrifft.*

»Vater...«, begann sie, als er sich wieder den elfenbeinfarben glänzenden Tasten zuwandte. Selbst leichter Druck genügte, um wunde Stellen an Salets Fingern zurückzulassen. Trotzdem spielte er weiter. »Du strengst dich zu sehr an.«

»Dies ist mein Leben, Tochter«, antwortete der Begabte, und seine Augen brannten so wie die T'Shaels. »Schon bald habe ich mehr als genug Gelegenheit, mich auszuruhen, T'Shael-*kam.* Überlaß mich der Musik, solange ich mein Talent noch nutzen kann.«

Diese Worte kamen einem Abschied gleich, und T'Shael begnügte sich damit, so schwer es ihr auch fiel. Sie verließ das Zimmer, horchte noch eine Zeitlang den Cembalomelodien, die der gestorbenen Mutter und Ehefrau einen letzten (ironischen?) Gruß übermittelten, jener T'Pei, die alles Terranische verachtete. Das Mädchen wußte, was nun geschah. Salet gab sich traditionellem Klagen hin und würde so lange spielen, bis sich seine Kraft endgültig erschöpfte, bis er vom Stuhl sank und starb. Es wußte auch, daß es im Gegensatz zu Anekwe keine Tränen vergießen durfte. Nur tief in ihrem Innern trauerte sie um den Begabten — und dachte daran, daß sie seine Krankheit in sich trug.

Nach der Einäscherung des Leichnams und einer Gedenkfeier zu Ehren Salets und T'Peis erhob T'Shael keinen Anspruch auf das Erbe und verzichtete auch auf das Heim der Eltern. Mit sechzehn Jahren wurde sie zur Bürgin und ließ sich in der Siedlung von T'lingShar nieder. Ihr fehlten die besonderen Begabungen von Vater und Mutter, und sie war Waise in einer Gesellschaft mit besonders stark ausgeprägten Familienbeziehungen. Der auch in ihr lauernde Bluttod bedeutete Einsamkeit, aber als Bürgin konnte sie sich wenigstens nützlich machen und zu Diensten sein.

»Er ist sehr attraktiv«, sagte Cleante, als sie den Laden der Handwerker verließen. Die menschliche Frau dachte über die vielen Ereignisse des vergangenen Tages nach und fragte sich, ob sie eine Gelegenheit bekam, ihn bei der Verlobungszeremonie seiner Kusine T'Peli wiederzusehen.

»Bitte?« fragte T'Shael. Seit sie das Cembalo ihres Vaters gesehen hatte, war sie noch stiller als sonst.

»Sethan«, erklärte Cleante und versuchte, mit ihrer Begleiterin Schritt zu halten. In der Dunkelheit stolperte sie immer wieder auf dem Kopfsteinpflaster. Es waren nur die Teile der Stadt beleuchtet, in der besonders viele Außenweltler wohnten; Vulkanier konnten sich auch in völliger Finsternis orientieren. »Ich halte ihn für sehr attraktiv.«

»Tatsächlich?« erwiderte T'Shael nachdenklich.

»Sie nicht?« fragte Cleante und spürte, wie sich die Introvertierte noch weiter in sich selbst zurückzog. Warum war sie nur immer so verdammt ernst und verschlossen? »Oh, wahrscheinlich ist er zu jung für Sie, und außerdem kennen Sie ihn schon seit vielen Jahren, aber...«

»Er zeichnet sich durch eine gewisse ästhetische Harmonie aus«, räumte T'Shael zögernd ein und musterte das schattenhafte Gesicht ihrer Begleiterin. »Im Laufe der Zeit wird seine Frau das sicher zu schätzen wissen.«

Cleante knickte um, achtete jedoch nicht auf den Schmerz in ihrem Fußknöchel. Die letzten Worte der Vulkanierin verblüfften sie viel zu sehr.

»Er hat eine Ehepartnerin, obwohl er noch so jung ist?« entfuhr es ihr überrascht.

»Er wurde in seinem siebten Lebensjahr verlobt, wie wir alle.«

Cleante schwieg verdutzt. Plötzlich fanden alle ihre Fragen nach den vulkanischen Ehebräuchen eine Antwort. Oder?

»Wie geht so etwas vor sich? Wer entscheidet für ein siebenjähriges Kind?«

»Die Eltern«, sagte T'Shael. »Vor vielen tausend Jahren dienten entsprechende Vereinbarungen dazu, Kriege zu verhindern und die Beziehungen zwischen Nachbarn zu verbessern, deren Ahnenland gemeinsame Grenzen aufwies.«

»Aber heutzutage ist so etwas doch nicht mehr notwendig!« wandte Cleante ein. »Es erscheint mir so... primitiv.«

»Die Tradition gehört zu unserer Kultur«, erwiderte T'Shael schlicht.

»Aber wie kann so etwas funktionieren? Niemand weiß, was aus den Kindern wird, wenn sie erwachsen sind. Was passiert, wenn die beiden Verlobten überhaupt nicht zueinander passen?«

»Das spielt keine Rolle«, entgegnete T'Shael und erinnerte sich an ihre Eltern. »Ohne Emotion sind keine persönlichen Konflikte möglich.«

Cleante wollte protestieren und das ganze Konzept in Frage stellen. Sie fühlte sich fast versucht, eine Teilnahme an der für den nächsten Tag geplanten Zeremonie abzulehnen — nur ihre Neugier hinderte sie daran. Und die Vorstellung, Sethan wiederzusehen.

Nach einer Weile spürte sie das Stechen in dem Fußknöchel, blieb stehen und lehnte sich an eine Gartenmauer, nahm würzigen *Kleshameen*-Duft wahr und hörte das leise Läuten der Windglocken. Verwirrt beobachtete sie T'Shael, die sie nun schon seit zwei Jahren kannte. *Sie ist noch immer ein Geheimnis für mich.*

»Sind auch Sie... gebunden?« fragte sie vorsichtig und befürchtete einen weiteren Hinweis auf die Unverletzlichkeit der vulkanischen Privatsphäre. »Wurden auch Sie als Kind verlobt?«

Die Vulkanierin verharrte ebenfalls und drehte sich um. In ihren Augen blitzte es kurz, doch das Gesicht blieb ausdruckslos, eine steinerne Maske, die nicht zu erkennen gab, was sich dahinter regte.

»So ist es unser Brauch«, sagte sie zurückhaltend.

Cleante stieß sich von der Mauer ab, und die beiden Frauen setzten ihren Weg fort. Nur noch wenige hundert Meter trennten sie von der Siedlung, und wenn die menschliche Bürgin weitere Fragen stellen wollte, so mußte sie sich beeilen. Es konnte nur noch einige Minuten dauern, bis sich T'Shael verabschiedete, um ihre Unterkunft aufzusuchen.

»Erzählen Sie mir mehr davon«, bat Cleante leise und versuchte, die ganze Angelegenheit aus der vulkanischen Perspektive zu sehen. »Und von ihm. Von Ihrem Verlobten, meine ich. Ich möchte gern wissen, was er für Sie bedeutet. Vermutlich läßt sich die Verlobung nicht rückgängig machen, oder? Ist sie so bindend wie eine Heirat?«

»Ja«, bestätigte T'Shael.

»Aber was geschieht, wenn sich die beiden Partner nicht mögen?« erkundigte sich Cleante.

Die Vulkanierin lehnte es ab, eine derart emotionale Frage zu beantworten.

»Beschreiben Sie ihn mir wenigstens«, beendete Cleante das Schweigen. Sie erhoffte sich eine romantische Schilderung. *Bestimmt wird keine eugenische Auswahl getroffen,* dachte sie. *Nein, unmöglich. Sicherlich haben die Eltern allein das Wohl ihrer Kinder im Sinn.* »Ist er ein Musiker? Stellt er Instrumente her? Lebt er in T'lingShar? Ich habe Sie nie mit einem vulkanischen Mann gesehen.«

»Er heißt Stalek und ist Gravitationsingenieur«, sagte T'Shael. Sie nickte einigen Passanten zu, als sie die Siedlung betraten und durch den Säulengang des akademischen Saals schritten. Hier leuchteten Lampen für die Außenweltler, aber die Miene der Vulkanierin blieb so unergründlich wie in der Finsternis. »Er wohnt in einer Raumstation des Asteroidengürtels und nimmt dort an verschiedenen technischen Projekten teil.«

Die beiden Frauen standen nun vor dem Eingang des Apartmentkomplexes, in dem sich Cleantes Quartier befand. Nur noch wenige Sekunden, bevor T'Shael davonging und in der Nacht verschwand. Und die Terranerin hatte noch so viele Fragen.

»Das ist keine richtige Antwort«, stellte Cleante fest. »Sie haben mir gesagt, *was* er ist, jedoch nicht sein Wesen beschrieben. Was hält er von der elterlichen Vereinbarung? Was hält er davon, sein Leben mit Ihnen zu verbringen? Wie bleiben Sie in Verbindung, wenn er im Asteroidengürtel arbeitet? Ich möchte wissen, wieso ...«

»Ich werde keine Fragen beantworten, die dem Gebot der Höflichkeit widersprechen«, erwiderte T'Shael scharf, und die Botschaft lautete: Das alles geht Sie nichts an. Die beiden Bürgen schwiegen, als einige laut lachende und wahrscheinlich betrunkene Tellariten vorbeiliefen. »Wenn dies Ihre Neugier befriedigt: Als Resultat der Verlobung sind Stalek und ich gedanklich verbunden. Abgesehen davon haben wir seit Jahren keine Kontakte. Wenn er mich schließlich ruft, gehe ich zu ihm. Das ist alles.«

Cleante öffnete den Mund und klappte ihn wieder zu, als sie vergeblich nach den richtigen Worten suchte. Die Aufregungen des vergangenen Tages verblaßten, und selbst das Verlobungsritual verlor nun seinen Reiz. Sie hätte die Einladung abgelehnt, wenn ihr bekannt gewesen wäre, daß die Zeremonie Kinder betraf. Sie sah einfach keinen Sinn darin.

»Noch eine letzte Frage«, sagte sie vielleicht ein wenig zu laut, als sich T'Shael wortlos umdrehen wollte. »Sie wurden als Siebenjährige mit einem Fremden verlobt. Und jetzt? Wie lange müssen Sie warten, bis Sie mit ihm sprechen, bis Sie ihn kennenlernen dürfen? Bestimmt gibt es auch in diesem Zusammenhang feste, starre Regeln, nicht wahr? Vermutlich sind sie sogar irgendwo niedergeschrieben — das Gesetz der vulkanischen Kultur. Wie lange müssen Sie sich gedulden, bis Ihnen Ihre Philosophie erlaubt, mit ihrem Lebenspartner ins Bett zu gehen? Oder verlangen Logik und Emotionslosigkeit von Ihnen, seinen Samen in einer Klinik zu empfangen? Wie wär's mit künstlicher Befruchtung?«

T'Shael musterte die menschliche Frau eine Zeitlang.

»Es gereicht Ihnen zum Vorteil, daß die Einladung zur Verlobungszeremonie von Künstlerin T'Sehn stammt, deren Wünsche ich in jedem Fall respektiere«, erwiderte sie kühl. »Andernfalls würde ich Ihnen raten, auf eine Teilnahme zu verzichten. Treffen Sie kein zu schnelles Urteil über Dinge, die Sie nicht verstehen.«

Welchen Preis erfordert das Verstehen? dachte die entführte Cleante und hielt den Atem an, als T'Shael einen neuerlichen Anfall erlitt und sich verkrampfte. *Jetzt kenne ich die Gründe für das Ritual, die von den Eltern getroffene Übereinkunft und die mentale Distanz zwischen dem Denken der Vulkanier und ihren biologischen Bedürfnissen. Oh, wenn es mir schon damals bekannt gewesen wäre, hätte ich nicht so dumme Worte über Sethan verloren und keine derart törichte Kritik geübt. Droht dir nun der Tod, T'Shael? Fällst du der gedanklichen Verbindung mit Stalek und deinem eigenen Körper zum Opfer? Bleibt mir nichts anderes übrig, als mich auf die Beherrschung des Unvermeidlichen zu besinnen, obgleich ich dieses Prinzip schon vor einer ganzen Weile in Frage gestellt habe? Muß ich zusehen, wie du stirbst, ohne dir helfen zu können?*

Ihre Gedanken glitten in die Vergangenheit zurück...

Cleante nahm an der Verlobungszeremonie teil — aber nur weil T'Shael am nächsten Morgen zu ihr kam und erklärte, welche Kleidung sie tragen und wie sie sich verhalten sollte. Es gefiel der menschlichen Frau ganz und gar nicht, wie ein Kind behandelt zu werden, sie begriff dann aber, daß vulkanische Kinder gar keine solchen Hinweise benötigten — ihre natürliche Demut genügte völlig. Cleante wünschte sich eine Möglichkeit, ihr unwürdiges Gebaren vom vergangenen Abend wiedergutzumachen und T'Shaels Sympathie — wenn man überhaupt davon sprechen konnte — zurückzugewinnen.

Das Ritual erwies sich als recht schlicht: eine kurze Prozession der beiden Verlobungspartner und ihrer Eltern, begleitet von mehreren Priesterinnen, die in einem uralten und für Cleante völlig unverständlichen Dialekt sangen. Seltsame Kräuter schwelten in kleinen Schalen, und ihre Aromen vermischten sich mit dem Duft blühender Pflanzen. Hunderte von winzigen Glocken läuteten.

Frauen dominierten bei der Zeremonie, und Cleante überlegte, was der Grund dafür sein mochte. Sie wagte es jedoch nicht, eine entsprechende Frage zu formulieren, befürchtete, damit die Etikette zu verletzen. Schweigend beobachtete sie und warf Sethan dann und wann einen verstohlenen Blick zu. Er stand bei seiner Großmutter und anderen Familienangehörigen; einige von ihnen hatte Cleante bereits im Laden der Handwerker gesehen. Sethan reagierte überhaupt nicht auf sie, und schließlich rückte die menschliche Frau T'Shael in den Mittelpunkt ihrer Aufmerksamkeit. Sie wirkte wie in Trance, schien nur mit dem Körper zugegen zu sein.

Denkst du an deine eigene Verlobung vor vielen Jahren, Freundin? fuhr es Cleante durch den Sinn. *Denkst du vielleicht an den Fremden, dem du dich eines Tages hingeben mußt? Und wenn dieser Tag kommt... Laßt ihr euch dann in der Siedlung nieder? Oder beendest du deine Arbeit als Linguistin und Bürgin, um zu den Asteroiden zu fliegen, um alle deine Bewegungen von einem Gravo-Gürtel diktieren zu lassen — während dein Leben von einer elterlichen Vereinbarung diktiert wird? Oh, T'Shael, wie kannst du dich einfach damit abfinden?*

So viele Fragen, und keine einzige Antwort. Cleante beschränkte sich weiterhin auf die Rolle einer objektiven Beobachterin, verdrängte das Unbehagen aus sich, als die beiden Kinder auf das Podium traten, um ihr Bewußtsein miteinander zu verschmelzen. Sie musterte Sethans kleine Kusine, aber in Wirklichkeit sah sie eine T'Shael, die erst am Beginn ihres Lebens stand, vermutlich gar nicht wußte, was nun mit ihr geschah. Cleante schloß die Augen, und wenn die erwachsene T'Shael ihre Reaktion zur Kenntnis nahm, so ließ sie sich nichts anmerken.

Ein Bankett und Tanz folgten. Die menschliche Frau fand Gefallen daran und entspannte sich allmählich. Eine seltsam hypnotische Wirkung ging von der komplexen Choreographie aus, und sie überlegte, wie sich so viele Vulkanier derart schnell bewegen konnten, ohne aneinanderzustoßen. Die Tänzer bildeten Kreise und verschiedene geometrische Muster, eilten über den glänzenden Boden, lachten nicht, lächelten nicht einmal, blieben die ganze Zeit über völlig ernst und gesetzt. *Wie sonderbar die Bewohner dieses Planeten sind!*

Die Musiker spielten auf alten, exotischen Instrumenten, und Cleante vernahm eindringliche Melodien, die irgend etwas in ihr berührten. Auf einen Menschen wirkten Rhythmus und Klang anregend, fast erotisch. Doch die Tänzer klatschten nur in die Hände, liefen weiterhin über das Parkett aus schimmerndem Granit, schienen geradezu darüber hinwegzuschweben; ihre Mienen zeigten weder Begeisterung noch Freude, nur unerschütterliche Würde.

Cleante beobachtete T'Shael, die an Sethan vorbeiwirbelte, sich wie eine Akrobatin bewegte und gleichzeitig personifizierte Eleganz darstellte. Ihr Haar wehte und wallte, und ihr Leib verwandelte sich in einen Resonanzkörper, der auf die Musik reagierte, im Takt der Melodien schwang. Die Gesichtszüge standen in einem krassen Gegensatz dazu, erinnerten Cleante an die Ruhe einer Meditation, an T'Shaels Vorlesungen in der Siedlung.

Vielleicht handelte es sich beim Tanz tatsächlich um eine Form der Meditation — auf der Erde und anderen Welten

Zwischendurch: [redacted] Cleante beobachtet die Feier der Vulkanier und erinnert sich an ihre eigene Verlobung... [redacted] Es gibt eben stille Momente, die uns in die Vergangenheit zurückführen und uns über wichtige Lebensentscheidungen nachsinnen lassen. Solche Augenblicke sollte man suchen – oder durch ein wenig Ruhe und Muße fördern. Anregend und entspannend zugleich ist da manchmal... [redacted]

gab es genug Beispiele dafür. Doch in den meisten Fällen führten derartige Rituale schließlich zu irgendeiner Form von religiöser Ekstase. Nicht so auf Vulkan. *Ekstase ist unlogisch.*

Als die Terranerin nach der Zeremonie in ihre Unterkunft zurückkehrte, war sie stiller als sonst, und selbst T'Shael bemerkte ihre Niedergeschlagenheit, sprach sie sogar darauf an. Es gab einen einfachen Grund für Cleantes Depressionen: Sie glaubte, in Hinsicht auf die Vulkanier in eine Sackgasse geraten zu sein. Sie wußte nicht mehr, ob ihr etwas daran lag, die nächsten beiden Jahre auf dieser Welt zu verbringen. Schon vor einer ganzen Weile hatte sie sich von ihren menschlichen Freunden getrennt, und nun verzweifelte sie, weil es ihr unmöglich erschien, T'Shael zu verstehen. Der Kummer breitete sich noch weiter in Cleante aus, als sie eine für sie eingetroffene Nachricht las. Jasmine teilte ihr mit, sie werde für eine zweite Amtsperiode als Hochkommissar kandidieren. Wenn sie gewählt wurde, mußte ihre Tochter nicht zwei, sondern sechs zusätzliche Jahre auf Vulkan bleiben — unter den gegenwärtigen Umständen eine entsetzliche Vorstellung.

Sie wollte mit T'Shael darüber reden, als sie sich am nächsten Morgen auf den Weg machten, um Kräuter für den Tee der Meister zu sammeln. Sie wollte um eine zweite Chance bitten, um sich noch eingehender mit der vulkanischen Kultur zu beschäftigen. Sie spielte auch mit dem Gedanken, auf ihre menschlichen Schwächen hinzuweisen. Aber schließlich entschied sich die Diplomatentochter dagegen und hielt an ihrem Stolz fest. Außerdem konnte sie den Einfluß der Vulkanierin nicht leugnen: Es widerstrebte ihr, jemand anders mit ihren privaten Sorgen zu belasten.

Nun, die Romulaner und Klingonen haben mein Problem gelöst, nicht wahr? dachte Cleante und kämpfte gegen ihre Hysterie an, als sie vor der transparenten Tür auf und ab ging. Manchmal starrte sie über den dunklen Platz und beobachtete das Licht im Fenster des klingonischen Quartiers. *Vielleicht sollte ich ihnen dankbar sein,* fügte sie in Gedanken hinzu. *Immerhin haben sie mir eine einzigartige Gelegenheit gegeben, die Bedeutung der vulkanischen Lebensweise mit allen ihren Konsequenzen kennenzulernen!*

Nach dem Abschluß der Reparaturarbeiten blieben die beiden Frauen allein. Durch die Installation des Lebensmittel-Synthesizers konnten die Klingonen darauf verzichten, ihnen Essen zu bringen, und schon seit Wochen zeigte sich kein Wächter mehr vor dem Zugang. Immer wieder sah Cleante Rihannsu, die in Krazz' Unterkunft ein und aus gingen, unter ihnen eine Frau, die seltsam schön wirkte und offenbar einen hohen Rang bekleidete. Kalor ließ sich schon seit einer ganzen Weile nicht mehr blicken, und der klingonische Commander blieb seit dem Erdbeben vor sieben Tagen verschwunden. Was bedeutete das? Übernahmen die Romulaner das Kommando?

Cleante verharrte in eigentümlicher Gleichgültigkeit, gab sich einer Mischung aus Apathie und Verzweiflung hin. Normalerweise hätte sie sich darüber gefreut, daß Kalors Schreckensherrschaft offenbar zu Ende ging — die Rihannsu schienen weitaus vernünftiger zu sein. Doch jetzt spielten solche Dinge keine Rolle mehr. Für T'Shael gab es keine Möglichkeit, rechtzeitig nach Vulkan zurückzukehren. Sie würde sterben, und daran konnten selbst die Romulaner nichts ändern.

Oder vielleicht doch? Vulkanier und Rihannsu hatten die gleichen Vorfahren. *Wenn ich ihnen begreiflich mache, wie es um T'Shael steht — vielleicht sind sie dann imstande, ihr zu helfen.* Wenn es ihr gelang, die Aufmerksamkeit der Frau zu erwecken und an ihr weibliches Gewissen zu appellieren...

In den letzten Stunden hatte sich T'Shaels Zustand auf eine Weise verschlechtert, die Cleante den Verstand zu rauben drohte. Fast ständig litt sie an Anfällen, und sie wurden noch heftiger, dauerten immer länger. Sie zerrte so heftig an den Fesseln, daß die Riemen tief in die Haut schnitten. Blut quoll aus den Wunden. Cleante mußte ihrer Mitgefangenen sogar einen Knebel in den Mund stopfen, damit sie sich nicht die Zunge zerbiß.

Vor dieser Phase murmelte und zischte die Vulkanierin seltsam heisere, rauhe Worte. Cleante kannte sie nicht, aber sie ahnte, daß es sich um sexuelle Ausdrücke handelte, die fiebrig-erotische Halluzinationen begleiteten. Ihnen folgten rauhes, animalisches Knurren, dann ein erregt und wollüstig klingendes Stöhnen. Es lief der menschlichen Frau kalt über den Rücken, und sie schauderte voller Mitgefühl.

Solche Geräusche hatte sie schon des öfteren gehört: Sie entrangen sich ihrer eigenen Kehle, wenn sie in den Armen eines Liebhabers lag.

Sie kam sich plötzlich wie ein Voyeur vor, als beobachte sie T'Shael und Stalek, während sie ihrer Leidenschaft freien Lauf ließen. Sie verspürte den Wunsch, sich irgendwo zu verkriechen, die Augen zu schließen und die Ohren zuzuhalten.

Und T'Shael erlebte alles mit. In ihren geweiteten Pupillen glänzte Scham, als sie sah und hörte, was mit ihr geschah. Wenn die physiologischen Symptome nicht zum Tod führten, starb sie vielleicht allein aus Schande. Cleante kauerte sich still in eine Ecke des Zimmers und vermied es, den Blick auf ihre Gefährtin zu richten, um ihr zumindest einen kläglichen Rest Privatsphäre zu gewähren.

Sie blieb nur einige Sekunden lang sitzen, holte tief Luft und nahm ihren ganzen Mut zusammen, als sie an die nach wie vor verriegelte Tür herantrat. Sie wagte es nicht, T'Shael anzusehen, die weiterhin stöhnte. Nur ihre Augen flehten.

Es tut mir leid, dachte Cleante. *Ich habe nur versprochen, daß ich es versuchen werde, mehr nicht. Ich bin nur ein Mensch, keine Vulkanierin. Bitte verzeih mir für das, was ich nun tun muß.*

Sie hob die geballten Fäuste zu den Schläfen, neigte den

Kopf weit zurück und gab einem Wunsch nach, den sie seit ihrer Entführung verspürte. Nur T'Shaels Präsenz sorgte dafür, daß sie sich all die Monate lang beherrschte. Aber jetzt...

Cleante schrie aus vollem Hals.

KAPITEL 11

Als Tal den Schrei der menschlichen Frau hörte, lief er sofort los und stürmte über den Platz. Zwei romulanische Soldaten folgten ihm, ebenso Kalor, der rasch in die Stiefel stieg. Er hatte die ständige Überwachung der Spitzohren aufgegeben, um einige Stunden zu schlafen, und das war nun der Lohn. Der klingonische Lieutenant hielt an seiner Entschlossenheit fest, den Roms überallhin zu folgen — schon allein deswegen, um seinen Status als Kommandant zu unterstreichen.

Tal betrat das niedrige Gebäude als erster. Cleante lief ihm entgegen, und als sie glaubte, in den wissenden Augen des Romulaners Anteilnahme zu erkennen, warf sie sich ihm in die Arme. Sie vergaß ihre Würde als Tochter des irdischen Hochkommissars, war entschlossen, ihre schauspielerischen Fähigkeiten zu nutzen, um T'Shael zu helfen.

»Ich muß mit Ihrem Commander sprechen!« brachte sie hervor. »Meiner Mitgefangenen geht es sehr schlecht. Sie stirbt, wenn sie nicht behandelt wird. Doch diese Sache geht nur Frauen etwas an. Bitte geben Sie mir die Möglichkeit, mit Ihrer Vorgesetzten zu reden!«

Tal schätzte den Zustand der Vulkanierin ein und zögerte. Kalor versuchte, sich an den beiden Rihannsu-Soldaten vorbeizuschieben, erstarrte jedoch, als hinter ihm eine befehlsgewohnte Stimme erklang.

»Zur Seite!« befahl die Kommandantin. Der Klingone gehorchte ebenso wie die Rihannsu.

Während der vergangenen Tage hatte sich die Romulanerin von den beiden überlebenden Geiseln ferngehalten, sie nicht ein einziges Mal angesehen. Sie wollte den Planetoiden am nächsten Morgen verlassen und verband nur abstrakte Vorstellungen mit den beiden Frauen, hielt sie für zwei anonyme Entitäten, deren Schicksal sie aus sicherer Entfernung bestimmen konnte. Alles in ihr sträubte sich dagegen, noch einmal in ein vulkanisches Gesicht zu blikken, doch die Schreie der Terranerin weckten ihre Neugier.

Sie musterte Cleante und erkannte sie als ein recht attraktives Exemplar ihrer Spezies. Dann drehte sie langsam den Kopf und sah T'Shael an. Einfache, schlichte Züge, wie die eines ganz bestimmten Vulkaniers. Verschiedene Gefühle durchströmten ihre Seele, doch Verachtung und Haß gehörten nicht dazu. Sie berührte die Kranke an den Schultern, beugte sich über sie...

T'Shaels Augen brannten, und von den Fingern der Rihannsu löste sich empathische Energie, durchzuckte den verkrampften Leib wie ein elektrischer Schlag. Die Vulkanierin krümmte den Rücken, grub ihre Zähne tief in den Knebel, knurrte und zerrte an den Fesseln. Sie rollte mit den Augen; Schaum bildete sich auf den Lippen. Und die ganze Zeit über wußte sie, wie sie sich verhielt, konnte nichts dagegen unternehmen. Was für eine *Schande*...

»Ich glaube, ich weiß, woran sie leidet«, sagte die Kommandantin schließlich und zog die Hände fort. Ihre sanfte Stimme klang wieder scharf, als sie sich an Tal wandte. »Benachrichtige den Bordarzt. Er soll sich mit den stärksten zur Verfügung stehenden Sedativen hierher beamen lassen. Laß mich jetzt mit der Vulkanierin allein...«

»Normalerweise würde ich dich nicht an den Starttermin erinnern...«, sagte Tal einen Tag später.

»Mit meinem Gedächtnis ist soweit alles in Ordnung!« erwiderte die Kommandantin ungehalten. »Wir bleiben hier, bis ich weiß, ob die Vulkanierin überlebt oder stirbt. Geh jetzt. Kehr zum Schiff zurück und laß mich in Ruhe!«

Sie sprach in einem herablassenden, arroganten Tonfall, und Tal versteifte sich unwillkürlich. Er nahm einen niedrigeren Rang ein, aber die Kommandantin hatte nicht das Recht, ihn so zu behandeln.

»Commander, wie haben den Befehl...«

»...zu einem ganz bestimmten Zeitpunkt am decianischen Außenposten einzutreffen«, sagte die Frau. »Das werden wir auch, selbst wenn wir noch zwei oder drei Tage hier verbringen.«

»In dem Fall müßten wir die Triebwerke des Flaggschiffes überlasten«, gab Tal zu bedenken.

»Ich bin bereit, ein Risiko einzugehen!« Die Kommandantin schrie fast. »Reiß dich zusammen, Tal. Oder willst du, daß ich disziplinarische Maßnahmen gegen dich einleite? Übertreib es nicht!«

Der Subcommander zögerte und legte sich seine Worte sorgfältig zurecht.

»Es ist wegen der Vulkanierin«, sagte er. »Du erinnerst dich, nicht wahr?«

Die Rihannsu gab keine Antwort.

Seit fast dreißig Stunden stand T'Shael unter der Wirkung von starken Betäubungsmitteln. Die Kommandantin hatte die vulkanische Biologie einmal aus recht persönlichen Gründen untersucht und vertrat daher folgende Ansicht: Wenn T'Shael lange genug bewußtlos blieb, bis ihr mentaler Partner auf Vulkan dem *Pon farr* erlag, ließ die hormonelle Stimulierung nach, und dann hatte sie eine gute Überlebenschance. Tal hingegen vertrat den Standpunkt, die Vulkanierin benötige konkretere Hilfe.

»Das kannst du unmöglich im Ernst meinen!« platzte es aus der Kommandantin heraus, als sie seinen Vorschlag hörte. In ihren Augen funkelte empörter Zorn.

»In ihrem derzeitigen Zustand kann sie sicher keinen Unterschied feststellen«, erwiderte der Subcommander. »Jeder Mann genügt, um ihre Bedürfnisse zu befriedigen, die Glut in ihr zu löschen. Es geht mir nicht darum, sie irgend jemandem zum Zeitvertreib anzubieten. Wähle unter deinen Jungoffizieren. Entscheide dich für ein Besatzungsmitglied, das sensibel genug ist und noch nicht getötet hat. Denk daran: Gedankliche Reinheit ist sehr wichtig. Vielleicht findet die Vulkanierin Gefallen daran. Und selbst wenn ihr Ich nichts davon hält — der Körper wird reagieren und alle ihre Probleme lösen.«

Die Kommandantin bedachte Tal mit einem eisigen Blick.

»Vielleicht willst du selbst deine Dienste anbieten«, sagte sie bissig. »Obwohl sie eigentlich gar nicht dein Typ ist.«

Tal lächelte amüsiert, und die Romulanerin wurde einmal mehr an die philosophische Kluft zwischen Mann und Frau erinnert. (Vorausgesetzt, sie konnte so etwas überhaupt vergessen; immerhin war sie weiblicher Offizier eines Kriegervolkes.)

»Versuch bitte, mich zu verstehen«, fügte die Kommandantin etwas ruhiger und sanfter hinzu. »Wir haben es mit einer Vulkanierin zu tun. Sie sieht in der körperlichen Vereinigung praktisch etwas Heiliges. Oh, sicher, sie ist meine Gefangene, und ich habe das Recht, über sie zu befinden. Aber ich bin auch verpflichtet, ihre Ehre zu wahren. Andernfalls verlöre ich den Respekt vor mir selbst.«

Sie wandte sich von Tal ab, beachtete ihn nicht mehr und dachte nach. Der Subcommander zögerte eine Weile, bevor er auf sie zutrat.

»Sie erinnert dich an ihn, nicht wahr?« fragte er und trachtete danach, die Dinge aus der Perspektive seiner Vorgesetzten zu sehen.

»Was für ein Unsinn! Sie ist eine Frau. Und die Vulkanier sehen sich keineswegs so ähnlich, wie man immer wieder behauptet...« Die Kommandantin unterbrach sich und begegnete Tals Blick. »Glaubst du im Ernst, ich denke noch immer an... an *jenen* Mann?«

Der Subcommander antwortete nicht, aber sein Gesichtsausdruck machte deutlich, was er von der Sache hielt.

»Wenn er eine Schwester hätte...«, überlegte die Kommandantin laut. »Würde ich die Gelegenheit nutzen, mich durch sie an ihm zu rächen?« Ein dünnes Lächeln umspielte ihre Lippen. »Gedulde dich ein wenig, Tal. Vielleicht bietet sich mir hier eine Möglichkeit, die ich wahrnehmen *muß.* Wir bleiben hier. Bis ich den Startbefehl gebe.«

Das unregelmäßige Feuer der Korrekturtriebwerke störte die Ruhe der Rihannsu-Kommandantin, und auf einem Planeten hatte sie noch nie gut schlafen können. Sie blieb wach, überquerte den Platz und betrat das niedrige Gebäude. Cleante hockte neben der reglosen, betäubten Vulkanierin und schien sie überhaupt nicht zu bemerken.

Die Kommandantin – ihr Name gehörte zu den am besten gehüteten Geheimnissen in der Galaxis – musterte die einzigen anderen Frauen auf diesem öden Himmelskörper. Schon als Kind hatte sie gelernt, Menschen zu hassen, und der Anblick eines vulkanischen Gesichts sollte sie eigentlich mit Bitterkeit erfüllen. Doch die erwarteten Reaktionen blieben aus. Statt dessen empfand sie vages Mitgefühl. Behutsam berührte sie die menschliche Bürgin an der Schulter, woraufhin Cleante den Kopf drehte und sie müde ansah.

»Lassen Sie uns allein«, sagte die Kommandantin. »Sie sind dem Zusammenbruch nahe und brauchen Ruhe. Der Bordarzt meines Schiffes kennt sich nicht mit der Behandlung von Menschen aus, und ich möchte vermeiden, daß Ihnen etwas zustößt, solange ich für Sie verantwortlich bin.«

In den Augen der menschlichen Frau flackerte Mißtrauen, und aus einem Reflex heraus schob sie sich noch etwas näher an die komatöse Vulkanierin heran. T'Shael war nicht mehr geknebelt, und die Terranerin hatte auch ihre Fesseln gelöst – bis auf den Riemen an ihrer Taille, der verhindern sollte, daß sie von der Koje fiel. Cleante griff nach der schmalen, anmutigen Hand ihrer Gefährtin; die Kommandantin sah diese Geste, dachte kurz darüber nach.

»Ich habe Ihre Mitgefangene nicht am Leben erhalten, um sie jetzt sterben zu lassen«, sagte sie. »Ich bin meinen

Anweisungen verpflichtet — und unseren gemeinsamen Vorfahren. Außerdem gibt es noch andere Gründe, die mich dazu bewegen, den Tod der Vulkanierin zu verhindern.«

Irgend etwas im Tonfall der Romulanerin erschien Cleante eigenartig. Trotz ihrer Erschöpfung hörte sie eine Zärtlichkeit, die überhaupt nicht zu der harten, disziplinierten Romulanerin zu passen schien. Sie hatte den gleichen Tonfall benutzt, als sie T'Shaels ›Krankheit‹ diagnostizierte. Cleante erhob sich langsam und taumelte auf dem ein wenig unebenen Boden. Eine schmale Hand schloß sich um ihren Arm, hielt sie mit erstaunlicher Kraft fest und half der Terranerin, das Gleichgewicht zu wahren. *Die Kraft dieser Frau... Oh, natürlich. Wenn Rihannsu und Vulkanier von den gleichen Vorfahren abstammen...*

Erschöpft ließ sich Cleante auf ihre Matratze sinken und schlief sofort ein.

Die Kommandantin begann mit einer stummen Wache.

Warum verschwende ich auf diese Weise meine Zeit? fragte sie sich und löste auch die letzte Fessel der Vulkanierin. Die Wirkung der Sedative dauerte an, und selbst wenn T'Shael erwachte: Die Kraft einer Rihannsu reichte bestimmt aus, um mit ihr fertig zu werden. *Warum überlasse ich dich nicht einfach dem Wahn deiner Biologie? Ohne meine Hilfe wärst du vermutlich längst tot. Hinzu kommt: Der Prätor hat mir Sondervollmachten erteilt. Ich kann dich und deine menschliche Gefährtin jederzeit umbringen und anschließend den Klingonen die Schuld geben. Es gibt Grund genug für mich, alles Vulkanische zu hassen. Ich bin Kriegerin und kenne kein Erbarmen. Warum also erhalte ich dich am Leben?*

Nehme ich Rücksicht auf die Gefühle der Terranerin? Ganz offensichtlich bedeutest du ihr sehr viel. Ich habe niemanden, mit dem mich eine derart feste Freundschaft verbindet. Liegt es vielleicht daran, daß Tal recht hat? Ja, du erinnerst mich wirklich an jemanden, an einen Mann, der mich fast meine Karriere gekostet hat. Oh, er hätte mich sogar dem Tod ausliefern können, aber er verzichtete darauf, einen solchen Preis von mir zu verlangen. Und er hinterließ Sehnsucht...

Spock! Mein größter Wunsch... Macht, List und Sinnlichkeit genügten nicht, um ihn mir zu erfüllen. Und deshalb bleibt das Verlangen in mir, begleitet mich für den Rest meines Lebens.

Spock! Warum hast du mir so etwas angetan?

Die Kommandantin rief sich zur Ordnung und versuchte, objektiv zu bleiben. Es steckte wohl kaum eine bewußte Absicht dahinter. Spock hatte sich keine Blöße gegeben, verharrte die ganze Zeit über in seinem wahren, unerschütterlichen Selbst. Die Romulanerin fiel seiner exotischen Ausstrahlungskraft zum Opfer, fühlte sich immer mehr zu ihm hingezogen, während er kühl und unnahbar blieb, nur ›die Pflicht erfüllte‹. Wenn sie bereit gewesen wäre, ihm aufmerksam zuzuhören und zwischen den verbalen Zeilen zu lesen, hätte sie sicher die Wahrheit erkannt, anstatt der melodischen Stimme zu erliegen und sich dauernd zu wünschen, von ihm berührt zu werden.

»Ich hoffe, eines Tages brauchen Sie sich keine Beschränkungen mehr aufzuerlegen«, sagte sie zu ihm und meinte damit, daß sie ihn irgendwann für sich und das Reich gewinnen würde.

»Es widerspricht der Logik anzunehmen, daß sich die äußeren Bedingungen nie ändern«, erwiderte Spock. Und diesen unbewegten Worten entnahm die Kommandantin, daß er ihre Gefühle erwiderte.

Was bin ich doch für eine Närrin gewesen, fuhr es ihr durch den Sinn. *Wie sehr er mich demütigte, indem er meine Empfindungen ausnutzte, als Waffe gegen mich verwendete!* Damals nahm sie sich vor, ihn sofort zu exekutieren, falls sich ihr eine entsprechende Gelegenheit bot.

Im Laufe der Jahre kühlte ihr Zorn ab, aber sie beabsichtigte nach wie vor, Vergeltung zu üben. Häufig stellte sie sich vor, wie sie ihn mit eigenen Händen erwürgte, um ihren verletzten Stolz zu rächen. War es möglich, ihn dadurch aus ihrem Denken und Fühlen zu verbannen?

Spock! Sehne ich mich nur deshalb nach dir, weil ich dich nicht bekommen kann? Spock, der Unbesiegbare. Wenn es mir gelänge, den Sieg über dich zu erringen — verlöre ich dann das Interesse an dir? Mit vielen Männern ist es mir so ergangen, und vielleicht wärst du keine Ausnahme.

Nach dem Verlust der Tarnvorrichtung diente sie an Bord verschiedener Kreuzer, und während sie darauf wartete, den Befehl über das Flaggschiff zurückzuerhalten, klammerte sie sich an die Vorstellung, dem Vulkanier noch einmal zu begegnen, seinen Widerstand ihr gegenüber zu brechen. Mit eiserner Entschlossenheit errang sie ihren alten Status und verbrachte viele einsame Stunden im Quartier des Kommandanten, indem sie daran dachte, Spock gefangenzunehmen, ihm romulanische Aphrodisiaka zu verabreichen oder einfach zu warten, bis sein nächstes *Pon farr* begann. Sie wollte beobachten, wie er litt, wollte hören, wie er sie anflehte, zu ihm zu kommen. Aber selbst diese Überlegungen verschafften ihr keine Befriedigung — ebensowenig wie die Männer, mit denen sie sich nach ihrer Rückkehr ins Reich einließ, um Spock zu vergessen. Der Vulkanier folgte ihr wie ein Schatten, klebte an ihrer Seele fest.

Natürlich blieb er untrennbar mit ihrer Demütigung verbunden, mit der Schande, an Bord der *Enterprise* unter Arrest gestellt zu werden und die Tarnvorrichtung zu verlieren. Damals spielte die Kommandantin mit dem Gedanken, Selbstmord zu begehen, um ihre Ehre als Rihannsu zu retten. Doch sie kam nicht dazu — Spock hinderte sie daran, und gerade das konnte sie ihm nie verzeihen.

»Ihr Tod wäre vollkommen nutzlos«, sagte Spock, und die Romulanerin starrte ihn zornig an.

Der Wächter vor ihrem Quartier berichtete, daß sie Mahlzeiten ablehnte und immer apathischer wurde. Die

Kommandantin empfing niemanden, äußerte keine Wünsche und starrte immer nur ins Leere. Die *Enterprise* war noch drei Flugtage von der Starbase entfernt, in der die Rihannsu verhört werden sollte, als sich Spock an sie wandte. Er blieb in der Tür stehen und schwieg, wartete darauf, daß die Gefangene auf ihn reagierte.

Die romulanische Frau ließ sich nichts anmerken, aber ihre Gedanken rasten. Die neuerliche Begegnung mit dem Vulkanier erinnerte sie an den kurzen mentalen Kontakt, der an Bord ihres Flaggschiffes erfolgt war – eine gedankliche Verschmelzung, die nur wenige Sekunden dauerte. Sie zweifelte nicht daran, daß Spock dabei eine Menge über sie in Erfahrung gebracht hatte, während sie nur wenige Informationen gewann. Wußte er, was ihr nun durch den Kopf ging?«

»Aus Höflichkeit haben wir darauf verzichtet, Sie zu durchsuchen«, sagte der Vulkanier. »Trotzdem ist uns bekannt, daß jeder Rihannsu-Offizier über eine Selbstmordkapsel verfügt. Ich rate Ihnen davon ab, sie zu benutzen.«

»Warum?« zischte die Kommandantin und erwachte aus ihrer Starre. »Wenn ich überlebe, wenn ich nach der Rückkehr ins Reich nicht hingerichtet werde, weil Sie durch meine Schuld das Geheimnis unserer Tarnvorrichtung lüften konnten... Ihnen dürfte doch klar sein, daß ich alles daransetzen werde, mich zu rächen. Vor diesem Zwischenfall hielt ich es nur für meine Pflicht, in der Föderation einen Gegner zu sehen, doch von jetzt an hasse ich sie!«

»Rechnen Sie tatsächlich damit, nach Ihrer Repatriierung in Gefahr zu geraten?« fragte Spock und überhörte die anderen Worte. »Die Meldungen unseres Geheimdienstes deuten darauf hin, daß Sie die besondere Gunst des Prätors genießen. Aber wenn Sie wirklich ein Verfahren befürchten, das mit einem Todesurteil enden könnte...«

»Oh, machen Sie sich keine Sorgen um mich!« erwiderte die Romulanerin bitter und warf ihr langes, glänzendes Haar zurück. »Der Prätor wird mich nicht einfach erschießen. Ich gefalle ihm. Ich habe diesen Vorteil schon häufig genutzt, und wahrscheinlich schützt er mich auch diesmal vor ernsten Konsequenzen.«

Spock musterte sie nachdenklich.

»Ich bedaure es, daß Sie zu solchen Mitteln greifen müssen«, erwiderte er aufrichtig.

»Zu *solchen* Mitteln?« Die Kommandantin trat auf ihn zu, und in ihren grauen Augen blitzte es. Doch als sie sich näherte, als sie dicht vor dem Vulkanier stehenblieb, spürte sie trotz des Zorns ein warmes Prickeln, das ihren ganzen Körper erfaßte und neues Verlangen schuf. Nur mit Mühe widerstand sie der Versuchung, die Arme um ihn zu schlingen, ihre Bereitschaft zu zeigen, sich ihm ganz hinzugeben. »Jeder von uns hat seine ganz persönlichen Talente. Warum keinen Gebrauch davon machen? Finden Sie diese Vorstellung so abscheulich?«

Der Vulkanier antwortete nicht sofort.

»Ich würde es vorziehen, daß jemand wie Sie auf eine derartige Taktik verzichten kann«, sagte er schließlich.

»Fühlen Sie sich etwa persönlich betroffen?« hakte die Kommandantin nach.

»Nein«, entgegnete Spock, obwohl das nicht ganz der Wahrheit entsprach. Das kurze Glühen in seinen Augen erinnerte die Romulanerin an die Bemerkung, die er im Turbolift an sie gerichtet hatte, am Tag nach ihrer Gefangennahme. *Habe ich meine Wirkung auf ihn unterschätzt? Ist es mir doch gelungen, etwas in ihm zu berühren?*

»Ich hätte Sie getötet«, murmelte sie.

Der Vulkanier nickte knapp. »Daran zweifle ich nicht.«

»Dennoch nehmen Sie Anteil an meinem Schicksal?«

»Ja.«

»Wenn ich vollständig den Verstand verlöre und die Entscheidung träfe, die Föderation um politisches Asyl zu ersuchen...« Die Rihannsu zögerte. Es ließ sich nicht mit ihrer Ehre vereinbaren, um etwas zu bitten. »Ich schätze, dadurch änderte sich nichts zwischen uns, oder?«

Sie kannte die Antwort bereits, dachte noch einmal an die mentale Verbindung.

»Nein, vermutlich nicht, Commander«, erwiderte Spock ernst. »Ich glaube, das ist uns beiden klar.«

»Ja, natürlich.« Die Kommandantin kehrte ihm den Rücken zu, strich erneut das lange Haar zurück. »Ich verspreche Ihnen, daß ich keinen Selbstmordversuch unternehmen werde. Aber ich möchte nicht, daß Sie noch einmal zu mir kommen. Ich will Sie nie wiedersehen!«

»Ich verstehe«, sagte der Vulkanier und ging.

Er ging — und gleichzeitig blieb er, ließ sich nicht aus den Gedanken der Romulanerin verdrängen. Sie saß auf dem Rand der Koje, musterte die schlichten Züge der vulkanischen Bürgin. *Du könntest seine Schwester sein,* dachte sie. Und: *Wie kann ich dich für meine Zwecke verwenden?*

Ein Kurier traf in T'lingShar ein und begab sich sofort in den Saal der Meister.

Shimm musterte den Besucher, eine Priesterin des Verlobungsrituals. Bereits ihre Präsenz deutete darauf hin, was geschehen war, aber der Meister erlaubte ihr dennoch, das Wort an ihn zu richten. Die junge Frau hatte eine weite Reise hinter sich und verdiente seinen Respekt.

»Stalek ist tot«, lautete die Botschaft. Ihre Stimme klang weich und sanft, und Shimm erinnerte sich daran, daß auch die anderen Priesterinnen in einem solchen Tonfall sprachen. Unbehagen regte sich in ihm. »Bevor er starb, bat er darum, Sie zu benachrichtigen — um Ihren Platz im Leben seiner Partnerin zu ehren.«

Der Meister nickte. Es war nicht nötig, daß er sich für eine Information bedankte, auf die er lieber verzichtet hätte — Staleks Tod konnte nur bedeuten, daß T'Shael, seine beste Schülerin, nicht mehr lebte. Die Priesterin verneigte sich stumm und verließ den Saal.

Shimm begann mit einer tiefen Trance. Vielleicht dauerte sie nur wenige Minuten, vielleicht auch mehrere Tage. In den Sphären der Meditation verlor die Zeit ihre Bedeutung; eine Sekunde konnte sich auf tausend Jahre dehnen.

Der Meister prüfte die Struktur seines inneren Universums und gelangte zu dem Schluß, daß er lange genug gelebt hatte. Er hielt es nicht mehr für notwendig, die Ich-Verbindung zum Diesseits zu stabilisieren, traf eine Entscheidung, die seine individuelle Kettenreaktion aus Ursache und Wirkung beendete. *Kaiidth!* Was war, war.

Aber selbst ein Meister ist nicht allwissend.

T'Shael blieb ruhig liegen und hielt die Augen geschlossen. Die Logik verlangte ihren Tod, aber trotzdem lebte sie. Nach einer Weile wagte sie es, die Hände zu bewegen, stellte fest, daß die Fesseln fehlten. Behutsam tastete sie nach dem Riemen an der Taille — jemand hatte ihn gelöst.

Sie lauschte in ihrer Seele und hörte nur Stille. Jene mentale Brücke, die sich seit vielen Jahren zwischen ihr und Stalek erstreckte — sie existierte nicht mehr. Vergeblich horchte T'Shael nach dem ständigen, gestaltlosen Flüstern, aus dem in den letzten Tagen ein schmerzerfülltes Schreien geworden war. *Wie ist das möglich? Wieso lebe ich noch?*

Sie rückte die externe Welt ins Zentrum ihrer Aufmerksamkeit, vernahm das leise Pochen ihres Herzens, einige Sekunden später auch ruhiges, gleichmäßiges Atmen. Jemand saß neben ihr auf der schmalen Koje, eine Präsenz, die T'Shaels Wahrnehmung stimulierte. Sie hob den Arm, streckte ihn aus, ohne zu berühren.

»Cleante...«, brachte die Vulkanierin heiser hervor.

»Sie schläft«, antwortete eine fremde Stimme. »Und Sie sollten ebenfalls ruhen.«

Verwirrt öffnete T'Shael die Augen und bemerkte die menschliche Frau, die reglos und entspannt auf ihrer Matratze lag. Sie versuchte, sich auf dem Ellenbogen in die Höhe zu stemmen, aber eine schmale und erstaunlich kräftige Hand drückte sie zurück.

Sie hatte geglaubt, nur von der Rihannsu geträumt zu haben, hielt sie zunächst für ein Produkt ihrer fiebrigen Halluzinationen, eines Wahnsinns, der Realität und Imagination miteinander verschmolz. Doch nun wußte sie, daß es sich um einen substantiellen Aspekt der Wirklichkeit handelte.

»Offenbar haben Sie es überstanden«, sagte die Kommandantin trocken. »Möchten Sie etwas essen? Die Terranerin sagte mir, daß Sie schon seit einer ganzen Weile auf Nahrung verzichten.«

»Ich brauche keine Mahlzeit«, erwiderte T'Shael und verspürte Übelkeit bei der Vorstellung, etwas zu essen. »Allem Anschein nach haben Sie mich vor dem Tod bewahrt. Dafür danke ich Ihnen.«

Die Romulanerin musterte sie spöttisch.

»Sparen Sie sich Ihre Dankbarkeit. Sie sind nach wie vor meine Gefangene, und ich kann Sie jederzeit umbringen. Unter den gegenwärtigen Umständen sind Sie mir als lebende Geisel von größerem Nutzen – das ist alles.«

»Dennoch, ohne Ihre Hilfe wäre ich jetzt tot«, sagte T'Shael vorsichtig. »Mit allem gebührenden Respekt: Bestimmt kennen Sie meinen Namen, aber ich weiß nicht, wie ich Sie ansprechen soll.«

»Begnügen Sie sich damit, mich Commander zu nennen«, entgegnete die Romulanerin scharf. »Mein Name geht nur mich etwas an.«

»Ich bitte um Verzeihung«, murmelte T'Shael und senkte den Kopf.

»Schon gut. In dieser Beziehung bin ich ein wenig exzentrisch.«

»Auch Exzentrizität verdient Respekt, Commander«, sagte T'Shael würdevoll.

Sie sah nicht, wie die Rihannsu erblaßte – Spock hatte einmal ähnliche Worte an sie gerichtet. Die Kommandantin bedachte T'Shael mit einem durchdringenden Blick, argwöhnte Spott und Ironie.

»Vielleicht sind Sie mir nicht mehr dankbar, wenn ich Ihnen erkläre, aus welchen Gründen ich Sie gerettet habe.«

»Sie leben nur deshalb, weil Sie mir von Nutzen sein können«, sagte die Kommandantin.

Sie hatte die Vulkanierin ins klingonische Quartier gebracht, um zu verhindern, daß die menschliche Frau zuhörte. Die Besatzung des Flaggschiffes bereitete sich darauf vor, den Orbit des Planetoiden zu verlassen. Es blieb der Rihannsu nur noch wenig Zeit, um T'Shael zu erklären, was sie von ihr erwartete.

»Ich verdanke Ihnen mein Leben«, stellte die Instruktorin fest. »Deshalb halte ich es für meine Pflicht, Ihnen zu Diensten zu sein.«

Sie war nicht mehr so schwach wie noch vor einigen Stunden, hatte geschlafen, geduscht und sogar etwas gegessen. Dennoch wirkte sie irgendwie ruhelos. Ihre Bereitschaft, sich dem Willen des ideologischen Gegners und möglichen Scharfrichters zu unterwerfen, verblüffte die Kommandantin, und einige Sekunden lang stellte sie ihre Absicht in Frage. Rasch verdrängte sie ihr Mitgefühl, ersetzte es mit neuerlicher Entschlossenheit.

»Tal wies mich darauf hin, daß Sie Hoch-Rihan sprechen«, sagte die Romulanerin wie beiläufig. »Stimmt das?«

»Ich konnte mir einen geringen Wortschatz aneignen«, erwiderte T'Shael.

»Eine typisch vulkanische Untertreibung!« entfuhr es der Kommandantin. »Nun gut, Sie kennen unsere Sprache, und vielleicht sind Sie auch mit unserer Kultur vertraut. Was wissen Sie über die Krieger-Traditionen der Rihannsu?«

»Ich interessiere mich nicht für Bräuche, bei denen es um Gewalt geht«, sagte T'Shael. »Obgleich sich meine Gefangenschaft in diesem Zusammenhang als sehr lehrreich erwiesen hat.«

Sarkasmus? Von einer Vulkanierin? Die Kommandantin beschloß, nicht darauf zu reagieren.

»Bei bestimmten Gelegenheiten verwendet mein Volk eine Art Dolch«, sagte sie und sprach im Tonfall eines Dozenten. »Eigentlich handelt es sich eher um ein Kurzschwert. Die Waffe ist klein genug, um von einer geschickten Person am Körper versteckt zu werden, doch die Länge der Klinge reicht aus, um den Leib eines Gegners vollständig zu durchstoßen.«

Die schmalen Hände der romulanischen Frau vollführten eine entsprechende Geste, und T'Shael schauderte leicht. Sie hatte sich noch nicht ganz von dem emotionalen Chaos erholt.

»Der Dolch – bleiben wir bei dieser Bezeichnung – heißt *Dirhja*«, fuhr die Kommandantin fort. »Er sieht prächtig aus, und oftmals ist das Heft mit Edelsteinen besetzt, wodurch die Waffe einen großen Wert bekommt. Die Klinge weist nicht etwa zwei, sondern drei gleichseitige Schneiden auf, und sie sind außergewöhnlich scharf. Wird der *Dirhja* von jemandem verwendet, der gut damit umzugehen versteht, so dringt er fast völlig schmerzlos in den Körper ein. Unter solchen Umständen kommt es nur zu einem geringen Blutverlust. Nun, was anschließend geschieht, hängt vom Opfer ab.

Wenn der Betreffende mutig ist, bleibt er reglos stehen, und dann wird der Dolch vielleicht zurückgezogen – ein nicht ganz so schmerzloser Prozeß. In einem solchen Fall kann die Wunde behandelt werden, und es bleibt eine ungewöhnliche Narbe zurück. Doch wenn das Opfer feige oder ein Narr ist, wenn es sich bewegt... Die Klinge läßt ihm nicht die geringste Chance, zerreißt die Eingeweide.«

Die Kommandantin musterte T'Shael. Das Gesicht der Vulkanierin verriet nichts, doch in ihren Augen entstand ein seltsamer Glanz.

»Sie verabscheuen Gewalt«, sagte die Romulanerin. »Sind Sie trotzdem imstande, die Schönheit einer derartigen Waffe anzuerkennen?«

»Bestimmt haben Sie einen logischen Grund, um diese Frage an mich zu richten«, erwiderte die Instruktorin ruhig. Der Geschmack von Blut und Tod klebte an ihrem Gaumen fest, und sie spürte, wie Übelkeit in ihr vibrierte. Doch sie mußte zuhören – aus Respekt vor der Frau, der sie ihr Leben verdankte.

»Oh, natürlich!« bestätigte die Kommandantin und warf ihr glänzendes Haar zurück. »Sie sollen ein *Dirhja* für mich sein, ein dreischneidiger Dolch.«

»Ich verstehe nicht«, sagte T'Shael und gewann den Eindruck, als schnüre ihr irgend etwas die Kehle zu.

Von Anfang an nahm sie die Ich-Komplexität der Rihannsu wahr, und daraus ergab sich nun eine wichtige Erkenntnis: Ganz gleich, was die Kommandantin plante — ihre Absichten standen in einem unmittelbaren Zusammenhang mit dem Denken und Empfinden eines labyrinthenen Selbst, mit dem Bestreben einer Kriegerin, zu beherrschen, Kontrolle auszuüben. T'Shael erinnerte sich daran, Cleante auf die Kettenreaktionen des individuellen Verhaltens hingewiesen zu haben, auf eine rasch unüberschaubar werdende Folge aus Ursache und Wirkung, die maßgeblichen Einfluß auf die Struktur der Realität nahm, auf das allgemeine Gefüge des Seins. Plötzlich begriff die Instruktorin ihre eigene Naivität. Der Zufall führte sie in ein Situationsmuster, aus dem sich immer neue Konsequenzen ergaben. Logik und moralische Standfestigkeit spielten in diesem Zusammenhang gar keine Rolle mehr — damit ließ sich nichts an den Folgen ändern. Staleks Tod war nur ein Resultat, das sich aus den gegenwärtigen Umständen ergab. Was bahnte sich jetzt an?

T'Shael stellte sich ein dreischneidiges Kurzschwert vor, und metaphysischer Schrecken zitterte in ihr. Sie hatte sich nie vor ihrem eigenen Schicksal gefürchtet, doch die von der Kommandantin in Aussicht gestellte Instrumentalisierung weckte mehr als nur Unbehagen in ihr. *Ich soll ihr* Dirhja *sein,* überlegte sie. *Welche neuen Kettenreaktionen drohen dadurch?* Die Vulkanierin wünschte sich fast, zusammen mit Stalek gestorben zu sein.

»Ich verstehe nicht«, wiederholte sie und sah jene Frau an, die sie am Leben erhalten hatte.

»Zwei Schneiden meines Dolches sind offensichtlich«, erklärte die Kommandantin. »Beide betreffen nicht nur Sie, sondern auch die Terranerin. Es müssen noch einige

Fragen geklärt werden, und wenn das geschehen ist, bin ich befugt, Ihre Freilassung anzuordnen. Nun, ich darf Sie zumindest darüber informieren, daß wir mit der Föderation verhandeln...«

Sie zögerte, gespannt darauf, wie T'Shael reagierte. Ihre Gefangenschaft dauerte schon seit Monaten; vielleicht hatte sie nicht einmal zu hoffen gewagt, daß es Kontakte zwischen Repräsentanten der Föderation und den Rihannsu gab. Ein wenig enttäuscht nahm sie zur Kenntnis, daß die mimische Maske der Vulkanierin nicht die geringsten Regungen offenbarte. *Ich hätte es eigentlich besser wissen sollen,* fuhr es ihr durch den Sinn.

»Nach Ihrer Rückkehr werden Sie und die menschliche Frau darauf hinweisen, daß die Klingonen für den Tod der Deltaner verantwortlich sind«, sagte die Kommandantin. »Die Rihannsu begegneten Ihnen mit Respekt und achteten alle interstellaren Abkommen in bezug auf die Behandlung von politischen Gefangenen.

Durch Ihre Aussage wird die Ehre des Reiches geschützt und der Prätor vor einem Gesichtsverlust bewahrt, was mir zum Vorteil gereicht. Das ist die erste Klinge des Dolches.

Die zweite ist folgendermaßen beschaffen: Bestimmt gibt es Leute in der Föderation, die Vergeltung fordern und versuchen, das Reich in Verlegenheit zu bringen. Möglicherweise streben solche Personen eine Konfrontation an oder drohen mit einem Rachefeldzug. Ihre Schilderungen sorgen dafür, daß die Kriegstreiber kein Gehör finden. Die Klingonen brauchen in dieser Beziehung ohnehin nichts zu befürchten — was sie den Organianern verdanken.«

T'Shael dachte nach. Die Entführung der Bürgen, ihre Betäubung an Bord des romulanischen Raumschiffes — zweifellos Verbrechen, die durch nichts gerechtfertigt werden konnten. Andererseits: Die Verletzung der persönlichen Integrität hielt sich in Grenzen, sah man einmal vom Tod des Andorianers ab, der in erster Linie durch seinen eigenen Wahnsinn starb. *In diesem Punkt kann ich durch-*

aus auf das Anliegen der Kommandantin eingehen. Die Kettenreaktion eines solchen Verhaltens verhindert weitere Feindseligkeiten, hat also zweifellos einen guten Effekt. Die Instruktorin nickte, bestätigte damit ihre Bereitschaft.

»Ihr Dolch hat auch noch eine dritte Schneide«, sagte sie leise. *Und sicher ist es die schärfste.* T'Shael verbarg ihr dumpfes Entsetzen.

»Ja. Die beiden ersten Schneiden gehören Ihnen *und* der menschlichen Frau, aber die dritte gebührt allein der Vulkanierin.«

Das Glühen in den dunklen Augen verstärkte sich kurz. Die Kommandantin wußte um die Bedeutung vulkanischer Freundschaftsbande, und vor ihrem inneren Auge beobachtete sie noch einmal, wie Cleante an der Koje ihrer Mitgefangenen wachte. Sie wartete.

»Ich begegne der Terranerin nicht mit Gleichgültigkeit«, gestand T'Shael offen ein. Sie wußte, daß sie mit diesen Worten ein erhebliches Risiko einging, sich eine Blöße gab, doch Vertrauen benötigte eine Basis. »Ich möchte ihr weiteres Leid ersparen.«

»Von dieser Annahme ging ich aus«, sagte die Kommandantin zufrieden und lächelte dünn. »Die Freundschaft zwischen Ihnen und der Terranerin dient ebenfalls meinem Zweck. Sie werden nichts unversucht lassen, um die sichere Heimkehr der menschlichen Geisel zu gewährleisten.«

T'Shael versteifte sich unwillkürlich.

»Es gibt da einen gewissen Vulkanier«, begann die Rihannsu und musterte die Instruktorin aufmerksam. »Er ist ein hochrangiger Offizier in Starfleet. Für Ihre Freilassung stelle ich die Bedingung, daß Sie vom Raumschiff seines Vorgesetzten abgeholt werden. Er heißt Spock.«

Spock, Sohn des Sarek — ich nehme seinen Platz als Friedensbürge ein, doch ich habe ihn nie kennengelernt, dachte T'Shael. *Was würde die Rihannsu mit einer solchen Information anfangen?* Ihr Gesicht blieb ausdruckslos.

»Spock und ich sind uns schon einmal begegnet.« Die

Kommandantin verstand es nicht ganz so gut, über ihre Empfindungen hinwegzutäuschen. Sie sprach etwas schärfer, und T'Shael erahnte Zorn – und unvergossene Tränen. »Er nahm an einer Spionagemission teil, mischte sich unter die Besatzung meines Flaggschiffes und stahl ein wichtiges militärisches Geheimnis. Er verriet mein Vertrauen, auf eine ebenso persönliche wie demütigende Art und Weise, und dafür habe ich Rache geschworen.«

»Mit allem Respekt, Commander...«, warf T'Shael sein. »Wenn es sich um eine private Angelegenheit handelt...«

»Oh, seien Sie unbesorgt«, sagte die Kommandantin. »Es liegt mir fern, Ihnen noch mehr zu verraten. Derartige Worte sind allein für Spock bestimmt. Wenn er den Mut hat, mir noch einmal gegenüberzutreten.«

T'Shael holte tief Luft und traf eine Entscheidung. Sie wollte nicht an weiteren Todesfällen beteiligt sein, hatte nicht die geringste Absicht, Spock oder das Raumschiff seines Vorgesetzten in Gefahr zu bringen. *Ich bin bereit, mit dem eigenen Leben für meine Ehre zu bezahlen. Und Cleante...*

Cleante, Freundin und T'hy'la... *Du hast dich für mich eingesetzt, warst ständig an meiner Seite, als ich litt. Seit ich wach bin, wartest du allein und quälst dich vielleicht mit Gedanken über mein Schicksal. Ich habe kein Recht, über dein Leben zu bestimmen. Doch wenn ich mich opfere, mußt du hierbleiben...*

Verzeih mir. Ich bin deiner nicht würdig. Wenn die dritte Schneide des Dolches Tod bedeutet, so darf es nur mein eigener sein. Die Kettenreaktion muß hier und jetzt enden...

»Wenn Sie planen, uns als eine Art Köder zu verwenden, um das Raumschiff und Spock in eine Falle zu lokken...«

»Natürlich nicht!« erwiderte die Kommandantin, und ein neuerliches Lächeln umspielte ihre Lippen. Hielt die Vulkanierin sie für so gemein und durchtrieben? *Vielleicht hat sie sogar recht,* dachte sie. *Immerhin habe ich diese Möglichkeit in Erwägung gezogen — um mich endlich von dem Vulkanier zu befreien, um meine Seele zu entlasten.* »Das ist die Art einer Streitaxt, nicht des *Dirhja.* Stellen Sie sich den Dolch als eine weitaus subtilere Waffe vor. Sie nutzt die Schwächen des Opfers — und hinterläßt immer eine Narbe.

Nach Ihrer Heimkehr werden Sie sich an Spock wenden, ohne Rücksicht auf seine Privatsphäre oder den vulkanischen Stolz zu nehmen. Verlangen Sie von ihm, Ihnen die ganze Geschichte des Verrats zu erzählen. Sie sind der lebende Beweis dafür, daß die Rihannsu unter bestimmten Umständen ehrenhafter sind als ein Bürger des Planeten Vulkan. Ich fordere dies von Ihnen, weil ich Sie gerettet habe. Weisen Sie Spock deutlich darauf hin; dann bleibt ihm gar nichts anderes übrig, als ganz offen zu sein. Wenn ihm seine Ehre etwas bedeutet. Wenn er den Mut hat, sich einem *Dirhja* zu stellen.«

T'Shael schwieg und überlegte konzentriert. Wenn die Vorwürfe der Kommandantin nicht aus der Luft gegriffen waren, mußte Spock als Vulkanier sowohl seine Verantwortung als auch alle Konsequenzen akzeptieren, die sich daraus ergaben. Andererseits: Eine derart grobe Verletzung der Privatsphäre . . .

»Sie bezeichnen sich als Bürgin des Friedens«, fuhr die Kommandantin fort und fragte sich erneut, ob sie den richtigen Beschluß gefaßt hatte. Es war wohl kaum T'Shaels Schuld, auf Vulkan geboren zu sein. »Ich mache Sie zum Bürgen meiner Rache. Oh, Sie brauchen sich deswegen nicht mit Gewissensbissen zu belasten«, fügte sie hinzu, als sie spürte, welche Wirkung ihre letzte Bemerkung auf die Vulkanierin hatte. »Es ist eine durchaus ehrenhafte Rache. Es genügt mir, daß Spock gezwungen ist, seine Schuld einzugestehen. Noch dazu einer Fremden gegenüber, die sich durch feste moralische Vorstellungen auszeichnet. Verstehen Sie, was ich meine?«

»Vielleicht«, entgegnete T'Shael vorsichtig. »Nun gut,

ich bin einverstanden. Bei *meiner* Ehre als Vulkanierin verspreche ich hiermit, Ihren Forderungen zu genügen.«

Die Kommandantin lächelte bitter.

Ein mittelgroßer, athletisch gebauter Mann wanderte durch die Grenzstation zwischen dem romulanischen Reich und der Föderation, näherte sich den schwerbewaffneten Wächtern an der Luftschleuse. Er ging mit federnden Schritten, und man merkte ihm nicht das enorme Gewicht der Informationen an, die er mit sich trug. Einmal mehr dachte er daran, was ihm drohte, wenn man ihn gründlich durchsuchte — in einem solchen Fall war sein Tod gewiß. *In fünf Minuten bin ich entweder ein freier Mensch oder ein toter Rihannsu.*

Sulu wollte den Romulanern unter keinen Umständen lebend in die Hände fallen. Diese Entscheidung hatte er bereits vor einigen Stunden getroffen, als er die mikrocodierten Datenchips an verschiedenen Körperstellen versteckte. Nicht etwa aus Feigheit oder Furcht vor der romulanischen Folter. Nein, er wußte ganz genau, daß er sein Wissen nicht auf Dauer verbergen konnte, wenn man ihn zu befragen begann. Vor Beginn der Mission wies ihn Spock deutlich genug darauf hin, daß nicht einmal Vulkanier in der Lage waren, gewissen Verhörmethoden der Rihannsu zu widerstehen. *Ich hätte nicht die geringste Chance. Und an dieser Sache sind zu viele andere Personen beteiligt...*

Sulu blieb in der langen Schlange stehen und beobachtete den Soldaten, der die Kontrollen vornahm. *Wenn er mich aufzuhalten versucht, schnappe ich mir seinen Blaster und hoffe darauf, daß die Waffe auf volle Energiestärke justiert ist. Oder ich springe in die Schleuse und blockiere das Innenschott. Bis es den Burschen gelingt, den Druckausgleich herzustellen, sind meine Lungen im Vakuum geplatzt.* Sayonara, *Lel em Tri'ilril. Viel Glück im nächsten Leben.*

Lieber Himmel, fügte er in Gedanken hinzu. *Ich spiele die Rolle des Rihannsu schon viel zu lange. Ich* denke *all-*

mählich wie ein Romulaner. Ziehe ich tatsächlich den Selbstmord in Erwägung? Seltsam. Verdammt, ich hänge an diesem *Leben! Ich will noch nicht sterben. Vielleicht sollte ich McCoy bitten, meine mentalen Schrauben wieder an den richtigen Platz zu rücken.*

Wenn ich zurückkehre. Wenn mich die Roms nicht erwischen. Wenn sie keinen Verdacht schöpfen. Wenn...

Die Schlange setzte sich wieder in Bewegung.

Hör auf damit, Hikaru, rief sich Sulu zur Ordnung. *Was ist mit deinem Optimismus? Dreihundert Meter hinter dem Schott wartet die Freiheit auf dich. Du willst doch nicht ausgerechnet jetzt alles vermasseln, oder?*

Die Grenzstation – in Rihan hieß sie ch'Mrelkhre (die Standard-Übersetzung lautete ›das kleine Ende des Trichters‹ und bedeutete, daß nur die Spreu hindurchgelangte), und Menschen nannten sie schlicht Omega – befand sich auf der Föderationsseite der Neutralen Zone und verdankte ihre Konstruktion dem Abkommen, das nach dem Krieg vor über hundert Jahren zwischen der Erde und den Romulanern getroffen wurde. Es handelte sich um ein unförmiges Konglomerat aus verschiedenen Architekturformen, die nicht etwa Kooperationsbereitschaft zum Ausdruck brachten, sondern Rivalität. Ständig patrouillierten Raumschiffe in unmittelbarer Nähe der Station, und ihre Shuttles beförderten täglich mehrere hundert Reisende, die zunächst durch den langen Tunnel zwischen den beiden Kontrollbereichen gingen.

Sulu gab sich ruhig und gelassen, während er in der Schlange wartete, suchte in Gedanken nach einem Vergleich für diesen besonderen Ort. *Checkpoint Charlie,* dachte er. *Die Berliner Mauer, die im Jahre 1989 fiel.* Angesichts einer geeinten Erde erschienen solche Konzepte absurd, und vielleicht traf das irgendwann einmal auch auf die Station Omega zu. Vielleicht kam einmal der Tag, an dem sich Rihannsu und Menschen als Brüder umarmten, und dann wurden Grenzwächter zu einer vom Aussterben bedrohten Spezies.

Während der vergangenen Monate gelangte Sulu immer mehr zu der Überzeugung, daß ein stabiler Frieden zwischen der Föderation und den Romulanern keineswegs einer Utopie gleichkam. Er hatte mit den Rihannsu gelebt und gearbeitet; er kannte ihre Gewohnheiten, ihre Wünsche und Hoffnungen. Möglicherweise bekam er einmal die Gelegenheit, Freunde in ihnen zu sehen.

Nur noch ein Reisender stand vor ihm: ein älterer Tellarit, der einen großen Kasten trug – offenbar enthielt er ein Musikinstrument. Die Scanner zeigten zwar nichts an, aber der romulanische Soldat bestand darauf, den Behälter gründlich zu untersuchen. Der Tellarit protestierte lautstark und weckte dadurch die Aufmerksamkeit mehrerer Rihannsu und Menschen. *Meine Güte, das hat mir gerade noch gefehlt!* Sulu begann zu schwitzen.

»Das reicht jetzt, Großvater«, sagte der Wächter schließlich. Man konnte den Romulanern nicht nachsagen, daß es ihnen an Respekt vor dem Alter fehlte. »Entweder entriegeln Sie das Schloß, oder ich breche es auf.«

Der Tellarit brummte leise vor sich hin, gehorchte und öffnete den Kasten. Wenige Sekunden später entdeckte der Soldat ein kleines Paket, das illegale Stimulanzien enthielt.

»Sie dienen zur Behandlung eines Herzleidens!« jammerte der Tellarit. »Solche Substanzen kann ich mir drüben nicht beschaffen. Bitte, Euer Exzellenz!«

Ein winziger Beutel wechselte den Besitzer, so schnell, daß Sulu erst im letzten Augenblick aufmerksam wurde. Die hinter ihm stehenden Reisenden bemerkten sicher nichts.

»Ich habe heute meinen großzügigen Tag«, sagte der Wächter herablassend, steckte die Drogen ein, klappte den Kasten zu und reichte ihn zurück. »Normalerweise müßte ich Sie unter Arrest stellen.«

Der Tellarit nickte, murmelte einen Dank und eilte zur Luftschleuse. Die anderen Personen verloren das Interesse an ihm.

Sulu trat vor und hielt seine ID-Karte bereit.

»Die Burschen versuchen es mit jedem Trick, nicht

wahr?« Er nickte in Richtung des Tellariten — deutlicher Hinweis darauf, daß er alles beobachtet hatte.

»Ihr Reiseziel, Archivbeamter Lel?« fragte der Wächter scharf. Besorgnis regte sich in Sulu. Vielleicht hätte er besser schweigen sollen.

»Terranischer Außenposten 3«, antwortete er sofort und deutete auf seine Aktentasche. »Ich bin beauftragt, eine auf den neuesten Stand gebrachte Liste der wichtigsten Schmuggelware zu überbringen.«

Der Soldat musterte ihn argwöhnisch.

»Leider habe ich das Kurierschiff verpaßt«, sagte Sulu und hoffte, es klang beiläufig genug. »Daraufhin mußte ich mich den zivilen Reisenden anschließen.«

Der Wächter schwieg noch immer.

»Ich möchte bis zur zwölften Stunde zurück sein. Eine gewisse Dame wartet auf mich.«

Er fügte einige Worte in einem Dialekt hinzu, den er auf Remus gelernt hatte, und daraufhin lächelte der Soldat.

»Hoffentlich hat sie Geduld«, erwiderte der Romulaner, richtete den Scanner kurz auf die Aktentasche und winkte dann. »Bitte begleiten Sie den Tellariten. Ich möchte nicht, daß er ausgerechnet hier einen Herzanfall erleidet.«

Sulu lachte kurz, und der Wächter betätigte eine Taste der nahen Konsole. Pumpen zischten, und kurz darauf öffnete sich die Luftschleuse. Der Archivbeamte Lel em Tri'ilril griff nach dem Arm des alten Tellariten und führte ihn in den langen, nabelschnurartigen Korridor.

Ein steriler, nur schlecht beleuchteter Ort erwartete ihn. Hier und dort zischte es leise, und die aus Klarstahl bestehenden Wände fühlten sich kalt an. Wenn es zwischen der Föderation und dem romulanischen Reich zu einem Krieg kam... Sulu stellte sich vor, wie man die beiden Zugänge der langen Passage versiegelte, wie die Besatzungen der beiden Kontrollstationen autonome Triebwerke aktivierten, um so schnell wie möglich in die Heimat zurückzukehren. Wehe den Leuten, die sich dann im Korridor befanden. Vor einigen Jahren, als ein Kriegsschiff der Rihannsu die Neutrale Zone durchquerte, um die Terranischen Außenposten 2, 3 und 4 zu vernichten — damals griff die *Enterprise* gerade noch rechtzeitig ein, um eine Katastrophe zu verhindern —, wurde Gefechtsalarm für die Grenzstation angeordnet. Die unmittelbare Konsequenz bestand aus einer Unterbrechung der Verbindungen zum Tunnel — sechs Reisende bezahlten sie mit ihrem Leben.

Nach dem Zwischenfall ermöglichten die Reparationen der Romulaner eine Restrukturierung sowohl der Außenbasen als auch der Grenzstation. Der Prätor mußte seine Schuld eingestehen und verlor dadurch einen Teil seiner Macht. Vielleicht glaubte er, sich rächen zu können, indem er die sechs Bürgen des Friedens entführte.

Nun, allein der Prätor wußte, warum er sich auf eine derartige Aktion eingelassen hatte — inzwischen bedauerte er sie bestimmt —, und für Sulu spielten diese Erwägungen ohnehin keine Rolle. Er dachte nur daran, daß ihn noch zweihundertfünfzig Meter von der Freiheit trennten. Mit wachsender Unruhe starrte er ins All und lauschte dem Geräusch seiner Schritte.

Später fiel ihm auf, daß der Tellarit etwas schneller ging. Er schlurfte jetzt nicht mehr wie ein alter Mann, sondern bewegte sich mit bemerkenswerter Agilität. Als sie die Schleuse auf der Föderationsseite passierten, wandte sich Sulu seinem Begleiter zu und musterte ihn. Er erweckte den Eindruck, als sei er während der vergangenen Minuten um mindestens zwanzig Jahre jünger geworden.

»Sonderagent Gadj«, stellte sich der Tellarit vor, zeigte seine ID-Karte und lächelte strahlend. »Auf Ablenkungsmanöver spezialisiert — damit die wichtigen Leute keine Schwierigkeiten bekommen. Willkommen zu Hause, Commander. Wie wär's mit einem Drink, bevor Sie Nogura Bericht erstatten?«

»Er hielte sicher nichts davon, wenn ich lalle«, entgegnete Sulu und grinste. »Später haben wir noch genug Gelegenheit, uns einen hinter die Binde zu gießen.«

»Einverstanden«, sagte Gadj.

KAPITEL 12

Das romulanische Flaggschiff schwenkte aus dem Orbit und beschleunigte, zog als kleiner Punkt über den Nachthimmel. Cleante beobachtete ihn, kniete auf der oberen Koje und starrte aus dem hohen Fenster, entsann sich dabei an die letzten Worte der Kommandantin.

»Wir Rihannsu wachsen in einer vom Militär geprägten Gesellschaft auf«, hatte die Romulanerin erklärt. Sie trug eine prächtige Uniform und stand in der geöffneten Luke des Scoutschiffes — eine eindrucksvolle Gestalt. Und ihr Gesicht wirkte jetzt ein wenig sanfter. Begegnete sie den Gefangenen inzwischen mit einer anderen Einstellung? »Doch in unserem Volk gibt es nicht nur Krieger und Soldaten. Was mich betrifft... Ich bin keine schlechte Diplomatin. Ich werde mich bemühen, alle verbliebenen Hindernisse aus dem Weg zu räumen und so schnell wie möglich Ihre Freilassung zu erwirken. Vermutlich dauert es nur noch einige Wochen, bis Sie in Ihre Heimat zurückkehren können.«

Sie bedachte Cleante mit einem (berechnenden?) Lächeln, das die menschliche Frau zuversichtlich stimmen sollte. Doch es sparte die Augen aus, und die Terranerin fühlte sich an ihre Mutter erinnert. Sie mußte sich zwingen, ebenfalls zu lächeln.

Die Kommandantin warf T'Shael einen geheimnisvollen, fast herausfordernden Blick zu — ein stummer Hinweis auf ihre Vereinbarung. Die Vulkanierin reagierte nicht darauf, blieb stumm. Sie wußte Bescheid.

»Ich bedaure es, Sie der Obhut des Klingonen überlassen zu müssen«, fuhr die Rihannsu fort, kniff die Augen zusammen und beobachtete Kalors Quartier. »Aber machen Sie sich keine Sorgen. Ich habe ihm eindeutige Befehle erteilt. Er weiß, was ihm blüht, wenn Sie zu Schaden kommen.«

Daraufhin drehte sie sich abrupt um und verschwand in dem Scoutschiff. Cleante unterdrückte ein Schaudern und fragte sich, ob die Autorität der Romulanerin ausreichte, um Kalors Sadismus auch dann im Zaum zu halten, wenn sie sich nicht mehr auf dem Planetoiden befand. ›Einige Wochen‹ konnten recht lang werden.

Allmählich verblaßte der helle Punkt am Himmel, als der Rihannsu-Kreuzer Fahrt aufnahm und durch den interplanetaren Raum raste. Cleante ließ ihre Beine über den Rand des Bettgestells baumeln, doch einige Sekunden später begriff sie plötzlich, daß sie Jali nachahmte. Sie kletterte herunter und versuchte, alle Gedanken an die Toten aus sich zu verdrängen.

Seit T'Shaels Rückkehr hatte sie noch nicht mit der Instruktorin gesprochen. Einmal mehr überlegte Cleante, wie sie das Schweigen beenden sollte. *Ich habe das Versprechen gebrochen, weil ich nicht ertragen konnte, wie sehr sie litt. Sie brauchte Hilfe. Nur darum ging es mir. Haßt sie mich deswegen? Kann eine Vulkanierin hassen?*

Sie drehte sich langsam um und stellte überrascht fest, daß T'Shaels Blick auf ihr ruhte. Ihre Augen glänzten nicht mehr fiebrig, aber die menschliche Frau glaubte, Trauer und Niedergeschlagenheit in ihnen zu erkennen. Vergeblich hielt sie nach einem stummen Vorwurf Ausschau, fand statt dessen ... Verständnis und sogar Zuneigung?

»Ich dachte, Sie seien böse auf mich«, sagte Cleante schlicht.

T'Shael schüttelte den Kopf. »Unmöglich.«

»Warum? Weil so etwas eine emotionale Reaktion ist?«

»Nein. Meine Logik war fehlerhaft, und Sie brachten den Mut auf, richtig zu handeln — auch auf die Gefahr hin, unsere Freundschaft zu zerstören. Indem Sie ein derartiges Risiko eingingen, haben Sie den Wert unserer Beziehung bestätigt. Ich bin geehrt.«

Cleante zuckte verwirrt mit den Schultern.

»Das ist zu vulkanisch für mich«, gestand sie ein und lachte leise.

Plötzliche Euphorie erfaßte sie. Sie lebten. Die Instruktorin hatte ihre Krise überstanden, und außerdem konnten sie eine baldige Freilassung erwarten. *Und was fast noch wichtiger ist: T'Shael hegt keinen Groll gegen mich. Es bleibt nur ein einziges Problem: Kalor. Hoffentlich behält die Kommandantin recht. Hoffentlich wagt er es wirklich nicht, etwas gegen uns zu unternehmen.*

»Wie fühlen Sie sich?« fragte sie T'Shael — und wählte rasch eine andere Formulierung, um sich einen Vortrag über Emotionen zu ersparen. »Ich meine, was geht Ihnen jetzt durch den Kopf? Bestimmt ist es recht seltsam für Sie.«

»In der Tat«, bestätigte die Vulkanierin. »Es erscheint mir sonderbar, dort Leere zu spüren, wo mich zuvor die Präsenz eines anderen Bewußtseins begleitete. Stalek und ich wußten kaum etwas voneinander, doch unsere Gedanken berührten sich. Ich konnte seinen Tod nicht verhindern, und die Leere... Ich empfand ähnlich, als Resh'da, Jali und Krn starben — die Hilflosigkeit gegenüber einer bestimmten Ereignissequenz. Normalerweise müßte die Beherrschung des Unvermeidlichen genügen, um damit fertig zu werden, aber in diesem besonderen Fall...«

Sie unterbrach sich, und ihr Blick blieb auf die menschliche Frau gerichtet. Wie sollte sie ihr die eigentliche Bedeutung der Leere erklären? Zum erstenmal in ihrem Leben war sie völlig allein, von ihrem Volk und allen individuellen Vulkaniern getrennt. Angenommen, sie konnte irgendwann nach Vulkan zurückkehren. Was fand sie dort? Welchen Platz gab es für eine unverheiratete Frau, die das Inferno des *Pon farr* überlebt und keine Verwandten hatte? Ihrer Situation mangelte es an Präzedenzfällen. *Hat es einen Sinn, Cleante damit zu belasten?*

»Ich weiß nicht genau, was in mir geschieht«, sagte sie nach einer Weile. »Vielleicht ist Ihre ursprüngliche Wortwahl angemessener. Ich *fühle* etwas, das sich Ratio und

Logik entzieht. Und ich beginne zu verstehen, warum mein Volk seit über tausend Jahren alle Gefühle unterdrückt.«

Cleante wußte keine Antwort darauf. Deutete T'Shael an, daß sie jene emotionalen Erkenntnisse ablehnte, die sie während ihrer langen Gefangenschaft gewonnen hatte? *Bin letztendlich ich dafür verantwortlich? Zieht sie sich jetzt wieder von mir zurück?* Eine lange, bedrückende Stille schloß sich an.

»Ich habe mich nicht an mein Versprechen gehalten«, sagte Cleante schließlich.

»Ich hätte es erst gar nicht von Ihnen verlangen dürfen«, erwiderte T'Shael sofort und atmete tief durch. »Indem Sie es brachen, übermittelten Sie mir eine Botschaft, die weit über die Bedeutung von Logik hinausging. Ihr Verhalten sprach von Liebe.«

Cleante lächelte ein wenig verlegen.

»Darum baten Sie mich auf Vulkan. Es tut mir leid, daß es so lange dauerte, bis ich auf Ihre Bitte einging.«

Sie sah den Kummer in T'Shaels kurzen Augen und fügte hastig hinzu: »Nur ein Scherz, weiter nichts. Nehmen Sie doch nicht alles so wörtlich. Nun, damals sagte ich Ihnen, daß ich Ihre Freundin sein möchte, ganz gleich, ob Sie meine Gefühle erwidern oder nicht. Ich meine es nach wie vor. Das Leiden des Begabten, das in Ihrem Leib schlummert, Entführung, Klingonen und Rihannsu, Erdbeben und *Pon farr* — all das spielt keine Rolle.«

»Sie sprechen von einer Freundschaft, die weit über das entsprechende irdische Konzept hinausgeht«, erwiderte die Vulkanierin leise. Cleante hielt unwillkürlich den Atem an. »Was Sie sich erhoffen... Es ist nicht leicht, weder für Sie noch für mich.« T'Shael rechnete mit einem inneren Widerstand und stellte überrascht fest, daß er ausblieb. »Die vulkanische Freundschaft ist wie ein... Feuer, das Reinheit schafft und Kraft verleiht. Aber es kann auch verbrennen.«

»Hitze ist mir immer noch lieber als Kälte«, sagte Cleante und lächelte.

Die Vulkaniern achtete nicht darauf. »Sie haben mein ablehnendes Gebaren hingenommen«, fuhr sie fort. »Sie haben gelitten und leiden noch immer. Sie bemühen sich, eine Brücke zu schaffen, die unsere kulturellen Unterschiede überspannt. Und Sie waren bereit, alles zu riskieren, um mich zu retten.« T'Shael hob feierlich die Hand. »Fortan sollst du meine *T'hy'la* sein, Cleante alFaisal.«

»T'hy'la«, wiederholte Cleante leise und sanft.

Pures Glück durchströmte sie, schien Kalor ans Ende der Galaxis zu verbannen.

Aber Kalor kehrte schon bald zurück und nahm wieder seinen Platz im klingonischen Quartier ein.

Als neuer Lagerkommandant verzichtete er darauf, den transparenten Zugang zu verriegeln.

»Er hat bestimmt nicht vergessen, die Tür abzuschließen«, sagte Cleante und beobachtete, wie die durchsichtige Pforte aufschwang, als sie leichten Druck ausübte. »Was hat er vor?«

»Ich weiß es nicht«, erwiderte T'Shael. »Aber angesichts der sexuellen Gepflogenheiten von Klingonen empfehle ich dir, nicht nach draußen zu gehen.«

»Himmel, das habe ich ganz vergessen!« Cleante preßte sich entsetzt die Hand auf den Mund und dachte an ihre erste Begegnung mit Krazz. Nach einigen Sekunden lachte sie unsicher. »Na schön. Aber es dürfte uns nicht weiter schwer fallen, Kalor einen Strich durch die Rechnung zu machen, oder? Solange ich hier im Zimmer bleibe, besteht keine Gefahr.«

»Vielleicht hast du recht«, sagte T'Shael leise. Doch sie zweifelte daran, daß sich der Klingone mit einer abwartenden Haltung begnügte.

Vermutlich plante er weitere Experimente mit den Gefangenen — ungeachtet aller Befehle der romulanischen Kommandantin. Cleante und sie waren nun *T'hy'la*, und wahrscheinlich bereitete sich Kalor darauf vor, die Freundschaft der beiden Frauen auf die Probe zu stellen.

Der Test begann eher, als es T'Shael erwartet hatte.

Am nächsten Morgen griff sie nach dem Eimer und ging über den Platz, auch weiterhin dazu entschlossen, ihre Reinigungspflichten wahrzunehmen. Nach Ansicht der Vulkanierin galt die mit Krazz getroffene Vereinbarung auch für den klingonischen Lieutenant.

Kalor feierte die Abreise der Romulaner, indem er ein privates Fest veranstaltete, die besten Flaschen öffnete und sich langsam vollaufen ließ. Nur total betrunken konnte er die Maschine hinter seiner Stirn abschalten, die ständig arbeitete und plante. Aber einen derartigen Luxus gestattete er sich nicht, und deshalb surrte das mentale Getriebe auch weiterhin, entwickelte Dutzende von Szenarien und verwarf sie wieder. T'Shaels Ankunft unterbrach ihn bei seinen Überlegungen, und er bedachte die Instruktorin mit einem finsteren Blick.

»Verschwinde von hier!« zischte er. »Ich kann den Anblick spitzer Ohren nicht mehr ertragen!«

»Wie Sie wünschen«, sagte T'Shael. Sie kehrte zum niedrigen Gebäude auf der anderen Seite des Platzes zurück, doch bevor sie es erreichte, stürmte Kalor heran.

»He, Vulkanierin! Bleib stehen!«

T'Shael drehte sich um und beobachtete, wie der Klingone seinen Waffengürtel zurechtrückte und näher kam. Erleichtert stellte sie fest, daß Cleante im Zimmer blieb. *Vielleicht schläft sie. Um so besser. Sie braucht nicht mitzuerleben, was nun geschieht.*

T'Shael ließ den Eimer sinken und spannte die Muskeln. Sie konnte es durchaus mit dem Klingonen aufnehmen – aber nur dann, wenn er nicht seinen Intervaller zog. Die Vulkanierin entschied sich dagegen, ins Gebäude zurückzuweichen. Wenn Kalor die Tabus seines Volkes beachtete, durfte er dort nicht über sie oder Cleante herfallen; doch vielleicht war er so zornig, daß er sich keine Beschränkungen mehr auferlegte.

Kalor mochte betrunken sein, aber er war gewiß nicht dumm. Er wußte, welche Kraft sich in dem zarten Körper der vulkanischen Bürgin verbarg, und deshalb holte er den Strahler hervor, als ihn noch einige Meter von T'Shael trennten. Das wütende Blitzen in seinen Augen mahnte zu Vorsicht, und die Instruktorin rührte sich nicht von der Stelle. Das *Pon farr* hatte ihr Empfindungsvermögen verstärkt, insbesondere den Tastsinn: Sie wollte weder berühren noch berührt werden. Cleante nahm Rücksicht darauf und kam ihr nicht zu nahe, aber Kalor... Wenn er ihre Schwäche bemerkte, nutzte er sie bestimmt aus. T'Shael besann sich auf die Beherrschung des Unvermeidlichen und wartete.

Der Klingone vergeudete keine Zeit. Er packte sie am Uniformkragen, griff fest zu und rammte ihr den Lauf des Intervallers an die Rippen. Aus blitzenden Augen starrte er auf T'Shael herab, und sein warmer Atem stank nach Alkohol.

»Du hast Angst vor mir, stimmt's?« fauchte er. Als die Vulkanierin keine Antwort gab, drückte er noch fester mit der Waffe zu – Cleante hätte sicher gestöhnt. »Sag, daß du mich fürchtest!«

»Es entspräche nicht der Wahrheit«, erwiderte T'Shael ruhig.

Der Klingone stieß sie zu Boden, und als die Instruktorin nach Eimer und Lappen griff, zerrte er sie am Haar auf die Beine. Diesmal trat er von hinten an sie heran, bohrte ihr den Lauf des Strahlers in den Rücken. Seine heisere Stimme ertönte direkt an ihrem Ohr.

»Eine tolle Schau, die du vor unseren Besuchern abgezogen hast«, knurrte er, hob die Waffe und strich damit über T'Shaels Wange. »Ihr Vulkanier könnt eine erstaunliche Leidenschaft entwickeln. Wenn deine spitzohrigen Verwandten nicht zugegen gewesen wären, hätte ich deine Wollust gern zum Anlaß genommen, dir die Leistungsfähigkeit eines klingonischen Mannes zu zeigen.«

T'Shael schauderte unmerklich. *Kalor hat mich in meinem schändlichen Zustand gesehen!*

Sofort faßte sie sich wieder und fand zu ihrer Ruhe zurück. *Wenn ich mir etwas anmerken lasse, gebe ich ihm einen wichtigen Vorteil.*

»Sie haben jederzeit die Möglichkeit, Ihre sexuellen Triebe an mir zu befriedigen«, sagte sie schlicht. »Drohungen sind nicht notwendig.«

Kalor ließ die Vulkanierin los, hielt jedoch weiterhin die Waffe auf sie gerichtet.

»Sie würden freiwillig mit mir kommen?« fragte er mißtrauisch.

»Nein, freiwillig nicht«, erwiderte T'Shael. Noch immer stand sie unbewegt und würdevoll. »Aber ich bin gezwungen, mich Ihrem Willen zu unterwerfen. Trotz der Anweisungen, die Sie von der romulanischen Kommandantin erhielten.«

Die letzten Worte kamen einer deutlichen Warnung gleich. Wenn den Gefangenen irgend etwas zustieß, mußte Kalor damit rechnen, von den Rihannsu erschossen zu werden.

Der Klingone schnitt eine Grimasse und schob den Intervaller ins Halfter zurück.

»Ebensogut könnte man sich mit einem Eisblock einlassen«, höhnte er, doch der Spott verdrängte nicht den Zorn. T'Shael spürte, wie er zitterte, gegen den Wunsch ankämpfte, sich auf sie zu stürzen, ihr die Uniform vom Leib zu reißen, sie zu demütigen. »Nein, du würdest mir ohnehin keine Befriedigung verschaffen.« In seinen Augen gleißte es. »Die menschliche Frau ist weitaus interessanter.«

Er trat auf das niedrige Gebäude zu, doch T'Shael versperrte ihm den Weg.

»Wollen Sie wirklich Ihr Leben riskieren, indem Sie die Befehle der Kommandantin ignorieren?« fragte sie und überlegte, auf welche Weise sie Cleante schützen konnte.

»Von verdammten Roms nehme ich keine Befehle entgegen!« donnerte Kalor.

Die menschliche Frau hörte seine Stimme und sah durch die transparente Tür. T'Shael bedeutete ihr mit einem kurzen Wink, im Zimmer zu bleiben.

Der Klingone war nicht nur betrunken, sondern auch übergeschnappt und damit noch unberechenbarer als sonst.

Die lange Präsenz der Rihannsu hatte offenbar einen großen Teil seines Verstandes betäubt. Die Vulkanierin ahnte, daß er an der Absicht festhielt, neue Experimente mit seinen Gefangenen durchzuführen; er schien sogar bereit zu sein, sie zu töten und sich dadurch selbst umzubringen. Gab es irgendeine logische Möglichkeit, seinen Irrsinn zumindest für eine Weile von Cleante abzulenken?

»Die Terranerin ist gewiß nicht bereit, sich Ihnen hinzugeben«, sagt T'Shael und beobachtete den Klingonen. »Sie müßten Gewalt anwenden, um sie zu bekommen, und das beeinträchtigte die Ergebnisse Ihrer Tests.«

Kalor kniff die Augen zusammen, hob aus einem Reflex heraus die geballte Faust.

»Was wissen Sie davon?« grollte er und kam einen Schritt näher. Die Instruktorin bemerkte, daß er wieder zum Sie überging. Ein gutes Zeichen?

»Passen Sie auf — die menschliche Frau beobachtet uns«, sagte T'Shael leise und sah, wie Kalor kurz den Kopf drehte und Cleante einen nervösen Blick zuwarf. Also lag ihm noch immer etwas an seiner Sicherheit. »Wenn Sie Ihre Forschungen trotz der romulanischen Order fortsetzen wollen, benötigen Sie Bereitschaft zur Kooperation.«

»Die Sie mir anbieten«, brummte der Klingone langsam und schöpfte Verdacht. »Aber eben wiesen Sie darauf hin, Sie seien nicht bereit, freiwillig mit mir zu kommen. Sie widersprechen sich. Ich verlange eine Erklärung von Ihnen!«

»Ich sagte, daß Sie jederzeit die Möglichkeit haben, Ihre sexuellen Triebe an mir zu befriedigen. In einem solchen Fall müßte ich mich Ihnen fügen. Sie können wohl kaum von mir erwarten, dabei so etwas wie Freude zu empfinden. Nun, ich bin bereit, Ihnen zu Diensten zu sein, unter einer Bedingung.«

»Erdreisten Sie sich etwa, irgendwelche Forderungen zu

stellen?« platzte es aus Kalor heraus. »Ich könnte Sie auf der Stelle töten!«

»Womit Sie sich selbst zum Tode verurteilten«, sagte T'Shael.

Die eigenen Worte erstaunten sie. Sie war immer für ihre Schweigsamkeit bekannt gewesen und sah sich nun einem Veränderungsprozeß ausgesetzt, der einen umfassenden Wandel herbeiführte und von der Notwendigkeit verursacht wurde, eine Freundin zu retten.

Kaiidth! Sie würde mit dem Klingonen verhandeln und sich opfern, wenn es keine andere Möglichkeit gab. Das *T'hy'la*-Feuer konnte auch verbrennen.

Kalor überlegte, verzog das Gesicht und schien mit sich selbst zu ringen. Vielleicht befürchtete er, einen Kompromiß schließen zu müssen, wenn er auf die Vulkanierin einging.

»Nun, aus reiner Neugier ... Worin besteht Ihre ›Bedingung‹?«

»Ihr Experiment beginnt und endet mit mir«, antwortete T'Shael ohne zu zögern. »Sie geben mir Ihr Wort, daß Sie die Terranerin in Ruhe lassen, Sie nicht anrühren oder physischen und psychischen Belastungen aussetzen. Versprechen Sie mir, daß Sie Cleante nicht unter Druck setzen. Wenn die Rihannsu zurückkehren, soll sie sich in dem gleichen Zustand befinden wie jetzt.«

»Sie gäben sich mit dem Wort eines Klingonen zufrieden?« fragte Kalor ungläubig.

»Ein Klingone weiß, was Ehre bedeutet«, entgegnete T'Shael. »Insbesondere dann, wenn er sich für Xenopsychologie interessiert.«

Ohne die Aufmerksamkeit der menschlichen Frau hätte sich Kalor vielleicht dazu hinreißen lassen, die Vulkanierin zu schlagen. Er bezähmte seine Wut, dachte an die nächsten Experimente und lächelte hintergründig.

»Na schön«, knurrte er. »Ich bin einverstanden. Aber ich stelle ebenfalls Bedingungen. Ich möchte wissen, was Sie den Roms erzählen werden. Falls Sie vorher keinem bedauerlichen ›Unfall‹ zum Opfer fallen.«

»Ich sage ihnen, daß ich aus freiem Willen handelte, was der Wahrheit entspricht. Es ist nicht nötig, Einzelheiten zu nennen.«

Der Klingone überlegte und argwöhnte noch immer irgendeinen Trick. Durchtriebenheit prägte seine persönliche Ideologie, und die Konfrontation mit kühner Ehrlichkeit verblüffte ihn.

»Geh jetzt in dein Quartier«, zischte Kalor und kehrte zum arroganten Du zurück. »Die Tür bleibt weiterhin unverschlossen. Heute abend kommst du zu mir, und dann besiegeln wir unsere Übereinkunft.«

»Wie Sie wünschen.«

»Ich erinnere mich an die Vulkanierin an Bord des havarierten Föderationsschiffes«, sagte Kalor wie zu sich selbst. »Ich war damals noch sehr jung. Meine erste interstellare Reise...«

Er unterbrach sich — so persönliche Dinge gingen T'Shael nichts an. Einige Sekunden lang spielte er mit dem Gedanken, in allen Einzelheiten zu beschreiben, was seine Kameraden und er mit der spitzohrigen Frau angestellt hatten. Vielleicht ließ sich die vulkanische Bürgin dadurch zu einer Reaktion bewegen. Nun, bis zum nächsten Morgen *mußte* sie irgendwie reagieren, *kai* Kahless!

»In dem Schiff herrschte eine recht hohe Temperatur. Wir waren schon in Schweiß gebadet, noch bevor wir richtig mit der Vulkanierin begannen. Später erfuhr ich von dem Klima deines Heimatplaneten. Ihr verabscheut Kälte, nicht wahr?«

T'Shael schwieg. Bevor sie den Platz überquerte, hatte sie sich eine Decke um die Schultern geschlungen — deutlicher Hinweis darauf, wie sehr sie fror. Allmählich begann sie zu ahnen, was Kalor beabsichtigte.

»Wieviel hast du der Terranerin verraten?« fragte der Klingone. »Sie hätte bestimmt geschrien, wenn sie wüßte, aus welchem Grund du hier bist.«

»Sie weiß nur, daß Sie meine Dienste brauchen«, erwiderte T'Shael ruhig. »Weil Sie mich heute morgen daran hinderten, alle Reinigungsaufgaben zu erledigen. Es ist die Wahrheit, zumindest in gewisser Weise.«

Kalor grinste hämisch.

»Ich könnte Gefallen an dir finden, Vulkanierin«, sagte er, und es klang fast bewundernd. »Du denkst langsam wie ein Klingone.«

T'Shael ließ unerwähnt, daß sich Cleante nicht sofort mit ihrer Geschichte abgefunden hatte.

»Zum Teufel auch, was ist eigentlich los?« fragte sie, als die Instruktorin ins Gefangenenquartier zurückkehrte. »Ich habe euch dort draußen beobachtet. Meine Güte, du bist völlig schmutzig. Ist alles in Ordnung mit dir? Was wollte Kalor?«

»Ich bin unverletzt«, antwortete T'Shael. »Seit uns die Rihannsu verlassen haben, steigt der Äthanolkonsum des Klingonen, und offenbar hielt er es für nötig, sich seine Autorität zu beweisen. Glücklicherweise begnügte er sich damit, mich zu Boden zu stoßen.«

»Was hat er dir gesagt?« beharrte Cleante und ballte die Fäuste. In ihren byzantinischen Augen blitzte es. »Was wollte er von dir?«

»Es wurden keine besonders wichtigen Dinge erörtert«, erwiderte die Vulkanierin. Eine Lüge? Sie erinnerte sich an die Kettenreaktionen des eigenen Handelns, an ihre vielen Konsequenzen...

»Das genügt mir nicht, T'Shael.«

»Er machte einige rassistische und recht zusammenhanglose Bemerkungen«, entgegnete die Vulkanierin ein wenig ungeduldig. »Soll ich sie wiederholen? Sie waren weder interessant noch besonders originell. Ich ziehe es vor, meine Zeit sinnvoller zu nutzen.«

Sie hielt das Thema für abgeschlossen, nahm an der Computerkonsole Platz und schob eine von Tal stammende linguistische Datenkassette ins Lesegerät. Eine Zeitlang konzentrierte sich T'Shael auf das Forschungsprojekt, das sie unmittelbar nach ihrer Rekonvaleszenz begonnen hatte.

Es ging dabei um die phonematischen Verbindungen zwischen Hoch-Rihan und Alt-Vulkan. Frühere wissenschaftliche Untersuchungen deuteten auf eine gemeinsame, präschriftliche Kommunikationsmatrix hin – unwiderlegbarer Beweis für die Verwandtschaft von Vulkaniern und Romulanern. Aber noch fehlten wichtige Informationen, und T'Shael verwendete die bisherigen linguistischen Korrelationen als Grundlage für ihre Analysen. Sie wollte einen eigenen Beitrag leisten: Wenn Kalor ihren Tod plante – und daran zweifelte sie nicht –, hatte sie die letzten Stunden ihres Lebens nicht vergeudet.

Als es Zeit wurde, den Platz zu überqueren und sich ihrem Schicksal zu stellen, schaltete T'Shael den Computer aus und sah Cleante an. *Sie ist beleidigt, weil ich ihr den ganzen Tag über keine Beachtung geschenkt habe,* dachte sie. Doch die Vulkanierin hatte sie nicht ohne Grund ignoriert: Selbst während eines beiläufigen Gesprächs bestand die Gefahr eines verbalen Ausrutschers, und Cleante durfte auf keinen Fall von ihrem Abkommen mit Kalor erfahren. T'Shael spürte mehr als nur vagen Kummer, als sie begriff, daß sie sich nicht einmal von ihrer Freundin verabschieden konnte. Wenn die Terranerin Verdacht schöpfte, wenn sie die richtigen Fragen stellte und Antwort verlangte ...

Cleante sprang auf, als T'Shael nach einer Decke griff und sich der Tür näherte.

»Wohin willst du?«

»Die Logik bietet nur wenige Ziele an«, erwiderte die Vulkanierin trocken. »Kalor hat von mir verlangt, die versäumten Reinigungsarbeiten heute abend nachzuholen.«

»Um diese Zeit? Warum solltest du bis nach dem Sonnenuntergang warten?«

»Vielleicht war er so betrunken, daß er Ruhe brauchte«, sagte T'Shael und versuchte, möglichst beiläufig zu klingen. *Ich muß mich an meinen Teil der Abmachung halten. Sonst gerät Cleante in Gefahr.*

Die menschliche Frau musterte sie einige Sekunden lang und spürte, daß irgend etwas nicht mit rechten Dingen zuging.

»Wenn du mich anlügst...«

»Cleante...«, sagte T'Shael sanft und zögerte. *Sie darf mich nicht aufhalten. Ich* muß *zu Kalor.* »So sehr haben mich die Kontakte zu Außenweltlern nicht verändert, *T'hy'la.* Denk daran: Vulkanier können gar nicht lügen.«

Die Terranerin lachte unsicher, und das Unbehagen in ihr blieb. Sie fröstelte plötzlich und schlang die Arme um sich.

»Es ist nur so ein Gefühl...«, murmelte sie.

»Kalor will keineswegs sterben«, stellte T'Shael fest. »Er wird mich nicht anrühren.«

Vielleicht bringt er mich um, aber der Zugang zu meinem inneren Selbst bleibt ihm für immer verwehrt, dachte die Vulkanierin, als sie das Gebäude verließ und zielstrebig über den Platz ging. Die ganze Zeit über fühlte sie Cleantes Blick auf sich ruhen. *Das meinte ich, als ich dir sagte, er könne mich nicht anrühren. Ist diese absichtlich ungenaue Ausdrucksweise mit einer Lüge gleichzusetzen,* T'hy'la?

»Die Decke bleibt hier«, zischte Kalor und griff nach dem Stoff.

T'Shael verstand. Sein Experiment bestand darin, sie barfuß und nur mit einer dünnen Uniform bekleidet der nächtlichen Kälte des Planetoiden auszusetzen. Sie verzichtete darauf, nach den Gründen zu fragen – vielleicht wußte er sie selbst nicht.

»Wollen Sie meinen Tod riskieren?« erkundigte sie sich und erinnerte den Klingonen an die Warnung der romulanischen Kommandantin.

»Es ist allein meine Sache, was ich riskiere oder nicht!« grollte Kalor. Er zögerte kurz und sah T'Shael aus einer anderen Perspektive. Mehrere Monate lang hatte er sich allein von ihrer Präsenz bedroht gefühlt, und jetzt war sie ihm hilflos ausgeliefert. Der Klingone genoß dieses Empfinden.

»Du möchtest wissen, ob ich dich in den Tod schicke, nicht wahr?« knurrte er. »Nun gut. In dieser Nacht lasse ich dich vielleicht nicht sterben. Ich will nur herausfinden, wie gut oder schlecht du Kälte ertragen kannst. Wenn du bei Sonnenaufgang nicht völlig erstarrt bist, darfst du in dein Quartier zurückkehren. Was die nächsten Nächte betrifft...«

Kalor grinste, zuckte mit den Schultern und deutete auf die zweite Tür des Zimmers. Wer sie durchschritt, bekam die Möglichkeit, das Lager zu verlassen. T'Shael dachte an die weite Felsenebene, an die Berge am Horizont, lauschte dem leisen Stöhnen des Windes. Grauer Nebel wallte über die öde Landschaft, glitt über dorniges Gestrüpp und zahllose scharfe Steine. Die Temperatur war bereits unter den Gefrierpunkt gesunken, und die lange Nacht hatte gerade erst begonnen.

Die Vulkanierin gab keinen Ton von sich, als sie das Zimmer verließ und mit der Wanderung begann.

Es gab nur zwei Alternativen für T'Shael. Sie konnte den Marsch fortsetzen, mit regelmäßigen Bewegungen und kontrolliertem Atmen den Blutkreislauf stimulieren — diese Technik lernte jedes vulkanische Kind nach seinem siebten Lebensjahr. Aber in der Felsebene wuchsen nicht genug Pflanzen, um sie mit Flüssigkeit zu versorgen, und dadurch lief sie Gefahr, schon einige Stunden vor dem Sonnenaufgang der Erschöpfung zu erliegen. Es blieb ihr also nichts anderes übrig, als irgendwo Zuflucht zu suchen.

In den Bergen existierten sicher Höhlen, doch auf einer seismisch destabilen Welt mochten sich Kavernen in tödliche Fallen verwandeln. Auf Vulkan hätte T'Shael beschlossen, eine Mulde zu graben, aber hier war der Boden gefroren und viel zu hart. Die Instruktorin überlegte konzentriert, während sie einen Fuß vor den anderen setzte.

Als sie die ersten Hügel erreichte, begann sie sofort damit, größere Steine zu sammeln und aus ihnen einen

Wall zu errichten, der sie vor dem Wind schützen sollte. Die Arbeit strengte an, hielt sie jedoch warm.

Eine halbe Stunde später duckte sie sich hinter die improvisierte Mauer, zog die Beine an und atmete langsamer. Als sie spürte, wie warmes Blut in die Beine zurückkehrte, brachte sie die Füße unter den Körper und nahm eine Position ein, die Menschen als außerordentlich unbequem empfunden hätten.

Blut tropfte aus Dutzenden von Rissen in ihren Fußsohlen, aber T'Shael begrüßte den pochenden Schmerz: Er bewies ihr, daß die unteren Extremitäten ihres Leibes noch nicht abgestorben waren. Sie schlang die Arme um sich, schob ihre schmalen und inzwischen völlig tauben Hände unter die Achseln, um sie zu wärmen. Schließlich krümmte sie den Rücken, bis die Stirn an den Knien ruhte.

Der Wind pfiff durch Lücken im Wall, zupfte am dunklen Haar der Vulkanierin, strich wie spöttisch über bloße Haut. T'Shael rückte das Stechen in den Mittelpunkt ihrer allgemeinen Wahrnehmung, um wach zu bleiben. Der niedrige Kragen ihrer Uniform ließ den Nacken ungeschützt, und von dort aus breitete sich die Kälte aus, tastete durch einen zitternden Körper. T'Shael hörte das Klappern der Zähne, preßte die Lippen zusammen und versuchte vergeblich, sich zu entspannen. Sie begann mit einer leichten Trance, wagte es nicht, ihr Ich ganz einzukapseln — wenn sich ihr Puls weiter verlangsamte, hielt sie nicht bis zum nächsten Morgen durch. *Du mußt stark sein*, dachte sie immer wieder. *Wenn die erste der beiden roten Sonnen über den Horizont steigt, wird es wärmer.*

Nichts in ihrem disziplinierten Leben hatte sie auf eine so schwere Prüfung vorbereitet. Sie erinnerte sich an das *Kahswan*, an den zehntägigen Überlebenstest in der vulkanischen Wüste, dem sich alle Kinder in ihrer Heimat unterziehen mußten. Doch die trockene Kühle Vulkans war nicht annähernd so schlimm wie der feuchte, mörderische Frost dieses namenlosen Ortes. T'Shael spürte, wie der

Tod an sie herankroch, und sie gab sich alle Mühe, ihn auf Distanz zu halten.

Ich darf nicht sterben! fuhr es ihr durch den Sinn. *Fühlt sich Kalor auch dann an unsere Vereinbarung gebunden, wenn ich tot bin? Wahrscheinlich nicht. Für Cleante: Ich muß überleben, bis die Rihannsu zurückkehren.*

Ihre Gedanken verdrängten nicht die Kälte, aber sie verliehen dem Leiden einen Sinn, und jede verstreichende Minute brachte sie dem Sonnenaufgang näher.

T'Shael hielt durch.

Kalor saß in seiner warmen Unterkunft und starrte auf die Sensoren. Sie wiesen auf die metabolischen Funktionen einer Vulkanierin hin, die sich einige Kilometer entfernt im Bereich der Hügel befand: Der Puls hatte sich verlangsamt, aber T'Shael lebte noch. *Wenn sie diese Nacht übersteht, taue ich sie morgen früh auf und bringe sie zurück. Soll sie den Tag nutzen, um sich auszuruhen, um neue Kraft zu schöpfen. Anschließend beginnt eine neue Nacht, und dann noch eine. Das Experiment hat gerade erst begonnen...*

Kalor grinste hämisch. Er würde die beiden Frauen und selbst die Romulanerin lehren, was die klingonische Ehre bedeutete.

Cleante erwachte plötzlich. Sie hatte wach bleiben wollen, bis T'Shael zurückkehrte, doch während sie in der Dunkelheit wartete, fielen ihr schließlich die Augen zu.

Die erste der beiden roten Sonnen spähte bereits über den Horizont, aber die Vulkanierin lag nicht in ihrer Koje. Cleante stand auf, eilte an die transparente Tür heran — und beobachtete, wie T'Shael über den Platz wankte. Die menschliche Frau dachte nicht mehr an ihre eigene Sicherheit und lief nach draußen.

Sie schlang den Arm um T'Shaels Schulter, stützte sie und spürte durch Uniform und Decke, wie sehr sie zitterte. Die Augen der Vulkanierin waren geschlossen, und sie schien sich kaum mehr auf den Beinen halten zu können. Das Gesicht bot sich nicht mehr als ausdruckslose Maske dar, sondern offenbarte deutlichen Schmerz.

Kalor sah aus dem Fenster seines Quartiers und lächelte amüsiert.

Cleante führte T'Shael zu ihrer Liege, ließ sie behutsam auf die Matratze herab und betrachtete die vielen Wunden an Händen und Füßen. Hinzu kamen dunkle Flecken auf den Wangen und an den Ohren — Erfrierungserscheinungen?

»Was hat er mit dir gemacht?« fragte die Terranerin und spürte, wie Zorn in ihr zu brodeln begann. »Er ist ein Tier! Ein gemeines, hinterhältiges Tier! Oh, T'Shael, was mußtest du erdulden?«

Die Vulkanierin schüttelte den Kopf, und zunächst versagte ihre Stimme.

»Er... er hat mir nichts angetan«, brachte sie heiser hervor. »Es war meine eigene Entscheidung. Kalor und ich haben eine... Vereinbarung getroffen.«

Mehr sagte sie nicht, und Cleante verzichtete darauf, weitere Fragen zu stellen. Sie programmierte den Lebensmittel-Synthesizer und bot der Vulkanierin den Kräutertee an, den sie so gern mochte. Zwar glänzte Dankbarkeit in T'Shaels Augen, aber sie lehnte die Tasse ab.

»Ich muß mit einer Heiltrance beginnen, um zu verhindern, daß sich im geschädigten Körpergewebe fatale Geschwüre bilden. Wenn du über mich wachen könntest...«

Cleante nickte stumm, half T'Shael auf die Koje und hüllte sie in einige Decken.

Die nächste Stunde verbrachte sie damit, in dem Zimmer auf und ab zu gehen. Manchmal blieb sie stehen, sah auf die Vulkanierin herab und fragte sich, welche Absichten Kalor verfolgte. Was hatte es mit der ›Vereinbarung‹ zwischen T'Shael und dem Klingonen auf sich? *Wie kann ich ihn daran hindern, meine Freundin zu quälen? Wie?*

»Warum?« fragte Kirk. »Warum wir? Warum ein unbewaffnetes Shuttle ohne Eskorte? Und warum bestanden die Romulaner ausgerechnet auf uns beiden?«

Eigentlich hätte sich der Admiral über den Erfolg bei den Verhandlungen freuen sollen, und hinzu kam, daß die *Enterprise* den Auftrag erhielt, die beiden überlebenden Bürgen zur Föderation zurückzubringen. Aber die Bedingungen der Freilassung erschienen ihm sonderbar, und darauf wies er auch deutlich genug hin.

»Sie argwöhnen eine Falle«, erwiderte Spock. »Einen Austausch. Zwei zivile Geiseln gegen zwei hochrangige Starfleet-Offiziere, die im Reich einen gewissen Ruf genießen.«

Kirk erinnerte sich und schnitt eine Grimasse.

»Was ist mit Ihnen?« brummte er. »Glauben Sie, es geht alles mit rechten Dingen zu? Die Romulaner haben versucht, ihr Gesicht zu wahren. Ihre Forderung nach Lösegeld und der Freilassung von angeblich politischen Gefangenen wurde abgelehnt. Die Rihannsu mußten sogar drei ihrer Offiziere hinrichten, um die Andorianer zu beschwichtigen, und es kündigen sich ernste Kontroversen mit den Klingonen an. Was hindert sie daran, ›Ruhm‹ zu gewinnen, indem sie uns gefangennehmen? Was für ein Triumph – Verhaftung und Exekution der beiden Männer, die ihre Tarnvorrichtung stahlen! Eine einzigartige Gelegenheit für die Roms. Himmel, die Sache gefällt mir nicht.«

Spock schwieg und wußte, daß Kirk nur laut überlegte.

»Andererseits...«, fuhr der Admiral fort und rieb sich den Nacken. »Es ist zu offensichtlich. Und ich bezweifle, ob die Romulaner unter den gegenwärtigen Umständen bereit sind, ein neues Risiko einzugehen. Nein, sie teilen unsere Entschlossenheit, endlich einen Schlußstrich zu ziehen. Trotzdem – das Unbehagen in mir bleibt.«

Kirk gestikulierte vage.

»Vermutlich nur Paranoia, weiter nichts. Hoffentlich dauert es nicht mehr lange, bis uns die Sonderabteilung

Sulu zurückschickt. Ich würde gern wissen, was er davon hält. Bisher haben es die Typen vom Geheimdienst abgelehnt, uns die letzten Koordinaten zu übermitteln, die Hikaru aus dem Reich mitbrachte. Offenbar fürchten einige Leute, wir könnten voreilig handeln.«

Spock musterte ihn stumm.

»Ich weiß, ich weiß«, murmelte Kirk. »Vielleicht ließe ich mich tatsächlich dazu hinreißen, auf eigene Faust zu handeln. Ich verabscheue es, die Bedingungen der Rihannsu akzeptieren zu müssen. Nun, bisher ist mein Geduldsfaden noch nicht gerissen, und das habe ich einigen Freunden zu verdanken, auch Ihnen.« Spock neigte kurz den Kopf, woraufhin es Kirk schließlich gelang, sich ein wenig zu entspannen. »Übrigens: Wie lautet Ihre Meinung?«

Der Vulkanier antwortete nicht sofort.

»Meiner Ansicht nach müssen wir uns an die Befehle von Starfleet Command halten«, erwiderte er nach einigen Sekunden. »Das gilt auch, wenn man uns anweist, allein mit einem Shuttle bis zum Ende des Quadranten zu fliegen. Daß wir im Reich als Verbrecher gelten, die sofort unter Arrest zu stellen sind, ist in diesem Zusammenhang völlig unwichtig. Um die überlebenden Geiseln zu befreien, müssen beide Seiten ihren guten Willen beweisen, Jim. Auch wir.«

Kirk lächelte.

»Ja. Sie haben nur vergessen, mich daran zu erinnern, daß ich mir von Anfang an einen solchen Auftrag erhoffte.«

»So etwas hielt ich nicht für nötig.«

Der Admiral strich seinen Uniformpulli glatt und sah aufs Chronometer.

»Die Zielkoordinaten müßten bald eintreffen. Ich frage mich, was man von uns erwartet. Sollen wir die Rolle des Opferlamms spielen? Oder sind wir der sprichwörtliche Elefant im Porzellanladen?«

KAPITEL 13

»Ich kann nur mich selbst anbieten«, wandte sich Cleante an Kalor und versuchte, möglichst ruhig zu klingen. »Holen Sie T'Shael zurück. Wenn Sie sie in Ruhe lassen, füge ich mich Ihnen.«

»Ich bin nicht interessiert«, log der Klingone, lehnte sich in seinem Sessel zurück und musterte die menschliche Frau.

Er streckte die muskulösen Beine aus, faltete die knotigen Hände auf dem Bauch und wirkte völlig entspannt. Kalor hatte die Situation unter Kontrolle, konnte ganz nach Belieben mit den beiden Geiseln verfahren.

T'Shael verbrachte drei weitere Nächte in eisiger Kälte. Zweimal war sie imstande, aus eigener Kraft zum Lager zurückzukehren, und am dritten Morgen machte sich Kalor mit seinem Kzantor auf den Weg, um die Vulkanierin abzuholen.

Er trug die erstarrte und halb bewußtlose T'Shael ins Gefangenenquartier und ließ sie dort einfach zu Boden fallen. Sie reagierte immer empfindlicher auf die Kälte, und Cleante verzweifelte, wenn ihre Gefährtin des Abends aufbrach.

Drei Tage lang beobachtete Kalor, wie die menschliche Frau T'Shael mit Fragen bedrängte, ohne eine Antwort zu bekommen, und daraus schloß er auf eine langsame Zerfaserung des Freundschaftsbandes zwischen ihnen. Dreimal trieb er Cleante mit gezücktem Intervaller in ihr Zimmer zurück, schloß den transparenten Schild und grinste nur, wenn die Terranerin schrie und Tränen verströmte.

An diesem Abend kehrte er später zurück, betrat das niedrige Gebäude und starrte auf die Frau herab. Sein heißer Atem kondensierte in der kalten Luft, bildete eine graue, stinkende Wolke.

Cleante beobachtete, wie er den Raum verließ und zu seiner Unterkunft stapfte. Sie wußte genau, was er von ihr erwartete, und es blieb ihr gar keine andere Wahl, als sich seinem Willen zu unterwerfen. Sie traf die Entscheidung, als sie begriff, was er mit T'Shael anstellte. Cleante wartete nur auf eine günstige Gelegenheit, um ihm ein entsprechendes Angebot zu unterbreiten.

Sie griff nach der von den Rihannsu zurückgelassenen Kleidung und wählte ein schimmerndes Gewand, das die Figur betonte. Ihre Finger zitterten nicht, als sie das Haar löste und es auf die Schultern herabfallen ließ. Unter den romulanischen Toilettenartikeln fand sie eine Phiole – die darin enthaltene Substanz verstärkte den natürlichen Körperduft.

Leider stehen mir keine deltanischen Pheromone zur Verfügung, dachte Cleante und erinnerte sich an Jali. Sie verwendete die Hälfte des Fälschchens, nahm ihren ganzen Mut zusammen und überquerte den Platz.

Kalors Gedanken befaßten sich mit dem neuen Aspekt des menschlichen Gebarens, und seine entspannte Haltung täuschte über das brennende Verlangen in ihm hinweg. Schon seit einer ganzen Weile hatte er keine Frau mehr gehabt, und die Terranerin bot ihre Dienste ganz offen an. Wenn er diese Gelegenheit ungenutzt verstreichen ließ... Vielleicht wurde ihr Abscheu dann stärker als die Verzweiflung, mit der sie versuchte, das Leben der Vulkanierin zu retten. Dennoch spielte der Klingone zuerst mit ihr.

»Ich bin nicht interessiert«, sagte er gleichgültig.

Einmal mehr blickte er auf den Scanner. Die Anzeigen ähnelten denen der vergangenen Nächte: eine einzelne Lebensform in den Hügeln – und die Körpertemperatur sank.

Cleante wagte es nicht, auf den Monitor zu sehen. Wenn das Glühen verblaßte, wenn es zu flackern begann... Sie starrte Kalor an, der um ihre Gefühle wußte und sie genoß.

»Na schön«, murmelte die menschliche Frau und nickte.

Mit einem Satz sprang sie auf, lief zur rückwärtigen Tür und öffnete sie.

»He, was hast du vor?« knurrte der Klingone, riß sie zurück und stieß die Tür zu. Schnaufend stand er zwischen Cleante und dem Ausgang.

»Ich möchte zusammen mit meiner Freundin sterben«, sagte die Terranerin würdevoll. »Dann weiß ich wenigstens, daß Sie nicht auf Gnade hoffen können, wenn die Rihannsu zurückkehren.«

In ihren Augen blitzte es. Kalor schnitt eine grimmige Miene und befeuchtete sich die Lippen.

»Warum liegt dir soviel an der Vulkanierin?« fragte er verwirrt. »Sie gehört nicht zu deiner Spezies. Sie ist völlig anders als du. Dein Tod nützte ihr nichts, wäre völlig bedeutungslos!«

Cleante musterte den Klingonen verächtlich. Was wußte er von Freundschaft und Liebe?

»Sie sind ein Idiot, Kalor«, sagte sie niedergeschlagen und furchtlos. Sollte er sie ruhig verprügeln. »Sie verstehen überhaupt nichts. Gehen Sie mir aus dem Weg! Ich möchte zu T'Shael.«

Das Feuer in ihren Augen forderte Kalor heraus, verstärkte sein Begehren. Ruckartig schloß er die Hand um Cleantes Unterkiefer, preßte seine Lippen fest auf ihren Mund und widerstand der Versuchung, die Zähne zu blekken.

Die Terranerin leistete keinen Widerstand, verhielt sich auch nicht passiv, aber der Klingone spürte, wie sie sich innerlich versteifte. Er trat zurück, hielt weiterhin ihr Kinn fest. Cleante blieb reglos stehen, und ihr Blick provozierte nach wie vor.

»Bringen Sie T'Shael zurück«, sagte sie sanft und in einem verführerischen Tonfall. »Dann bin ich bereit, mich Ihnen hinzugeben.«

Es war zu verlockend, zu einfach. *Sei auf der Hut*, dachte Kalor und glaubte, Krazz' Stimme zu hören, die ihn warnte und verhöhnte. Er stieß Cleante fort und wischte sich mit dem Handrücken den Mund ab.

»Du bist sehr attraktiv – für eine Frau von der Erde!« brachte er hervor. »Oh, und ich mag deine Leidenschaft ... Aber wir beide wissen, daß es dir nur um die Vulkanierin geht. Eben hast du gesagt, du seiest bereit, dich mir hinzugeben. Aber das genügt mir nicht. Ich möchte, daß du mich anflehst, auf Händen und Knien zu mir gekrochen kommst.«

Die Terranerin zitterte. Alles in ihr sträubte sich dagegen, sich auf eine derartige Art und Weise zu demütigen.

Sie sah aus dem Fenster, beobachtete den vom kalten Wind aufgewirbelten Staub. *T'hy'la.* Ein Feuer, das Reinheit schafft und Kraft verleiht. *Aber auch verbrennen kann.*

T'hy'la, dachte sie. *Ich opfere mich für dich.*

Cleante griff nach Kalors Hand, küßte sie zärtlich, hielt sie an ihre Wange, preßte sie sich an die Brust, damit er das Pochen ihres Herzens spürte. Langsam sank sie auf die Knie, ohne den Blick von ihm abzuwenden.

»Bitte, Lord Kalor«, sagte sie. *Du darfst nicht sterben,* T'hy'la. »Bitte!«

Kirk stand neben Spock, als der wissenschaftliche Offizier die von Starfleet Command übermittelten Koordinaten decodierte. Der Vulkanier verarbeitete die Daten mit einer Geschwindigkeit, die das menschliche Leistungsvermögen weit überstieg, aber Jim spürte trotzdem, wie seine Nervosität zunahm. Sie hatten gerade den offiziellen Befehl erhalten, die beiden überlebenden Bürgen abzuholen, und in den Adern des Admirals floß inzwischen fast mehr Adrenalin als Blut.

Spock beendete die Dechiffrierung und betätigte einige Tasten. Eine Sternkarte erschien auf dem Schirm.

»Das Ende des Quadranten«, stellte Kirk fest. »Aber wo genau?«

»Hier.« Der Vulkanier deutete auf einen kleinen Punkt

im Zentrum der Darstellung. »Das Ziel befindet sich in einer Gruppe noch nicht verzeichneter Asteroiden in der Nähe mehrerer veränderlicher Sterne der Klasse N, etwa auf halbem Wege zwischen den beiden Neutralen Zonen. Umstrittenes stellares Territorium. Die nächsten Stützpunkte der Föderation: das Minara-System und Außenposten Eins an der Grenze zum romulanischen Reich.«

Kirk sah Sulu an, der vor kurzer Zeit mit einem Kurierschiff der Sonderabteilung zur *Enterprise* zurückgekehrt war. Er hatte sich noch nicht von seinen spitzen Rihannsu-Ohren getrennt und schien Gefallen an den verwunderten Blicken der übrigen Besatzungsmitglieder zu finden. Normalerweise zögerte er nicht, einen Kommentar abzugeben, doch diesmal schwieg er, beschränkte sich darauf, Jim und Spock zu beobachten: zwei Männer, wie sie unterschiedlicher kaum sein konnten, und jeder auf seine eigene Art und Weise ein Genie.

»Entspricht das den Informationen, die Sie während Ihres Einsatzes gewinnen konnten?« fragte Kirk.

Sulu trat an die Konsole heran, sah einige Sekunden lang auf den Bildschirm und erinnerte sich.

»Ja«, sagte er. »Die Angaben sind richtig; daran kann überhaupt kein Zweifel bestehen.« Er zog eine imaginäre Linie auf dem Monitor. »Die klingonischen Schiffe passieren hier die Grenze, ändern dann den Kurs und fliegen drei Kolonialwelten an. Anschließend nehmen sie dort neuen Treibstoff auf, führen ein Rendezvousmanöver mit den langsameren Rihannsu-Transportern durch und kehren wieder zurück.« Sulu deutete auf einen hellen Fleck. »Soweit ich weiß, ist dies der einzige unbewohnte Bereich, in dem ein Zwischenstop erfolgt.«

Kirk nickte zufrieden.

»Eine ziemlich weite Reise«, brummte er. »Scotty meinte, er könne Warp acht aus den Triebwerken herauskitzeln, bis wir Rator erreichen. Dort müssen wir die *Enterprise* verlassen. Wie lange?«

Spock nahm eine kurze Berechnung vor.

»Mit Höchstgeschwindigkeit fünfzehn Tage und vier Komma null sechs Stunden.«

»Hinzu kommt der Flug mit der Galileo.« Kirk verzog das Gesicht. »Das Shuttle ist nicht gerade schnell, und vermutlich befinden wir uns ständig im Fokus der romulanischen Sensorerfassung. Wieviel Zeit brauchen wir, um den angegebenen Koordinatenpunkt zu erreichen?«

Spock überlegte.

»Das läßt sich nur schwer abschätzen — immerhin handelt es sich um einen kartographisch nicht erfaßten Sektor. Nun, wenn sich keine besonderen Probleme ergeben... Ihr Transfer mit der *Galileo* dürfte zwei Komma sieben sechs Tage in Anspruch nehmen.«

Kirk rieb sich geistesabwesend das Kinn.

»Und der Rückflug mit kranken oder verletzten Passagieren an Bord dauert noch einmal so lange. Wenn wir doch nur eine Medeo-Gruppe mitnehmen könnten... Verdammte Diplomaten!« Er legte Spock die Hand auf die Schulter, als wolle er sich einen Teil der vulkanischen Unerschütterlichkeit aneignen. »Na schön. Los geht's!«

T'Shael öffnete die Augen, und ihr Blick verlor sich in konturloser Finsternis.

Sie erinnerte sich an ein langsames, hilfloses Hinabgleiten in den letzten Schlaf der Hypothermie, blieb ruhig liegen und begann mit einer Situationsanalyse. Kalor hatte sie abgeholt, ebenso wie in der vergangenen Nacht, doch diesmal brachte er sie nicht im niedrigen Gebäude unter. Allmählich gewöhnten sich ihre Augen an die Dunkelheit, und daraufhin sah sie blasses Sternenschimmern durch einige Risse im Dach. Sie befand sich im Lagerschuppen. Warum?

Die Vulkanierin zitterte. Bisher hatte die Bewußtlosigkeit eine Heiltrance verhindert, und ihr Körper erholte sich nur langsam. In Armen, Beinen und Gesichtsknochen spürte sie ein schmerzhaftes Stechen, und es fiel ihr schwer, die Finger zu krümmen. Trotzdem bestand kein

Grund zur Besorgnis: Sie war nicht mehr dem eiskalten Wind ausgesetzt und konnte mit der Rekonvaleszenz beginnen. Im Schuppen fehlte eine Heizung, und es herrschte eine recht niedrige Temperatur. T'Shael fröstelte in der Kühle, begriff jedoch, daß keine unmittelbare Gefahr mehr drohte.

Am nächsten Morgen kam Kalor und gab Cleante die Möglichkeit, die kleine Kammer zu betreten.

»Einige Minuten, mehr nicht«, knurrte er und verriegelte die Tür hinter der menschlichen Frau.

Cleante schwieg, umarmte T'Shael und drückte sie behutsam an sich. Die Vulkanierin zögerte zunächst, doch dann schlang sie ungelenk die Arme um ihre Gefährtin, ignorierte den Schmerz in ihren Händen und empfand eine seltsame Erleichterung.

»Du lebst, dem Himmel sei Dank!« stieß Cleante hervor, ließ ihre Freundin los und wischte sich Tränen aus den Augen.

Sie hatte Nahrungsmittel und Decken mitgebracht, zog mehrere Kisten heran und stellte verschiedene Dinge auf ihnen ab. Ganz offensichtlich beabsichtigte Kalor nicht, T'Shael wieder im niedrigen Gebäude auf der anderen Seite des Platzes unterzubringen. Die Vulkanierin beobachtete Cleante und ließ sich von ihrer Geschäftigkeit nicht ablenken.

Das trübe Licht im Schuppen täuschte kaum über die ausgezehrte Hohlwangigkeit der Terranerin hinweg. Die Ereignisse der vergangenen Tage und Nächte blieben zwar nicht ohne Folgen, doch T'Shael bezweifelte, ob sie als Erklärung für das genügten, was sie in Cleantes Zügen zu erkennen glaubte.

»Du wirkst niedergedrückt und kummervoll«, sagte die Vulkanierin nach einer Weile. Ihr fiel noch etwas auf: Nach der ersten Umarmung wahrte die menschliche Frau einen gewissen Abstand zu ihr, vermied es, sie noch einmal zu berühren. »Ist dir während meiner Abwesenheit irgend etwas zugestoßen?«

Cleante lachte, und T'Shael vernahm einen nervösen, unsicheren Klang in ihrer Stimme.

»Wie kommst du darauf?« fragte die Terranerin fast hysterisch. »Was könnte mir denn zugestoßen sein? Ich habe eine weitere Nacht damit verbracht, mir Sorgen um dich zu machen und an die Tür zu hämmern, um Kalors Aufmerksamkeit zu wecken. Inzwischen ist das reine Routine.«

»Verzeih mir«, murmelte T'Shael, betroffen von der Antwort. Sie konnte weder selbst lügen noch feststellen, ob jemand die Unwahrheit sagte. »Die letzten Nächte müssen sehr schwer für dich gewesen sein.«

Noch weitaus schwerer, als du ahnst, dachte Cleante und beherrschte ihre Mimik fast ebensogut wie die Vulkanierin. *Nein, ich will dich nicht noch mehr belasten. Du hast bereits genug leiden müssen. Du darfst auf keinen Fall erfahren, was in der vergangenen Nacht geschehen ist.*

»Ich lebe«, sagte sie. »Wir beide leben, und nur darauf kommt es an. Kalor hat beschlossen, dich hier einzusperren. Er fürchtet die Rache der Rihannsu, und deshalb wagt er es nicht, dich erfrieren zu lassen.«

T'Shael nahm diese Worte mit wachsender Besorgnis entgegen.

»Ist das der wahre Grund?«

»Woher soll ich das wissen?« erwiderte Cleante verärgert. »Wir sind nur Gefangene. Kalor läßt sich nicht dazu herab, unsere Fragen zu beantworten.« Sie wanderte unruhig umher, schlang die Arme um sich. »Vielleicht hat er es satt, mich schreien und weinen zu hören. Was spielt es für eine Rolle? Wichtig ist nur, daß du hier in Sicherheit bist. Es dauert nicht mehr lange bis zu unserer Freilassung. Wir müssen durchhalten, um jeden Preis.«

Ihre Stimme klang irgendwie seltsam, und T'Shael zögerte, bevor sie die Hände um Cleantes Schultern schloß und ihr tief in die Augen sah.

»Hast du dich bei Kalor für mich eingesetzt?«

Die menschliche Frau löste sich aus dem Griff der Vulkanierin.

»Wie denn? Es gibt nur eine Sache, die er von mir will, und...«

Sie unterbrach sich gerade noch rechtzeitig. Während sie in Kalors Armen lag, dachte sie immer wieder an diese Begegnung, konditionierte sich darauf, nichts zu verraten. Die Diplomatentochter brauchte ihr ganzes schauspielerisches Talent, um ihre beste Freundin zu belügen.

»Du vermutest doch nicht etwa... T'Shael, ich bin entsetzt. Glaubst du wirklich, ich sei zu so etwas fähig?«

Die Vulkanierin senkte beschämt den Kopf.

»Angesichts der speziellen Wünsche des Klingonen erschien mir eine solche Möglichkeit logisch. Ich bitte um Verzeihung, daß ich mit derartigen Überlegungen deine Ehre verletzt habe.«

»Nun, ich bin überrascht, das ist alles«, sagte Cleante und ließ sich nichts anmerken. »Wenn ich mich tatsächlich mit Kalor einließe, um dich zu schützen... Dann würde ich wenigstens dafür sorgen, daß du in unserem Quartier wohnen darfst, wo du es wärmer hättest, wo ich mit dir sprechen könnte.«

Ich habe es versucht, dachte sie. *Die ganze Nacht über habe ich ihn angefleht, aber er lehnte ab. Vielleicht befürchtet er, daß du die Wahrheit erfährst, wenn wir länger zusammen sind. Jetzt erlaubt er mir nur noch kurze Besuche.*

»Außerdem finde ich ihn abscheulich«, fügte Cleante hinzu und schauderte.

T'Shael musterte sie und bemerkte die Anspannung ihrer Gefährtin.

»Bist du ganz sicher...?«

»Selbstverständlich!« entgegnete die menschliche Frau scharf. »Habe ich dich jemals hintergangen?«

»Nein, nie«, sagte die Vulkanierin, aber ein Rest von Zweifel verharrte in ihrem Innern.

T'Shael verbrachte die nächsten Tage und Nächte allein im kalten, dunklen Schuppen. Sie hüllte sich in die Decken, meditierte und fragte sich immer wieder, warum Kalor sie verschont hatte. Wollte er sich wirklich vor der romulanischen Rache schützen, oder führte er ein neues Experiment durch? Konnte ein Klingone gnädig sein? Log Cleante?

An jedem Morgen kam die menschliche Frau. Sie blieb jeweils nur wenige Minuten, brachte Lebensmittel und zeigte eine Nervosität, die T'Shaels Argwohn weckte. Deutlich spürte sie, wie eine neue Distanz zwischen ihnen entstand.

Cleantes Stimmungswechsel wurden immer dramatischer. Manchmal wirkte sie aufgeregt und fast begeistert, sprach so über die angekündigte Freilassung, als stehe sie unmittelbar bevor. Bei anderen Gelegenheiten war sie geradezu apathisch, schwieg und starrte ins Leere. In solchen Fällen hielt sie sich von der Vulkanierin fern, hockte in einer Ecke des Schuppens und wartete darauf, von dem Klingonen abgeholt zu werden. T'Shael nahm alles ernst zur Kenntnis, ohne irgendeine Möglichkeit, der menschlichen Frau zu helfen.

Was Kalor betraf... Er triumphierte über den Erfolg seines Experiments und begann damit, einen ausführlichen Bericht zu verfassen, dem er folgenden Titel gab: ›Ehre und Freundschaft – Nutzbare Schwächen der Vulkanier und Terraner.‹ Darüber hinaus machte er die für ihn ebenso überraschende wie erfreuliche Feststellung, daß man sich auch ohne Ausschweifungen und Gewalt vergnügen konnte. Er bereute es nicht, Cleantes Angebot angenommen zu haben: In der Liebeskunst bewies die Frau von der Erde ein wahrhaft erstaunliches Geschick.

Wann wurde aus rein physischer Befriedigung so etwas wie Interesse und Anteilnahme? Wann fragte Kalor, ob Cleante erschöpft sei und lieber schlafen wolle? Wann zeigte er, daß er nicht nur nehmen, sondern auch geben konnte? Wann hörte Cleante auf, die Augen zu schließen, die Zähne zusammenzubeißen und an Rico oder den jungen Denevaner zu denken? Wann begann sie damit, sich auf Kalor zu konzentrieren, den Klingonen und Mörder, der jedoch nicht völlig gefühllos zu sein schien? Ebensogut konnte man festzustellen versuchen, wann sich der Krieger namens Kalor in einen Intellektuellen verwandelte. Seine xenopsychologischen Neigungen erweiterten sich auf eine Weise, die er selbst nie für möglich gehalten hätte.

»Cleante«, flüsterte er – zärtlich? Ihr Kopf ruhte auf den rudimentären Schuppen seiner breiten Brust. Sie gab sich nicht mehr nur entspannt, sondern *fühlte* eine seltsame Ruhe, als Kalor sanft über ihr Haar strich. »Kleant. Es klingt fast wie ein klingonischer Name.«

»Aber ich könnte nie eine Klingonin sein«, murmelte Cleante. »Ich wäre nie in der Lage, jemanden zu töten, um den Erwachsenenstatus zu erringen. Ihr bezeichnet so etwas sogar als Spiel!«

Sie hörte, wie ihre Stimme verklang und fragte sich alarmiert, wie sie es wagen konnte, schläfrig zu werden. Voller Unbehagen dachte sie an T'Shael, für die es nur Dunkelheit und Kälte gab.

»Erzähl mir mehr von den Spielen. Über das *Komerex tel khesterex*, das Expandierende Imperium. Erzähl mir von dir, Kalor. Ich möchte mehr über dich erfahren.«

Zuerst sprach sie nur deshalb mit dem Klingonen, um seine fordernde Sexualität besser zu ertragen, aber nach einer Weile hörte sie ihm fasziniert zu. *Durch T'Shael habe ich die vulkanische Kultur kennengelernt*, rechtfertigte sie sich vor ihrem Gewissen. *Und Kalor gewährt mir Einblick in die Geheimnisse der klingonischen Zivilisation.*

Kalor war außergewöhnlich zufrieden: Noch nie zuvor hatte jemand ein solches Interesse an ihm gezeigt. Er berichtete Cleante von seinem Vater, von seiner an Besessenheit heranreichenden Absicht, die Familienehre wiederherzustellen. Er schilderte ihr, wie viele Opfer und Kompromisse es erforderte, um in der klingonischen Gesellschaft zu überleben. Die menschliche Frau begann zu verstehen, und das Entsetzen einem Mann gegenüber, der nicht nur seinen eigenen Vater hinrichtete, sondern auch den

Freund, der ihm dabei half... Dieses Grauen verwandelte sich allmählich in Mitleid.

Armer Kalor, dachte sie. *Vielleicht weiß er nicht einmal, wie sehr er an sich selbst leidet. Wenn er nicht als Klingone geboren wäre...* Cleante überlegte, ob sie sich nach ihrer Freilassung für ihn einsetzen und darum bitten sollte, ihm in der Föderation Asyl zu gewähren...

Bei Allah, bin ich übergeschnappt? Er hat die drei Deltaner ermordet, und fast hätte er auch T'Shael getötet. Wahrscheinlich würde er nicht zögern, mich umzubringen — wenn er sich davon einen Vorteil verspricht.

Cleante war verwirrt. Verwirrter als jemals zuvor in ihrem Leben. Sie entsann sich an ihre philosophische ›Krise‹ auf Vulkan und widerstand nur mit Mühe der Versuchung, schallend zu lachen.

Ihre Probleme in T'lingShar erschienen ihr jetzt banal. An diesem namenlosen Ort balancierte sie auf einem unendlich langen Drahtseil: Tagsüber besuchte sie ihre beste Freundin, und des Nachts liebte sie ihren schlimmsten Feind — während sie darauf wartete, daß jemand kam, um Ordnung in das Durcheinander zu bringen, um allen Dingen den richtigen Platz zuzuweisen. *Vielleicht verliere ich vorher den Verstand...*

»Die Raumfähre hat das Föderationsschiff verlassen«, meldete Tal.

»Bist du sicher, daß es sich um die *Enterprise* handelt?« fragte die romulanische Kommandantin, ohne von den Berichtsfolien aufzusehen.

»Die Entfernung ist recht groß, Commander«, sagte Tal. »Das ID-Signal stammt eindeutig von einem schweren Kreuzer der Constitution-Klasse. Eine genaue Identifikation läßt sich nicht vornehmen, aber wir können davon ausgehen, daß die Föderation alle getroffenen Vereinbarungen achtet.«

»Ja, da hast du vermutlich recht«, erwiderte die Kommandantin, legte den Stift beiseite und sah ihren Subcommander an. »Wie viele Personen befinden sich an Bord des Shuttles? Fliegt es mit oder ohne Deflektoren?«

»Ohne, wie abgemacht«, antwortete Tal. »Der Erfassungsfokus unserer Scanner wird nicht blockiert; die Lebensindikatoren zeigen die Präsenz eines Menschen und eines Vulkaniers.«

»Gut«, murmelte die Kommandantin. Sie fühlte Tals Blick auf sich ruhen, blieb gelassen. »Nimm Kurs auf den Planetoiden. Wir kehren mit Höchstgeschwindigkeit zurück, statten dem Lager noch einen letzten Besuch ab und verschwinden wieder, bevor die Fähre eintrifft.«

Tal runzelte die Stirn.

»Warum, Commander? Man hat uns mitgeteilt, daß die Klingonen Kalor abholen.«

Die Kommandantin wirkte verärgert.

»Ich will feststellen, wie es den Gefangenen geht. Ich habe mich vor dem Präsidium heiser geredet und immer wieder darauf hingewiesen, wie gefährlich es ist, den verdammten *Thrai* nach Belieben schalten und walten zu lassen, aber niemand hörte auf mich. Ich traue es dem Klingonen zu, uns noch im letzten Augenblick einen Strich durch die Rechnung zu machen.«

»Gibt es wirklich keinen anderen Grund?« erkundigte sich Tal behutsam. Besorgt dachte er daran, was auf dem Planetoiden geschehen mochte, wenn die Kommandantin dort einem gewissen vulkanischen Offizier begegnete. »Und was noch wichtiger ist: Können wir rechtzeitig starten?«

»Überlaß das mir!« sagte die Kommandantin scharf und warf Tal einen finsteren Blick zu. »Beschäftige dich in der Zwischenzeit damit, mich stündlich über die Flugmanöver des Shuttles zu unterrichten.«

»Zu Befehl, Commander.« Tals Stimme klang ironisch, doch sein Gesicht war ernst.

Cleante wurde unvorsichtig, und T'Shael entdeckte die Wahrheit, erfuhr nun, welche Kettenreaktionen eine einzelne Lüge auslösen konnte.

»Tut mir leid, daß ich so spät komme«, sagte die menschliche Frau ein wenig zu beiläufig, als Kalor die Tür hinter ihr schloß. Die Dunkelheit einer weiteren Nacht kroch heran und verschlang das letzte Licht des Tages. T'Shael bemerkte, wie Cleante einen kurzen Blick mit dem Klingonen wechselte. »Seit einer Weile bin ich so nervös, daß ich kaum Ruhe finde, aber heute habe ich länger als sonst geschlafen.«

»Vielleicht bist du krank«, erwiderte T'Shael. »Belasten dich die Anspannungen unserer Gefangenschaft so sehr, obwohl wir eine baldige Freilassung erwarten dürfen? Oder gibt es einen anderen Grund?«

Cleante lachte unsicher und starrte auf die Nahrungsmittelbehälter, die sie mitgebracht hatte.

»Nimmst du mich schon wieder ins Verhör? Komm und iß, solange die Mahlzeit warm ist.«

»Ich habe keinen Hunger«, sagte T'Shael, und ihre dunklen Augen sondierten. Cleante senkte den Blick, schien irgend etwas zu verbergen. »Ich dachte schon, du kommst nicht mehr.«

Cleante hob langsam den Kopf und sah das Glitzern in den dunkeln Pupillen der Vulkanierin. Sie verstand T'Shaels letzte Bemerkung als Vorwurf und begriff, daß ihre Freundin überhaupt keine Möglichkeit hatte, sich abzulenken.

Sie hat nur mich, dachte sie zerknirscht. *Und gerade deshalb darf sie nicht erfahren, warum ich so ruhelos und erschöpft bin.*

»Tut mir leid, ich...«, begann Cleante, doch T'Shael unterbrach sie sofort.

»Es ist nicht weiter wichtig. Ich wollte dich nur vor weiteren Erdbeben warnen. Schon sehr bald könnte es zu neuen und sehr heftigen Erschütterungen kommen.«

»Oh«, machte Cleante, erleichtert darüber, daß es der Vulkanierin ›nur‹ darum ging. »Nun, ich schätze, während der nächsten Nächte schlafe ich nicht mehr in der Koje, sondern darunter. Wie steht's mit dir?«

»Ich kann mich hier schützen«, entgegnete T'Shael knapp.

»Soll ich...« Die menschliche Frau zögerte. »Sollen wir Kalor warnen? Oder ist es besser, ihm nichts zu sagen?«

T'Shael gab keine Antwort. Sie kam näher heran, als es Cleante lieb war, sah die dunklen Ringe unter den Augen der Terranerin, die aufgeplatzten Lippen, nahm auch zur Kenntnis, daß ihre Gefährtin nicht mehr die schlichte Uniform trug, sondern ein Rihannsu-Gewand. Cleante hatte vergessen, die Kleidung zu wechseln, und aus einem Reflex heraus tastete sie zum Kragen der knappen Bluse, der nur einen Teil des Halses bedeckte.

Die Vulkanierin griff ganz plötzlich zu, zerrte den Stoff beiseite und sah die Liebesflecken an der Kehle. Ihre Finger zitterten, und dünne Kunststoffasern gaben mit einem leisen Knistern nach.

Cleante zerrte an T'Shaels Arm und versuchte, sich zu befreien. Der durchdringende Blick ihrer Freundin verletzte sie weitaus mehr, als es Kalor vermochte.

»Laß mich los! Bei Allah, sei nicht böse auf mich! Bitte!«

Die vulkanische Maske rückte ein wenig zur Seite, und darunter kamen Schmerz und Zorn zum Vorschein.

»*Warum?*« fragte T'Shael fassungslos.

»Um dein Leben zu retten, verdammt!« entfuhr es Cleante. »Was blieb mir denn sonst übrig? Sollte ich Nacht für Nacht darauf warten, daß du stirbst? Hast du ein Recht darauf, so etwas von mir zu verlangen? Glaubst du vielleicht, nur du seiest bereit, dich zu opfern?«

T'Shael ließ die Hand sinken, wich einen Schritt fort und versuchte, zur vulkanischen Selbstbeherrschung zurückzufinden. Kummer füllte ihren inneren Kosmos, als sie endlich verstand. *All die vielen Demütigungen, die Cleante in jeder Nacht hinnehmen mußte, während ich mich hier in Sicherheit befand...* Die Ungerechtigkeit — Kalors Tücke — hätte eine Stimme entwickeln müssen, die laut über den Platz klang, *aber ich habe sie nicht gehört.*

Erneut dachte sie an die Kettenreaktionen individuellen Handelns: Staleks Tod, Kalors Bösartigkeit, das Opfer ihrer *T'hy'la.* Eine seelische Bürde, die immer schwerer wurde.

»Ich mußte diese Entscheidung treffen«, sagte Cleante wie verträumt. Sie stand neben der Tür, schien es gar nicht abwarten zu können, daß Kalor kam, um sie abzuholen. »Nur auf diese Weise können wir beide überleben, bis man uns freiläßt. Begreifst du das denn nicht? Mein Verhalten gründet sich auf Logik.

Außerdem: Eigentlich ist es gar nicht so schlimm. Manchmal nimmt Kalor Rücksicht; manchmal erinnert er sich sogar daran, was Zärtlichkeit bedeutet. So etwas hätte ich nie von ihm erwartet. Ich habe ihn inzwischen davon überzeugt, daß ich nicht mehr nur zu ihm gehe, um dich zu schützen. Er glaubt, daß ich ihn begehre, und daraus könnte ich einen Vorteil ziehen, für uns beide.«

Ich bin nicht ganz ehrlich zu dir, meine T'hy'la, dachte Cleante. *Die Wahrheit lautet: In meiner Gefühlswelt herrscht ein derartiges Durcheinander, daß ich überhaupt nicht mehr weiß,* was *ich empfinde. Ich habe mit der Absicht begonnen, dich vor dem Tod zu bewahren, nahm an, mich früher oder später an Kalor gewöhnen und lernen zu können, den Haß auf ihn nicht zu deutlich zu zeigen. Aber jetzt finde ich Gefallen daran, von ihm berührt zu werden. Schon seit langer Zeit bin ich nicht mehr mit einem Mann zusammen gewesen; ich reagiere auf den Klingonen — und spüre, wie er auf mich reagiert. Nein, ich will nicht behaupten, daß ich ihn liebe. Immerhin hat er die Deltaner umgebracht und dich gequält, T'Shael. Ist es wirklich möglich, daß ich mich inzwischen darauf freue, bei ihm zu sein? Oh, T'Shael, ich bin so verwirrt! Nur eins weiß ich ganz genau, und in diesem Punkt habe ich dir tatsächlich die Wahrheit gesagt: Es gibt keine andere Möglichkeit. Wenn ich nicht bereit gewesen wäre, mich Kalor hinzugeben... Er hätte dich umgebracht, so wie Resh, Jali und Krn. Du darfst nicht sterben! Wir müssen überleben, wir beide.*

Cleante war tief in Gedanken versunken und merkte überhaupt nicht, daß die Vulkanierin an sie herantrat. T'Shael bewegte sich mit der Lautlosigkeit einer Katze, hob den Arm und berührte die Nervenpunkte im Gesicht der menschlichen Frau. Die Terranerin erschlaffte sofort, und T'Shael fing sie auf, ließ sie langsam zu Boden gleiten. Aus mehreren Kisten errichtete sie einen Unterstand, damit ihre Gefährtin nicht von herabfallenden Betonfragmenten getroffen wurde, wenn das Erdbeben begann.

Nein, meine T'hy'la, dachte T'Shael, als sie die bewußtlose Cleante in eine Decke hüllte. *Es ist nicht die einzige Möglichkeit. Es gibt noch eine andere. Sie mag nicht unbedingt logisch sein, aber sie führt zu einer endgültigen Lösung des Problems.*

Rasch näherte sich die Vulkanierin der Tür, und es fiel ihr nicht weiter schwer, das einfache Schloß aufzubrechen. Schon vor Tagen hätte sie sich auf diese Weise befreien können, verzichtete jedoch darauf, weil sie Cleante glaubte und darauf vertraute, daß sich Kalor an ihre Übereinkunft hielt. *Wie närrisch von mir, auf die Ehre eines Klingonen zu setzen.* T'Shael verließ den Schuppen, und mit langen, energischen Schritten überquerte sie den Platz. *Während der vergangenen Monate habe ich mich auf eine eher abwartende Haltung beschränkt und versucht, meine Mitgefangenen am Leben zu erhalten. Bei Theras und den Deltanern ist mir das nicht gelungen, aber jetzt darf ich auf keinen Fall versagen.* Diese Überlegungen erfüllten sie mit völlig neuer Entschlossenheit. Nach kurzer Suche fand sie den Generator des elektrischen Zauns, besann sich auf ihre vulkanische Kraft, riß die Anschlußkabel aus dem Gerät und sprang über das Drahtgeflecht.

T'Shael näherte sich den Hügeln und hielt mit ihrem sechsten Sinn nach dem Epizentrum des nächsten Bebens Ausschau. Wenn die Kälte sie nicht umbrachte... Vielleicht verschwand sie in einer Erdspalte, so wie Krazz. *Wenn Kalor nach mir sucht, zwinge ich ihn irgendwie dazu, mich zu erschießen. Er darf mich nicht länger benut-*

zen, um Cleante zu manipulieren. Nach meinem Tod braucht sie sich ihm nicht mehr zu fügen, und er wird es wohl kaum wagen, sie ebenfalls umzubringen. Dann wäre ihm der Tod gewiß.

Nach einigen Kilometern blieb T'Shael stehen und sah zum Lager zurück. Den kalten Wind spürte sie bereits nicht mehr. Mit der einen Hand strich sie ihr Haar zurück, und die andere hob sie zu einem letzten *Ta'al*-Gruß.

Glück und langes Leben, Cleante alFaisal, Freundin, dachte sie. *Unter anderen Umständen hätten wir vielleicht* T'hy'la *sein können. Verzeih mir mein Versagen.* Kaiidth! *Du hast von mir gelernt, und ich von dir...*

Tränen quollen ihr in die Augen, doch es lag nur an den heulenden Böen. T'Shael wandte sich um und setzte den Weg fort.

Jim Kirk rieb sich den Schlaf aus den Augen und neigte die Rückenlehne des Sessels nach oben. Der unermüdliche Spock saß noch immer vor den Kontrollen, steuerte das Shuttle durch einen unbekannten Raumsektor.

»Nur noch einige Stunden, Jim«, beantwortete der Vulkanier die stumme Frage des Admirals. »Übrigens...« Spock zögerte kurz und fragte sich, ob er Kirks Unbehagen mit dieser Information verstärkte oder linderte. »Man richtet in regelmäßigen Abständen einen Scannerfokus auf uns. Das entsprechende Raumschiff befindet sich jenseits unserer Sensorreichweite.«

»Die Romulaner wissen, daß wir hier draußen sind«, sagte Jim. *Die Falle könnte jeden Augenblick zuschnappen,* fügte er in Gedanken hinzu.

An Bord der *Enterprise* beobachteten fünf Augenpaare, wie ein Ortungsreflex auf Sulus Monitor verblaßte.

»Jetzt sind der Admiral und Spock auf sich allein gestellt, Mr. Scott«, sagte der Steuermann und lehnte sich zurück.

»Aye«, bestätigte Scotty, seufzte und nahm im Befehlsstand Platz. »Sieht so aus, als müßten wir uns nun in Geduld fassen.«

»Einige von uns haben die ganze Zeit über gewartet, Mr. Scott«, warf Uhura ein, wandte sich von der Kommunikationsstation ab und näherte sich dem Kommandosessel.

»Ja, das stimmt«, bestätigte der Chefingenieur. »Und manchmal fällt das Warten besonders schwer.«

»Verdammt, ich sollte mich ebenfalls an Bord der *Galileo* befinden!« platzte es aus McCoy heraus. Er hieb mit der Faust auf die Brüstung, und Saavik zuckte unwillkürlich zusammen. »An der Sache mit der Tarnvorrichtung bin ich ebenso beteiligt wie Jim und Spock, und ich könnte mich sicher nützlich machen.«

»Sie haben bereits einen wichtigen Beitrag geleistet«, sagte Scott, deutete auf Sulus Ohren und hob den Arm, in dem noch immer die kleine Kapsel des Äthanol-Neutralisators steckte. »In meinem Fall wäre ich Ihnen sogar dankbar, wenn Sie nicht ganz so gute Arbeit geleistet hätten. Seit einer Weile bleibt selbst der beste schottische Whisky ohne Wirkung auf mich.«

»Das ist nun der Dank«, brummte McCoy. »Himmel, wenn ich doch nur die beiden überlebenden Bürgen untersuchen könnte, bevor sie zurückgebracht werden. Der Flug dauert Tage, und wenn sie krank oder verletzt sind...«

Er brach ab und zuckte mit den Schultern: Es war sehr schwer, ein ordentliches Streitgespräch zu führen, wenn alle Anwesenden die gleiche Meinung vertraten.

»Komisch, nicht wahr?« hatte Sulu unmittelbar nach seiner Rückkehr an Bord der *Enterprise* gesagt. »Ich meine, es ist seltsam, wie sehr man am Schicksal von Personen Anteil nehmen kann, die man überhaupt nicht kennt.«

Inzwischen hatte er den größten Teil des Rihannsu-Gebarens abgestreift und sich auch von der romulanischen Denkweise befreit, aber er hing noch immer an den spitzen Ohren, und vielleicht träumte er für den Rest seines Lebens auf Rihan. Die Heimkehr kam für ihn einem Kulturschock gleich.

Medienzentrum Interstellar feierte Sulu regelrecht — die vielen Interview-Anfragen wurden mit Presseverlautbarungen beantwortet, um seine Tarnidentität nicht zu gefährden —, und sowohl das diplomatische Korps als auch die Öffentlichkeit im allgemeinen überhäuften ihn mit Lob. Der Leiter der Sonderabteilung höchstpersönlich klopfte ihm auf die Schulter. Sulu blieb gelassen, zog wieder die Starfleet-Uniform an und nahm seinen Platz am ›Ruder‹ der *Enterprise* ein: Hikaru, ein Offizier und guter Kamerad, der sich nichts zu Kopf steigen ließ.

Die übrigen Besatzungsmitglieder bereiteten ihm keinen besonderen Empfang und genügten damit Sulus Erwartungen. Heldentum gehörte für diese Leute zur Routine, und Hikaru gab sich damit zufrieden, daß seine Freunde einfach zur Tagesordnung übergingen — dadurch fühlte er sich wieder zu Hause.

Die anderen Brückenoffiziere bestätigten Sulus Bemerkung. Nur Uhura blieb stumm: Das Kommunikationspult ermöglichte ihr häufige Kontakte mit Personen, die sie nicht persönlich kannte, und hinzu kam, daß sie sich oft um Gefährten Sorgen machen mußte, die sich auf irgendwelche haarsträubenden Abenteuer einließen.

Sie schaltete die Konsole schließlich auf Automatik, rechnete erst in drei Tagen mit wichtigen Meldungen, wenn die *Galileo* in Kom-Reichweite zurückkehrte. Ihre sonst so melodische Stimme klang heiser, weil sie sich bei vielen Leuten bedankt hatte: Das Spektrum reichte von Tam und Mai-Ling bis hin zu den Spezialisten an Bord der Kom-Stationen. Uhura fühlte sich müde, als ein Teil der ständigen Anspannung von ihr wich. Sie nahm auf der Stufe neben dem Befehlsstand Platz, wärmte ihre Seele am metaphorischen Lagerfeuer und hoffte inständig, daß Kirk, Spock und die Bürgen sicher zurückkehrten.

»Komisch«, sagte Sulu, als ihm endlich die Flucht vor den MZI-Journalisten gelang. Seiner Ansicht nach bauschten sie die sogenannte ›Operation d'Artagnan‹ auf, rühmten ihn viel zu sehr.

Scotty antwortete ihm nicht sofort, und dafür gab es einen guten Grund. Seine Überlegungen galten in erster Linie Leuten, die er kennengelernt *hatte*, und er dachte noch immer an ihre Veränderungen.

Im Gegensatz zu Hikaru wurde Scott nicht von Reportern belästigt. Als er vor einigen Wochen an Bord kam, kümmerte er sich sofort um die geliebten Maschinen und setzte sein früheres Leben fort, als sei überhaupt nichts geschehen. Doch die Begegnung mit Korax weckte eine gewisse Betroffenheit in ihm. Er spielte nur eine kleine und eher unwichtige Rolle in bezug auf die wachsende Distanz zwischen Reich und Imperium, aber die persönlichen Konsequenzen blieben nicht ohne Wirkung auf ihn.

Eines Morgens sah er in den Spiegel und zählte die Altersfalten, versuchte dabei, sich in die Lage eines Klingonen zu versetzen. Wie fühlte man sich, wenn man mit dreißig Jahren ein alter Mann war? Kein Wunder, daß Korax und die anderen zu Gewalt neigten: Sie mußten ein wesentlich intensiveres Leben führen, denn es ging viel zu schnell zu Ende. Scotty schüttelte den Kopf, verwirrt von dem seltsam dualen Empfinden, von der Fähigkeit, durch die Augen eines Klingonen zu sehen.

Und Saavik, die stille Saavik ... Sie wuchs mit einer derartigen Dualität auf, saß nun an der Navigationskonsole, während die *Enterprise* einige Lichtstunden von Rator entfernt im All kreuzte — die Rihannsu hatten verlangt, daß sich das Föderationsschiff vom umstrittenen stellaren Territorium zwischen den Neutralen Zonen fernhielt. Sie nahm nicht aktiv an den Ereignissen teil, beobachtete nur, doch das Geschehen beeinflußte auch sie. Immer wieder hörte sie antiromulanische Bemerkungen ...

Die meisten Menschen wußten nichts von ihrer Vergangenheit. Sie sahen Saavik in ihrer Uniform und hielten sie für eine Vulkanierin, vergaßen ihr gutes Gehör und sprachen ganz offen darüber, was sie von den Rihannsu hielten. Zunächst hörte Saavik nur wenige abfällige Worte, und meistens stammten sie von Leuten mit einem sehr begrenzten geistigen Horizont. Aber die Entführung der Bürgen veranlaßte auch viele andere, entsprechende Kommentare abzugeben, obgleich sie manchmal nur lauteten: ›Nun, was kann man schon von Romulanern erwarten?‹

Bei solchen Gelegenheiten biß Saavik die Zähne zusammen und versuchte, sich mit ihrer Rolle als Vulkanierin zu identifizieren. Sie kämpfte gegen die Versuchung an, Einwände zu erheben, auf Beleidigungen zu reagieren, die einem Teil ihres Wesens galten. Schmähungen und Demütigungen wirken sich nur dann aus, wenn Emotionen im Spiel sind, behauptete Spock – Spock, der sein Leben lang sowohl die menschliche als auch die vulkanische Borniertheit ertragen mußte, der sich an einen wichtigen Grundsatz hielt, den er auch Saavik lehrte. Toleranz. *Toleranz ist logisch.*

Da hat mein Mentor völlig recht, dachte Saavik. *Aber manchmal fällt es einem schwer, dieses Prinzip zu achten.*

Sie war so sehr in Gedanken versunken, daß sie die Stimmen der Menschen zunächst überhörte. Scott und die anderen scherzten häufig, wenn eine Stille zu lange dauerte – *Humor, ein seltsames Phänomen; offenbar dient es auch dazu, mit individuellem Streß fertig zu werden* –, und das geschah auch diesmal.

»...sollten wir schnell etwas unternehmen, soweit es Ihre Ohren betrifft, d'Artagnan«, sagte McCoy gerade. »Sie erregen damit zuviel Aufmerksamkeit.«

»Oh, muß das unbedingt sein, Doktor?« Sulu bedachte ihn mit einem kummervollen Blick. »Einigen Damen auf Remus würde es überhaupt nicht gefallen, wenn sie mich mit meinen richtigen Ohren sähen.«

»Nun, die *Ohren* sind ihnen bestimmt gleich...«, warf Scotty ein.

Sulu grinste, und Saavik musterte ihn erstaunt. *Humor,* dachte sie noch einmal. Ein problematisches Konzept. Doch wenn man es zu verstehen begann, schuf es Wärme im Herzen, bedrängte die Kühle der Einsamkeit.

KAPITEL 14

Cleante erwachte, als der Boden zu zittern begann. Sie versuchte sich aufzusetzen, aber um sie herum drehte sich alles, und das Pochen hinter der Stirn...

Erste Erinnerungsbilder zogen an ihrem inneren Auge vorbei. Der Schuppen, das Gespräch mit T'Shael, das verzweifelte Bemühen, sich ihr verständlich zu machen. Jähe Benommenheit, der Schwärze folgte...

Hat mich T'Shael irgendwie betäubt? Und wo ist sie jetzt?

Cleante ignorierte die Kopfschmerzen und stemmte sich in die Höhe. Sie lag auf Kalors Koje, vollständig angezogen, aber... Mit der einen Hand tastete sie nach dem Kragen der knappen Bluse, spürte zerrissenen Stoff. Als sie den Kopf hob, fiel ihr Blick auf Kalor.

Er hatte getrunken, setzte erneut die Flasche an die Lippen und schien die Erschütterungen gar nicht zu bemerken. Vielleicht glaubte er, es liege am Alkohol. Zorn blitzte in seinen Augen.

»Deine grünblütige Freundin hat sich aus dem Staub gemacht«, grollte er. »*Khest,* sie ist geflohen! Frag mich bloß nicht, wie ihr die Flucht gelang. Bestimmt stirbt sie, und dann bringen mich die Roms um. Die Vereinbarung mit ihr... Oh, sie hat mich hintergangen – eine verdammte Vulkanierin! Das ganze Universum ist übergeschnappt!«

»Wir müssen sofort mit der Suche nach ihr beginnen!« entfuhr es Cleante und sie sprang auf. »Vielleicht lebt sie noch. Wenn wir sie zurückbringen...«

Kalor blinzelte und starrte sie an. Ein sonderbarer Dunst wallte vor seinen Augen und er sah gleich zwei Terranerinnen. Welcher konnte er vertrauen?

Der Boden unter ihm hob und senkte sich erneut, und

der Klingone schwanke, bemühte sich, nicht das Gleichgewicht zu verlieren.

»Du als meine Verbündete?« knurrte er mißtrauisch. »Das kosmische Gefüge ist *wirklich* durcheinandergeraten! Vielleicht steckst du mit der Vulkanierin unter einer Decke. Vielleicht hast *du* mich verraten.«

»Spielt das jetzt irgendeine Rolle?« erwiderte Cleante. Ihre Gedanken rasten. »Wenn T'Shael bis zur Rückkehr der Rihannsu überlebt, droht dir keine Gefahr. Denk nach, Kalor! Hol die Vulkanierin zurück. Bring sie an einem sicheren Ort unter. Wenn du sie ihrem Schicksal überläßt, hat sie keine Chance. Damit verwirkst du dein eigenes Leben!«

Kalors Augen trübten sich. Sollte er den Roms gegenüber behaupten, T'Shael habe Selbstmord begangen? Würden sie ihm glauben, nach dem Tod der Deltaner? Oder war es besser, auf ihre Flucht hinzuweisen? *Nein, das nehmen sie mir bestimmt nicht ab. Selbst wenn es der Wahrheit entspricht. Außerdem wäre es ein Eingeständnis meiner eigenen Unfähigkeit.* Panik regte sich in Kalor, breitete sich wie Gift in seinem Leib aus.

Der Alkohol kam Sand in seinem mentalen Getriebe gleich. Vergeblich suchte er nach einer Möglichkeit, alle Schuld von sich abzustreifen. Der Klingone zwinkerte mehrmals, richtete seine Aufmerksamkeit wieder auf die menschliche Frau. Sie stand vor ihm, weckte noch immer Verlangen. *Wenn T'Shaels Tod auch mein eigenes Ende bedeutet... Nun gut. Wenigstens kann ich die letzten Stunden meines Lebens auf recht angenehme Art und Weise verbringen.*

»Ich muß darüber nachdenken«, sagte er, trank einen Schluck und stellte die Flasche ruckartig auf dem Tisch ab. Eine weitere Erschütterung schleuderte sie zu Boden, und ein scharfer, beißender Geruch erfüllte das Zimmer. Kalor achtete nicht darauf, wischte sich den Mund ab und trat an Cleante heran. »Aber zuerst...«

»Wie du willst«, sagte die Terranerin.

Sie hielt sich nicht damit auf, Kalor das Versprechen abzuringen, anschließend nach T'Shael zu suchen. Vielleicht hätte sie darauf bestehen können, daß der Klingone zuerst die Vulkanierin zurückbrachte, aber sie schwieg. Cleante wußte nicht, warum sie still blieb. Befürchtete sie, Kalors Wut auf sich zu lenken? Oder empfand sie das gleiche Begehren wie er? Sie verdrängte diese Gedanken, zog sich stumm aus.

Du mußt die Kälte noch ein wenig länger ertragen, T'Shael, überlegte sie, als sie ihr Haar löste und die Kleidung ablegte. *Es tut mir leid. Oder auch nicht. Ich habe dich nicht aufgefordert, das Lager zu verlassen — es war deine eigene Entscheidung. Vielleicht beginne ich jetzt selbst mit einem xenopsychologischen Experiment. Vielleicht geht es mir darum, den Klingonen zu humanisieren. Wenn das überhaupt möglich ist. Vielleicht stelle ich mich nun meiner letzten, endgültigen Buße. Vielleicht habe ich es einfach satt, mich dauernd zu entschuldigen.*

Sie schauderte, als sie das Heulen der Böen vernahm, streckte sich auf der Koje aus und wartete auf Kalor. Boden und Wände zitterten nun nicht mehr. Wortlos beobachtete Cleante den Klingonen, der nichts von dem emotionalen Chaos in ihr ahnte, dem es vermutlich völlig gleich gewesen wäre. Sie kannte nurmehr das Hier und Jetzt, begriff einzig und allein, daß sie in diesen Sekunden und Minuten für Kalor existierte.

Bei Überraschungsbesuchen zog die Kommandantin ihr Scoutschiff dem Transporter vor. Der dicke Stahl und das Summen der Instrumente verliehen ihr ein Gefühl der Sicherheit. Die Triebwerke verfügten über spezielle Absorber, die eine fast lautlose Landung ermöglichten. Das kleine Raumschiff glitt durch die Nacht des Planetoiden, unbeeindruckt von Kälte und Wind, ging inmitten einer Staubwolke auf dem Platz des Lagers nieder. Kalors Schicksal hätte sich selbst dann erfüllt, wenn er nicht mit Cleante beschäftigt gewesen wäre.

Die Kommandantin trat durch die Luke und näherte sich dem Gefangenenquartier. Sie sah die aufgebrochene Tür des Lagerschuppens, bemerkte auch die fortgerissenen Anschlüsse des Generators. Innerhalb weniger Sekunden verschaffte sie sich einen Eindruck von der aktuellen Situation — und handelte.

Ihre rechte Hand schloß sich um den Kolben des Intervallers, als sie wie aus dem Nichts in Kalors Unterkunft erschien. Sie feuerte aus der Hüfte heraus, und die Entladung tötete den Klingonen auf der Stelle.

»Ich habe dich gewarnt«, zischte sie, und ihr Tonfall wies deutlich darauf hin, warum sie in der romulanischen Krieger-Gesellschaft einen so hohen Rang einnahm. Sie packte Cleante am Handgelenk, zerrte die menschliche Frau von der Koje. »Mit Ihnen scheint soweit alles in Ordnung zu sein. Ziehen Sie sich an. Wir müssen die Vulkanierin finden.«

Cleante bedachte Kalor mit einem verwirrten, verblüfften Blick, bevor sie sich ankleidete. Einige Minuten später saß sie zusammen mit der Kommandantin im Scoutschiff. Dort gab es weder Wächter noch ideologische Barrieren: Eine gemeinsame Aufgabe vereinte das Denken und Empfinden der beiden Frauen. Es ging ihnen darum, T'Shael zu retten — wenn auch aus verschiedenen Gründen.

»Ihr Ziel war vermutlich das Epizentrum in den Hügeln«, sagte Cleante mit einer Sicherheit, die jeden Zweifel ausschloß.

Die Rihannsu nickte knapp und lenkte das Scoutschiff in die entsprechende Richtung.

Als sie an der letzten ebenen Stelle vor den teilweise recht steilen Hängen landete, bebte der Boden erneut. Felsen lösten sich; dumpfes Knacken und Knirschen kündigte Unheil an.

»Bleiben Sie hier«, sagte die Kommandantin, sprang durch die Luke und griff nach ihrer Kletterausrüstung. »Ohne Stiefel kommen Sie nicht schnell genug voran.«

»Nein, ich komme mit!« rief Cleante, um das Fauchen

des Windes zu übertönen. Die Romulanerin zögerte kurz, nickte dann.

Schon nach kurzer Zeit führte die Suche zum erhofften Erfolg.

»Dort drüben!« Cleante streckte die eine Hand aus, die andere hob sie entsetzt zum Mund.

Ein großer Felsblock preßte T'Shael gegen einen granitenen Vorsprung. Die Arme zeigten wie in einer letzten, beschwörenden Geste nach oben, und der Kopf war zur Seite geneigt. *Ist sie tot oder nur bewußtlos?* dachte Cleante, und Grauen nagte an ihrer Seele. Sie wußte nicht, wie lange T'Shael schon in dieser Haltung verharrte. Blut rann aus dem einem Mundwinkel und gefror am Kinn; die Haut wirkte völlig farblos, fühlte sich schrecklich kalt an. Die menschliche Frau schluchzte leise, hieb mit ihren Fäusten auf den Felsen ein, der sich natürlich nicht von der Stelle rührte. Die Kommandantin riß sie zurück.

»Wir brauchen Licht!« rief sie und deutete zum Scoutschiff. »Und eine Bahre. Beeilen Sie sich!«

Cleante blieb nur lange genug, um zu beobachten, wie die Romulanerin den schweren Granitbrocken beiseite stieß und T'Shael festhielt, damit sie nicht über den Hang rutschte.

Zwei Minuten später lag die Vulkanierin auf der Bahre, Cleante hielt die Lampe hoch. In ihrem Schein begann die Kommandantin mit einer raschen Untersuchung: Ihre schmalen Hände tasteten wie eigenständige Sondierungsinstrumente über T'Shaels ausgemergelten Leib.

»Das Schlüsselbein und einige Rippen gebrochen. Perforierte Lunge. Wahrscheinlich ist auch das Becken in Mitleidenschaft gezogen. Hinzu kommen beträchtliche innere Verletzungen.« Die Rihannsu griff nach den Riemen der Bahre, schnürte sie fest zu. T'Shael spürte keinen Schmerz; tiefe Bewußtlosigkeit verdrängte alle Pein aus ihr. »Die Körpertemperatur ist sehr niedrig. Eine halbe Stunde später, und wir hätten ihr nicht mehr helfen können. Die Vulkanierin wird sich erholen — vorausgesetzt, das Föderationsshuttle trifft rechtzeitig ein. Ich schlage vor, wir bringen sie jetzt zum Lager zurück.«

Die Kommandantin schlang sich die Trageschlaufen der Bahre um die Schultern und kletterte vorsichtig den Hang herab. Cleante leuchtete ihr den Weg. Es kam zu weiteren Erschütterungen, und die beiden Frauen stolperten mehrmals. Irgendwie schafften sie es bis zum Scoutschiff.

Im Gefangenenquartier des Lagers improvisierten sie einen Unterstand. »Falls das Dach einstürzt«, erklärte die Romulanerin. Sie breiteten einige Matratzen auf dem Boden aus, und Cleante legte sich neben die immer noch komatöse T'Shael, um sie zu wärmen. Nach einer Weile richtete sie sich wieder auf, als sie den Blick der Rihannsu spürte.

»Ich muß Sie jetzt verlassen«, sagte die Kommandantin und trat an die beiden überlebenden Bürgen heran. »Ich bin bereits viel zu lange geblieben.«

Cleante berührte sie kurz am Arm.

»Danke«, erwiderte sie und stellte sich einmal mehr der Erkenntnis, daß die Sprache manchmal nicht ausreichte, um sich mitzuteilen. Die Vulkanierin beherrschte wenigstens Hoch-Rihan, aber es wären ebenfalls nur Worte gewesen. »Von T'Shael und von mir, von Vulkan und der Erde — vielen Dank!«

Einige Sekunden lang sah die Kommandantin stumm auf sie herab.

»Ich habe nicht völlig uneigennützig gehandelt«, erwiderte sie knapp und ging.

Eine lange Nacht folgte, und die Erdstöße verlangten ständige Aufmerksamkeit. Kleine Betonbrocken lösten sich von den Wänden und der Decke, und Cleante rechnete mehrmals damit, daß sich der Boden öffnete und sie ebenso verschlang wie Krazz. Ihre Gedanken galten den Ereignissen der letzten Stunden.

Irgendwann begriff sie, daß Kalor tot war. Das romulanische Schiff hatte längst den Orbit des Planetoiden verlassen, und praktisch jeden Augenblick konnte das angekündigte Föderationsshuttle eintreffen. *T'Shael lebt. Wir haben es fast überstanden.* Eine schwere Prüfung, Feuer und Eis ... *Feuer und Eis,* wiederholte Cleante lautlos und trachtete vergeblich danach, ihre Gedanken zu ordnen.

Kalor – tot! Wie reagierte sie darauf? Die menschliche Frau wollte weinen, sich mit Tränen von ihm reinwaschen, aber gleichzeitig fühlte sie Trauer und Kummer. Was wäre geschehen, wenn die keimhafte Mischung aus Intellektualismus und Sensibilität in ihm die Möglichkeit bekommen hätte, zu wachsen und zu gedeihen, das klingonische Bedürfnis nach Zerstörung zu besiegen? Darauf gab es keine Antwort. Cleante fragte sich, ob sie jemals in der Lage sein würde, ihn zu vergessen, ihn vollständig zu einem Teil der Vergangenheit werden zu lassen.

Konnte eine Terranerin von einem Klingonen geschwängert werden? Man erzählte menschlichen Kindern häufig Schreckensgeschichten darüber, wie Klingonen ihre Gefangenen und Sklaven behandelten. *Trage ich einen Teil von Kalor in mir? Wird unser Sohn oder unsere Tochter ebenfalls hassen?* Während T'Shael der Tod drohte, erschienen ihr diese Überlegungen unwichtig. Doch jetzt gewannen sie eine enorme Bedeutung. Cleante versuchte sich ein Kind vorzustellen – halb Mensch, halb Klingone –, das in der irdischen Gesellschaft aufwuchs und sein Leben lang an sich selbst litt.

Sie rückte etwas näher an T'Shael heran, die zu zittern begann und allmählich wieder zu sich kam. Heftiger Schmerz durchzuckte die Vulkanierin, und ein leises Stöhnen entrang sich ihrer Kehle.

»Bleib ganz still liegen«, hauchte Cleante. »Beweg dich nicht. Du bist schwer verletzt, aber es besteht keine Gefahr mehr. Man wird uns bald abholen, *T'hy'la.* Halt noch ein weniger länger durch.«

T'Shael hustete, und in Cleante verkrampfte sich etwas. Sie dachte an die inneren Blutungen, an eine schier unerträgliche Pein. Sie hielt den Kopf ihrer Freundin, als die

Vulkanierin Blut spuckte und dann wieder das Bewußtsein verlor.

Nach einigen Minuten der Stille begann Cleante zu schluchzen. *Oh, bitte, sie darf jetzt nicht sterben!* flehte sie. *Sie mußte viel erleiden, und ich habe versagt. Bitte, sie soll leben!* Sie wollte die Arme um T'Shael schlingen, ihr einen Teil der eigenen Kraft geben, fürchtete jedoch, ihr zusätzliche Schmerzen zu bereiten.

Bestimmt hältst du mich jetzt für unrein und verdorben, fügte Cleante in Gedanken hinzu und wischte die Tränen fort. *Bestimmt glaubst du nun, ich sei schwach und völlig ohne Prinzipien. Oh, eigentlich würde ich es gar nicht mehr wagen, dich zu berühren, aber du brauchst meine Nähe, meine Wärme. Im Vergleich zu dir fühle ich mich so schmutzig.*

Ich habe versagt, T'Shael. Während du den Tod gesucht hast, hatte ich nichts Besseres zu tun, als in Kalors Bett zu hüpfen. Es tut mir leid, so schrecklich leid!

Es kostete T'Shael erhebliche Mühe, ihr Ich aus dem schwarzen Kokon der Ohnmacht zu befreien. Sie mußte ihre ganze innere Kraft aufwenden, um aus der dunklen Sphäre angenehmer Benommenheit in die Realität zurückzukehren.

Ihr Leib schwebte in einem Kosmos, der nur aus Schmerzen zu bestehen schien — eine menschliche Frau an ihrer Stelle hätte sicher geschrien. T'Shael war viel zu geschwächt, um die Pein zu unterdrücken und eine Heiltrance einzuleiten. Das Licht konfrontierte sie mit zusätzlicher Qual, trotzdem öffnete sie die Augen. Und begegnete einem tiefen, verständnisvollen Blick.

Kein Rihannsu. Nein, ein Vulkanier. T'Shael sah einen roten Uniformpulli, das Glitzern der Insignien. Starfleet? *Es stimmt also. Cleantes Stimme ist keine Halluzination gewesen.*

Sie befand sich in Sicherheit. Und die Terranerin?

Cleante! riefen T'Shaels Gedanken, doch kein Laut löste

sich von ihren Lippen. Der Vulkanier... Er trug sie mit aller Vorsicht, legte sie behutsam auf eine weiche Unterlage und spürte ihre Verzweiflung.

»Sprechen Sie nicht.« In seiner ruhigen Stimme erklang etwas, das T'Shael nicht beschreiben konnte. »Mit Ihrer Gefährtin ist alles in Ordnung.«

Sind meine Empfindungen so offensichtlich? T'Shael schnappte nach Luft und setzte zu einer Antwort an, wollte den Vulkanier für ihre viel zu deutlichen Emotionen um Verzeihung bitten.

Aber wieder blieb sie stumm. Sie vernahm nicht den leisesten Vorwurf im Tonfall des Namenlosen, nur Verständnis. Seltsam.

»Entspannen Sie sich«, sagte der Mann. Er schien ihre Gedanken zu lesen, kam allen Fragen zuvor. »Bewahren Sie Ihre Kraft. Ich heiße Spock.«

T'Shael senkte die Lider, und seelischer Schmerz brannte in ihr. Ausgerechnet Spock!

»Bleiben Sie still liegen und halten Sie die Augen geschlossen.« Sanfte Finger berührten die Nervenpunkte in T'Shaels Gesicht. »Versuchen Sie nicht, eine Heiltrance zu beginnen. Dafür sind Sie zu schwach.«

T'Shael dachte eine Bestätigung, und daraufhin zog Spock die Hände zurück. Kurz darauf offenbarte sich eine andere Präsenz: Schwere Schritte erklangen auf einem metallenen Boden. *Ich befinde mich also nicht in einem Gebäude, bin wahrscheinlich an Bord eines Raumschiffes. In Sicherheit, ja. Auf dem Weg in die Heimat. Endlich.* Alles in ihr drängte danach, die Augen zu öffnen und nach Cleante zu fragen, aber sie achtete auf Spocks Rat.

»Wie geht es ihr?« ertönte die Stimme des zweiten Mannes. Ihr Klang deutete auf Kompetenz und Autorität hin.

»Schwer zu sagen, Jim. Ich kann ihr nur dabei helfen, eine erste Selbstheilungsphase einzuleiten, bevor wir die *Enterprise* erreichen.«

»Wenn doch nur McCoy bei uns wäre!« brummte der Mann namens Jim. »Der Rückflug dauert drei lange Tage.

Nun, je eher wir uns auf den Weg machen, desto besser. Glauben Sie, es würde T'Shael stören, wenn...«

»Ganz im Gegenteil«, sagte Spock und wieder hörte die vulkanische Bürgin ein bemerkenswertes Verständnis. »Vielleicht hat die Begegnung sogar einen therapeutischen Nutzen.«

Andere Schritte. Bloße Füße auf dem Deck. T'Shael begriff sofort, sammelte ihre Kraft und hob eine Hand. Cleantes Finger schlossen sich darum, vermittelten liebevolle Emanationen.

Durfte sie lächeln? Wenn sie starb, bevor sie Gelegenheit bekam, der menschlichen Frau ihre Dankbarkeit — ja, und auch ihre Liebe — zu zeigen...

T'Shael ignorierte die Anwesenheit von Fremden. Zum erstenmal in ihrem Leben lächelte sie.

»Ich bin hier«, sagte Cleante nur. Und es genügte.

Jim Kirk sah Spock an, der die Szene stumm beobachtete, bevor er an den Kontrollen des Shuttles Platz nahm und mehrere Tasten betätigte. Das Triebwerk brummte, und die *Galileo* stieg langsam auf, ließ ein leeres Lager zurück.

»Bitte versuchen Sie, mich zu verstehen, Miss alFaisal. Ich bin angewiesen, Ihnen diese Fragen zu stellen. Wenn es eine andere Möglichkeit gäbe...«

»Entschuldigen Sie, Admiral.« Cleante lächelte. »Ich bin nur ein wenig verwirrt, das ist alles. Ich habe sechs Monate in der Gefangenschaft verbracht, und es erscheint mir noch immer wie ein Traum, an Bord der *Enterprise* zu sein. Ich muß mich erst wieder daran gewöhnen, freundlich behandelt zu werden. Übrigens: Nennen Sie mich Cleante.«

Jim Kirk zeigte sein spontanes, jungenhaftes Lächeln. Die Schönheit der terranischen Bürgin hatte ihn schon während der Rettungsaktion beeindruckt, und während des langen Shuttlefluges fand er Gefallen daran, sie einfach nur anzusehen. Eine erschöpfte, ausgezehrte und gleichzeitig höchst attraktive Frau. Nach der Rückkehr in die Zivilisation fand sie überraschend schnell zu ihrem ursprünglichen Selbst zurück. Das lange Haar schimmerte wieder, reichte über die Schultern hinweg, und der alte Glanz in den Augen fesselte Kirks Blick. *Sie ist atemberaubend,* dachte er.

»Cleante«, wiederholte er freundlich, und die Diplomatentochter erwiderte sein Lächeln.

Sie saßen an einem Tisch in der Offiziersmesse des großen und für Cleante immer noch ehrfurchtgebietenden Raumschiffes: der Admiral, Spock und ein gewisser Dr. McCoy, der sich ihnen nach einer neuerlichen Untersuchung seiner vulkanischen Patientin hinzugesellte. Sein faltiges Gesicht zeigte nur gelinde Besorgnis, doch Cleante wußte genau, daß sich T'Shaels Zustand nicht verbessert hatte.

Sie versuchte, ruhig und gelassen zu bleiben. Beherrschung des Unvermeidlichen – T'Shael hatte sie häufig genug darauf hingewiesen. Es war sinnlos, sich über etwas aufzuregen, das man nicht ändern konnte. Cleante trachtete danach, sich zu entspannen. Sie befand sich unter Freunden, in Sicherheit. Warum verharrte das Unbehagen in ihr?

»Sie haben uns viele Einzelheiten der Entführung genannt«, sagte Admiral Kirk. »Aber was den Rest angeht, fehlen einige Details. Bitte erzählen Sie uns von der Internierung durch die Klingonen. Schildern Sie uns, wie man Sie behandelte...«

»Wie man uns behandelte?« Cleante lachte humorlos. »Zuerst haben uns die Klingonen ignoriert. Bis sie auf die Idee kamen, ihre Gefangenen für Experimente zu verwenden. Sie verwandelten das Lager in eine Art Laboratorium.« *Armer Kalor. Du warst dein eigener Gegner.* »Nun, das geschah nach einigen Monaten. Zuerst schenkte man uns kaum Beachtung. Die Aufmerksamkeit der Klingonen beschränkte sich nur darauf, uns Mahlzeiten zu bringen. Bis sie schließlich Resh fortbrachten...«

Cleante zögerte und musterte die Zuhörer nacheinander. Doch vor ihrem inneren Auge sah sie nicht etwa zwei

Menschen und einen Vulkanier, sondern drei Deltaner: Resh'da, Jali, Krnsandor. Tot. Alle tot.

Die terranische Bürgin schauderte kaum merklich und konzentrierte sich wieder auf die Gegenwart. Die nußbraunen Augen des Admirals blickten ermutigend, und in den blauen Augen des Arztes zeigte sich Mitgefühl. Die dunklen Pupillen des Vulkaniers starrten kühl und wissend.

»Das wollen Sie gar nicht von mir hören!« entfuhr es Cleante, als plötzlicher Zorn in ihr entstand.

Ich habe gar kein Recht, wütend zu sein, dachte sie. Zum erstenmal seit Monaten wußte sie wieder, daß es im Universum auch Anteilnahme, Rücksicht und Freundlichkeit gab. So viele Leute halfen ihr: ein Kadett, der sie im Gästequartier unterbrachte; ein Medo-Assistent, der ihre im Vergleich zu T'Shael geringfügigen Wunden behandelte; Commander Uhura, die sich mit Jasmine alFaisal in Verbindung setzte; all die anderen Besatzungsmitglieder, die sie willkommen hießen, ihr das Schiff zeigten, sie sofort in ihre Gemeinschaft aufnahmen und der Bürgin von den Ereignissen in der Föderation berichteten...

Und diese drei Männer, die ihr das Leben gerettet hatten und nun versuchten, auch T'Shael vor dem Tod zu bewahren... *Nein, ich habe kein Recht, wütend auf sie zu sein.*

Andererseits: Es widerstrebte Cleante, ihre Fragen zu beantworten, ihre männliche Neugier zu befriedigen, indem sie ihnen erzählte, was Klingonen mit gefangenen Frauen anstellten. Sie befürchtete, daß sich Kirk, McCoy und Spock auch nach T'Shael erkundigten. Cleante verabscheute die Vorstellung, vom *Pon farr* zu berichten, von ihrer Beziehung zu Kalor, von all den Dingen, die sie am liebsten für immer aus ihrem Gedächtnis gestrichen hätte. *Männer haben für so etwas kein Verständnis, können gar nicht begreifen, was T'Shael und ich durchgemacht haben...*

»Das wollen Sie gar nicht von mir hören!« platzte es aus ihr heraus. Sie sprang auf, knickte in den ungewohnten

Schuhen um und hielt sich am Tisch fest. »Sie möchten wissen, ob wir geschlagen, gefoltert und vergewaltigt wurden. Nun, leider muß ich Sie enttäuschen, meine Herren. Das war nicht der Fall!«

»Cleante ...«, begann der Admiral.

»Laß sie sprechen, Jim«, warf McCoy ein.

Der Bordarzt erkannte einen kathartischen Wert in Cleantes Zorn und wußte, daß sich eine Menge in ihr angestaut hatte – ein emotionaler Druck, der nun nach einem Ventil suchte. McCoy hatte die Tochter des Hochkommissars untersucht, und dabei ergaben sich Dutzende von Fragen, die noch immer auf eine Antwort warteten.

McCoy war sofort zur Stelle, als das Shuttle eintraf, wanderte unruhig vor der Innenschleuse des Hangars auf und ab. Spock hatte ihm Bescheid gegeben, als die *Galileo* bis auf Kom-Reichweite herankam, und der Arzt saß wie auf glühenden Kohlen, konnte es kaum abwarten, seine beiden Patientinnen in Empfang zu nehmen. Nur in Hinsicht auf T'Shael rechnete er mit Problemen: die vulkanischen Körperfunktionen hingen zu sehr vom Gehirn ab.

McCoy wandte sich an Lieutenant Saavik und bat sie, Blut zu spenden – ihre Blutgruppe war fast mit der T'Shaels identisch. Der Unterschied zwischen den beiden Vulkanierinnen konnte kaum krasser sein: hier die vor Gesundheit strotzende Saavik, dort eine blasse, ausgemergelte Frau, dem Tode näher als dem Leben.

T'Shaels Apathie weckte besondere Besorgnis in McCoy. Seine erste Analyse bestätigte die Diagnose der romulanischen Kommandantin: T'Shael hatte schwere innere Verletzungen erlitten, aber mit einer Kombination aus moderner Medotechnik und vulkanischer Heilkunst sollten sie sich eigentlich erfolgreich behandeln lassen. Dennoch reagierte die Patientin nicht, lenkte ihr Selbst nur dann in eine Rekonvaleszenztrance, wenn Spock ihr dabei half. Der Arzt begriff nicht, warum T'Shael darauf verzichtete, aus eigener Initiative eine Verbesserung ihres Zustands herbeizuführen, und er sprach sie darauf an, als sie zum erstenmal das Bewußtsein wiedererlangte.

Der perforierte Lungenflügel erforderte einige mikrochirurgische Eingriffe, und McCoy wagte es nicht, anästhetische Mittel zu verwenden – T'Shael war viel zu schwach. Er schnitt jedesmal eine Grimasse, wenn er wußte, daß er ihr Schmerzen zufügte. Die Vulkanierin gab keinen Laut von sich, und nach einer Weile merkte McCoy, daß sie zu ihm aufsah. Ihr Blick schien bis in die entlegensten Winkel seiner Seele zu reichen.

»T'Shael?« Der Arzt lächelte und sprach den Namen fast fehlerfrei aus. »Sie sind unter Freunden, befinden sich in der Krankenstation der *Enterprise.* Ich heiße McCoy.«

Die vulkanische Bürgin nahm seine Worte schweigend hin.

»Ich bedaure es, Ihnen Unannehmlichkeiten zu bereiten«, fuhr der Arzt fort und achtete darauf, nicht von ›Schmerzen‹ zu sprechen. »Ihre Verletzungen sind recht ernster Natur, aber hier bekommen Sie die denkbar beste Pflege. Vermutlich ist es in Ihrer besonderen Situation normal, längere Zeit bewußtlos zu bleiben. Wenn Sie meine Bemühungen mit einer Heiltrance unterstützen könnten ...«

Daraufhin schloß T'Shael die Augen, kapselte ihr Ich ein. Eine direkte Ablehnung kostete sie zuviel Kraft.

»Warum sind Sie nicht dazu bereit?« McCoy beobachtete, wie sich die Lider wieder hoben, sah einen seltsamen Glanz in den dunklen Pupillen.

»Es macht keinen Unterschied«, sagte T'Shael, ihre Stimme kaum mehr als ein Flüstern. Erneut zog sie sich in ihr Selbst zurück.

McCoy wandte sich von der Liege ab und sah Cleante, die barfuß und stumm in der Tür stand. Vielleicht wußte sie nicht so recht, ob sie das Zimmer betreten durfte. McCoy dachte daran, daß seine Aufmerksamkeit bisher nur T'Shael gegolten hatte. Erst jetzt erinnerte er sich an die zweite Bürgin, deren schmerzhafteste Wunden psychischer Natur sein mochten.

»Bitte kommen Sie herein, Miss alFaisal.« Er deutete auf einen Stuhl. »Entschuldigen Sie bitte, daß ich Sie ignoriert habe. Ich mußte mich zunächst um Ihre Gefährtin kümmern.«

Cleante blieb neben der Liege stehen und sah auf die bewußtlose Vulkanierin herab. Tränen glänzten in ihren Augen. *Zum drittenmal wache ich über sie. Aller guten Dinge sind drei? Ein gutes Omen? Oder nur ein menschlicher Aberglaube?*

»Möchten Sie nicht Platz nehmen?« fragte McCoy und erkannte die Symptome, ohne eine eingehende Untersuchung vorzunehmen: Schock, chronische Erschöpfung, ein verzögertes Trauma.

Cleante schüttelte den Kopf, wandte den Blick nicht von T'Shael ab.

»Wie steht es um sie?«

McCoy zögerte.

»Wir versuchen alles, um ihr zu helfen«, sagte er und sprach zuversichtlich, ohne falsche Hoffnungen zu wekken. »Es hat keinen Sinn, daß Sie weiterhin auf den Beinen bleiben und einen totalen Kollaps riskieren. Ich schlage vor, Sie...«

McCoy unterbrach sich, als er begriff, daß ihm Cleante überhaupt nicht zuhörte. Einige Sekunden lang wippte er auf den Zehen, schließlich trat er an die terranische Bürgin heran und griff sanft nach ihrem Arm.

»Wenn Sie nichts dagegen haben... Ich würde mir gern ein Bild von Ihrem Zustand machen. Wenn wir fertig sind, können Sie wieder hierher zurückkehren und T'Shael Gesellschaft leisten.«

Cleante nickte, begleitete den Arzt und warf der Vulkanierin noch einen letzten Blick zu, bevor sie das Zimmer verließ. McCoy nahm ihn zur Kenntnis, fühlte sich dadurch an einen anderen Menschen erinnert, der ebenfalls mit einem Vulkanier befreundet war.

Die Diplomatentochter streckte sich auf einer Diagnoseliege aus, und sofort leuchteten die Indikatoren der Anzeigefläche auf. »Bevor Sie beginnen, Doktor, möchte ich Sie auf etwas hinweisen. Vielleicht bin ich schwanger.«

McCoy ließ fast den Medoscanner fallen, gab jedoch keine Antwort.

»Die Entführung verhinderte, daß ich mich der nächsten regulären Immunitätsbehandlung unterziehen konnte«, fuhr Cleante fort und sah dabei an die Decke. »Während der Gefangenschaft bekam ich meine Regel in sehr unregelmäßigen Abständen. Eine Zeitlang setzte sie ganz aus – die nervliche Belastung und schlechte Ernährung, nehme ich an. Nun, unter normalen Umständen spielte es eigentlich keine Rolle, aber ...« Sie drehte den Kopf und musterte den Arzt, bat wortlos um sein Verständnis. »Wenn ich wirklich schwanger bin, möchte ich zunächst nichts davon erfahren. Dafür gibt es einen ganz bestimmten Grund.«

»Ich verstehe«, log McCoy, klopfte Cleante geistesabwesend auf die Hand und griff nach einigen Instrumenten.

Während er die Frau untersuchte, dachte er über ihre letzten Bemerkungen nach. Wer konnte sie geschwängert haben? Nur der Klingone, dessen Leiche Kirk und Spock gefunden hatten. Was bedeutete das? *Wenn die Klingonen ihre weiblichen Gefangenen sexuell mißbraucht haben... Sollte ihnen nicht daran gelegen sein, vor der Freilassung der Geiseln alle Spuren zu beseitigen? Eins steht fest: Die Vulkanierin ist nicht vergewaltigt worden. Warum nur Cleante? Welche Gründe gibt es dafür?*

Noch etwas anderes fiel ihm ein. Was für ein Leben erwartete das Kind einer menschlichen Mutter und eines klingonischen Vaters? McCoy zweifelte nicht daran, daß es solche Mischlinge im Imperium gab – vorausgesetzt, sie wurden nicht unmittelbar nach der Geburt getötet –, aber in der Föderation waren ihm keine bekannt. *Warum will Cleante gar nicht wissen, ob sie schwanger ist?*

»Sie gehen von falschen Voraussetzungen aus«, sagte die Bürgin und schien die Gedanken des Arztes zu erraten. »Ich wurde nicht gezwungen, sondern handelte aus freiem Willen.«

McCoy schwieg und gab vor, ganz auf die Untersuchung konzentriert zu sein. Er verdrängte seine Vorurteile und dachte: *Ist es wirklich möglich, daß jemand wie Cleante einen Klingonen attraktiv und begehrenswert findet?* Diese Vorstellung erschien ihm absurd.

»Miss alFaisal«, sagte er schließlich und legte ihr die Hand auf den Arm. »Ich bin Arzt, und dadurch habe ich ein Recht auf medizinische Meinungen. Wenn es um das Privatleben meiner Patienten geht, erlaube ich es mir nicht, einen eigenen Standpunkt zu vertreten.«

»Danke.« Cleante lächelte zaghaft. »Das weiß ich zu schätzen.«

Ob sie schwanger war oder nicht – McCoy gab keine Auskunft.

»Laß sie sprechen, Jim«, sagte McCoy nun in der Offiziersmesse. Er beobachtete Cleante, hielt nach Anzeichen Ausschau, die auf einen drohenden Kollaps hinwiesen, fand jedoch keine. Die junge Frau schien bemerkenswert widerstandsfähig zu sein. *Aber wenn es ihr nicht gelingt, den Schrecken der Gefangenschaft aus sich zu verbannen, klappt sie irgendwann zusammen.*

Cleante spürte die wache Aufmerksamkeit des Arztes und versuchte, eine vulkanische Maske vor ihr Gesicht zu schieben. Sie atmete mehrmals tief durch und wartete, bis Ruhe in ihr entstand.

»Als die Klingonen eintrafen, begegneten sie uns nicht gerade mit ausgesuchter Höflichkeit«, begann Cleante. »Sie behandelten uns recht grob ...«

Sie schilderte, wie Krazz sie belästigte, beschrieb das Eingreifen Jalis. Zu Anfang stockte sie immer wieder, aber schon nach kurzer Zeit reihten sich die Worte von ganz allein aneinander. Sie erzählte von der Furcht, der Ungewißheit, von den endlosen Wochen der Langeweile, von den Bemühungen der Geiseln, sich irgendwie abzulenken. Sie erzählte vom langsamen, traurigen Tod der Deltaner, vom Erdbeben, dem Krazz zum Opfer fiel, von den Rihannsu.

Das genügt, dachte sie schließlich. *Behaupte einfach, du seiest zu müde, um den Bericht fortzusetzen. Zieh dich in deine Kabine zurück, und laß dir irgend etwas einfallen, um T'Shaels Zustand zu erklären. Inzwischen hast du doch Übung im Lügen, oder?*

»Das wär's eigentlich, Admiral«, sagte sie und lauschte ihrer heiseren Stimme. »Wir fürchteten uns, die Deltaner und ich. Nur T'Shael blieb tapfer. Ohne sie hätten wir sicher nicht durchgehalten. Als sie krank wurde...«

Cleante unterbrach sich plötzlich. *Bei Allah, bist du übergeschnappt?*

»Ich bin erschöpft!« stieß sie mit dem Trotz eines Kindes hervor. »Ich habe nichts mehr zu sagen!«

»Sie sollte sich jetzt ausruhen, Jim«, meinte McCoy besorgt, als er Hysterie zu hören glaubte.

»Nur noch ein Paar Minuten, Pille«, erwiderte Kirk, beugte sich vor, lächelte und griff in die Trickkiste seines Charmes. »Bitte fahren Sie fort, Cleante. Es dauert nicht mehr lange. Sie erwähnten eben, T'Shael sei erkrankt...«

Diesmal erzielte Jims Lächeln nicht die angestrebte Wirkung.

»Ich werde keine weiteren Fragen beantworten!« Die junge Frau schrie fast.

Beherrsch dich! dachte sie. *Denk an die Lehren T'Shaels. Oh, T'Shael, es tut mir so leid!*

»Wir versuchen, Ihrer Freundin zu helfen«, sagte McCoy und fing Cleantes Blick ein. »T'Shaels psychosomatische Symptome stehen in keinem Verhältnis zu ihren Verletzungen. Sie lehnt die Heiltrance ab. Wenn ich es mit einem menschlichen Patienten zu tun hätte, würde ich umfassende Depressionen diagnostizieren, aber bei einer Vulkanierin ist so etwas wohl kaum möglich, oder? Ich trete auf der Stelle, solange ich nicht weiß, was ihr auf dem Planetoiden zugestoßen ist und warum sie die Rekonvaleszenz ablehnt. Wenn Sie uns wichtige Informationen vorenthalten...«

Kirk wollte einen Kommentar abgeben, wartete jedoch, als Spock das Wort ergriff.

»Meine Herren...«, sagte er knapp, woraufhin McCoy und der Admiral schwiegen. Der Vulkanier überlegte kurz, bevor er hinzufügte:

»Ms. alFaisal, Sie wissen wahrscheinlich, daß ich während des Shuttlefluges hierher eine Mentalverschmelzung mit T'Shael herbeiführen mußte.«

Cleante nickte. Sie hatte ihm nicht einmal dafür gedankt, erinnerte sich daran, Spock mehrmals ihren Platz an T'Shaels Seite überlassen zu haben. Vor ihrem inneren Auge sah sie, wie er die Nervenpunkte im Gesicht ihrer Freundin berührte und eine mentale Brücke baute, um die Verletzte am Leben zu erhalten.

»Normalerweise betrifft eine derartige Verbindung nur die obersten Schichten des Bewußtseins, aber aufgrund von T'Shaels Zustand fehlten in ihrem Geist gewisse Barrieren, und dadurch bot sich mir ihr ganzer Gedächtnisinhalt dar.«

»Wenn Sie T'Shaels Gedanken lesen konnten...« – Cleante versuchte sich einzureden, daß sie dem Vulkanier vertrauen durfte –, »...kennen Sie die Antworten!«

»Ich empfing unvollständige memoriale Eindrücke«, sagte Spock. »Helfen Sie mir, die Lücken zu füllen.«

Cleante musterte ihn verbittert. *Er setzt mich unter Druck. Es ist ihm vollkommen gleich, was ich dabei empfinde. Obwohl er als Vulkanier wissen sollte, daß bestimmte Dinge tabu sind. Männer! Sie sind alle gleich.* Die terranische Bürgin zitterte innerlich, und Zorn vermischte sich mit Hilflosigkeit. Sie wollte T'Shael schützen, vor Spock, Kirk, McCoy und dem Rest des Universums.

»Ms. alFaisal«, beharrte Spock und sah Cleante weiterhin an. »Sie brauchen nicht zu befürchten, Ihre Freundin zu verraten. Der Admiral und Dr. McCoy kennen die Bedeutung des *Pon farr.*«

Die junge Frau sah, wie Kirk zusammenzuckte. McCoy starrte eine Zeitlang ins Leere und runzelte die Stirn.

»Natürlich!« raunte der Arzt. »Himmel, ja! T'Shael ist im richtigen Alter, und es würde die restlichen Streßsymptome erklären. Aber wie hat sie überlebt, ohne ihren Partner?«

»Das kann uns nur Ms. alFaisal sagen«, stellte Spock fest und musterte Cleante weiterhin. »Nur sie kennt die Ereigniskette, die zu T'Shaels Verletzungen und dem Tod des Klingonen führte.«

Bisher hatte die terranische Bürgin geglaubt, niemand könne es mit dem durchdringenden Blick ihrer *T'hy'la* aufnehmen, aber Spock... *Wen schütze ich? T'Shael oder mich selbst? Auf dem Planetoiden habe ich mich Kalor angeboten, um T'Shael vor dem Tod zu bewahren. Bin ich für die Folgen verantwortlich, die sich aus dieser Entscheidung ergaben? Ist es meine Schuld, daß T'Shael das Lager verließ, um zu sterben?* Kaiidth! Was ist, ist. *Die Sache zwischen mir und meiner* T'hy'la *geht nur mich etwas an, aber der Rest...*

Cleante seufzte und erzählte alles, ließ nichts aus.

Die transparente Tür zwischen der Offiziersmesse und dem Korridor schloß sich, trennte Cleante von den drei Männern am Tisch. Kirk beobachtete die junge Frau nachdenklich. Sie stand im Gang und wartete auf den Turbolift, hielt den Kopf geneigt, die Schuhe in der einen Hand. Sie wirkte müde und niedergeschlagen, so empfindsam... *Sind wir zu hart gewesen?* überlegte der Admiral.

»Sie mußte sich davon befreien, Jim«, beantwortete McCoy die unausgesprochene Frage. »Wir haben sie nicht etwa neuen Belastungen ausgesetzt, sondern ihr geholfen.«

Cleante trat in die Liftkabine, warf keinen Blick zurück, und daraufhin wandte sich Kirk an seine beiden Begleiter.

»Na schön«, murmelte er. »Die romulanische Kommandantin, Spock. Ist es nur ein Zufall, daß wir auf diese Weise von ihr hören?«

»Wohl kaum«, erwiderte der Vulkanier. »Wahrscheinlich hat sie die besonderen Bedingungen für die Freilassung der Geiseln gestellt.«

»Aber warum?« fragte Kirk. »Was steckt dahinter? Irgendeine subtile Form von Rache?«

Spock starrte ins Leere. In dem Chaos von T'Shaels Gedanken hatte er weitaus mehr gefunden, als Cleante ahnte. Es handelte sich um recht persönliche Dinge, nur für eine Diskussion zwischen ihm und der Introvertierten bestimmt.

»Zweifellos liegt diesem Verhalten eine Logik zugrunde, die sich uns irgendwann offenbart«, sagte er zurückhaltend, und Kirk begriff, daß er keine Erläuterungen von Spock erwarten durfte. Er sah McCoy an.

»Was steht den beiden Heimkehrern bevor, Pille? Können sie sich wieder an ein normales Leben gewöhnen?«

»Möchtest du eine offizielle Prognose oder meine ganz persönliche Meinung?« entgegnete der Arzt lakonisch und lächelte schief.

»Was klingt besser?« Kirk grinste kurz, wurde dann wieder ernst. »Hat sich schon einmal jemand mit den Psychoprofilen nichtmilitärischer Geiseln befaßt?«

»Nein«, sagte McCoy und verzog kurz das Gesicht. »Bisher gab es auch kaum Gelegenheit dazu. Die meisten Zivilisten, die im Reich oder im Imperium verschwinden, kehren nie zurück. Nun, es gibt Analysen der psychologischen Folgen langer Internierungen, und ich habe sie mit den Reaktionsmustern der terranischen Bürgin verglichen. Zu Anfang dürfte es ihr nicht gerade leichtfallen, wieder ein ›normales Leben‹ zu führen, aber schließlich wird sie sich daran gewöhnen. Nun, es kommt natürlich darauf an, welche Pläne der Rat für Cleante und T'Shael hat...«

Kirk sah aus dem Fenster, beobachtete einen Spiralarm der Galaxis und rieb sich die Augen.

»Das Konzept der Friedensbürgen wird inzwischen immer häufiger in Frage gestellt«, sagte er. »Die Sicherheitsmaßnahmen in T'lingShar sind in einem Maße verstärkt worden, das den vulkanischen Behörden... beunruhigend erscheint.« Der Admiral drehte den Kopf und musterte seinen wissenschaftlichen Offizier.

Der Schatten eines Lächelns zeigte sich auf Spocks Lippen. Vulkanier waren nie empört, entrüstet oder verärgert, höchstens *beunruhigt.*

»Einige Welten der Föderation verlangen sogar, in Zukunft auf Bürgen zu verzichten«, fuhr Kirk fort. »Die Deltaner haben ihre Repräsentanten in der Siedlung zurückbeordert. Sie verlangen Entschädigung, nicht nur von den Romulanern und Klingonen, sondern auch vom Rat. Viele Stimmen unterstützen ihre Forderungen.«

»Vielleicht sollte man sie darauf hinweisen, daß es den Rihannsu darum ging, solche Unruhe zu schaffen«, bemerkte Spock.

Kirk lachte humorlos.

»Versuchen Sie mal, einem zornigen Deltaner mit Logik zu begegnen. Wie dem auch sei: Dieses Problem betrifft in erster Linie das diplomatische Korps. Nun, es wurde vorgeschlagen, Cleante und T'Shael von ihren Pflichten zu entbinden. Ob nur vorübergehend oder auf Dauer... Das hängt von dir ab, Pille.«

McCoy schnitt eine finstere Miene.

»Auf Dauer — so lautet meine Empfehlung. Wenn sie wieder als Bürgen tätig werden, könnten sich einige Probleme ergeben. Es fiele ihnen schwer, die Erlebnisse während der sechs vergangenen Monate zu verdauen; vielleicht lebten sie ständig in der Furcht, neuen Anschlägen zum Opfer zu fallen. Zum Teufel mit ihrer hehren Aufgabe. Die beiden Frauen brauchen vor allen Dingen Ruhe.

Jasmine AlFaisals Amtszeit geht in einem guten Jahr zu Ende, und vielleicht benötigt Cleante soviel Zeit, um sich zu erholen. Ich werde darauf bestehen, daß sie mindestens ein halbes Jahr auf der Erde verbringt. Sie soll Gelegenheit erhalten, Abstand zu bekommen und wieder zu sich selbst zu finden. Was T'Shael angeht...« McCoy seufzte. »Soweit ich weiß, hat sie sich bereit erklärt, für den Rest ihres Lebens Bürgin zu sein. Nun, ich bin kein Experte für vulkanische Psychologie — sieht man einmal von Spock ab —, aber der gegenwärtige mentale Zustand meiner Patientin ist besorgniserregend. Je eher sie die Last ihrer Verantwortung abstreifen kann, desto besser. Für wen sie auch bürgt: Die betreffende Person sollte schleunigst was unternehmen.«

»Botschafter Sarek ist nicht untätig geblieben, Doktor«, sagte Spock leise.

McCoys Kinnlade klappte herunter.

»Wie geht es ihr, Pille?« fragte Kirk. Der Arzt starrte weiterhin Spock an. »Pille!«

McCoy blinzelte, konzentrierte sich auf den Admiral und beschloß, dem Vulkanier später einige Fragen zu stellen.

»Keine Ahnung, Jim. Im Ernst. Es ist so, als wolle man ein Puzzle zusammensetzen, bei dem einige Teile fehlen. Es geht nicht nur um T'Shaels Verletzungen. Was den Körper betrifft, erholt sie sich langsam — die beneidenswerte vulkanische Physiologie. Aber wie soll ich ihr psychisches Trauma behandeln? Meine Patientin hat das *Pon farr* überstanden, gibt sich die Schuld für den Tod ihres Verlobten und glaubt außerdem, für Cleantes Beziehung zu dem Klingonen verantwortlich zu sein. Nun, ich vergleiche ihren gegenwärtigen Zustand mit Spocks Erfahrungen in Hinsicht auf V'ger: totale sensorische und intellektuelle Überladung, noch dazu über einen längeren Zeitraum hinweg. Ganz gleich, was mit ihr geschieht: Es hängt in erster Linie von Cleante ab. Und umgekehrt.«

Dünne Falten bildeten sich auf Kirks Stirn.

»Wie meinst du das?«

»Ach, komm schon, Jim. Hast du es nicht gesehen? Die beiden Frauen haben eine Freundschaft fürs Leben geschlossen, sind in diesem Zusammenhang praktisch ein Spiegelbild von dir und Spock. Sowohl Cleante als auch T'Shael bringen die Bereitschaft mit, sich ohne zu zögern zu opfern. Auf Latein sagt man: *amicus usque ad aras.* ›Ein Freund trotz aller Unterschiede; ein Freund bis zur letzten Konsequenz.‹ Dafür gibt es sogar eine vulkanische Bezeichnung, nicht wahr, Spock?«

»Sie lautet *T'hy'la,* Doktor«, bestätigte der Vulkanier und nickte langsam.

»Genau.« McCoy holte tief Luft. »Damit haben wir es zu tun, meine Herren. Beide Frauen stecken in einer emotionalen Sackgasse. Solange es ihnen nicht gelingt, sich von ihren Schuldgefühlen zu befreien...«

Cleante näherte sich der Liege und berührte T'Shaels Hand. Die Vulkanierin war nicht mehr ganz so schwach, stützte den Rücken ans hochgeklappte Polster und musterte die Terranerin aus dunklen, ernst blickenden Augen.

»Du kannst sie desinfizieren lassen, nachdem ich gegangen bin«, sagte Cleante schließlich.

»Ich verstehe nicht«, erwiderte T'Shael.

»Deine Hand. Damit sie wieder sauber wird. Ich fühle mich so... schmutzig.«

Kurzer Schmerz zeigte sich in dem hohlwangigen Gesicht, und T'Shaels Finger drückten etwas fester zu.

»Glaubst du, ich verurteile deine Verhaltensweise?« fragte sie verwirrt.

»Etwa nicht?« Cleante preßte kurz die Lippen zusammen. »Warum hast du sonst das Lager verlassen, um dich der Kälte auszusetzen, um Selbstmord zu begehen?«

»Ich wollte dir weitere Schande ersparen. Du hast deine Ehre aufgegeben, um mich zu schützen. Ich... ich bin deiner unwürdig.« Die Stimme der Vulkanierin klang fast traurig und niedergeschlagen. Sie zögerte einige Sekunden lang, besann sich auf ihren Rest von Stolz. »Außerdem ging es mir keineswegs darum, ›Selbstmord‹ zu begehen.«

»Wir würdest du so etwas nennen?« entgegnete Cleante scharf. »Und wie sollte man dein derzeitiges Gebaren beschreiben?«

»Ich verstehe nicht«, wiederholte T'Shael und versuchte, die Hand zurückzuziehen. Cleante ließ sie nicht los.

»Wer sich passiv weigert zu leben, bringt sich langsam um«, stellte die menschliche Frau fest. »Wenn du jetzt stirbst, teilst du mir deutlich mit, daß *ich* unwürdig bin.«

»Es war nie meine Absicht...«

»Mag sein. Aber ich sehe es auf diese Weise. Für den Rest meiner bewußten Existenz. Nach all dem, was wir gemeinsam überstanden haben... Wenn du jetzt stirbst, hasse ich dich für den Rest meines Lebens!«

Die Vulkanierin schnappte mühsam nach Luft, und die Anzeigen auf dem Kontrollschirm veränderten sich jäh. Cleante bedauerte es sehr, ihre Freundin derartigen Belastungen auszusetzen, aber sie sah keine andere Möglichkeit.

»Es geht um weitaus mehr, als du ahnst...«, begann T'Shael und dachte an Spock, an ihre Übereinkunft mit der romulanischen Kommandantin. Wenn sie starb, bevor sie ihr *Dirhja*-Versprechen einlösen konnte...

»Es geht auch um weitaus mehr, als *du* ahnst!« antwortete Cleante, und es fiel ihr schwer, ruhig zu sprechen. »Vielleicht bin ich schwanger.«

Sie zuckte zusammen, als sich T'Shaels Finger so fest um ihre Hand schlossen, daß sie ein Splittern der Knochen befürchtete.

»Wenn das wirklich der Fall ist...«, fuhr sie fort. »Dann brauche ich deine Hilfe mehr als jemals zuvor. Soweit ich weiß, brachte bisher keine Terranerin ein Kind zur Welt, in dessen Adern auch klingonisches Blut fließt. Wenn ich tatsächlich schwanger bin... Eine Abtreibung kommt nicht in Frage. Meinen Sohn oder meine Tochter trifft keine Schuld; er oder sie verdient eine Chance, aufzuwachsen und zu leben. Aber ich benötige jemanden, der mir Unterstützung und Zuspruch gewährt, T'Shael. Jemanden, der stark für mich ist. Ich brauche dich.«

Die Hand der Vulkanierin erschlaffte und sank aufs Laken.

»Wenn du ein solches Kind unter deinem Herzen trägst, so bin ich ebenso dafür verantwortlich wie Kalor«, sagte T'Shael wie aus weiter Ferne. Die letzten Worte Cleantes schien sie gar nicht gehört zu haben. »Daß ich eine derartige Schuld auf mich geladen habe...«

Cleante beugte sich vor und griff erneut nach der Hand ihrer Freundin. Die Vulkanierin zog sie nicht zurück. »Deine Theorie über persönliche Verantwortung und Kettenreaktionen kenne ich zur Genüge. Ich halte nichts davon. Nun, ich stelle dir jetzt eine Frage; beantworte sie sofort, ohne lange darüber nachzudenken. Bist du bereit, für mich zu sterben?«

T'Shael sah verwirrt zu ihr auf.

»Mußt du mich das wirklich fragen?«

»Nein, wohl kaum.« Cleante spürte, wie ihr Tränen in die Augen quollen. »Daran habe ich nie gezweifelt. Aber es gibt einen anderen Punkt, der mir noch weitaus wichtiger erscheint: Bist du bereit, für mich zu leben?«

KAPITEL 15

Lieutenant Saavik ging zur Krankenstation, um festzustellen, ob Dr. McCoy sie für weitere Transfusionen brauchte. Sie hielt es für unlogisch, daß er es ablehnte, synthetisches Blut zu verwenden: Tiefgefrorenes Plasma hätte völlig ausgereicht, um T'Shael zu behandeln. Aber natürlich stand es ihr nicht zu, die Methoden eines erfahrenen und allseits respektierten Medo-Offiziers in Frage zu stellen. Darüber hinaus war sie jung, gesund und stark; sie konnte weitaus mehr Blut spenden als ein Mensch. T'Shaels leichenhafte Blässe deutete darauf hin, daß Saavik die Krankenstation noch häufiger aufsuchen mußte.

Solche Gedanken gingen ihr durch den Kopf, als sie das Rekonvaleszenzzimmer betrat — und überrascht verharrte. Die vulkanische Patientin hatte ihre Liege verlassen, und Dr. McCoy gestikulierte aufgeregt und besorgt, wirkte wie eine Glucke, die um ihr Küken fürchtet.

»Sie sind noch nicht stark genug, um einfach so herumzuspazieren!« beharrte er und zog an T'Shaels dünnem Arm! Sie rührte sich nicht von der Stelle. »Sie leiden nach wie vor an inneren Verletzungen. Wenn es zu neuerlichen Blutungen kommt... Ich lehne jede Verantwortung ab!«

»Mit allem Respekt, Doktor — ich entbinde Sie hiermit von Ihren Plichten als Arzt«, erwiderte T'Shael in einem Tonfall, der McCoy viel zu sehr an Spock erinnerte.

Eigentlich sollte er dankbar dafür sein, daß die Vulkanierin aus ihrer Apathie erwachte. Offenbar hatte sie beschlossen, am Leben zu bleiben. Doch ihre plötzliche Aktivität weckte auch profundes Unbehagen in ihm: Wenn es zu einem Rückfall kam... Er brummte etwas Unverständliches, verschränkte die Arme und starrte T'Shael verärgert an.

Seine Patientin wandte sich an Saavik.

»Ich begrüße die Gelegenheit, mit Ihnen sprechen zu können«, sagte die Introvertierte und stützte sich unauffällig an einem hochlehnigen Stuhl ab. Saavik hörte ihre Stimme nun zum erstenmal. Sie klang leise und dumpf, hatte eine angenehme, melodische Qualität. »Sie haben Blut für mich gespendet, und dafür möchte ich Ihnen danken. Leider ist mir Ihr Name unbekannt.«

Vulkanische Förmlichkeit: Namensfragen richtete man nicht an einen Unbeteiligten, sondern direkt an die betreffende Person.

»Ich heiße T'Saavik«, erwiderte die junge Frau. Sie spürte eine seltsame Verlegenheit, führte dieses Empfinden sowohl auf T'Shaels Präsenz als auch die Anwesenheit des gereizten Arztes zurück. »Den Menschen fällt die Aussprache schwer, und deshalb nennen sie mich einfach nur Saavik. Was die Transfusionen angeht... Es wäre unlogisch, Ihnen etwas zu verweigern, von dem ich genug habe.«

Die dunklen Augen der Vulkanierin musterten sie stumm, und Saavik widerstand nur mit Mühe der Versuchung, den Kopf zu senken.

»Ich verstehe etwas von Logik«, fügte sie fast herausfordernd hinzu. »Obwohl ich zur einen Hälfte Romulanerin bin«.

»Es lag nicht in meiner Absicht, mich nach Ihrer Abstammung zu erkundigen«, sagte T'Shael ruhig. »Nach wie vor gebührt Ihnen mein Dank.«

Diesmal konnte Saavik dem durchdringenden Blick nicht widerstehen.

»Wissen Sie, ich werde oft danach gefragt. Vulkanier bemerken den Unterschied sofort, und deshalb...« Sie sah, wie T'Shael schwankte, streckte sofort die Hand aus und hielt sie an der Schulter fest. »Sie haben sich noch nicht ganz erholt«, sagte sie überflüssigerweise.

»Da bin ich ganz Ihrer Meinung«, brummte Dr. McCoy und schob das Kinn vor. »Junge Dame... Zurück auf die Liege.«

»Ich muß mit Spock sprechen«, erwiderte T'Shael, wahrte das Gleichgewicht und lehnte eine Diskussion über ihren Gesundheitszustand ab. Erneut sah sie Saavik an. »Wenn ich wüßte, wo er sich befindet und ob er bereit ist, mich zu empfangen...«

Saavik warf einen kurzen Blick aufs Chronometer.

»Er hat jetzt dienstfrei. Ich könnte ihn bitten, hierherzukommen.« Sie spürte sofort, daß eine Begegnung in der Krankenstation T'Shaels Wünschen widersprach, musterte McCoy und warnte ihn stumm. »Ich wäre auch bereit, Sie zu ihm zu bringen.«

Der Arzt hob die Arme.

»Oh, sicher. Von mir aus kann sie ruhig durch die Gänge und Korridore marschieren. Warum auch nicht? Vielleicht sollten Sie T'Shael zur Sporthalle begleiten, damit sie dort ein bißchen herumturnen kann. Gerade verheilte Knochen, Geweberisse in inneren Organen — was spielt das schon für eine Rolle? Es stimmt schon: Man sollte sich auf keine verbalen Auseinandersetzungen mit Vulkaniern einlassen. An ihrer verdammten Sturheit prallt alles ab.«

Ein dünnes Lächeln huschte über Saaviks Lippen, und für einige Sekunden bestand eine feste Verbindung zwischen ihr und T'Shael: hier vulkanische Logik, dort menschliche Emotionalität. Schließlich erinnerte sich die Instruktorin an ihre Pflicht und beendete den zarten mentalen Kontakt.

»Ich benötige angemessenere Kleidung«, sagte sie und zupfte an ihrem schlichten Umhang.

»Natürlich!« McCoy grinste und vergaß seinen Ärger. »Wir möchten doch nicht, daß Sie wie eine wandelnde Leiche aussehen, oder? Warten Sie einen Augenblick. Ich hole Ihnen was Passendes.«

Saavik beobachtete, wie er in einem Nebenzimmer verschwand, und eine gewölbte Braue wies darauf hin, für wie exzentrisch sie ihn hielt — selbst wenn man seine menschliche Natur berücksichtigte. T'Shael reagierte überhaupt nicht. Nach einigen Sekunden kehrte McCoy mit einigen synthetisierten Kleidungsstücken zurück, reichte sie seiner Patientin und lächelte geheimnisvoll. Die Vulkanierin entfaltete das Bündel mit offensichtlichem Interesse.

Sie fand eine dunkle, enge Hose in der Art, wie man sie in ihrer Heimat trug, und hinzu kamen Sandalen, die T'Shael an T'lingShar erinnerten, an die Siedlung der Bürgen, an Ruinen und Wüste. Ihre Finger glitten sanft über eine knielange Tunika: hoher Kragen, weite Ärmel. Und die Farbe ...

Weitere Reminiszenzen strömten auf sie ein, und sie dachte an den purpurnen Glanz des Gobelins, der Salets Cembalo bedeckte. Es handelte sich um genau jene Farbe, die in den Fresken der alten Stadt Treue symbolisierte. Nur eine ganz bestimmte Person war imstande, im komplexen Synthetisierungsprogramm den richtigen Farbton zu wählen.

»Das ist noch nicht alles«, sagte McCoy und lächelte väterlich. Er zeigte der Vulkanierin ein achteckiges Kästchen, das er bisher hinter dem Rücken verborgen hatte. T'Shael musterte ihn. Eine menschliche Frau an ihrer Stelle hätte den Arzt mit einem kleinen Jungen verglichen, der überglücklich vor dem geschmückten Weihnachtsbaum stand. »Nur zu. Öffnen Sie es.«

T'Shael kam der Aufforderung nach, sah einen mit Rubinen geschmückten Ohrring, ebenso beschaffen wie der Ring, den sie seit ihrer Verlobung getragen und während ihrer Bewußtlosigkeit an Bord des Rihannsu-Schiffes verloren hatte. Das Zeichen der unverheirateten Frau, ein Geschenk des Verstehens. *Amicus usque ad aras. T'hy'la.*

Saavik wußte vermutlich nicht, was die Kleidung zum Ausdruck brachte, aber sie kannte die Bedeutung des Schmuckstücks, blickte zu Boden und gewährte der Introvertierten zumindest eine gewisse Privatsphäre. McCoy hatte keine Ahnung von der Etikette, gab seiner menschlichen Neugier nach und musterte T'Shael aufmerksam, hielt in ihren Zügen nach emotionalen Schatten Ausschau.

»Cleante bat mich darum, Ihnen diese Dinge zu geben«, sagte der Arzt bedeutungsvoll. »Eigentlich wollte ich damit bis zu Ihrer Genesung warten, aber was soll's...« Er wußte nicht, worüber Cleante und T'Shael bei ihrer letzten Zusammenkunft gesprochen hatten, aber er ahnte, daß die beiden Frauen an seelischen Schmerzen litten, die er nicht zu mindern vermochte. »Darüber hinaus läßt Ihnen die terranische Bürgin folgendes mitteilen: Sie hält sich von Ihnen fern, bis Sie eine Entscheidung getroffen haben.«

T'Shaels Hand zitterte kurz, bevor sie die Finger fester um das Kästchen schloß. Sie schwieg, und mit vulkanischem Gleichmut begann sie damit, sich zu entkleiden. McCoy verließ das Zimmer hastig und meinte, er wolle sich um andere gehorsamere Patienten kümmern.

Saavik führte T'Shael durch lange Korridore. Sie wahrte eine gewisse Distanz zu der Vulkanierin, blieb jedoch nahe genug, um ihr zu helfen, falls sie einen Schwächeanfall erlitt. Die weite, purpurne Tunika täuschte über die ekkigen Konturen ihres Körpers hinweg, bedeckte einen Leib, der nur noch aus Haut und Knochen bestand. Das ausdrucklose Gesicht verbarg den Schmerz, doch das Glühen in den dunklen Augen blieb. Saavik mochte noch sehr jung sein, aber sie hatte bereits viel erlebt und fragte sich nun, welches innere Feuer in T'Shael brannte.

Sie betätigte den Melder an Spocks Tür und bedeutete der Introvertierten mit einem knappen Nicken, daß sie ihr den Vortritt ließ.

»Herein«, erklang die Stimme des wissenschaftlichen Offiziers. Er erkundigte sich nie nach der Identität seiner Besucher, schien immer zu wissen, wer zu ihm kam.

Die Tür glitt auf, und T'Shael setzte sich würdevoll in Bewegung. Spock saß an seinem Tisch, hielt einen altertümlichen Stift in der rechten Hand und benutzte echtes Papier. T'Shael dachte an T'lingShar, erinnerte sich an die ardanischen Illuminatoren, die ebenfalls auf diese Weise geschrieben hatten. *Vor so langer Zeit; so weit entfernt...*

Spock drehte sich um, bedachte die Instruktorin mit einem kurzen Blick und sah Saavik an, die auf der Schwelle stehenblieb.

»Wünschen Sie etwas, Saavik-*kam?*«

Er klang fast amüsiert. Saavik zuckte kaum merklich zusammen und fühlte sich ertappt. Spock wußte genau, worum es ihr ging: Ihre Neugier galt dem Gespräch zwischen diesen beiden Personen.

Sie nahm Haltung an.

»Negativ, Sir. Falls Sie mich brauchen ... Ich bin auf der Brücke.«

»In Ordnung, Ms. Saavik«, erwiderte Spock ebenso förmlich, obgleich seine Augen lächelten. Gerade er wußte, was Neugier bedeutete. »Sie können gehen.«

Als sich die Tür schloß, richtete er seine Aufmerksamkeit auf T'Shael.

Jim Kirk fand Cleante im Herbarium und beschränkte sich darauf, sie zu beobachten.

Eine perfekte Szene bot sich ihm dar. Die junge Frau erschien wie eine Blume unter Blumen, eine herrliche Blüte inmitten einer pflanzlichen Pracht, die von vielen Föderationswelten stammte. Aus irgendeinem Grund war er sicher gewesen, die Diplomatentochter ausgerechnet an diesem Ort zu finden, umgeben von Schmetterlingen und leise plätschernden Springbrunnen. Er verstand, warum sie nach der langen Gefangenschaft gerade hier Entspannung suchte, den Duft feuchter Erde genoß.

Cleante spürte seine Präsenz, wandte sich von einem kleinen Teich mit Lotusblumen ab und lächelte. Eine seltsame Wärme erfaßte Kirk.

»In meiner Heimat gibt es einen besonderen Feiertag«, sagte die junge Frau. »Er geht auf den visionären Politiker Anwar el Sadat zurück, aber vermutlich hat er noch tiefere Wurzeln, in der ägyptischen Seele. Wir nennen ihn ›Riech den Brisentag‹.«

Kirks Lächeln wuchs in die Breite.

»Ich glaube, ich verstehe, was damit gemeint ist«, sagte er.

Er fühlte sich versucht, die Hand auszustrecken und Cleante zu berühren, über ihr glänzendes Haar zu streichen, doch er blieb ruhig stehen. Der Altersunterschied war zu groß, und so kurz nach der Gefangenschaft und ihren Erfahrungen mit den Klingonen... Vielleicht bei einer anderen Gelegenheit. *Die Galaxis mag riesig sein, aber es ist nicht ausgeschlossen, daß sich unsere Wege irgendwann noch einmal kreuzen.* Ein hoher Rang brachte einige Vorteile mit sich. Er konnte seine Beziehungen spielen lassen, um in Erfahrung zu bringen, wo sich Cleante aufhielt.

»Wir erreichen Starbase XI morgen gegen zwölf Uhr«, sagte er und bemühte sich, neutral zu klingen. »Haben Sie mit Ihrer Mutter gesprochen?«

Cleante schüttelte den Kopf.

»Wir sind inzwischen wieder in Kom-Reichweite, und daher hätte ich ihr eine Nachricht schicken können. Aber ich halte es für besser, direkt mit ihr zu reden. Außerdem müssen erst noch einige Dinge in Ordnung gebracht werden.«

»Es ist nicht leicht, mit jemandem befreundet zu sein, der von Vulkan stammt«, sagte Kirk sanft. Er wußte, was es mit den ›anderen Dingen‹ auf sich hatte.

»Insbesondere dann, wenn die betreffende Person glaubt, sie sei der Freundschaft nicht würdig«, erwiderte Cleante leise. Ihr trauriger Blick reichte in die Ferne.

Jim überlegte kurz.

»Ein Charakterfehler der ganzen Spezies«, sagte er schließlich und dachte an seine Erfahrungen mit Spock. »Ein genetischer Defekt, wenn Sie so wollen. Er führt dazu, daß die Vulkanier immerzu Logik vorschieben und danach trachten, mit angeblich überaus rationalen Argumenten über ihre Gefühle hinwegzutäuschen. Deshalb brauchen sie Menschen, die sie von ihrem Wert überzeugen. Ach, sie verbringen ihr ganzes Leben damit, sich selbst zu beweisen.«

Er sprach die letzten Worte in einem gequälten Tonfall, um Cleante zum Lachen zu bringen. Sie erfüllte seine Hoffnung, kicherte leise und hob die Hand zum Mund – eine alte Angewohnheit. Die junge Frau mochte den Admiral, fand immer mehr Gefallen an ihm. Wie groß konnte eine Galaxis sein?

»Welche ›anderen Dinge‹ meinen Sie?« fragte Kirk plötzlich.

Er genoß es, Cleante Gesellschaft zu leisten, erinnerte sich aber auch an McCoys Hinweis darauf, daß die ehemaligen Gefangenen eine Möglichkeit brauchten, um mit ihren Erlebnissen fertig zu werden, den Schrecken endgültig aus sich zu verbannen.

»Oh...« Die Diplomatentochter wandte sich ab und trat wieder an den Teich heran. »Eine Zeitlang befürchtete ich, schwanger zu sein. Glücklicherweise war es falscher Alarm.«

Kirk zögerte.

»Wäre das ein Problem für Sie gewesen?«

Cleante zuckte mit den Schultern.

»Vielleicht. Eine ganze Menge hing und hängt noch immer von T'Shael ab.«

Jim konnte der Versuchung nicht länger widerstehen. Er griff nach Cleantes Hand und hauchte ihr galant einen Kuß auf die Finger.

»Vulkanier können ziemlich stur sein, nicht wahr? Manchmal frage ich mich, warum wir uns solche Mühe mit ihnen geben.«

Die junge Frau ahnte, wie viele Jahre ausdauernder Beharrlichkeit der Admiral hinter sich hatte. *So etwas steht auch mir bevor. Vorausgesetzt, T'Shael trifft die richtige Entscheidung...*

Bitte, T'Shael. Gib jetzt nicht einfach auf. Halt an der Freundschaft fest. Andernfalls ist unsere Gefangenschaft ohne Bedeutung gewesen. Folgen wir dem Beispiel, das uns Admiral Kirk und Spock geben. Laß uns einen ähnlichen Pfad beschreiten.

Spock musterte T'Shael, bot ihr mit einer knappen Geste an, Platz zu nehmen. Doch die Instruktorin schüttelte den Kopf, lehnte stumm ab. Der wissenschaftliche Offizier bemerkte die Farbe ihrer Tunika, den einzelnen Ohrring, schloß daraus, daß Cleantes Einfluß genügte, um sie am Leben zu erhalten. Wie lange noch? Wie mochte sie sich nach dieser Unterredung verhalten?

Spock musterte T'Shael und sah in ihr Salet den Begabten. Deutlich entsann er sich an die vorzüglichen Melodien, die er während seiner Jugend gehört hatte. Salets kreative Energie widerlegte den Mythos, der behauptete, Vulkanier seien völlig ohne Gefühl: Was nicht existierte, konnte unmöglich in Musik Ausdruck finden.

Spock musterte T'Shael und dachte an die Wissenschaftlerin T'Pei, deren Tod er über viele Lichtjahre hinweg gespürt hatte. Konnte er jene beiden einzigartigen Personen ehren, indem er ihrer Tochter half? Und *wie* sollte er ihr helfen?

Spock musterte T'Shael und stellte sich der Erkenntnis, daß ihn ihre Tätigkeit als Bürgin in die Lage versetzte, zwischen den Sternen zu reisen, fremde Welten zu entdecken, psychologische Kosmen zu erforschen und an Kirks Seite zu weilen.

T'Shael vertritt mich, Sareks einzigen Sohn, dachte er. *Auf welche Weise kann ich mich erkenntlich zeigen?*

Er wußte um die Verbindung zwischen den beiden Frauen, hatte in den Gedanken der vulkanischen Bürgin deutlich gesehen, wie fest das Band der Freundschaft war. Aber es zerfaserte, und wenn es riß, drohte Tod. Das mußte unbedingt verhindert werden.

»Sie haben mir das Leben gerettet, *T'Kahr* Spock«, begann T'Shael und benutzte den Ausdruck für Lehrer. »Dafür danke ich Ihnen.«

»Dankt man der Pflicht?« erwiderte Spock sanft und sprach wie ein Vater. Er dachte nach, wählte seine Worte mit aller Sorgfalt. »Ich bin es, der Ihnen danken muß. Sie nehmen meinen Platz als Friedensbürge ein, und dadurch stehe ich Ihnen gegenüber in einer Schuld, die ich nie abtragen kann.«

»Es war keineswegs Ihre Pflicht, die Mentalverschmelzung fortzusetzen, obgleich Sie wußten, welche Botschaft ich bringe«, erwiderte T'Shael. Sie gab einem inneren Drang nach; Zunge und Lippen bewegten sich von ganz allein. »Ich möchte Ihnen keine Schande bereiten, aber indem Sie mich am Leben erhielten, ließen Sie mir keine Wahl. Ich muß nun ein Versprechen einlösen.«

Spock stand langsam auf, wich vom Tisch fort und streckte die Hände aus — als sei er bereit, den romulanischen Dolch zu empfangen, den er in T'Shaels Gedanken gesehen hatte.

»Ich höre, T'Shael-*kam*. Seien Sie ganz offen. Nur ich selbst kann Schande über mich bringen.«

Die Instruktorin wiederholte die Bemerkungen der Kommandantin, hielt den Kopf gesenkt und achtete damit Spocks Privatsphäre.

»Sie meinte, ich solle die Bürgin ihrer Rache sein, ›lebendiger Beweis dafür, daß die Rihannsu unter bestimmten Umständen ehrenhafter sind als ein Bewohner des Planeten Vulkan‹. So lauteten ihre Worte.«

T'Shael empfand eine sonderbare Benommenheit. Schwäche? Oder lag es daran, daß sie ihre Seele von einer schweren Last befreit hatte? Sie glaubte zu spüren, wie das Deck unter ihr zitterte, erinnerte sich an die Erdbeben.

Sie schwankte und wäre vielleicht gefallen, wenn Spock sie nicht festgehalten und erneut auf den Stuhl gedeutet hätte. Ruhig sah er auf sie herab, und mit sanfter Stimme erzählte er ihr eine Geschichte, in der es um einen Vulkanier und eine Rihannsu ging, um eine Apparatur, die man Tarnvorrichtung nannte.

»Wie beurteilen Sie mich nun, T'Shael-*kam?*« fragte er nach einer Weile. »Erachten Sie mein Verhalten als unehrenhaft?«

»Es steht mir nicht zu, ein Urteil zu fällen, *T'Kahr*«, entgegnete die Instruktorin.

»Ihnen bleibt gar nichts anderes übrig«, widersprach Spock. »Es gehört zu Ihrem *Dirhja*-Versprechen.«

Er beobachtete, wie T'Shael vor diesem Begriff zurückschreckte, obwohl sie ihre Verantwortung nicht leugnete. Sie hatte ihre Pflicht fast erfüllt, und Spock wußte, daß er nun sehr vorsichtig sein mußte.

»Seien Sie unbesorgt«, sagte er. »Die Kommandantin hätte durchaus darauf verzichten können, Sie zum Instrument ihrer Vergeltung zu machen. Wenn Narben in mir zurückblieben, so sind sie keineswegs neu und stammen auch nicht von Ihnen. Seit meiner letzten Begegnung mit der Rihannsu habe ich immer wieder über die Frage der Ehre nachgedacht und bin dabei zu dem Schluß gelangt, daß mein Verhalten gerechtfertigt werden kann. Dennoch möchte ich Ihre Meinung hören.«

T'Shael beobachtete ihn stumm, sah die Tiefe in ihm.

»Ich bin nicht imstande, über Sie zu urteilen«, sagte sie. »An Ihrer Stelle hätte mir wahrscheinlich der Mut gefehlt, so zu handeln – selbst um der Sicherheit der Föderation willen.«

»Vielleicht«, murmelte Spock, und es klang skeptisch. Es gab viele Arten von Mut und dazu gehörte auch die Bereitschaft, in den Tod zu gehen, um einem Freund – oder einer Freundin – Schande zu ersparen. »Wer längere Zeit mit Menschen Umgang hat, entdeckt zusätzliche Bedeutungsebenen. Was Sie sicher wissen – immerhin werden Sie von einer menschlichen Frau *T'hy'la* genannt.«

Mit voller Absicht schnitt er das eine Thema an, das seiner Gesprächspartnerin noch mehr Unbehagen bereitete als ihre Erinnerungen an die lange Gefangenschaft.

T'Shael antwortete nicht sofort. »Es beschämt mich, daß Cleante weiterhin eine *T'hy'la* in mir sieht. Ich darf mich nicht auf eine Freundschaft mit ihr einlassen, denn ich habe deutlich bewiesen, daß ich ihrer unwürdig bin.«

»Dennoch besteht sie darauf, Ihre Freundin zu sein«, stellte Spock fest. »Warum verweigern Sie ihr eine ähnliche Ehre?«

T'Shael starrte verwirrt ins Leere und versuchte, Ordnung in das Chaos hinter ihrer Stirn zu bringen.

»Sie fürchten Verantwortung für jene Frau, die bereit ist, Sie bedingungslos zu akzeptieren«, sagte Spock. »Vor langer Zeit erging es mir ähnlich. Aber Ihnen gegenüber hatte ich es etwas leichter.«

»Ich verstehe nicht...«, murmelte T'Shael. Das Gesicht des vulkanischen Mannes deutete darauf hin, daß ihm nie etwas leichtgefallen war.

»Ich bin zur einen Hälfte Mensch, und dieser Umstand gab mir eine Grundlage, mit der ich beginnen konnte. Sie hingegen bewegen sich auf völlig unbekanntem Terrain, und daher ist alles schwieriger für Sie. Vielleicht sehen Sie im Tod eine einfache Lösung Ihrer Probleme.«

T'Shaels Schweigen bestätigte, daß sie tatsächlich an eine solche Möglichkeit gedacht hatte.

»Aber was ist mit Ihrer Verantwortung in bezug auf die Konsequenzen, die sich dadurch für Cleante ergeben?« fragte Spock, obwohl er wußte, daß er nicht mit einer Antwort rechnen durfte. »Sie müssen entscheiden, was Sie wollen.«

In T'Shaels Augen blitzte es.

»Was *ich* will? Wer bin ich denn, daß ich irgendwelche Forderungen stellen darf?«

»Sie sind nicht mehr oder weniger als andere Personen. Verlangen Sie nicht zuviel Demut von sich. Damit entehren Sie das, was Sie schuf und mit Leben erfüllte.«

»*T'Kahr...*«, begann T'Shael, aber Spock schüttelte den Kopf — er wollte kein Lehrer sein, wenn man seine Weisheit ablehnte.

»Denken Sie daran, mit wem Sie sprechen«, sagte er, und daraufhin schwieg T'Shael, entsann sich an die Mentalverschmelzung und begriff plötzlich, was Spock für einen menschlichen *T'hy'la* zu geben bereit war. »Es ist natürlich Ihr Recht, auf die Ehre einer derartigen Freundschaft zu verzichten. Aber halten Sie es für richtig, Cleante zurückzuweisen, obwohl sie sich für Sie opferte?«

In T'Shaels Augen funkelte Leid, und sie bedauerte es, den Kummer nicht mit Tränen aus sich herauswaschen zu können.

»Die Art ihres Opfers, *T'Kahr...«* *Mehr als würdige Cleante — du hast dich dem Klingonen hingegeben und dich von ihm demütigen lassen, um mich zu schützen.*

»...war extrem selbstlos«, beendete Spock den Satz, und seine Stimme klang plötzlich scharf. »Wie wollen Sie ihr dafür danken?«

»Es gibt keine angemessene Gegenleistung, *T'Kahr!«* entfuhr es T'Shael verzweifelt. »Gerade darin liegt das Problem!«

»Sehen Sie Ihre Freundschaft mit Cleante aus dieser Perspektive?« gab Spock zurück. »Als eine Bilanz, in der Passiva und Aktiva einander gegenübergestellt werden? Glauben Sie wirklich, es müßten unbedingt ›Gegenleistungen‹ erbracht werden? Nun, wenn das der Fall ist... Vielleicht haben Sie recht. Vielleicht sind Sie Ihrer *T'hy'la* tatsächlich nicht würdig.«

T'Shael kämpfte gegen ihren Ärger an. Warum vereinfachte Spock eine so komplexe Angelegenheit? Warum trivialisierte er sie? Er teilte ihre Erfahrungen nicht. Er hatte nicht miterlebt, was im Gefangenenlager geschehen war.

Lächelte er jetzt? Lächelte er sie an? Aus welchem Grund? T'Shael zwang sich zur Ruhe, stabilisierte die Schilder ihrer Selbstbeherrschung, versuchte zu verstehen.

»Sie verbinden die Freundschaft zwischen Cleante und mir mit Ehre«, sagte sie. »Was veranlaßt Sie dazu? Weshalb legt die menschliche Frau solchen Wert darauf, meine *T'hy'la* zu sein?«

»Weil Sie das sind, was Cleante braucht«, erwiderte Spock und sprach wieder sanfter. Er wußte, wie sehr sich T'Shael innerlich hin und her gerissen fühlte; leider gab es keine Möglichkeit, sie zu schonen. »Sie sind die andere Hälfte ihrer Seele, wie sich auch die Dichter unseres Volkes ausdrückten. Akzeptieren Sie diese Erkenntnis von jemandem, der sich längst damit abgefunden hat.«

T'Shael musterte ihn, während Spocks Blick weiterhin auf ihr ruhte. Stumm fragte sie sich, was ohne den Mann namens Kirk aus ihm geworden wäre.

»Vielleicht ein Hohemeister des *Kohlinar«*, antwortete er, obgleich die Instruktorin ihre Frage nicht laut ausgesprochen hatte. »Oder ein hohles, völlig leeres Wesen. Ich habe am Rand der metaphorischen Schlucht gestanden und in die Tiefe gestarrt. Es ist kein angenehmer Ort.«

Spock zögerte kurz. »Vielleicht wissen Sie noch nicht, daß Ihr Meister den Tod wählte.«

Er hatte die Nachricht vor zwei Tagen erhalten, hielt jetzt den Zeitpunkt für gekommen, um T'Shael davon zu erzählen. Die Instruktorin reagierte nicht, verbarg ihre Betroffenheit. Spock wartete erneut, bevor er fortfuhr:

»Vermutlich sind Sie entgegen aller Logik geneigt, sich auch dafür verantwortlich zu machen, ebenso wie für den Tod Ihres Verlobten und der anderen Gefangenen. Es ist eine schwere Bürde, T'Shael. Vielleicht zu schwer für Sie.«

Die junge Vulkanierin schwieg.

»Vielleicht möchten Sie auch die Verantwortung für mein Handeln übernehmen«, fügte Spock erbarmungslos hinzu. »Immerhin waren Sie meine Bürgin. Sie sorgten dafür, daß ich den Dienst in Starfleet fortsetzen konnte — sind Sie deshalb nicht an meinen moralischen Entscheidungen beteiligt? Fühlen Sie sich schuldig, weil ich die Rihannsu-Kommandantin verriet?«

Derartige Überlegungen standen im krassen Gegensatz zu den elementarsten Geboten der Logik, aber trotzdem blieb T'Shael still. Insgeheim gestand sie sich ein, daß ihr tatsächlich solche Gedanken durch den Kopf gegangen waren.

Langsam stand sie auf, ignorierte Schwäche und Verletzungen, spürte ein Schaudern, für das es keine physiologischen Ursachen gab. Sie wandte sich von Spock ab, schlang die Arme um sich und ahmte damit Cleante nach.

Der Vulkanier beobachtete sie, sah die Verzweiflung in ihrer Haltung. T'Shael mußte leiden. *Kein Wachstum ohne Schmerzen.*

»Die vulkanische Kultur basiert auf der Unterdrückung aller Gefühle«, sagte er leise. Wenn ihn die junge Frau als Lehrer bezeichnete, so wollte er diesem Titel gerecht werden. »Aber sie kennt auch das UMUK-Prinzip – Unendliche Mannigfaltigkeit in Unendlicher Kombination. Denken Sie daran, daß Surak nie einem Menschen begegnete. Hätte ein solches Erlebnis seine Einstellungen geändert? Gibt es nicht in jeder Philosophie Platz für Erweiterungen und Evolution? Hinzu kommt: Das *T'hy'la*-Konzept ist weitaus älter als alle philosophischen Grundsätze.

Warum haben wir Vulkanier mit einem so unreifen Volk wie den Terranern Kontakt aufgenommen? Warum, T'Shael? Unsere Technologie war weitaus höher entwikkelt: Gewalt und Aggressivität hatten wir schon vor tausend Jahren besiegt. Worauf gründet sich unser Interesse an den Menschen? Liegt die Antwort nicht in Ihren eigenen Erfahrungen?

Sie sind frei, T'Shael. Sie haben ihr *Dirhja*-Versprechen eingelöst, ohne mich zu verletzen, und Sie sind nicht mehr an Ihre Pflichten als Bürgin gebunden. Ihr Verlobter ist tot, ebenso Ihre Eltern. Nur die menschliche Frau bleibt Ihnen. Wollen Sie auch Cleante verlieren? Wollen Sie wirklich einsam sein?«

Spock beobachtete, wie T'Shael mit sich rang, sah die ersten mentalen Wehen des Gefühls, begegnete der vulkanischen Frau mit einem Verständnis, das weit über Toleranz hinausging.

»Lauschen Sie der Stimme Ihres Herzens, T'Shael-*kam*«, sagte er. »Sie gibt den Ausschlag bei der Entscheidung. Sie haben nun ein Portal durchschritten, das keine Rückkehr erlaubt. Wenn das Feuer der Liebe zu brennen beginnt, läßt es sich nicht mehr löschen. Akzeptieren Sie endlich, daß Sie für das Opfer Ihrer *T'hy'la* keine ›Gegenleistung‹ erbringen können. Nutzen Sie dieses Fundament, um das Gebäude Ihrer Freundschaft zu errichten.«

T'Shael merkte plötzlich, daß sich ihre Augen mit Tränen füllten. Voller Scham senkte sie den Kopf, doch

Spocks Blick bohrte sich in sie hinein, nahm das emotionale Beben in ihr wahr. Er führte sie über einen Weg, der seine Fußspuren zeigte.

Spock hob die Hand zum *Ta'al*-Gruß, und nach kurzem Zögern trat die Instruktorin auf ihn zu, erwiderte die Geste. Der hochgewachsene Vulkanier wischte ihr wie zärtlich eine Träne von der Wange.

»Gehen Sie«, flüsterte er. »Teilen Sie Ihre Entdeckung mit Cleante.«

Der Türmelder summte leise, und Cleante wußte sofort, wer vor ihrer Kabine stand. Rasch betätigte sie eine Taste, und das Schott glitt beiseite.

Die Terranerin sah Feuchtigkeit auf den Wangen des ernsten, schlichten Gesichts. Bevor sie ein Wort sagen konnte, trat T'Shael auf sie zu und umarmte sie, schwerfällig und unbeholfen, aber dazu bereit, aus sich herauszugehen und zu lernen.

»Kalor hat dich nicht geschwängert«, hauchte die Vulkanierin. Sie spürte es ganz deutlich: Es pochte kein zweites Herz. »Warum hast du mir nichts gesagt? Warum hast du zunächst darauf verzichtet, Gewißheit zu erlangen?«

»Um deine Neugier zu wecken«, brachte Cleante hervor und schluchzte vor Glück. »Um dich an mich zu binden. Um festzustellen, ob dir etwas an mir liegt.«

Die beiden Frauen schmiegten sich wie Kinder aneinander.

Jasmine alFaisal materialisierte auf der Transporterplattform, und Kirk rückte sich hastig die Schärpe seiner Galauniform zurecht. Spock wirkte so makellos wie immer, stand neben der Kontrollkonsole und warf dem Admiral einen kurzen Blick zu. Jim seufzte lautlos, räusperte sich und bereitete sich auf das Schlimmste vor.

Kurz darauf mußte er mit einer Überraschung fertig werden. Jasmine trug ein eher schlichtes Gewand, verzichtete auf Schmuck und Zeichen ihres Amtes. Das pechschwarze Haar war zurückgekämmt, und die Züge des Hochkommissars der Geeinten Erde wirkten nicht mehr maskenhaft. Auf dem Weg zum Gästequartier sprach sie alle Besatzungsmitglieder an, denen sie begegnete, dankte ihnen für die Rettung der beiden überlebenden Bürgen. Sie verzichtete auf den gut einstudierten Tonfall der Diplomatin, sprach als Mutter, die sich über die Rückkehr der Tochter freute. Jim Kirk ließ sich sein Erstaunen nicht anmerken und beobachtete, wie Jasmine zum erstenmal seit Jahren die ›steinerne Fassade‹ aufgab und ihr wahres Selbst zeigte. Als sie ihr Ziel erreichten, verabschiedete er sich von ihr, damit sie allein mit Cleante sprechen konnte.

Cleante bestand zunächst darauf, daß ihr T'Shael Gesellschaft leistete, doch die Instruktorin lehnte heftig ab. Vielleicht wäre es gar zu einem Streit gekommen, doch die menschliche Frau erinnerte sich gerade noch rechtzeitig an McCoys Hinweis auf die vulkanische Sturheit.

»Na schön«, sagte sie schließlich. »Aber ich erwarte dich später – ich möchte unbedingt, daß du meine Mutter kennenlernst.«

T'Shael gab eine ausweichende Antwort.

Wie sollte sie erklären, daß die von starken Emotionen geprägte Wiederbegegnung zwischen Mutter und Tochter möglicherweise eine zu große Belastung für sie darstellte, sie zu sehr an die eigenen und vor vielen Jahren gestorbenen Eltern erinnerte? T'Shael gab Cleante und Jasmine genug Gelegenheit, sich zu umarmen, neuerliche Tränen zu vergießen, nach vielen Jahren der Spannungen und Differenzen zu einem völlig neuen Selbstverständnis zu finden. Als sie schließlich glaubte, es sei genug Zeit verstrichen, suchte sie das Quartier auf, und das Zischen der aufgleitenden Tür bildete einen seltsamen Kontakt zum Schweigen der Vulkanierin.

Cleante sprang sofort auf, griff nach T'Shaels Hand und führte ihre Freundin ins Zimmer. Jasmine erhob sich langsam und erweckte fast den Anschein, als wolle sie aus reiner Angewohnheit in die Rolle der Diplomatin schlüpfen

— in der Nähe von Vulkaniern führte sie sich häufig winzig und unterlegen, vielleicht aus gutem Grund. Darüber hinaus hatte sie es sich zum Prinzip gemacht, keine Freundschaften zu schließen. Doch bei ihren Erzählungen kam Cleante immer wieder auf T'Shael zurück, und für die Veränderungen ihrer Tochter — sie war nun nachdenklicher und weitaus reifer — konnte es nur eine Erklärung geben. Jasmine schlang den Arm um Cleantes Taille und streckte die andere Hand aus, zog T'Shael wie eine zweite Tochter heran.

»Ich kandidiere nicht für eine zusätzliche Amtsperiode«, wandte sich Jasmine später an Cleante. »Du ahnst nicht, wie anstrengend es ist, vierzig Jahre lang zu lächeln. In einigen Monaten könnte ich Sonderbotschafterin werden, und wenn sich keine solche Chance ergibt ... Nun, dann bleibe ich zu Hause, schreibe meine Memoiren und halte Vorlesungen. Ich brauche dringend eine Abwechselung.«

»Hängt deine Entscheidung mit meinem Beschluß zusammen, als Bürgin nach T'lingShar zurückzukehren?« fragte Cleante argwöhnisch.

»Nein, natürlich nicht!« erwiderte Jasmine sofort und bemerkte das wissende Lächeln ihrer Tochter. »Außerdem: Mikhail hat mich gebeten, zumindest für eine Weile auf interplanetare oder gar interstellare Reisen zu verzichten. Er legt Wert darauf, häufiger und länger mit mir zusammen zu sein, und da er während der vergangenen Monate so nett und hilfsbereit war ...«

»Mikhail«, wiederholte Cleante und spitzte die Lippen. »Mal sehen: knapp zwei Meter groß, blond und muskulös. Er hat wundervoll slawische Gesichtszüge und ist wesentlich jünger als du, aber selbstverständlich mangelt es ihm nicht an Reife. Vermutlich gehört er als Attaché zum marsianischen Kontingent. Oder arbeitet er vielleicht als Leibwächter für den panslawischen Botschafter? Na, habe ich richtig getippt?« Jasmine versuchte vergeblich, zerknirscht zu wirken, und Cleante lachte leise.

»Du bist unmöglich!« sagte sie. »Und deshalb mag ich dich so sehr.«

Sie musterte ihre Mutter eingehend, sah nun die Spuren, die Streß und ständige Besorgnis in ihrem Gesicht hinterlassen hatten. Außerdem fielen ihr einige grauen Strähnen im dunklen Haar auf. Jasmine griff nach ihrer Hand.

»Von jetzt an wird alles anders zwischen uns, Cle«, sagte sie, und ihre Stimme vibrierte. »Das verspreche ich dir!«

»Ich weiß, Mutter«, erwiderte Cleante und lächelte verschmitzt. »Wenn ich einer Vulkanierin Gefühl lehren konnte, dürften sich bei dir keine Schwierigkeiten ergeben.«

»Wie haben Sie das fertiggebracht, Spock?« fragte Kirk, als er T'Shael und Cleante beobachtete: zwei Frauen, auf verschiedenen Welten geboren; die nun unzerreißbare Verbindung zwischen ihnen überbrückte alle Unterschiede, machte sie zu Schwestern im Geiste. »Wie ist es Ihnen gelungen, den Überlebenswillen der vulkanischen Bürgin zu stimulieren?«

»Mir, Admiral?« Spock trug wieder eine ausdruckslose Miene zur Schau, die nichts verriet. »Es war keineswegs mein Einfluß, der T'Shael veranlaßte, die Option des Todes aufzugeben. Das Verdienst gebührt Cleante. Ich leistete nur einen unbedeutenden Beitrag.«

Kirks Blick machte deutlich, daß er sich nicht mit dieser Antwort zufriedengab.

Spock überlegte kurz und versuchte es mit einer anderen Formulierung. »Ich forderte den vulkanischen Intellekt heraus«, sagte er.

»Haben Sie ein Wortgefecht mit T'Shael geführt, sie von der Notwendigkeit überzeugt, am Leben zu bleiben?«

»Das ist recht grob ausgedrückt, aber es trifft den Kern der Sache.«

»Hm, eine neue Variante des *Cha'*-Spiels«, murmelte Kirk. »Ich hätte Ihnen gern zugehört.«

Spock reagierte nicht darauf.

»Wie beurteilen Sie ihre Situation?« fragte der Admiral. »Die Krise ist vorbei. Aber wird die Freundschaft auch den Belastungen des täglichen Einerleis standhalten?«

»Nun, die charakterlichen Divergenzen dürften zu gewissen Reibungen führen. Das läßt sich nicht vermeiden, soweit es Menschen betrifft.«

»Sie meinen, wenn es um Menschen geht, die mit Vulkaniern zu tun haben. Wie dem auch sei: Glauben Sie, daß T'Shael und Cleante eine faire Chance haben?«

»Die Wahrscheinlichkeit dafür, daß *unsere* Freundschaft so viele Jahre über von Bestand blieb und zahllose echte oder nur imaginäre Krisen überdauerte, beträgt siebenundvierzig Komma drei fünf Prozent, und daher bin ich der Ansicht...«

»Schon gut, ich verstehe«, warf Kirk hastig ein. Auch weiterhin beobachtete er die beiden Frauen, zwischen denen jetzt vollkommene Harmonie zu herrschen schien. Er entsann sich an einen sehr jungen und sehr ernsten vulkanischen Junioroffizier, den er vor einer halben Ewigkeit an der Akademie kennengelernt hatte, bei einer Schachpartie. »Habe ich Ihnen jemals gesagt, daß Sie zuviel reden?« Spock gab keine Antwort, hing seinen eigenen Erinnerungen nach.

»Mutter und ich kehren erst einmal zur Erde zurück«, sagte Cleante. »Wir bleiben einige Tage in der Starbase und gehen dann an Bord eines Linienschiffes, das die zentralen Sektoren der Föderation anfliegt. Kommst du mit?«

»Ist auch ein Zwischenstop im Eridani-System geplant?« fragte T'Shael. In den vergangenen sechs Monaten hatte sie viele wichtige Entscheidungen treffen müssen — warum fiel ihr ausgerechnet diese so schwer?

»Ja«, bestätigte Cleante. »Möchtest du dich wieder in T'lingShar niederlassen?«

Die Vulkanierin schwieg. Sie wußte nicht genau, was sie mit ihrer Zukunft anfangen sollte.

»Ich stehe dir keineswegs im Weg«, fuhr die menschliche Frau fort. »Vielleicht ist es ganz gut für dich, einige Zeit in der Heimat zu verbringen, T'Sehn und Sethan zu besuchen, den Studenten in der Siedlung deine Dienste als Instruktorin anzubieten. Entspricht das deinem Wunsch?«

»Ich weiß es nicht«, sagte T'Shael leise.

Welchen Platz gab es für sie auf Vulkan? Bei T'Sehn und Sethan trauerte sie um ihren Vater, und im Saal der Meister dachte sie an Shimm. Das Land der Ahnen erinnerte an den stolzen Stalek, die Siedlung an Resh, Jali und Krn, die Alte Stadt an das Grauen der vulkanischen Vergangenheit. *Vulkan bietet mir nur Kummer an,* dachte T'Shael. *O ja, irgendwann kehre ich zurück. Aber nicht jetzt. Es ist noch zu früh.* Konnte ihr Cleante eine Alternative anbieten?

»Komm mit mir zur Erde«, sagte die Terranerin. »Ich zeige dir unseren blauen Himmel, die Meere und Ozeane, eine weiße Masse, die wir Schnee nennen. Wir essen ägyptische Spezialitäten, sehen uns die Pyramiden an und fahren in einem Riedboot über den Nil. Ich stelle dich einem Delphin vor, führe dich in die Oper und... Oh, bitte, T'Shael, begleite mich.«

»Wenn du möchtest...«, murmelte die Vulkanierin.

»Möchtest *du* es?« fragte Cleante nicht zum erstenmal.

»Ja«, lautete T'Shaels Antwort.